魯迅と西洋近代文芸思潮

工藤貴正著

汲古書院刊

目次

第Ⅱ部　日本留学期及び翻訳・刊行との関係に見る西洋近代文芸思潮

魯迅と西洋近代文芸思潮

序章　魯迅と西洋近代文芸思潮

はじめに

昇曙夢は『露国現代の思潮及文学』（新潮社、一九一五・二初版）において、「主義流派なるものは元々批評家が後から勝手に附けた名で詩人作家自らは決して主義流派の異を樹てて自縄自縛に陥るようなことはしない。寧ろ文芸の自由活動と云うことを標榜して、彼等は自分の好きなように、各自の特色を発揮し、独特の天地を開拓して居る。決して一主義一流派の下に囚われるようなことはない。だから誰の作を読んでも夫々他に犯されないような特色があって、たとえ作者の名を取っても直ぐに誰の作だと云うことが判るになって居る(1)」と述べる。

この考え方は当然魯迅にも当てはまる。魯迅は一主義や一流派に囚われて執筆したわけではない。ただ、彼の認識する中国の現状と彼の資質が是と認めた創作手法によって作品を描いているだけである。しかし同時代のあるいは後世の批評家・研究者が分類し特徴づけた魯迅ないし魯迅文学は、現実主義・写実主義・自然主義という範疇に括られている。確かに、魯迅の考え方、生き方、作品集全体に散見され、そこから嗅ぎ取られる彼の現実認識に対する姿勢を追って判断する場合、魯迅は基本的・本質的には冷厳に自己と対峙できる冷淡で覚めた現実主義者の傾向が強い。また、作品『吶喊』『彷徨』も、創作手法としては自然・写実主義的ではある。しかし筆者には、リアリズムあるいはナショナリズムという基準で、すべての時期の魯迅、すべての作品を括ってしまう一般論的な従来型の評価には疑問があった。それは、魯迅や魯迅文学がリアリズムを基礎にしているということに対する反駁や疑問ではなく、各主義・流派と魯迅や彼の文学がどれだけ距離を置いているのかが見えていないことへの疑問であった。そこで、後世の批評家・研究者たちが明らかにした各文芸の主義・流派の特徴とその傾向の内容に基づく魯迅との関わり、例えば魯迅と浪漫主義、魯迅と自然・写実主義、魯迅と象徴主義、魯迅と唯美・頽廃主義、魯迅と表現主義などという視点、すなわち近代の文芸上の主義・流派と魯迅はどのように係わったかを具体的に見て行く視点こそが、上記の疑問を解く一つの手立てであろうと考えた。一方、魯迅の全著作の半分が翻訳であるという事実が示すように、彼は翻訳をかなり重視している。翻訳を作品の余剰とは考えない魯迅は、彼自身があるいはその時々の中国の現状に必要とする作品や文芸論を翻訳し、読者に提示する役割を果たしていた。そこで、魯迅と西洋近代文芸思潮との関係を考察する方法としては、魯迅が目睹し、蒐集した文芸理論書と魯迅が翻訳に携わった作品とを中心に考察して行く。なお仮に、上述の疑問自体が無意味だとしても、魯迅と西洋近代文芸思潮との関係を明らかにすること自体は魯迅研究及び民国期文学研究にとって有意義である、と筆者は確信する。

そこでまず本書を執筆する当たり、筆者が仮説として想い描く魯迅の創作と西洋近代文芸思潮の関係を粗描すると以下のようになる。

魯迅の創作群——ここでは『吶喊』『彷徨』『野草』『故事新編』を指し、自伝的色彩の濃い『朝花夕拾』は除く——の創作・表現手法には西洋文芸思潮史に見出せる主義・流派と相通じる作品傾向があると、筆者は考えている。それは魯迅には、日本留学中にユゴー、ヴェルヌ、バイロンらの浪漫主義の作風に傾倒し彼らの作品の紹介や翻訳に従事した時期と、ガルシン、アンドレーエフ、アルツィバーシェフ、チリコフらのロシア自然・写実主義に基礎をおく作風に共感を寄せた時期とがあり、この浪漫主義と自然・写実主義という二つの傾向が『吶喊』十四篇（一九一八〜二二年）の小説の色調に色濃く漂っていると思えることである。現在を時間の軸に、作品は過去へと展開する。思い出・回想・回憶・回顧という形式に、過去が淡々と突き放されて語られながらも、人間味や人道性を帯びて描写される。

F・デーヴィスは『ノスタルジアの社会学』（世界思想社、一九九〇・三）で、「悪い現在」と感じる苛酷な現実を目の前に、「アイデンティテイの構成、維持、再構成という果てしなく続く行為にたずさわるときに用いる手段の一つ」として「人生に対して向けられた一種の望遠レンズで、過去のある部分を拡大し美化して見せる」ノスタルジアという現象があるといい、それは現在・過去・未来に亙り自己同一性を保ちたいとする連続性への願望があるからだとする。時間軸にこのノスタルジア現象を採る作品もある。それらに用いるキイワードは絶望と希望である。『彷徨』十一篇（一九二四～二五年）の小説においては、回想、回顧の手法を取るものもあるが、時間軸が過去から現在へと移され、失望と挫折感、風刺とアイロニーを全面に押し出しながら、現実を客観的かつ冷淡に観察する写実主義の色彩を強める。『野草』二三篇（一九二四～二六年）の散文詩において、厨川白村の文芸論の受容を経て新浪漫派の特徴の一つである象徴主義の傾向を最大限に帯び、さらに『故事新編』八篇（一九二二～三五年）の小説のうち、三〇年代以降に書かれた五篇において、板垣鷹穂、片山孤村、山岸光宣らの著作に述べる文芸論の受容を経て表現主義の傾向を強める。その意味では、魯迅は自己の創作群に一つの文芸流派の創作・表現手法を仮託するかのように、その生涯においてまさしく西洋近代の文芸思潮の流れを実践しかつ中国に移植させた人物であると言えるのではあるまいか。

ここでは、上記のような仮説を立てる際に用いた視点、すなわち魯迅及び彼の文学を西洋近代文芸思潮の視点から分析・考察してみようと想起するに至った判断材料とその理由を提示し、序章に代えたい。

一　成仿吾著「『吶喊』の評論」をきっかけとする文芸思潮・流派への関心

（一）　成仿吾の批評方法

成仿吾は「『吶喊』の評論」（『創造季刊』二巻二号、一九二四年二月二八日）の中で、最近の沈滞した文壇に、沈黙を打ち破る高らかな「吶喊」の雄叫びを耳にしたが、それが『吶喊』という魯迅の小説集であったこと。天下の有名人である著者の小説集を賛美しても賛美しなくても悲劇の結末になるかもしれない運命を自認しながらも、一文芸愛好家として、我々の最近の文芸に批評の対象なる作品を探し出そうとするのは大変困難なことであり、「もしも批評が霊魂の冒険だとするならば、この吶喊という雄叫びは霊魂を冒険させるのに値するのではないだろうか」「文芸批評の相手方は読者であり作者ではないので、作者がたとえ批評を認めなくても、批評はやはり効力を発する」と語る。そこで成は、『吶喊』の十五篇を簡単に、「再現的」で「故事」（Tale）に過ぎない前期九篇（「故郷」は後期作品）と、「表現的」で「近代の所謂小説」と言える後期六篇に分けられること、そして、前期作品の共通の特徴は「再現的な記述」にほかならず、その記述（description）の目的は各種の典型的な性格（typical character）を作り上げる（build up）ことにあり、典型を再現するのに性急なため「普遍的」なものを探し損ねていると指摘し、こういった「再現の方法」を採用したことは作者の責任であり、またこの方法は自然主義という名称で説明することができるとして、次のように魯迅の作品を分析する。

『狂人日記』が自然派によく主張される記録（document）であるのは、もちろん言を待たないことであり、『孔乙己』『阿Q正伝』が浅薄で実録的な伝記であるのも、また言を待たないことである。前期中最も出来の好い『風波』もまた事実の記録にほかならず、そこでこれらの前期の数篇は自然主義の作品として概括することができる。

私たちは今日自然派の主張には賛成できないが、私たちが一人の公平な裁判官を必要とするように、私たちは当然自然主義に相応の地位に与えねばならない。だから私たちは前期のこれらの数篇の作品が自然主義の作品だからといってそれらを抹殺することは決してできるものではなく、逆に私たちは自然主義の天秤の重さにおいてそれを扱わなければならない。作者は私に先立って日本留学をしたが、その頃日本の文芸界はまさに自然主義の最盛期で、我らが作者はその時に自然主義の影響を受けたということは、およそ疑う余地のないことである。そこで彼が今日多くの自然派の作品を作り出すことは、我らが文芸進化の段階における空白をそれによって補填したばかりか、また作者自身においてもごく当然なことである。

これら数篇（前期作品――筆者）にはもう一つの特色がある。それはそれらに顕在化する村人の性格である。作者が取り上げた幾つかの典型は、大方は郷村か小鎮の人物である。この点、作者は新境地を開いたといえる（郷村生活を描いた文章は多いが、多くは卑俗なものである）。今日都市に生活する私たちには、郷村の人はまるで彼岸の彼方に永遠に隔絶されているように見える。文学者は、その間に一本の橋を架け、私たちに彼らを知らせ、彼らにも自覚を促させることができたなら、まったく申し分のないことであり、この中にも無限の材料が存在する。しかしながら私たちがもし彼らを表現しようとする時には、環境と国民性に最も注意しなければならない。我らが作者は残念なことにこのことに注意を払わず、逆に悉く彼の典型で abnormal な morbid な人物に描き出した。これはもしかしたら彼が学んだことのある医学が彼を害したところかもしれぬし、自然主義が彼を害したところであるかもしれぬが、作者のために遺恨に堪えないところである。

『吶喊』を讃える人はみな作者の描写の手腕を讃えるが、私も作者の描写の手腕は巧妙であると思う。しかし文芸の標語《モットー》はあくまでも「表現」であって「描写」ではなく、描写は結局文学者の末芸にすぎない。しかも私は作者が描写の腕前を発揮することのみに気を取られていることが、まさに彼の失敗したところであると考えている。文芸の働きとはどうしても切り離せないのがある種の暗示である。小によって大を暗示することができ、部分によって全部を暗示することができてはじめて、文芸の効果を発揮したと言える。全部で全部を示すならば、それは労あっても功はない。描写にのみ気を取られる人は、彼が表現した所の描写し切れていないところ以外には、労あっても功なき人である。作者の前期中の『孔乙己』『薬』『明日』等の作品は、労あっても功なき作品であり、一般的な卑俗な徒と違わない。このような作品をさらに百篇千篇と寄せ集めようとも、全体を暗示しきれない。芸術家の努力は全体——ある時代やある種の生活——を捕えて表現しようとすることにある。卑俗な徒のように死んだ描写をしてもなんの価値もないのである。

成仿吾は上記二つ目の短い文章で一段落の中に、「私たち」という言葉を五回用いて、「作者」「我らが作者」「彼」すなわち魯迅とは違う文芸状況に置かれていること強調し、また「自然派」「自然主義」という言葉を七回も用いて魯迅の文芸流派の特色が自然主義であり、魯迅が日本の自然主義の影響を受けていることを強調する。そしてそれは、「私はひたすら『阿Q正伝』まで読み終わった時、あの『故郷』以外には、私が読んでいるのはまるで半世紀前あるいは一世紀前の作者の作品であるように思えた」ことを言いたいからである。さらに、魯迅が「環境と国民性」に注意を払わずに「彼の典型で異常な病的な人物を描き出した」のは日本で学んだ医学と自然主義のせいであり、彼の作品は細部に亙るまで全てを描写し尽した、暗示性に欠けものだと言っている。では、成仿吾を支える文芸理論とは如何なるものであろうか。

(二) 自然主義と日本の「自然主義」との差異

成仿吾(一八九七・八・一三〜一九八四・五・一七)は魯迅帰国の翌年、一九一〇年十三歳の時、長兄の成漢に伴われ来日し、名古屋第五中学、一高特設予科、第六高等学校（岡山）、東京帝国大学に学び、一九二一年四月に帰国するまでのおよそ十二年間を日本で生活する。(2) しかし、先述の日本の自然主義に対する現実認識と、上述の魯迅の自然主義批判とには、成の無理解と偏見が含まれている。もっとも、日本においては混乱を招きながら受容されていた自然主義の現状からすれば、無理解というよりは日本での混乱をそのまま成がひきずっていたと言うべきだろうか。

まず、日本の自然主義について、従来の一般論的な認識としては、次のように整理される。

明治二〇年代に、森鷗外によって伝えられたゾラの理論と坪内逍遙らの近代的写実の主張は、明治三〇年代半ばに、遺伝と環境との産物として人間を科学的客観的に捉えようとしたゾライズムの理論として小杉天外、小栗風葉、永井荷風らの小説に採り入れられた。その時、彼らは、表現技法として写実主義を主張し、科学者が自然に対するように是非善悪の規範を脱し、ただ現象の因果関係を追求する態度で作家が人間に対すべきだと考えた。この点は、フランス自然主義と同じ思想をもち、さらに、体質を重視することから人間の動物的側面を暴露し、それによって社会の因習または偽善と闘うことを使命と信じた点でゾラの弟子と言えた。しかし、天外らの才能、教養、経験不足のためゾライズムと呼ばれたその理論は結局日本には根づかず、目新しい試作として世の興味をひいたにすぎず、ただその客観的描写方法だけが残った。このようなフランスの自然主義思想と多くの共通点をもった日本の自然主義は、明治三〇年代末以降、ゾラ、モーパッサン、フローベール、ゴンクール兄弟などのフランスの自然主義の影響を受けたとされながらも、なお日本独自の展開を示した。国木田独歩、田山花袋、島崎藤村、徳田秋声、正宗白鳥、岩野泡鳴などの作家たちの出現は、ゾラの感化によって生じた社会小説への志向が消滅し、実証主義を奉じたロマンティック文学という矛盾、すなわち「真実」の追求に急なあまり、小説の虚構性を否定し、事実の直写を重んじ、想像力の機能を排斥した。このことが平板な事実の記録を小説として読者におしつけるという、いわば私小説の弊害を生じさせてしまう。明治四一、二年に『早稲田文学』などを牙城として文壇の主流となった自然主義文学は明治四三年（一九一〇）

ごろにはほぼ終焉を迎える。日本の自然主義の評価としては、次の点が挙げられる。①日本の自然主義の思想的性格は、人間の解放、個性の確立を重視した点においてヨーロッパ文学思潮史におけるロマン主義の役割を演じていたこと、②「自己の誠実」と「社会への誠実」との連帯を重視せず、狭い自己の生活意識に感覚的、閉鎖的に執した強烈な自我意識であったこと、③自我による内部的観察にとどまり、題材として平凡単調な生活に人生の意義を見出し、肉体的、生理的な面を「自然」として重視したが、「性欲の解放」には肉迫したこと、④「家」あるいは「家族制度」の問題に対して広く社会に向かって働きかけ、国家組織や社会体制への批判に至る思想性が欠如し、作者自身の内なる「家」との格闘を凝視したこと、⑤自己の実在によって自分自身を作り、現実は単なる外部的現象で、自己の心理もこの現象に付随して直接に反応すると考え、自己を賭けて、現実を改変し、新しい姿を作ろうとする積極的な信念に欠け、社会問題に対する傍観的態度を執っていたことである。(3)

加藤周一は、一八七〇年代に地方で生れ、東京の私立大学（殊に東京専門学校、後の早稲田大学）に学んだ文学者志望の青年の中から、いわゆる「自然主義」の小説家たちが輩出されたことを、欧州近代文芸思潮史におけるゾラの自然主義との比較から、次のような評価を下す。

逍遙の影響から出発した小説家たちは人情をそのあるがままに描け、という逍遙の標語を、作者の経験した事実をそのまま描け、という意味に解釈し、そうすることで――少なくても彼らの一部は――「自然主義」の文学を作る、とみずから称した。この言葉は、その後も日本の近代文学を語る多くの人に用いられて、無用の混乱を生みだしながら、今日に及ぶ。花袋、藤村、泡鳴、秋声、また独歩や白鳥の書いた小説は、西洋の一九世紀の後半に《naturalisme》を説いた、たとえばゾラ（Emile Zola, 1840～1902）の作品と全くちがい、その理論ともほとんど全く関係がない。近代的な科学の進歩への楽天的な信頼が拡った時代に、テーヌ（Hippolyte Taine, 1828～1893）は文学史を遺伝と環境との相互作用として統一的に理解できると主張して、『英国文学史』

（一八六三）を書き、ゾラは小説に同じ理論を用い、人間の情念の形成に物質的な要因が決定的であるとして、連作『ルーゴン・マカール』*Les Rougon-Macuart, histoire naturelle et sociale d'une famille sous le second Empire*（1871〜93）を書いた。ゾラの小説は、第一に、生物学的方法をふまえ、第二に、広大な社会的視野をそなえ、したがって作者その人を主人公とせず、第三に、市民社会を対象とする。この第一点は、彼の《naturalisme》の特徴だが、第二点は早くもバルザックの行ったところであり、第三点は一般に一八世紀以来の多くの小説に共通である。しかるに藤村や白鳥等の仕事は、以上の三点を全く欠く。科学的方法とは何の関係もなく、——一九世紀末二〇世紀初めの日本には科学主義はなかった——、小説の世界は極度に狭く、作者身辺の雑事に限られ、しかも主題は市民社会内部の矛盾ではなく、市民社会の未成熟にもとづく紛争を主としていた。英訳でゾラの一部を読んだ日本の小説家は、ゾラを誤解したのだろうか。おそらくそうではあるまい。彼らはゾラの裡に《naturalisme》を読んだのではなく、一九世紀の西洋の小説一般を読んだ。ゾラの小説のなかに、ゾラに固有の性質をではなく、トルストイやドストエフスキーにさえも共通し、しかしたとえば馬琴の勧善懲悪小説や紅葉・露伴の美文からは遠く隔っていたところの、人生の「真相」の「露骨な描写」をみつけたのである。彼らは日常生活のなかで自分がどう生きるかに苦労していたから、社会の全体を考える暇はなかった。「没理想」のたてまえ、ほとんど反知性主義に近かったから、ゾラの科学的世界観やドストエフスキーの宗教的問題を見るはずはなかった。要するに彼らは一九世紀の西洋の小説家を誤解したのではなく、そのなかに彼ら自身が必要としていたものだけをよみとったのである。

　しかし日本の小説家は、誤って《naturalisme》という言葉を翻訳した。フランス語でいう《naturalisme》の《nature》は、自然科学の対象としての自然であって、日本語に訳して「自然主義」というときの「自然」のように、「あるがまま」、「無作為」、「無技巧」ではないし、また独歩らがその言葉で意味したような「天地自然」、汎神論的な「山水」、都会的ならざる「田園的なもの」ではない。花袋の「自然主義」は、逍遙の「あるがまま」を大胆にし、独歩の「自然主義」は武蔵野の四季である。日本語の「自然主義」という言葉は、そういうことを示唆し、フランス語の《naturalisme》とは何の関係もない。(4)

魯迅の小説からは確かに自然主義の要素は見出せるが、上述した「日本の自然主義」の影響は見出せない。ただし、もし魯迅と日本の自然主義作家とに類似性を認めるなら、それは加藤周一が「地方の中小地主や旧家の息子は、初等または中等教育を故郷の町で受けると、上京して大学へ入った。彼らの東京での生活は、家族や親類、あるいは地域共同体の直接の影響からはなれていたので、東京育ちの学生の場合よりも、はるかに自由であった。しかし他方で、彼らの財源がそこにあった地方での家族的紐帯は、大都会でのそれよりも、はるかに強い束縛力をもっていた。一方には極端な自由があり、他方には極端な不自由があった。東京での恋愛は自由であり、結婚には生家とその親族が強力に介入した。そこで青年の側には、大家族からの個人の解放の欲求が生じた。その欲求こそが、いわゆる〝自然主義〟の小説家たちの主題であった[5]」と指摘する境遇の類似である。しかし、「大家族からの個人の解放の欲求」という主題の類似性はむしろ創造社前期の作家たちのものである。また、加藤周一は自然主義小説家が描く経験の内容には、「その束縛から自己を解き放とうとし、ついに解き放ち得なかったところの、大家族のなかのでの生活」と、「貧乏や病気や三角関係や家族の中での紛争」に起こる「当事者の嫉妬や怒りや憐れみ情欲や——要するにさまざまな感情的動揺が絡む」「東京での生活[6]」があるとしている。魯迅は前者「束縛から解放し得ない生活」に対し冷厳で透徹した観察力により客観化した描写を施しているものの、後者「感情的動揺が絡む都市生活」はまさに創造社の成員たちが描いた小説の内容である。さらに、事実の直写・記録を重んじ、人間の動物的側面を強調した「この〝科学的〟人間観は、封建道徳に対する反抗の武器としては有効なものであったが、同時に作家を自己をも含めた現実の諦観に追い込み、解放の志向を挫折させる悲観的世界観を強いる結果にもなった[7]」という点においては、むしろ成仿吾を含む創造社前期の人々の方に日本の自然主義の影響が顕著であると言うべきではないだろうか[8]。

（三）　卑俗主義の観点——ギュイヨー著『社会学的見地から見た芸術』

成仿吾はどのようにして魯迅の作品を「卑俗」と決めつける確信を得たのであろうか。それは一九二三年六月に

『創造週報』第五号に発表した彼の「写実主義と卑俗主義」（「写実主義与庸俗主義」）という論説の中での認識にその要点を伺い知ることができる。成仿吾はこの中、「私はここで写実主義と卑俗主義の違いと、どのようにして卑俗から免れるのかの方法を略述したい」として、まず、「真の写実主義（＝真実主義）と卑俗主義の違いは、ただ、一方が表現 Expression であり、一方が再現 Representation であるということだけである。再現には創造の境地はない。ただ表現にしてはじめて広大な天海を駆け巡るごとくに、天才の目覚しい活躍に委ねられるのである」と述べている。この「写実主義と卑俗主義」は成仿吾が、ジャン＝マリ・ギュイヨー『社会学的見地から見た芸術』(9)（以下、大西克禮の訳文を使用）の第一部「原理――芸術の社会学的本質」第五章「写実主義――卑俗主義及び之を免るる方法に就て」に全面的に依拠して書いたものである。(10) 成仿吾は、厳密な用語の規定無しに、創作技法を「表現」と「再現」に分け、「天才」に委ねられたとする「表現」があってこそ真の写実主義であるとして、「表現」を重視し、事実の「再現」を卑俗主義として軽視する。そして「『吶喊』の評論」においては、成は『吶喊』の十五篇を簡単に「再現的」な前期九篇と、「表現的」な後期六篇に分け、この「再現」に使われた「描写」を「記述」と呼び、魯迅の「描写の手腕は巧妙である」が、「文芸の標語《モットー》はあくまでも「表現」であって「描写」ではなく、描写は結局文学者の末芸にすぎない」。そこで、『狂人日記』は平凡、『阿Q正伝』は描写はよいが構成はでたらめ、『孔乙己』『薬』『明日』は卑俗、『小さな出来事』は拙劣な随筆、『髪の話』も随筆体、『風波』と『故郷』だけは秀作であるとして、『吶喊』のほとんどの作品を斬って捨てる。

しかし『社会学より見たる芸術』で、ギュイヨーは、ドイツに起こる表現主義に先立ち、文章表現の手法を「記述」「描写」「再現」「表現」という用語で使い分けをするものの、それぞれの用語には創作手法における価値の軽重を明確に打ち出してはいない。そこで「真の写実主義と卑俗主義の違いは、ただ、一方が表現 Expression であり、一方が再現 Representation であるということだけである。再現には創造の境地はない」などとは書いていない。「芸術は再現ではなく表現である」というような明確な違いを誇張したのは、竹内好も指摘するように日本でも一九二〇年代から流行した表現主義である。[11] また、成仿吾が使う「天才」には、その意味の規定がされていない。ギュイヨーにとって芸術的ないし詩的天才とは、「新しい世界と、生きた存在の世界を創造する」「共感性と社会性との異常に強烈な一形式」であり、「天才は一種の愛する力」で「全ての真実の愛と同じく、必ずや生の産出、創造に達せずんば已まぬ」存在であり、「自己本来の素質」を借りて「生命の表現」、すなわち「自己一個の個人的生命の賜に依って別個の而て独創的な生命を産出する」、「極めて強烈な又極めて社会的な」生命の原理を表現する存在である。[12] この「天才」の意味を受けて、第五章の第一節「理想主義と写実主義」において、ギュイヨーは、「文学に於ても、写実主義のみが真理でもなく、理想主義のみが真理でもない」ので、「理想と現実とは、相互に徹到して究竟に於て両者、相関的肯定の中に融会する処が無ければならぬ」。そこで「天才の使命は正に此二個の傾向を平均せしむにある」とし、「真の天才の本領は、事物の視象をば何時とはなしに知らず知らず変形する所にある。天才に対しては全てが象徴となり、全てが変性し又全てが廓大せられる。極めて取るに足らぬものでも、尚人格化せられ、卑俗なるものと雖も猶且変形せられるのである」としている。そして、「写実主義の傾向及び難点は、質的理想に代わるに、量的理想を以てする」が、「路傍の石」を克明に描写するように、「我等が興味をも惹かざりしものと実際に意味のないものを取り来って、以て吾等の興味を強制せんと欲する」ことに代表されるゾラ流の創作技法を卑俗主義であるとして写実主義と区別する。しかし、成仿吾は「ゾラ氏をして彼の類型的小説家の口を借りて次の如き事を言わしめた」（第一節「理想主義と写実主義」）、「真の写実主義は、現実を卑俗から切り離す」（第二節「写実主義と卑俗主義との区別」）、「意味も無く、暗示も無い様なものは一切忘却して了う」（第三節「卑俗主義を免るる手段」）、「同時に全ての物を示さんと欲する事は即ち何物をも全く見せないことである」（第六節「描写」）等々の文章を断章取義的に採用し、これに「記述」「描写」「再現」「表現」という用語を組み合わせて行ったのが『吶喊』批評である。

（四）竹内好の暗示的洞察力

成仿吾は「『吶喊』の評論」の中、『端午の節季』は「我らが作家が」「彼の自己表現への努力を通じて、我々に接近した」「我々のところに戻ってきた」作品であって、「彼は復活した。しかも一層新しい生命をみなぎらせて」と評し、『不周山』をさらに高く評価し次のように述べる。

『不周山』は全篇中もっとも注意すべき作品でもある。作者はこの一篇によって彼が写実の門戸に固執することに甘んじないことを表わしたというべきである。彼は純文芸の殿堂に踏み込もうとしている。このような意識的な転身は、私が作者のために最も喜ぶことである。この作品にも満足しかねるところはあるが、ともかく全篇中第一の傑作である。

魯迅は成仿吾のこの言葉を意識して、一九三〇年一月発行の『吶喊』第一三版から『不周山』をはずし、三六年一月に上海文化生活出版社から「文学叢刊」の一冊として発行された『故事新編』に、『不周山』を『補天』と改題して採録した。その『故事新編』の「序文」（編末奥付、一九三五・一二・二六）において、魯迅はまず、古代と現代のどちらにも取材し、神話をフロイト説で解釈した短篇小説を書いていたが、陰険で滑稽な批評を眼にしたので、古代の衣冠をつけた小男を女媧の両股の間に登場させるという悪ふざけ（油滑）を演じ、こんな小説は二度と書くまいと思って『吶喊』の末編に置いたとする『不周山』成立時の状況を述べた上で、上述の成仿吾の批評に対し、十二年の歳月が間に挟まること感じさせせないほど鮮明な記憶と執拗をもって次のように反駁する。

こんな時我らが批評家成仿吾先生はちょうど創造社の玄関にある「霊魂の冒険」の旗印のもと斧を振るった。彼は「卑俗」の罪名で、『吶喊』をバサリバサリと斬って捨て、唯『不周山』だけは佳作に推した――当然拙いところはあるそうだが。率直に言うと、このことが、私にこの勇士を心服することをできなくさせたばかりか、軽視させるようになった原因である。私は「卑俗」を軽視しないし、むしろ「卑俗」を自任している。歴史小説については、ひろく文献にあたり、書くのに一々根拠に基づくというのは、たとえ「教授小説」と人に嘲られようとも、実際は構成にたいへん苦労する作品なのである。少しばかりのネタを扱って、勝手に潤色して一篇に仕立て上げるならば、たいした手腕は必要としない。まして「魚の水を飲むに、冷暖自ら知る如し」であり、卑俗な言葉で言えばつまり「自分の病気は自分でわかる」であって、『不周山』の後半部はいいかげんで決して佳作などと称することはできない。もしも読者がこの冒険家の言葉を信じたなら、きっと自分を誤り、私も人を誤らせることになってしまう。そこで、『吶喊』の第二版（十六回本『魯迅全集』原注・十三次印刷の時）を出版する時にこの一篇を削って、私の文集には「卑俗」なものだけを跋扈させ、この「霊魂」氏に返礼の一喝をあびせた。

竹内好は魯迅のこの文章と彼の行動に対して次のように述べる。

一九三五年になって書かれた『故事新編』の序言で魯迅は、この成仿吾の批評を不満として、最初『吶喊』の末尾に収められていた「不周山」を改版に際して削ったと述べている。この理由は額面では受けとりかねる。すでに『故事新編』の構想がかれにあって、そちらに廻すために『吶喊』から除いたのが根本の動機ではないかと思われる。ただ成仿吾の批評が、それ自体は幼稚には見えても、やはり当時の魯迅にある種のショックを与えたとは考えられる。(13)

さらに竹内好は翻訳と創作の関係を次のように指摘する。

考えられる翻訳のもうひとつの動機は、それを手段として新しい口語文体の創出の訓練を自分に課したと思われる点である。

創作では思い切ってやれない実験を翻訳でやったとしてもよい。魯迅の小説は、成功と失敗とを問わず、どれも実験的意味をもっており、その実験において内容と形式とが不可分であるのは、たぶん訳文を通してでも、ある程度は読者に察しがつくだろうと思う。翻訳はその予行演習といった気味がある。(14)

竹内好のこの二つの指摘は、筆者が西洋近代文芸思潮の関係で魯迅の創作を考察しようとする時に、かなり示唆的で暗示的な洞察力を啓示してくれている。それは、次節に示す『魯迅日記』の「書帳」部の急激な変化、すなわち「書帳」に記載されたものが一九二三年までは中国古典や金石文や拓本の類ばかりだったのが、二四年以降急に文芸理論と美術関係を中心とした日本書と洋書（多くは英語・ドイツ語）に変化する原因についての啓示である。竹内が「理解の深浅はともかく、こうした明確な方法意識が文芸批評に持ち込まれたのは中国では最初の例だろうと思う」(15)と指摘するような「魯迅にある種のショックを与えた」のが成仿吾の批評であり、この批評をきっかけに購入された文芸理論書は、「実験的意味」をもってなされる魯迅の創作に、それを構想し、それらを作品群としてグループ分けする際の理論的な基準を造らせたのだろうと予測できるからである。

二　『魯迅日記』「書帳」の急激な変化と『中国小説史略』の刊行

魯迅の文芸・創作観に対する意識の変化の転換期は『魯迅日記』（以下、『日記』と記す）及び「書帳」部を見ると明らかなように二四年以降に始まる日本書・洋書の集中買いの時期である、と筆者は考える。しかし、一九二四年以降に突然変化する「書帳」の記載の変化の理由をどのように理解するかはあまり問題にもされてないし、未だ明快な答えを引き出せてはいない。(16)現存する『日記』の第一編は一九一二年に始まり、各年ごとに購入した書物の名と冊数と値段が一括して書き連ねられる「書帳」が付属する。ところが、一二年から二三年には亙っては、この「書帳」に記されていたのは中国古典や金石文や拓本の類の糸綴本（綫装版）の漢籍が中心であり、洋書・日本書の記載は一冊も出てこない。しかし、一二年以降、日記では東京の丸善から送られてきた洋書や、二弟周作人、三弟周建人から送付された日本書・洋書が記される。また、一九一九年八月から二三年六月にかけては、武者小路実篤『或る青年の夢』や『現代日本小説集』では夏目漱石、森鷗外、有島武郎、江口渙、菊池寛、芥川龍之介の作品を翻訳しており、当然この翻訳の底本となる日本書は入手していたはずである。しかし、二四年までは洋書・日本書の洋装本の記載は一切なかった。ところが、二四年四月以降は「書帳」における書籍購入は漢籍を凌ぎ、日本書・洋書が中心になる。そのうち特に、邦訳されたりあるいは日本語で紹介する西洋の文芸・美術関係の書籍がかなりの量を占めている。ただ相変わらず糸綴本の漢籍の購入の記載はあるが、「書帳」には二四年以降も、中国の洋装新刊本の記載は見あたらない。

記載の内容に変化が生じたということは、魯迅にかなり意識化される現象が生じたということである。この変化の背景には、前節で述べた成仿吾の魯迅批判がある。それ以外には、魯迅が一九二三年一二月と二四年六月に刊行した『中国小説史略』の存在が深く関係している、と筆者は考える。それは、二四年以降に「書帳」に記載される近代文芸論書やその作品集の購入の動機には、魯迅が中国伝統小説の体系化を『中国小説史略』として完成させたのち今度は、西洋近代文芸思潮という観点から、自分の作品に対する創作・表現手法に技巧と想像を巡らし、各編を体系的に構想・構成させようとする想いを懐いていたのではないだろうか、と筆者は考えるからである。そのためには、その体系化を実現させるための理論的構築が必要である。それは竹内好の言葉を借りて言えば「実験的意味」をもった構想である。だから例えば、その編構成において最初『吶喊』に収められていた『不周山』を、三六年一月に上海文化生活出版より「文学叢刊」の一冊として刊行された『故事新編』に『補天』として収録したのであろう。

ところで、魯迅は一九二〇年八月から、北京大学、北京高等師範学校、世界語専門学校、北京女子高等師範学校で

「中国小説史大略」と題する講義を担当し、油印、鉛印の謄写印刷のテキストを学生に配布していた。それを、活字印刷にしたら手間が省けるとの理由から、「新潮社」から上・下冊の『中国小説史略』が刊行された。『中国小説史略』は「上冊」初版が一九二三年一二月に、「下冊」初版が一九二四年六月に発行されている。本書の二三年一〇月七日付けの「序言」の中で、「中国の小説には従来歴史がなかった。これが出現したのは、まず外国人の書いた中国文学史である」と指摘したように、魯迅が外国（日本）からの刺戟を受けて中国の小説を体系化して解説を加えたのが『中国小説史略』であったし、この体系化の試みは魯迅の学者的性癖がなせる具現的な成果であったともいえた。魯迅のこの学者的性癖は自作の作品集を編む際にも顕在化している、と筆者は見る。魯迅は二四年以降の創作には西洋近代文芸思潮に分類される各流派の創作や表現の手法上の意図と技巧のうち、魯迅自身の資質に適合するものを選び出し、「実験的意味」をもって創作し、自分の作品集を区分したのであろう、と筆者は考える。

ここまで、一九二四年二月に発表された成仿吾「『吶喊』の評論」は、魯迅に西洋近代の文芸理論へ眼を向けさせるきっかけを作ったこと、一九二三年一二月と二四年六月に刊行された『中国小説史略』での中国伝統小説の理論的体系化は、竹内好が言う翻訳で試みた「口語文体の創出」の「予行演習」の段階から、西洋近代の文芸流派の創作・表現手法を意識した作品集を創出する実践段階へと移行する際の、同系統の作業として位置づけられるだろうことを述べてきた。

最後に、本書において、魯迅が西洋近代の文芸思潮・流派の創作手法をどのように意識化させたのかを探るための資料に、筆者はどのようなものを利用するのかに触れておく。

三　『魯迅蔵書目録』に見る西洋近代文芸思潮の関係の書籍を典拠として

西洋近代文芸思潮と魯迅との係わりを考察する上で、『日記』及び「書帳」の記載と同様に重要な資料に『魯迅蔵書目録』（以下『蔵書目録』と記す）がある。[17]この『蔵書目録』の「外文蔵書目録」には、おそらくは一九二四年以前に入手し、『日記』及び「書帳」では入手経由の記載のない資料が含まれる。例えば、片山正雄著『最近独逸文学の研究』（東京博文堂、一九〇八・一二初版）である。この著作に所収される「自然主義の理論及技巧」と「最近独逸小説史」は、魯迅における自然・写実主義の概念を規定するのに大切な資料である。魯迅はこの五四〇頁に及ぶ大著の中から、上編に含まれる「自然主義の理論及技巧」と中編に含まれる「思考の惰性」の二篇を翻訳している。「思考の惰性」は二五年一〇月三〇日付の『莽原』周刊二八期に掲載され、一方「自然主義の理論及技巧」は『日記』の二五年一一月二九日に「訳了」と記されたが、公表されたのは上海北新書局から二九年四月発行の『壁下訳叢』においてであった。また魯迅による訳出はなかったものの、『最近独逸文学の研究』下編は「最近独逸小説史」が収録される。そこには「写実派の芸術観を実現するに最も適当なる詩形は、戯曲及び小説にして叙情詩の如きはこの二者に譲らざるを得ず」として、写実派及び自然派の作家たちとその作風の特徴が紹介される。この内容を深め補完したものが「自然主義の理論及技巧」であり、魯迅はこれを訳したのであった。また、二四年以降に入手したものでも、『日記』及び「書帳」に記載がないが、『蔵書目録』によりその存在が確認されるものがある。例えば、山岸光宣著『印象より表現へ』（東京玄文社、新演芸叢書1、一九二四・六初版、魯迅所蔵五版）である。この書籍は魯迅における表現主義の観念を規定する上で重要な資料となる。それは、『印象より表現へ』に所収の「表現主義の諸相」を、魯迅は訳出して、二九年六月二一日付発行の『朝花旬刊』一巻三期に掲載しているからである。

また「中文蔵書目録」には、『日記』「書帳」には記載の見あたらない中国の洋装本が「平装」版の書籍として収録されている。そこには、温契斯特（C.T.Winchester）著・景昌極、銭堃新合訳『文学評論之原理』（上海商務印書館、文学研究会叢書、一九二三）がある。扉頁に「魯迅先生教正　錫琛」の墨筆の跡を留める訳者章錫琛から直接寄贈された本間久雄著・章錫琛訳『新文学概論』（上海商務印書館、文学研究会叢書、一九二五）もある。また、劉大杰著『表現主義的文学』（上海北新書局、一九二八）、小泉八雲著・韓侍桁輯訳『西洋文芸論集』（上海北新書局、文芸論述之一、一九二九）等々の、魯迅における西洋近代文芸論の受容に関わる重要資料の存在が確認できる。

本書では、魯迅と西洋近代文芸思潮に関する考察を行う。

第Ⅰ部「文芸理論の受容に見る西洋近代文芸思潮」は総論であり、一九二四年二月に発表された成仿吾「『吶喊』の評論」という転換点から、二九年四月に公刊された『壁下訳叢』という転換点までを中心に、魯迅における「自然・写実主義」「表現主義」の理論受容を提示する。また筆者は、この一九二四年二月から二九年四月までの時期を、文芸理論受容とその咀嚼・吸収が体現された創作手法の視点から見る前期魯迅と位置づけている。この論考における前期魯迅とは、あくまでも文芸理論受容と創作手法における前期魯迅であることを断っておく。

第Ⅱ部「日本留学期及び翻訳・刊行との関係に見る西洋近代文芸思潮」は各論である。日本留学初期（一九〇二・四〜〇四・八）、魯迅には文芸思潮・流派という自覚は無かったが、浪漫派代表のヴィクトル・ユゴーや、ジュール・ヴェルヌそしてバイロンに出会い、彼らの作品を翻訳しあるいは論考に取り込んだりしている。そこで、魯迅における「浪漫主義」を彼らの作品翻訳の意義を通して考察する。また、留学時期の一九〇六年夏に出会い、二十年後に訳したエーデン『小さなヨハネス』の翻訳意図を厨川白村『苦悶の象徴』との出会いに絡めながら論証し、また、『小さなヨハネス』の作品世界を闡明し、魯迅における「象徴主義」の重要性を考察する。最後に、魯迅が翻訳の過程であちこちからもって来て取り込んだものを、中国語の語調を保ち「拿来主義《ナアライジュウィ》」として扱い、兼ねて取り込まなかった「唯美・頽廃主義」の文芸の特性について言及する。

第Ⅲ部「創作手法に見る西洋近代文芸思潮」は作品論である。筆者は、創作集『故事新編』に収められる『鋳剣』が、文芸理論受容と創作手法における前期魯迅の最高傑作であると考える。そこで、『小さなヨハネス』の翻訳と同時進行して創作が行われた、この『鋳剣』の全面的な作品論を展開させる。

【注】

（1）昇曙夢著『露国現代の思潮及文学』東京改造社、一九二三・七初版

（2）史若平編『成仿吾研究資料』中国現代文学史資料彙編（乙種）、湖南文芸出版社、一九八八・三
この中で、成仿吾の誕生日は「夏暦丁酉年七月一六日」とある。そこで、この陰暦の誕生年月日を陽暦に換算して表記した。

（3）a　日本近代文学館・小田切進編『日本近代文学大事典』第四巻、一九七七・一一
b　伊藤整・川端康成他編『新潮日本文学小辞典』新潮社、一九六八・一
c　谷山茂編『日本文学史辞典』京都書房、一九八二・九

（4）加藤周一「「自然主義」の小説家たち」所収『日本文学史序説』下「第十章　第四の転換期　下」筑摩書房、一九八〇・四、三八三、三八四頁

（5）注（4）に同じ、三三二頁

（6）注（4）に同じ、三八一、三八二頁

（7）注（3）bに同じ、五五二、五五三頁

（8）竹内好「解説――創造社の結成と世界的同時性」（所収『魯迅文集』第二巻、筑摩書房、一九七六・一二）の中で、文学研

究会と創造社の対立の原因が、「おくれて出発した創造社のほうが、相手を人生派、自然主義、翻訳偏重などと決めつけることで自派の新しさを誇示した一面があった」こと、「創造社のほうは、大正文壇の雰囲気にどっぷりつかった文学青年であって、間接に世界大戦後の新傾向、いわゆる二十世紀文学の空気を吸うことから文学的出発をおこなっている点が、どちらかというと十九世紀的な文学観念を抜けきれない文学研究会のメンバーと肌が合わなかった最大の原因のように思われる」と指摘している。

また、伊藤虎丸「問題としての創造社――日本文学との関係から」（所収『創造社研究』創造社資料別巻、アジア出版、一九七九・一〇）の中で、成仿吾の「『吶喊』的批評」と「写実主義与庸俗主義」に描くリアリズム理解は彼の留学時の日本文学におけるリアリズム観すなわち中村光夫『風俗小説論』に書く「日本の自然派」における「近代リアリズムに対する重大な誤解」と無関係ではないことを指摘して次のように述べており、筆者も全く同感できる。

（中村）氏はここで、「我国の自然主義作家は、自己の内面を普遍化し、その思想を具象化する努苦《ママ》から全く解放されてしまったので、いわば近代小説のもっとも困難な作業を巧みに避けて通ったところに我国の私小説は成立したのです」と言う。この指摘はそのままここでの魯迅の成仿吾への指摘でもあると言えるだろう。

ここで成仿吾は魯迅の『吶喊』を、「自然主義」と規定し、それをいわば、もはや時代後れな作品だと攻撃する（こういう裁断の仕方は後の第三期創造社の魯迅攻撃にも共通している）。言い方こそちがうが同様の認識、つまり自分たちを、自然主義の後に来た者、その否定者とする意識は、鄭伯奇（「『中国新文学大系』小説三修導言」）にも、郁達夫（「五六年来創作生活的回顧」）にも見られる。このことはまた、当時創造社と対立していた文学研究会の理論的指導者だった茅盾が、しきりに自然主義を鼓吹し、当時の小説が「自然主義的でない」ことに不満を示していることを想起させる。自然主義をめぐる問題は、魯迅との間のみならず、所謂、文学研究会と創造社の対立といわれるものの対立点の一つだったわけだが、この場合、日本文学との関係から言えば、創造社は、自然主義を否定するが、そのリアリズム論、その反自然主義論は、実は、中村光夫氏が、大正文学は「流派の別を越えて」その延長上にあったとされる日本の自然主義文学のそれを受け継いだものだったという関係が指摘出来るのである。

（9）ジャン＝マリ・ギュイヨー（Jean-Marie Guyau 1854.10.28～1888.3.31）『社会学的見地から見た芸術』（L'art au point de vue sociologique. 1890）は、彼が哲学者、美学者と評価される著作を残したのに加えて、芸術社会学の先駆者とも見なされる評価の一翼を担う業績の一つであり、明治末年から昭和初期までの邦訳には以下の五種がある。

a　大西克禮訳『社会学より見たる芸術』内田老鶴圃、一九一四・一二、（七七七頁）

b　井上勇訳『社会学的に見たる芸術』聚英閣、一九二五・一、（抄訳、二一六頁）

c　北昤吉監修『社会学上より見たる芸術』潮文閣、万有文庫9、一九二八・四、（四六三頁）

d　大西克禮、小方庸正訳『社会学上より見たる芸術』岩波書店、岩波文庫、（第一部、二一九頁）一九三〇・一一、（第二部上、二五三頁）一九三一・四、（第二部下、二五八頁）一九三一・七

e　西宮藤朝訳『社会学上より見たる芸術』春秋社、世界大思想全集55、一九三一・五、（五一七頁）

以上より、成仿吾の日本留学期間一九一〇～一九二一年と、彼の「写実主義と卑俗主義」の執筆時期を考慮に入れれば、成仿吾訳『社会学的芸術観』が使用した可能性のある邦訳資料は（a）の一九一四年版大西克禮訳『社会学より見たる芸術』しかない。また、魯迅は邦訳資料（c）を一九三〇年三月一日、内山書店にて購入している。ちなみに、（a）の第一部「原理――芸術の社会学的本質」第五章「写実主義《レアリズム》―卑俗主義《トリビアリズム》及び之を免るる方法に就て」は以下のような訳題の構成である。

第一節　理想主義と写実主義／第二節　写実主義と卑俗主義《トリビアリズム》の区別／第三節　卑俗主義を免るる手段―事件の時間的遠隔／第四節　空間に於ける転置《デプラスマン》と環境の新設《アンヴァンション》、自然及奇趣《ピトレスク》の感情／第五節　自然の感情《サンチマン、ド、ラナチュール》に対する聖書及び東洋の影響／第六節　描写――自然の共感的有情化

（10）倉持貴文「成仿吾とギュイヨー」『中国文学研究』第八期、早稲田大学中国文学会、一九八二・一二

倉持氏は、注（9）―（b）の井上勇の抄訳『社会学的に見たる芸術』と成仿吾「写実主義与庸俗主義」を比較検討し、後者が前者の第五章「リアリズム――トリヴィアリズムを免れる方法」に全面的に依拠し、この評論に述べる「庸俗主義」とは文学研究会が主張・実践していたリアリズムを指し、文学研究会批判を目的としていたと指摘する。そして氏は、成がこの著作に次の五点においてギュイヨーと一致した考え方を見出したことを指摘している。

（一）ゾラ流の自然主義に対する批判、（二）「芸術の真の目的は、生命の表現にある」とする「生の哲学」に対する考え方、（三）「表現」「再現」という表現主義の先駆となるような用語を自然主義批判の武器として用いたこと、（四）芸術における社会性を強調したこと、（五）芸術が社会性を持つ原動力となり、新しい社会環境を創造する担い手として、天才の存在を設定したこと。

(11)　注（8）の竹内好「解説」に同じ、「成仿吾の批評と『故事新編』および『朝花夕拾』」四一七頁

(12)　注（9）―（d）の「解説」一七頁に拠る。

(13)　注（8）の竹内好「解説」に同じ、「成仿吾の批評と『故事新編』および『朝花夕拾』」四一九頁

(14)　注（8）の竹内好「解説」に同じ、「日記と翻訳と『野草』」四〇二頁

(15)　注（8）の竹内好「解説」に同じ、「成仿吾の批評と『故事新編』および『朝花夕拾』」四一七頁

(16)　『魯迅日記』「書帳」の記載に見る一九二四年以降の突然の変化に触れる論考として次のようなものがある。
注（8）の竹内好「解説」に同じ、「日記と翻訳と『野草』」
厳家炎「魯迅与表現主義――兼論『故事新編』的芸術特徴」『中国社会科学』一九九五年二期、所収『世紀的足音』作家出版社、一九九六・一〇
中島長文「魯迅における「文人」性」『ふくろうの声　魯迅の近代』平凡社、二〇〇一・六

(17)　『魯迅蔵書目録』（北京魯迅博物館編『魯迅手蹟和蔵書目録』「第二集中文蔵書目録」「第三集外文蔵書目録」内部資料、一九五九・七
これ以外に、魯迅が目睹あるいは所蔵する蔵書に関する資料・研究として次のようなものがある。
中島長文編『魯迅目睹書目――日本書之部』中島長文編刊、一九八六・三
北京魯迅博物館魯迅研究室編『魯迅蔵書研究』中国文聯出版、一九九一・一二

第Ⅰ部　文芸理論の受容に見る西洋近代文芸思潮

第一章　魯迅と自然・写実主義
――魯迅訳・片山孤村著「自然主義の理論及技巧」及び
劉大杰著「『吶喊』と『彷徨』と『野草』」を中心に

はじめに

魯迅『日記』の「書帳」簿には一九二三年以前と二四年四月以降とでは明らかな変化がある。魯迅は一九一三年八月八日に厨川白村著『近代文学十講』（東京大日本図書株式会社出版、一九一二・三初版、魯迅購入版数は不明）を相模屋書店から、一七年一一月二日に同『文芸思潮論』（東京大日本図書株式会社、一九一四・四初版、購入版数は不明）を東京堂から、それぞれ小包便で入手したことを『日記』には明記していた。しかし、この二冊が『日記』の「書帳」に記されることはなかった。その時期、魯迅がこの二冊に特別な関心を示していた様子も意識していた様子も、彼を取り巻いた環境、彼に起こった状況から判断して特になかった。ところが、一九二四年四月を起点に「書帳」は明らかに変化する。日本書と洋書、その中特に文芸理論に関する書籍の購入が際立つようになる。前記した厨川白村の同一書籍に関しても、一九二四年一〇月一一日に『近代文学十講』（『蔵書目録』に一九二四年の第八二版と第八三版を確認）を、一二月一二日に『文芸思潮論』（『蔵書目録』に一九二四年の第一九版を確認）を、魯迅は再度購入した事実を「書帳」に記録した。この「書帳」の変化の理由を筆者は、魯迅が近代文芸の思潮・主義・流派などを含む文芸理論を自覚的に意識したことに求める。それはその変化の時期が、魯迅が西洋近代文芸理論に目を向けさせるきっかけをつくった成仿吾の文芸批評「『吶喊』の評論」（篇末の奥付一九二三・一二・二）が『創造季刊』（二巻二号、一九二四・二・二八）に掲載発行された時期にほぼ一致するからである。

魯迅がすでに一度購入していた『近代文学十講』『文芸思潮論』二冊を再び購入し、この購入の事実を「書帳」に明記したのは、この二冊を書籍として重要なものと認め、「書帳」に書き留めることを主体的に行為させる何らかの意識の変化があったことを意味するものであろう。そして意識の変化とは、魯迅が今までとは同じ意識や感覚では対処し切れない何かを迫られてでも吸収・消化し、独自の観点から判断しなければならない状況から引き起こされた変化であり、迫られてでも吸収・消化しなければならなかったものとは、「書帳」の変化に端的に示された西洋近代の文芸理論と文芸思潮論であった、と筆者は考える。

では、魯迅が自覚的、意識的に受容し始めた文芸理論・文芸思潮論への理解度が一定の水準に到達し、そこからまた新たな発展ないしは展開を示す分岐点となったのは何時頃なのであろうか。魯迅は後年「『三閑集』序言」（一九三二・四）に次のように述べる。

> 私には一つ創造社に感謝しなければならないことがある。それは彼らに「押しつけられて」幾つかの科学的文芸論を読むはめになり、以前の文学史家たちが山ほど説明しても、まだ縺れてすっきりしなかった疑問が解けたからである。しかもこのことにより、プレハーノフの『芸術論』を翻訳した結果、私の——私のせいで他人にまで及んだ——ただ進化論のみを信じる偏向が是正された。

この文章のすぐ後の「ただし」以降、魯迅は、『中国小説史略』を編んだとき集めた資料で、青年たちの検索の労を省くため『小説旧聞鈔』を刊行したら、成仿吾から無産階級の名を以って「有閑」と指弾されたと書いている。するところで「創造社」と言っているのは、革命文学やプロレタリア文学を標榜する新鋭の創造社メンバー、所謂「第三期・創造社」であろうが、魯迅の念頭には第一期・第二期「創造社」メンバーを含めた「創造社」であって、特に終始名を列ねた成仿吾が意識されていたのは明らかである。ところで、魯迅訳プレハーノフの『芸術論』の底本に使用した蔵原惟人訳『階級社会の芸術』（東京・叢文閣、マルクス主義芸術理論叢書之四、一九二八・一〇）と外村史郎訳『芸術論』（同、マルクス主義芸術理論叢書之一、一九二八・六）を入手したのが一九二八年一〇月一〇日と一一月七日、(1)『階級社会の芸術』に収められた「論文集『二十年間』第三版の序文」を訳了して「訳者附記」を書き終えたのが二九年六月一九日、外村訳『芸術論』所収の三篇の論文にこの蔵原訳一篇を加えて完成させた『芸術論』に「序言」を書き終えたのが三〇年五月八日、上海光華書局からの初版が三〇年七月である。筆者は、「『三閑集』序言」の文章において、魯迅の「疑問が解けた」「このことにより、プレハーノフの『芸術論』を翻訳した結果」「進化論のみを信じる偏向が是正された」と言う文芸論への新たな展開を示す分岐点を示す訳書刊行に、一九二九年四月に発行の『壁下訳叢』があると考えている。すなわちこの翻訳書の刊行は、魯迅が創造社からの挑発を起点に、文学革命論争における文芸理論の読解・翻訳を整理した今までの文芸理論構築の到達点であり、新たな文芸理論理解への出発点を示す訳業整頓の顕れであると考えている。(2)

そこで本章では、魯迅の文芸理論・思潮論の受容において、『創造季刊』二巻二号（一九二四・二）に掲載の成仿吾著「『吶喊』の評論」をきっかけに西洋文芸思潮と文芸創作上の流派に対する理解を深める作業として行った読書と翻訳が、かなりの理解度に達したと考えられる『壁下訳叢』（上海北新書局、一九二九・四）刊行までの時期を中心に、魯迅と自然・写実主義との関係について概観する。

一　魯迅における自然・写実主義理論の受容

魯迅は一九二五年一〇月三〇日付発行の『莽原』周刊二八期に片山正雄著「思索の惰性」を訳載し、さらに一一月二九日夜に同著「自然主義の理論及技巧」を訳了している。この二作はともに片山正雄著『最近独逸文学の研究』（東京博文館、一九〇八・一二初版）の中から選択、訳出したもので、後に『壁下訳叢』に収録される。魯迅は一九二九年四月二〇日付けの『壁下訳叢』「小引」において、「これは三、四年に亙り文芸に関して翻訳した論説を色々集めた本であり」「今回編集を終えてみるとわずかに二五篇しかなく」「排列について言えば、前半の三分の二――西洋文芸思潮を紹介した文章は含まない――が凡そ主張している内容は何れもやや旧い論拠に基づいており、『新時代と文芸』という新しいタイトルすら、やはりこの類に属している」「後半の三分の一がともかく新興文芸に関わっていると言える」と述べている。(3)『壁下訳叢』に収録された論文二五篇を排列順に示すと、片山孤村（正雄は本名）三編、ロシア人東京帝国大教授ケーベル一篇、厨川白村二篇、島崎藤村一篇、有島武郎六篇、武者小路実篤四編、金子筑水一篇、片上伸三編、青野季吉三篇、昇曙夢一篇である。この中、「西洋文芸思潮を紹介した文章」と片上、青野、昇の七篇が扱う「新興文芸に関わっている」論文を除けば、金子筑水「新時代と文芸」をも含めた論文の「主張している内容はやや旧い論拠に基づいて」いると、魯迅は言っている。一九二五年三月五日、魯迅は東亜公司に赴き「新時代と文芸」が収められた金子筑水著『芸術の本質』（東京堂書店、一九二四・一二）を購入し、二五年七月二四日に『莽原』週刊一四期にその翻訳を掲載している。魯迅は自分が置かれた時代状況と文芸論の潮流を考慮に入れて、一九二九年四月の段階で金子筑水「新時代と文芸」を「やや旧い論拠」と語っているのは、「新時代と文芸」が自然主義以降の新浪漫派的理想主義の視点から自然主義の否定に基づく人間性の回復と発露を主張しているからである。この翻訳については稿を改めて論じるが、ここでは魯迅における自然・写実主義の認識のあり方を片山孤村著・魯迅訳「自然主義の理論及技巧」及び『壁下訳叢』に所収された片山孤村著・魯迅訳「表現主義」（所収『現代の独逸文化及文芸』一九二二・九）を原文の文章に則しながら紹介し、さらに劉大杰著「『吶喊』と『彷徨』と『野草』」（一九二八・五）を用い、魯迅における写実主義の内容を確認して行く。

魯迅訳・片山孤村著「自然主義の理論及技巧」

①自然主義と写実主義

魯迅が自然主義や写実主義を紹介する数ある近代文芸思潮の解説書の中から、片山孤村の「自然主義の理論及技巧」を選び翻訳した理由の一つに、「自然」とは何か、「写実」とは何かという言葉の定義を含め、全体としては短めの解説の中で簡潔に要領を得た紹介がなされている点にある。

自然と云う語には種々の意味が有るが、文芸上の自然主義なる語に於ては二種の意味しか無い。第一は人為即ち文明の反対としての自然、第二は現実 Wirklichkeit 即ち感覚世界としての自然である。

ドイツ文学研究者である片山孤村は、まず自然主義の「自然」についてこのように定義し、二つの自然を次のように説明する。

第一の自然主義は、ジャン・ジャック・ルソーの『エミール、一名教育論』（一七六二）の巻頭において「造物者の手より出ずる一切は善なれども、人の手に入りて堕落す」という言葉で文明の弊害を指摘し、エミールは自然児として教育しなければならないことを説いたことが、一八世紀の人心に深刻な影響を及ぼし、ドイツでは一七七〇年代の「飈興浡起」運動（Sturm und Drang のことで、昭和初期に至り成瀬無極はこのシュトゥルム・ウント・ドラングを「疾風怒濤」運動と訳す——筆者注）を惹起した原因の一つとなっていること。ドイツの少壮年文学者等は自然を不羈放縦と同一意味に解釈し、空想と感情に耽り、社会文芸等に於ける習慣、制限、規矩準縄を無視することで、真の人道に到る道だと信じ、民謡の価値を過重し、法則に羈束されない戯曲を理想としたことが説明される。

第二の自然を現実と解釈する自然主義は、一九世紀の自然主義で、フランスでは写実主義（Realismus は画家クールベーにより、Naturalismus はゾラにより始めて文芸上に用いられる）と同じ意味に用いられ、ドイツではヘッベル（Hebbl 1813–1863）、ルートヴィヒ（Ludwig 1813–1865）、フライターク（Freytag 1816–1895）以来の文学を写実主義と名づけ、一八八〇年代の「飈興浡起」運動以来の写実派の文学を、殊に自然主義と云い慣わせていること。但しこの自然主義は美学者フォルケルトの所謂歴史的概念としての自然主義で、審美的概念としてのそれではなく、審美的概念としての自然主義とは芸術の目的は自然を模倣するに在りとか、出来るだけ自然に逼るに在りと云う一定の主張で、歴史的概念としての自然主義とは一九世紀末のドイツ文壇に行なわれた諸種の文芸上の総称であると紹介される。

②フランス写実派（＝自然派の元祖）と自然・写実主義の理論的定義

a．ジャン・ジャック・ルソー（Jean-Jacques Rousseau 1712–1778）

ルソーは『懺悔録』（Les Confessions）に於て自己の経歴性行を包み蔵さず、省略もせずのありのままに写し出し、其の如き筆法は取りもなさず自然主義である。しかしルソーはただ露骨なる描写の凄まじき効果を暗示したに過ぎず、この理論を小説には応用しなかったので、ルソーを以て自然派の鼻祖とするのは妥当ではない。

b．バルザック（Balzac 1799–1850）

ルソー以降スタンダール（Stendhal 1783–1842）の如き心理小説家があって初めて精細深刻なる自然主義の技巧を小説に用い

たと称されるが、写実主義を以て文壇に革命的事業を成就して、写実主義の父とも仰がれるのはバルザックである。バルザックはヴィクトル・ユゴー（Victor Hugo 1802–1885）、ジョルジュ・サンド（George Sand 1804–1876）、アレクサンドル・デュマ・ペール（Alexandre Dumas Pere 1802–1870）等のロマンチック主義に反対して、物質的生活の辛労を精写した革新者である。彼は全集『人界の喜劇』（現在訳『人間喜劇』Comêdie Humaine）二五巻の序において、「風俗の歴史を伝える」ため「社会の情欲、道徳、罪悪の目録を編製し同種の性格を集めて類型（代表的性格）を示し、……（中略）……残念ながら吾人に遺さなかった書籍を作ろうと思う」と自称する如く、風俗描写者の鼻祖、若しくは高尚なる意味の風俗史家である。バルザックの確信によれば、文学は社会の生理学でなくてはならず、生理学の前提及び帰着は必ず厭世的ならざるを得ない。近代の人心を支配するのは恋愛でも、快楽でもなく、唯黄金である。そこで彼は一代の社会が黄金を得んが為に苦労し、狂奔し、私利私欲に耽る有様を忌憚なく描写した。是が彼の人生観が厭世的な所以である。また『喜劇』の序に言うように「結構は善事よりも悪事を挙げ、描写の或る部分は悪人の一群を示すことが有るが……（中略）……この不道徳に……（中略）……完全なる対照をなすべき他の部分の道徳的なること」を描いた。そしてその描写は精細に過ぎ、専門家で無くては解せぬような事まで根気よく叙述しているのは、輓近自然派と同様である。

c．ゾラ（Zola 1840–1902）

ゾラは作家たるのみならず批評家、審美学者を以て自任し、其著作『実験的小説』（Les Roman Expérimental）『自然派の小説家』（Les Romanciers Naturalistes）等に於て自然主義の理論を述べているが、ゾラの実行は必ずしも之にそぐわなかったのみならず、彼はこの理論のため自縄自縛に墜った。ゾラは『実験的小説』の中で、自然派の小説家が演劇社会を材料に小説を描こうとする場合の例を挙げ、「彼は第一に彼が描かんと欲する社会に関して見聞する一切を集めて、書き留めて置かねばならぬ」こと、そのために俳優と相識になり、演劇に精通した人々と談話し、二三日は劇場に暮らし、或る女優の桟敷で幾晩か過し、証拠文書が完全になったら「小説家は唯事実を理論的に配列すればよい」こと、「この小説が奇異で有るか、否やには関係はない。之に反して平々凡々であればあるほど、益々類型的（代表的）になって来る。現実の人物を現実の境遇に活動させ、読者に人生の一部を示すことが、自然派小説の本領で有る」と理論づけている。

d・バルザックとゾラ

バルザックは実世間の人物を観察して得たる結果を以て類型を形成して、或る階級、或る職業を代表させるが、ゾラの人物は或る種類の代表者ではあるが典型ではなく、多数の個人の平均でもなく、個人である。だからナナはナナでナナ以外にナナは無い。

バルザックは其観察を科学者のように備忘録に書き留めて置かず、直ちに範疇に分ち、緊要ならざる瑣末の事物は大抵忘れてしまうので、個々の事象を集めて、類型的に性格やら光景やらを描写するにも至極楽になり、彼の人物や光景は読者に統一ある明劃なる印象を与え、著作は全体としての効果に富んで実る。之に反しゾラは如何なる瑣末な事でも、否、殊に好んでかかる事象を精写するから、時には固より煩瑣に過ぎる嫌は有るけれども、この種の精写が成功した場合には実に凄じき効果を生ずる。

e・自然主義の代表

自然主義は、理論と実際がよく一致するゴンクール兄弟（Edmond De Goncourt 1822–1896, Jules De Goncourt 1830–1870）とフロベール（Flaubert 1821–1880）の三詩人を以て最も純粋に代表されたと云っても大過はない。

f・自然主義の理論的定義

自然主義とは、感覚的現実世界を経験のままに描写するを以て芸術の本義とする主張である。自然派の芸術家は、自然界即ち現実界の一切の事象をそのままに描写し、其間に何等の選択、区別もせぬ。又絶対的客観を神聖なる義務とし、其著作に自己の個性を現さざらんと努めるのである。此要領に於てあらゆる自然派の文士は悉く一致しているけれども、理論の細目や実行の方法に至っては、千種万別であることは固よりである。

③自然主義の技巧

ソーヴジョー（David Sauvageot）氏が提出し、解決した、自然派は如何に自然を模倣するかの疑問は、一九世紀のみならず、古来一切の写実主義、自然主義の解明に新光明を投ぐるものである。

第一に、写実主義はイギリス及びロシアの小説に於けるが如く、宗教又は道徳を伝え、又はゾラの著作に於けるが如く、実理哲学を教えんがために使われている。其代表として、バルザック、ゾラ、ドストエフスキー、トルストス、イプセン等がいる。此れを氏は「教訓的写実主義」と命名している。

第二に、写実主義は模倣の天性に従い、精細なる描写を悦ぶの余り、単に自然を写生することがある。フロベール、ゴンクール等は之に属している。之は「純芸術的写実主義」と云うべきものである。

純芸術的自然主義・此自然主義に関しては、ユリウス・ゴルトシュタイン氏が論文『審美的世界観に就て』（Üeber ãesthetische Weltanschauung）に述べたものが傑出している。『ゴンクール兄弟の日誌』の世界観は宇宙及人事の無価値、無意味を信じる深刻なる厭世観に、「生命とは何か、分子集合の利用に過ぎぬ」という極端なる唯物論が結合したものである。人生は芸術が無くては永久の凋落であり、腐敗であるが、芸術は文明生活や人類にとって何の意義も無く、芸術は自己目的である――芸術の為の芸術 L'art pour l'art であるとした。L'art pour l'art の中には消極的と積極的との両立論が含まれている。消極的立場は芸術に対する道徳の制限を排斥し、積極的立場は万物等しく芸術の対象となり、芸術の関する所は唯形式、技巧であって、対象、内容ではなく、其技巧だに成功していれば、内容の如何はない。この自然主義では、客観的には芸術は人生問題や宇宙問題に対して何等の意義をもっておらぬが、主観的には一個の努力の価値ある目的がある、即ち情緒（l'émotion）である。物体中の一物体なる人は神経の作用に依って事物の表面に審美的情緒を作る。この情緒を作る自然主義的審美主義者は神経を重視し、芸術は情緒、印象、刺激、戦慄によって、唯物論的に解釈されたる人生の不快と、寂寥と、無意義とを超絶する手段であるとする。この自然主義的、厭世的審美主義は単に理論ばかりでなくオスカー・ワイルド（Oscar Wilde 1854-1900）やダンヌンツィオ（D' Annuzio 1863-1938）の描いた人物に於て具体的に現れている。この自然主義的審美主義（Naturalistischer Aesthetizismus）に於ては人生は審美的情緒と非審美的情緒との二通りしかない。此れが此主義のデカダン的特徴で、デカダン（Décadence）とは自然主義的審美主義に伴われた一定の精神状態と解され、其心理的特徴は、個々の心的作用を統一する意力の欠乏で、各瞬間の印象に支配せられてしまい、享楽の為新奇険怪なる刺激が最後の目的となる。此新刺激を求めてやまぬ傾向はボードレール（Baudelaire 1821-1867）、バルベー・ドールヴィイ（Barbey d'Aurevilly 1808-1889）、ユイスマンス（Huysmans 1848-1907）等に於て殊に著しい。

④ドイツ自然主義

　ドイツでは写実主義は、前に述べたようにヘッベル、ルートヴィヒ、フライターク等の時代から画然たる時期を作っているが、真のために美を犠牲に供するフランス流の写実主義ではない。彼の三人の外に、ケラー（Gottfried Keller 1819–1890）、シュトルム（Theodor Storm 1817–1888）、クラウス・グロート（Klaus Groth 1819–1899）、フリッツ・ロイター（Fritz Reuter 1810–1874）、シュピールハーゲン（Friedrich Spielhagen 1829–1911）、ハイゼ（Paul Heyse 1830–1914）、ラーベ（Wilhelm Raabe 1831–1910）、フォンターネ（Theodor Fontane 1819–1898）等の名は此「写実主義」の代表者として不朽と云ってもよかろう。フランス流の写実主義がドイツ文壇に行わるるに至ったのは、一八八〇年代から一八九〇年代へかけての「飈興浡起」と称せらるる革命運動の結果である。ドイツ文学に謂わゆる自然主義とは、フランス流の自然主義、即ち審美的概念としての自然主義、又は人生観としての自然主義ばかりでなく、亦所謂「輓近派」（Die Moderne、魯迅訳「現代派」）の諸傾向の全体を含んでおり、其性質が甚だ複雑で、フランス流の自然主義その儘もあれば、更に之を極端にした「徹底自然主義」もあれば、神秘主義、主観主義、象徴主義、新ロマンチック等の諸傾向を一括した新自然主義もある。其他社会主義、ニーチェより来た個人主義、無政府主義を加味したものもある。「輓近派」の徒は我日本の自然派と同じく皆模範を外国からとったので、其私淑する模範の種類と、人々の心状、性格、学識に従って、千人が千人遣り方は皆違う。違わぬのはただ斬新 modern と云う目的ばかりである。要するにドイツに於ける自然主義はフランスのそれにもとづき、更に之を極端にし、精細にし、且つ是を実行して徹底せずんば止まざる傾向があった。

　以上、片山孤村の地の文章を生かし、要所を接続しながら前後の脈絡に齟齬が生じぬように纏めた。ただし人名に関しては現在慣用されている表記に改めた。ここでもう一度全体の内容を整理してみる。

　まず、自然主義と写実主義の違いであるが、「自然」には二種あり、一つはルソーに始まる「人為」に対峙する自然で、これは飾らぬありのままの精神状態を求めるものであり、もう一つは、感覚世界に映し出される現実を精細且つ克明に模写させようとする自然である。この第二の意味の自然において、現実 real 世界及び感覚としての現実 reality を如実に表そうとするのが realism すなち写実主義と呼ばれるものである。科学実験的な自然科学を念頭において分析を極めたのがゾラに代表される自然主義であるが、片山孤村の理解では、科学分析的なゾラを自然主義の代表とはせず、自然主義的審美主義や厭世的審美主義へと受け継がれる、模倣の天性に従うフロベールとゴンクール兄弟をフランス自然主義の代表としている。また、フランスでは自然派と写実派は同じ意味で認識させていること、さらには日本も含めドイツでも、それぞれの受容者がその模範とする自然主義が個性の違う各人各様の自然派の作品からもってくるため、様々な傾向性を有する自然主義が生じていることである。

魯迅は翻訳に際し、全体として日本語原文にかなり忠実に訳しながらも、日本語テキストにあるドイツ語の誤った表記を訂正し、本来作家名の欧文表記が無かったものにもその表記を加えたり、逆に、例えば孤村の原文では「フライターク以来の文学を写実主義、又は詩的写実主義 Poeticher Realismus と名づけ」とあるが、「詩的写実主義」の部分を省略して訳すなど、自分の理解のため、また他人への簡明な翻訳のためか、少ない限りでの省略も行なっている。一方、原文に「審美」と言う言葉が十二回に亙って使われているが、魯迅訳は二通り、一は「審美」、一は「唯美」である。普通はそのまま「審美」と訳し、「自然主義底審美主義」とか「審美底情緒」としているが、単なる「審美主義」という場合と、「審美」を修飾する語に「厭世的」とか「デカダン的」とあると、「唯美主義」「厭世底唯美主義」「頽唐底唯美派」と、明らかに使い分けしている。

ところで、成仿吾が魯迅に行なった「『吶喊』の評論」において、成は文章表現の手法を「記述」「描写」「再現」「表現」という用語で使い分けて、魯迅の文芸流派の特色が自然主義であり、魯迅が日本の自然主義の影響を受けていること、さらに、魯迅が「環境と国民性」に注意を払わずに「彼の典型で異常な病的な人物を描き出した」のは日本で学んだ医学と自然主義のせいであり、彼の作品は細部に亙るまで全てを描写し尽した、暗示性に欠けるものだと分析していた。すると、片山孤村が示した自然・写実主義の文章と成仿吾の指摘との関係から確認できるのは次の二点であろう。

①日本の自然主義はどちらかというと、ルソーの流れを引く飾らぬありのままの精神状態を求める自然主義であったこと、そして、ドイツも日本も同様に、受容者が私淑する自然主義の違いにより、フランス本国とはまた違う自然主義の傾向が生じていたという点。

②魯迅自身の作品傾向は、現実世界及び感覚としての現実を如実に表そうとする写実主義であって、決して日本の自然主義とは関わらないが、確かに自然・写実主義的な色彩を色濃く持っている点である。

片山孤村著・魯迅訳「表現主義」での自然・写実主義

a．科学は顕微鏡に依って、実験心理学は分析に依って、自然派の戯曲家は性格と環境との描写に依って人間を研究し若しくは構成したが、それは人と云う機械であって、霊魂は持たなかった。斯くして機械的文化時代の学者や詩人には霊魂の観念は全く失われ、斯くして精神（ガイスト Geist）と霊魂（ゼーレ Seele）とは混淆され同一視さるるに至った。

b．自然派と写実派とは人間の機制を暴露し、之を動かす諸原動力、即ち刺激と神経と血とを探究せんが為に人間を解剖する。彼等は心理研究に従事し、心理学の参考材料を供給する。彼等は人間を環境、即ち特殊の境遇と国民的気候の奴隷として示す。然れども彼等は実在を、与えられたもの動かすべからざるのもの、打克ち可からざる抵抗と解する。彼等の著作は現実の描写、世界の映像である。

成仿吾は、一九二三年六月に『創造週報』第五号に発表した「写実主義と卑俗主義」の理論に則して批評したのが『吶喊』の評論」であり、この「写実主義と卑俗主義」の拠り所となったのがジャン＝マリ・ギュイヨー『社会学的見地から見た芸術』（L'art au point de vue sociologique. 1890）であったが、魯迅は北昤吉監修のギュイヨー『社会学上より見たる芸術』（潮文閣、万有文庫九、一九二八・四）を一九三〇年三月一一日内山書店から購入している。それに先立ち一九二七年一一月一八日にやはり内山書店から購入した片山孤村著『現代の独逸文化及文芸』所収の「表現主義」により、成仿吾が「真の写実主義と卑俗主義の違いは、ただ、一方が表現Expressionであり、一方が再現Representationであるということだけである。再現には創造の境地はない」と指摘した根拠がここにあることを、魯迅は理解する。表現主義に関わる問題は稿を改めて述べることとし、ここでは上述したこの著「表現主義」が指摘した自然・写実主義の問題において、魯迅が認識したと思われる点を整理すると、やはり二点に纏めることができる。

①魯迅の文芸思潮としての創作方法も、性格と環境との描写に依り人間を構成し、人間を環境即ち特殊の境遇と国民的気候の下に示していること、そして、現実を与えられた動かし難いもの、克服しがたき抵抗と認識し、作品においてその現実世界を描写し、中国世界を映像的に示していたことを確認し、自分の『吶喊』『彷徨』の作品群は文芸思潮としての表現主義に対峙する自然・写実主義であることの認識を確実にしたと想定される。

②自然主義において、機械的に構成された人間は霊魂を持たないという認識である。嘗て人間の精神には、知識を作り哲学や倫理感情を司る精神（ガイスト Geist）と、心情の神秘に及び肉体と密接に結びつき愛や憎を司る霊魂（ゼーレ Seele）なるものがあったが、自然主義においてはまったく無視されており、現代人も精神と霊魂は混淆し同一視して、霊魂を精神と同意義にしているという指摘を、一九二七年一一月段階の魯迅にあってはおそらく共感を持って受け止めていただろうと思われる。

二　劉大杰著「『吶喊』と『彷徨』と『野草』」――写実主義から象徴・神秘的情緒へ

劉大杰[4]は、一九二八年五月『長夜』第四期に「『吶喊』と『彷徨』と『野草』」と題する評論を、魯迅逝去の追悼記念的な意味合いで編集された三六年一二月『宇宙風』三〇期に「魯迅と写実主義」と題する評論を書いている。「『吶喊』と『彷徨』と『野草』」は日本留学中に書かれた評論である。この中、劉大杰は冒頭、今日の中国の文芸界では、作品の批評が「友好的な讃美か罵倒的な復讐」、あるいは「偏見的な善意か悪意」のもとになされることが、ごく日常的な普遍的な状況であること。また、「最新の看板で、人を攻撃する輩」や「Proletariat を以って自己の Bourgeois を粉飾するのを憎悪する」のは、「商業や政界での投機においてはかまわないが、文化運動で投機的な事業を作り出すことは、まことに最も遺憾なことである」と考えること。さらには、厨川白村の「いわゆる Bourgeois の文学とは、紳士気取りにして真実の人間性を失った作品である」との定義を引用し、「今日一般の人々が、幾つかのからっぽの新名詞をもっぱら巧くひけらかすのは、文字の読めない第四階級の読者に対し、三十年来、中国民族にとって罪深い彼ら留学生の鼻持ちならぬ態度を並べたてているということであり、彼らこそが実際にはブルジョア精神の結晶である」。しかし、「文学は、浮ついた紳士気取りを捨て、真実の人間性を摑み取ることができたら、当然永久性を有する」。時代が変わろうとも「人間性は、いつも相通じる部分を有し、保存されれば、時間と空間を超越する」。そこで、「深淵なる人間性を摑み取る」ことが必要であり、「私たちが今日でもまだシェークスピアやゲーテの作品を愛読するのは、Bourgeois や Proletariat を以って区別できるのでも、『芸術のための芸術』や『人生のための芸術』を以って制限できるものでもない」のだと、述べている。これは、魯迅も推薦する本間久雄の『文学概論』からの受け売りではあるが、劉大杰は真にそこに描かれる言葉と内容に共感したのだろう。劉大杰は、このような文芸批評の態度で、二度に亙り「私は魯迅の仇敵でも友人でもなく、彼に対して先入観としての愛や憎もない。私が今日言うことは、全て私自身が言いたいことであって、友好的な讃美でも、罵倒的な復讐でもない」と明言し、彼独自の作品批評を展開する。

劉大杰は、『吶喊』『彷徨』『野草』三冊の小説集の読後感をまず次のように述べる。

私たちが魯迅のこの三冊の文集を読み終わって気づくのは、彼が一人の写実主義者であり、忠実な人生の観察者の態度で、現実の諸現象の内部に潜む人生の活動を観察していることである。彼は人道の教師でも、社会生活の指導者でもない。彼は鋭いまなざしで、ほかの人が注意しない種々の人生の活動を摑み取る。彼は顔をこわばらせて、荘厳にすこしの情け容赦もなく、彼の諷刺の筆を揮う。それらのものを真に迫って描写する。彼は批判も、説教もしない。人類の社会の醜悪を、一つずつ読者の眼前に陳列すれば、彼は責任を果たしたといえるのである。

その上で劉大杰は、魯迅の『吶喊』『彷徨』が「豊富な人生経験」「鋭利で諷刺的な筆鋒」で「ほかの人が注意しない種々の人生の活動を摑み取る」写実主義の作風であったが、『野草』に到り作風が一変し、「写実主義を離れ、かなり明確に神秘的で象徴的な情調をあらわしている」と述べている。そしてこの後批評は、『吶喊』『彷徨』の成功の要因と、魯迅の作風が「神秘的で象徴的な情調」に傾いたことは何を意味するのかを分析する。

『吶喊』『彷徨』の成功の理由

①写実主義作家として必要な豊富な人生経験

中国の写実主義の作家の中で、魯迅が成功した一人である。彼には最も豊富な人生経験があり、最も鋭利で諷刺的な筆鋒がある。『吶喊』と『彷徨』の中で、彼自身が人生の途中で体験したり目にしたりしたことがらを描いていないものは、ほとんど一篇もない。そこで、『祝福』『孔乙己』『酒楼にて』『離婚』『故郷』はあんなにも実感をこめて人を感動させるほどに描写される。現在の一般的な青年文士が、人生の経験に欠け、もっぱら理想に頼り創造するので、結果は不自然である。彼らのすべての経験が学生時代の生活であり、ちょっとした恋愛の浪漫史であるので、現在の新しい文学家の作品に、恋愛の物語が充満しているのは、このことが原因している。

魯迅が創作を開始したのは、すでに中年だった。彼には恋愛という浪漫的な生活はなく、彼を浪漫的な世界にのめりこませたが、彼に感じさせた最初のものが、社会と人類の醜悪であり、現実世界の暗黒であった。彼は第一篇『狂人日記』では、現実と理想の闘争、真と偽、暗黒と光明の衝突、旧礼教への懐疑、眼に染着いた色に慣らされていることに対する反抗を描き出した。『狂人日記』以降、『彷徨』の諸篇に至るまで、作風はずうっと変わらなかった。

魯迅は豊かな人生経験を持つ作家で、彼の筆により表現された人生の苦悶は、ほかの人が表現したものよりも一層深いものである。郁達夫が表現したものは、未成熟な青年の煩悩であり、魯迅が表現したものは、人の世に共感する苦悶である。『祝福』を読み、『孤独者』を読み、『酒楼にて』を読むと、深々とこの人間苦を感じるのである。

『吶喊』と『彷徨』には合わせて二六篇の小説がある。芸術的に成功し、しかも翻訳して外国人に読ませることができるものは、『孔乙己』『阿Q正伝』『祝福』『故郷』『酒楼にて』『離婚』の六篇だと、私は考える。これは当然私個人の直感である。私はこの六篇の中で表現されているのが、人生で最も沈痛で最も厳粛な部分だと思っている。この厳粛な部分を表現する作者の筆鋒をもって、ほかの人は風刺とか皮肉だとか言うが、私は人類への同情であって、最も深い部分への涙だと思っている。この六篇において、臆病で、後ろ向きで、いい加減で、病的で、不徹底な精神文明である中国民族のねじ曲がった根性を、すべて読者の眼の前に繰り広げた。

②中国で唯一の技巧派作家

日本では芥川龍之介氏を称して、技巧派作家とする人がいる。彼の『鼻』『猿』『羅生門』を読んだことのある人なら、彼の描写の技巧が解るはずである。中国では技巧派の作家と称されるのは、ただ魯迅だけである。『さらし刑』という一篇は、その代表と見なすことができる。

③郷土文学作家

私たちは『吶喊』や『彷徨』を読み終えると、作家はかなり深く郷土芸術の持ち味を有していることを見出す。本来作家というものは、故意に民族や郷土から離れて、何かしら新しい看板の文学を叫びたがるものである。銘柄は新しいが、品物は結局、その通りのものではない。しかし、彼が表現する地方的色彩は非常に重厚である。

私たちがこれら数篇の小説を読むと、魯鎮やS城や未荘の気風の閉塞を、郷民の愚昧を、及び男女、教育、町、農村の状態を、かなり強い印象をもって獲得する。そこで、魯迅が郷土芸術の作家と言われるのも無理からぬことである。

『野草』に顕われる象徴・神秘的情調

『野草』に到り、はじめて写実主義を離れ、かなり明確に神秘的で象徴的な情調を表している。『吶喊』『彷徨』において、作者はかなり強く現実の色彩を捉えており、彼の現実を観察する眼は、いかなる人に比べても鋭利であった。この社会で発する様々な悲劇を、作者は現実の個性を通過させて、成功裏に描写した。しかし、彼は社会の醜悪と人類の偽善に、示唆的実際的なものを加えずに暴露したのだ。『野草』に到り、作者はすべてが変わった。

たとえ欧州の作家でも、中年や老年の作品には、往々にして明らかな限界を提示する。おそらく、人は中年の血気盛んな時には、すべての欲望——建設的あるいは破壊的な——がかなり強烈である。そこで、描き出される作品は、大方が写実世界のものである。老年に到り、人生の道を長いこと歩いて、すべてが意気消沈すると、描き出すものは、容易に神秘的で理想的で浪漫的な世界に偏向する。

『野草』では、かなり強烈に詩的で感傷的で病的な色彩を描き出している。『吶喊』の作者は、人生に対し、社会に対し、すべてに対し、まだささやかな希望を抱いていた。例えば、阿Qや単四嫂子や孔乙己などは、まだ人生の途上であらがっていた。『彷徨』に到り、失望から絶望への道に入り込んだ。例えば、『孤独者』の魏連殳、『酒楼にて』の呂緯甫、『祝福』の祥林嫂はすべてこの類の人物である。『野草』に至り、人生はすでに墳墓にさしかかった。『過客』と『希望』の二篇は、かなり沈痛に人生の幻夢と微小を表現した。『吶喊』から『彷徨』に至り、『彷徨』から『野草』の墳墓に至るのは、魯迅の作品における内心の移動の過程である。魯迅の心は老いて、晩年に到った。

劉大杰はイプセンを例に、彼の作品が「浪漫の時代」「純写実の時代」を経て、晩年になると「浪漫的な神秘の時代」に到ったことを挙げ、また、それはストリンドベリでもハウプトマンにでも同様に見られる創作年代の明らかな痕跡であるが、「魯迅の年齢は、外国の人と比べると、まさに創作力の最盛期にあるのに、彼の創作の時代は、まるで末路に入ったかのようである。彼は『彷徨』から『野草』に到り、壮年から老年に到り、写実時代から神秘時代へと到った」、「魯迅の心は老いて、晩年に到った」と魯迅と彼の作品を評価する。そこで、「もし作者がすこしでも生活を変換しようと手立てを考えないと、以後は二度とわりと大きな作品は書けなくなるかもしれない」ので、「カバンを抱えて、外国にでも旅行へ出かけることを望む。自分の生活史に、数頁の空白の部分があっても好いではないか」と忠告する。

魯迅は一九三二年四月二六日付けの「古文をつくり、よい人間になる秘訣――夜記の五、未完」（所収『二心集』）の中で、劉大杰のこの文章を「感激しつつ読んだが、それはひょっとしてその筆者が言っているように、これまでに一面識もなく、個人的な恨みやつらみが介在していないせいであったかもしれない」と語っている。また、劉大杰は三六年一二月に発表した「魯迅と写実主義」では、魯迅文学の特徴を以下の四点に整理する。

①中国の写実主義は、魯迅の手に始まり、魯迅の手で完成したこと。
②魯迅の『吶喊』『彷徨』の諸作は、疑いも無くロシア文学の影響を受けていること。
③魯迅前期の文学理論は、終始厨川白村の見解を基礎にしていたこと。
④革命文学論争以降、魯迅は厨川白村の文学理論を捨てて、ソビエトロシアの文芸政策、Plekhanov の芸術論、Lunacharsky の文芸と批評など数冊を、立て続けに翻訳し、左翼文壇の巨頭になったこと。

以上、劉大杰における魯迅の批評と魯迅文学の文芸思潮的傾向性に対する評価を詳しく提示したが、全体としては正鵠を射た評価であり、また上記の四点に整理した指摘にも、筆者も同感する。特に②については、昇曙夢の七七〇頁にも及ぶ大著『露国現代の思潮及文学』(5)（東京改造社、一九二三・七改訂初版）を魯迅は北京の東亜公司から一九二五年二月一四日購入している。この『露国現代の思潮及文学』の「序論」「現代露西亜文芸思潮概説」(6)において、昇曙夢は「田園文学と都市文学」及び「郷土文学と世界文学」という二つの視点を、前の時代に隆盛した文学の傾向が次の時代を反映する時代精神の影響を受けて新しい文学へと変化するという文芸思潮論の観点から、ロシア現代文学を十三章に分け解説する。その昇曙夢の分類の範疇で分析すると、魯迅の『吶喊』『彷徨』には、プーシキン（一八七七―一八三七）が与えた国民文学の内容にふさわしい新しい形式すなわち写実主義を創始したゴーゴリ（一八〇九―一八五五）以来の、ロシア写実主義の特色、特に田園文学的、郷土文学的特色が色濃く反映されていると理解できる。

まとめ

本章においては、中国で初めて西洋近代の文芸理論を使用して、本格的に他人の作品を酷評した成仿吾「『吶喊』の評論」を受けて、魯迅が一九二四年四月以降集中的に西洋文芸思潮と文芸創作上の流派・文芸理論に対する理解を深める作業としての読書と翻訳を行ない、その魯迅の文芸観認識の到達点と分岐点に位置する、中井政喜の言葉を借りれば「中国におけるマルクス主義文芸論の受容のための、一つの一里塚を記すもの」となった『壁下訳叢』（一九二九・四初版）に所収の「西洋文芸思潮を紹介した文章」すなわち片山孤村著・魯迅訳「自然主義の理論及技巧」（一九二五・一一・二九訳了）、同「表現主義」（一九二七・一一・一八入手）を材料に魯迅の自然・写実主義の認識のあり方を紹介し整理分析した。一方、魯迅が描く作品を成功した写実主義と評価した、魯迅が生きた時代と共時性を以て現れた劉大杰の評論「『吶喊』と『彷徨』と『野草』」（一九二八・五）の内容を紹介整理して来た。

成仿吾が批評したことは、魯迅の文芸流派の特色が自然主義であり、魯迅が日本の自然主義の影響を受けていること、また「環境と国民性」に注意を払わずに「彼の典型で異常な病的な人物を描き出した」のは日本で学んだ医学と自然主義のせいであること、彼の作品は細部に亙るまで全てを描写し尽した「記述」「描写」「再現」という文章表現の手法であり、文章は「表現」されて始めて創造の境地に達するということであった。魯迅は自然・写実主義に関する文芸理論の訳出を通して、成仿吾批評の誤謬を認識するとともに、次の四点を理解したと想定される。

①日本の自然主義はどちらかというと、ルソーの流れを引く飾らぬありのままの精神状態を求める自然主義であったこと、そして、ドイツも日本も同様に、受容者が私淑する自然主義の違いにより、フランス本国とはまた違う自然主義の傾向が生じていたということ。

②魯迅自身の作品傾向は、現実世界及び感覚としての現実を如実に表そうとする写実主義であって、決して日本の自然主義との関わりはないものの、確実に自然・写実主義的な色彩を色濃く持っていること。
③魯迅の文芸思潮としての創作方法も、性格と環境との描写に依拠して人間を構成させるもので、人間を環境即ち特殊の境遇と国民的気候の下に表していること、そして、現実を与えられた動かし難いもの、克服抵抗し難きものと認識し、作品においてその中国の現実世界を映像的に描写していたこと、また自分の『吶喊』『彷徨』の作品群は文芸思潮としては表現主義に対峙する自然・写実主義であったこと。
④成仿吾が使用した文章手法における「記述」「描写」「再現」というのは、表現主義が重視する「表現」との対峙で現れたこと。

一方、劉大杰がなした「『吶喊』と『彷徨』と『野草』」における評価は、次の三点に要約できる。
①『吶喊』『彷徨』は「豊富な人生経験」と「鋭利で諷刺的な筆鋒」で「ほかの人が注意しない種々の人生の活動を摑み取る」写実主義の作風であったこと、さらに魯迅が中国の写実主義作家として唯一成功した作家であること。
②中国で技巧派作家と称せられるのは魯迅だけであり、一方彼が濃厚に表現する地方的色彩から郷土芸術作家と称されることには頷首できること。
③『野草』に到り作風が一変し、写実主義を離れ、かなり明確に神秘的で象徴的な情調を現しているが、これは魯迅の作品における内心の移動の過程であり、魯迅の心は老いて晩年に到ったこと。

以上、魯迅と自然・写実主義との関係についての概観である。

※なお、原文の引用に関しては、旧字・旧仮名で書かれていた表記を常用漢字・現代かな使いに改めた。

【注】

（1）東京・叢文閣から発行された「マルクス主義芸術理論叢書」は全一二冊あり、『魯迅蔵書目録』にも全一二冊の所蔵が確認される。魯迅が入手した順序にその書名を示すと以下の通りである。

（入手年月日・アラビア数字）

①1928.10.10 プレハーノフ著、蔵原惟人訳『階級社会の芸術』（叢書二、一九二九・一〇）

②1928.11.7 プレハーノフ著、外村史郎訳『芸術論』（叢書一、一九二八・六）

③1928.12.7 ルナチャールスキイ著、外村史郎訳『芸術の社会的基礎』（叢書四、一九二八・一一）

④1928.12.20 フランツ・メーリンク著、川口浩訳『世界文学と無産階級』（叢書三、一九二八・一二）

⑤1929.4.13 マーツア著、藏原惟人、杉本良吉訳『現代歐洲の藝術』（叢書八、一九二九・四）

⑥1929.11.14 ハウゼンシュタイン著、川口浩訳『造型芸術社会学』（叢書六、一九二九・一一）

⑦1930.1.25 エム・ヤ・ギンズブルグ著、黒田辰男訳『様式と時代：構成主義建築論』（叢書九、一九三〇・一）

⑧1930.5.23 プレハーノフ著、外村史郎訳『文学論』（叢書一〇、一九三〇・五）

⑨1930.10.22 フリーチェ著、蔵原惟人訳『芸術社会学の方法論』（叢書一一、一九三〇・一〇）

⑩1930.12.3 エス・ドレイデン編、藏原惟人ほか共訳『レーニンと藝術』（叢書一二、一九三〇・六）

⑪1931.2.21 フランツ・メーリング著、川口浩訳『美学及び文学史論　』（叢書七、一九三一・二）

⑫1931.4.11 ルナチャールスキイ著、外村史郎訳『マルクス主義芸術理論　』（叢書五、一九三一・四）

（2）中井政喜「茅盾（沈雁冰）と『西洋文学通論』について」（『平井勝利教授退官記念中国学・日本語学論文集』、二〇〇四・三）は、方璧（茅盾）著『西洋文学通論』（上海世界書局、文化科学叢書、一九三〇・八）を対象に、茅盾の現実社会認識に基づき発展と進化を示した文芸理論の一九二九年一〇月段階での到達点を分析したものである。中井氏は、茅盾にとって『西洋文学通論』を書くことは、一九二七年七月国民革命挫折後における、自らの文学活動の方向そして創作方法の方向を、マルクス主義文芸理論の立場から改めて見定めるための作業の一環であり、どのような「新しい写実主義」が一九二九年当時の中国の現実社会に適応可能であるかを考えるのに参考とすべくなされたものであって、それは一九二〇年代創造社との論争の中で出現した課題をマルクス主義文芸理論の立場からさらに深く解明し総括したものであったとする。筆者は、中井氏のこの指摘に共感と示唆を得るとともに、魯迅にとっては『壁下訳叢』に掲載した論文の採択の作業に、もちろん茅盾と魯迅では置かれた状況と具体的な創作方法に対する方向性の違いはあるにしても、同様の解明と総括を行なったと考える。

（3）　中井政喜「魯迅と『壁下訳叢』の一側面」（『大分大学経済論集』三三巻四号、一九八一・一二）は、丸山昇「魯迅と『宣言一つ』――『壁下訳叢』における武者小路・有島との関係」（『中国文学研究』一号、一九六一・四）の業績を論拠に、丸山氏の魯迅が「新しい場所に突き抜け得た」との指摘を模索すべく考察を加え、「旧い論拠」と『壁下訳叢』の意義を次のように纏める。

「旧い論拠」に基づく三分の二と「新興文芸」に関わる三分の一の文芸理論を、（1）文学は個性（内部要求・自己）に基礎を置くものであること、（2）民衆と革命的知識人との連帯の問題について、自己限定的連帯をとったことについてという視点から、前者に含まれる有島・武者小路の提起した論点と後者に含まれる片上・青野らの論点とに整理する。そして、一九二六、二七年当初における魯迅と、有島の辿った理論的筋道は、①文学は自己（個性・内部要求）に基づくものであり、②又変革に参加する場合も、あくまで自己に基づいて、自己の実情に基づいて行われる、という主体的立場をとり、③社会変革を見通しつつ、自己限定的連帯の立場、自己の属する階級への攻撃論をとった、という点で極めて近似していたとする。『壁下訳叢』は、諸国におけるプロレタリア文学の出現への文芸史的内的必然性の確認、文学の特質を承認するプロレタリア文学の継承性、民衆と革命的知識人の連帯の問題をめぐる提起と対応等を、魯迅なりの理解によって配列紹介することにより、中国の革命文学派の欠陥を明確に指し示すもので、結果として、中国におけるマルクス主義文芸論の受容のための、一つの一里塚を記すものではなかったかと指摘する。

（4）　劉大杰（一九〇四・一二・一五―一九七七・一一・二六）は、一九二二年武昌高等師範に進学後、恩師郁達夫に随伴し二五年冬上海に出る。二六年武昌師範大学中文系を卒業後は、郭沫若の勧めで日本に留学、早稲田大学文学部に入学し、ヨーロッパ文学を専攻する。三〇年に早稲田大学を卒業、帰国し、上海の大東書局に勤務、三一年から復旦、安徽、大夏大学で教鞭をとる。『トルストイ研究』（上海商務印書館、新知識叢書、一九二八・三初版）、『イプセン研究』（上海商務印書館、文学叢書、一九二八・四初版）、『ドイツ文学概論』（上海北新書局、一九二八・六初版）などの研究業績を残す一方、彼は厨川白村の著作には絶えず注目していた。厨川白村著作の中国における単行本での翻訳紹介は劉大杰が最も多い。『走向十字街頭』（上海啓智書局、表現社叢書、一九二八・八初版）、『小泉八雲及其他』（上海啓智書局、一九三〇・四初版）、『欧美文学評論』（上海大東書局、一九三一・一初版）の三作品である。

（5）　昇曙夢著『露国現代の思潮及文学』は、東京新潮社から一九一五年二月五日に初版が発行されるが、再版発行後間もなく印刷工場の火災により本書の紙型を失い絶版になっていた。その後、八年の間にロシア文壇の状況も変化し、新しい研究資料を利用して大増補と大改訂を行ったと、著者自らが語るのが、本稿で使用した二三年改定版である。なお、昇曙夢著・許亦非訳『俄国現代思潮及文学』（上海現代書局、一九三三・八初版、全六八〇頁）はこの改訂版の翻訳である。

（6）　昇曙夢は二三年の改訂版からさらに五年後、この「現代露西亜文芸思潮概説」を文芸思潮論としてのスタイルでさらに本格的に整理し大幅に増補を加えて解説した「現代ロシア文芸思潮」（所収『大思想エンサイクロペヂア一〇文芸思想』、春秋社、一九二八・一）を脱稿している。この著作を、陳俶達が『現代俄国文芸思潮』（上海華通書局、一九二九・一〇、全一三二頁）と訳題して翻訳刊行している。ここでは日本語版の「目次」を留め参考に供したい。

1国民文学の完成と写実主義の確立／2四十年代思潮／3六十年代思潮／4民情主義思潮／5田園文明の挽歌／6マルクス主義思潮／7近代主義思潮／8都会文芸思潮／9革命文壇の諸流／10プロレタリヤ文学／11共産党の文芸政策

第二章　魯迅と表現主義——転換期のプロレタリア文芸論受容を越えて

はじめに

魯迅は『創造季刊』二巻二号（一九二四・二）に掲載の成仿吾著「『吶喊』の評論」をきっかけに、西洋文芸思潮と文芸創作上の流派に対する意識が覚醒し、それに対する理解がかなりの程度に達した訳業として『壁下訳叢』（一九二九・四）を成し遂げた、と筆者は考える。ただ注意すべきは、魯迅には一九二六年八月二六日から二七年一〇月三日まで、文芸理論受容の空白期があることである。それは、北京脱出から上海到着までの時期であり、しかしそれは単に日本書・洋書の入手先が身近に無かったという事情に過ぎなかったが、注目に値するのは、この時期に『故事新編』所収の『鋳剣』を完成させていることである。魯迅は他に仕事が無いと創作し、その創作にはその時点までに咀嚼・吸収した文芸流派の創作・表現手法を実験的に取り込む。『鋳剣』はまさにそうして出来た創作であり、また、作品としての完成度もかなり高いものに仕上がっている、と筆者が考える。(1)

魯迅は、その後上海に到着し内山書店・内山完造を知ると、一年余の空白を埋めるべく堰を切ったような文芸理論の受容を再開する。一方、鄭伯奇と蔣光慈の魯迅訪問による『創造週報』復刊計画での常任選稿人の依頼、成仿吾の反対による『創造週報』復刊の頓挫、蔣光慈・銭杏邨・楊邨人等を中心とした太陽社のメンバーによる『太陽月刊』の創刊（一九二八・一・一）、馮乃超・李初梨等を中心とした第三期・創造社のメンバーによる『文化批評』の創刊（一九二八・一・一五）を背景とし、魯迅は「革命と文学」「預言に擬う」（『語絲』四巻七期、一九二八・一・二八）などで、革命の先駆としての文芸への懐疑と『太陽月刊』など上海で最近創刊された多くの新刊雑誌への揶揄を著している。このことがきっかけとなり、魯迅は、上海到着半年後の一九二八年三月に『太陽月刊』に掲載された銭杏邨「死せる阿Q時代」という評論によって、太陽社と路線転換をはかった創造社の若手グループを相手に、おまけに新月派グループまでが加わった所謂革命文学論争の渦中の人となる。一九三〇年三月二日の左翼作家連盟の成立に先立つ二月一〇日、共産党の指導の下、太陽社主編の『拓荒者』第二期に掲載されたなんとも歯切れの悪い銭杏邨「魯迅――『現代中国文学論』」における肯定的魯迅評価により、表面上はこの論争も終結する。

上海到着後の『日記』では、特に一九二八年三月以降「書帳」には無産階級やマルクス主義を冠する書籍の購入が目立っている。そしてもう一つ目立っているのが表現主義を冠する書籍の購入状況がある。(2) ドイツ表現主義に関わる文芸論の受容は、初期段階では革命文学論争とは無縁のところから、近代西洋文芸思潮の理解に努める一端として始まっている。しかし魯迅は、論争を挟み本格的な収集と翻訳を行い、左翼作家連盟成立後も、自然主義以降の新しい文芸流派の中で、表現主義に関わる文芸論だけは受容を継続している。

本章では、『壁下訳叢』(上海北新書局、一九二九・四初版)成立に至る魯迅における表現主義受容の意義を考察する。魯迅と表現主義との関わりは、意識に内在化する意義のレベルにおいて、その受容を二段階に分けて考察できる。

第一の段階は、北京時代を中心とする初期的受容の段階で、「階級芸術の問題」という視点が加わらない、成仿吾からの攻撃に対し、文芸理論としての表現主義の主張を認識した段階である。それは、成仿吾による文芸批評(一九二四・二・二八)→厨川白村の遺稿『苦悶の象徴』の購入(一九二四・四・八)→『苦悶の象徴』の翻訳開始(一九二四・九・二二)→『苦悶の象徴』の訳了(一九二四・一〇・一〇)の時期に見られるやや概括的な受容の時期である。北京在住の一九二五年三月五日、東亜公司で購入した金子筑水著『芸術の本質』(東京堂書店、一九二四・一二)から魯迅は「新時代と文芸」を訳出し、『莽原』週刊一四期(一九二五・七・二四)に掲載しているが、同著には「独逸芸術観の新傾向（表現主義の主張）」が収められていた。魯迅は初期的にはこの二つの著作から表現主義に対する初期的な理論的受容を実現させた、と筆者は考える。また同時に、この段階での表現主義理論に対する理解に基づき、その創作・表現手法の一端を加味しながら実験、実作していたものに『鋳剣』がある、とも筆者は考えている。

第二の段階は、『壁下訳叢』の編集と配列に特徴的に現われる「階級芸術の問題」という視点が加わってからの表現主義受容の段階である。この段階は、上海時代初期を中心に、革命文学論争前後に購入した書籍からの理解を主とし、特に論争を意識して成立したと推定される『壁下訳叢』刊行に思索の痕跡を留め、プロレタリア文芸という新たな視点が加わった、表現派をも含む文芸流派全体に対する評価の見直しを自覚した時期であり、また表現主義の理論に対する一層深まりのある受容を実現した段階である。魯迅は、北京時代の一九二六年五月二一日、東亜公司から届いた『有島武郎著作集』第一五巻から、その後「芸術について思うこと」（『大観』四巻一号、一九二二・一初載、有島武郎著作集第一五輯『芸術と生活』東京叢文閣、一九二二・九初版）を訳出し、『壁下訳叢』に掲載する。この「芸術について思うこと」でも表現派が批評されており、この文章は『壁下訳叢』が初載であり、この冊子に収録するために訳されていることから、第二段階の受容に位置付けられる。次に、魯迅は上海に到着して間もない二七年一一月一一日に、内山書店から購入した青野季吉著『転換期の文学』（東京春秋社、一九二七・二）所収の評論にかなり触発を受けている。とりわけ「現代文学の十大缺陥」（一九二六・五）はプロレタリア文芸側からの視点を通して自然主義以降の文芸流派の傾向を客体化させたものであり、プロレタリア文芸と表現派との関係に言及した評論として重要な位置を占めている。魯迅は青野季吉『転換期の文学』との出会いを契機に自然主義以降の文芸潮流の中から、意欲的・積極的に表現主義の文芸理論を抽出しているが、それは今までの理解の確認と新しい知識の吸収といった反芻咀嚼の作業を翻訳として体現したものである。この段階の訳業に、二七年一一月一八日に上海内山書店から購入した片山孤村著『現代の独逸文化及文芸』（東京・京都文献書院、一九二二・九初版）に収録された「表現主義」を翻訳し、『壁下訳叢』に採録したものがある。

そこで本章では、魯迅における表現主義の受容を、二段階に分けて考察し、近代文芸思潮及び創作方法としての表現主義が魯迅と如何に関わり如何に理解され如何に吸収されたのかを考察して行く。

一　第一段階の受容

——厨川白村著『苦悶の象徴』、金子筑水著「独逸芸術観の新傾向（表現主義の主張）」

①厨川白村著『苦悶の象徴』（改造社、雑誌『改造』初出一九二一・一、単行出版一九二四・二・四初版、一九二四・三・二四第五〇版、魯迅購入一九二四・四・八）

厨川白村著『苦悶の象徴』の初出は一九二一年一月一日の『改造』三巻一号に掲載されたものであるが、単行出版は白村の死後刊行物として初版が一九二四年二月四日に出されると、その後連日再版が繰り返され、三月二四日には第五〇版が刊行されている。魯迅が所蔵しているのは、この三月二四日付の第五〇版であり、これを魯迅は一九二四年四月八日に購入している。魯迅が厨川白村の遺稿『苦悶の象徴』を入手したほぼ同時期、一九二四年二月に成仿吾の「『吶喊』の評論」が発表されている。成仿吾はジャン＝マリ・ギュイヨー著、大西克禮訳『社会学より見たる芸術』（東京内田老鶴圃、一九一四・一二）の第五章「写実主義《レアリズム》——卑俗主義《トリビアリズム》及び之を免るる方法に就て」に依拠しながら、一九二三年六月に『創造週報』第五号に「写実主義と卑俗主義」（「写実主義与庸俗主義」）という論説を執筆し、その中「真の写実主義（＝真実主義）と卑俗主義の違いは、ただ、一方が表現 Expression であり、一方が再現 Representation であるということだけである。再現には創造の境地はない。ただ表現にしてはじめて広大な天海を駆け巡るごとくに、天才の目覚しい活躍に委ねられるのである」と書くが、ここで用いた「再現」と「表現」という用語を使って魯迅の『吶喊』の多くの作品は「再現的な記述」に過ぎないという批評を下していた。魯迅は、この時期入手した厨川白村著『苦悶の象徴』第一部「創作論」の第六章「苦悶の象徴」に「再現」と「表現」に関わる次のような言説を見出していたと推定される。

ベルグソンと同じように精神生活の創造性を認めた伊太利のクロオチェの芸術論によれば、表現は芸術のすべてであると説かれている。即ち表現とはわれわれが単に外界からの感覚や印象を他動的に受入れるのではなく、内的生活のうちに取入れたそういう印象や経験を材料にして、新しい創造創作をすることである。こういう意味に於てわたくしは上に述べた絶対創造の生活即ち芸術が、苦悶の表現であることを言いたい。

また近頃独逸で唱えられる表現主義《エクスプレシオニズム》と称するものの如き、その主張は要するに、文芸作品を以て単に外界の事象から受入れる印象の再現に非ずとなし、作家の内心に宿れるものを外に向って表現するに在りというに帰着する。それが従来の客観的態度の印象主義《インプレッシオニズム》に反抗して、作家主観の表現《エクスプレシオン》を強調せることは、輓近の思想界が生命の創造性を確認するに至った大勢と一致したものだと見るべきだろう。芸術は飽くまでも表現であり創造である。自然の再現でも模写でもない。

魯迅は『苦悶の象徴』の翻訳を一九二四年九月二二日に開始し、一〇月一〇日には訳了している。翻訳の終わった文章は『晨報副鐫』の一〇月一日から三一日にかけて各章ごとに分けて連載され、この第六章「苦悶の象徴」の訳文は一〇月一三、一四、一七、一八日付に掲載されているが、前掲に引用の上段は一三日、下段は一四日付で掲載された部分である。厨川白村の文芸論の利点は概念的なものをできるだけ具体化・通俗化した解り易さにある。その意味でこの二つの引用は、表現主義の特徴をうまく捉えて説明を施していると言える。

②金子筑水著「独逸芸術観の新傾向（表現主義の主張）」（所収『芸術の本質』東京堂書店、一九二四・一二、魯迅購入一九二五・三・五）

一九二五年三月五日、魯迅は、東亜公司に赴き金子筑水著『芸術の本質』を購入、この著書に所収の「新時代と文芸」（一九二一・一）を翻訳し、二五年七月二四日付の『莽原』週刊一四期に掲載、その後『壁下訳叢』に再度この文章を収録している。この『芸術の本質』という著書において重要なことは、魯迅における第一段階での表現主義の理解と創作上の手法に大きな影響を与えたと推測される評論が収録されていたことである。それが「独逸芸術観の新傾向（表現主義の主張）」（一九二一・三）であり、この評論は、表現主義という潮流が単に一時的な空想なのだろうか、それとも将来ますます健全な方向に進むのだろうかと推し量る同時代的な現在進行中の状況を分析解説したものである。

金子筑水著「独逸芸術観の新傾向（表現主義の主張）」は全四章からなり、その後に魯迅が翻訳した片山孤村著「表現主義」の文章に較べ、一般読者向けのかなり解り易い内容である。片山孤村の解説では、現代ではほとんど同義語になってしまった精神（ガイスト Geist）と霊魂（ゼーレ Seele）とをそれぞれの特性に照らして説明しているところにこの解説の特徴がある。一方、金子筑水著の第四章は表現主義の根本的な特徴に神秘的傾向のあることを解説し、その中で、表現主義がエクスターゼ（エクスタシー）の芸術であることを次のように言及するところにこの書の特徴がある。

表現主義者は強く精神乃至霊魂の尊厳を信じようとしている。無限の可能性と無限の創造性とを貯えて無限に永遠に活動して熄まないものが精神であり霊魂である。斯ように貴い霊魂の本体を凝っと見つめていると、そは到底言説を以て説明すべからざる神秘不可思議な活動——例えばマジック、アイディアリズムというような言葉でしか形容の出来ない不可思議な活動であることが信ぜられる。そして吾々がそこに霊妙神秘な情緒活動を経験したときには、おのずから其の境地にふさわしい特殊な歓喜即ちエクスターゼ（エクスタシー）が感ぜられる。芸術は即ち斯ようなエクスターゼに基づいて現われるので、エクスターゼに基づかないものは、到底真の芸術と言われない。随って芸術の本領は、自然の描写でもなく、客観的印象の写実でもなく、ひとえに最深最奥の神秘的エクスターゼの表現そのものでなければならぬ。芸術はここに達して、初めて完全な域に達するのであると。昔のロマンチシズムの主張が再びここに復活された観が有る。表現主義者は自派の芸術をば好んでエクスターゼの芸術――宗教的歓喜の芸術と呼んでいる。

この金子が解説した「芸術の本領は、自然の描写でもなく、客観的印象の写実でもなく、ひとえに最深最奥の神秘的エクスターゼの表現そのものでなければならぬ」という表現主義の理論は、この書を購入した翌年に創作した『鋳剣』の眉間尺少年の鼎の首の逸話と描写に投影され、魯迅における表現主義の理論理解の一面を見て取ることができる。

第一段階の受容の特徴（まとめ）

魯迅が第一段階で受容した表現主義には共通点がある。それは、紹介者である厨川白村（一八八〇・一一・一九～一九二三・九・二）と金子筑水（一八七〇・一・一〇～一九三七・六・一）に共通点があると言うべきだが、両者とも文芸論紹介の草分け的存在であり、その紹介の仕方が一般読者向けにかなり解り易く、噛み砕いた解説を行っているということである。そのため、学問的としての緻密性には欠けるかもしれないが、主張される芸術論の特徴を端的に捉えた象徴的な言葉を使って解説を行っている。例えば、表現主義芸術論の主張を、厨川は「表現とはわれわれが単に外界からの感覚や印象を他動的に受入れるのではなく、内的生活のうちに取入れたそういう印象や経験を材料にして、新しい創造創作をすることである」とか「芸術は飽くまでも表現であり創造である。自然の再現でも模写でもない」と説明する。金子は「芸術は即ち斯ようなエクスタ－ゼに基づいて現われるので、エクスタ－ゼに基づかないものは、到底真の芸術と言われない。随って芸術の本領は、自然の描写でもなく、客観的印象の写実でもなく、ひとえに最深最奥の神秘的エクスタ－ゼの表現そのものでなければならぬ」と解説する。この解り易さが投影された創作が『鋳剣』であり、「すばらしい文芸作品とは、これまでその多くが他人の命令を受けず、利害を顧みず、自然のままに心の中から流れ出たものである」（『革命時代の文学』一九二七・四・八）と魯迅自身が語る創作態度を実現した作品である。そして『鋳剣』は文芸理論受容と創作手法に見る前期魯迅の最後に位置する作品である。

二　第二段階の受容――有島武郎著「芸術について思うこと」、青野季吉著「現代文学の十大缺陥」、片山孤村著「表現主義」

魯迅は、一九二九年四月二〇日付の『壁下訳叢』「小序」（原文「小引」）に次のように述べている。

排列について言えば、前半の三分の二――西洋文芸思潮を紹介した文章は含まない――が凡そ主張している内容は何れもやや旧い論拠に基づいており、『新時代と文芸』という新しいタイトルすら、やはりこの類に属している。ここ一年来、中国で「革命文学」の呼び声に応じて書かれた多くの論文も、まだこの古い殻を突き破ることはできず、「文学は宣伝である」という梯子を踏みしめ唯心論の砦の中にまで登り込んでしまっている。これらの諸篇を読めば、大いに参考になろう。

後半の三分の一がともかく新興文芸に関わっていると言える。（……中略……）また昨年、「革命文学家」が群れを成し、私の個人的な瑣事を「宣伝」に努めようとした時、私は論文を一編訳そうとしていると告げた。それはあいにく本当のことで、それがすなわちこの一冊であるが、しかし全てが新訳ではなく、以前に「あちこちに発表したことのあるもの」が大多数を占め、自分から見ても精彩がある本などとは言えない。

魯迅は金子筑水「新時代と文芸」（一九二一・一）を「やや旧い論拠」と語っている。それは一九二九年四月の段階の魯迅には、有島武郎「宣言一つ」（一九二二・一）「芸術について思うこと」（一九二二・一）、片上伸「階級芸術の問題」（一九二二・二）、青野季吉「芸術の革命と革命の芸術」（一九二三・三）「知識階級について」（一九二六・三）「現代文学の十大缺陥」（一九二六・五）など翻訳を通して獲得した「新興芸術」に対する理解と共感があったからだと考えられる。それは芸術がやがて知識階級の人々の手を離れて「社会問題の最も重要な位置を占むべき労働問題の対象たる第四階級と称せられる人々」（有島）すなわち新興階級の人々の手に移り、彼らがやがて社会的な指導力となり、新興階級である彼ら自身の「自分の内部的要求」（有島）に基づく新芸術が主要な勢力になるという歴史的社会的必然性があるということが議論されていることを認識したからに違いない。その点から分析すると、「新時代と文芸」においては、「一定の時代精神を背景として産まれ出でながら、尚其の時代精神の中から新しい特殊な傾向や風潮やを造って行くのが文芸の本来である」「新文芸は、自然主義よりも、寧ろ新理想主義的――新理想主義的という言葉に語弊が有らば或は新人道主義的とも、或は新人間主義的とも呼ばれるであろう。文芸の範囲を人間性の一面に限らず、全体としての人間性の発露を目的とするところに、新文芸の特徴がなければならない」（金子）と、自然主義以降の新浪漫派的理想主義の視点から自然主義の否定に基づく人間性の回復と発露を主張しているが、その視点は「第四階級者以外の人々」へ訴えるものであることから、魯迅は「やや旧い論拠」と述べているのである。

そこで、ここでは魯迅が翻訳した著作の著述内容を通して、彼の表現主義に対する理解とその意識の変化について追って行く。

①有島武郎著「芸術について思うこと」（所収『有島武郎著作集』第一五巻、東京新潮社、魯迅入手一九二六・五・二一、『壁下訳叢』収録）

魯迅は『有島武郎著作集』第一五巻からもう一篇「宣言一つ」（『改造』五巻一号、一九二二・一初載、『芸術と生活』東京叢文閣、一九二二・九初版）を『壁下訳叢』に収録するために翻訳している。魯迅における「宣言一つ」の位置づけについては、筆者もかなり啓発を受けた視点を異にする先行研究がある(3)が、ここではその論点を念頭に留め、丸山昇が要約する「芸術について思うこと」をまず紹介しておく。

「芸術について思うこと」は、次の「宣言一つ」とともに、それぞれ雑誌『大観』『改造』の一九二二年一月号に発表された。前者は、表現派、未来派、立体派等、当時の新しい芸術的潮流について、その発生を、いわば精神史的に考察したもので、「在来のあらゆる規範に対する個性の叛逆」という点にその共通した特徴を見出す、とするものであるが、その最後に、「表現主義の勃興を私は更に他の一面から眺めることが出きるに思う」として、これといわゆる「第四階級」との関係について、意見を述べている。有島によれば、表現主義の芸術は在来芸術からできるだけ乖離しようとしている点で、現代の支配階級とはかけ離れた芸術であり、こういう芸術を生み出した芸術家自身は、その意識すると否とにかかわらず、来るべき時代を準備しているのではないか、という。こういう彼らのよって立つ根拠は、新興の第四階級にあるとしか考えられない。彼らの芸術は新興階級がやがて産出するであろう芸術の先駆である。だが一歩を進めて考えた時、これが将来の第四階級によって築かれる世界的な芸術の基礎になり得るかという点では疑問である。表現主義の芸術も、結局は第四階級自身が作った芸術でない以上、或る所まで行くと、全く異質な、第四階級自身の芸術の出現によって逆襲されるのではないか。これが「芸術について思うこと」に述べられた有島の主張であった。

「宣言一つ」の冒頭、「第四階級」とは「労働者であり、社会問題の最も重要な位置を占むべき労働問題の対象たる」人々であると定義され、有島は「第四階級の中特に都会に生活している人々」を意識して発言していることが書かれているが、丸山昇はこの「第四階級」という言葉に着目して「芸術について思うこと」を整理要約している。筆者はここでは文芸各流派に対する言説に着目しながら、「表現派」「表現主義」の意義についてすこし詳しく見て行く。有島は、まず冒頭「表現派、未来派、立体派というような形で現われ出た芸術上の運動には色々な意味が考えられると私は思う。それについて私の考えている所を述べて見る」と前置きし、「在来の芸術上の立脚点」から「現代人が尋ねあてた」立脚点までを概観する。

有島は「この立場が理解されれば、未来派といい、立体派といい、表現派といわれるものの立場が理解されるべき筈である」「これ等の諸傾向を単に一時的な偶然の現象と見ようとするものは、現代の人間が持っている悩みと憧れとに対して浅薄な誤算をしている」として、次のように未来派、立体派、表現派の芸術的特長を分析する。

・未来派の芸術は、印象主義を継承し、その進境を徹底しようとするものだと主張し、色彩の解剖を形体の解剖にまで押し及したばかりでなく、色彩、形態の内部的統合を成就し、而かもその上に、心熱の燃焼をそのまま作品の全部に亙って表現する所に使命を見出している。
・立体派は、所謂印象派の芸術とは根本的に相容れないことを主張し、科学的精神から割り出して、概念的に定められた呪うべき空間や色彩の観念が、徒らに物の現象を示すに過ぎないかを痛撃し、物の本質はそれらの概念を全然放棄した、主観による色彩及び空間の端的な表現によってのみ実現されるかを力説している。
・未来派は流動をその表現の神髄とし、立体派は本質をその表現の神髄とする所に相違点を有するが、両者とも近代の科学的精神に反抗して、主観の深刻なる徹底によって、物の生命を端的に捕捉しようと勉めたことでは共通点を持っている。

・表現派は、如上の傾向を最も力強く代表し、外部的な印象によって物に生命を与えようとする代りに、生命そのものの物を通しての直接の表現であろうとするのだ。

有島はこの後もっぱら表現主義の異質性と可能性について、彼の鋭い感性と直観から次のように論述する。

・表現主義の勃興を私は更らに他の一面から眺めることが出きるように思う。それは新興階級（私はこの言葉によって所謂第四階級と称せられるものを指す）の中に芽生ゆべき芸術を暗示するものとして眺めることだ。
・表現主義の芸術は在来芸術から能う限り乖離とようとしている点に於て、現代の支配階級の生活とはかけ離れた芸術である。かかる芸術を生み出した芸術家自身は、自分では意識していないかは知らないが、知らず識らず来るべき時代に対して或る準備をしているように見える。
・表現派の芸術は恐らくそれらの人々（希臘人、羅馬人、基督教徒、中世の諸侯や騎士、近世の王侯や貴族、現代の資本家やディレッタント――筆者）に取っては異邦の所産であるだろう。
・然らば表現主義はどこにその存在の根をおろしているのだろう。私としては新興の第四階級を豫想する外に見出すべきものがない。新興階級がやがて産出するであろう芸術の先駆として表現主義を見る時、私にはそれが色々な深い意味を持って追って来るように見える。そこには新しい力がある、新しい感覚がある、新しい方向がある。それが将来如何に発達して、いかなる仕事を成就するかは張目に値するといわねばならぬ。
・然し私は一歩を進める。現在あるところの表現主義の芸術が将来果たして世界的な芸術の基礎をなすであろうか如何だろう。ここまで来ると私は疑いをさしはさまずにはいられない。私には今の表現主義は、丁度学説宣伝時代の社会主義のような感じがする。ユートピヤ的な社会主義から哲学的のそれになり、遂に科学的の社会主義が成就せられたとはいえ、学説としての社会主義は遂に第四階級者に取っては全く一つのユートピヤに過ぎないであろう。それは新興階級に対する単なる模索の試みに過ぎない。それと同様にわが表現主義も第四階級ならざる畑に、人工的に作り上げられた一本の庭樹である。少くてもそういうように私には見える。

・表現主義の芸術も（対比して引き合いにされているのは、クロポトキンやマルクスの学説――筆者）ある所まで行くと、全く姿の変わった芸術の出現によって逆襲を受けるのではないかと危まれる。偽ることの出来ないものは人間の心だ。その人でなければその人のものは生まない。

②青野季吉著「現代文学の十大缺陥」（所収『転換期の文学』東京春秋社、一九二七・二初版、魯迅購入一九二七・一一・一一、『壁下訳叢』収録）

青野は「現代文学の十大缺陥」（一九二六・五）の冒頭、「現代文学といっても其処にはいろんな範疇やいろんな流派がある。ごく大きなところでは、ブルジョアジーの文学とプロレタリアートの文学との別がある。そのまたブルジョアジーの文学のうちにも、たとえば自然主義後派もあれば、人道派、新技巧派――新感覚派――もあるといった具合であり、プロレタリアートの文学のうちにも、現実派があり、構成派があり、表現派があるといった風である」と述べ、それらにはそれぞれの基準と約束があるので、十把一束には扱えないが、「現代」という一つの共通した雰囲気に生ずる必然の結果があり、色々な範疇、色々な流派を全体として取り扱うと、その大部分に共通する特徴や欠陥を指摘し得るとして、青野が認めた日本の現代文学の大きな欠陥十点を指摘して、説明を加えるのである。大雑把ではあるが、青野が考える十大欠陥の要点は次のように整理される。

（ブルジョアジーの文学の欠陥）

第一に、取扱う材料が、極めて身辺印象的であり、個人経験的であること。

第二に、現代の小説には思想がないこと。
第三に、新しい様式が現代文学にもとめられないこと。
第四に、文学が享楽的となり、無苦悶的となっていること。
第五に、現代の文学が技巧的に墮し、技巧的になり切ったこと。
第六に、ヨーロッパ文学の模倣という、なさけない事実。
第七に、現代文学が余りに、読者相手となり、商品化されたこと。
（プロレタリアートの文学の欠陥）
第八に、ヒステリー的の傾向を有していること。
（現代文学に共通する欠陥）
第九に、虚無的な気持ちを持っていること。
第十に、「世界を変更せんとする」意志のないこと。

③片山孤村著「表現主義」（所収『現代の独逸文化及文芸』東京・京都文献書院、一九二二・九初版、魯迅購入一九二七・一一・一八、『壁下訳叢』収録）

片山の著作「表現主義」は、ドイツ表現主義運動の精神、表現主義の主張や傾向、絵画・文芸における表現主義の立脚点を解説、紹介している。

魯迅が翻訳したこの著作は、一般読者向けに書かれた解説書とは違い、ドイツ文学研究者として片山が彼の専門を駆使して書いた論文なので、表現主義の理解・解説の書としては最も優れている。その中、この著作に特徴的なことは、ディーボルト『戯曲界の無政府状態』（Bernhard Diebold : Anarchie im Drama）が、表現主義の思想を最も明晰に言い現わしているとして、次のように整理していることである。

a：「精神《ガイスト》」と云う語と、「霊魂《ゼーレ》」と云う語は現代の教育ある人々の日常用語に於ては殆んど同義語となってしまったが、それは怪むに足らない。これまで精神は殆んど唯智性《インテレクツアリテート》なる下等の形式に於てのみ働いていたからである。然るに智性は観念を有せざる脳髄の作用、即ち精神なき精神である。そして霊魂は全く失われてしまって、日常生活の機械の運転や、産業戦争や、強制国家に於ては何の価値もないものになっていた。

b：科学は顕微鏡に依って、実験心理学は分析に依って、自然派の戯曲家は性格と環境との描写に依って人間を研究し若しくは構成したが、それは人と云う機械であって、霊魂は持たなかった。斯くして機械的文化時代の学者や詩人には霊魂の観念は全く失われ、斯くして精神（Geist）と霊魂（Seele）とは混淆され同一視さるるに至った。

c：精神は外延的に万有の極限に及び、認識し得可きものを批判し、形而上学的のものを形成し、一切を排列して知識《ヴイスハイト》を作る。その最も人間的なるものは倫理《エートス》感情及之と共にその勝利なる道徳的自由への意思である。

d：霊魂は内延的に吾々の心情の最も暗き神秘と密接なる結合をなし、之を不可思議に動かす。霊魂は感情の盲目なるが為めに認識することは出来ないが、無数の本能を以って愛と憎とを嗅ぎ分ける。霊魂は観ずる、詩作する――一切の人間の心を透視し、良心の最も深き声と世界支配者の最も高き声とを聴く。霊魂の最も貴いものは愛に基く献身であり、其最後の救済は神と万有とに融合することである。

第二段階の受容の特徴（まとめ）

有島「芸術について思うこと」、青野「現代文学の十大缺陥」、片山「表現主義」の著作の特徴を示したが、魯迅と表現主義または表現派の受容に関わり、この三つの著作からは一本筋道の通った思想的な脈絡が読み取れる。青野季吉の文芸論理解はかなり単純化されたものだが、単純化は読むものに与える印象の程度を増大させる。その印象的なことは、青野は現代文学が享楽的、技巧的に堕し、思想がなくなっていることを挙げ、その対極にプロレタリアートの文学があり、「表現派」をプロレタリアート側に属させている。では何故、表現派をプロレタリアート側に属させるかは、有島が言うように「表現主義の勃興」を「新興階級の中に芽生ゆべき芸術を暗示するもの」「表現主義の芸術は在来芸術から能う限り乖離とようとしている点に於て、現代の支配階級の生活とはかけ離れた芸術である」と見るからであり、片山が「ドイツ表現主義運動は、戦争の初年（一九一四）に非戦論と結びつきながら起こった」と紹介するように、支配階級や戦争に反逆するものとして位置づけるからである。そして、片山が「表現派は其の表現しようとする〝精神〟（心霊、霊魂、万有の本体、核心）を運動、躍進、突進、衝動と解し」「〝精神〟は地中の火の如きで、隙さえあれば爆発し、一旦爆発すれば地殻を粉砕し岩を飛ばし泥を吐く。表現派の作品が爆発的な、突進的な、躍動的な、鋭角的な、畸形的で不調和な感じを与えるのはこの為で、自然の物体の変形改造は、真の芸術的、表現的衝動のある芸術家には止むに止まれぬ内心の要求であること」と指摘し、さらに表現主義では哲学や知識や倫理感情を司る「精神《ガイスト》」と、愛や憎を嗅ぎ分ける「霊魂《ゼーレ》」と使い分ける場合があるように、精神性や思想性を重視する。しかし、有島の作家としての研ぎ澄まされた感性は、表現主義が「新興階級に対する単なる模索の試みに過ぎない」「第四階級ならざる畑に、人工的に作り上げられた一本の庭樹である」と捉え、「表現主義の芸術もある所まで行くと、全く姿の変わった芸術の出現によって逆襲を受けるのではないかと危まれる」と予言する。しかし、「新興文芸」を意識して翻訳集『壁下訳叢』を刊行した一九二九年当時の魯迅にとっては、精神重視の立場と無産階級に関わる可能性を有する現代文芸流派はドイツ表現主義でしかあり得なかったと考えられる。おそらくドイツ表現主義は、接触当初から魯迅の嗜好に合い、興味を惹きつけた文芸流派であったことが第一義の理由であろう。また、可能性として、一九二九年の時点では、知識階級側に属することを自覚する魯迅が労働階級との意識の交叉をぎりぎりの処で繋ぎ留めた文芸流派として存在していたのかもしれない、と筆者は考える。

ところで、時期的には第一段階（北京時期）、第二段階（『壁下訳叢』刊行まで）に跨って理論受容がなされたその他の表現主義に関わる文芸理論書を挙げておくと以下のようなものがある。第一は、板垣鷹穂著『近代美術史潮論』

（東京大鐙閣、一九二七・一〇初版）である。一九二七年一二月五日に内山書店から購入した板垣鷹穂の『近代美術史潮論』を、二八年二月一一日夜には翻訳初稿を完成させ、その訳文は、『北新』二巻五期（一九二八・一・一）から板垣鷹穂作・魯迅訳「近代美術史潮論」（一）として掲載され、二巻二二期（一九二八・一〇・一）の「近代美術史潮論」（一八）まで連載されるが、『近代美術史潮論』の第九章「最近の主導傾向」の中でドイツ表現主義が解説されている。第二は、劉大杰著『表現主義的文学』（上海北新書局、一九二八・一〇）である。「魯迅中文蔵書目録」には、劉大杰著『表現主義的文学』の所蔵が確認されるが、この著作も魯迅の表現主義理論の受容には一役買っていると推定される。それは、劉大杰の『表現主義的文学』は前述の山岸光宣著作や本間久雄著『欧洲近代文芸思潮概論』（東京早稲田大学出版部、一九二七・七初版、魯迅購入一九二七・一二・二七）、北村喜八著『表現主義の戯曲』（東京新詩壇社、一九二四・一〇初版、魯迅購入一九二八・三・一六）などの著作を整理し、自著として出版したものであるが、この中で参考図書として挙げた上記三点の日本語文献を魯迅も入手していたことが認められる。第三は、山岸光宣著『印象より表現へ』（東京玄文社、新演芸叢書1、一九二四・六初版）に収録された「表現主義の諸相」を訳して、『朝花旬刊』一巻三期（一九二九・六・二一）に掲載している。第四は、一九二六年一月四日に張鳳挙から贈呈されたドイツ語版のヘルマン・バール著『表現主義』（Hermann Bahr : Expressionismus, 1916）がある。以上、本稿では直接論じることはなかったが、魯迅における表現主義の文芸理論の受容との係わりにおいて、他にも重要な著作があることを付け加えておく(4)。

文芸理論受容と創作手法における前期魯迅と後期魯迅の転換期に位置するのが、翻訳書としての『壁下訳叢』であると筆者は想定している。そしてこの『壁下訳叢』で重視されたのが「プロレタリア文芸」である。また、『故事新編』に収録する三〇年代に描いた五篇『理水』（三五・一一――編末の日付、以下同じ）、『采薇』（三五・一二）、『出関』（三五・一二）、『非攻』（三四・八）、『起死』（三五・一二）とそれ以前の三篇『補天』（二二・一一）、『奔月』（二六・一二）、『鋳剣』（二六・一〇）とは、『壁下訳叢』を跨いで創作がなされている。そこで、「プロレタリア文芸」重視後の魯迅、すなわち後期魯迅の創作手法にはどのような変化が起こったのかを検証することが、筆者としての今後の魯迅研究の課題である。ここではその前段階として、魯迅と表現主義の関係を指摘する先行研究において、『故事新編』の創作手法はどのように扱われているのかを示しておきたい。

三　『故事新編』の変容と表現主義

（一）『故事新編』における表現主義の影響に言及する二つの論文

厳家炎「魯迅与表現主義──兼論『故事新編』的芸術特徴」[5]と徐行言「論『故事新編』的表現主義的風格」[6]の二つの論文は、『故事新編』における表現主義の影響について言及する論文である。厳家炎の論文に関しては、筆者は同じような研究発想を有する論文として以前から大変興味を持って読んでいた。徐行言論文に関しては、次に挙げる張夢陽の大著『中国魯迅学通史』で、その存在を初めて知った。基本的な考え方としては、二つの論文に同感するが、この二篇の論文と、『故事新編』が三〇年代に描いた五篇『理水』、『采薇』、『出関』、『非攻』、『起死』と二〇年代に描かれた三篇『補天』、『奔月』、『鋳剣』とでは、その創作手法に変容が見られるとする筆者の考え方との間には、微妙ではあるがかなりの違いがある。そこでまず、この二つの論文、特に厳家炎論文を高く評価する張夢陽「〝油骨之処〟顕真諦──『故事新編』学史」[7]の論文について触れておく。

張夢陽は厳家炎論文を次のように評価する。

本論文では以下のように指摘する。二〇年代中後期、魯迅は表現主義の文芸思潮と大量に接触し、しかも自覚的に探求したが、その際、創作思想も微妙だが明らかに変化した。その一つが、芸術の重心が、さらに作家の主観精神に注意を払い、作家の感情の体験と表現を重視する方へと傾倒した。二つ目が、芸術と実際の生活の距離を保ち、「古今混合」という手法で特有の「異化効果」（原文・間離効果）を作り上げており、小説芸術の自由度と表現力の拡充を強調した。三つ目が、馬鹿馬鹿しい不条理、誇張、変形に相当するプロットやディテールを受容したことである。しかも、これらの変化が『故事新編』の創作において際立って反映されたことによって、『故事新編』が表現主義の産物となったことであった。作品の中の「悪ふざけ」（油骨）は魯迅が進展させた唯一無二の創造であり、しかも、『故事新編』は作者の独白によって、「ちょっとした原因を取り上げて、勝手に着色した」ことによってできた芸術結晶である。王瑶の「魯迅『故事新編』散論」（一九八一・九、『魯迅研究』第六輯、中国社会科学出版社、一九八二・六）では、伝統演劇の道化役芸術の観点から魯迅の歴史小説の中の「悪ふざけの部分」を解釈することで、『故事新編』研究が大きく一歩前進した。しかし、依然として現実主義の創作手法の視界内に留まっており、全体的には「悪ふざけ」の問題を解決することはできなかった。しかし、表現主義の創作手法の角度から観察を加えることによって、『故事新編』研究における問題がはじめてスムーズに解決できるようになった。

厳家炎のこの論文は疑いも無く『故事新編』学史において一つの里程標となる重要な成果である。その意義は、理論の見晴台から思惟方式の転換と解読の多面化を実現することによって、長期に亙って存在した現実主義の創作手法によって『故事新編』を解釈する思惟様式を逆転させるものであり、魯迅の創作思想の変遷と『故事新編』というテキスト自体を実際に着手することから、魯迅が表現主義の手法で『故事新編』を創作したという結論を得ることによって、全体としては「悪ふざけ」などの多くの長期に亙って論争が絶えなかった問題に新しい見方と解釈をもたらしたことにある。文章全体の立脚点が大変高く、視野も広いが、決して空論を振り回すことも無く、視点は全て魯迅自身の思想と創作実践から抽出されたものであり、書帳に対する緻密な分析に至っては、敬服せざるを得ない。論として不足している点は、歴史小説なのか、それとも風刺作品なのかあるいはその他の類型なのかという『故事新編』の性格に対して、なお一層確定的な解答が未だ出されていないことである。しかし、このような結論は下さない方が、作品自身と符合させることが出きるのかもしれないのだが。

そして次に、張夢陽は徐行言論文が厳家炎論文の明らかな影響を受けて、厳家炎の思考の道筋に沿って、『故事新編』に見出す表現主義の風格を詳細に分析したものであると評して、次のように論の内容を整理する。

本論文は以下のように指摘する。『故事新編』には厳粛な雰囲気を損ねているなどの欠点が存在するという観点を非難して次のように述べる。「何度も言われてきた『故事新編』の特色が、単に評定のものさしを選び誤って、現実主義の形式と規範を誤用してこの作品を評価したものに過ぎず、当然〝破綻〟を見出さずにはおれないものである。もし私たちが芸術の評価の座標軸を換えれば、十三年かけてやっと完成したこの小説集には、魯迅の表現主義芸術の風格と手法に対する自発的な借用から自覚的な運用と創建を吸収するに至る芸術探求の歴程が正に生き生きと繰り広げられていることを容易に見出すことができる。それはまた、疑いも無く魯迅の小説創作の道にある重要な里程標でもある」「昔のある種の純正な歴史叙事の〝厳粛な雰囲気〟を〝損ねている〟ことが、この作品がその作品自体を確立した叙事風格であり、また、その表現目標としての最も重要な策略が実現されている」。一九二三年、魯迅は『現代日本小説集』を編纂し「作者に関して」を書いた中で、芥川龍之介に触れて「これらの古代の物語は彼の改作を経て、新しい生命が注ぎ込まれ、現代人との関係が発生した」と語っているが、「これはちょうど『故事新編』の創作の立脚点に最も符合する脚注である」。表現主義の芸術様式の主な特徴は、主観を中心に表現する美学原則であり、異化を芸術思想とすることであり、寓言形式の象徴的な主題であり、馬鹿げた不条理、変形したプロットと人物及び抽象化や寓言化の叙事風格である。作品の中、古今混合や喜劇的な人物の挿入及び現実と幻想の混交などの古いしきたりを打破する叙事手法を採用しているのは、表現主義の芸術手本が具える代表的な表現手段である。表現主義の観点で見ると、『故事新編』が成し遂げた古人の事跡を現代語環境の中に移入するという芸術処理の作用は、歴史の真実に関する読者の閲読の幻覚を打ち破り、作品の題材に関する理性の反省を喚起させるものであった。そのことにより、作品を単に普通の歴史物語として受け取るのではなく、人々に小説の主人公及び作品の意図に対し全く新しい観察の基準を打ち立てることを促した。これは疑いも無く所謂「異化」（原文・陌生化）という芸術思惟原則を最も生き生きと体現している。歴史素材や原典テキストから「ちょっとした原因を取り上げ」、歴史には記されていない人物や場景を「勝手に着色した」ものであったが、それにより、現代人の特有の思想や感情を表現することになるのは、表現主義芸術の得意な演目であった。以上のように述べた上で、この対象課題をさらに深く闡明にする。

ここまでは、張夢陽の『中国魯迅学通史』に収める「『故事新編』学史」の表現主義に関する二つの論文を整理したものを示してきた。この大変要領よく纏められた二つの論文の意義は、今まで、現実主義の芸術理論の観点から『故事新編』を分析すると、不合理にしか解釈できなかったものを、表現主義の芸術理論の座標軸に移して分析するとよく理解できるという点にあり、『故事新編』研究に一石を投じたものである。

しかし、筆者が感じたのは、なぜ、魯迅の西洋近代文芸論の受容の歴史的、時間的道筋に立って、その流派や思潮の特徴をきめ細かく見ようとしないのであろうかという疑問であった。例えば、厳家炎論文や徐行言論文が指摘する「異化効果」（厳氏・間離効果、徐氏・陌生化効果、語源に Verfrem-dungs-effekt というドイツ語を記す）は表現主義の創作手法の特徴ではなく、「寓言形式の象徴化」は表現主義だけの創作手法の特徴と言い切れない。筆者が、先述してきたように、魯迅の表現主義の文芸論受容は確かに二〇年代半ばから始まっている。しかし、同時期に魯迅は象徴主義の文芸論も咀嚼・吸収している。魯迅の二〇年代までの日本語文献を中心にした読書歴に照らした当時の理論受容から判断すると、筆者が考える表現主義の際立った特徴と言えば、作品は作者の内面の表出、魂の表現であり、その創作手法としては、空想、神秘、幻覚、誇張、挑発の尊重であり、個性化を無視した普遍化の傾向、事件の象徴化の傾向が甚だしいということである。(8)「寓言形式の象徴化」は確かに表現主義の文芸上の特質であると同時に、象徴主義の特徴でもある。また、ドイツ表現主義は一九二五年頃には退潮するが、ナチスの勢力が伸張する中、シクロフスキー

（一八九三・一・一二―一九八四・一二・五）の著作『手法としての芸術』（一九一七）の中で最初に述べられた、ロシア・フォルマリズムの主要概念の一つ「異化」（オストラネーニエ остранение）は、ブレヒト（Bertolt Brecht 1898.2.10–1956.8.14）が一九三五年にモスクワで初上演されたナチスの種族理論に対する痛烈な風刺劇『まる頭ととんがり頭』の注釈（一九三六）の中で、初めて「異化効果」（Verfrem-dungs-effekt）という言葉として使用された。異化効果とは「見慣れたものを見慣れないもののように示す」技法であり、「自明のことをいったんわからなくさせ、それによって真の認識に到達させる効果」である[9]。とするなら、まだ異化効果という概念が作られていない時に書かれた『故事新編』に厳家炎・徐行言の示す「異化効果」を看取することができるのだろうか。筆者は、『故事新編』の三〇年代の五篇には、文芸流派として、プロレタリア文学へと移行する過渡期の手法、すなわち一般民衆や労働者などのプロレタリア階級側から物事を考え、判断した場合にはどう映りどう展開するかの視点が加わり、そのことは知識人側からすれば精神を煩わすドタバタ喜劇であり、馬鹿げた不条理な物語であるとする視点が加わっている、と考えている。するど、言うまでもないだが、プロレタリア文芸論の受容を越えても、魯迅の価値基準、創作基準はやはり知識人側に所属していたことになる。そしてこの「馬鹿馬鹿しい不条理」な話の展開は、二、三十年代の中国においては浸透した形跡を留めないロシア・フォルマリズムからの影響などでは決してない。しかしそれは、プロレタリアートではない知識人が考えて書いたプロレタリア文学の「馬鹿げた不条理性」一面を表現しているものだとは言えるかもしれない。本章では『故事新編』全体を分析する準備はないので、最後に、魯迅は主義や流派及び文芸思潮をどのように考えていたのかを示し、そして、厳家炎・徐行言論文が一律に表現主義の傾向として括ってしまった作品分析の方法の問題点を指摘しておくに止める。

（二）『故事新編』に混在する主義・流派の問題

魯迅は、主義や思潮に対して自分の意見を表明しているので、まずその点に触れておく。それは、『壁下訳叢』が刊行される一年前のことで、一九二八年四月二三日の『語絲』四巻一七期に発表した「額」（原文：「匾」、所収『三閑集』）（一九二八年四月一〇日作）の中で、関帝廟に新しく掛けられる額を使って、二人の近眼が視力くらべをすることになり、あらかじめ聞いておいた文句の違いから、二人が口論となり、通行人に何と書いてあるかの評定を願ったら、まだ、「額」は掛けられてないという結末だったという、農村の笑い話を引きながら、中国文壇での外国文学の受容状況における文芸上の「主義」という看板「額」の意味内容の不明確さを次のように揶揄している。

> 中国の文芸界の恐るべき現象は、先を争って名詞を輸入しても、その名詞の意味を決して紹介しようとしないということである。
>
> そこで銘銘がその意味を解釈する。作品を読んで、自分を多く語っていれば、表現主義と呼び、他人を多く語れば写実主義であり、年ごろの娘のふくらはぎを見て詩を作れば浪漫主義であり、年ごろ娘のふくらはぎを見ても詩にしてはならないのが古典主義であり、天から首が落ちてきた、首には牛が立っている、愛よ、海の真ん中の青き霹靂よ……などと書くのが未来主義……等々。
>
> その上、このことによって議論が生じる。この主義はいい、あの主義は悪い……等々。

上記のような魯迅独特の口調で「主義」を揶揄しているが、『壁下訳叢』の発行直前に、もう一度、「主義」を嘲笑している。それは、片上伸著・魯迅訳『現代新興文学の諸問題』（上海大江書鋪、文芸理論小叢書、一九二九年、所収『訳文序跋集』）の訳者「小序」（小引）において、読者に対し、著者片上伸の文体は曲折していて訳し難いものだったが、それでも新興文学の「諸問題の性質と方向と、および時代との交渉など」を解釈するための手がかりとなるので、毎日一節でも読んでほしいと、要望した上で、中国における文芸思潮上の主義について次のように語る。

これを翻訳した意味はきわめて単純だった。新しい思潮が中国に入っても、ともすれば名詞が幾つか残るだけにすぎない。というのは、それを主張する者は敵を呪い殺すことができると思い、敵対する者も呪い殺されてしまうと思い込むが、一年も騒ぎたてたら、結局、火も煙も消えてなくなってしまう。例えば、浪漫主義、自然主義、表現主義、未来主義などなど……、まるでもう過去のものになってしまったが、実際にはそんなものが出現したことなどあったのだろうか。今この文章で理論と事実とを見れば、納得するのは、必ずそうなる流れで、なんの変哲もなく、空騒ぎしても力で抑えても無駄なことなのである。まず、外国の新興文学を中国での「呪文」の域から離脱させてこそ、それに続く中国文学にも新興の希望が生れる。それだけのことである。（一九二九年二月十四日、訳者記す）

ここで魯迅は、「主義」を揶揄し、嘲笑するがその理由は、「新しい思潮が中国に入っても」、その名称だけが上滑りして使われただけで、中国には「実際にはそんなものが出現したことなど」なかったからであり、さらに、文芸思潮とは「必ずそうなる流れで、なんの変哲もなく、空騒ぎしても力で抑えても無駄なので」、その新しい思潮の流れで行くと今後展開されるのは「新興文学」すなわち無産階級文学であると述べている。そしてここでもう一つ注意しておかねばならないのは、「浪漫主義、自然主義、表現主義、未来主義などなど……」と、魯迅は「自然主義」の後に「表現主義、未来主義」という所謂新浪漫派の文芸流派が来て、その後に「新興文学」が来ると位置づけていることである。新浪漫派の潮流の一つである象徴主義は、理論としての厨川白村『苦悶の象徴』の受容に始まり、翻訳としての『小さなヨハネス』を経て、創作としての『故事新編』『鋳剣』に体現されて行く流れを結構している、と筆者は考えている。そしてもちろん、『鋳剣』には写実主義的要素、表現主義的要素も多分に散在するが、最も強調された創作手法が象徴主義の特徴である幻想化と象徴化であると考えている。このように、筆者は、魯迅は西洋近代文芸思潮に現れた様々な流派の手法を運用しながら、実験的に創作を行っていたと考えている。

例えば、厳家炎・徐行言論文との関係で、『補天』についての筆者の基本的な考え方について述べておく。近代の文芸流派の創作手法においてフロイト（Sigmund Freud 1856.5.6–1939.9.23）出現以前と以後があるように、魯迅にもフロイト精神分析学に接触後は、その受容の片鱗をあちこちで見出すことができる。魯迅自身が『補天』にフロイトの影響があることを触れているが、一般には自然主義や新浪漫派の文芸主張や創作手法からはフロイトの影響を除いた部分で流派・主張を考えるので筆者もそのように扱う。『故事新編』の前期三篇『補天』（二二・一一）、『奔月』（二六・一二）、『鋳剣』（二六・一〇）のうち、『補天』を魯迅が創作したのは、成仿吾からの作品批評を受ける以前、厨川白村『苦悶の象徴』翻訳・刊行以前であり、芥川龍之介『鼻』（『晨報副刊』一九二一年五月一一、一二日、一三日）、『羅生門』（『晨報副刊』二一年六月一六日、一七日）、菊池寛『三浦右衛門の最後』（『新青年』九巻三号、二一年七月）の翻訳以降である。そこで、魯迅が語るフロイト以外で『補天』との影響関係が生じるのは、徐行言が『現代日本小説集』の中の、「これらの古代の物語は彼の改作を経て、新しい生命が注ぎ込まれ、現代人との関係が発生した」と指摘する部分だけである。『補天』から表現主義の影響を見出せば、それはこじつけである。

また例えば、厳家炎が引用する山岸光宣著・魯迅訳「表現主義的諸相」の文章には、表現主義の演劇の特徴を紹介する部分があり、その特徴を「表現劇の人物が往々姓名を持たないのは、普遍化の傾向が極端に走って、個性化を無視するがためである」と引用するが、さらに興味深いのは次のような内容である。

神秘的傾向に伴って、幻覚とか、夢とかが、表現派作家の得意の領域である。彼等は、芸術品の価値は、不可解の程度に正比例するものとして、放縦な空想を絶対無上なものとして、心理的説明を一切省略する。特に劇に於ては、不思議なものの出て来るのが、恰も当然の如くに思われている。例えば斬り放された頸が話したり、死者が復活したりすることは、枚挙に暇がない。また劇中の人物が幻影を見ることもあり、加之彼自身が幻影となって舞台に現われることさえもある。(10)（傍線は筆者）

この文章からは、すぐに『鋳剣』や『起死』の創作上の特質が思い起こされるが、単純に影響関係は論じることは難しい。厳氏もその影響関係については言及しない。なぜなら、魯迅がこの山岸光宣著『印象より表現へ』（東京玄文社、新演芸叢書1、一九二四・六初版）を入手した時期が解らないからであろう。事実としては、魯迅は「表現主義の諸相」を訳して、『朝花旬刊』一巻三期（一九二九・六・二一）に掲載しているので、「死者が復活したりする」話は、戯曲『起死』（三五・一）には影響を与えているかもしれない。

以上のような筆者の観点を交え、先行研究としての厳家炎「魯迅与表現主義――兼論『故事新編』的芸術特徴」と徐行言「論『故事新編』的表現主義的風格」の二つの論文の問題点を指摘して本論を結びたい。

厳家炎・徐行言「表現主義」論の問題点

まず、厳家炎の論点に対する筆者の不満から見ていく。厳氏は次のように魯迅と表現主義の関係を説き起こす。

事実、魯迅は現代文芸思潮、象徴主義をその中に含まない狭義の現代主義に対し、「五四」前後には断片的ながら接触と思考をもった。例えば、一九一九年の「随感録五十三」の中で、かつて表現主義美術と関わるキュービズムについて提唱した。彼は言った。「二十世紀がやっと十九年の初頭を迎えた頃でも、新しい流派はまだ興っていなかったようである。立体派（Cubism）

や未来派（Futurism）の主張は、新奇ではあるが、未だその基礎を確立し得なかった。しかも中国では恐らく理解できないだろうと思われる」。

厳家炎は、一九一九年三月一五日『新青年』六巻三号に発表された「随感録五十三」（所収『熱風』）に表現主義との関わりを見出すので、当然一九二二年一一月作とされる『補天』（原題「不周山」）にはその表現主義の色彩が籠められていると考える訳である。また、厳氏は「魯迅はおおかた日本留学時期にフロイト学説との接触は始まったのだろう。しかし、一九二二年冬になってやっと『補天』が書かれたのは、〝五四〟衰退期と彼自身の積年にわたり鬱積した寂寞と苦悶の心情に係わりがある」と書き、さらには、「私の理解では、『故事新編』は決して現実主義ではなく、主には現代主義、もっと的確に言えば表現主義の産物である」と書く。厳氏の考え方の道筋、論展開の発想、立論の仕方それ自体には不満は無く、かなり共感できる。筆者の不満は、魯迅も指摘する部分、すなわち「中国の文芸界の恐るべき現象は、先を争って名詞を輸入しても、その名詞の意味を決して紹介しようとしないということである」「新しい思潮が中国に入っても、ともすれば名詞が幾つか残るだけにすぎない」という部分に集中する。厳氏の言う、「現代主義」とは modernism のことなのか、それとも文芸流派としての新浪漫主義のことを言っているのか、それとも新浪漫派の文芸・文学が世界各地でそれぞれに開花する唯美主義、象徴主義、未来主義、表現主義などのうちのある特定の主義・流派を指しているのかが解らない、また、「象徴主義」を含まなければなぜ「狭義の現代主義」と言えるかも解らない。同じように、「現実主義」とは realism のことなのか、一般に民国文壇の知識人の中では、三〇年代中頃までは、文学・文芸における realism は写実主義と言われていたのではないのか、写実主義がプロレタリア文芸理論と結びつき、茅盾のいう「新しい写実主義」以降、「現実主義」と使われるようになったのではないか等々、もしかしたら、中国の研究スタイルからしたら、何を問題にされているか気づかぬ程度の問題かもしれない。もう一つ言えば、一九一九年段階で、魯迅は本当に表現主義を意識し思考していたのだろうか、その意識し思考していたとする論的な根拠はどこにあるのだろうか、単に断章取義的な単語「立体派（Cubism）や未来派（Futurism）」を採取して、さらに波及させて表現主義にまで結びつけることはできるのだろうか。
次に、徐行言論文についても同じような問題の所在を感じる。徐氏は論の展開を簡明にして要領よく行うための措置として、『故事新編』を次のように分類する。

それでは、表現主義の風格を具える作品として、『故事新編』には一体どのような理性的な心情と人生の思索が託されているのだろうか。このことは、私たちは芸術形式を分析する時に行うとして、まず理論の前提を確認しておかなければならない。この問題に比較的簡潔にして把握に都合の好いような答えを出すために、私たちは『故事新編』の八篇の作品を単純化して分類しても差し障りがない。私たちはこの作品集の創作時期の前半部に位置する五篇の小説――『補天』、『鋳剣』、『奔月』、『非攻』、『理水』を主題の近似したグループと看做し、作者が一九三五年一二月に一気に書き上げた後半三篇――『采薇』、『出関』、『起死』をもう一つのグループとする。

このように分類した上で、前半の五篇『補天』（二二・一）、『奔月』（二六・一二）、『鋳剣』（二六・一〇）、『非攻』（三四・八）、『理水』（三五・一一）の作品と後半の三篇『采薇』（三五・一二）、『出関』（三五・一二）、『起死』（三五・一二）の特徴を次のように結びつける。

前半一群の作品の主人公は多くがこの世に現れた神か英雄である。しかしながら小説で力を注いで表現したのは決して彼らの灼灼たる功績ではなく、彼らの成就と共に生じる孤独や困惑であり、英雄の事業草創期の犠牲と凡人の堕落麻痺というお互いの離反である。それにより、読者はこれらの英雄の身から体感するのは燦爛たる達成感ではなく、孤軍奮闘したときの寂寞と寂寥感である。

『故事新編』中の後半に属する作品は歴史の中に出現し、隠棲した著名な聖賢の形象の結構を通して、彼らに代表される人生哲学と現実的な態度を嘲笑する。

この分類の方法にはかなりの無理がある。『補天』（二二・一一）から『理水』（三五・一一）まで、ほぼまる一四年の歳月を経ているのに、同じ前半として、後半は一九三五年一一月に書き上げたものとする。そこで、三四年八月の『非攻』も、三五年一一月の『理水』も後半には扱われない。また、『鋳剣』は神や英雄人物を描いたものではない。『非攻』の墨子を英雄として扱い、『出関』の老子や孔子は隠者として扱うということなのだろうか、このように分類する論理的根拠が欠落している。

次に、徐行言は表現主義の特徴と効果を次のように整理する。

『故事新編』の表現主義の風格は各篇の小説の寓言性のある主題に体現されているばかりでなく、これら作品に運用される各種現代的意味に富む芸術手段に大変突出して表現されている。すでにある学者が論及する異化効果（原文：間離効果）や馬鹿げた不条理な形象と境遇以外にも、歴史叙事に対する同時代的処理、人物塑像の抽象化、類型化、漫画化及びパロディやアイロニーなどの技巧が広範に採用され、すべてに豊富な表現主義の要素が提示されている。

まず、私たちは「異化効果」（中国語訳・陌生化効果、提示原文：Verfrem-dungs-effekt―筆者）から話を始めなければならない。芸術に対する思考と表現の原則からすれば、異化は表現主義の芸術方法の最も重要な内容の一つであると言うことができる。しかしながら、この原則的な理論形態はブレヒトによって総括、命名されたのだが、系統的な芸術実践として、表現主義の早期創作の中や、西欧古典喜劇や中国伝統戯曲においてすら、とっくに広範に応用されていた。厳格に言えば、ブレヒトはこの言葉にもっとしっかりした理論の基礎を賦与し、それを充分に自覚して系統立った舞台の表現手段に発展させたにすぎない。叙事芸術の中で、異化原則の核心は生活の真実について人々の幻覚を打ち破り、芸術鑑賞時にその情景にのめり込んでいるところから、人々の理性の眼差しを呼び起こし、読者に脳天に激烈な一撃を食らったような驚愕体験にさせることが異化原則を追求した最良の効果である。

魯迅は一九三四年秋から雑誌『訳文』に翻訳、掲載した九篇の童話に七篇を加えて、一九三五年九月に出版した『ロシアの童話』（上海文化生活出版社）の奥付で、この十六篇の童話は「漫画的手法」を用いて描かれ、「私たち中国人が読んでも、まるで身近の人物が語られているかのように、或はとりもなおさず自分の脳天に大きな鍼を打たれたように感じるはずである」と語っている。『ロシアの童話』にロシア・フォルマリズムからの直接的な影響があってもおかしくはないが、表現主義の手法では描かれていない。だから、「漫画化及びパロディやアイロニーなどの技巧」は必ずしもドイツ表現主義の技法とは言えない。ただ、「人物塑像の抽象化、類型化」は表現主義の特徴だと言える。しかし、「異化は表現主義の芸術方法の最も重要な内容の一つである」、そして魯迅はこの「異化」の創作手法の影響を受けていると言うのは無理がある。なぜなら、ブレヒトが「異化効果」（Verfrem-dungs-effekt）という言葉が使用したのは、一九三五年にモスクワで初上演された風刺劇『まる頭ととんがり頭』の一九三六年版の上演用のパンフレットでの説明に使用されたのが初めてであったからである。そこで、魯迅が一九三五年の時点で「異化効果」を意識したとは言えない。厳家炎も「異化」（中国語・間離）、徐行言も「異化」（中国語・陌生化）が表現主義の特徴だとして、表現主義の定義を拡大解釈し、表現主義の要素にあまりに多くを取り込んでしまっている。

まとめ

本章では、魯迅が表現主義の文芸理論をどの段階でどれ程受容していたか、また、三〇年代に顕著になるプロレタリア文芸理論との係わりはどのような過程を経て、どのように進行して行ったのか、最後に、魯迅と表現主義を扱う先行研究では、どの時期の魯迅作品との関係に表現主義との影響関係を展開するのかを提示した。

魯迅の表現主義の文芸理論との係わりは、二段階に分けられる。第一の段階は、北京時代を中心とする初期的受容の段階で、厨川白村『苦悶の象徴』と金子筑水「独逸芸術観の新傾向（表現主義の主張）」（所収『芸術の本質』東京堂書店、一九二四・一二）からの理論受容である。第二の段階は、『壁下訳叢』の編集と配列に特徴的に現われる「階級芸術の問題」という視点が加わってからの表現主義受容の段階である。この段階は、プロレタリア文芸という新たな視点が加わった、表現派をも含む文芸流派全体に対する評価の見直しを自覚した時期であり、また表現主義の理論に対する一層深まりのある受容を実現した段階である。上海時代初期を中心に、革命文学論争前後に購入した書籍からの理解を主とし、特に革命文学論争を意識して成立したと推定される『壁下訳叢』刊行に思索の痕跡を留め、有島武郎著「芸術について思うこと」、青野季吉著「現代文学の十大缺陥」、片山孤村著「表現主義」からの理論受容である。

最後に、厳家炎「魯迅与表現主義——兼論『故事新編』的芸術特徴」と徐行言「論『故事新編』的表現主義的風格」という先行研究を紹介し、張夢陽の『中国魯迅学通史』を使用してこの二つの論文にたいする中国における評価の情況を提示した。筆者は、先行研究の論者二人が、魯迅における理論受容の深化を考慮に入れていない点、新浪漫派に見られる特徴を全て表現主義と一つに括っていることに異議を示した。

魯迅は、「旧い社会に生まれ育った」「旧い社会の情況を熟知し」「旧い社会の人物に馴染んでいた」作家が無産階級のための新しい文芸、所謂「新興文芸」の描き手にはならないと厨川白村を評定した。しかし、魯迅はこの言葉がそのまま魯迅自身に帰ってくることをかなりつよく意識していたのが、「馬鹿馬鹿しい不条理」や「漫画化」及び「パロディやアイロニー」の技法を用いた創作手法で描いた三〇年代の五篇の『故事新編』である、と筆者は考える。魯迅はあくまでも『中国小説史略』を編んだ時と同じように、表現主義という西洋近代文芸思潮の流れに沿う文芸流派そのものに、学術的な興味を持ち、しかも、大変つよく惹きつけられていた、と筆者は考える。フロイトの精神分析学も意識し、象徴的、神秘的、写実的寓話を完成させたのが三篇の二〇年代『故事新編』であるなら、表現主義の創作手法を中心に、その創作理論や出来上がった作品自体の難解さゆえに、その作品を理解するのは「第四階級者」すなわちプロレタリア階級以外の人々である知識人でしかないことを、魯迅は十分理解して書いたのが、三〇年代に描かれた五篇の『故事新編』であろう。

厳家炎・徐行言論文の表現主義には拡大解釈があるとはしても、確かに魯迅の三〇年代以降の『故事新編』には、両氏が指摘する「馬鹿馬鹿しい不条理さ」「人物塑像の抽象化、類型化、漫画化」及び「パロディやアイロニー」などの技巧が多用されるのも事実である。この点が今後の研究の課題である。現在のところ、翻訳『ロシアの童話』にロシア・フォルマリズムの影響があるかどうかを視野に入れ、ロシア・フォルマリズムとドイツ表現主義の異同、さらには魯迅が表現主義の創作手法を基本にしながらも新興階級の立場からの解釈、無産階級の生活を知らない知識人が思い描いたプロレタリア文芸自体をパロディ、アイロニー化する視点を有していたかどうかを視野に入れて考察を展開したい、と筆者は考えている。

【注】

（1）　一九二六年八月二六日から二七年一〇月三日の時期は、二六年九月四日から二七年一月一六日までの厦門大学滞在時期と、二七年一月一八日から二七年九月二七日までの広州・中山大学滞在時期に分けられ、『鋳剣』は一・二章が二六年一〇月までに、三・四章が二七年四月三日までに書き上げられている。丸山昇『魯迅と革命文学』（紀伊国屋書店、一九七二・一）は、中国の現代史における「革命」の語が日本とは違い「錦の御旗」として機能していたことに触れ、魯迅が言及する「革命」や「革命文学」の意味を、三期に分けて考える。一期は一九二七年四月一二日の反共クーデター以前で、魯迅にとっては「夢の中」「妄想」の時であり、謂わば「革命」が「錦の御旗」としての意味を用意する時期である。二期は「錦の御旗」の下に「反革命鎮圧」として行われた四・一二クーデターから二七年末までで、それは「革命文学」を唱えるものが奉ずる「革命」のインチキさであり、「軍人と商人」が支配する街での「指揮刀の下」「紙の上」に勇ましい言葉が太鼓を敲いたように踊る国民党の御用文学としての「革命文学」に対する批判であり、謂わば魯迅が「〝天降り革命〟の現象」（原文・〝奉旨革命〟的現象）だと指摘していた時期で、この時点ではまだ創造社に共通の目標に向かって努力する仲間として共感を覚えた時期である。三期は二八年三月に本格化する革命文学論争以降の時期で、創造社・太陽社の攻撃を契機に「革命文学」がプロレタリア文学を意味するものへと移行する時期である。丸山氏はこのような状況分析の上で、「後期」魯迅の始まりを「革命文学論戦」からに位置づけるが、そのことに筆者も同感する。すると、『鋳剣』は「前期」魯迅の最後に位置する作品だと言える。

（2）　厳家炎「魯迅与表現主義――兼論『故事新編』的芸術特徴」（所収『世紀的足音』作家出版社、一九九六・八、初載『中国社会科学』一九九五年第二期）において、魯迅と現代主義文芸思潮との接触に関して、断片的ながらもその思索の跡を示す初期の文章である、一九一九年三月一五日『新青年』六巻三号に発表された「随感録五十三」（所収『熱風』）で「二十世紀がやっと十九年の初頭を迎えた頃でも、新しい流派はまだ興っていなかったようである。立体派（Cubism）や未来派（Fururism）の主張は、新奇ではあるが、未だその基礎を確立し得なった。しかも中国では恐らく理解できないだろうと思われる」と語ること、一九二一年九月一一日の周作人宛の手紙で宋春舫訳『未来派戯曲四種』を批評する際に「表現派劇」と誤って記載したこと、一九二一年一一月にフロイド学説の影響のもとで表現主義の色彩を具える小説『不周山』（すなわち『補天』）を創作したことを挙げる。そして表現主義に関しては、一九二四年に北京大学で講義しながら、翻訳した厨川白村

『苦悶の象徴』の「第一章創作論　六苦悶の象徴」での評論に本格的な表現主義思潮との深い接触の始まりがあると指摘する。その後魯迅は、表現主義の傾向を具える厨川白村『象牙の塔を出て』や日本の文芸批評家たちが論述する一連の表現主義文芸の論著――片山孤村「表現主義」、有島武郎「芸術について思うこと」、山岸光宣「表現主義の諸相」、青野季吉「現代文学の十大缺陥」「芸術の革命と革命の芸術」、板垣鷹穂『近代美術史潮論』を再三再四翻訳し、この思潮に対する関心を表明したばかりか、彼の考え方や判断がここにあることを表明したと、指摘する。厳家炎も、『魯迅日記』「書帳」の変化に逸早く気づき、一九二四年以降、魯迅は大量に日本語・ドイツ語・英語版の欧州文芸思潮を研究する書籍を購入し、その中心が、ロシア文芸と表現主義であったことを指摘する。

　厳家炎の論考では、『魯迅日記』「書帳」が、一九二四年以降に現実に変化したという事実は指摘するが、何故変化したのかは考察されていない。筆者は、魯迅におけるこの変化の主体的・意識的原因が、成仿吾による文芸批評「『吶喊』の評論」（『創造季刊』二巻二号、一九二四年二月二八日）に起因していると考えていることを再三再四表明してきた。また、厳家炎氏は青野季吉著「芸術の革命と革命の芸術」を魯迅における表現主義の受容の一翼を担う論考に加えるが、「芸術の革命と革命の芸術」には確かに、「未来派、表現派の如きを、芸術革命の前駆として、われわれはその貢献を認める」という言説があるが、一度限りで「表現派」という言葉を使用しているだけである。この論説で、青野が中心に説いているのは、無産階級（プロレタリア階級）の共通意識、無産階級文芸の共通要素とは、無産階級がもつ革命的精神であること、革命的精神は無産階級の歴史進行と共に成長した階級意識に支えられ、無産階級の階級意識は非個人主義の精神によって照らし出され、同時に非国民主義的な世界主義的な精神によって体現されるという論調である。

　ところで、厳家炎は魯迅が翻訳した表現主義の著作に、次の三点の意義を見出している。

1．多くの論著が表現主義文芸のドイツや西欧における流行とヨーロッパ大戦及び大戦後の無産階級革命、社会主義運動と関連付けていること。

2．魯迅が翻訳紹介したこれらの論著は表現主義文芸の崇高な主観と精神の重視の総体的特徴に対して有益なる概括と探求を行ったこと。

3．魯迅が翻訳した論著には表現主義文芸（主にドイツ表現派文芸）の種々の芸術手法に考察をしていること。

以上の考察を踏まえ、厳氏は一九二〇年代中期以降の魯迅と表現主義との出会いが、魯迅の創作思想に明確な三つの変化――①芸術の重心が作家の主観的精神と感情の体験と表現を重視する方へ傾斜したこと。②文芸が生活とは違うこと、しかも芸術と実際生活との距離を保持すべきことを強調し、作家は作品の中で意図的に「異化」効果を作り上げることで、読者に「これは小説だ！」ということを喚起させた。魯迅のこのような思想態度は、現実主義作家が読者に作品における完全なる真実感を極力保持させようとするのとは大いに違いがあること。③不条理、誇張、変形のプロットとディテールを受容したこと――をもたらしたと指摘する。

また、管見の限りだが、中国における表現主義の受容に言及する主要な論考に次のものがある。

・呉中傑、呉立昌主編『一九〇〇―一九四九：中国現代主義尋蹤』「第五章　表現主義」（学林出版社、一九九五・一二）

・徐行言、程金城『表現主義与二〇世紀中国文学』（安徽教育出版社、厳家炎主編二〇世紀中国文学研究叢書之一、二〇〇〇・九）

（3）丸山昇「魯迅と「宣言一つ」――『壁下訳叢』における武者小路・有島との関係」（『中国文学研究』一号、中国文学の会、一九六一・四、収録『魯迅・文学・歴史』汲古書院、二〇〇四・一〇）

中井政喜「魯迅と『壁下訳叢』の一側面」（『大分大学経済論集』三三巻四号、一九八一・一二）

丸山論文は、『壁下訳叢』の「小引」に魯迅が挙げる「比較的古い論拠」とは、片上伸、青野季吉等のものと対照した意味であり、つまりプロレタリア文学、中国でいえば革命文学が起こる前の論拠であることを説明し、魯迅との関係において中心になる議論は有島と片上とがどのように「立場に立つ」かに焦点を当て、魯迅は有島が提起した個人の主体性のあり方の問題に対し、より有島の「立場」の立ち方に共鳴し、親しみを覚えていたことを論述している。魯迅と近似した有島の「立場」とは、有島の主張が「自己」の限界の認識に立ち、その外に出る可能性に対する絶望を媒介として発せられており、有島の考えの底には、第四階級以外の知識人によって生み出されたものが、果たして第四階級のものとなり得るかという根本についてのペシミズムが存在し、ロシア革命の実際の収穫が、真のプロレタリアートや農民によってでなく、むしろブルジョア文化の洗礼を受けた帰化的民衆によって収穫され、クロポトキンやマルクスの功績も、第四階級自身を動かしたことではなく、第四階級以外の階級者に対して、或る観念と覚醒とを与え、自分の立場に対しての観念の眼を閉じさせたとする認識がある。だから、有島にとって「立場に立つ」とは、単に思いやりや同情だけで労働階級の立場に立ったことにはならず、かといって自分が労働者になることもできない。それ故有島は、中流階級に訴える自分の仕事が、労働者の為になることもあり、利用される結果になっても、それは偶然の結果であり、自分の功績にすることは出来ない。この「することは出来ない」という覚悟を以て自分の態度とし、客観的に物を見る人ではなく、自分自身の問題として物を見ようとする人であろうとする「立場に立つ」のである。

丸山論文が、客観的に物を見る人、すなわち片上伸や青野季吉や蔵原惟人等の提起した理論が、その後の日本のプロレタリア文学の指導的理論となるが、日本マルクス主義論の発想と発展において捨象してきた、また日本プロレタリア文学理論において無視してきた問題に対し、有島が革命に参与するインテリゲンチァの主体の問題を提起していることに考察の重点を置き、この有島が投げかけた問題を魯迅がまともに受けとめ、魯迅の強靭な精神が、自分が古いものであるという所で一種の「居直り」をすることによって、むしろ新しい場所に突き抜け得たのに対し、有島の「居直り」は、遂に一種の「ひ弱さ」を捨てきれなかった、と分析する。（傍線筆者）

一方、中井論文は、丸山論文が『壁下訳叢』「小引」の「片上伸教授は死後に非難が多かった人だが、私はその主張が強固で熱烈なのが好きである。ここに有島武郎との論争を少しいれておいた。もとの階級を固守するものと反対のものと両派の意見の所在を見ることができよう」（丸山訳）という文章は、有島と片上の論争において、魯迅が一見片上伸側を支持しているようにとれるが、この文章の前半と後半はそんな風には結びつかず、単に悪い意味で「もとの階級を固守するもの」（原文：守本階級、中井政喜訳「本来の階級を固執するもの」蘆田肇訳「自己の階級に固執する者」）ととったとは考えられないと述べていることに、丸山昇は屈折されて読んでいると反論を加える。中井論文はむしろ、丸山論文が述べる魯迅が「新しい場所に突き抜け得た」との指摘を重視し、「旧い論拠」と『壁下訳叢』の意義を、前章の注（３）のように纏めている。そして結論として、魯迅は、一九二九年の段階において民衆と革命的知識人の連帯に関しては、有島武郎を「本来の階級を固執するもの」とした彼の自己限定的連帯に敢えてマイナスの評価を加える一方、片上伸を高く評価していると分析する。

また、山田敬三「『壁下訳叢』の白樺派」（所収『魯迅の世界』「魯迅と〝白樺派〟の作家たち」大修館書店、一九七七・五）において、山田氏は魯迅と有島武郎に関して、「もともと驚くほど酷似した文学的立場を共有した二人であったが、「平民」あるいは「第四階級」との接点のとり方をめぐって截然と分かれてしまった」、「魯迅には、自分が旧陣営の出身であればこそ、その弱点を剔抉し「敵の死命を制」し得るというしたたかないなおりの姿勢があった。有島はそこでおもいこみ、魯迅はつきぬけた。あるいはつきぬけざるを得なかった。そしてつきぬけることによって接点を獲得した」、「魯迅の場合は、同じくおのれの立場を冷厳に見きわめ、厳しく自己規定しながらも、有島がついに掌握し得なかった「第四階級」との接点に交叉する方途を見つけ出し、それをば「覚醒した知識人の任務」として自らに課することとなった」、「有島の過度の潔癖がもたらした無残な死と、しばしば白色テロルの危険に身をそらしつつも、ついに死の直前まで論争をやめなかった魯迅の二枚腰のしたたかさとは、その象徴的な結末であった」という卓越した見解を示し、この考え方に筆者も首肯する。

（4）　表現主義の理論受容に使用されたその他の資料を魯迅の入手順に挙げておく。

①ヘルマン・バール著『表現主義』（Hermann Bahr：Expressionismus, 1916、魯迅入手一九二六・一・四）

Hermann Bahr（1863.7.19–1934.1.15）の英訳資料：Expressionism；translated by R.T.Gribble, London, Frank Henderson, 1925

②板垣鷹穂著『民族的色彩を主とする　近代美術史潮論』（東京大鐙閣、一九二七・一〇初版、魯迅購入一九二七・一二・五）

③本間久雄著『欧洲近代文芸思潮論』（東京早稲田大学出版部、一九二七・七初版、魯迅購入一九二七・一二・二七）

④北村喜八著『表現主義の戯曲』（東京新詩壇社、一九二四・一〇初版、魯迅購入一九二八・三・一六）

⑤劉大杰著『表現主義的文学』（北新書局、一九二八・一〇初版、「魯迅中文蔵書目録」に収録）

⑥山岸光宣著「表現主義の諸相」（所収『印象より表現へ』東京玄文社、新演芸叢書1、一九二四・六初版、入手年不明、『朝花旬刊』一巻三期一九二九・六・一一に訳載）

（5）　厳家炎「魯迅与表現主義——兼論『故事新編』的芸術特徴」（所収『世紀的足音』作家出版社、一九九六・八、初載『中国

社会科学』一九九五年第二期）
（6）徐行言「論『故事新編』的表現主義的風格」『魯迅研究月刊』一九九五年一一期
（7）張夢陽「第十五章〝油骨之処〟顕真諦――『故事新編』学史」『魯迅学通史』広東教育出版社、二〇〇二・一二
（8）山岸光宣「表現主義の諸相」（『印象より表現へ』東京玄文社、新演芸叢書1、一九二四・六初版）を参照に整理した。
（9）岩淵達治「ブレヒト」「異化効果」、伊藤一郎「シクロフスキー」『集英社世界文学大辞典』一九九七・一〇
（10）注（8）に同じ、一八六頁

第Ⅱ部　日本留学期及び翻訳・書籍刊行との関係に見る西洋近代文芸思潮

第三章　浪漫・人道主義と魯迅訳『哀塵』

はじめに

魯迅は日本留学初期に合わせて六篇の翻訳を行っている。留学初期とは、明治三五年（一九〇二）四月四日に来日、嘉納治五郎が開設した弘文学院に最初の入学生として在籍し、「牛込区西五軒町三十四番地」の弘文学院清国留学生の寄宿舎で生活、明治三七年（一九〇四）四月三〇日同学院「速成普通科」を卒業するまでの二年一ヶ月、そして仙台医学専門学校校長山形仲藝からの入学許可を受け、六月一日付で入学願と学業履歴書を提出[1]、八月仙台に向け出発するまでの四ヶ月の、合わせておよそ二年五ヶ月の時期を、ここでは言うことにする。また六篇の翻訳とは、『哀塵』『月界旅行』『地底旅行』『世界史』『北極探検記』『物理新詮』である。このうち、『世界史』は原著者不明・訳稿未発見、『物理新詮』は原著者不明・訳途中中断・訳稿未発見、『北極探検記』の原著者はジュール・ヴェルヌであるが、訳稿未発見である。現在のところ考察可能な作品は、『哀塵』『月界旅行』『地底旅行』の三作品である。『哀塵』はヴィクトル・ユゴーの作品、『月界旅行』『地底旅行』はジュール・ヴェルヌの作品である。魯迅訳『哀塵』『月界旅行』『地底旅行』の刊行時期と底本を示すと前記の通りである。

ユゴー（Victor Hugo, 1802–1885）、ヴェルヌ（Jules Verne, 1828–1905）共に、他の作家の翻訳状況に照らし比較すると、明治期にあってはかなり多くの作品と多くの翻訳回数が記録されている。

魯迅の訳題	魯迅訳の掲載誌	発行年月日	使用底本の訳題	底本の訳者	底本発行年月
哀　塵	浙江潮第五期	一九〇三・六・一五	随見録――フハンティーン Fantine のもと	森田思軒	一八九八・六
月界旅行	東京進化社	一九〇三・一〇	九十七時二十分間　月世界旅行	井上　勤	一八八六・九
地底旅行	浙江潮第一〇期	一九〇三・一二・八	拍案驚奇　地底旅行	三木愛華　高須墨浦	一八八五・二
	南京啓新書局	一九〇六・三			

ヴェルヌ作品は単行出版・新聞・雑誌等での翻訳紹介の回数が全四二回という多さを記録するが、筆者が目にした限りでは、作品と並び原著者ヴェルヌの顔写真が紹介されている例を見たことがない。ここに、明治期におけるヴェルヌ作品受容の構図が見て取れる。まず、原著者の名前の表記が「ジユルス、ベルン」「ジュールス、ベルネ」「ジュール、ヴヱールーヌ」「ヂュールス、ペルン」「シュル、ウェルヌ」等の多岐に及ぶうえ、国籍も「米国」「英国」「仏国」と様々に紹介されている。そこから見て取れることは、作家としてのヴェルヌの才能がなし得た科学的冒険小説の紹介というものではなく、作品に描かれる異世界・科学技術への驚きと憧憬という西洋科学文明紹介の構図にほかならないということである。次に、後進資本主義国家として日本が、世界資本主義市場への編入を目指すための思想的理念を形成する翻訳書に、西村敬宇『西国立志編』（明治四年、一八七一）、加藤弘之『人権新説』（明治一五年、一八八二）があり、そして福沢諭吉「脱亜入欧論」（明治一八年、一八八五）が近代日本の方向性を示した言葉だとするなら、庶民レベルでの近代化のためのイデオロギーの覚醒、強化に寄与したのがほかならぬヴェルヌの科学的冒険小説であったという構図である。そして、明治一一年（一八七八）に始まり明治四一年（一九〇八）までの三十年間に全四二回の翻訳紹介を記録するヴェルヌ作品の翻訳に深く貢献したのが、井上勤（一四回・九作品）と森田思軒（一四回・九作品）であった【参考資料2】。ヴェルヌ作品は、その後日清戦争から日露戦争の十年の間における戦争兵器の急速な発展に

伴う死者の激増がもたらす不安と、明治二〇年頃から社会問題化した足尾鉱毒事件に代表される急激な科学技術の移入に伴う自然と人間破壊への不安とが相俟って、科学的小説として驚異・幻想世界を供与した作品から、冒険的小説として夢とロマンを与える作品が翻訳、受容される傾向を示す。その作品が、明治二九年（一八九六）三月から一〇月にかけて雑誌『少年世界』に連載、一二月刊行（博文堂）された、明治翻訳文学の古典的作品、森田思軒訳『十五少年』であった。

一方、ユゴー作品が多く翻訳された背景には、生前から大文豪として名を轟かせたユゴーが一八八五年に逝去し、母国フランスにおいて一九〇二年までに、詩集『大洋』と雑記『小石の山』を除く全ての著作が死後出版として刊行されていたという状況があった。そんな状況と相俟って、日本でも『国民之友』等の雑誌では、ユゴーの顔写真を併載して彼の作品を翻訳紹介するという一時のブームが起きていた。このようなユゴー紹介のブームの火つけ役的存在に森田思軒がいた。思軒は、明治一七年（一八八四）から明治三九年（一九〇六）までに、全三〇回に亙り単行出版・新聞・雑誌等で翻訳紹介されたユゴー作品中、計八回の紹介に努めている【参考資料1】。その他多くの作品も、思軒門下生の原抱一庵らによって翻訳紹介がなされていることを鑑みれば、明治期におけるユゴー受容の第一の功労者は森田思軒であったと言える。思軒はユゴー作品における人道主義の作風に着目した人で、彼の悲願であった『哀史』、すなわち『レ・ミゼラブル』の完訳を達成できぬまま、腸チフスにより三六歳という若さで、明治三〇年（一八九七）に世を去った。思軒の意志を受け継いで翻訳にあたったのが、黒岩涙香であった。涙香は、『レ・ミゼラブル』を『噫無情』と訳題し、新聞『萬朝報』に明治三五年（一九〇二）一〇月八日から翌年八月二二日にかけて、一五〇回に亙り連載した。明治翻訳文学の古典ともいえる『噫無情』の連載と、一二年半後の『噫無情』（扶桑堂、前・後編、一九〇六、一・二）の刊行後数年が、きたる大正期へと受け継がれるユゴー作品受容の最盛期に当たったことは容易に想像がつく。

明治の翻訳界において、ヴェルヌやユゴー作品の翻訳熱が沸き立っていた時期とは明治二〇年代から三〇年代にかけてであった。そして、魯迅が日本の地を踏んだ明治三五年四月（一九〇二）とは、ヴェルヌ作品の翻訳ブームが『十五少年』以降下火になり、欧州の浪漫派を代表する人物の中でも人道主義的な作品を多く産したヴィクトル・ユゴーがまさに盛んに受容されていた頃であり、彼の代表作『噫無情』が連載される直前の時期であった。

以下、魯迅における浪漫・人道主義受容の状況を『哀塵』を中心に詳しく考察し、最後に、もう一つの浪漫主義文学、イギリス浪漫派詩人のバイロンとシェリーの受容に関して考察を試みる。

一　明治文壇におけるヴィクトル・ユゴー作品の流行と『哀塵』翻訳までの経緯

癸卯五月二〇日（一九〇三・六・一五）発行の『浙江潮』第五期には、「小説」『哀塵』法國囂俄著、庚辰（魯迅の筆名の一つ）訳として、魯迅の最初の翻訳が掲載される。これは『哀塵』の魯迅の付記から、森田思軒訳『随見録――フハ《ママ》ンティーーン Fantine のもと（千八百四十一年）』（以下、『随見録―フハンティーンのもと』と略す）からの重訳であることが認められる。森田思軒はヴィクトル・ユゴーの『レ・ミゼラブル』（Les Misérables, 1862）を『哀史』と訳しているが、魯迅が『哀塵』と訳題したのは、思軒の訳題『哀史』と当時『萬朝報』[2]に連載中の黒岩涙香の訳題『噫無情』とを意識して、「哀史」の断片を形作る素材であるという意味と、「哀」しい「塵」界、すなわち『哀しき浮世』ぐらいの意味を籠めて、ユゴー『レ・ミゼラブル』の訳題に対応させたものだと思われる。[3]

またユゴーの探偵もののような短篇小説が有り、何とかユーベルと呼ばれて、たいへん面白く書かれていた。それから、蘇蔓殊が上海の新聞に『惨世界』を翻訳して載せたので、一時ユゴーは私たちの愛読書になり、英語、日本語の訳本を探して読んだ。[4]

『新小説』に載ったユゴーの写真は、魯迅の注意を引き、日本語で訳された中篇小説『懐旧』（アフリカ人が蜂起した物語を描く）を探し出して読んだ。すると今度は私のためにアメリカで出版した八冊本の英訳ユゴー選集を買ってきてくれた。[5]

以上は、周作人『魯迅の青年時代』収録の「魯迅に関して　二」と「魯迅と清末文壇」にある、魯迅とユゴーに関する記載である。

最初の引用文で、魯迅はユゴーの翻訳「何とかユーベル」を読んだことが記されている。これはユゴー『見聞録――ユベェール事件（一八五三）』（原題・Choses vues―Affaire Hubert）のことである。原著『Choses vues』は、ユゴーの死後一八八七年と一八九九年に刊行されており、日本では、森田思軒がこれを『随見録』と訳し、その中の「ユベェール事件」を『探偵ユーベル』と訳題し、一八八九年一月の『国民之友』（明治二二年、第一春期付録）から三月まで連載、その後同年六月に民友社から単行刊行した。『探偵ユーベル』は、ユゴーが実際に見聞きしたスパイ裁判事件――ユーベルはもと学校教師であり測量師でもあったが国事犯となり、亡命し外国で過ごしていた。その後、ジュルシーに上陸し、そこで亡命者たちの援助と子供たちの勉強を世話する熱心な社会党員として信用を得ていた。ある偶然な出来事から彼がスパイであったことが判明する。裁判で亡命者たちは、経済的援助をしてくれている彼がフランス本国にいる自分たちの援助者たちを売っていたことを知り、処刑を訴えるが、ユゴーの意見が入れられ、死刑とはせず投獄される――を小説的に叙述したものである。ユゴーは、「余は余の書類を検する際偶まユーベルの手紙一通を見出たせり其の手紙の中に斯の哀しき一句あり〝餓は実に悪伴侶なり〟と然ればユーベルは空腹にてありしなり」という結末の一文で、このスパイ事件の原因がどこにあったかを示した。

次に、魯迅は蘇蔓殊の翻訳『惨世界』を読んだことが示されている。これは、癸卯八月（一九〇三・九）上海『国民日日報』に蘇子穀（子穀は蘇曼殊の字）訳で連載された時には、『惨社會』と訳題されていたが、一九〇四年に鏡今書局から蘇子穀、陳由己（陳独秀の筆名）共訳で単行本として出版した際に、『惨世界』と改名された(6)。蘇曼殊の死後、胡奇塵により上海泰東図書局から、『悲惨世界』と改名（『惨世界』と同一内容だが、ユゴーと陳独秀の名を削除）されて出版されている。蘇曼殊の訳題『惨世界』は、魯迅の訳題『哀塵』に、幾分の影響を与えていると推察できる。それは、「塵」（俗世、浮世）という言葉に「社会」や「世界」という意味を籠めていると考えられる点である。その意味では魯迅の訳題『哀塵』（哀しき浮世）は『レ・ミゼラブル』という雰囲気も善く伝えている。

二つ目の引用文で、周作人は「『新小説』に載ったユゴーの写真」が、魯迅の注意を引いたことを述べている。これは、『新小説』一年二号（光緒二八年一一月一五日、一九〇二・一二・一四）に掲載された顔写真である。この写真の裏にある一節でユゴーは次のように紹介されている。

囂俄生於千八百二年卒千八百八十五年十九世紀最著名之小説家也戯曲家也少有神童之目十六歳時應法國學士會院（按學士會院法國文學之淵藪也）之懸賞投詩一首驚倒一世其後著作愈富各國無不爭翻譯之囂俄不特文家而已又大政治家也晩年爲國民議會議員大有所建白其沒也法人榮以國葬之禮年八十三

ユゴーが十九世紀の如何に優れた小説家、戯曲家であり、幼くして如何に才能に溢れ、そして没してからも如何にフランス国民から栄誉を与えられたかという、ユゴーの名声を紹介している。魯迅との関係で興味深いことは、『新小説』一年二号の巻頭に掲載の写真は二枚あり、一枚目はバイロン（Lord Byron 擺倫）が、二枚目はユゴー（Uictor《ママ》 Hugo 囂俄）が掲載されていることである。

そして次に、日本留学初期、魯迅は「日本語で訳された中篇小説『懐旧』（アフリカ人が蜂起した物語を描く）を探し出して読んだ」ことが触れられる。この中篇小説『懐旧』とは、ユゴーが十八才の時、一八二〇年三月、雑誌『コンセルヴァトゥール・リテレール』（Le Conservateur littéraire）一一号から一五号に掲載され、一八二六年に刊行された『ビュグ・ジャルガル』（Bug-Jargal）のことである。森田思軒はこれを『懐旧』と訳題し、『国民之友』明治二五年（一八九二）一月から一〇月まで連載、その後明治二五年一二月一六日に民友社から刊行した。『懐旧』は、周作人が「アフリカ人が蜂起した物語を描く」と書くように、サントドミンゴの黒人奴隷の反乱を描いたもので、主人公ビュグ・ジャルガル、またの名をピエローはカコング王の息子で反乱軍の指導者である。弱冠二十歳の彼は愛する夫人マリーを残し、以前に命を救われた恩により、黒人たちに捕らえられた白人の老軍曹を救い、次に大尉を助けようとして、老軍曹が放った拳銃の流れ弾に当たって死んでしまうという話を救われた二人の回憶として綴る、ロマン的叙情の漂う人道主義的な小説である。

その後、周作人は魯迅が「今度は私のためにアメリカで出版した八冊本の英訳ユゴー選集を買ってきてくれた」と語っている。ここで、魯迅『哀塵』がこの時期になぜ翻訳されたのかを考察するために、日本における明治期のユゴー作品の翻訳状況のうち、魯迅と関係の深い森田思軒訳作品及び黒岩涙香訳作品が発表された時期と、周作人が言及する蘇曼殊訳『惨世界』、『新小説』で見たユゴーの写真、「八冊本の英語訳ユゴー選集」等と魯迅の出会いの時期的関係を列挙してみる。

①森田思軒訳『随見録』『国民之友』一八八八年五月～一〇月連載、「フハンティーン Fantine のもと（千八百四十一年）」『国民之友』一八八八年七月
②森田思軒訳『探偵ユベール』『国民之友』一八八九年一月～三月連載、一八八九年六月　民友社刊行
③森田思軒訳『クラウド』『国民之友』一八九〇年一月～二月連載

④森田思軒訳『懐旧』『国民之友』一八九二年一月～一〇月連載、一八九二年一二月　民友社刊行
⑤森田思軒訳『死刑前の六時間』『国民之友』一八九六年八月～一八九七年二月十日連載
⑥森田思軒『ユゴー小品』（内容：『随見録』『探偵ユーベル』『クラウド』『死刑前の六時間』）一八九八年六月　民友社刊行
⑦黒岩涙香訳『噫無情』『萬朝報』一九〇二年十月八日～一九〇三年八月二十二日連載
⑧『新小説』で見たユゴーの写真：『新小説』第一年第二号、一九〇二年十二月十四日
⑨魯迅重訳『哀塵』：『浙江潮』第五期、一九〇三年六月十五日
⑩蘇曼殊訳『惨社會』：一九〇三年九月、『惨世界』：一九〇四年
⑪黒岩涙香訳『噫無情』扶桑堂　一九〇六年一、二月前後二冊刊行
⑫周作人「八冊本の英訳ユゴー選集」の入手。周作人はこれを種本に、一九〇六年前半期までには『孤児記』（一九〇六年七～八月刊行）を執筆している。張菊香・張鉄栄編『周作人年譜』（天津・南開大学出版社、一九八五・九）に拠ると、この「八冊本の英訳ユゴー選集」を、周作人は一九〇六年八月、南京水師学堂を離れ、日本留学に向かう直前、東京に託送している。また、一九三一年頃には、北京大学図書館に売却している。
⑬會稽　平雲（周作人）著『孤児記』小説林社、丙午年六月（一九〇六年七～八月）
⑭『思軒全集』第一巻（一巻のみ刊行）（内容：『随見録』『探偵ユーベル』『クラウド』『懐旧』『死刑前の六時間』）民友社　一九〇七年五月刊行

上記の列挙した項目の中、魯迅『哀塵』と黒岩涙香の連載版『噫無情』が時期的に重なる。『哀塵』の「訳者附記」には「譯者曰、此嚻俄隨見録之一。記一賤女子芳梯事者也」（訳者が云うには、これはユゴーの『随見録』の一つで、賤しき女「ファンティーヌ」の事を記している）とあり、後で較べて明らかになる通り、魯迅『哀塵』の底本は森田思軒訳『随見録――フハンティーンのもと』に拠る。V．ユゴーが一八八五年（明治一八）に逝去し、一九〇二年（明治三五）

までに詩集『大洋』（Océan）、雑記『小石の山』（Tas de pierres）を除く全ての著作が死後出版として成された。日本では、一八八四年（明治一七）七月二二日から一二月一二日まで『自由新聞』に連載された、坂崎紫瀾『仏国革命修羅の衢』と訳題するユゴーの翻案体の作品が発表されてから、以後明治三九年（一九〇六年）一月の黒岩涙香『噫無情』前後二冊が単行本として出されるまで、凡そ二十年合計三二回に亙り、新聞、雑誌、単行本の中に続々とユゴー作品は訳される【参考資料1】。明治におけるユゴー作品翻訳の絶頂期は言うまでも無く、黒岩涙香訳『噫無情』が、『萬朝報』に明治三五年（一九〇二）一〇月八日から明治三六年（一九〇三）八月二二日にかけて連載された時期である。その意味では、魯迅訳『哀塵』は日本でのユゴーブームに乗って登場して来たことになる。唯注目すべきことは、魯迅が明治を代表する黒岩涙香、井上勤等の翻案体の作品を底本とはせず、原文重視に徹したが自らは逐次直訳ではないことを自任していた森田思軒[7]の訳を底本としたことである。思軒は幼時より漢学を学び、慶應義塾、郷里（備中）の興譲館で漢学を修めるという経歴により、思軒自身も認める通り彼の訳体はユゴーの文体とは風格の違う、江戸期の流れを曳く漢文訓読体であった。その上、思軒は原文を重視する姿勢が強く翻訳に時間がかかり過ぎたために彼の悲願であった『レ・ミゼラブル』の翻訳『哀史』がこの世に出ることは無く、明治三〇年（一八九七）三六歳の若さで腸チフスにより死去している。思軒の遺稿として明治三一年（一八九八）に『民友社』から、『ユーゴー小品』が刊行された。魯迅訳『哀塵』はこの『ユーゴー小品』に収められる『随見録――フハ《ママ》ンティーン Fantine のもと（千八百四十一年）』を底本としたと考えられる。

ちなみに、思軒訳『随見録』には、（1）ルヰフヒリップ王の出奔（千八百四十八年）（2）フヒエスシー（千八百四十二年）（3）フハンティーン Fantine のもと（千八百四十一年）（4）五月十五日（千八百四十八年）（5）ルヰフヒリップ王（千八百四十四年九月）（6）ルヰフヒリップ王（千八百四十四年十月）（7）モルチール伯爵（千八百四十六年）が収められる。

原著『Choses vues――1841』を、森田思軒は『随見録――フハンティーン Fantine のもと（千八百四十一年）』と訳している。そこで先に、この思軒訳底本と魯迅の重訳『哀塵』との翻訳文体を比較検討して行く。また比較の際、翻訳上の要点に関しては、原著『Choses vues――1841』と本間武彦訳『見聞録――一八四一年』（ユーゴー全集刊行会）の文章も参考に加える。

二　魯迅の重訳『哀塵』の文体の特徴――森田思軒の翻訳文体と魯迅訳との比較

（a）　魯迅訳『哀塵』「附記」と森田思軒訳『随見録――フハンティーン Fantine のもと（千八百四十一年）』「序文」との比較

思軒「序文」（改段は筆者）：

ユーゴー氏か水夫傳の序に曰ふ「宗教。社會。天物。是れ人の三敵なり而して人の三要も亦た茲に存せり人は必す歸依の處あるを要す故に寺院あり人は必す立つ所あるを要す故に市邑あり人は必す活くるを要す故に地を耕し海に航す三の者の要此の如くにして其害又更に甚し凡そ人生の艱苦にして其由を悟り難き者皆な斯の三の者より來るに非さるなし故に人は常に迷執の為めに苦められ弊習の為めに苦められ風水火土の為めに苦めらる是に於てか宗教教義の人を危くし殺すに足るあり社會法律の人を壓抑するあり天物の人力もて奈何ともす可らさるあり作者嘗てノートルダムに於て第一者を發し哀史に於て第二者を表し今ま此書に於て第三者を示す」とフハンティーンは哀史ラミゼラーブル中の一人にて即ち社會の弊習缺陷に苦められる、一人なり無心なる薄命なる賤しき女子と生れて中ころ不幸なる一女兒を擧け哀史の中に在て母成る者の哀を閲し盡すものはフハンティーンなり

余は久く涙を小説に灑けることあらす然れとも哀史を讀めるは會ま日耳曼に旅せるの時にありき孤窓夜深観てフハンティーンの事に到り顧みて高堂垂白の二親遙かに天涯にあり或いは不肖を夢み不肖を説き種々心を勞したまはんことを念へは輙はち愴然として巻を掩ふを免かれさること屢々なりけり本篇を見れは乃ち知るフハンティーンか疾を獲る一段は全く作者實歴の一話より

來りしことを

　夫の風流少年の悪戯賤女子の無辜及ひ巡査か少年を縦なち女子を捕らへ「六個月間からきめみるべし」と罵る聲に至るまで哀史の文筆々本篇に同しからさるなし然れとも哀史に在ては我先つフハンティーンの平生の悲絶通絶を感せるの眼を以て更らに此を譯む故に其心に激すること一層深きものあるを覚ふ唯其文の淡宕にして遠韻あるは本篇却て哀史の一段に優さるに似たり是れ實を録するの文と意匠工夫の文と自から其の異ある歟

魯迅「附記」（標点と改段は筆者）：

　譯者曰、此嚣俄隨見録之一。記一賤女子芳梯事者也。氏之水夫傳叙曰、宗教、社會、天物者、人之三敵也。而三要、亦存是。人必求依歸、故有寺院。必求存立、故有都邑。必求生活、故耕地航海。三要如此、而為害尤酷。凡人生之艱苦、而艱悟其理者、無一非生於斯者也。故人常苦於執迷、常苦於弊習、常苦於風火水土。於是、宗教教義有足以殺人者。社會法律有足以壓抑人者。天物有不能以人力奈何者。作者常于諸鐵耳譚發其一、于哀史表其二、令于此示其三云。芳梯者、哀史中之一人。生而為無心薄命之賤女子、復不幸舉一女、閲盡為母之哀、而轉輾苦痛於社會之陥穽者其人也。

　『依定律、請若嘗試此六月間』噫嘻、定律胡獨加此賤女子之身。頻那夜釈迦衣文明之衣、跳踉大躍於璀璨莊嚴之世界。而彼賤女子者、乃僅求為一賤女子、而不可得。誰實為之而令若是。老氏有言、聖人不死、大盜不止。彼非悪聖人也。悪偽聖之足以致盜也。嗟、社會之陥穽兮、莽莽塵球、亞歐同慨、滔滔逝水來日方長。使嚣俄而生斯世也、則剖南山之竹會有窮時。而哀史輟書、其在何日歟、其在何日歟。

　以上、比較して解る通り、森田思軒「序文」は、前段にユゴー『水夫伝』（『海に働く人々』原題：Les Travailleurs de la mer, 1866）序とファンティーヌのくだりを、中段にファンティーヌに対する思軒の感想を、後段にこの『隨見録』が『哀史』の断片に匹敵する文章であることを語っている。一方、魯迅は前段のユゴー『水夫伝』序とファンティーヌの紹介について、思軒の文章を非常に正確な逐語訳（網かけ「常」は「嘗」の誤植であろう）にしている。ところが、魯迅は中段と後段の思軒の感慨とこの文章への思いに代えて、自ら「かの賤しき女子」ファンティーヌに対する思いを「頻那夜迦《ビンナヤカ》」（ヒンズー教神話の中の歓喜天のこと。歓喜天には男女二天があり、男天は太自在天の長子で世界に暴害をなす神である。ここではこのことを借りて、かの「風流少年（魯迅原文：悪少年）」を指している）(8)に譬え、「誰實為之而令若是」（誰が実にこのようにつくり、このようにさせているのだろうか）、「嗟、社會之陥穽兮莽莽塵球、亞歐同慨」（ああ、社会の陥穽とは、茫々たる地球において、洋の東西を問わず同じく慨嘆するものだ）という感想を残している。ところで、思軒の文章が江戸期の流れを曳く漢文訓読体のいわゆる「周密文体」（漢文口調七、和文口調三）であるとはいえ、日本留学後一年しか経っていない、魯迅の日本語の理解力のすばらしさには驚かされる。そして、前段の魯迅訳からは原文重視の直訳文語体の中国語であることが見てとれる。

（b）魯迅訳『哀塵』の本文と森田思軒の底本

『随見録――フハンティーン Fantine のもと（千八百四十一年）』との比較

森田思軒訳『随見録――フハンティーンのもと』の本文は全部で二九段落に分けられるが、魯迅訳『哀塵』の本文も全部で二九段落に分けられ、それぞれの段落がすべて思軒訳に対応する原文重視の直訳体の中国語である。

第一段落から第六段落まではアルジェゼリアの植民地支配に対するユゴー（詩人）とビュゴオ（武人）の見解の違いが描かれ、第七段落から第二九段落までは『レ・ミゼラブル』の主要登場人物「ファンティーヌ」の素材になったある婦人と少年が引き起こす「雪入れ」事件の顛末である。

まず、第一段落から第六段落まで、森田思軒訳とユーゴー全集刊行会・本間武彦訳、さらに原文『Choses vues――1841』（思軒が底本にした英語版が入手できなかったので）を参照にしながら、まず梗概を紹介し、その後思軒の底本と魯迅訳を一部較べてみる。

ユゴーがアカデミー（Académie）に推挙されたので、ジラルダン（Girardin）夫人が晩餐会に招いた。晩餐会には、まだ将軍であって、アルジェリア（Algerie）の総督に任命され、その任所に出発しようとしているビュゴオ（Bugeaud）も招待されていた。ジラルダン夫人は将軍を右方に、詩人を左方の席に就かせ、夫人の取做しで詩人と軍人の雑談が始まった。将軍はフランス（France）がアルジェリアを征服したことによりヨーロッパ（Europe）で大口を利けなくなった。それは、アルジェリアの征服は鼠を捕るより易かったが、植民地とするにはあまりにも不毛の地であることによるからだと言った。ユゴーは、どうして昔ローマ人（Romains）の穀倉と云われた所がそんなになっているのですか、仮に貴方の云う通りであるとしても、この度の我が征服は慶ぶべき重大事であると信じている。それは、この征服は野蛮に対する文明の進行であり、光明の国民が暗夜の人民を発見に行き、世界のギリシャ人（Grecs）として世界を照輝するのが私たちの任務であるからだと言う。

思軒の底本：

ウヰクトルユーゴー去る土曜日に於て學士會院の員に擧げられたり、後ち兩日を經て當時ラフヒテー町に棲へるジラーデン夫人ユーゴーを招きて晩餐を饗せり

其席にはビュウゴード列なれりビュウゴードは此時尚ほたゞの将官にて恰かもアルゼリヤの大守に任せられ将さに任所に赴かんとする際なりしなり

魯迅の訳体（標点は筆者、以下同じ）：

惠克徳爾囂俄既於前土曜日（禮拜六）、擧學士會院。經兩日、居辣斐的街之席拉覃夫人、折簡、招囂俄而饗以晩餐。球歌特亦與其列。爾時、渠僅一将官、適任亞耳惹利亞大守、行将就任之際也。

思軒の底本：

ユーゴーは云へり「成程古へ羅馬の人が穀倉なりと稱し居たる處も今はしかなれる歟、去乍らそは貴下の云へるか如しとするも尚ほ余は此度の勝利を以て慶事なり盛事なりと考ふるなり、野蠻を滅ほす者は文明なり蒙昧の民に先きんする者は開花の民なり、我々は今ま世界の希臘人なり、世界を輝かしむへきは我々の事なり乃ち我々の事は斯くして今ま歩を進め居るなり、余は唯たホサンナを歌ふへきのみ、御身は余と説を異にせりそは甚だ明らかなり、御身は武人とし當時の人として爾か云ふなり、余は哲學者道理家として爾か云ふなり」

魯迅の訳体：

囂俄曰、誠然、古羅馬人所視為太倉者、今乃若是歟。雖然即信如君言、而余尚以此次之勝利為幸事、為盛事。蓋滅野蠻者文明也。先蒙昧之民者、開花之民也。吾儕居今日世界之希臘人也。莊嚴世界、誼屬吾曹吾儕之事、今方進步。余惟歌『霍散那』而已。君與余意、顯屬背馳。然、君為武人、為當時者、故云爾。余為哲學者、為道理家、故云爾耳。

以上ここまでの所で、魯迅の翻訳の特徴を見て行くと。

① 内容に忠実な原文重視の直訳体であり、文言体の中国語である。

② 人名・地名・固有名詞は、日本語がカタカナで表記されているものは音訳し、傍線、二重傍線、二重鉤括弧を付けるが、日本語での漢字訳の存する欧文は中国語に訳したり或いはそれをそのまま中国語として用いても傍線や括弧は付けない。

例えば、

人名：フハンティーン（芳梯）、ウヰクトルユーゴー（惠克德爾囂俄）、ジラーデン（席拉覃）、ビュウゴード（球歌特）

地名：ラフヒテー（辣斐的）、アルゼリア（亞耳惹利亞）、佛國（法國）、歐羅巴（歐羅巴）

固有名詞：羅馬の人（羅馬人）、希臘人（希臘人）、ホサンナ（『霍散那』原文：hosanna、歓喜の歌、賛歌、歓声）

次に、第七段落から第二九段落まで、同様に思軒訳、本間武彦訳、原文を参照にしながら、要旨を述べ、その後で思軒の底本と魯迅訳を一部較べてみる。

ユゴーはジラルダン夫人の処を早めに辞した。その日は一月九日で、大片の雪が降っており、低い靴を穿いていたので、徒歩では帰宅できぬと思い、テェブウ（Taibout）街角の大通りにある馬車の溜場に行ったが、馬車は一輛もなく、やって来るのを待っていた。ユゴーが待ち番していると、流行の衣服をまとった青年（un jeune home ficelé, et cossu dans mise）が身を屈めて雪を一掴みし、襟の寛い衣装を着て通りの角に立っている若い女（fille）の襟頸にその雪団を投げ入れた。女は鋭い叫び声を発してこのキザ青年（fashionable）に殴りかかり、青年もそれに応戦した。闘いが烈しく長かったので、警官たちがやって来たが、彼らは男には手も触れず、女を捕り立てた。彼女は自分の無実と放免されることを懇願したが、警官は「お前はそのことによりお前の六ヶ月間を費やさねばならない（Tu en as pour tes six mois）、其方は此科により六ヶ月間からきめみるべし（思軒訳）、お前はそれで六個月の値うちがあるのぢゃ（本間訳）」と言って、哀れな女（pauvre fille）の涙に無頓着に、オペラ座（Opêra）の後ろのショオダ（Chaudat）の警察署に引き立てて行った。ユゴーは群衆にまじり、その跡についていった。彼はこの哀れな女が失望のあまり、髪を振り乱し地面に伏しているのを見て同情の念に駆られ、中に入ってこの女の為に陳述したい意向を示した。この言葉に女は驚き啞然として彼を眺めていたが、警官が貴方の陳述は多少の参考になるかも知れぬが、それは何等の値打もない。この女は公道に於いて暴行をはたらいた犯罪者です。紳士を殴打したのです。「それ故彼女は彼女の六ヶ月間を禁錮に当てねばならない（Ell en a pour ses six mois de prison）、渠は六個月の禁錮に處さるべし（思軒訳）、それ故に彼女は入獄六個月に該當するものです（本間訳）」と言うと、女は再び泣き叫び、反転した。ユゴーが自分の名を明かすと、警部（commissaire de police）は恐縮して椅子を勧め、彼の陳述を聞いた。ユゴーが起こった真実を述べたが、警部は貴方の陳述は調書に加えられるが、「審理は型通りに進めねばならないので、私はこの女を放免することはできない（Mais il faut que la justice ait son cours et je ne puis mettre cette fille en libertê）、去乍ら審理は審理の手續を為さねはならす余は婦人を放なつこと能はさるなり（思軒訳）、正義には正義の運用がなければならない（本間訳）」と言った。ユゴーはその審理は理に合わぬと反駁した。唯一女が放免されるのは、ユゴーが自分の陳述に署名した時だと言われ、彼は署名する。女は、ああこのお方は何て良い人なのでしょうと言って、止まなかった。

思軒の底本（波線は筆者）：

ユーゴーか主命を受けたる僕の如く斯くソコに立ちて待ち居るうち忽ち見る一個の立派なるハヤリの衣服を着けし少年あり俯して雪を手一杯に掬し之を大通りの角に立てる短領の着物きたる街上の一個の婦人の背に投せり、婦人は忽ち驚き叫ひ彼の風流少年に飛ひかゝりて之を打てり、少年も亦打ち返へせり婦人も復た之に答へり、斯して兩人の闘は益々烈けしくなりゆけるか、餘りに盛に甚しかりしかは遂に巡査の其場に走せつくるに及へり巡査は皆な婦人を捉らへとゞめり少年には触れさりしなり

巡査か己れを捉らゆるを見て彼の不幸なる婦人は之を争へり、去れと其終いに全く捕らへられし時は渠は極めて深く悲しみ呼べり、二人の巡査か各々其の雙手を執らへ之を曳ゆく途すから婦人は叫へり「余は一の害をも為さゞりしなり、余は御身に保するなり、彼の紳士か余に手出しをなせるなり、余は罪あらす余は御身に乞ふ願はくは此儘に余を放されよ、余は一の害をも為さゞりしなり、實に、實に」「行け歩めよ、其方は此れ科により六個月間からきめみるへし」

魯迅の訳体：

囂俄如受主命之僕、鵠立以俟。瞥見一少年、衣裳麗都。俯而握雪以投立路角着短領衣之一女子之背。女子忽驚呼。奔悪少年、而撃之。少年亦反撃。女子復答之。於是、兩人闘益烈。以其益烈也。瞬間而巡査至。

巡査皆競執此女子、而不敢触少年。彼不幸之女子見巡査之捕己也、乃力抗之。然終被捕爾時、渠乃宛轉悲鳴。巡査各執其雙手、曳令行。女子呼曰、余未為害。余可保、必無。彼紳士實先撃余者。余實無罪。乞就此釋余。余實未為一害者也。實如是、實如是。巡査曰、其速行。依定律、請若嘗試此六閲月間。

思軒の底本：

ユーゴーか警察署に足を踏込める時卓子の前に坐し蝋燭を點し書ものをなし居たる一個の人物の振返へり鋭くカサにかゝれる調子の聲にて「貴下、御身は何等の用ある歟」、「貴官、余は今ま方さに起りたる事件の證人なり余は余か目撃せる所の次第を告け此の婦人の為めに御身に言ふことあらんとて來れるなり」、是等の詞に婦人は唯た驚きてあきれはてたる如くユーゴーを視つめり、「御身の申立は多少の利害ありとも畢竟無効なるべし、此の婦人は大道にて人を襲ひ撃てる科あり、渠は一個の紳士を毆打せり、渠は六個月の禁錮に處さるべし」

魯迅の訳体：

囂俄方入。有一明燭據案而書者、顧而發微弱之聲曰、若何為者。答之曰、貴官、余適所起一事之證人也。余将以目擊之次第、為此女子告足下。故敢來。此言次、此女子凝視囂俄、若惟驚且詫者。其人曰、即信如君言、有多少利害存其間、然終無益也。此女子犯大道擊人之科、渠曾毆辱一紳士、渠應處以六月之禁錮。

思軒の底本：

警部はユーゴーに云へり「余は一切御身か述へたる説を信するなり然れとも巡査より既に其の始末を具上せり告訴状既に成れり、御身の申立も之を告訴状中に入るへし御身そは心を安せられよ、去乍ら審理は審理の手續を為さねはならす余は婦人を放つこと能はさるなり」

魯迅の訳体：

警部謂囂俄曰、余深信君言。然巡査已述始末訴状既成矣。君之證言、當列諸訴状内。君其安心。然終當審理、故余不能釋此女子。

思軒の底本：

婦人は斷へす繰返へせり「紳士は如何なる善人にておはすぞ、渠は如何なる善人にておはすぞ」是等の不幸なる婦人は親切以

て待たるゝに驚き感するのみにはあらす正理を以て待たるゝにも亦た均しく然るなり

魯迅の訳体：

女子惟再三曰、此紳士如何之善人乎。渠如何之善人乎。是等不幸之女子、待以親切、不僅驚感而已、待以正理、亦然。

以上連続して、要旨で紹介した中の主要部分に関し、森田思軒の底本と魯迅訳の原文を示して来た。第一段落から第六段落までの訳体の特徴で述べたように、魯迅訳は内容に忠実な直訳体で、文言体の中国語である。ただ、中国語だけで読むと意味の解り難い所、思軒の日本語を読んで初めて魯迅が表現しようとした意味が解る所がある。それは、魯迅訳が原文にあまりにも忠実な訳をしたが為に、結果として中国語の表現としてはぎこちなく、硬い印象を与えるからであろう。そのような中から、数箇所、魯迅の翻訳時の苦労が窺われる所を拾ってみる。

①日本語の表現を取り違え誤訳した例

ユゴーの原文：voix brève et pérepmtoire（ぶっきらぼうで断固たる口調）

思軒の訳体：鋭くカサにかゝれる調子の聲

魯迅の訳体：微弱之聲（弱く微かな声）

②日本語表現の解り難さを、全体の内容を捉えることにより多少の意訳を加えた例

ユゴーの原文：fashionable（キザな奴）

思軒の訳体：風流少年

魯迅の訳体：悪少年（不良少年）

ユゴーの原文：Tu en as pour tes six mois（お前はそのことによりお前の六ヶ月間を費やさねばならない）
思軒の訳体：其方は此れ科により六個月間からきめるへし
魯迅の訳体：依定律、請若嘗試此六閲月間（法律の定める所により、お前はこの六ヶ月間を試してみて下さい）

前記は、次の同様の表現では、魯迅訳は正確なので誤訳とは言えないだろう。
ユゴーの原文：Ell en a pour ses six mois de prison（それ故彼女は彼女の六ヶ月間を禁錮に当てねばならない）
思軒の訳体：渠は六個月の禁錮に處さるべし
魯迅の訳体：渠應處以六月之禁錮（彼女は六ヶ月の禁錮に処されるものである）

ユゴーの原文：Mais il faut que la justice ait son cours et je ne puis mettre cette fille en liberté（審理は型通りに進めねばならず、私はこの女を放免することはできない）
思軒の訳体：去乍ら審理は審理の手續を為さねはならす余は婦人を放なつこと能はさるなり
魯迅の訳体：然終當審理、故余不能釋此女子（しかしながら最後には審理に当たらなければならないので、私はこの女を放免することはできない）

以上、魯迅の翻訳文体と思軒の底本を較べて見て来た。魯迅の翻訳文体には日本語表現の解り難さから生じる多少の誤訳や意訳はあるにしても、それは全体の要旨を損ねるものでは決して無い。幾度か触れた通り、魯迅の翻訳はあまりにも底本を正確に訳そうとする意識がはたらきすぎて、処々に中国語としてのぎこちなさや硬さはあるが、全体としては原文重視の直訳文語体のものである。魯迅が最初から、このような姿勢で翻訳に取り組んでいた事実は注目に値する。しかし、『フハンティーンのもと』という訳題を正確に訳していない、その上、「訳者いわく」の訳者が森田思軒であることにも触れていない。この不誠実さからも、『哀塵』は魯迅の作ではないのではという疑問がに出てくる。(9)しかし、この二つの行動に籠められた意味は、一つは翻訳者としての魯迅の自覚が未熟だったこと、もう一つはユゴーが描いたある「哀しき浮世」での一場面を中国人の読者に紹介しようとしたかったに過ぎなかったことによるのだろう、と筆者は考える。

三　魯迅『哀塵』の翻訳意図

原著『見聞録――一八四一年』(Choses vues――1841) を森田思軒は『随見録――フハンティーンのもと』と訳した。これは『レ・ミゼラブル』に描かれる主要登場人物の一人「ファンティーヌ」の素材となった女性がそこに描かれているので「フハンティーンのもと」すなわち「材源」という言葉を補ったものである。魯迅は思軒訳をそのまま直訳せずに『哀塵』、すなわち「哀しき浮世」と訳題している。そうした一番大きな原因は、先にも述べたがユゴーの描く憐れな女性に生じる「哀しき浮世」での一つの光景を中国人の読者に紹介したかったにすぎぬという魯迅の翻訳姿勢を、筆者は感じる。また「ファンティーヌ」が全五部から成る『レ・ミゼラブル』の最初の一部を占めるが、魯迅はそこに描かれる哀しい定めの人間たちのことを、黒岩涙香の剪裁の簡潔なる翻案『噫無情』でこの時期に読んでいただろうと想像される。なぜならそれは、黒岩涙香訳『噫無情』の『萬朝報』への連載期（一九〇二・一〇・八〜一九〇三・八・二二）は、魯迅の『哀塵』の翻訳時期に重なるからである。涙香は『萬朝報』一九〇二年一〇月八日付の「小引」で『噫無情』と題すのはユゴー『レ・ミゼラブル』のことで、我国の文学者は一般に『哀史』と称していること、手にする英訳本四種には高僧ミリールの伝を初めに置くものと、ジャン・ヴァルジャンを初めに置くものがあるが、新聞に掲げる性質上、後者を取ることを述べている。そして一〇月九日から『噫無情』第一回の連載が始まり、ミリエルは「彌里耳」、ジャン・ヴァルジャンは「戎・瓦戎」、ファンティーヌは「華子」の文字を当てる。連載一二回目の章名が「華子」、十三回目が「小雪」というように、連載全一五〇回の前半部でファンティーヌのエピソードに触れている。魯迅は日本留学が六ヶ月を過ぎた頃にこのエピソードを読んでいた可能性が考えられる。

魯迅訳『哀塵』の底本としては二種考えられる。一種は、佛国ウィクトル《ママ》、ユーゴー《ママ》著・日本森田文蔵訳『ユーゴー小品』（民友社、一八九八・六・四初版、内容・『随見録』『探偵ユーベル』『クラウド』『死刑前の六時間』）で、もう一種が、雑誌『国民之友』に明治二一年（一八八八）五月から一〇月まで連載の『随見録』で、七月号掲載が「フハ《ママ》ンティーンFantine のもと」である。しかし、連載版『国民之友』は、魯迅が翻訳した時期からすでに十五年も経ち、単行本よりさらに古いので底本に使用したとは考えにくい。そこで、底本は『ユーゴー小品』に収録される『随見録』である。

ところで、弟周作人著『孤児記』（小説林社、丙午年六月、一九〇六・七～八）の後半部（九章～十四章）が、『クラウド』の記述を中心に、『死刑前の六時間』（現在の訳題『死刑囚最後の日』）に描かれる情景・心理描写を織り込んだだけの改編にすぎないことを、筆者はすでに指摘している。[10]魯迅は、民友社版『ユーゴー小品』を底本として『随見録――フハンティーンのもと』に『哀塵』の訳題をあて翻訳し、訳了後に『荒磯』（コナン・ドイル原著、山縣五十雄訳註、「英文学研究」第二冊、内外出版協会、言文社、一九〇二・十二）などと一緒に、本書を周作人に送った可能性がある。周作人訳『恋愛奇談荒磯』[11]の翻訳時期やその入所経緯から推測すると、周作人は、言文社の「英文学研究」シリーズ第二冊の英文原典と日本語訳が併せ収められる『荒磯』を入手すると同時に、『ユーゴー小品』も入手し、英訳版の八冊本『ユゴー小説集』[12]に収録された"Claude Gueux" "The Last Days of a Condemned"を利用して『孤児記』を書いていた際にも、森田思軒の漢文訓読体で書かれたこの『ユーゴー小品』所収の『クラウド』と『死刑前の六時間』も眼にしていた可能性がある。しかし、周作人はまだこの時期には日本語はできないので、可能性があるとしか言えない。

ここで、魯迅と『ユーゴー小品』に係わる問題に話を戻す。もし、魯迅が黒岩涙香『噫無情』を読んでいたとするなら、『ユーゴー小品』から「フハンティーンのもと」だけを選択、訳出した事情は容易に理解できる。逆に、魯迅が『噫無情』を読んでいなかったとするなら、ファンティーヌ（涙香訳「華子」）に関する予備的な知識がない状況での翻訳であり、内容によほど魅かれる何かがあったのだろうと考えられる。また、魯迅はユゴー作品翻訳ブームに沸き立つ最中の日本にあって、ユゴーの一作を訳しているが、代表作である『レ・ミゼラブル』本編を翻訳せずに、その小説の一つの素材になった『随見録――フハンティーンのもと』という実話を翻訳した点も興味深い。単に『噫無情』は長いからという理由だけなら、『月界旅行』も、『地底旅行』も、『北極探険記』も相当に長い。この時期の魯迅との関係で言えば、作品の長短は直訳体か、意訳体か、抄訳体かの翻訳姿勢に係わるものの、長短と翻訳の選択とは関係がない。それは、以後の魯迅の、作品翻訳に対する選択姿勢へと一貫して引き継がれている。だから、魯迅がユゴー作品を翻訳する際に、森田思軒訳のものを底本にした理由には、当然日本におけるユゴー受容の第一人者であったことも原因していようが、一番大きな原因は作品の中に強く魅かれるものがあったからにほかならない。では何に魅かれたのであろうか。

森田思軒訳『随見録――フハンティーンのもと』の「序文」には、ユゴーが『水夫伝』（『海に働く人々』原題・Les Travailleurs de la mer, 1866）の「序」を引いて「宗教。社會。天物。是れ人の三敵なり而して人の三要も亦た茲に存せり」「作者嘗てノートルダムに於て第一者を發し哀史に於て第二者を表し」と言う文章がある。これは、思軒が「人の三敵」である「社會」の「弊習の為めに苦められ」た一人の女性フハンティーヌが『哀史』の中の人物だということを伝えるくだりである。

魯迅はここまでの文章を、「譯者曰、此囂俄隨見録之一、記一賤女子芳梯事者也」（訳者曰、これはユゴー『随見録』の一篇であり、賤しき女子フハンティーヌのことを記したものである）と前置きして、一字一句正確な直訳文語体の中国語で訳していることを前述した。思軒はこの文章に続き、「本篇を見れは乃ち知るフハンティーンか疾を獲る一段は全く作者實歴の一話より來りしことを」「哀史に在ては我先つフハンティーンの平生の悲絶通絶を感せるの眼を以て更らに此を讀む故に其心に激すること一層深きものあるを覚ふ」等の感慨と「唯其文の淡宕にして遠韻あるは本篇却て哀史の一段に優さるに似たり是れ實を録するの文と意匠工夫の文と自から其の異ある歟」と、『哀史』の「意匠工夫の文」と『隨見録』の「實を録するの文」という、文体の違いについて述べている。魯迅はこの部分を訳さず、自らの思いを、ヒンズー教神話の男女二天の歓喜天「頻那夜迦《ビンナヤカ》」に譬え、男天が太自在天の長子で世界に暴言を加える神であることから、「風流少年」と「かの賤しき女子」フハンティーヌに対する感慨を、「誰が実にこのようにつくり、このようにさせているのだろうか」、「ああ、社会の陥穽とは、茫々たる地球において、洋の東西を問わず同じく慨嘆するものだ」「そして哀史の書が無くなるのは、いつの日のことであろうか、いつの日のことであろうか」と述べ、魯迅の訳題『哀塵』が「哀しき浮世」という意味のものであることを想起させる文章に変えている。

魯迅が強く魅かれ、これを訳そうと意図した理由とは、ユゴーの『水夫伝』の「序」に言う言葉に、当時の魯迅が深く傾倒していた「進化論」に係わる表現をこの中に見出したからだ、と筆者は考える。それは、「宗教・社会・天物」は「人の三敵」であり、「人の三要」でもあると発する中、「天物」に関する叙述があり、その係わりにおいて、「宗教」と「社会」、特に「社会」について語る『隨見録――フハンティーンのもと』が、思軒が「其文の淡宕にして遠韻あるは本篇却て哀史の一段に優さるに似たり」と語るように、『レ・ミゼラブル』本編よりも、魯迅にとっては格好の翻訳素材であったのかもしれない。その意味では、魯迅は最初から黒岩訳『噫無情』は翻訳対象から外していたのだろう。

以下ユゴーの言う、人の「三敵」「三要」である「宗教・社会・天物」を概観するとこうなる。

「人生の艱苦」において、その理由が悟り難いことはすべてこの三者が原因している。人は必ず「帰依の処」を求めるので、「寺院」ができる。すると、「宗教教義」が「人を危うくし殺すに足る」ものに成ってしまう。人には必ず「立つ所」（自立する所）が必要なので、「市邑」（都市）ができる。すると、人は常に「弊習の為めに苦しめられ」て、「社会法律」が「人を圧抑する」ことに成ってしまう。人は必ず活きなければならないので、「地を耕し海に航す」。すると常に、「風水火土の為めに苦しめられ」るが、「天物」は「人力」では「奈何ともす可らざる」ものであり、どうしようもない。

魯迅は『哀塵』（哀しき浮世）を訳出し、世に送ることで、「人」の「三要」であり、「三敵」の一つである「社会」が人を「抑圧」する例を示した。それは、人が「天物」＝「風水火土」によって苦しめられ、「奈何ともす可らざる」例の対比として意味を有していたものだろう。結論を先取りして述べるなら、第四章で扱う『月界旅行』『地底旅行』の翻訳意図とは、この「天物」（魯迅の言葉で置き換えるなら「造物」）に対峙争うための精神を伝えようとしたものであり、次に述べるバイロンの受容は、中国社会に跋扈蔓延し、遅々として革まらぬ旧儒教に対する民衆の精神状態を「宗教」に置き換えたものだ、と筆者は考える。「宗教・社会・天物」に抗う精神を伝えるという意味で、魯迅には一貫性を有する翻訳意図があった、と筆者は考えるのである。その一つに繋がる要素の一つに、「神」に対峙する「悪魔派詩人」と名を馳せたイギリス浪漫派詩人のバイロンとシェリーと、魯迅との出会いがあることについて触れておく。

四　もう一つの浪漫主義――バイロン及びシェリーとの出会い

明治期におけるバイロン作品は、明治二二年（一八八九）から明治四三年（一九一〇）にかけて、雑誌、新聞、単行本で全十五回の翻訳と紹介がなされているが、正確な数は把握しきれていない【参考資料3】。この回数はユゴー、ヴェルヌと較べるとかなり少ない。そのうち木村鷹太郎が一〇回、六作品『ドン・ファン』（『明星』八号、一九〇〇・一一及び十号、〇一・一）と『サンダナパルス』（『明星』一五号、〇一・九）の断篇、『パリシナ』（〇三・三）、『海賊』（〇五・一）、『天魔の怨』（〇七・一、後に『カイン』と改題）、『マゼッパ』（〇七・三）の翻訳と『バイロン文界之大魔王』（〇二・七）で全十七章に亙りバイロン論を展開し紹介につとめている。さらに、大正七年（一九一八）四月に刊行された『バイロン傑作集』では翻訳に『チャイルド・ハロルド』の断篇と『マンフレッド』を加え、「バイロン伝」「バイロンの天地観（チャイルド・ハロルド的）」「快楽論（サンダナパルス的）」「女性及び恋愛観（ドン・ファン的）」としてバイロンの紹介につとめている。ところで、大正十三年（一九二四）一月には『バイロン――評伝及び詩集』を刊行しているが、これは『傑作集』から「友人諸氏よりの書簡」部を削除したものである。

日本におけるバイロン作品の翻訳ならびに紹介の最初は、明治二二年八月の『国民之友』夏期附録に掲載された「於母影」の中で、森鷗外がハイネのドイツ語から『チャイルド・ハロルド』と『マンフレッド』の一部を「いねよかし」「曼弗列度」と題して翻訳したことに始まる。その後、高橋五郎、米田実がバイロンの紹介を行なうと、北村透谷が『蓬莱曲』（一八九一）と『マンフレッド及びフォースト』（一八九五、没後発表）の、土井晩翠が『東海遊子吟』（一九〇六）の作品へと誘発されたと言われている。[13] しかし、松本道別が『バイロン傑作集』「友人諸氏よりの書翰」に「木村氏はバイロンの一手専賣で、バイロンと云えば木村、木村と云えばバイロンを連想し喚起した程、さように氏とバイロンとは密接の関係があった[14]」と書く通り、日本におけるバイロン移入の第一任者は木村鷹太郎である。

木村鷹太郎[15]の業績は、①バイロン、シェリーの紹介・翻訳②プラトン全集の翻訳③東洋・西洋倫理学史の研究④真善美の道徳的研究⑤西洋史・日本史研究⑥希臘・羅馬神話研究⑦日本主義の提唱という、七項目に分類できる[16]。その中、魯迅との関係より、鷹太郎が描く西洋史「スパルタ」とバイロン論を見ていこう。

『西洋小史』[17]（一八九八・四）は、鷹太郎が日本主義を提唱した翌年、「教育の目的」から「エジプト史」に始まり「十九世紀文明」までを描いた歴史書で、その結末部でもキリスト教の他宗教排斥と福音の恐ろしさ、博愛の虚言性を非難している。ところでその中、「グレシア史」に描かれる「紀元前四八〇年サラミス及びテルモピライ戦争」は、魯迅が『スパルタの魂』（一九〇三・六）を執筆する際の歴史材源の一つであろう、と筆者は考える。その理由は、例えば同じ英語版を参考として書いているが、矢野龍溪がギリシア史（三三冊）を参考に書いたとする『経国美談』前編（一八八三・三）、後編（八四・二）では、スパルタは立憲王制の国として描かれるが、スパルタの尚武、武勇の精神に触れるくだりはないこと、それに対し『西洋小史』では、ある人が何故保塁を築いて防御しないのかと聞くと、「スパルタには已に人間の保壘あり」と答える話、五人の子どもが尽く戦死したことを伝えられた母親が先に勝敗を伝えなかったことを叱咤する話を引用、挿入し、「教育及び行政の精神此くの如くそれ凛たり」として、初めて日本にスパルタ教育・精神・主義なる言葉を定着させたこと等に見い出せる。さらに『読書百感　鳴潮餘沫』[18]（一九〇〇・一）の「スパルタ主義」で、鷹太郎は「スパルタは尚武主義の國」に書き出し、上記の話を受けて、「歐洲に於ては甚だ珍らしく傳ふる所なり雖、日本に於ては此の如きは左程珍らしきものに非らず」「我國の武士道」「スパルタ主義も」「遙かに及ぶ可からざるものたるなり」と結論づけている。

一方、魯迅『摩羅詩力説』（一九〇八・二、三）のバイロン論の材源が木村鷹太郎『バイロン文界之大魔王』（一九〇二・七）、『海賊』（一九〇五・一）に拠ることはすでに指摘[19]される通りである。その中、中島長文が第三章で「魯迅が旧約を引くところ」『カイン』の訳本である『宇宙人生の神秘劇　天魔の怨』[20]（一九〇七・一）を見たかもしれぬが未見であると述べるが、確かに「旧約書創世記」の断篇が掲載されており、『天魔の怨』も材源の一つに入れるべきであろう。また、第六章のシェリー論の材源が濱田佳澄『シェレー』（一九〇〇・一二）に拠ることもすでに指摘[21]される通りである。その中、濱田になく鷹太郎『鳴潮餘沫』のシェリー紹介『プロメテオス』[22]にはある、「岩角に繫ぎ、烈霜膺を裂き、寒氷其骨に達し、鷲は來りて其肉を食ふ」と同等の細かい描写を魯迅もする所、シェリー『プロメテオス』を「同じく悪魔と稱すべし」と言い、「悪魔主義の眞相此に見るべし」結論する所を、魯迅も「バイロンの『カイン』に近い」と書く所から、魯迅は『鳴潮餘沫』にも目を通していたとも考えられる。プロメテウスが、「善、自由、愛の為に」（濱田）、「愛と正義と自由の為に」（魯迅）ジュピターと戦う、という所を鷹太郎は「愛に充ち、知を有し、義気に富む、堅忍不抜の神」が故に戦うのだとしている。以上ここまで、木村鷹太郎の著作に関して、『西洋小史』を魯迅が目睹していた可能性を、そして『天魔の怨』と『鳴潮餘沫』を例に、魯迅におけるバイロン、シェリー受容の一端を示した。

鷹太郎はバイロン、シェリーに見た「悪魔主義の眞相」、すなわちサタンが人間に知識と生命を与え、プロメテウスが人間に知恵の火を与えたことを、神同士の「善の衝突」による、そして「不屈の勇気」と「堅忍不抜の意志」による強権者への反逆、反抗であると捉える。この場合、強権者への反逆はキリスト教批判となる。また、鷹太郎は『天魔の怨』附録「人道と耶蘇教との衝突」で、苦めて後救う、不信者・異教徒は地獄に落ちると説くキリスト教徒の不人情を批判し、「ラヱンナニ於けるバイロン」（『文界之大魔王』第六章）で、バイロン『カイン』が「耶蘇教を攻撃するの甚しきより該教徒は之を以て有害の詩なりとなし、不敬神なりとし、霊魂死亡を説くものとなし、非常に之を攻撃す」というキリスト教徒の頑迷さを攻撃する。これに対し魯迅は『摩羅詩力説』第三章に、「信仰を異にする中国人から観れば、アダムがエデンに居るのは、籠の鳥に他ならない。無知蒙昧なので、神（帝―魯迅の原語）を悦ばしている。もし悪魔（天魔）の誘いがなければ、人類は生まれることもなかった」と、さらに、キリスト教徒がサタンの名をきせられることは「中国でいわゆる叛道に等しく、社会から爪弾きにされ、身を置く所もない」と書き、キリスト教を儒教に置き換えて、儒教の宗教性をも直感している。すなわち魯迅がバイロンを中国へ移入した意義には、ユゴー『水夫伝』「序」に「迷執の為めに苦められ」「宗教教義の人を危くし殺すに足るあり」という「人の三敵・三要」の一つである「宗教」に「儒教」を重ね、儒教社会の呪縛に身を置く意識・無意識の儒教徒が強権者の抑圧に協力していることへの告発も兼ね備えている、と筆者は考える。

五　「復讐」「人道」「先覚」――『摩羅詩力説』への展開

魯迅は日本留学時期、仙台医学専門学校入学以前に六篇の翻訳に取りくんでいる。そのうち現存するのはユゴー『哀塵』、ヴェルヌ『月界旅行』『地底旅行』の三作品であった。これらの作品を魯迅がなぜ訳したのかを考える時、一つの共通する翻訳意図があると筆者は指摘した。それは「社会」や「天」が「人を抑圧する」作品を世に伝え、中国人を奮い立たせようとしたことである。魯迅は日本留学後間もなく、当時、人道主義的な作家と評されたヴィクトル・ユゴーの作品を多く読み、その中の短編『随見録――ファンティーンのもと』だけを『哀塵』（一九〇三・六）と題して訳したが、その主たる意図が実は「人道主義」を世に伝えようとしたというよりはむしろ、「社会」においては弱いものほどその「人道」が「抑圧」の危機にあることを伝え、「抑圧への抵抗」を示めそうとしたのだと言えよう。それにもかかわらず、魯迅における人道主義との接触の恐らく最初のものは、ユゴーや彼の諸作品があったと考えられる。魯迅がたえず注目していた雑誌に、梁啓超主編の『新小説』があり、その創刊号（一九〇二・一一、横浜）のグラビアには、ユゴーとバイロンの写真が大きく紹介され、当時のブームを物語っていた。魯迅はユゴーの「人道」に「抑圧への反抗」を読み取ったが、では、バイロンの「人道」には何を読み取ったのだろう。『摩羅詩力説』の次の一文に、その示唆を漂わせている。

私はいまその行為と思想をもとに、詩人の一生の内奥を索める。バイロンは遇うところ常に反抗し、向かうところ必ず行動した。

力を貴び、強者を尚び、自己を尊び、戦いを好んだ。しかもその戦いは獣性の戦いではなく独立と自由と人道のためであった。[23]

すなわち、魯迅はバイロンに「反抗」「復讐」の精神を読み取り、中国民族を鼓舞激励させる真の詩人の姿を見いだしていた。一方、中国の民族性に「奴隷性」、列強の武力による制圧に「獣性」を見た魯迅は、これらの精神を否定する精神の在り方として「人道」を対置する。この「人道」の考え方は『摩羅詩力説』執筆時の材源を探る過程で認知したものだろうが、それに先立つ数年前の留学初期に、魯迅はユゴー作品との接触翻訳を通し、またユゴー自身の人となりやその作品の中から、魯迅はユゴーの「人道」からは「抑圧への反抗」という具体的観念を見いだし、彼独自の初期思想を形づくる肉付けの一翼としていただろうことが推測される。

イギリス社会の虚偽的な因習や宗教道徳に、「剛健、抵抗、破壊、挑戦の声」に満ちた文学で激しい攻撃を加えたバイロンが悪魔《サタン》と呼ばれたことから、「平和の民に語っては倶れられる」「心声」を発する詩人たちを、摩羅詩派すなわち悪魔派（「摩羅」はサンスクリット語 Māra の音訳で、「悪魔」のこと）と呼ぶ。この詩人たちの系譜は、バイロンを始祖とし、イギリスのシェリー、ツァーリロシアの圧政に喘ぐスラブ民族のプーシキン、レールモントフ、そして東欧の被圧迫民族であったポーランドのミッキェヴィッチ、スウォヴァッキ、クラシンスキ、ハンガリーのペテーフィという、十九世紀ロマン派の民族詩人たちの上に辿られる。これらの詩人たちの言行、思想、影響を作者独自の「希望の進化」の雛形に即し、抑圧者に対する「反抗」と「復讐」をテーマとする、文明批評としての民族救亡のための詩人論がある。これが、魯迅の『摩羅詩力説』である。本編は編末に「一九〇七年作」という執筆年を記しており、東京で刊行の雑誌『河南』第二期・三期（一九〇八・二、三）に、「令飛」の署名で掲載された。

『摩羅詩力説』には魯迅の文学的・思想的原点となるモチーフ・理念が多く描かれているが、その中、本書第七章『鋳剣』論との関係で、「復讐」と「先覚」の言説に焦点を絞って概観していく。

まず、『摩羅詩力説』の主要テーマである「復讐」を見ていく。

（コンラッドは）内に高尚純潔な思いを抱き、かつては誠心誠意、世のために尽くそうとした。だが、君主に侍る小人たちが讒諂により君主の聡明を蔽って害し、またごく普通の凡人たちは利を求めてあくせくし、猜疑と中傷の性質が多いのを見るに及んで、次第に冷淡で、かたくなな、人間嫌いになり、ついにはある人から受けた怨みを、社会全体へと報復するようになった。利剣を携え、小舟に乗り、人と神の別無く、向かうところ戦いを挑まないものは無かった。つまり復讐という一事のみが彼の全精神を貫いているのであった。

この世にもはや一切のみれんも無く、一切の道徳を棄て、ただ強大な意志の力によってのみ海賊の首領となり、手下を率いて海上に大きな国を築いた。一艘の舟、一口の剣により向かうところその意のままにならないものは無かった。ただ家には愛する妻がいるのみで、ほかには何もなかった。かつては神があったが、コンラッドはとうの昔にこれを棄て去り、神もまたコンラッドを棄てていた。故に、一口の剣の力こそが、その権力であり、国家の法律も、社会の道徳も無きに等しかった。権力を備えていれば、自分の意志を実行するのに、他人がどうであろうと、天帝がどんな命令を下そうと、問題にはならない。

バイロンの詩『海賊』の主人公コンラッドの姿には、魯迅が描く復讐のモチーフとその具体的なイメージが凝結している。人を罵り強者にへつらう「讒諂」そして「猜疑と中傷」は、魯迅が終生もっとも憎むところであった。コンラッドは「一口の剣」を携え、自分の「強大な意志の力」のみを頼り、「国家」「社会」「天」に復讐する。コンラッドといえば復讐、復讐といえばコンラッドの如く、終生、復讐像の典型としてのコンラッドの姿は魯迅から離れることはなかった、と筆者は考える。[24]

最後がコンラッドの歌である。「わが心はすでに沈黙し、歌は墳墓の中にある。ただ、わが魂はすでに生臭い血の匂いを嗅ぎ、叫びて起きあがる。吸血鬼（Vampire）のように、人の血を欲している。血に渇く、血に渇く。復讐、復讐だ！わが虐殺者に復讐だ！それが天意ならもとよりのこと復讐だ。たとえ天意ならずともやはり復讐だ！」復讐の詩華は、実にここに結集していて、もし神が怨みを晴らしてくれぬなら、彼は自ら復讐するまでなのである。

これは、ミッキェヴィッチの『父祖の祭』「第三部囚人の歌」のうち、三人目に歌うコンラッドの歌である。一人目と二人目に歌うヤンコフスキ、コワコフスキが警察に検挙された実在の学生であるのに対し、コンラッド（原文・「康拉徳」、『海賊』の主人公と表記が同じ）は作者ミッキェヴィッチの思想が投影された架空の人物であり、魯迅が表記を揃えたことは、多分に『海賊』の主人公コンラッドの姿も投影する人物として、『摩羅詩力説』では構成されている。[25]また、魯迅自身がミッキェヴィッチを「復讐の詩人」と評している。

このほか、ペテーフィの小説『絞刑吏の縄』も「その冒頭に引いたエホバの言葉によれば、その祖先の罪業は、これをその子孫に報いてもよい、受けた怨みは必ず報い、しかもなお一層凄まじい復讐であっても差支えない、という意味のことを言っている」と解説するが、自分の息子を失った苦しみを、相手本人ではなく、その孫に、息子が殺されたのと同じ縄を使って、自ら頸をくくって死なせ、「生の苦しみ」を与え、復讐する話である。

ところで『摩羅詩力説』の第八章の冒頭は、「デンマークのブランデスは、ポーランドのロマン派のうち、ミッキェヴィッチ（A.Mickiewicz）、スウォヴァツキ（J.Slowacki）、クラシンスキ（S.Krasinski）の三詩人を挙げている」と記す。ところが、三人のうちクシンスキへの叙述は、八章最後一節の、ほんの少しの箇所にとどまる。それはクラシンスキが「復讐に努めることを主とした」のとは違って「愛による感化を主とした」からである。魯迅はブランデスの材源のうち「復讐」を伝える記述には共鳴を示し多くを叙述したが「愛」は切り捨てたことを、北岡正子が指摘する。[26]

最後に、「先覚」について見ていく。

詩中の主人公をレイアンという。熱誠の雄弁をもってその国民に警告し、自由を鼓吹し、制圧を攻撃する。だが、正義はついに敗れ、圧政者は凱歌をあげて還り、レイアンはついに正義のために死した。この詩が意味するのは、無限の希望と信仰、そして無窮の愛である。レイアンはこれをあくまでも追求し、ついに死んだのである。思うにレイアンとは、真実に詩人の先覚であり、シェリーの化身でもある。

この文章はシェリー『イスラムの反乱』に描かれる「シェリー抱懐の思想」を魯迅が概説したものであるが、この中「詩人の先覚」とは「預言者としての詩人」の姿を表現したものである。魯迅は、真の詩人とは、「世にへつらわず」、「虚偽と悪弊の習俗」や「圧政者」、果ては「神」にまでも「反抗挑戦」するために、「獣性」を抱かぬ「心声」「熱誠の声」「至誠の声」を発し、彼の歌は、民族救亡の危機にあっては、「人々の新生を促す」ための「預言者の声」となって民衆を奮い立たせるものである。この詩人の「心声」無き民族は「影の国」（原文：「影国」）の民、すなわち亡国の民と化すのであるとしている。

魯迅は、「獣性」との対置において、バイロンの「人道」に「反抗」「復讐」の精神を読み取り、中国民族を鼓舞激励させる真の詩人、預言者としての詩人の姿をバイロン自身に見出していたのだ、と筆者は考える。そして、魯迅がバイロンやシェリーを中国へ移入した意義は、ユゴー『水夫伝』「序」に「迷執の為めに苦められ」「宗教教義の人を危くし殺すに足るあり」という「人の三敵・三要」の一つである「宗教」に「儒教」を重ねていることを提示し、魯迅が「儒教の呪縛からの抑圧への反抗・復讐」を伝えようとしたことである、と筆者は考えた。

まとめ

本章では、日本留学初期に、ユゴー『レ・ミゼラブル』のファンティーヌの素材になった実話を、森田思軒訳『随見録――フハンティーンのもと』を底本に、魯迅が訳出した『哀塵』（「哀しき浮世」）の翻訳文体、翻訳意図を中心に論考を加え、次いで、魯迅が中国へ移入しようとした、「獣性」に対置するユゴーやバイロンの「人道」について考察を加えた。まず、魯迅訳『哀塵』の翻訳文体は非常に正確な逐語訳の文語文であることを分析した。ユゴー『水夫伝』「序」にある文章を、森田思軒が「人は常に迷執の為めに苦められ弊習の為めに苦められ風水火土の為めに苦めらる是に於てか宗教教義の人を危くし殺すに足るあり社會法律の人を壓抑するあり天物の人力もて奈何ともす可らさるあり迷執の為めに苦められ」と訳し、その中で、「宗教・社会・天物」が、「人の三敵」にして「三要」であることを語っていた。そこで次に、この森田思軒訳底本の「序文」に記す「宗教・社会・天物」が「人の三敵」にして「人の三要」という言葉に、魯迅が強く魅かれたことが、ユゴーとバイロンを中国へ紹介する翻訳意図となったことを提示した。そして、魯迅は、「社会」が人を抑圧する例として、「賤しき女子ファンティーヌ」の記述に魅かれ、ユゴーが描く人道主義からは「抑圧への反抗」を読み取ったことを考察した。また、魯迅がバイロンを中国へ移入した意義は、『摩羅詩力説』第三章で、キリスト教徒がサタンの名をきせられることは「中国でいわゆる叛道に等しく、社会から爪弾きにされ、身を置く所もない」と書くが、魯迅は、キリスト教を儒教に置き換えて、「儒教の呪縛からの抑圧への反抗・復讐」を伝えようとしたことである、と筆者は結論付けた。

【注】

（1）魯迅生誕一一〇周年仙台記念祭実行委員会編『魯迅と日本』一九九一・九、五〇、五一頁、八三頁

（2）『萬朝報』は、明治二五年（一八九二）十一月に黒岩涙香（周六）によって創刊され、明治二六年（一八九三）には『絵入自由新聞』を合併吸収し、拡大、多様な雑報記事、黒岩の翻案探偵小説、上流階層の内幕暴露、腐敗摘発の内容を売物に、都市の中・下流層に人気を博していた。日清戦争後は価格の安さもあり、東京第一の発行部数を数えた。日露戦争に際し、内村鑑三、幸徳秋水、堺利彦等の非戦論者は退社するが、社会改良運動の為には最も急進的な活動をしていた。しかし、大正三年（一九一四）に大隈重信内閣支持に固執するころより、言論面で生彩を失い、大正中期以降は衰退の道を辿り、昭和一五年（一九四〇）一〇月に『東京毎夕新聞』に吸収合併された。

日清戦争後の明治二九年（一八九六）から東京紙第一の発行部数を数えるが、『警視庁統計書』による年間発行部数は、明治二九年一位『萬朝報』二四，四五八，二四〇部（東京府内一六，五四七，四一三部）、二位『中央新聞』二一，〇二六，九二二部（府内一二，一一二，三四一部）、三位『東京朝日新聞』一三，七二二，一四五部（府内一一，五二八，五〇一部）、明治三二年（一八九九）一位『萬朝報』三四，九九四，六七七部（府内二一，〇五九，九四四部）、二位『時事新報』三一，四九一，九五二部（府内一〇，六七七，八三二部）、三位『中央新聞』二〇，五〇一，九九一部（府内一四，一四二，〇八四部）である。『萬朝報』はA三版四頁の小型紙で、黒岩涙香『噫無情』連載時、発行所京橋区弓町廿一番地、発行人兼編輯人荒川千代三、印刷人長澤守太郎、定価一枚一銭、五十枚四十銭、百枚八十銭とある。

（3）学研版『魯迅全集』十二「訳文序跋集」の「『哀塵』訳者附記」の訳注（1）五一六頁に、藤井省三は「魯迅も中国語訳に際しては、思軒の日本語訳題『哀史』をそのまま借用しており、思軒訳『フハンティーンのもと』を中国語に重訳するに際し題名を『哀塵』と意訳したのは、『哀史』の塵（一断片）という意味を籠めようとしたためであろう」と述べている。藤井氏が言うように、魯迅が「『哀史』の一断片」という意味で『フハンティーンのもと』を意訳したと考えるのは、思軒自身が「本篇却て哀史の一段に優さるに似たり」と語る通り、内容から判断したものである。藤井氏は「塵」の字を「一断片」と訳したが、筆者はむしろ「塵」に魯迅は「この世、世俗、浮世」を籠めていたと考えたい。それは、一つは思軒の訳題『哀史』、

涙香の訳題『噫無情』、蘇曼殊の訳題『惨世界（惨社会）』が示すユゴー『レ・ミゼラブル』の作品自体の意味であり、もう一つは魯迅が『哀塵』「訳者附記」の最後に、「而哀史輟書、其在何日歟、其在何日歟」（そして哀史の書が無くなるのは、いつの日のことであろうか、いつの日のことであろうか）とその感慨を述べるように、「哀しき浮世」でのこんな出来事がなくなるのはいつの日のことだろうというような魯迅の思いがあったと考えるからである。そこで『哀塵』とは、『哀史の断片』と『哀しき浮世』とを兼ね備えたぐらいのニュアンスを籠めた訳題ではないか、と筆者は考える。

また、大正期になると『レ・ミゼラブル』の訳題は、戸川秋骨や徳田秋声の訳による『哀史』と、馬場直美や藤沢次郎の訳による『あゝ無情』に分かれ、昭和に至り、豊島与志雄の訳題『レ・ミゼラブル』により、以降日本ではこの訳題に定着する。

（4）周啓明「関於魯迅之二」『魯迅的青年時代』中国青年出版社、一九五七・三初版、一二七頁

（5）注（4）に同じ、「魯迅与清末文壇」七八頁

（6）蘇子穀・陳由己合譯『社會小説 惨世界』東大陸圖書譯印局、年月不明（上海図書館所蔵）

馬以君編注・柳無忌校訂『蘇曼殊文集』上・下、花城出版社、一九九一の「悲惨世界」解題に拠ると、原載上海『国民日日報』（一九〇三・一〇・八）から第七回まで『惨社会』として掲載。単行本の初版は出版社が「鏡今書局」で、発行年が一九〇四年とあり、陳独秀が最後三回以上を書き足したとある。

（7）『近代文学研究叢書』三一「森田思軒」昭和女子大学、一九六二に拠ると、森田思軒（一八六一・七・二一―一八九七・一一・一四）は、備中（岡山県）笠岡に生まれ、幼時から漢学を啓蒙社に学び、一八七四年一三歳、慶応義塾大阪分校で英語を学ぶ。そこで、分校長矢野龍溪と内弟子関係を結び、七六年春龍溪に連れられて上京、慶応義塾本科第二等に編入している。在京中は英書購読に専念するが、七八年退塾帰郷、翌年二月から興譲館で再び漢学に専念する。八二年一〇月再度上京、矢野の世話で郵便報知新聞社に入社、八五年三月から翌年八月にかけて上海、ヨーロッパ、アメリカへの特派員となり、帰国後編集の実権は思軒に委ねられ、数多くの翻訳を発表している。その後、九二年国会新聞社に、九六年秋思軒門の松居松葉、原抱一庵らと共に万朝報社に入社している。九七年一一月一四日、三六歳の誕生日の日、腸チフスのため死去する。思軒の翻体は「東洋に特種の思想文体を混入せざるを限とし肆意剪裁せる廉々もあれば単に訳と曰はず」と自ら逐字直訳のものでな

いことを表明する、いわゆる「周密文体」の訳文である。また、思軒は常に読者の興味で翻訳作品の選択を行っていたといわれる。そのため、思軒は「畢生の願望」だったユゴー『哀史』（レ・ミゼラブル）の完訳（思軒門の原抱一庵が断篇を訳す）を果たさずにこの世を去る。

（8）「『哀塵』訳者附記」注（8）、『魯迅全集』十巻、人民文学出版社、一九八一年、四三八頁

（9）中島長文「『哀塵』一篇は魯迅の訳する所に非ざるを論じ兼ねて『造人述』に及ぶ」（『飈風』三八号、二〇〇五・三）には、『哀塵』及び『造人述』は、周作人の判断の根拠、周作人の自作自演、文体とリズム、特定虚詞の使用頻度の違いからなど判断して、魯迅の翻訳ではないとの説を立てている。しかし、筆者の本論の初出が一九九三年であり、また、二〇〇五年版『魯迅全集』（全十八巻、人民文学出版社、二〇〇五・一一）第十巻にも再度「『哀塵』附記」が魯迅の作として収録されており、現在も魯迅の作であることを前提に論を進めている。そこで、中島氏が書くように「庚辰のものは庚辰に返すべき」なのか、「確実な証拠が発見されるまでは結論を先送りするしかない」のかは、筆者としては判断の域を越えている。

（10）拙稿「原典『孤児記』九章・十章・十一章・十四章――ユゴー著、英訳版『Claude Gueux』」『大阪教育大学紀要』第I部門四六巻二号、一九九八・一／拙稿「周作人『孤児記』第十二章・第十三章の位置づけ――創作・模作の接合の為の改編部」大阪教育大学『学大国文』四一号、一九九八・二

（11）樽本照雄「漢訳ドイル『荒磯』物語――山縣五十雄、周作人、劉延陵らの訳業」（『大阪経大論集』五二巻二号〈通巻二六二号〉二〇〇一・七）に拠ると、周作人が拠った英文原作は山縣五十雄訳註の日訳『荒磯』であり、これは、魯迅が弟・周作人の英語学習に役立つようにと日本で購入して送ったものだろう、と考証している。

（12）『知堂回想録』「呉一齋」には、周作人が所蔵していた八冊本の英訳版ユゴー小説集を民国二〇年（一九三一）頃北京大学図書館に売ったことが記されいるが、北京大学図書館に現存する英訳版ユゴー小説集は以下の五冊で、旧燕京大学図書館所蔵のものである。この版には、参考文献（4）の（a）、（b）と異なり訳者が明記され、イラストリストも附記されている。但し、目次既見、内容・イラスト未見の為、版の比較はできていない。

The Novels of Victor Hugo：①*LAST DAY OF A CONDEMNED・CLAUDE GUEUX*, TRANSLATED BY EUGENIA

DE B. ②*The Laughing man* (VOL. I・II・III・IV), TRANSLATED BY BELLINA PHILLIPS, JOHN GRANT, EDINBURGH, 1903（全五冊・二篇、北京大学図書館所蔵）

（13）矢野峰人『〝文学界〟と西洋文学』学友社、一九七〇・九、四二～六二頁

（14）木村鷹太郎『バイロン傑作集』後藤商店、一九一八・四、三三、三四頁

（15）『近代文学研究叢書』三三「木村鷹太郎」昭和女子大学、一九六二に拠ると、木村鷹太郎（一八七〇・九・一八～一九三一・七・一八）は、伊予（愛媛県）宇和島に生まれ、小学生時より「頭脳明晰、才気溌剌」の誉れ高く、大阪天王寺中学の頃にはクリスチャンとなる。一八八八年上京、英語教育に力を注ぐ明治学院（普通学部本科二年）に入学、同級に戸川秋骨、馬場孤蝶、島崎藤村等がいる。九〇年東京帝国大学史学選科に入学、翌年哲学選科に編入、同級に西田幾太郎等がいた。ドイツから帰国した井上哲次郎に傾倒する。この頃から仏教・キリスト教批判を展開し、九七年鷹太郎が発起人となって「国祖崇拝」「国民的団結」「武の尊尚」を軸とする日本主義を提唱、大日本協会を組織（機関紙「日本主義」）する。九八年、九九年から京華日報、富士新聞の記者として政治、教育、宗教、文学と広範囲に執筆するが、一九〇一年「日本主義」の廃刊を機に、新聞、雑誌社から手をひき、著述、翻訳に専念する。鷹太郎が仏教・キリスト教を否定し、国家至上主義の立場から唱えた日本主義は日清、日露の戦役間に勃興し、国民思想の形成に影響を与え、国家神道の発展の面では貢献した。

（16）注（15）に同じ

（17）木村鷹太郎『西洋小史』松栄堂書店、一八九八・二（中之島図書館、早稲田大学図書館所蔵）

（18）木村鷹太郎「スパルタ主義」収録『讀書百感　鳴潮餘沫』尚友館書店、一九〇〇一・一（大阪府立中之島図書館所蔵）

（19）中島長文「藍本『摩羅詩力の説』第四、五章」」飆風五号、一九七三・六
北岡正子「『摩羅詩力説』の構成――魯迅に於ける救亡の詩」『近代文学における中国と日本』汲古書院、一九八六・一〇
バイロン以外の材源についても、北岡正子「『摩羅詩力説』材源考ノート（その一～その二三）」（『野草』九～五三、一九七二・一〇四～九四・二）において、北岡氏は『摩羅詩力説』の材源を詳細に研究し、現在までに十一種の材源を明らかにしている。そのうち、日本語文の材源として、次の六種を示している。

①木村鷹太郎『バイロン　文界之大魔王』東京大学館、一九〇二・七
②木村鷹太郎訳『海賊』東京尚友館書店、一九〇五・一
③濱田佳澄『シェレー』東京民友社、一九〇〇・一一
④八杉貞利『詩宗プーシキン』東京時代新潮社、一九〇六・六
⑤昇曙夢「レイモントフの遺墨」所収『露西亜文学研究』東京隆文館、一九〇七（初出『太陽』一二巻一二号、一九〇六）
⑥昇曙夢「露国詩人と其詩　六　レイモントフの遺墨」所収『露西亜文学研究』東京隆文館、一九〇七

(20)　木村鷹太郎訳『宇宙人生の神秘劇　天魔の怨』二松堂書房、岡崎屋書店、一九〇七・一（国立国会図書館所蔵）

(21)　注（19）に記載する、北岡正子「『摩羅詩力説』材源考ノート」野草一一、一三、一四・一五合併、一六号、一九七三、七四年

(22)　注（18）に同じ「プロメテオス」所収『讀書百感　鳴潮餘沫』尚友館書店、一九〇〇一・一

「プロメテオス」ミルトンは悪魔サタンを描きさも悪げに之を寫せり。彼れ耶蘇教の範圍を脱する能はざる見識狭き詩人なればなり。ミルトンのパラダイス・ロスト。余は之を美とせざるに非ずと雖、要するにこれ宗教家の喜ぶ所の詩なり。吾人は寧ろバイロンのルシファー（悪魔）及びシェレーのプロメテオス（同じく悪魔と稱すべし）を愛す。或はルシファー或はプロメテオス、皆見識を有し、嚴然たる品威と忍耐と、勇気の不屈なるものありて存し、實に偉大を以て人を感ぜしむるものなるなり。昔しグレシアの詩人アイスキロス、「プロメテオスの繋縛」及び「其解放」の詩を作る。プロメテオスとは義俠の神にして大神ゼオスの命に背きて天上より火を盗むみて人間に與へ、人間に知恵を與へたり。然るに大神其所行を悪み、鐵鎖を以て之をコーカソス山の岩角に繋ぎ、烈霜膚を裂き、寒氷其骨に達し、鷲は來りて其肉を食ふに任かす。プロメテオス如何に猛烈なる苦痛と雖、終始之を忍耐し、遂にヘーラクレースの仲裁に由て解放せられたりと云ふ神話中の神なり。今アイスキロスのプロメテオス繋縛の詩は存せりと雖其解放の詩は滅びたり。英國詩人シェレー、アイスキロスの意匠に従ひて『プロメテオス解放』を詩となす。又力に富み、高尚壯嚴にして且つ美麗なる詩なり。プロメテオス岩角に繋がる。寒氷其骨を貫き、猛鷲其肉を咋ふ。されどもこれ亦肉體上の苦痛なり。ゼオスの使はせる卑劣なる精靈等來りて亦プロメテオス

を嘲笑す。（中略）吾人シェレーの『プロメテオスの解放』の詩を誦し、自ら我身に力感の高まりを感ず。ミルトン等の解する能はざるの人格なり。嗚呼プロメテオス。吾人はバイロンのルシファー。シェレーのプロメテオスを愛する者なり、悪魔主義の眞相此に見るべし。

（23）以下、魯迅の原文は『魯迅全集』全十六巻本（人民文学出版社、一九八一）を使用。

（24）伊藤正文「『鋳剣』論」（『近代』十五、一九五六）のなかで、魯迅『鋳剣』にはバイロン『海賊』のコンラッドの投影があることを指摘している。

（25）北岡正子訳『摩羅詩力説』（『魯迅全集』一、学習研究社、一九八四）の訳注四〇には、材源（ブランデス）の『父祖の祭第三部』の中では、最初が神を冒瀆する歌、次が仲間を元気づける歌、最後が神に対する懐疑の歌というように、それぞれの意味が配されていることが指摘してある。

（26）北岡正子「『摩羅詩力説』材源ノート（その六）」『野草』一六、一九七四・一二／同「『摩羅詩力説』材源考ノート（その十六）」『野草』二八、一九八一・九／同「『摩羅詩力説』の構成―魯迅に於ける救亡の詩」『近代文学における中国と日本』汲古書院、一九八六・一〇／同「仙台を離れた魯迅」『魯迅仙台留学九〇周年記念国際学術・文化シンポジウム報告論集』一九九四・一〇／同『魯迅　救亡の夢のゆくえ―悪魔派詩人論から「狂人日記」まで』関西大学出版部、二〇〇六・三

北岡氏は、上記の論考において、濱田佳澄のシェリーが反抗のためには復讐の手段をとらず、愛の力による感化を用いたと述べている材源を魯迅が切り捨てたこと、ブランデスはクラシンスキの信条（政治犯を苛酷に裁いた父に対するポーランド人の呪い）に対する理解から、復讐と愛を対比的に論じ、国と国の解決の手段としての復讐も愛も非実際的だと批判を加えているのを、魯迅がブランデスの材源の脈絡を無視し、扱う量も極端に減らしていることを指摘している。

【参考文献】

（1）『VICTOR HUGO EUVRES COMPLÉTES』Robert Laffont, S. A., Paris, 1987

（2）『Victor Hugo Choses vues 1830–1846』Gallimard, 1972

（3）『Victor Hugo Choses vues 1849–1869』Gallimard, 1972

（4）（a）VICTOR HUGO : *THE LAST DAYS OF A CONDEMNED ETC.*（*BUG-JARGAL*・*CLAUDE GUEUX*）, GEORGE ROUTLEDGE AND SONS LIMITED, LONDON, 1897（全一四冊・九篇、同志社大学図書館所蔵）

（b）VICTOR HUGO'S WORKS : *NINETY-THREE*・*BUG-JARGAL*・*CLAUDE GUEUX*, UNIVERSITY PRESS COMPANY, NEW YORK, 年代不明（全五冊・七篇、同志社大学図書館所蔵）

なお、（a）と（b）は頁数、イラスト（挿画される頁と枚数が異なる）に至るまで全く同じ内容であり、おそらく（a）をコンパクトにしたものが（b）だと考えられる。以下、（a）に含まれる他の作品を年代順に示し、（b）には収められていない作品に※印を付けておく。

①NOTRE-DAME DE PARIS（VOL. I・II, 1895）

※②TOILERS OF THE SEA（VOL. I・II, 1896）

③LES MIS*RABLES（VOL. I・II・III・IV, 1896）（VOL. V, 1897）

※④HANS OF ICELAND, 1897

⑤THE MAN WHO LAUGHS（VOL. I・II, 1898）

⑥NINETY THREE, 1898

（5）『ユーゴー全集』六「随見録」本間武彦訳、ユーゴー全集刊行会、一九一九～一九二〇

（6）『ユーゴー全集』十「バクヂャルクル」早川善吉訳、ユーゴー全集刊行会、一九一九～一九二〇

（7）辻昶『ヴィクトル・ユゴーの生涯』潮出版社、一九七九、四

（8）『フランス文学辞典』日本フランス語フランス文学会編、白水社、一九七四年九月

※なお、フランス語のユゴー原文の翻訳に関しては、大阪教育大学の吾妻修先生と元大阪教育大学の川久保輝興先生の御教示を仰いだ。ここに深く感謝の意を表する。

【参考資料１】　明治期におけるヴィクトル・ユゴー作品の翻訳状況

（記号：★は雑誌、☆は新聞）

年　月	作　　品	翻訳者	発　行	年　月	作　　品	翻訳者	発　行
明治17年(1884)				明治26年(1893)			
7月	仏国革命修羅の衢	坂崎紫瀾	☆自由新聞	1月	哀史の片鱗	無名士	☆自由新聞
			(21日				
			−12月12日)	明治27年(1894)			
明治18年(1885)				11月	ＡＢＣ組合	抱一庵	★少年園
不明	仏乱余聞霜夜の月	無署名	自由燈				28年4月完結
				明治29年(1896)			
明治20年(1887)				3月	弥生の夕	残月庵	★裏錦
4月	五日紀変	野田藤郎	博文堂・	7月	[水冥] 編	抱一庵主人	★文芸倶楽部
	英雄之肝胆(上)		文海堂	8月	死刑前の六時間	森田思軒	★国民之友
				不明	初あらし	松華庵主人	30年2月完結
12月	愛国偉勲	高橋基一	東涯堂			(堀江純一)	
不明	寸断分裂美人の腸	井上勤	★文学之花				
不明	名士遭難政界之暴風	井上勤	★文学之花	明治30年(1897)			
明治21年(1888)				5月	九十三年	卯の花庵	★文芸倶楽部
5月	随見録	森田思軒	★国民之友				
			10月完結	明治31年(1898)			
明治22年(1889)				6月	ユーゴー小品	森田思軒	民友社
1月	探偵ユーベル	森田思軒	★国民之友		(内容:随見録、探偵		
			3月完結		ユーベル、クラウド、		
2月	罪人の歴史	虚実亭主人	人民		死刑前六時間)		
不明	渡海難	朝比奈和泉	★新小説				
				明治35年(1902)			
6月	探偵ユーベル	森田思軒	民友社	2月	ＡＢＣ組合	原　抱一庵	内外出版社
不明	小説落魄	渺茫居士	★筆之力	10月	噫無情	涙香小史	☆萬朝報
							小引8日、9日〜
12月	秘密会議	廻瀾堂主人	★経世評論				36年8月22日
				明治37年(1904)			
明治23年(1890)				2月	王党民党	小川煙付	新声社
1月	クラウド	思軒居士	★国民之友				
			2月完結	明治38年(1905)			
明治25年(1892)				1月	脚本エルナニ	松居松葉	★文芸倶楽部
1月	懐旧	森田思軒	★国民之友	5月	セダン回顧	中沢臨川	★新方文林
			10月完結				
5月	ジャンバルジャン	抱一庵主人	☆国民新聞	明治39年(1906)			
			〜8日、	1月	噫無情前編	涙香小史	扶桑堂
			8月28日	2月	噫無情後編	涙香小史	前・後編
12月	懐旧	森田思軒	民友社				

国立国会図書館編『明治・大正・昭和翻訳文学目録』風間書房、一九五九年初版を基礎的資料として、その他、昭和女子大学編の『近代文学研究叢書』などの各種研究資料を使って作成している。

【参考資料２】　明治期におけるジュール・ヴェルヌ作品の翻訳状況

（記号：★は雑誌、☆は新聞）

年　月	作　　品	翻訳者	発　行
明治11年(1878)			
6月	新説　八十日間世界一周(前後２冊、後編は13年６月)	川島忠之助	丸屋善七・慶応出版社
明治13年(1880)			
3月	九十七時二十分間月世界旅行(10分冊、〜14年３月)	井上勤	大阪二書楼
12月	二万里海底旅行	鈴木梅太郎	京都　山本
明治14年(1881)			
不明	北極一周(８分冊)	井上勤	望月誠
不明	地中旅行(10分冊)	織田信義	訳者出版
明治15年(1882)			
9月	虚無党退治奇談	川島忠之助	同人出版
明治16年(1883)			
7月	月世界一周	井上勤	博文堂
9月	亜弗利加内地卅五日間空中旅行(７分冊)	井上勤	絵入自由出版(17年２月了)
明治17年(1884)			
不明	五大洲中海底旅行(上・下編)	大平三次	覚張栄三郎(下編は19年)
2月	六万英里海底紀行	井上勤	博文堂
7月	五大洲中海底旅行(上下合編本第２版)	大平三次	覚張栄三郎
8月	英国太政大臣難船日記(２冊)	井上勤	絵入自由出版
8月	五大洲中海底旅行(上・下編18年３月)	大平三次	四通社(上編)起業社(下編)
10月	白露革命外伝自由廼征矢	井上勤	絵入自由出版
明治18年(1885)			
2月	拍案驚奇　地底旅行	三木愛花 高須治助	九春社
明治19年(1886)			
4月	亜弗利加内地卅五日間空中旅行(７冊合編本)	井上勤	春陽堂
9月	九十七時二十分間月世界旅行(10冊合編本)	井上勤	三木佐助
明治20年(1887)			
1月	萬里絶域北極旅行(上・下編４月)	福田直彦	春陽堂
2月	学術妙用造物者驚愕試験	井上勤	広知社
明治20年(1887)			
3月	仏・曼二学士の譚	紅芍園主人	☆報知新聞(１〜３日)
4月	五大洲中海底旅行(上･下合編本第３版)	大平三次	辻本九兵衛
4月	佳人之血涙(「自由廼征矢」の改題)	井上勤	自由閣
5月	天外異譚	大塊生	☆報知新聞(21日〜７月23日)
8月	煙波の裏	独醒子	☆報知新聞(26日〜９月14日)
9月	盲目使者	羊角山人	☆報知新聞(16日〜12月30日)
9月	鉄世界(「仏・曼二学士の譚」の単行本)	森田思軒	集成社
9月	五大洲中海底旅行(上･下合編本第３版)	大平三次	文事堂
明治21年(1888)			
1月	大東号航海日記	森田思軒	★国民之友(４月完結)
2月	大氷塊	静盧外史	☆報知新聞(７日〜４月13日)
5月	瞽使者(「盲目使者」の単行本、２冊)	森田思軒	報知社
9月	炭坑秘史	紅芍園主人	☆報知新聞(４日〜10月28日)
12月	九十七時二十分間月世界旅行(第４版)	井上勤	自由閣
不明	通俗八十日間世界一周(川島版の平易版)	井上勤	自由閣
明治22年(1889)			
12月	大叛魁	森田思軒	★新小説
明治23年(1890)			
9月	大叛魁	森田思軒	春陽堂
明治24年(1891)			
1月	空中旅行	井上勤	春陽堂
明治29年(1896)			
3月	冒険奇談十五少年	森田思軒	★少年世界(10月完結)
12月	冒険奇談十五少年	森田思軒	博文堂
明治30年(1897)			
9月	五大洲中海底旅行	大平三次	九春堂
明治37年(1904)			
10月	瞽使者(前編、後編11月)	森田思軒	国民書院
明治41年(1908)			
3月	月世界旅行記	天馬楼主人	文禄堂

【参考資料3】 明治期におけるバイロン作品の翻訳・紹介状況

（記号：★は雑誌、☆は新聞）

年　月	作　品	翻訳者	発　行	年　月	作　品	翻訳者	発　行
明治22年(1889)				明治38年(1905)			
8月	於母影(いねよかし・曼弗列度)	森鷗外	★国民之友(58号附録)	1月	バイロンの海賊(訳詩)	木村鷹太郎	★明星
明治31年(1898)				1月	海賊	木村鷹太郎	尚友館
7月	三恐惶	原抱一庵	☆報知新聞(18日～8月20日)	明治40年(1907)			
				1月	宇宙人生の神秘劇天魔の怨	木村鷹太郎	岡崎屋・二松堂
明治33年(1900)				3月	汗血千里マゼッパ	木村鷹太郎	真善美協会
7月	二人が袖を分かつ時	無適	松栄堂書店	11月	短篇バイロン詩集	児玉花外	大学館
11月	英詩評釈ドンファン一節	木村鷹太郎	★明星	明治42年(1909)			
				5月	マゼッパ	木村鷹太郎	二松堂
明治34年(1901)				明治44年(1911)			
1月	嗚呼グレシアの諸島(ドンファン)	木村鷹太郎	★明星	6月	パリシナ	木村鷹太郎	二松堂
9月	バイロンの『サンダナパルス』	木村鷹太郎	★明星				
明治35年(1902)							
7月	(バイロン文界之大魔王)	木村鷹太郎	大学館				
明治36年(1903)							
3月	艶美悲劇　パリシナ	木村鷹太郎	松栄堂書店				

第四章　浪漫・理想主義と魯迅訳『月界旅行』『地底旅行』

はじめに

一八四〇年のアヘン戦争を幕開けとする中国の近代は、反植民地主義・反帝国主義・反封建主義・反満民族主義・反西欧主義・反伝統主義等の混沌としたアンチ・テーゼを運動的基盤ないしは思想的基盤としながら、反抗・抵抗を通して自らを変革、創造する歴史である。また、教育制度に目を向けると、一九〇五年九月二日、「科挙を停めて学校を広む」の上諭により、七百年の長きに亙り継続してきた官吏登用試験の科挙が廃止され、「学制」の実施とともに新しい学校制度が成立、「学制」に先だち、〇四年一月に成立した『奏定学堂章程』は、張之洞らが『欽定学堂章程』（一九〇二）に手を加えたものだが、日本の学制を模倣し、清末民初の新しい学校制度の原点となったものである。ところが、初等小学堂における授業では「読経講経」を中心とする儒教教育が大半を占め、しかも就学率は二％にすぎなかった。中国（中華人民共和国）で小学校の義務教育制度が法律で決定されたのは、一九八六年七月一日になってからである。

一方、一八五三年のペリーの浦賀入港を幕開けとする日本の近代は、西欧文明の移入を図るために、西欧近代に対する批判的対決を怠り、もっぱら運用・応用のみに終始し、儒教的イデオロギーを基礎に表面的な西欧近代化の摂取、移入に努めた歴史であろう。同じように、教育制度に目を遣ると、一八七二年「学制」の実施により、近代的教育体制が整備され、教育の機会均等を図るため、義務教育制が確立し、小学校の増設が実現する。「学制」はフランスの学制にならうが、義務教育制の実施は、イギリスが七〇年、フランスは八二年であり、日本の近代化がいかに素速く行われたかが理解できる。七二年の文部省発布「学制」の文章には「サレバ学問ハ身ヲ立ルノ財本共云ベキ者ニシテ、人タルモノ誰カ学バズシテ可ナランヤ」とあるように、身を立てる道具としての実学が推奨されている。その後、国民の経済負担が大きく、画一的すぎた「学制」を廃し、七九年「教育令」がアメリカの教育制度を参考に制定され、義務教育は緩和されている。八六年、終戦後の一九四七年まで続く「学校令」が施行され、道徳教育重視、師範教育と一般教育の並列化による国家主義的教育体制が確立する。その国家主義強化、国粋主義高揚のための思想・教育方針となり、天皇神格観に基づく儒教的・家族道徳の徳目「父母ニ孝ニ、兄弟ニ友ニ、夫妻相和シ、朋友相信ジ……」を国民の精神生活の規範として提示したのが、一八九〇年「教育勅語」であった。

また、洋学移入の過程で、漢学（儒学）・漢文学（漢文体の文章詩歌、および漢文訓み下し体も含めた意味）が果たしてきた機能を言文一致運動との関連から次の三段階に跡付けられる、と筆者は考える。

（第一期一八六六～　漢学廃止論の段階）　前島密が将軍徳川慶喜に建白した「漢字御廃止之議」中に言文一致を創唱したことに始まり、民権論者が宣伝に務め、一方、洋学者や啓蒙思想家たちが儒学教説の鬼神、陰陽五行等の荒唐無稽な「妄想」を排除し、自然科学による「真理」の抽出を説いた時期である。結果は、儒学の理念を使って西欧哲学の諸概念を解釈し、『大学』八条目の読み替えによる儒哲一致の折衷に落ち着く。

（第二期一八七九～九九　漢学再評価の段階）　フェノロサの来日、日清戦争の勝利を機に、急激な欧化主義への反動が起こり、国家主義が偏重される。西欧哲学の諸概念により儒学を再解釈するとともに、真善美の調和による日本的学問の確立を叫んだ時期で、明治初年の欧化主義者たちの道徳論が実効性を失った時期でもある。一方、言文一致運動は「かな文言文一致」の提唱等の自覚期、文章彫琢の風潮による停滞期、「標準語による国語統一」の提唱により、言文一致体小説が急増（一八九六年　二四%、九七年　三六%、九八年　四五%、九九年　五七%）する再自覚期にある。

（第三期一九〇〇～　漢学衰微の段階）「言文一致会」が成立、「言文一致に就ての請願」を貴・衆両院に提出以降、国語調査会が実現し、小学校教科書は言文一致の方針となる。また、漢学・漢文学は明治四〇年（一九〇七）前後から顕在化した自然主義文学運動以降衰微する。(1)

本章では以上の概念を踏まえ、前章で論じたフランスの浪漫派の巨匠ユゴーやイギリスの浪漫派詩人バイロンに引き続き、科学的冒険小説の作家として名を馳せたフランス人ジュール・ヴェルヌ作品の、明治期における翻訳、紹介の意義と、彼の作品を中国に移入しようとした魯迅の翻訳、紹介の意義を考察する。ヴェルヌの科学冒険小説は現在ではS．F．（科学サイエンスフィクション）というジャンルに区分するが、当時はそのような区分はない。彼が描く小説の特徴は、科学技術がもたらす未来の姿や繁栄を幻想的に描くものである。この特徴は、浪漫派の理想主義的傾向と幻想主義的傾向を強く有している。そこで、本章ではヴェルヌの小説は浪漫・理想主義に区分し、魯迅におけるジュール・ヴェルヌ受容の意義について考察を加える。

一　明治期におけるジュール・ヴェルヌ作品の流行と翻訳状況

前節で論じたヴィクトル・ユゴーが、人道主義的な人物としての顔を持って森田思軒を中心とした人たちによって紹介されていたのとは違い、ジュール・ヴェルヌは彼自身の作家としての個性は顔を出さず、その作品の内容におもきを置いて、紹介、普及がなされていたようである。

柳田泉は『明治初期翻訳文学の研究』の中で次のように述べる。

初期に翻訳された仏文学で、何といっても圧倒的に多数であり、したがって歓迎もされたのは、ジュール・ヴェルヌの科学的冒険小説である。（……中略……）ヴェルヌの小説はさすがに科学小説といわれるだけあって、科学的発明ないし発見を興味の中心としたものはもちろん、普通の科学冒険小説と目されるものでも、科学への関心が必ず伴う。さらでも西洋の物質文明、すなわち科学文明に驚異の情を禁じ得なかった明治初期社会の人々は、これらの小説を読んで、科学の力のいかに恐ろしいものかを今更のように感じ、科学文明万能の思想を抱くに至ったことは、想像される。この点でこれらの小説が、産業資本主義の日本の出現を予想させるものといい得る。日本の将来が科学文明によらなくてはならぬというのは、この頃上下万人の痛感していたところであったが、ヴェルヌの小説が、こういうイデオロギイをさらに強化し、さらに宣伝するに力があったことは認めてよかろう。(2)

明治期の翻訳紹介にあってシェークスピア、すなわち「沙翁」小説が最多の紹介回数（明治二三年までにすでに三八回）を記録しているが、次いで「圧倒的に多数」を誇るのが「ジュール・ヴェルヌの科学的冒険小説」であり、【参考資料2】にも示した通り、明治十一年（一八七八）から明治四一年（一九〇八）にかけての紹介回数は四二回を記録している。

では何故これだけヴェルヌの小説が持て囃されたかと言えば、柳田泉も述べる通り、「西洋の物質文明、すなわち科学文明に驚異の情を禁じ得なかった」のであろうし、西洋の科学技術に対する希求の情を禁じ得なかったのであろう。そして、新聞・雑誌・単行本で、官界から翻訳家に転身する井上勤（全四二回中の一四回）と森田思軒（全四二回中の一四回）が中心となり、明治の人々に紹介・普及に務めたのは、柳田が先述するように、「日本の将来が科学文明によらなくてはならぬというのは、この頃上下万人の痛感していたところであったが、ヴェルヌの小説が、こういうイデオロギイをさらに強化し、さらに宣伝するに力があった」という理由に相違はなかろう。

ヴェルヌの小説が読まれた時代の背後には、明治維新達成後の日本に、明治一〇年（一八七七）の西南戦争の終結を契機とし、かつて岩倉使節団の一員として欧米を巡歴、日本の商工業の未発達さを痛感してきた大久保利通が「内治を整い民産を殖する」時代への転換を公約した通り、上からの資本主義育成政策、いわゆる殖産興業政策を遂行し、後進資本主義国家として世界資本主義市場への編入を目指す為に、国内の軽工業・鉱業・重工業における産業革命の逸速い達成を目指す意図があったこと、そして、東アジア諸国の中から自国だけが抜け出し欧米先進国に仲間入りすることを目指した近代日本を表現する、福沢諭吉の「脱亜入欧」論なる言葉の示す通り、「富国」と「強兵」により「隣国なるが故にとて特別に会釈におよばず、まさに西洋人がこれに接するの風に従いて処分すべきのみ」という東アジア政策の決定があったことが挙げられる。正に、明治政府の推進する「富国強兵」政策の庶民レベルでの覚醒を促すのに一役買っていたのが、ヴェルヌの科学的探険、科学的冒険、或いは科学的空想、科学的幻想と言われる小説であったことは想像しがたいことではない。

さらに、小笠原幹夫は「ジュール・ヴェルヌの日本文学に及ばした影響[3]」の中で、ヴェルヌ作品が受け入れられた下地について、次の三点に整理する。

第一に、ヴェルヌ翻訳熱の下準備として、デフォー『ロビンソン・クルーソー』という同一書の数回に及ぶ異訳での紹介、それは植民地の発見と獲得を含む大航海時代、そこから生じる非ヨーロッパ世界への好奇心とさまざまな海洋冒険体験があり、日本でも幕末から開化期の間に、多くの漁民たち（例えば「アメリカ彦蔵」「ジョン万次郎」）の漂流体験が伝わっていたという背景があったこと。第二に、万国地理図の刊行により、鎖国が解け、海の向こうを意識せざるを得ない日本人に、地理的知識をリアルに感受させたこと。第三に、ヴェルヌ小説に一貫する、困難を不撓不屈の鉄の意志をもってのり越える姿勢は、英国ビクトリア時代の楽観主義を反映した道徳律、堅実な成功を約束する勤勉と自己鍛錬の美徳であり、それはスマイルズ『自助論』（一八五九）が、科学技術の指導者、発明者及び生産者の現実的モデルを通じて、産業革命時代特有の技術信仰や生産的知識の尊重をつよく打ち出した経済的合理主義の主張した時代と社会に応じており、これを訳した中村正直『西国立志編』（明治四年、一八七一）が、自主独立の精神による成功を善としたこと、そして意志のあるところ必ず方法ありといった「自ラ助クル精神」は、西欧物質文明の移入にともなう自然科学的な知識への興味に即し、「邦国」の繁栄をもたらす源泉として、ヴェルヌ作品受容の下地をなしていた、と指摘する。

ところで明治期において、フランス人ジュール・ヴェルヌ（Jules Verne, 1828–1905）なる作家と彼が書き上げた作品が科学的冒険小説であるという認識は普遍していたのだろうか。

ヴェルヌは、一八二八年二月八日フランス、ナントに生まれ、一九〇五年三月二四日にアミヤンで死去するまでに、八十篇あまりの科学的冒険小説を描き、潜水艦、飛行船、ヘリコプター、テレビ等の未来の人類の科学的進歩を予言している。ヴェルヌは思想的にはカトリック的精神主義者であり、柳田泉が「そしてヴェルヌについて忘れてならぬ点は、その作が案外に人情的分子の興味を濃厚にもっていることである（例えば『海底旅行』を読まれたい）[4]」と書いているように、どの作品にもカトリック的精神を反映する形でヒューマニズム溢れる人間ドラマが上手く描かれている（例えば『月世界へ行く』では、南北戦争後の武器商人たちを揶揄する描写がある。しかし、明治期の英訳からの翻訳『月世界旅行』にはこの部分が欠落している）。法律学を学び、彼の父に法律を以て身を立てることを望まれていたヴェルヌは、パリに出て株式仲買人などをして生計を立てる一方、オペラや芝居の台本を書き、劇作への夢をふくらませていた。彼は一五編の戯曲を書いている。ヴェルヌが科学的冒険小説を書き始めるようになったのは、一八六三年に『教育と娯楽』（Le magasin d'education et de recreation）誌をはじめた出版業者のエッツェル（Hetzel）と知り合い、『五週間の気球旅行』（Cinq Semaines en Ballon）の小説を見せたヴェルヌに対し、エッツェルは、以降二十年間毎月二冊の少年向けの科学的空想小説を出版する契約を取り交わし、一年に二万フランの報酬を支払うことを実行し、生活の保証がなされたことと、フランス写真術の開祖といわれ、「科学新聞協会」（Cercle du Presse Scientifique）のナダール（Nadar, 本名

Félix Tournachon）と知り合い、彼と気球「巨人号」での旅行の実験を試みたりして、ナダールに想像力を刺激されたことに負うところが大きい。ヴェルヌの最初の科学的空想小説『五週間の気球旅行』（一八六三）は爆発的な人気を呼び、その後、『地底旅行』（Voyage au Centre de la Terre, 1864）、『月世界へ行く』（De la Terre à la Lune, 1865）、『海底二万里』（Vingt Mille Lieues sous les mers, 1869~70）、『月世界一周旅行』（Autour de la Lune, 1870）、『八十日間世界一周』（Le Tour du Monde en quatre-vigts jours, 1873）という、世界各国に翻訳された名作を描き、ヴェルヌは流行作家として順風満帆の栄光に包まれ、巨万の富を手にしたのである。

前述したように、明治期においてヴェルヌ作品は全四二回の紹介が為されているが、最多の十四回に亙り紹介に務めた井上勤は、[5]ヴェルヌの九作品『月世界旅行』『北極一周』『月世界一周』『空中旅行』『海底紀行』『難航日記』『造物者驚愕試験』『佳人之血涙』『八十日間世界一周』の翻訳を行っている。井上はこれらの作品の原著者名を、例えば『九十七時二十分間　月世界旅行』では「米國ジユルスベルン」、『六万英里　海底紀行』では「英國ジユールスベル子」というふうに紹介している。これは井上が全ての作品を英訳本から訳したため、Jules Verne という表記を英語読みにしたことに因る。井上は、英訳本を底本として使用することにより、原作者が同一人物の「ジュール・ベルネ」であるという認識はあったようで、明治一七年八月の『英国太政大臣　難航日記』以降は「英國ジユールスベル子」という読みで統一してはいる。只、悪しくも、英訳本を使用したがためにヴェルヌは「米國」人或いは「英國」人であると誤解して紹介している。

井上の紹介回数に並ぶのが森田思軒の十四回で、九作品『鉄世界』『天外異譚』『煙波の裏』『瞽使者』『大東號航海日記』『大氷海』『炭坑秘事』『大叛魁』『十五少年』を数える。思軒も英訳本を底本として、ヴェルヌ作品の紹介に努めているが、思軒には『大東號航海日記』では「佛國ジユールヴエールルーヌ」、『大叛魁』でも「佛國ジユールヴエールーヌ」というフランス語原音の読みに近い統一性があり、フランス人としてヴェルヌを認識している。

ここで、明治翻訳文学の古典となっている『十五少年』（明治二九年、一八九六、原題『二年間の休暇（Deux Ans de Vacances)』）の訳者森田思軒のヴェルヌ受容に少し触れよう。

思軒は『大東號航海日記』を雑誌『国民之友』に翻訳、連載（第一四号から第二〇号にかけて、全七回に亙る）した際、「大東號航海日記引」なる序文（明治二一年一月二〇日『国民之友』第一四号）を寄せて、前半部では「大東号」がいかに巨大な船舶であるかを述べ、そして西洋の修辞法には中国の文章修辞に較べさらに細かい分け方があることを述べた上で、「苟モ科學ノ水月文明ノ鏡花絶駭異常ノ新現象ハ悉ク擧ケテ之ヲ自家小説ノ材料ト為サント欲スル佛國ノ〝ジュールヴェールーヌ〟氏ノ筆ニ逼リテ一編ノ結搆ヲ起サシムルニ及ヒタリ是レ本書ノ以テ作ラル、所ナリ」、「今マ本書専ラ紀遊紀行ノ體ヲ以テ小説ノ事ヲ叙ス行文自ラ尋常ノ小説ニ殊ナリテ一段ノ風骨ヲ具スル」ものであり、「〝ジュールヴェールーヌ〟氏ノ著作三十種中チニ就テ自叙紀行ノ體ニヨリ航海ノ事ヲ小説ニスルモノニ種〝チャンセロル〟號遭災録及ヒ本書ナリ而シテ本書多ク事實ヲ経緯シ單ニ憑空ノ結構ノミナラス或ハ人ヲシテ暗ニ太《ママ》西洋航海ノ旅況ヲ想見セシムルモノアリ故ニ徳富君ノ余ノ稿ヲ徴スニ及ヒ先ツ之ヲ譯ス」(6)と語っている。『〝チャンセロル〟號遭災録』（Le Chancellor, 1874～75）は日本では最近の一九九三年五月に初めて『チャンセラー號の筏』(7)という邦訳が出たというのに、思軒が明治期に英訳からであるにしても、この作品にまで目配りをしていたという事実には敬意の念を禁じ得ないし、思軒のヴェルヌ受容の周到さの一端が窺われる。なお、柳田泉は「『大東號航海日記』は、ジュール・ヴェルヌ原作、『ヂ・フローチング・シテイ（浮べる都府）』の訳、森田思軒が『国民之友』に連載したものである。この〝シティ〟がすなわち大東（「グレート・イースタァン」）号で、大西洋の海底電線をすえる役目をとげた大汽船である。ヴェルヌは実際この船で航海したことがあった、そしてその時の経験を一篇のロマンスにしたのが、この小説だ」(8)と書いている。

次に、魯迅の翻訳底本に関わり、ジュール・ヴェルヌの原著者名とその国籍の問題、和訳する際に使用した底本が何語だったかの問題を見て行く。

井上勤訳『六万英里　海底紀行』より版を重ね、ずっと一般に普及した大平三次訳『五大洲中　海底旅行』は、上編が「佛國ジュールス、ベルン」、下編が「佛國ヂューールス、ペルン」で、英語からの抄訳である。(9) 魯迅が明治三六年（一九〇四）翻訳した『北極探険記』（訳稿未発見）の底本であると推定される福田直彦訳『萬里絶域　北極旅行』(10)では、「英国ジュールスヴエル子」とある。この福田訳は、柳田泉が訳中の固有名詞の発音から推してロシア語よりの重訳であると指摘している。(11) また、日本におけるジュール・ヴェルヌの最初の紹介者が川島忠之助であるが、その川島訳の『新説　八十日間世界一周』では「佛國シュル、ウエルヌ」と、原著者名をフランス語読みの表記で伝えようとしている跡が窺える。そして、柳田が「氏の談によると、この翻訳はフランス原書からやったものであるが、参照した英訳は、実に明治九年欧米旅遊の途次アメリカの某駅停車場売店で求めたものであったという」と書くように、フランス語原本（従兄の中島才吉より贈られる）を底本に、英訳本を参考にした川島忠之助は、明治期の翻訳界にあって、森田思軒と共にヴェルヌなる人物を正確に認識していた人であった。『八十日間世界一周』の前編は明治十一年（一八七八）六月に自費出版するが、かなり好評を博した為、後編は明治一三年（一八八〇）に慶應義塾出版社からの費用で出されている。

一九六四年一〇月に刊行された『月世界へ行く』の訳者江口清は、その「あとがき」に「明治一一年（一八七八）六月に刊行された川島忠之助氏訳の『八十日間世界一周』は、拙訳をこころみるにあたり読んでみたが、なかなかりっぱな訳であって、余談にわたるが、この訳本が、わが国における仏文学翻訳の嚆矢であることを、付言しておく。この訳書からはじまって二十一年までの十年間に、ヴェルヌの翻訳は十篇も刊行されていて、森田思軒訳の『十五少年』などは、大いに洛陽の紙価を高めたと聞いている。『月世界旅行』と題する明治一九年九月刊行の井上勤訳述もあるが、これは『地球から月へ』の、翻訳というより翻案に近いものである」(12)と述べ、川島訳の正確さを絶賛している。

【参考資料2】を一見しても解る通り、川島版のこの翻訳を契機に、ヴェルヌ作品が陸続と翻訳、紹介されているが、前述したように、当時の翻訳がほとんど英訳からの重訳（他、フランス原語からの直接訳に鈴木梅太郎『二万里海底旅行』がある）であった為、ヴェルヌの著者名は「ジユルス・ベルン」「ジュールス・ベルネ」「ジュール・ヴェールーヌ」「ヂュールス・ペルン」「シュル・ウエルヌ」等という不統一な様々な呼び方が為され、国籍も「米国」「英国」「仏国」と様々に受け取られていた状況が読み取れる。

以上概説してきたように、日本における明治期のジュール・ヴェルヌという人物名の表記の曖昧さを受けて、中国での翻訳、紹介のされ方——日本語からの重訳（重訳のそのまた重訳である）——も、ジュール・ヴェルヌという個人の顔にはあまりおもきが置かれず、「科学小説」というその内容の目新しさにおもきが置かれていた。ヴェルヌ作品の受容の主眼が、梁啓超が一九〇二年（明治三五）一一月、『新小説』の創刊号で『小説と群治の関係を論ず』という論説の結論部に言う、「故に今日群治（政治）を改良せんと欲せば、必ず小説界の革命より始め、民を新たにせんと欲せば、必ず新小説より始めるべし」という言葉を受けて、中国に民衆改革の新しい風をそそぎ込むことであったのは想像しがたいことではない。ただ、中国におけるヴェルヌ作品の受容のされ方は、日本近代における受容のされ方——アジアからの脱出を謀り、後進資本主義国家として世界資本主義市場への編入と欧米先進国の仲間入りを目指す為、西洋の科学技術を逸速く取り入れる宣伝効果としての役割——とは多少のずれを生じている。

では実際に、魯迅におけるるジュール・ヴェルヌ作品の紹介及び受容のされ方を見て行こう。

二　魯迅『月界旅行』の翻訳意図

中国における最初のヴェルヌ作品の紹介は、一九〇二年（明治三五）十一月の『新小説』創刊号から章回体二一回を計十一号に亙り連載された『泰西最新科学小説　海底旅行』である。漢訳『海底旅行』の訳者は日本留学生の盧籍東で、原著は「英國蕭魯士（ジュールス）」と記している。漢訳の底本は、大平三次が英訳本から抄訳した『五大洲中海底旅行』で、六種類【参考資料2】の中のどれかであるが、どれであるかは不明である。しかし、例えば、一八八四年（明治一七）八月、四通社から出した上編と、一八八五年（明治一八）三月、起業社から出した下編では、原著は上編が「佛國ジュールス、ベルン」、下編は「佛國ヂュールス、ペルン」とあり、「英國」（盧）と「佛國」（大平）という違いを生じている。この違いの原因は、盧籍東が同時期に刊行されたヴェルヌ作品の紹介の大御所、井上勤訳の『六万英里　海底紀行』（明治一七年二月、博文社）にも目を通しており、井上の書く原著者名「英國ジュールスベル子」に拠ったものと思われる⑬。

これに続くヴェルヌ作品の紹介が魯迅の翻訳で、三作訳されている。一つは、一九〇三年（明治三六）一〇月、東京進化社から単行出版された『科学小説　月界旅行』、もう一つは、一九〇三年一二月八日に『浙江潮』第十期に一部が掲載され、一九〇六年（明治三九）三月に南京啓新書局から刊行された『地底旅行』、最後の一つは魯迅の一九三四年五月一五日の「楊霽雲宛の書簡」により、翻訳の事実は確認されるが、訳稿が紛失した『北極探険記』（一九〇四年の翻訳⑭）である。

魯迅訳『月界旅行』の原著者名は「美國（アメリカ）培倫（ベルン）」とある。これは、魯迅が底本を井上勤訳『九十七時二十分間　月世界旅行』（明治一三～一四年版全十巻本と明治一九年版の二種類ある）に拠ったためである。井上訳の原著者名は前述した通り「米國ジュルスベルン」（明治一三～一四年版扉）であり、また「米國ジュールスベルン」（明治一三～一四年版本文、明治一九年版扉と本文）という表記が多用されているが、これは慣用上の問題であり、「ジュルス」と書いても「ジュールス」と読むのだろうから同じことである。

次の魯迅訳『地底旅行』の原著者は「英國威男（ウェルヌ）」とある。これは、底本を三木愛華・高須墨浦合譯『拍

【表1】 a・b 井上勤訳『九十七時二十分間月世界旅行』（全二八回）
c 三木愛花・高須治助合訳『拍案驚奇　地底旅行』（全一七回）
d 福田鐵研訳『萬里絶域　北極旅行』（全六二回）

<table>
<tr><th></th><th>日訳版のヴェルヌの表記</th><th>国籍</th><th>魯迅訳ヴェルヌの表記</th><th>国籍</th><th>魯迅訳の特徴</th></tr>
<tr><td>a</td><td>ジュールス、ベルン</td><td>米国</td><td rowspan="2">査理士《ジュールス》・培倫《ベルン》</td><td rowspan="2">美国</td><td rowspan="2">「辨言」と称する序文が添えられる。二八回を直訳・意訳・抄訳・削除・加筆により全一四回に短縮。挿画なし。</td></tr>
<tr><td>b</td><td>ジュールス、ベルン</td><td>米国</td></tr>
<tr><td>c</td><td>ジュールス、ウエル子</td><td>英国</td><td>威《ウェル》男《ヌ》</td><td>英国</td><td>一七回を直訳・意訳・抄訳・削除・加筆により全一四回に短縮。挿画なし。</td></tr>
<tr><td>d</td><td>ジュールス、ヴェル子</td><td>英国</td><td>不明</td><td>不明</td><td>不明</td></tr>
</table>

案驚奇　地底旅行』に拠った為で、三木・高須共訳の原著者名は「英國ジュルスウェル子」（扉）、「英國ジュールス、ウエル子」（本文）とある。

訳稿が紛失した『北極探険記』はもちろん魯迅訳の原著者名は不明であるが、明治期に唯一刊行された福田直彦訳『萬里絶域　北極旅行』の原著者名は「英國ジュールスウエル子」（扉不明、本文）とあるので、魯迅が翻訳した当時『地底旅行』と『北極探険記』の作者は同一人物と考えていただろうことは察しがつく。

後年の魯迅や周作人は、自分たちが日本留学初期に積極的に興味を示し、翻訳を試みた作品が「焦爾士威奴（ジュールスヴェルヌ）」、現訳「儒勒凡爾納（ジュールヴェルヌ）」物であったことを回想している。只上述したように翻訳当時の魯迅は、科学的冒険小説の面白さとそこに描かれる内容に興味はあったものの、フランス人ジュール・ヴェルヌなる人がその時代の読者の要請に応じる時代の寵児的な存在であったことに気づいてはいまい。もちろんそれは、日本における ヴェルヌ受容の在り方と関係を密にし、日本経由で間接的に受容、紹介に努めた中国型の外国文学受容の一典型が招いた現象であったことは言うまでもなかろう。

では次に、魯迅が何故ジュール・ヴェルヌ作品を中国に伝えようとしたのかを、翻訳『月界旅行』に附した「辨言」（序文）の文章を中心に考察を加えてみよう。

魯迅は『月界旅行』の翻訳に際し、四段落からなる「辨言」を寄せている。第一段は先行研究(15)が指摘するように、井上勤の訳本に付される片岡徹の「序」を下敷きに、魯迅流に論じる作品の主題であり、第二段は原作者の紹介と作品の読後感であり、第三段は科学小説の効用を述べたものであり、第四段は底本の紹介と翻訳姿勢の解説である。

井上勤の訳本に付される片岡徹の「序」は、交通機関の発達がこれまでいかに人々にとって、「盲且誕《もうしゃたん》」（荒唐無稽のでたらめ）、「奇言」、「奇異」と思われる所から生じたかを述べ、次のように締めくくる。

然レトモ其歴山王ノ語ニ於ケル火輪船ノ製ニ於ケル今日ヲ以テ視レハ毫モ疑フヘキナク昔日盲且誕トセシ論者モ亦口ヲ緘シテ自カラ愧ヘシ故ニ月世界旅行ノ如キモ亦知ル他日論者カ口ヲ緘シテ自カラ愧ズルアルヲ是レ余ガ深ク信スル所ナリ故ニ此書ノ如キ或ハ月世界旅行者ノ先導ト云ハンカ将タ彼ノ月宮其ノ闥ヲ排シ嫦娥ノ眠リヲ奪フノ媒酌ト云ハンカ噫

片岡徹は船舶における交通機関の発達史を中心に述べ、蒸気船が現実の今日、月世界に行くことも「盲且誕」では無く現実のものとなる日を予測している。

魯迅はこの片岡徹の「序」を下敷きに「辨言」第一段落を書いているが、第一段も詳細に分けると三つの内容からなる。初めは「刳木剡木《こぼくえんぼく》之智」（刳はくり抜く、剡は削るの意で、船を造ること）についての記述で、「漿」（＝「槳」の誤字、「櫂」）の船から「諷」（＝「颿」の誤字、「帆」）の船へ、そして「駆鉄使気」（鉄と蒸気を駆使）してからは「車艦風馳」（軍艦が疾走）するようになり、「人治日張、天行自遜、五州同室、交貽文明、以成今日之世界」（人力の及ぶところは日ごと広がり、大自然の脅威は弱まり、五大陸は一つとなり、文明が交流して、今日の世界がつくられた）と書いている。第二の内容は魯迅独自の主張の根幹をなす所で、「造化不仁、限制是楽」（造化は不仁であって、人を抑圧しては楽しんでいる）に始まる。この造化の抑圧に対し人間は「沈倫黒獄、耳窒目朦、夔《き》以相欺、日頌至徳」（闇の地獄に沈倫し、耳は塞がり目は見えず、戦戦競競として互いに欺き、日々造物の至福を讃える）のである。そして次からが魯迅の主張の主軸である。「斯固造物所楽、而人類所羞者矣。然人類者、有希望進歩之生物也、故其一部分、略得光明、猶不如饜、發大希望、思斥吸力、勝空気、冷然神行、無有障碍。若培倫氏、實以其尚武之精神、写此希望之進化者也」（このようなことは造物の喜ぶところではあるが、人類は恥と思わねばならない。しかし、人類は希望と進化を有する生物である。故に、その一部の者が僅かでも光明を得れば、なお飽き足らず大いなる希望を発して、引力を斥け、空気に打ち勝ち、軽やかに自由飛行し、何にも阻まれるものが無いことを考えるのである。ベルン氏なども、実は、尚武の精神をもって、このような希望の進化を書いた人である）と述べ、「造物」の抑圧に対し、「希望と進化」を以て抗争し、ジュール・ヴェルヌは「尚武の精神をもって、このような希望の進化を書いた人である」と『月界旅行』の主題を結論づける。この後の部分は、片岡徹の結末部と同じ響きで「凡事以理想為因、實行為果、既蒔厥種、乃亦有秋、爾后殖民星球、旅行月界、雖販夫稚子、必然夷然視之、習不為詫。據理以推、有固然也」（凡そ、ものごとは理想を因とし、実行を果とする。土を耕し種を蒔いたからこそ、収穫の秋を迎えるのである。今後、宇宙の星々に殖民し、月世界を旅行することは、街の物売りや幼児でさえも、必ずやこれを平然と眺め、慣れて驚きもしなくなるだろう。このことは理論的に推し量れば当然のことである）と、締めくくる。そして最後の内容には、「地球之大同」（地球の大同世界、ユートピア）が実現できても、今後は惑星間の戦争が始まり、結局「琼孫之『福地』」（サミュエル・ジョンソンの『ラセラス物語り――幸福の谷』）や「彌爾之『楽園』」（ジョン・ミルトンの『失楽園――エデンの園』）に描くユートピアも幻想となってしまうことを述べ、「冥冥黄族、可以興矣」（無智蒙昧な黄族も奮起しなければならない）と、「黄族」（中国人）に奮起を呼びかける。

　以上、『月界旅行』「辨言」の第一段落に目を通して来た。この内容から魯迅における『月界旅行』の意図が、『哀塵』翻訳の意図と同一の基盤、すなわち「人」の「三要」「三敵」である「宗教・社会・天物」によって苦しめられる人間たちの中、『哀塵』では其の一として、「社会」に虐げられる「人」を『哀史』の「賤しき女子」フハンティーヌの素材になった具体的な実話を挙げて示し、『月界旅行』では其の二として、「天物」（ここでは自然のこと）、そしてそれを主宰する「造物」＝「天」によって苦しめられる「人」が、「希望の進化」を武器に、「天物」と抗い、克服、のり越える例を、「引力を斥け、空気に打ち勝ち」月に飛び立つ空想的な話によって示そうとした所にある、と筆者は考える。もちろん、「天」とは厳復が『天演論』（進化論）で言う「天」を魯迅が意識したことは明らかである。それ故魯迅は、『天演論』に見出した「〝物競〟（生存競争）や〝天択〟（自然淘汰）という言葉に、変わらなければ自分たちは亡ぶという危機の認識」、すなわち「中国民族に対する危機意識」から、『月界旅行』「辨言」の第一段落の結末部に「無智蒙昧な黄族も奮起しなければならない」と、中国民族を鼓舞する表現を加えるのである。

三　魯迅『地底旅行』の翻訳意図

先行研究[16]を踏まえて、『地底旅行』の翻訳意図について、筆者なりに探って行く。

　魯迅はジュール・ヴェルヌを「尚武の精神をもって、このような希望の進化を書いた人である」と位置づけるが、留学前期の魯迅の心情を捉える理念に、「尚武の精神」と「希望の進化」という二つの言葉があったことはほぼ間違いがない。『浙江潮』第五期（一九〇三・六・一五）に掲載された『哀塵』、同じ『浙江潮』第五期と第九期（一九〇三・一一・八）に連載された『斯巴達之魂』（『スパルタの魂』）、そして東京進化社版の『月界旅行』（一九〇三・一〇）、また『浙江潮』第一〇期（一九〇三・一二・八）に第一、二回のみが掲載され、南京啓新書局から出される『地底旅行』、さらに一九三四年五月一五日の「楊霽雲宛の書翰」で魯迅自らが翻訳したことを語る『北極探険記』（一九〇四）、これら一連の翻訳（『斯巴達之魂』は翻訳か独自の執筆かは不明である。ただ、何かの種本があることは確かであろう）は、魯迅がこの「尚武の精神」「希望の進化」という二つの理念を精神の糧に、筆を執るエネルギーを得て行っていたものだ、と筆者は考える。『斯巴達之魂』にアリストデモスという一人の敗走したスパルタ軍の若者の雪辱の死を通して民族の運命を激昂慷慨する魯迅の基本精神が読み取れるとするなら、『哀塵』『月界旅行』『地底旅行』『北極探険記』の一連の翻訳の意図にも、同様の精神が読み取れるはずである。『斯巴達之魂』が書かれた背景に、義和団事件（一九〇〇・六〜八）で出兵したロシア軍がそのまま中国東北部に居座って、それを合法化する条約を清朝に要求してきた一九〇三年四月、日本留学生を中心に起こった「拒俄運動」や、そして学生たちが自ら「拒俄義勇隊」を組織するとともに、北洋大臣袁世凱に書翰をあて、北上抗戦を要請する中国近代史初の学生愛国運動が展開されていたことが、先行研究によって指摘されている。[18] また、筆者も拙稿において『浙江潮』の性格を論じた際、民族主義や民族の運命を紹介、論じるもの、「拒俄運動」に関わりロシアや満州の状況の述べるもの、日露戦争前夜の状況と戦争により変わる満州の状況を論じるものが、多くを占めていることを指摘した。[19] 魯迅は『地底旅行』の翻訳に際し、『月界旅行』「辨言」のような序文を書いておらず、魯迅自身の直接の言葉から、『地底旅行』翻訳の動機、意図或いはその作品の主題を判断することができない。訳稿も散逸してしまった『北極探険記』に至ってはなおさらである。その場合、魯迅の翻訳意図をその時代背景とその翻訳が掲載された『浙江潮』という雑誌の性格から推断することも可能であろうが、筆者は、『月界旅行』翻訳の意図と同様、「中国民族に対する危機意識」を基盤に、「尚武の精神」と「希望の進化」を具現する延長線上にあったと判断する。しかし、作者を【表1】にも示した通り「美国　査理士《ジュールス》・培倫《ベルン》」「英国　威《ウェ》男《ルヌ》」と記した魯迅に、この三作品がフランス人のジュール・ヴェルヌのいう同一人物の作品であるという認識があったかどうかは疑わしい。しかし、魯迅には、「月界」「地底」「北極」という「天物」ないしは「造物」によって閉ざされた地へ、「尚武の精神」と「希望の進化」を武器に挑む「人」の姿を描き出すことによって、「中国人」への奮起を促すことに、国籍と顔が不明であるにしても、一連のヴェルヌ作品を翻訳する意義があったのだ、と筆者は結論付ける。さらには、「人」の「三敵」の一つである「天物」と同等同格の位置に据えられていた「社会」によって抑圧され、虐げられた人を描いた『哀塵』の翻訳の意図が、ヴェルヌ作品の翻訳の意図を明らかにすることにより、同じ基盤に置かれていたことに気づく。それは、『哀塵』に描く「社会」に「抑圧」される「人」がすなわち「中国人」であるという構図であり、魯迅がこのこと意識していたからこそ、『月界旅行』『地底旅行』の翻訳に先立ち『哀塵』を翻訳したのだということが理解できるのである。

四　日訳『地底旅行』『北極旅行』の「序文」と文章通俗化の流れ

日訳『地底旅行』、『北極旅行』に付される「序文」より、別の角度から魯迅の翻訳意図を探り、並びに明治期の文章通俗化の潮流に対し、魯迅が如何に対処したかについて考察を加えたい。

【表2】魯迅使用底本の日訳版の特徴

日本語底本の訳者と訳題	発行年月	日訳の特徴	挿画の数
井上勤訳 九十七時二十分間 月世界旅行（全二八回） a 十冊本	明治一三・三～一四・三	漢字片カナ交じり文。四巻第一二回以降右側るび増。	二〇枚
井上勤訳 九十七時二十分間 月世界旅行（全二八回） b 一巻	明治一九・九	漢字平がな交じり文。右側総るび。左側口語るび有。	二二枚
c 三木愛華・高須墨浦合訳 拍案驚奇　地底旅行（全一七回）一巻	明治一八・二	漢字平がな交じり文。右側総るび。	八枚
d 福田鐵研訳 萬里絶域　北極旅行（全六二回）二巻	明治二〇・一、四	漢字平がな交じり文。右側総るび。	未調査

魯迅訳『地底旅行』の底本三木愛華・高須墨浦合訳『拍案驚奇　地底旅行』は地名等固有名詞の発音の用例から、ヴェルヌのロシア語訳版からの翻訳であることが解明されている。(20) その日訳『地底旅行』には訳者三木愛華、高須墨浦それぞれの「序」が漢文で添えてあり、また日訳『北極旅行』にも撫松居士、大久保櫻州、そして訳者福田鐵研（直彦）の「序」が漢文で付いている。計五つの序文の中、三木愛華、高須墨浦、撫松居士の三者の論調が類似し、当時の翻訳界の状況が彷彿できるので、以下要旨を示す。

三木愛華「序」：「地底旅行一書意想天外。旁度學術。本邦既刊之稗史小説中。未見奇書也」と始まる愛華の「序」は、本邦と支那と西洋の小説の比較を軸に論が展開する。本邦小説のほとんどが「鬼神之助」を借りたものであるが、それは「構成がまずく、義理人情に乱れる。さもなければ支那小説の模倣に過ぎない」こと。支那小説は「荒唐無稽でなければ、蘭を採り芍薬を贈る類の恋愛ものであり、怪談鬼話でなければ、迂遠な諷喩であり」、それは「妙は妙、奇は奇である」という中国の伝統によるが、「道義や信念に役立つものではない」こと。ただし、本邦と支那の小説にもそれぞれ長所がある。それは「本邦小説は情を述べ、事件を描くことに優れ」、「支那小説は宏大無辺な文章で、構想が絶妙である」、このことは「西洋小説が理論に縛られ過ぎている」ことに較べれば、本邦支那小説の長所である。しかし筆者愛華は今、「天下第一」は西洋小説であると考えている。それは、西洋小説が「学術に関する事でなければ、宗教か政治に係わることであり、道義や信念を形成するのに有益である」からで、今後もし本邦と支那の小説の筆致に、「西洋小説の長所である、学術、宗教、政治に関し、上手く書く」能力をそなえた大作家が輩出されれば、西洋小説を凌駕することになり、筆者は大いに喜ぶことを述べている。

高須墨浦「序」：冒頭、「不レ筏而問レ津。無二羽翼一而思二飛擧一。和漢稗史小説則大率為レ然。蓋據レ實正レ源者。所二僅有而絶無一也」と始まる墨浦の「序」も、「和漢稗史小説」と「泰西（西洋）稗史小説」の比較を軸に、西洋小説の優越性を言及するものである。和漢稗史小説は「物理（科学）に暗い」ので、「落石」や「雪」を、「天」の所為に帰しているが、それは「引力」や「越歴《エレキ》」を究明していないからである。「雨、雪、雹霰（ひょうやあられ）が降り、雲、霧、煙靄（もや）が立ちこめるのが、何故かを知らないので、鬼神の変化や造化の力ということに帰して、話を終わらせている」。結果、和漢稗史小説は「荒誕」（荒唐無稽なでたらめ）か「誕妄」（恣意な偽り）に陥っている。それに較べ泰西稗史小説は、科学に通じているので論的根拠が明確で、「論究することが理から外れることはなく、言説が妙に陥ることはない。このことが東西稗史小説と趣を異なるものにしている」。著者墨浦は「朮爾斯《ジュールス》氏の著書『地底旅行』を訳して、意匠深遠なのに敬服し、この書は測地（測量）学と博物学とに拠り、実から虚に入り、虚より実を説くものである」ことを述べている。

撫松居士「序」：これは『北極旅行』に付された序であるが、内容は前述した二つと大差ない。「東洋小説」は、「架空、荒誕により痴人を驚かし、奇をてらっただけで、聞いても役立つ所なく、徹頭徹尾、捕えどころがない」。例えば、『山海経』のようなものはこの類いで、「猥褻でなければ、荒誕であって、ただ読んで役立つ所がないばかりか、却って風俗を乱れさせ、人心を惑わす。諧謔（ウイット）によって政治を風刺したり、理学（自然科学）に基づいて、人を諭すようなものは皆無に等しい」。そこで筆者は「小説改良を促す」ことに努めていたが、その頃大久保氏が訳した『北極旅行』に「序」を書くよう求められたので、この本を読んだ。すると「この書は小説に過ぎないが、そこに書かれていることは北極測量の実録であり、単に架空、荒誕により痴人を驚かすものではなく、一つの地理書である」ことが解ったという主旨の内容である。

ついでに、大久保櫻州の「叙」と福田鐵研（直彦）の「自序」も概観する。

大久保櫻州「叙」・福田鐵研「自序」：撫松居士が『北極旅行』を訳したと勘違いしている「大久保氏」こと大久保櫻州は「『北極旅行』は英國の学者 慈《ジュールス》氏の原著である」と書き出し、訳者福田鐵研は「去爾斯維爾《ジュールスウエルン》氏は博学で、奇才があり、書いたものも当然奇書である。そのジャンルは稗史小説ではあるが、原理・道理を深く調査し、事実を拡張している。奇異を主に、想像を専らとしているが、奇異と想像を描くのに、理論の範囲を越えることはない。だから、読者に嘘なのだろうか、それとも本当なのだろうかと思わすことができる」と書き出す。中程は、大久保、福田共に『北極旅行』中の五人「ハトラス」「クロウブーニー」「リチャルド」「ジョンソン」「アルタモンド」の人物形象と物語の大意を述べ、結末で、大久保が「北極地誌」「絶世の奇書」、福田が「現在、稗史小説と言われるものでは、奇はなんら目新しいことではないが、この本の奇に及ぶものはない」と『北極旅行』を位置づける。

魯迅は『地底旅行』『北極探険記』の翻訳に先立ち、日訳底本に付されるこれら日本人の書いた漢文を当然読んでいたはずである。日本留学後二年に満たない魯迅にとって、日本人の書くこれら文語体の中国語いわゆる漢文が、現在学習中の日本語よりかなり理解しやすいものであっただろうことは、想像に難くない。そしてそこに描かれる共通の内容、すなわち「本邦支那小説」「和漢稗史小説」「東洋小説」と較べ、西洋小説が理論展開、論的根拠が明確で、民衆の覚醒に役立つという内容が、魯迅の翻訳意欲を刺激したにちがいない、と筆者は考える。そのことは、『月界旅行』「辨言」の第二段落（原作者の紹介と作品の読後感）と第三段落（科学小説の効用）を、これらの日本人たちの書いた「序文」と読み較べると、実は魯迅が彼らの文章を下敷きに、自分の言葉に嚙み砕いて表現していたことを窺わせる文章になっている。以下に、続けて「辨言」第二、三段落を示す。

「辨言」第二段落：培倫者、名査理士、美国碩儒也。学術既覃、理想復富。默揣世界将来之進歩、独抒奇想、託之説部。経以科学、緯以人情。離合悲歎、談故渉険、均綜錯其中。間雑譏弾、亦覆譚言微中。十九世紀時之説月界者、允以是為巨擘矣。然因比事属詞、必洽学理、非徒摭山川動植、侈為詭辨者比。……（後略）……

（ベルンは、名をジュールスといい、アメリカの大学者である。学術が深く、理想も高い。ひそかに世界の将来の進歩を推し量り、ただ奇想を描いてこれを小説に託した。科学を経《たていと》とし、人情を緯《よこいと》として、離合悲歓と故事冒険が、隈なくその中に錯綜している。時折風刺と批判を交え、また大切な意味が婉曲な言葉に隠されている。十九世紀に月世界のことを描いたことは、本当に傑出した作品であると言える。しかしながら、事実を比べて言葉に連ねるには、必ず科学的理論に符号しなければならず、無闇に山川の動植物を拾って来て、好き勝手に詭弁を吐くといったことでは、どうしようもない。）

「辨言」第三段落：蓋臚陳科学、常人厭之、閲不終篇、輒欲睡去、強人所難、勢必然矣。惟假小説之能力、被優孟之衣冠、即雖折理譚玄、亦能浸淫脳筋、不生厭倦。彼繊児俗子、山海経、三国志諸書、未嘗夢見、而亦能津津然識長股奇肱之域、道周郎、葛亮之名者、実鏡花縁及三国演義之賜也。故掇取学理、去荘而諧、使読者触目会心、不労思索、即必能於不知不覚間、獲一斑之智識、破遺伝之迷信、改良思想、補助文明、勢力之偉、有如此者！我国説部、若言情談故刺時志怪者、架棟汗牛、而独於科学小説、乃如麟角。智識荒隘、此実一端。故苟欲弥今日訳界之缺点、導中国人群以進行、必自科学小説始。

（思うに、科学知識を並べたてると、一般の人は厭きてしまい、読み終えぬうちにたちまち眠気をもよおすが、人に無理を強いると、必ずこうなるのである。しかし小説の力を借り、優孟の衣冠を着けれ［科学知識を普及すれ］ば、曲折した深遠な理論であっても、頭脳に浸み透らせることができ、厭きられることはない。小児俗人が『山海経』『三国志』等の本を、夢にも見たことがないのに、［山海経に出てくる］長足、片腕の国についても次から次へとよく知り、［三国志に出てくる］周瑜、諸葛孔明の名を語れるのは、実に『鏡花縁』と『三国演義』からの賜物なのである。だから、学理を取り上げる場合は、堅苦しいのをやめ面白くし、読者が、深く考えずとも、目に触れるものはなんでも理解できるようにすれば、必ず知らず知らずの間に、一般的な知識を獲得し、のこし伝えられた迷信を打破し、思想を改良し、文明を補助することができる。その力の偉大さたるや、これほどのものである！わが国の小説には、愛情、故事、風刺、怪奇等のようなものは、有り余るほどありながら、ただ科学小説だけは稀有である。知識が荒廃しているのは、実はこのことに原因の一端があるのだ。それ故、今日の翻訳界の欠点を補い、中国の群衆を導き、前進させようとするなら、必ず科学小説から始めなくてはならない。）

以上『月界旅行』「辨言」第二、三段落を示したが、第三段に関しては先行研究[21]で、梁啓超が『新小説』の創刊号（一九〇二・一一）「論小説與群治之關係」（小説と政治の関係を論ず）に、「故今日欲改良群治、必自小説界革命始、欲新民、必自新小説始」（従って今日、政治を改良しようと思ったら、必ず小説界の革命から始め、民衆を新しくしようと思ったら、必ず新小説から始めなくてはならない）と述べる、梁啓超理論の忠実な実践として、魯迅におけるジュール・ヴェルヌ作品翻訳の意図があったことを指摘している。また、このことは撫松居士が『北極旅行』の「序」に言う、「東洋小説」

における「小説改良を促す」のに、この作品が役立つことを主張しているのと呼応する。筆者も先論の評価は正鵠を穿ったものであると考えるが、一つ補足することがある。それは、魯迅が言う、「学理」を扱いながら、「必ず知らず知らずの間に」「知識を獲得し」「迷信を打破し」「思想を改良し」「文明を補助する」ことのできる「科学小説」とは、本来読者を知識人に限定していないということであり、口語か或いは口語に近い、一般民衆に読みやすい文体で書かれたものでなければならないということである。事実、日訳『月世界旅行』は二種類ある。明治一三、四年（一八八〇、一八八一）版の十巻本のものは、漢文訓読体、漢字片カナ交じり文、漢字ルビ無しに始まり、第四巻（明治一三年一〇月）の第一二回以降、漢字右側ルビが振られ、読者層を拡大しようとする意図が見受けられるが、この十巻本の読者は教養階級、すなわち知識人を対象としていた。これに対し明治一九年（一八八六）の一巻本は、漢文訓読体、漢字平がな交じり文、漢字右側総るび、漢字左側口語るび付、挿絵も二枚増えて二二枚になり、読者を一般民衆にまで拡大していることが窺える。(22) ところが実際の翻訳に臨んでの魯迅の姿勢は、『月界旅行』『地底旅行』共に、文語体の中国語で著し、もちろん挿絵は一枚も添付していないということである。要するに、作品の読者を知識人に限定したわけである。このことは、すでに言文一致運動によるある程度の成果が翻訳界にまで及んでいた日本と、文学革命運動によって言文一致を提唱し、その成果として魯迅の手に成る初の口語小説『狂人日記』（一九一八・五、大正七）の出現を待たねばならない中国の、社会状況の差異が為せる結果だったのかもしれない。只言えることは、「今日の翻訳界の欠点を補い、中国の群衆を導き、前進させようとするなら、必ず科学小説から始めなくてはならない」と考え、『月界旅行』『地底旅行』『北極探険記』の一連の科学小説を翻訳した魯迅は、一般庶民向けに「堅苦しいのをやめ面白くし」た、解りやすくより「通俗」化された、明治一九年版の日訳底本を読んだと推測される。それは、現在でこそ一冊になっているが、明治一三、四年版は十冊に分冊されており、これを一つ一つ捜したとは考え難いし、明治三六年に翻訳を刊行したのだから、明治一九年の一冊本を使ったと考えるのが自然であるからだ。そしてこの明治一九年の通俗版『月世界旅行』は、日本語の初学者である魯迅にも充分読みこなせる平易な文章であったという事実がある。そしてそういう文章平易化の状況を、魯迅が時代の潮流のなかで察知できていたとするなら、魯迅の翻訳も口語か口語に近い訳体に成ってしかるべきだったはずである。そこで最後に、魯迅が文語体の中国語に翻訳しなければならなかった理由を日本の状況と比較することでこの項の結びとしたい。

魯迅訳『哀塵』の翻訳は、すでに提示した通り、森田思軒の底本『随見録――フハンティーンのもと』に、忠実な直訳文語体の中国語である。森田思軒の翻訳は逐次直訳のものではなく、人一倍文章に凝った周密文体の訳文であると、一般に言われる。思軒が底本にしたものは英語版（フランス語原文にかなり忠実なものだったと思われる）であるが、仏語原文『Choses vues――1841』と、大正期にユーゴー全集刊行会・担当本間武彦が仏語原文から訳出した『随見録――ファンチーヌの起源』と、そして思軒訳の三者を読み較べると、思軒の翻訳文体はいわゆる「周密文体」であろうが、訳文は原文を逐次正確に訳したものである。ところで、「周密文体」とは、明治初期の漢文訓読の規範を借りて厳密な直訳をする方法や、読みと意味のやわらげを期して和文体に俗語を交える方法などが取られる時、直訳による欧文的表現要素が色濃く残されるのに対し、情景心理の細密描写を、訓読体による漢語表現に欧文表現を加え、「日本文の語格無視の生硬蕪雑な」文体で表現したもので、これが新しい欧文型表現規範の一種として、その後の評論文体の形成にも影響を与えている。また、明治期にみる「漢文直訳体」から、「漢文訓読漢語」と「欧文直訳体」の結合による新文体として生成された「周密文体」へと流れる翻訳文章は、原作に忠実な意味のひきうつしと、言語表現の伝達機能と同質の日本語表現の実現という、訳者表現主体の努力の反映である。この努力は、原語表現の発想を忠実に移すことになると同時に、日本語表現からずれた表現形式を持ち込むことにもなる。従って一方では、新しい表現領域に参加する文章脈となると同時に、一方では、難渋な変則文体を形づくる。この間の事情を体験し、旧来の発想と文体から脱出し、口語（言文一致）表現――漢語――西欧的発想――西欧的シンタックスの結合を試みた人たち、二葉亭四迷、森鷗外等は、漢学と洋学とを修め、漢文脈と欧文脈とを日本語表現に移植した人たちであった。それ故に、明治期の翻訳文章にみる「漢文直訳体」から「周密文体」への流れは、言文一致体の創始に刺激を与えたものである。(23)

森田思軒も、慶應義塾大阪分校、矢野龍溪門下生として英学を修得し、その後、備中・興譲館において、漢学を究めた人で、明治の翻訳界において翻訳王として名を馳せた。魯迅が、思軒の底本を逐次原文に沿って、忠実な直訳文語体にした理由は、おそらく作品の短さに因るものだろう。では、「周密文体」と言われるものから一層俗語化が進み、読者層をより大衆へと拡大した『月世界旅行』『地底旅行』の翻訳に対しては、魯迅はどのような態度で臨んだのであろうか。

魯迅は『月界旅行』「辨言」第四段落で次のように語る。

月界旅行原書、為日本井上勤氏譯本、凡二十八章、例若雑記。今截長補短、得十四回。初擬譯以俗語、稍逸読者之思索、然純用俗語、復嫌冗繁、因参用文言、以省篇頁。其措辞無味、不適於我国人者、刪易少許。体雑言龐之譏、知難幸免。書名原属『自地球至月球在九十七小時二十分間』意、今亦簡略之曰月界旅行。

(『月界旅行』の原書は、日本井上勤氏の翻訳書であり、全二十八章、例えれば雑記のようなものである。今「翻訳に際し」、長い所は削り、短い所は補って十四回とした。初めは俗語で訳し、少しでも読者の思索を取り除こうと考えたが、俗語だけを用いると煩雑冗漫な文章になると思い、文言を用い紙面を省いた。措辞が無味乾燥で、わが国の人に適さぬ文章は、僅かながら削り改めた。文章が冗長雑駁であるという譏りは、免れ難いだろうと思っている。書名は元々『地球から月まで九十七時間二十分』という意味のものであったが、今また「翻訳に際し」、簡略化して『月界旅行』とした。)

ここまで、『月界旅行』「辨言」の第一段落から第四段落までを全て概観して来た。最後に示されるのは、魯迅自身の翻訳姿勢の解説である。そしてここで注目に値することは、魯迅が「初めは俗語で訳し、少しでも読者の思索を取り除こうと考えた」ことであり、只そうすると現在の中国の実情に合わないので、「文言」いわゆる「文語文」で表現したということである。そこから判断できることは、魯迅はいわゆる「周密文体」で表現された『随見録——フハンティーンのもと』（明治一三、一四版『月世界旅行』は「周密文体」だと言える）と、その俗語化が進み読者層を一般大衆へと拡大された『月世界旅行』（明治一九年版）、そしてその延長線上にある『地底旅行』『北極旅行』との違いに意識的な自覚があり、日本における「言文一致」の流れを肌で感じていたという事実である。その上で、中国には時期尚早と見なし、「俗語だけを用いると繁雑冗漫な文章になると思い、文言を用い紙面を省いた。措辞が無味乾燥で、わが国の人に適さぬ文章は、僅かながら削り改めた」と言う文脈に導かれる態度を、魯迅が執ったということである。魯迅の思索の過程は推断に過ぎぬところではあるが、魯迅が明治翻訳界における翻訳文体の変化を実感したことは、魯迅の文章の行間から読みとることができる、と筆者は考える。

また注目に値するのは、仏語・英語・日本語・中国語版の『月世界旅行』を表面的に比較してみるだけで、日本と中国における西洋文学移入の在り方、意義が見えて来ることである。ヴェルヌのフランス語原本全二八章[24]には、「41 dessins et une carte par de Montau」と書かれる通りモントゥによる挿画四一葉と天体図一葉がある。また、訳者不明の英語版全二八章[25]にも、「Illustrated」と書かれるように、挿画四〇葉がフランス語版と同じ内容のもので画かれる。さらに、この英語版から訳した井上版の『月世界旅行』全二八回にも、明治一三、一四年版で挿画十九葉、明治一九年版で挿画二二葉が英語版に習って添えられる。しかし、魯迅『月界旅行』全十四回には、挿画は無く、しかも文語表現である。もちろんそれは、読者層が知識人に限定されていたという識字率の低さに負うものであるが、それでも表面的に一致するものが無いという特殊性がある。ここにも、表面的に欧米を模倣で進展してきた日本と、表面的にも模倣できる段階にまで至っていない中国との違いが明確に顕われていよう。

まとめ

日本におけるユゴー、ヴェルヌ、バイロンの移入の意義として、ユゴーに「人道主義」の覚醒、ヴェルヌに欧化による「富国強兵」の必要性、バイロンに「キリスト教的世界観」からの脱出による「天皇神格観的国粋主義」の形成が見出せる。これに対し魯迅が、ユゴー、ヴェルヌ、バイロンになにを見出していたかは、彼が最初に訳した『哀塵』「附記」の「人の三敵・三要――宗教・社会・天物」の理論を中心に考察した。ユゴーには「社会」に欠如する「人道」であり、その「人道」は弱者ほど「抑圧」の危機にあることを見出した。ヴェルヌには造物・神とも抗う「尚武の精神」とその精神により中国社会・中国人を救う「希望の進化」を見出した。バイロンには「国家」「社会」「天」という強権者へ「反抗」「復讐」するロマン派の詩人像であり、先知先覚の預言者たる真の詩人像を見出していた、と言えるだろう。また、ユゴーが言うところの宗教とは明らかにキリスト教を指しているが、魯迅は欧洲の浪漫主義者が懐く反キリスト教的な側面を、反儒教的な内容として置き換えていただろうと想像される。それは欧洲においてキリスト教が伝統的権威であったように、中国の場合、儒教が伝統的倫理的権威であり、儒教道徳、儒教的慣習に縛られた封建的な社会であった。そのため、神とは土俗・民間信仰に支えられる中国人の精神の根底にある鬼神に象徴される死生観が形成する恐怖・畏敬の対象であり、それは儒教の信仰的な部分から受ける抑圧の産物でもあり、欧洲におけるキリスト教批判を形成する思想・現象は中国における儒教批判へとつながる思想・現象として、共通性を有していた。

魯迅が『月界旅行』『地底旅行』と題して訳したヴェルヌ作品は、日本におけるヴェルヌの人名・国籍表記の不統一と相俟って、魯迅も日訳底本を重視する形で「培倫・美国」「威男・英国」とした為に、表面上、この二作品がジュール・ヴェルヌという同一作家の作品であるという認識が無かったように見える。しかし実は、魯迅が『月界旅行』『地底旅行』（『北極探険記』も含め）それぞれの日訳底本の「序文」と「凡例」に描く西洋小説の効用と翻訳姿勢の解説を下敷きに、それを統合する形で『月界旅行』「辨言」を書き上げていたという事実からは、翻訳当時の魯迅に、『月界旅行』『地底旅行』『北極探険記』が同一作家の作品であるというある程度の認識はあった、と筆者は考える。仮に、これら一連の作品が同一作家の作品と知らずに魯迅が翻訳したとするなら、これらの作品の翻訳の意義・意図は、作品の内容に負う所が大きく、形式的には科学小説の中国への移入の為であり、実質的には「月界」「地底」「北極」という「天物」＝「造物」によって閉ざされた地へ、「尚武の精神」と「希望の進化」を武器に抗う「人」の姿を描き出すことによって「中国人」への奮起を促すことであった、と筆者は考えた。また、明治期における翻訳文章の典型であった「周密文体」が言文一致体の創始に刺激を与えたことを念頭に置きつつ、魯迅が底本に使った和訳『随見録——フハンティーンのもと』が「周密文体」の代表的存在である森田思軒のもので、且つ和訳『月世界旅行』も「周密文体」の先駆け的存在である井上勤のものであったことは特筆するに値する。さらに、『月世界旅行』には二種類あり、一つが漢字片カナ交り文の明治一三、一四年「周密文体」版であり、もう一つが漢字平がな交り文、漢字総るびの明治一九年版で、この『月世界旅行』は読者層の拡大を目指した「通俗」版であったことも注目に値する事実である。魯迅は「周密文体」の短篇『随見録——フハンティーヌのもと』を直訳体で原文に忠実に訳した一方で、「通俗」版を底本とした『月世界旅行』『地底旅行』は長篇であったせいもあろうが、直訳・意訳・抄訳体が混入する文章で翻訳した。確かにそれが短篇・長篇の差があったとしても、日本語の初学者であった魯迅にとっても「周密文体」よりは「通俗」版の方が意訳・抄訳ができるほど理解しやすい文章であったと考えられる。しかし、魯迅は、翻訳文体における「周密文体」より「通俗」版への変遷を体験したにもかかわらず、読者層を限定した文語文の中国語に翻訳したことは、魯迅が抱いていた「中国の群衆を導き、前進させる」という情熱とは裏腹に、知識階層と一般大衆との埋めようも無い知識・教養格差があった中国の現状を垣間見ることができた。

【注】

（1）ここまでの概説については、次の文献に拠る。
西順蔵編『原典中国近代思想史』第二冊「洋務運動と変法運動」岩波書店、一九七七・四
川田悌一『中国近代思想と現代――知的状況を考える』研文出版、一九八七・四
柳田泉『明治初期の文学思想』上・下、明治文学研四・六、春秋社、一九六五・三、六五・七
野口武彦「漢文体文学圏の様相――初期明治文学における漢文文体の機能」『現代文学講座明治の文学』第一巻、至文堂、一九七六・二

（2）柳田泉『明治初期翻訳文学の研究』明治文学研究五、春秋社、一九六一・九初版／一九六六・三、第二版使用、一八二～一八四頁

（3）小笠原幹夫「ジュール・ヴェルヌの日本文学に及ばした影響」収録『文学近代化の諸相――洋学・戯作・自由民権』高文堂出版社、一九九三・四、七九～九三頁

（4）注（2）に同じ、一八四頁

（5）『近代文学研究叢書』三〇「井上勤」昭和女子大学、一九六二に拠ると、井上勤（一八五〇・九・一五～一九二八・一〇・二二）は、阿波徳島に藩医井上不鳴の長男として生まれる。父不鳴は頼山陽に学び、長崎でシーボルトから西洋医学を師事され、徳島に種痘法を伝えた人であり、勝海舟、中村正直、西村茂樹等知名人との交遊も広い。一八五六年七歳でオランダ人に英語を学び、六四年一六歳の時神戸の領事館に入り、ドイツ語を修めている。井上は、七八年高知中学退職後、大阪に出て、『月世界旅行』を英語版より十分冊に分け翻訳、出版している。八〇年上京、大蔵省関税局に入り、翻訳係として英人ビッガローの『関税論』等を翻訳、八三年文部省に転じ、さらに内閣制度取調局、宮内省、元老院等に勤めて官界で活躍す

るが、九〇年一〇月に退官し、終焉の地神戸に移住、一九〇二年渡米、晩年エスペラント語を始めるなど、語学への情熱を終生抱いていた。井上勤の文体・文章は漢文口調七、和文口調三に混ぜたいわゆる「周密文体」の先駆の一つで、「開巻驚奇」「欧洲奇事」「西洋珍説」「政治小説」等のセンセイショナルな肩書を副題つけて、国内の科学熱、政治熱に応え、半ば創作的な態度で西洋文学を紹介しようとしたものである、と指摘される。

(6)　森田思軒訳『大東号航海日記』国民之友三巻一四号、一八八八・一、一八、一九頁（大阪府立中之島図書館蔵）

(7)　ジュール・ヴェルヌ、榊原晃三訳『チャンセラー号の筏』集英社文庫、一九九三・五

(8)　注（2）に同じ、一〇六頁

(9)　神田一三『漢訳ヴェルヌ「海底旅行」の原作』清末小説から二、一九八六・七、一～五頁

(10)　魯迅訳『北極探険記』の底本としては、井上勤訳『北極一周』（明治一四年、一八八一）と福田直彦訳『萬里絶域北極旅行』の二種が考え得る。しかし、井上版は「刊否未詳」と柳田氏が書く（注（2）に同じ、二六頁）ように、一般に普及しなかった状況から判断して、魯迅訳の底本は福田版である、と筆者は考える。

(11)　注（2）に同じ、一〇七頁

(12)　ジュール・ヴェルヌ、江口清訳『月世界へ行く』「あとがき」東京創元社、一九六四・一〇、二五四頁

(13)　注（9）神田論文は盧籍東の漢訳の底本と大平訳を実証的に比較検討し、大平本からの訳であることを指摘している。さらに、ヴェルヌの原作は、登場人物アナックスの自述により物語が進行し、英訳でも井上訳でもその設定はくずされないが、大平訳では、第三者が話を記述する設定に変更されており、漢訳も日訳に倣い、それをさらに意訳していること等を指摘している。

(14)　『魯迅著譯系年目録』中国現代文学史資料叢書（甲種）、上海魯迅記念館編、上海文芸出版社、一九八一・八、七、八頁

(15)　大谷通順「魯迅譯『月界旅行』と『地底旅行』――そこに表われた牢獄脱出のイメージについて」日本中国学会報第三五、一九八三・一〇月、二一九～二三一頁

大谷論は、『月界旅行』の「辨言」の考察を中心に、魯迅における人間と進化の関係を本格的、且つ哲学的に論じたもので、

筆者が前期翻訳三作品の翻訳意図を組み立てるのに多くの啓示を受けたものなので、ここにその要旨を概説しておく。

　大谷氏は、「辨言」の四段落の内容を（一）作品の主題の分析（二）原作者の紹介、寸評（三）科学知識普及のための「科学小説」翻訳の提唱（四）具体的な翻訳作業に関する報告、とまとめる。氏は（一）において、訳者魯迅自身が『月界旅行』の主題は人間の進化が進むべき道筋――人間が環境に対する支配力を増大させる過程と、その進化を推進する原動力――「希望」という人間に特有の精神力、とを描き出した作品であると分析し、井上勤の訳本に付された片岡徹の序を下敷きに、魯迅は人間が意志的に環境を変革して行く過程――「人治」と諸生物の生存競争を奨励して環境に適応したものだけを残す自然のいとなみ――「天行」の抗争を軸に交通機関の発達史と纏めたところに魯迅の独自性があり、この進化論は厳復が『天演論』で語った「人勝天」の説にほかならないと述べる。また氏は、『月界旅行』全篇が「辨言」の交通手段の発達史を引き継ぎ、牢獄脱出のイメージをふくらませたものであり、牢獄脱出という大きな構図の中に「尚武の精神」を具現する諸人物を配置し、「人」が「天」から下された拘束状態を打ち破りたいと願い、ついに「希望」の力によって「天」との戦いに勝利をおさめ、自由を手に入れるまでを描いている。『地底旅行』も同じ主題を持つ作品で、魯迅は和訳本の冒頭部に見られない「天と人の戦い」という魯迅特異な文明史観を加筆し、地底への旅行を「天と人の戦い」して捉え、主人公たちを「天と戦う勇士」として描いていることを指摘している。そして氏は、魯迅における人間と進化のあり方を考える際、「天」が設けた牢獄から「人」がいかに脱出するかという問題の設定がなされ、脱出推進の役割が猛烈な闘争心を具えた人物に期待されるという基本構造は、留学前期（『新生』発行計画以前）と後期を通して変わらないと結論する。もちろん、大谷氏の言う「牢獄脱出のイメージ」とは、一九二二年一二月の『吶喊』「自序」に言う「鉄屋子」（鉄の部屋）に係わり、そのイメージの源流を『月界旅行』『辨言』に見出そうとしたのにほかならない。只、氏が訳す「暗黒の牢獄につながれ」は「沈倫黒獄」（闇の地獄に沈倫し）とあり、「黒獄」を「地獄」と訳せば地獄につながれたサタン（ルシファー）をイメージし、『摩羅詩力説』（一九〇七年）にも通じる魯迅の一連の「天人相関」理論の展開を看取できるので、「黒獄」を「地獄」と訳すか「牢獄」と訳すかは論考の根底に関わる解釈である。他の論理展開は頷可する。

(16)　南雲智「魯迅と『地底旅行』」日本中国学会報第三十集、一九七八年十月、二〇六～二一八頁

南雲氏は、魯迅が底本にした三木愛華・高須墨浦の「序」と「凡例」との関係より、魯迅の『地底旅行』翻訳の意図は、中国人読者を意識して「楽しく読んでいくうちに科学知識を身につけさせよう」としたものであり、「未知の世界に挑戦していく主人公に、新しい時代に敢然とたちむかっていく人間の姿を見ていた」ものであることを指摘している。また注（15）の大谷論文で、「『月界旅行』では空気と引力を振り切って上昇してゆく構図の中で語られた牢獄脱出のイメージが、『地底旅行』では天との対立をより顕在化させた下降の構図で語られ」、和訳本にはない「天と人の戦い」という言葉を魯迅が加筆していることから、魯迅は地底への旅行を「天と人の戦い」として捉え、主人公たちを「天と戦う勇士」として扱っていることを指摘している。二つの先行研究には筆者もそれぞれに同感するところが多い。

(17)『魯迅全集』第七巻『集外集』「斯巴達之魂」の注1、北京人民出版社、一九八一年、一七頁
『魯迅全集』第九巻『集外集』「スパルタ魂」の原注1、学習研究社、一九八五年六月、四五頁
書翰の中に次のような一節があることが示される。以下、学研版の岩城秀夫訳。

昔、ペルシャ王のクセルクセスは十万の大軍を率いて、ギリシアを併呑せんとした。しかしレオニダスは自ら数百の壮丁を従えて、陰隘の地で防戦し、敵陣に突入して死闘の果て、全軍玉砕した。今にいたるまでテルモピュライの役は、英名を列国にとどろかせている。泰西では三尺の童子といえども、これを知らぬはない。そもそも区々たる半島のギリシアにおいてすら、国を辱めざる義士がいたではないか。わが数百万里の帝国にして、義士なかるべけんやである。

日本留学の学生たちの間に、このような知識が普及していたとすれば、筆者が陳漱渝氏に口頭で示唆頂いたように、「斯巴達之魂」は「ギリシア史」の教材を下敷きにしたものであろうとも考え得る。

(18)丸尾常喜『魯迅——花のため腐草となる』集英社、一九八五年五月、六二頁
(19)拙稿「雑誌『浙江潮』の性格」所収「魯迅の翻訳研究（4）」『大阪教育大学紀要』第Ⅰ部門四一巻二号、一一九三・二
(20)高橋修「〈人称〉的世界と語り——J．ヴェルヌ『拍案驚奇 地底旅行』をめぐって」収録、江頭彦造編『受容と創造——比

較文学の試み』宝文館出版、一九九四・一二

（21）山田敬三『魯迅の世界』大修館書店、一九七七年五月、四八～五一頁

（22）飛田良文「井上勤訳『月世界旅行』のふりがな――漢字片カナ交り文から漢字平がな交り文へ」『文芸研究』五八巻、一九六八・二、三七～五二頁）

飛田氏は「昭和十三年以降に幼少年雑誌のふりがなが廃止されるが、ふりがな廃止にいたる過程において、ふりがなはどのように用いられ、どのような種類があり、どんな役割をはたしたか、また、漢字片カナ交り文と漢字平がな交り文とでは、ふりがなにどのようなちがいがあるのか」を解明するために、明治初期のふりがなの実態を、『月世界旅行』を一例に調査・分析した。氏は、「徳田秋声は『日本文章変遷史』で、翻訳には福沢諭吉派と中村正直派があり、福沢派は漢字平がな交り文を用い、平易を目的とし、中村派は漢字片カナ交り文を用い、厳正で原文に即することを目的としたと述べている」ことを挙げ、また「訳者がちがうものでは、明治十一年の『新説八十日間世界一周』（川島忠之助訳・二冊）が漢字片カナ交り文でばらルビ、明治二十一年の『通俗八十日間世界一周』（井上勤訳・一冊）が漢字平がな交り文で総ルビである。そこで、漢字片カナ交り文から漢字平がな交り文への変化は、書名に〝通俗〟の文字がつくことからも明らかなように、訳者（あるいは出版人）の読者に対する配慮と考えられる。いいかえれば、江戸時代からの漢字片カナ交り文は教養階級の読書に、漢字平がな交り文は教養のない一般子女の読書に、という使い分けに従って、読者を教養階級から一般子女に変更したことを意味する。それはまた、漢字を読めない人々が読者の対象とされたことを示している」と指摘している。

（23）木坂基「近代日本語文章と訳語・欧語脈・欧文脈」収録『近代文章成立の諸相』和泉書院、一九八八・二、三七五～三九二頁

（24）Jules Verne, De la Terre la Lune, trajet direct en 97 heures 20minutes, J.Hetzel et Cie, 18, rue Jacob, Paris, 1865（一九七八年の複刻版を使用）

（25）Jules Verne, From the Earth to the Moon, direct in ninety-seven and twenty minutes, Charles Scribner's Son, New York, 1886（東京大学図書館所蔵）

【参考文献】
(1) ミッショル・セール著、豊田彰訳『青春ジュール・ヴェルヌ論』法政大学出版局、一九九三年四月
(2) ジュール・ヴェルヌ、江口清訳『月世界へ行く』東京創元社、一九六四年一〇月
(3) ジュール・ヴェルヌ、窪田般弥訳『地底旅行』東京創元社、一九六八年一一月
(4) ジュール・ヴェルヌ、江口清訳『海底二万里』集英社文庫、一九九三年五月
(5) ジュール・ヴェルヌ、榊原晃三訳『チャンセラー号の筏』集英社文庫、一九九三年五月
(6) ジュール・ヴェルヌ、金子博訳『アドリア海の復讐』上・下、集英社文庫、一九九三年七月
(7) ジュール・ヴェルヌ、手塚伸訳『制服者ロビュール』集英社文庫、一九九三年七月
(8) 坂野潤治『大系日本の歴史』一三「近代日本の出発」小学館、一九八九年四月
(9) 『講座日本歴史』七「近代一」歴史学研究会・日本史研究会編、東京大学出版会、一九八五年五月
(10) 『フランス文学辞典』日本フランス語フランス文学会編、白水社、一九七四年九月
(11) 『国民之友』第三巻第二拾六号、明治二一（一八八八）年七月二〇日、森田文蔵訳『随見録（フハンティーヌのもと）』二六～三〇頁（大阪府立中之島図書館蔵）
(12) 『九十七時二十分間月世界旅行』二書楼（三木美記）、明治十三（一八八〇）年三月～明治十四（一八八一）年三月『九十七時二十分間月世界旅行』三木佐助、明治十九（一八八六）年九月（共に、国立国会図書館蔵）
(13) 『拍案驚奇地底旅行』九春堂、明治十八（一八八五）年二月（国立国会図書館蔵）
(14) 『萬里絶域北極旅行』春陽堂（和田篤太郎）、明治二十（一八八七）年一月、四月（天理大学図書館蔵）
(15) 井上勤譯『九十七時二十分間　月世界旅行』全十巻、一～五巻、二書楼・黒瀬勉二、六～十巻三木美記、一八八〇・三～一八八一・三（国会図書館所蔵）
(16) 井上勤譯『九十七時二十分間　月世界旅行』三木佐助、一八八六・九（天理大学図書館、国立国語研究所、国立国会図書館

所蔵）

※なお、フランス語のユゴー原文の翻訳に関しては、大阪教育大学の吾妻修先生と元大阪教育大学の川久保輝興先生の御教示を仰いだ。ここに記して深く感謝の意を表する。

第五章　象徴主義と魯迅訳『小さなヨハネス』

はじめに

魯迅は日本留学中の一九〇六年夏、東京神田の古本屋の店先で数十冊のドイツ語の文芸雑誌を購入する。その中の一冊“Das Litterarische Echo”（『文学のこだま』）をめくっていると、偶然その中に、当時ドイツ語に翻訳されたばかりの“Der Kleine Johannes”（『小さなヨハネス』）[1]の第五章と作者の評伝が掲載されているのに目が止まった。彼はその内容にすっかり魅了され、東京は神田の中西屋、日本橋の丸善、本郷の南江堂などの洋書専門店を探し回るが無い。そこで丸善に注文してドイツから取り寄せてもらい、およそ三ヶ月後に入手する。魯迅はこれ以来この「象徴と写実の童話詩」を中国語に翻訳することを思い続けるが、多忙とドイツ語の実力不足からなかなかその思いが達成されずにいた。その後魯迅は、以前にもアルツィバーシェフ著『労働者シェヴィリヨフ』（阿爾志跋綏夫著『工人綏恵略夫』文学研究会叢書、上海商務印書館、一九二二・五初版）の翻訳の際に協力してくれた、ベルリン大学卒業で教育部の同僚斉寿山の助けを得て、一九二六年七月六日から八月一三日までのおよそ一ヶ月をかけて、ようやく『小さなヨハネス』の中国語訳に取りかかる。そして、翌年五月二日から訳稿の整理・校正を開始、五月二六日に「本文」の訳を完成、二九日にパウル・ラッシェ（Paul Raché）の『小さなヨハネス』「原文序」を訳了し、三一日に訳者『小さなヨハネス』「序言」を書きあげ、六月一四日にはポル・デ・モント（Pol de Mont）の解説「フレデリック・ファン・エーデン」の訳と「動植物訳名小記」を「附録」として加え、『小さなヨハネス』（中国語訳『小約翰』）全篇が完成する。『小約翰』

は一九二八年一月未名社から初版一千部が発行されている。一方、『小さなヨハネス』の翻訳は、魯迅『鋳剣』の執筆と同時進行していた。『鋳剣』は『自選集』に収録の際、作品の編末には一九二六年一〇月と記され、『魯迅日記』では一九二七年四月三日に完成と記されていたが、『鋳剣』の完成時期を特定する研究により、(2) 二六年一〇月に厦門で第一、二節が書かれ、二七年四月三日に広州で全四節を完成したことが明らかにされている。『小さなヨハネス』は出会いから翻訳着手までまる二十年、この作品が二十年後の魯迅に再び甦るきっかけとなったのは、文芸理論書としての厨川白村著『苦悶の象徴』の存在が大きい、と筆者は考えている。本章では、魯迅が訳した『苦悶的象徴』（北京新潮社、一九二四・一二初版）からの理論受容でその翻訳意義を深め、「象徴写実的な童話詩」と魯迅に評価された『小さなヨハネス』（『小約翰』北京未名社、一九二八・一初版）を中心に、魯迅における「象徴」概念の形成を考察する。

第一節　『苦悶の象徴』から甦るファン・エーデンへの共鳴

一　厨川白村『苦悶の象徴』の翻訳

『摩羅詩力説』の執筆を下ることおよそ十七年後、魯迅は、文明批評家、社会批評家、さらには具体的で、解り易い文芸理論家としての厨川白村に大いなる共感を寄せている。魯迅は、一九一三年八月八日に『近代文学十講』（大日本図書、一九一二・三）を、一九一七年十一月二日に『文芸思潮論』（同、一九一四・四）を購入した際にはさほど興味を示さなかったが、一九二四年四月八日に厨川の遺稿『苦悶の象徴』（改造社、一九二四・二）を購入すると、ほぼ五ヶ月後の九月二二日に翻訳を開始し、一〇月一〇日には訳了している。その間、僅か二十日足らず。訳稿は『晨報副鐫』に一〇月一日から三一日まで各章ごとに連載され、「『苦悶の象徴』訳後三日の序」（一〇・一掲載）、「『自己発見の喜び』訳者附記」（一〇・二六）、「『有限の中の無限』訳者附記」（一〇・二六）、「『文芸鑑賞の四段階』訳者附記」（一〇・三〇）の四つの附記も併載されている。魯迅は『苦悶の象徴』の翻訳終了後、一九二四年一〇月二七日に『象牙の塔を出て』（福永書店、一九二〇・六）、遺稿『十字街頭を往く』（同、一九二三・一二）を購入すると、引き続きこれらの翻訳（後者は「西班牙劇壇の将星」「東西の自然詩観」の二篇のみ）に当たっている。このほか『両地書』「十七」「二七」の記述で魯迅自身が触れているように、北京大学、北京女子師範大学において、『苦悶の象徴』は講義用の教材として使われている。また、魯迅訳『苦悶的象徴』は一九二四年一二月に初版本が出されてから、再版本、改印本の三種類ごとに、魯迅がその表紙の画柄、色彩等に丹念に気を配りながら、一九三五年一〇月までに合計十二版を重ね、発行部数も二万四千部を超えていた。ここからも魯迅の『苦悶の象徴』[3]に対する入れこみが窺われる。

　魯迅は中国人の国民性に「誠と愛」「反抗性」の欠如と、「奴隷制」の浸透を見いだし、これに仮借のない批判を加え続けてきた。魯迅は「この本、とりわけ最も重要な前の三篇（「象牙の塔を出て」「観照享楽の生活」「霊より肉へ、肉より霊へ」――筆者、以下引用内カッコは同じ）から見るに、著者は確かにすでに戦士の姿で現れ、本国の微温、中道、妥協、虚偽、狭量、自惚れ、保守などの世相に、一つ一つ辛辣な攻撃と仮借なき批判を加えている。つまりは、私たち外国人の目から見ても、しばしば、〝快刀乱麻を断つ〟ような爽快さを感じ、思わず快哉を叫ぶのである」（「『象牙の塔を出て』後記」一九二五・一二・三）と、『摩羅詩力説』で描いた「戦士の姿」と、自分と同様、自国の病根に仮借のない攻撃を加える社会批評家としての姿を厨川白村に見出し、その人間性への共感を示している。

　また、魯迅は『苦悶の象徴』に関し、「その主旨は、著者自身が第一部第四章（第一部「創作論」第四章「精神分析学」）で明快に語っている。生命力が抑圧を受けるところに生ずる苦悶懊悩が文芸の根底であり、そしてその表現法が広義の象徴主義である」（「『苦悶の象徴』訳後三日の序」一九二四・九・二六、「『苦悶の象徴』序言」一九二四・一一・二二）と述べ、さらに「作者自身がたいへん独創力があり、そこでこの書は一つの創作となり、文芸に対しても独特の見地と深い理解に溢れている」（「『苦悶の象徴』序言」）と評し、厨川の独自の文芸観にも共感を示している。

魯迅は「私が厨川氏の文学に関する著作を読んだのは、すでに地震の後のことで、『苦悶の象徴』が最初のものでした。それまではまるで彼に気を留めてはいなかった」（「『苦悶の象徴』に関して」『集外集拾遺』、一九二五・一・九）と王淑明宛ての手紙で語るように、すでに購入していた『近代文学十講』と『文芸思潮論』にはさほど興味を示していなかった。『苦悶の象徴』との出会いが厨川自身と彼の著作全般へと興味を敷衍させたのである。魯迅が魅了され、共感を覚えた厨川白村『苦悶の象徴』の「第一部創作論」には、「内部の自己の生命力」と「外部の強制抑圧の力」の「二つの力の衝突」、さらには「自己そのもののうち」にもつ「二つの矛盾した欲求」との「衝突葛藤」、そしてこの「二つの力の衝突から生ずる苦悶懊悩」が「文芸の根底」であり、「外界の抑圧強制から全く離れて、絶対自由の心境に立って個性を表現し得る唯一の世界」、それが「文芸」であるという、厨川独自の文芸理論が描かれる。

当時魯迅は、家庭内部では、一九二三年七月突然の弟周作人夫婦との不和事件に巻き込まれていた。これは作人の妻羽太信子が原因して起こった純然たる家庭内不和であったが、魯迅が留学中から二人の恋愛結婚の成就のために、かなりの援助をし犠牲になっていたことを考えれば、魯迅に与えたショックはかなりのものだったと想像される。また、文芸理論としての『苦悶の象徴』の受容の背景には、成仿吾「『吶喊』の評論」（『創造季刊』二巻二号、一九二四・二）への理論武装の意味があったと考えられるが、一方、一九二四年から二六年にかけて、魯迅は内部的には、「魂の中にある毒気と鬼気」（『書翰』「李秉中宛」一九二四・九・二四）を憎み、「人道主義と個人主義という二種類の思想の起伏消長」（『両地書』「二四」一九二五・五・三〇）の矛盾を感じており、外部的には、「ここ何年かは、いつも他人のために少しは力になってやろう」（『両地書』「六二」一九二六・一〇・二八）とし、「いままで自分の生活を考えず、すべて他人任せにして来た」（『両地書』「八三」一九二六・一一・二八）そして「生活の路上に血を一滴一滴としたたらせ、他人に吸わせた」（『両地書』「九五」一九二六・一二・一六）、しかし「いつも結局は純粋に利用されているのに気づき」（『両地書』「二九」一九二五・六・一三）、「私の血を吸った人間でさえ、私が痩せ衰えたのを嘲笑する」（『両地書』「九五」）というような、信頼を寄せていた若い世代からの裏切りに遭っていた。

魯迅が進化論の観点から形成した考え方では、今後の中国社会や将来に生きる若者のためには、現実の中国社会を冷静に直視し、冷厳な自己省察により「伝統否定」と「自己否定」を行うが、それは「心声」を発する「反抗」と「復讐」に支えられつつ、「自己犠牲」と「人道主義」を媒介として、「獣性」「奴隷性」を有さない真の「人」へと超克、進化する過程が「社会」には必要であり、そのために自分は滅ぶべき過渡期的「中間物」であると位置づけられていた。それは魯迅の言葉を借りて言えば、「自分は因襲の重荷を背負って、暗黒という水門の扉を肩で支え、彼らを開放的な光明の地へと解き放ってやる。そうしたら幸福に日々を過ごし、理にかなった人になる」（「我々は今日いかにして父親となるか」『墳』一九一九・一〇）というものであったが、この時期の魯迅は、この彼独自の進化論的な考え方に懐疑を示していたのだった。

厨川白村『苦悶の象徴』は、一九二四年当時の魯迅の内面の苦悩と葛藤に符合する考え方が描かれている。厨川は「自己そのもののうち」にもつ「二つの矛盾した欲求」との「衝突葛藤」について、次のように述べる。

　われわれは獣性悪魔性とともに神性をも具え、利己主義の要求と共に愛他主義の欲求をも持っている。その一方もまたやはり生命力の発現に相違ない。かくの如くにして精神と物資と、霊と肉と、理想と現実との間には絶えざる不調和があり不断の衝突葛藤がある。だから生命力が旺盛であればあるほど、この衝突この葛藤は激烈であらねばならぬ。

魯迅が排斥排除しようとしたものに「利己主義」（＝「個人主義」）と「獣性」とがあった。ところが「利己主義」も「愛他主義」（＝「人道主義」）も、共に「自己の内部」にある「二つの矛盾した」「生命力」であり、「内心にあって燃ゆるが如き欲望が抑圧作用の目附役によって阻止され、そこに生ずる衝突葛藤が人間苦をなしている」のだ、と魯迅は知ることになる。いわば、厨川の言葉は魯迅の今置かれている状態に、一つの理論的意義づけを与えたことになる。

また、厨川は第三部「文芸の根本問題に関する考察」第一章「預言者としての詩人」の中で、「文芸」は「躍進せんとする創造の欲求が、何等の抑圧拘束を受けずに表現せられているために、いつも大きな未来が暗示せられている」「常識や物質や法則や形式の拘束を超越して、そこには常に新しい世界が発見され創造される」と語り、文芸作品のうちに「暗示」があることを語っている。以下、「預言者としての詩人」の内容を見ておく。

「預言者としての詩人」像

かつてカアライルはその『英雄崇拝論』や『バアンズ論』のうちに、羅甸語 vates と言う言葉が最初預言者を意味し、後にそれが転じてまた詩人の義にも用いらるるに至ったことを指摘している。詩人とは先ず霊感に触れて預言者の如く歌う人の意であった。即ち神託を伝え、常人の未だ感じ得ざるところを感得して、これを一代の民衆に示す人に外ならなかった。

詩人は一代民心の動く機微を捉えて、これに芸術的表現を与うるものである。「目にはさやかに見え」ない民衆の無意識心理の内容を、天才の鋭敏なる感性が逸早くもそれを摑んで表現するものである。かかる意味に於て、十九世紀初期の浪漫的時代に於て、シェリイやバイロンに現れた革命思想は、すべての近代史の預言であり、またそれらより後のカアライルもトルストイもイプセンもマアテルリンクもブラウニングも、皆新しき時代の預言者であったのだ。

預言者ややもすれば故国に容れられないと同じく、詩人もまた余りに多くその時代よりも先んじた先駆者であったがために、迫害せられ冷遇せられた例は甚だ多い。ブレイクが百年後に於てはじめて世界に認められるに至った如き例は、その最も著しきものであるが、シェリイの如き、スインバアンの如き、ブラウニングの如き、またイプセンの如き革命的反抗的態度の詩人的預言者は、多くその前半生に於てか或は時にその全生涯をすらも、轗軻不遇のうちに終った例は枚挙に遑なきほどである。

革命詩人シェリイが「醒めざる世界に向かって、預言の喇叭たれ」と叫んだこの歌（前載の詩、省略）が出来てから約百年を経た今日、ボルシェヴズムは世界を戦慄せしめ、改造を叫び自由を求むる声は地球の隅々にまでも及んでいる。世界の最大の叙情詩人であった彼は、同時にまた大いなる預言者の一人であったのだ。

魯迅は「ベルグソンは未来を預測できないものだと見なしたが、作者は、詩人は先知であるのだと見なした」（『苦悶の象徴』序言」）として、ベルグソン『創造的進化』と厨川の考え方の違いを述べ、厨川に支持を与えている。それは測らずも、魯迅が一九〇七年に『摩羅詩力説』で説いた「摩羅詩派」と詩人たちに見る「先覚」、すなわち「預言者しての詩人」像と、厨川が同じ意見を表明しているからである。ここにも、魯迅の厨川への共鳴がある。

なお、魯迅は「フロイトは生命力の根底を性欲に帰したが、作者は突進と跳躍だと言う」（『苦悶の象徴』序言）として、厨川の「精神分析」解釈にも支持を与えている。厨川は、フロイト説を次のように解釈する。「潜在意識」（＝「性的渇望」）は「前意識」（＝「監視作用をなす目附役」）の強制抑圧を受けて「意識」の表面に現れない、「ところがこの目附役の張番が弛む即ち抑圧作用が減ずるときは即ち睡眠の時である」。従って、「潜在意識」が自由に解放されるのは「夢の世界」であり、「夢」の表現内容は「文芸」（＝「生命力が絶対の自由を以て表現せられた唯一の場合だ」）と同等であると位置づける。厨川は「夢の世界は芸術の境地のように、ニイチェが謂ゆる価値転倒の世界である」「夢は芸術と同じく、利害や道徳やすべての価値判断を超越した世界である」「夢には、また戯曲や小説と同じような表現の技巧がある」と語るが、魯迅は散文詩集『野草』二四篇（「題辞」を含む）のうち七篇に「わたしは夢で……」として、「夢」の手法を投影する「象徴化」を行う。また厨川は、「象徴にはいつも外形と内容との間に価値の差がある」と述べ、色の象徴については、「黒が死や悲哀」を意味する「神秘的な潜在内容を包んでいる」と述べている。

魯迅は『苦悶の象徴』の翻訳を通して、この理論書に描く「自己の内部」にある「二つの矛盾した」「生命力」が生じる苦悶、懊悩などを「象徴化」して描くのに成功した作品があるのが脳裏に甦ってきた。それが二十年前に読んだことのある『小さなヨハネス』という作品であったとするのには、理論的な整合性があると筆者は考える。

さらにここで、魯迅が読み取った『苦悶の象徴』に描く「象徴」の概念を鳥瞰しておく。

• 夢の思想と外形との関係は、フロイド自身の言葉を以て言えば、「同一の内容を二つの別々な国語で言い現わしたようなものだ。換言すれば夢の顕在内容は夢の思想を他の表現法にうつしたものに他ならぬ。その記号と連結とは、われわれが原文と訳文とを比較することによって知ることが出来る」。これは即ち明らかに一般文芸の表現法であるところの象徴主義《シンボリズム》ではないか。
• 或抽象的な思想や観念は決して芸術を成さない。芸術の最大要件はその具象性にある。即ち或思想内容が、具象的な人物とか事件とか風景とかいう生きた儘のものを通して表現せられるとき、換言すれば夢の潜在内容が変装し扮飾して出てくる時と同一の径路を取るものが芸術である。そしてこの具象性を賦与するものが即ち象徴《シンボル》と呼ばれる。象徴主義とは決して前世紀末にフランス佛蘭西詩壇の一派が標榜した主義ばかりではなく、すべての文芸は古往今来、みなかかる意味に於て象徴主義の表現法を用いて居るのだ。（ここまでの引用、第一部「創作論」より）
• 夢が「無意識」心理の底に潜む心的傷害に根ざせると同じく、文芸作品は作家の生活内容の奥深きに潜める人間苦に根ざしている。だから作品に描かれた感覚的具象的な事象を通して表出せられているものは、更にその内面に在る作家の個性生命であり、心であり、思想であり、情調であり、気分であるのだ。換言すれば、そういう茫漠として捕捉すべからざる無形無色無臭無声のものが、形や色や匂や声ある具象的な人物事件風景、その他色々の物を材料に使って表出せられている。その具象的感覚的なものが即ち象徴とよばれる。だから象徴とは暗示であり刺戟である。また作家の内部生命《インナアライフ》の底の底に沈める或ものを観賞者に伝える媒介物に他ならぬ。

●かの心理学者が「無意識」「前意識」「意識」と名づけているものの総量は、わたくしの言葉を以てすれば、それは生命の内容であるが、作家と読者との生命の内容に共通性共感性あるがために、それは象徴という刺戟性暗示性ある媒介物の作用によって共鳴作用を起す。そこに芸術の鑑賞は成立するのである。

●作家が象徴という媒介物の強き刺戟力によって読者に暗示をさえ与えれば、忽ちにしてこれに応じこれに共鳴して、読者の心胸にもまた同じ生命の火が燃えあがるのだ。その刺戟をうけただけで、読者みずからもまた燃えあがるのである。作家の胸奥深くも沈んでいた苦悩は、かつて矢張り読者の方の心胸にもあった経験であったからだ。これを譬うれば、薪に可燃性あるが故に、象徴という燐寸《マッチ》をさえ使えば、他からこれに点火することが出来るのと同様である。

●読者観客聴衆が作家から受けるところのものは、他の科学者や歴史家哲学者などの所説に対する場合とちがって、それは知識を得るのではない。象徴即ち作品に現われた事象の刺戟力によって、自分の生活内容を発見するのである。芸術鑑賞の三昧境、又その法悦は、即ちこの自己発見の喜びに他ならない。象徴という刺戟性暗示性の媒介物を借りて作者が表現しようとした自己の内生活を、読者はまた自分の胸奥にもこれと共鳴するものを見出した歓喜である。

●作家が描いた事象は象徴であるが故に、それから受ける感銘によって読者は自分の内的生命に火を点じて自ら燃焼するのである。換言すれば、自分の体験の内容をこれによって発見し、創作家と同一の心境に味到することを得るのである。その体験の内容を成しているものは、作家の場合と同じく、人間苦であり社会苦であらねばならぬ。この苦悶、この心的傷害は鑑賞者の無意識心理の中にも同じく沈滓として伏在して居たが故に、完全なる鑑賞即ち生命の共鳴共感がそこに成立するのである。（以上、第二部「鑑賞論」より）

以上に示した引用において、注目すべきことは、魯迅が『苦悶の象徴』を通して、「象徴」とは、「作家の内部生命《インナアライフ》の底の底に沈める或ものを鑑賞者に伝える媒介物に他ならぬ」こと、そして「象徴という刺戟性暗示性ある媒介物の作用によって共鳴作用を起す」「作家が象徴という媒介物の強き刺戟力によって読者に暗示をさえ与えれば、忽ちにしてこれに応じこれに共鳴して、読者の心胸にもまた同じ生命の火が燃えあがるのだ」「象徴即ち作品に現われた事象の刺戟力によって、自分の生活内容を発見するのである。芸術鑑賞の三昧境、又その法悦は、即ちこの自己発見の喜びに他ならない」「象徴という刺戟性暗示性の媒介物を借りて作者が表現しようとした自己の内生活を、読者はまた自分の胸奥にもこれと共鳴するものを見出した歓喜である」と述べられる、この「象徴」という概念を理解したことである。そこで、魯迅が『小さなヨハネス』に描かれる「具象性を賦与する」「象徴」にめぐり逢うことにより、己を変え浄化していくヨハネスの姿に、「自己発見の喜び」と「生命の共鳴共感」を見出していたとは考えられないだろうか。さらには、厨川流に言えば、作品とは「作家の胸裡の無意識心理の底から湧き出でたものが、更に想像作用によって或心像《イメージ》となり、それが感覚や理知の構成作用を経て、象徴の外形を具えて表現せられたもの」であり、「生命の内容より突出して意識心理の表面へ出た」ものであって、『小さなヨハネス』の翻訳と同時進行して創作された『鋳剣』とは、まさしく今まで活き抜いてきた魯迅の全体像が「具象性を賦与する」「象徴」の中に生きている作品であるように、筆者には思える。

二　『小さなヨハネス』翻訳への決意

魯迅は『小さなヨハネス』「序言」の中で、次のように述べる。

私だって他人からその人の好物を食べに行くよう勧められるのは嫌やなのだが、自分の好物となると、ついつい人に勧めてしまう。読み物にしても同じで、『小さなヨハネス』はその一つで、自分が愛読し、そのうえ他人にも読んでもらいたい本である。そこで知らぬ間に、中国語に翻訳してしまおうという気持ちになったのである。この気持ちが生じたのは、おそらくかなり早かったと思われる。というのは、私はだいぶ長いこと作者と読者に対し、何やら大きな債務を負っているかのように思えていたからである。

しかし、なぜもっと早く手を着けなかったのだろう?「多忙」というのは口実で、大きな原因は解からないところが多かったからである。読んだときには解かったつもりでも、いざ筆を執って翻訳する段になると、また疑問が出てくる。要するに外国語の実力が足りなかったのだ。一昨年、私は夏休みの時間を利用して、一冊の辞書を頼りにこの道を歩き通そうと固く決心した。しかし測らずも時間などなかった。少なくとも二、三ヶ月間、私の生命は「正人君子」と「学者」たちの包囲攻撃に死んでしまっていた。

魯迅は『小さなヨハネス』の出会いから二十年の長きに亙って、翻訳に着手しなかった理由を、「〝多忙〟というのは口実で、大きな原因は解からないところが多かった」からであり、「要するに外国語の実力が足りなかったのだ」と述べている。この文の脈絡は語られる時間と内実とが交錯し合い解かり難い。書かれてある通りに単純に理解すると、ドイツ語の実力が不足していた為に内容が十分に理解できなかったというものである。しかし、魯迅は仙台医学専門学校退学後、一九〇六年三月初旬に上京し、間もなく、独逸語専修学校に官費留学生として中途入学（一九〇六年三月～一九〇九年六月、七学期間在籍）、ドイツ語の実力をかなりの程度にまで養っている(4)。従って、彼が『小さなヨハネス』を入手した一九〇六年晩秋は確かに「外国語の実力が足りなかった」といえるかもしれないが、ドイツ語をある程度以上のレベルにまで向上させたと考えられる一九〇九年八月以降の時期は、「外国語の実力が足りなかった」とするなら、それはどのような時期であろうと終始足りないことで一致し、実力不足が第一の理由にはならない。

「いざ筆を執って翻訳する段になると、また疑問が出てくる」「解からないところが多かった」書物の内容に疑問が無くなり、解かるようになったのは、ドイツ語の実力のせいではなく、何かしら彼に「解かる」と思わせる要因が加わったと読むべきであろう。例えば、魯迅は「序言」で、翻訳に際し「少女 Robinetta は、私は長いことその意味が解からず、音訳することも考えた」と語り、結局調査を依頼して Robin と Robinetta が男女の対で、「イギリスの民間伝説に、Robin good fellow と呼ばれる悪ふざけ好きの妖精がいる。もしオランダにもこんな言い方があるとすれば、少女が Robinetta と呼ばれていることは、おそらくこのことと関係があるのだろう。というのは、彼女が実際、ヨハネス少年に恐ろしい冗談を言うからである」と書いてあるように、ロビネッタが少女の名前だということが解からなかったのではなく、彼はロビネッタに何かの象徴性を見いだそうとしていたのだと言える。そして、「一昨年、私は夏休みの時間を利用して、一冊の辞書を頼りにこの道を歩き通そうと固く決心した」のが一九二五年夏のことなので、『小さなヨハネス』の内容をより深く理解させ、完訳を決意する要因も、この時期にかなり接近するころに起こったとするのが妥当だと考える。翌二六年夏には「多忙」を冒してでも『小さなヨハネス』の中国語訳を貫徹させていることから、この作品を世に翻訳して送り出す必然性を感じさせるエネルギーが、魯迅において一層増したと考えられる。当たり前のことだが、この時点に至るまでの彼の思想形成には、様々な人物、作家、作品、事件等が影響を及ぼし、ただ一つだけを『小さなヨハネス』の内容を深く理解させた要因として挙げることなどできないことは言うまでもない。そのことは配慮しても、『小さなヨハネス』における象徴性の理解という点から考察すれば、おそらく魯迅と厨川白村『苦悶の象徴』との出会いはかなりのウエートを占めている、と筆者は考えている。また、『小さなヨハネス』の翻訳を完全に決意させたエネルギーの源は二六年三月一八日のいわゆる「三・一八事件」から来るものであり、かつ「三・一八事件」は『鋳剣』の創作動機と関係を密にする。(5) そしてまた、『小さなヨハネス』翻訳を早め貫徹させるエネルギーの源は二七年四月一二日の「四・一二クーデター」発生から来るものであろう。(6)

三　著者ファン・エーデンへの共鳴・共感

『小さなヨハネス』の著者はオランダ人フレデリック・ファン・エーデン（Frederik van Eeden 1860.4.3–1932.6.16）である。『小さなヨハネス』がオランダ文学不朽の名作であると評判が高い割には、現在に至るまで日本での紹介は百科辞典に要約程度にとどまり、かつファン・エーデン自身への記述と彼を取り巻く文学状況も概要程度の紹介にとどまっている。この不足を補う意味において、魯迅訳パウル・ラッシェ「原文序」とポル・デ・モント「エーデン」は資料的な価値が高い。「原文序」と「エーデン」には、エーデン自身と彼が置かれていたオランダの文学状況の記述が、そしてポル・デ・モントが読み取る『小さなヨハネス』の作品世界の記述が詳細になされている。この二つの魯迅訳著により、エーデンの人間性とオランダ文学における彼の位置、そして『小さなヨハネス』の読みを示していく。論の順番は、まず魯迅がどの程度エーデンと彼の作品を評価しているかを示し、次にポル・デ・モントの紹介によるエーデンの人間性とオランダ文学における位置を、さらに『小さなヨハネス』の作品世界を、最後に魯迅の読みを提示する。

ノーベル賞は、梁啓超はもちろんその資格がありませんが、私も不適格です。この賞金を受けるには、まだまだ努力が足りません。世界には私よりも優れた作家はいくらでもいますが、彼らは受賞していません。私の訳したあの『小さなヨハネス』を読んでごらんなさい。私はあのようにはとても書けません。しかしながらその作者ですら受賞していないのです。

私が訳著した書物は、別紙に書きだしておきましたが、すべての編訳書では、ただ『引玉集』（ソ連木版画集——筆者注）、『小さなヨハネス』、『死せる魂』の三作がまだできがいい。ほかはみなやや古く、時期外れになっているか、読むに堪えないかで、実のところ読むまでもない。

二つの引用のうち、前の文章は一九二七年九月一七日付の台静農の手紙に対し、九月二五日付で返信された魯迅の手紙「致台静農」の一節である。スウェーデンの地理学者、地下資源調査測量家のスヴェン・ヘディンが中国に視察にやってきたとき、言語学者の劉半農と相談して、魯迅をノーベル賞の候補者に指名することを決めた。劉半農は、未名社の結成以来魯迅と深い関係をもっていた台静農に、手紙で魯迅の意向を打診するよう頼んだ。魯迅は台静農への返信のなかで、候補を辞退理由の一つに「『小さなヨハネス』の作家ですら受賞していない」ことを挙げ、次に「もし黄色い顔をしているからといって、特別に優待し寛大に扱うなら、却って中国人の虚栄心を増長させ、他国の大作家と肩をならべるほどになったと思いこみ、結果として悪いことになってしまう」といい、さらに現在の中国の情況では今後創作できるかどうかは解からず、仮に創作できる情況があったとしても、筆を折ったり、書くものが役人の公文書のように無味乾燥なものになっても、申し訳が立たないと説明する。

後の文章は一九三六年二月一九日付、南京の盛記布荘の店員夏伝経へ宛てた手紙「致夏伝経」の一節である。およそ十年を経た時点でも、魯迅の『小さなヨハネス』の評価は高く、読むに値する作品として推している。この二つの書翰からも魯迅の『小さなヨハネス』への傾倒ぶりが窺われる。

四　ファン・エーデンの位置と人間性

十九世紀の末、オランダ文学史では「八十年代の人々」といわれる一団が起こり、“De Nieuwe Gids”（『新指導』）

誌によって活躍した。その同人の一人にフレデリック・ファン・エーデンがいる。魯迅訳のパウル・ラッシェ「原文序」（一八九二・七）の文章には、オランダ文学史におけるエーデンの位置とエーデン自身の説明がやや詳しくなされているので紹介しておく。

一八八五年、新しい傾向の一団は"De Nieuwe Gids"（『新指導』）という、機関紙を創設した。こう命名したのは、オランダ旧文学の月刊誌"De Gids"（『指導』）と対峙させたからである。この新しい刊行物は戦闘的で、革命的な機関であり、文学におけるこまごまと陳腐なものに対し、鋭い、遠慮会釈のない批判を加え、新しい理想のために勇敢に道を開いた。現在、新しい傾向の一団はオランダにおいて旋風を起し、もっともグレードの高い刊行物ですらも彼らのためのコーナーを設けた。しかも古い『指導』はその後全く廃れ、オランダで最も著名な文学機関紙では無くなった。なぜなら、そのような刊行物ができ、クーペルスの小説がまずオランダの読者に提出されたからである。

『新指導』の周囲に集まった青年作家たちの精神的なリーダーは、フレデリック・ファン・エーデン（Frederik van Eeden）であった。彼は象徴的、写実的な童話詩『小さなヨハネス』の作者で、その新しい刊行物と同時にデビューした。しかもドイツ語による翻訳もあり、読者にはより親しみ易くなった。私は以下、訳者（アンナ・フレス Anna Fles——筆者注）が私のために様々な説明をしてくれたのを活用して、世界文学全体の中でも比すべきものがない、全く貴重で、詩的な童話作家ために、少し丁寧な報告をしよう。

ファン・エーデンは、一八六〇年、ハールレム（Haarlem）に生まれ、医学の研究に励み、一八八六年に卒業した。彼は裕福な両親の子供だったので、授業の余暇には本業と同じ様に以前から好んでいた文学にも打ち込むことができた。大学時代、彼はすでに数篇の喜劇の作家として名が知れており、そのうちの二篇はアムステルダム（Amsterdam）とロッテルダム（Rotterdam）の劇場で上演され、大きな成功をあげていた。一八八五年の『小さなヨハネス』の発表後間もなく、彼はオランダの詩人の最前列に置かれた。彼の該博な知識は、種々な文章に明白に示されている。彼が共同で創設したあの機関誌にも、逐年一律に、オランダ、フランス、イギリス文学の評論、社会問題の評論、科学的な対象への評論が掲載されたが、彼の表現する明確な論証により、至極明解でないものはなかった。彼はまた抒情詩人としても著名で、オランダで今日に至るまでに成された抒情詩のなかでは、彼の詩は最高級に数えられる。一八九〇年、彼が発表した長篇詩『エレンの苦痛の歌』（ドイツ語訳："Ellen, ein Lied des Schmerzes"）は、以前にあった著作より遙かにすぐれており、最近数十年にあるいかなる同じ類の作品の中においても輝かしい地位を占めている。一八八六年に学位を獲得すると、エーデンはナンシー（Nancy）に移り、有名なリボール（Libaul）の学校で催眠医学（Hypnotische Heilmethode）を研究した。その後すぐ、アムステルダムで今でも大変人気のある心理治療法（Psychotherapie）診療所を開設した。アムステルダムに近い小さな町ヴュスム（Bussum）に、彼は一軒の閑寂な芸術家風の家を建てることにより、家族の中で、仕事のストレスを癒し、落ち着いて芸術に取り組むこともできた。その田舎の寂しい静寂の中で、つい最近彼は『ヨハネス・フィアトル、愛の書物』（ドイツ語訳："Johannes Viator, das Buch von der Liebe"）を完成させた。この語句関係が密接な詩という作品の中で、その成熟した芸術家、すなわち『小さなヨハネス』の作者が人に期待されていたことはすべてが達成されたのであった。

以下、ラッシェ「原文序」では、一八八〇年代に起るオランダの新しい文学潮流のさきがけになった人物として、まず英雄詩人ヨースト・ファン・デン・ボンデル（Joost van den Bondel, 1587～1679）、そして小説家のドゥエス・デッケル（Eduard Douwes Dekker, 1820～87）とボスボーム・トゥサン夫人（Gertrude Bosboom-Toussaint, 1812～86）、批評家のブゥスケン・ヒュート（C.Busken-Huet, 1826～86）とヴォスメール（Karl Vosmaer,1826～88）を挙げ、彼らの小説、評論が簡単に紹介される。

次に八十年代の初めに、ペルク（Jacques Perk, 1860～81）が抒情詩を以前のオランダには見られなかったレベルにまで高めたこと、ポル・デ・モント（Pol de Mont, 1859）が抒情詩の表現形式と新しい韻律に努力し、カゥペルス（Louis Couperus, 1863）、エーデン等の多くの抒情詩人が輩出されたことを述べる。

そして最後に、「もとより存する現代のメルクマールとは、すなわち今の時代におけるあらゆる文学を通じて、新しい理想と見解の大きな変動を賦与することである。オランダ文学においてその効力は、八十年代後半に起った小説の方が抒情詩よりもずっと大きい」と、小説の社会に及ぼす効用を述べてから、真実に即するように描くオランダの近代小説の特徴が、フロベール（Flaubert）、ゾラ（Zola）、ゴンクール（Goncourt）等のフランス自然主義文学の影響を受けていること。そして『新指導』誌を中心にレッチャー（Frans Retscher）、ディセル（L.van Deyssel）、ヴォスメル・デ・スピー（Vosmeer de Spie）、エマンツ（Marcellus Emants）、ファン・フローニンゲン（van Groeningen）、アレトリノ（A.Aletrino）、メーステル（Johan de Meester）等の散文作家が登場し、活躍することが紹介され、その中で、クーペルスの小説『運命』（一八九一、原題：Noodlot、ラッシェがドイツ語に訳す）とエーデンの無韻の童話詩『小さなヨハネス』が非常に高く評価されている。

ラッシェ「原文序」の引用中の終わりの方に出て来る『エレンの苦痛の歌』と『ヨハネス・フィアトル、愛の書物』は、魯迅訳のポル・デ・モント「エーデン」の文章に説明があるので、以下簡単に紹介しておく。

前者は、抒情詩であり、「感傷的な心の呼かけであり、しかも純粋で偉大な人間性の、高貴にして正直な体現である」、「『エレンの苦痛の歌』の外面的な形式から見ると、ファン・エーデンは極めて音楽的な詩人だといえる」、「この短歌（Sonett）の使い方だけでも、詩人ファン・エーデンは偉大で、真にレベルの高い芸術家であるといえる。詩の言葉は独創的で、まるで女性のようなやさしさがあり、いつも読者を感動させた」と評している。

後者は「エーデンの第三番目に著名な作品であり、オランダの読者に、文学的な修養のある人でさえ全く誤解されていると、私は考える。私が思うに、これは我々の時代の最も美しいものと匹敵する書物である。しかしそれは決してこの書の高尚な芸術形式から来るものではなく、その中に言及してある哲学的な純粋さから来るものでもない。これは一篇の象徴的な散文詩であり、その中にはただの叙述や描写ではなく、悲しみと喜びがある。例えば今はすでに成長したヨハネスが、人類の悲痛に溢れる大都市で自分の住むべき場所を選び取った後、そこで悲壮な路を歩み、悲壮さと愛とにより、自己の性格の浄化を達成する。この悲壮と愛という二つが彼を明るく潔白な、高遠な理想と純真な感覚をもつ人へと成長させたのである」、「これは一冊の『トマス カンピス』（Thomas à Kempis）のような書物で、十遍読むのは普通で、百遍読むのは永遠にその中に新しさと美しさを見いだすためである」と評しており、また魯迅自身が「『小さなヨハネス』の続篇であり、完結篇でもある」と評している。

魯迅訳のファン・エーデンの記述で、魯迅は二つの事柄において、エーデンと『小さなヨハネス』に着目していた、と筆者は考える。

一つは、『新指導』という雑誌の役割と、そこに掲載された作品が『小さなヨハネス』であったということへの着目である。オランダの新文学運動が個性を尊重する意図から新しい表現の形式を求め、新しい理想と新しい見解の大きな変動を賦与する手段として小説を重視し、その思想を実現するための機関紙『新指導』が大きな役割を果たし、そこで活躍する人たちのリーダー的存在としてファン・エーデンがいた。そしてこの雑誌に掲載される新しい形式の無韻の童話詩『小さなヨハネス』（一八八六）がオランダ文学史上の最高傑作と言われるようになったことである。この状況はそのまま中国の新文学運動を彷彿させる。「文以載道」である文語文から自由な表現形式の口語文へ、その思想を実現する雑誌『新青年』の存在、そしてそこに掲載された魯迅の口語体の小説『狂人日記』（一九一八）が中国文学史上不朽の名作と成り、魯迅が新文学運動のリーダー的役割を果たしたことに類似する。以上の類似性は魯迅にも当然意識されていたと考えられる。初めて『小さなヨハネス』に出会った一九〇六年時点での作品と作者エーデンに対する魯迅の共感の度合いと、翻訳を開始した一九二六年の時点での魯迅の共感の度合いとでは、後者の方が当然深まっていると考えられる。また、魯迅訳には記されておらず、魯迅には預かり知らぬことだとは思うが、エーデンは後年トルストイの思想に共鳴して、「新しき村ワルデン」を建設（一八九八）している。魯迅の弟周作人も、武者小路実篤が宮崎県児湯郡木城村に「内心の要求に従い、たがいに助け合い、ともにみずからの個性と生命を尊重し、生かす」ことを目的とし、「新しき村」を創設（一九一八・一一）したことに共感を寄せ、宮崎にまで足をはこんでいる。魯迅は弟作人のこの動きには沈黙していて、単純にはこの「新しき村」の構想に賛同しているようには思えない。(7)ただここでは、エーデンが武者小路同様、人道主義的な立場の人物であった事実が認識できる。その人道主義的な人間性は、魯迅訳にある「彼はこれまで患者を治療し、年寄りや身寄りのない者を扶養するのに、報酬を求めたことがなかった。人はいう、彼の治療は恐らく神に与えられた他の詩人よりも多くの不思議な力——磁力のような崇高な電流——を用いると。しかしその秘訣は、彼がすでに試験し十分に理解していたことにあった。だから医者としての彼も、一流に数えられる……」という記述からも見出せる。

もう一つは、オランダの「八十年代後半に起った小説」の種類に、魯迅訳では「伝奇小説」（恋愛小説）、「人情小説」（人情小説）、「心理学底小説」（心理学的小説）の三種あることが記されている。クーペルス『運命』が「心理学底小説」と紹介されているが、『小さなヨハネス』は、作者エーデンが催眠療法を研究する精神科医であったことからも推測できるように、精神分析学的な手法が駆使されている作品である。そしてそのことは前章でも触れた通り、魯迅は、厨川白村『苦悶の象徴』の翻訳を経過することにより、作者エーデンが作品の中で「象徴」を借りて「催眠状態に導き幻想幻覚の境に入らしめ」ようと表現した「生命の内容」を、より深く理解を示すことが可能になったということである。魯迅自身にもエーデンと共通する「苦悩懊悩」や「衝突葛藤」があったればこそ、共鳴、歓喜が生じたのである。ただ、共通しなかったのは、晩年のエーデンが社会主義運動の実践に挫折し、精神的に病み、カトリックに改宗するのだが、晩年の魯迅は、翻訳の実践などを通してプロレタリア文芸論に共感を示し、「左連」の旗手として社会主義運動に接近するという、精神的なタフさがあることである。

第二節　『小さなヨハネス』の作品世界とその象徴性

一　魯迅訳『小さなヨハネス』の作品世界

アンナ・フレス訳のドイツ語版は入手できなかったが、オランダ語版を比較参照しながら魯迅訳『小さなヨハネス』の作品世界を見て行こう。原文オランダ語版では、『小さなヨハネス』は二部の構成を取り、第一部が「妻のために」(Aan mijn vrouw)、第二部が「子どものために」(Aan mijn kinderen) である。第一部は十四章から成り、魯迅が訳したのはこの第一部だけであって、ヨハネス少年が暗黒の都市に向かってからのことが描かれる第二部は訳していない。第一部は「夢想」と「現実」とが交錯する作品世界である。そしてそれは、ヨハネス少年が感じ取る精神世界の描写であり、彼の感受性の変化と共に物語は展開される。

作品『小さなヨハネス』

（第一章）ヨハネス少年の環境と現実生活を描写

私がこれからお話しするのはヨハネス少年の物語で、いかにも童話のような調子であるが、すべてまったくの現実であるという、作者の言葉に始まる。ヨハネス少年は大きな花園に住み、庭の池の岸べを天国と名づけ、父親、犬のブレスト、猫のシモンと平和の日々を送っている。そして、池の岸べの向こう側の、夕日に輝く雲の黄金のほら穴をながめては夢想し、教会の鐘や柄のある絨毯と会話するなど夢の世界に対し憧れを懐く。

（第二章〜第七章）夢想世界の描写

ヨハネス少年は夢想世界への誘い役のウィンデキント（魯迅訳「旋児」、原文：Windekind「ヒルガオの子」）に会う。ウィンデキントは、大きな空色の水トンボの羽が旋回して二つの眼のようになり、そこから小さくてほっそりした、水色の服を着た、白い昼顔の冠をかぶった金髪の大トンボの妖精として登場する。「私は一輪のヒルガオのガクに生まれたのでウィンデキントと呼んで下さい」と言うウィンデキントは、ヨハネス少年に常に一人で乗ることを禁じられているボートをこぎ出させ、水底に沈んだり、空を飛んだりして、人間には見ることのできない動物、植物、昆虫の世界へ案内する。ヨハネス少年はこの不思議な世界で妖精王「エルフェンコーニン」オベロン（魯迅訳：上首，妖的王、原文：Oberon, de elfenkoning）から黄金の幸福のかぎを贈られるが、このかぎを使えるときまでウィンデキントの指示する砂丘に埋めておくことになる。そして、ウィンデキントは「最後に、人類についてお話しましょう。それは大きくて役に立たない有害な動物であって、進化の最も低い地位にいます」「人は造物主が最も野蛮に作り出したものです」と彼に説明する。ウィンデキントは美の世界へのロマン的なあこがれを駆り立てるが、黄金の雲のほら穴の神秘の世界へ連れて行くのはまだ早いとして、彼にその意味を語らない（第二章）。夢想世界への誘い役のウィンデキントは、ヨハネス少年を鼠や薔薇の世界へと導き、また黄金虫の生涯の話や蟻の戦争と平和の物語等を彼に話すが、ヨハネスの父親は彼が病気になってしまったのではないかと心配する。しかし、彼はそんな父親の心配をよそに、夢の世界へ想いをめぐらす（第三・四章）。きのこ類の話や十字蜘蛛の大英雄の進化の話を聞いたヨハネス少年は、最後に最も年老いた、最も利口な小人の妖精ウィスティク（魯迅訳「将知」、原文：Wistik）に引き逢わされる。ウィスティクは学問によって真理の光明について記された「本当の書物」を捜し出すべきであることを教え、「それは人類の書物ですか？」とたずねるヨハネス少年に次のように答える。「（それが人類の書物であるかどうかは、）私は知らない。だが、（それが人類の書物だということは、）それほど信じてはいない。なぜなら、本当の書物なら当然大きな幸福と大きな平和をもたらすはずである。——その書物には、何故一切がこのようであり、現在の状況であるかが詳しく記されているはずである。そこでは、誰もこれ以上多くを問うことも、多くを希望することもできない。人類はこの地点までには達していない、と私は信じる」。そして、ウィンデキントが「その書物の存在は、まるでお前の影のような存在なのだよ、ヨハネス」と、教えるが、彼にはその意味が理解できない（第五章）。ヨハネス少年は夢想と現実とが交錯する世界で、人類の書物ではない「本当の書物」を捜し求める。季節が秋から冬へと移りウィンデキント、ウィスティクは姿を隠してしまう（第六・七章）。

（第八章）夢想世界からほのかな愛の情景描写

ヨハネス少年はウィンデキント、ウィスティクが姿を隠してから、人間の世界へ戻るが、夢への想いは断ちがたい。そんな時、人間の少女であるロビネッタ（魯迅訳「栄児」、原文：Robinetta）へ思いをよせる。彼女はウィンデキントと同じ金髪で声もよく似ている。ヨハネス少年は彼女に今まで自分が見聞きしてきたことを語るが、彼女からは「きっと夢でしょう」と言われ、自分でも「すべてが夢を見ていたことだったのか？やはりこれは夢だったのか？」と疑い始める。しかし、少年はまたしても夢へと想いを寄せる。

（第九章と第十章）冷酷な現実世界へ描写

ヨハネス少年はロビネッタから家族に紹介され、「人類の書物は不十分であって、安寧と太平とをもたらさない」、「何故一切がこのような現在の状況になっているかを、はっきりと、また明らかに書いている本当の書物がある」と彼らに語ると、自分たちの信じる聖書、すなわち神を冒瀆する者であるとして、娘との交際が禁止される。そこで、ヨハネス少年がまたもや夢想世界へ入ろうとしている時、「黒い影がすばやく彼を射抜き、彼は恐怖から手で顔を覆った」。すると、前には「大きな黒いコウモリ」のような「黒い男」が立っていた。このコウモリのようにさかだちして世の中を観察する「黒い男」は、名をプライゼル（魯迅訳「穿鑿」、原文：Pluizer「探求者」）といい、今まで少年が見て来たウィンデキント、ウィスティクはすべて幻想にすぎないことを教える。それを聞き、ヨハネス少年は恐怖で戦慄する（第九章）。「ああ、いやだ！僕に夢を見せてくれ！」と頼む少年に、彼は「やい、なまけもの。お前は気ちがいか？夢は愚かなことだ。お前はどこへ行っても活きられないぞ。人間は仕事をし、思考し、探究しなければならない。――それによって、彼はやっとひとりの人間になれるのだ！」と話し、少年を都市へと連れて行く。そしてそこで、プライゼルはヨハネス少年に永遠に探究し続け、死を現実として受けとめる死の神ヘイン（魯迅訳「永終」、原文 Hein）や、自分の古い学生で人の模範とされるドクテル・セイフェル（魯迅訳「番号博士」、原文：Dokter Cijfer「数字博士」）を紹介し、「探究し、思考し、観察しろ！」と言う。そしてまた、ヨハネス少年は人間の「本分」「目的」とは何であるかを聞かされ、「大事業や科学の高貴な権威のために、数匹の兎が犠牲になる」のは当然だという、「一切或いは全無」の冷酷な精神を教えられる（第十章）。

（第十一章）崩れた夢想世界の描写

ヨハネス少年はプライゼルと都市のよごれた通りを歩きながら、人々の生活や仕事を見、人々が苦悩と困難の中で生きている様を見る。そして、夢の中だけで生きている少年に、プライゼルは美しく見える物の実態や現実の姿を冷酷に分析してみせる。一度現実の厳しい姿を知ったヨハネス少年は、再び夢想世界へ入っても、今までのように美しくは感じない。そしてまた、プライゼルは少年に、「これらすべては真実だ。ただ一つだけ真実でないものがある。それはヨハネス、お前自身だ」と告げ、ただ新しい道を歩み、「前進」するように言う。

（第十二章〜第十四章）現実に目醒め、夢と死が同舟の混沌であることの描写

自分の研究に没頭し、光明を探究するドクテル・セイフェルや、苦悩と苦痛に憔悴する病院の中の人々を見て行く中で、ヨハネス少年は、ウィンデキントはもともと存在しなかったものだと思えるようになる。しかし、プライゼルは少年に、「お前はひとりの人間にならなければならない。ひとりの完全な人間に」と言い、研究だけを続けるドクテル・セイフェルは「彼はすべてを見たが、依然としてなにひとつも見ていない。彼は人類を観察する。まるで彼自身とは別もので、彼らとは全く違うもののように。彼は病気や困難な苦しみを経験しても、ほとんど傷つけられない。その上、彼はまだ死とは関係していない。まるで不死のように。彼はただ自分が見たもの、すなわち彼にとって明らかなことを理解しようとするだけだ。だが、それは彼にとっては一様に正当なことである。ひとたび理解しさえすれば、彼はすぐに満足する。お前もこんな風じゃないのか」と言って、プライゼルはドクテル・セイフェルを否定する（第十二章）。現実の悲痛、苦悩、そして死をも見つめなければならない都市の中で、ヨハネス少年は寂寞を感じる。少年は夢想をやめ、夢の消え去った都会の中で、自分自身の苦痛を背負って活き抜かねばならない。ある日、プライゼルとドクテル・セイフェルは、ひとりの死を目前にした病人を見せるため、ヨハネス少年を連れ出す。少年が連れて行かれた所は、かつて彼が住んでいた、なつかしい我家であった。猫のシモンの傍に、ひとりの死を目前にした男

（父親）が横たわっている。この男に対し、プライゼルは解剖すべく「小刀」を振りかざす。少年はこの時初めて、プライゼルに反抗し、戦いを挑む。そして、この時から少年の声はひとりの「男の声」へと変化する（第十三章）。絶望を感じたヨハネスが、疲れ果てた歩みを砂丘に運びその端に立った時、大海原の向こうに黄金の落日の光景があった。そして、足下の崖の下に一隻の船があり、その一方の端には金色の幸福のかぎを持ったウィンデキントがおり、片方の端に深淵な暗さのドートゥ「死」の姿を見いだす。幸福のかぎを手にするには、「死」と共に行かねばならぬことをヨハネスは悟る。そしてヨハネスがこの不思議な舟に近づこうとして、「死」の居る舳先の遙か彼方に目を向けた時、大きな夏雲に囲まれた明るい空間に、「蒼白の顔をした、深くて暗い眼」の「視線には限りない温和さと悲痛さ」を持つ「一つの小さな黒い人影」を見つける。その男はヨハネスに「お前に人々のために泣かせるが、お前は自分の涙の意味を解さない。お前が自分の愛を解さぬ時、お前の胸に愛を注ぎ込む。私はお前といっしょに居るが、お前には私が見えない。私がお前の魂に触れても、お前は私に気づかない」と言う。ヨハネスが「何故、私には今あなたがみえるのですか？」と聞くと、その男は「涙を沢山溜めて、私の目を見なければならない。その上、お前自身のためばかりでなく、私のためにも泣かねばならない。すると、私はお前の所に現れる。お前もまた私を古い友人のように思うだろう」と答える。ヨハネスはその男に手を差し伸べる。しかし、一方にはうっとりとさせられる夢想の路がある。片方は人間性とその苦悩のある路なのである。永遠に二つをいっしょに追求できず、どちらかを選ばねばならないと男に告げられたヨハネスは、ウィンデキントから眼をそらし、厳粛な男の方へと手をさし伸べた。そして、彼の同伴者と共に、彼は凍りつくような夜風に逆らって、あの巨大で、暗黒の都市へと歩んだ。そこには、人間性とその苦悩が存在する困難な路があるのだが（第十四章）。

以上、『小さなヨハネス』の作品世界を紹介した。

日本では、『小さなヨハネス』の全訳はまだ出版されていないが、オランダ語・インドネシア語・マライ語などに精通するオランダ文学研究者で、東京外国語大学名誉教授朝倉純孝は、『世界名著大事典』第六巻（東京・平凡社、一九六一・三）の中で作品『ヨハネス少年』（De Kleine Johannes）の要約を示し、この作品の背景と価値を次のように紹介する。

オランダの作家エーデンの小説で、作者自身の少青年期の精神生活の成長の跡をたどった象徴的な物語。ハーグで出版され幾版も重ねられている。とびら裏に「わが妻に」と書かれてある。本書はオランダ文学中の逸品とされ、外国でもこの作品ひとつのためにオランダ語を学ぶ必要があるといわれた。ここには色彩に富んだ散文詩のようなスタイル、独創的な構想のうちに繊細に感ずる人の深い感情、精神の孤独、自然に対する愛、暖かい人類愛が示されている。小学校の下級生の年令であるヨハネス少年の成長したハールレム市近郊の森や荒れ砂地や砂丘のある環境は、エーデン自身が育った地域であった。

この作品の発表された一八八〇年代のオランダでは、個人的思想の盛んな時代だったが、この作品には、自然主義、新ロマン主義、人道主義などの思潮の流れが象徴されている。

朝倉はさらに大学の講読用テキストとして編んだ朝倉純孝訳註『オランダ文学名作抄』（東京・大学書林、一九七一・一二）に『少年ヨハネス』の第二章のオランダ語原文とその翻訳を収録し、編末の「収録作品背景解説」中で、この作品について次のようにも紹介する。

エーデン（Frederik van Eeden, 1860–1932）は美の追求のみには飽きたらず、象徴詩的物語〝少年ヨハネス〟（De kleine Johannes, 1886）を書き諸外国にも訳された（日本語訳朝倉――日本語訳は、朝倉氏によってなされた上述した『世界名著大事典』での要約と、このテキストでの第二章の部分訳しか刊行されていない――筆者注）。これは少年ヨハネスを主人公とする哲学的・幻想的作品で、オランダの砂丘地帯の風物を背景に、作者エーデン自身の少年期の精神生活を追想する心理解剖と、豊かな詩情とによって生れた傑作である。19世紀英文学の、ディケンズの少年を主人公とする物語や、ルイス・キャロルの〝不思議の国のアリス〟のような空想的・象徴的な物語などが想い合わされて興味深い。

『小さなヨハネス』の作品世界と日本でこの作品の紹介に努めた朝倉純孝の評価を示したが、次に、魯迅訳版『小さなヨハネス』の編末に「附録」として収録する「フレデリック・ファン・エーデン」に書かれているポル・デ・モントの作品の読みを示してみる。

二　ポル・デ・モントの『小さなヨハネス』の読み

彼は八十年代の初めに、最初の長篇の散文詩『小さなヨハネス』(Der kleine Johannes) を発表したが、この作品は今日に至るまで――オランダにおける一大奇跡であり――すでに四版を重ね、こんなに大きく注目を引き付けている。北方でも南方でも、しかも麻痺したオランダ人を本当に感激させたのである。

多くがその通りだ。本当に人を戦慄させる墓場のシーンに、科学研究の情け容赦の無い精神、「絶えず否定する精神」をもつ「穿鑿」が、可哀想で幼く小さな「ヨハネス」を、墓場の中に、死体の中に、うじ虫の中に、そして腐爛の事業が営まれる……に連れて行くというような、ほとんどのところに怒りを感じる。

多くの人はこれは「超越」(overspannen, オランダ人が最も好む一字）だと思っている。しかしながら、ほとんど全てが物語のきっかけで、魅惑的、牧歌的な可愛いい幻想の中へと引き込まれて行く。寂莫した夢幻にある子どもは、丘の上で、きらびやかな花と多くの動物の中で生活している。これらは作者自身も子どものように永遠に信頼していたものである。ウサギ、ヒキガエル、ホタルそしてトンボ、これらはオランダの丘の風景を童話の国に設定したものである。童話の国では、私たちの詩人の愛がまるで一切を超越しているようである。

この物語の始まりから、ほとんど全ての内容が幻想の境中にある。そこでは花や草、鳥や昆虫が全て思想というものを成し、お互いに話し合う。その上、様々な不思議な生物も交流する。これらの生物は精神世界にまったく属していなければ、死ぬべき運命にもまったく属していない。しかも現在の一時期を主宰しているのは優勝劣敗の優勝者ではあるが、そのどんな偉大な者でも追随をゆるさない能力と知識を有している。

しかし「童話」という本来の性質から、「ヨハネス少年」もムルタトゥリィ（Multatuli）の「ウォウテル少年」（Woutertje）の物語に似て、同じように幼い。しかし、ただ見聞きした、外界で感じられる詩がならんでいるこの作品よりは遙かに優れている。この作品全体の表現は児童の簡単な言葉に近いが、このような強制的な表現の威力が、決して夢境にいるのではなく、ごく身近の現実にいるのだと感じさせる。

『小さなヨハネス』は哲学的な童話のようでもあり、多くの隠された自伝が潜んでいる。この小さい寓言の中の人物、「旋児」（ヒルガオの子と名づけられた大トンボの妖精、ウィンデキント“Windekind”――筆者注、以下同じ）、「将知」（小人の妖精、ウィスティク“Wistik”）、「栄児」（人間の少女、ロビネッタ“Robinetta”）、「穿鑿」（科学研究の冷酷なる精霊、プライゼル“Pluizer”）は、私たちが当然であると考える詩に対して、私たちが自覚していない感覚をもっている。これらは、その感覚の中から抜粋され、発見される人格化であり、また抵抗できない知識欲、最初の可愛らしい夢であり、あらゆる私たちの、どのようなの、何なの、何故なのという問題に対し、彼らの意気消沈させる回答で、真実に、辛辣に反問するものでもある。

以上、「フレデリック・ファン・エーデン」におけるポル・デ・モントが読み取る『小さなヨハネス』の内容である。これは後に引用する魯迅「序言」に書かれている内容とあまり変わらない。あまり変わらないというよりは、魯迅が「序言」に描く感慨の骨格は、ポル・デ・モントの読みをもって来て取り込んだのであり、この文章が附録として同時に併載されているからこそ理解できる部分もある。例えば、魯迅「序言」にある「どこかで、青年の生命が滅亡し、もしかしたら今まさに殺戮が行われ、今まさに呻き声をあげ、今まさに'腐爛の事業が営まれ'、この事業の材料を供することになるやも知れぬことなど、まるで意に解さぬようである」という文章は、ポル・デ・モントが「エーデン」に『小さなヨハネス』第十一章に描く墓場を遊覧する凄惨な場面の内容をもとに、大きな黒いコウモリのような男、科学研究の冷酷なる精霊プライゼルが、「可哀想で幼く小さなヨハネスを墓場の中に、死体の中に、うじ虫の中に、そして腐爛の事業の営まれる……に連れて行く」と書いており、魯迅の文章はこのポル・デ・モントが「腐爛の事業が営まれ」と書いたところを受けている。厨川が「文芸は象徴の暗示性刺戟性によって、巧みに読者を一種の催眠状態に導き幻想幻覚の境に入らしめる」と言い、ポル・デ・モントが「この物語の始まりから、ほとんど全ての内容が幻想の境中にある」と語るところは、お互いに呼応し、共鳴しあい、魯迅が共感を示した厨川理論の実作として、『小さなヨハネス』を高く評価するだろうことは想像に難くない。実際、魯迅は『小さなヨハネス』を高く評している。

三　魯迅の読みと作品評価――象徴化された「夢」「愛」「死」「混沌」の現実世界

日本留学中の一九〇六年夏、神田の古本屋街で『小さなヨハネス』にめぐり逢っておよそ二十年後の一九二六年七月になってから、魯迅はこの書物の翻訳に着手した。またそれは、『故事新編』中の『鋳剣』の執筆時期に重なり翻訳と創作が同時進行していた。魯迅は『小さなヨハネス』の翻訳を通し、その物語展開とそこに描かれる人名の象徴化の意味を深く探求することにより、『小さなヨハネス』の作品世界に「夢」「愛」「死」「混沌」の象徴性を読み取っていた。

魯迅は「序言」で、「この作品はまさに序文に言うように、一篇の〝象徴写実的な童話詩〟である。無韻の詩であり、大人の童話である。というのは、作者の博識と感受性の鋭敏さとは、或いはすでに大人の童話というようなものを超越しているのかもしれない」と書くように、作品に描く象徴性や写実性に共感を示す。そして、「私は人の愛があり、赤子の心を失いさえしなければ、どんなところにも〝人類と彼らの苦悩が存在する大都会〟をもつ人々がいることを感じるであろうと予感しているのである」と、「人の愛」と「赤子の心」の重要性を、魯迅は力説する。「赤子の心」については、魯迅の愛読書であったニーチェ『ツァラトストラかく語りき』にそれを読み取って以来、エロシェンコの童話集の中でもそれを感じ取り、今ここで再びその精神を強調する。そしてさらに、『小さなヨハネス』の作品世界に読み取った思想性を、魯迅は「私には少しずつ解ってきた。ここが沈黙の都会だとしても、私の生命はまだ存在し、逐次敗退したにせよ、私は実際にはまだ滅亡してはいないのだということを」として、自分自身へと転化する。

この作品に描かれる象徴世界は、ここまで魯迅が歩んで来た過去の行程を振り返えらせる一つのきっかけ足り得たのではないだろうか。「若き日の魯迅」＝「ヨハネス少年」と考えるのは、あまりに性急である。しかし、魯迅自身の一側面を捉えはしていないだろうか。すなわち、ヨハネス少年が花園に住み、夢想世界に憧憬を示す姿は、魯迅が『百草園より三味書屋へ』で描く、幼き日の魯迅の姿をも彷彿させるものがある。また、魯迅が幼い日々を回想する作品『故郷』『宮芝居』等には、必ず抒情的で夢のような美しい旋律が流れている。その美しい旋律が、この作品では象徴的、幻想的なモチーフに転じはするが、確かに魯迅の嗜好にあう作風である。その上、魯迅がこの作品に写実性をも感じるとすればなおのことである。

魯迅は「彼（ヨハネス）が自己の内面に神を認めるに至って、〝人間性とその苦悩が存在する大都会〟を直視しようとした時、この書物はこの世には存在せず、ただ二つの所からのみ手に入るということをはじめて知る。一つは〝旋児〟、すなわちすでに失われた始源と自然とが一体とあった混沌であり、もう一つは〝永終〟すなわち死であり、いまだ至り来ぬ再生と自然とが一体となる混沌である。そして明らかに見てとれるのは、この彼ら二人がもともと同舟であることだ……」、と『小さなヨハネス』の結末部を読み取る。そして、「赤子の心」＝「夢」と「死」とは同じ舟にあることを感じ取った魯迅の心境は、一九二六年に起こった「三・一八事件」との関係を抜きにしては語れまい。すなわち、北京女子師範大学事件で、許広平らと共に退学処分された魯迅の教え子劉和珍が、一九二六年三月一八日に発生したいわゆる「三・一八事件」の事件の犠牲となったことである。魯迅の教え子の死は、彼自身に死を現実のものとして実感させた。そこには、夢に破れた若者の死があったからである。そして、魯迅はこの時、『花なき薔薇の二』で「ああ、人と人との魂は通じあわぬものだ」「墨で書かれたでたらめは、決して血で書かれた事実を隠しきれない」と語る。このことは、『小さなヨハネス』の中で描く、人間批判や人間界には「本当の書物」が存在しないことを暗示するようでもある。しかし最後にヨハネスが、「旋児」＝「夢」と訣別し、自分の影の存在でもあり、「死」を遙か越えた所に存する「愛」の象徴でもある「小さくて黒い人影」へと手をさし伸べ、「人間性とその苦悩の存在する大都会」へ向かう姿は、魯迅が今までに起こった事実を事実として客観的に見定め、シリアスなまでに冷酷な現実世界を、許広平と共に活きぬこうとする決心が読み取れるようでもある。

この「三・一八事件」に関し、丸山昇は次のように述べる。

ただ魯迅がここで何よりも感じたことは、そこに現に戦いが行われ、教え子を含めて現に人が殺され、血が流されているという重みである。『請願』が無意味なものであっても、それに対して大虐殺が行なわれたという事実、そしてそこに身を挺した人がいるという事実、そこへ行きかけた許広平を、このような事態を予感しもしなかった彼が気軽に引きとめたという事実、つまり劉和珍らは死に許広平は生き残ったという事実、そして彼は『平和な心』で『花なきバラの二』を書いていたという事実……『人と人との魂は通い合わぬものだ』という言葉は、それらすべてをひっくるめたこの事件の重みに、ほとんど耐えかね、しかもそれに耐えている魯迅の呻きに近い。(8)

この文章は、「三・一八事件」発生による魯迅の心境をたいへんよく表現していると思う。そしてこの事件は、『小さなヨハネス』に言う、「夢」と「死」とが同一の舟にあることを象徴するかのようである。すなわち、「穿鑿」が「夢は愚かなことだ」と言うが、その「夢」＝「希望」＝「請願」のために、「死」が訪れる。「夢」と「死」とは不可分の関係、すなわち表裏一体の関係にあったという事実を、魯迅が認識した。そのことによって、『小さなヨハネス』に描かれる象徴世界に写実性を認める形で魯迅はこの作品を理解したのであろうし、また、現実世界も「夢」「愛」「死」「混沌」の象徴が具体的に写実化された世界であるとの認識を強めたものであると想定される。

一九二一年八月から一九二三年七月までの時期にかけて、魯迅はエロシェンコの童話十四篇の翻訳に従事していた。(9) 魯迅が一九二一年一一月一〇日付を記す「『魚の悲しみ』訳者附記」の中で、「私個人の意見では、この作品の一切のものへの同情は、オランダ人エーデン（F. van Eeden）の『小さなヨハネス』(Der Kleine Johannes)と非常によく似ている」(10)として、エロシェンコの童話の翻訳中に、一九〇六年に読んだ『小さなヨハネス』のことを思い返している。魯迅はエロシェンコの童話に「赤子の心」(11)や「童心の美しい夢」(12)を読み取っているが、同種の感覚をエーデンの童話にも読み取っていたことは、エロシェンコとエーデンの童話をある種の系列を形作る思潮として考えることを可能にする。すなわち、エロシェンコの童話を「夢」系列の童話、エーデンの童話を「夢」から「死」、そして「死」を乗り越えた「愛」を描く童話として捉えていたように考えられる。

エロシェンコの童話に描かれる夢の世界、そして、「三・一八事件」に象徴される死の世界、この二つを合わせもつ『小さなヨハネス』の夢と死の世界。これを一つの系列として理論的に接合したのが厨川白村『苦悶の象徴』である。魯迅は、厨川白村『苦悶の象徴』に描く「象徴の暗示性刺戟性」を論じる理論的な実作として、『小さなヨハネス』を読み取っており、「三・一八事件」「四・一二クーデター」で流された現実の「血」を媒介として、一九二六年以前の段階ではまだ十分看取できていなかった現実の象徴化の意味を明白に意識化したのであろう。

作品の内容と魯迅自身との関わりを論じる前に、翻訳の文体について述べておきたい。

筆者が紹介した文章でも、童話の文体にはなっていないが、魯迅の翻訳でも童話の文体ではない。そのことについて、魯迅は「序言」の中で次のように述べる。

つとめて直訳しようとすると、文章が却って難解になる。欧文では明晰だが、私の力では実際にこれを伝えることができない。『小さなヨハネス』で使われているのは、ポル・デ・モントの言うように〝子供っぽい平易な言語〟なのだが、翻訳してみると、難しさを痛感させられ、やはり不本意な結果となってしまった。

魯迅はエロシェンコの童話十四篇を翻訳する際にも、だいぶその文体に気をくばっていたが、『小さなヨハネス』の中国語訳からは、その原文が童話であることはほとんど読み取れぬぐらいの、難解な文体となっている。それは、魯迅の文章が文言と口語との過渡期に位置していたことにも起因していようが、それ以上に、『小さなヨハネス』の内容に負うところが大きいように思える。

魯迅の「序言」には『小さなヨハネス』に対する魯迅自身の読みが示される。

これはまさしく序文（ラッシェ「原文序」――筆者注）にいうとおり、一篇の「象徴と写実の童話詩」である。無韻の詩、大人の童話である。作者の博識と感性の鋭さのために、もしかするとすでにふつうの大人の童話を超越しているかもしれない。その中に描かれる、黄金虫の一生、菌類の言行、螢の理想、蟻の平和論などはすべて現実と幻想の融合である。私が些か心配するのは、もし生物界の現象にあまり関心を寄せていない人だと、このことが原因して多少興味が損なわれやしまいかということである。しかし私は、人の愛があり、赤子の心さえ失わなければ、どんなところにも「人間性とその苦悩が存在する大都会」の人々がいることを感じるであろうと予感している。

これは実際人間性の矛盾であり、禍福がからみあった悲しみと歓びなのである。

オランダの海岸の砂丘の風景は、本書の描写だけでも、すでに人を魅了させるに充分である。だが私の住む白雲楼は違っている――満天炎熱の太陽、時折降りしきる縄ほどのスコール、前方の小さな港には十数艘の蛋民の舟、一艘が一家、一家が一世界、その談笑悪態慟哭の中に、大都会の歓びと悲しみがある。どこかで、青春の生命が滅亡し、もしかしたら今まさに殺戮が行われ、今まさに呻き声をあげ、今まさに「腐爛の事業が営まれ」、この事業の材料を供することに成るやも知れぬことなど、まるで意に解さぬようである。しかし私は次第に解かってきた。ここが沈黙の都会だとしても、私の生命はまだ生存し、逐次敗退したにせよ、私は実際にはまだ滅亡していないのだということを。ただ「夏雲」（『小さなヨハネス』の終末部に、ヨハネスは一艘の舟の中に、黄金の幸福のカギを持つヒルガオの子と名づけられた大トンボの妖精ウィンデキントと永遠の終わりで深淵な暗さのドートゥ「死」とを見いだす。そしてヨハネスがこの不思議な舟に近づこうとして、路の遙か彼方にある「死」の居る方へと目を向けた時、大きな夏雲に囲まれた明るい空間に、一つの小さい黒い人影を見つける。ついに彼はこの黒い人影を同伴者となして暗黒の都市へと向かう困難な路を選びとることになる――筆者注）は見えないだけだ。時折陰雨が晴れたり降ったりしているのに苦しめられているが、もうこの訳稿をまとめる時になったようだ。そこで、五月二日に着手し、少し手を加え、清書し、月末に完成したが、一ヶ月もかかってしまった。

以上が一九二七年五月三〇日の「序言」に書かれた、魯迅の『小さなヨハネス』の読みである。魯迅はこの作品が一篇の「象徴と写実の童話詩」であり、「現実と幻想の融合」であるという。この作品の中では「黒」（オランダ語原文：zwart「ズヴァルト」）が全篇に亙って多用される。その回数は百回以上に及び、「現実」と「死」の描写の時に、魯迅訳「憂愁」「寂莫」「沈黙」「恐怖」「悲痛」という言葉とともに添えられる色である。魯迅は「どこかで、青春の生命が滅亡し、もしかしたら今まさに殺戮が行われ、今まさに呻き声をあげ、今まさに、腐爛の事業が営まれ、この事業の材料を供することに成るやも知れぬ」と、四月一二日に蔣介石によって策動された、反軍閥の武装闘争を敢行してきた共産党系の市民・学生三千余名への虐殺の事実、そして中山大学の自分の教え子が犠牲になった事実に触れ、「もうこの訳稿をまとめる時になったようだ」とその感慨をもらしている。魯迅は一九二六年八月、軍閥支配下の北京を離れ、五ヵ月余り厦門に滞在した後、広州においてこの惨事に遭遇するが、『小さなヨハネス』の翻訳に着手するほぼ四ヶ月前の二六年三月一八日にも、段祺瑞政権下の北京で軍警の発砲により、教え子劉和珍を含む学生・市民四七名が死亡し、一六四名が負傷する事件に遭遇しており、歴史はまたも繰り返されたわけである。「私は次第に解かってきた。ここが沈黙の都会だとしても、私の生命はまだ生存し、逐次敗退したにせよ、私は実際にはまだ滅亡していないのだということを」とは、生と死が表裏一体の関係だとしても、生き残った自分自身である魯迅と許広平がいるという事実の重みを表明しているかのようである。すなわち、彼をこの絶望的状況の中に踏み止まらせたのは、二七年一月一一日の『両地書』「百十二」において、「私は愛することができるのだ」と表明した許広平への愛である。

また、ヨハネスは童話の中で、人類が最終的に到達すべき、幸福と平和をもたらし、すべてを知ることのできる「真の書物」を捜し求めている。この「真の書物」の真とは、「序言」で魯迅が「『ヨハネス・フィアトル』一名『愛の書物』は『小さなヨハネス』の続篇であり、完結篇でもある」と書くように、「愛」のことである。また、ポル・デ・モントの『ヨハネス・フィアトル、愛の書物』（ドイツ語訳："Johannes Viator, das Buch von der Liebe"）の作品説明によれば、「今はすでに成長したヨハネスが、人類の苦悩に溢れる大都会で自分の住むべき場所を選びとった後、そこで悲壮な路を歩み、悲壮と愛により、自己の性格の浄化を達成する。この悲壮と愛という二つが彼を明るく潔白で、高遠な理想と純真な感覚をもつ人間へと成長させたのである」と述べ、悲壮と愛がヨハネスを新たな人間へと浄化させたことが解かる。童話続篇の中で、悲壮と愛を体験し成長したヨハネスの姿は、現実の中で、悲壮と愛を体験し何かが変わろうとしている魯迅の姿に投影されているかのようである。ここにおいても、「三・一八事件」「四・一二反共クーデター」の発生により体験した若き教え子たちの死という現実への悲壮感と憤慨感、そして苦悩葛藤の末に表明した許広平への愛を、魯迅自身が経過してきただけに、彼が『小さなヨハネス』に寄せる共感の深さが窺い知れる。

さて次に、魯迅は「文章は直訳に近づけようと心がけたのとは反対に、人名のほうは意訳した。何故ならそれが象徴だからだ」と述べているが、魯迅が読みとった『小さなヨハネス』における象徴の意味を述べる「序言」の文章を見て行こう。

人名の象徴化

人は幼少にあっては、「旋児」（ウィンデキント、'Widekind'――筆者注、カッコ内以下同じ）に追随し造化を友とする。幸か不幸か、少し成長すると、どんなの、なんなの、なぜなの?と、知を求める。こうして知識欲の具象化――小人の妖精「将知」（ウィスティク、'Wistik'）――を招くこととなる。さらには科学研究の冷酷なる精霊――「穿鑿」（プライゼル、'Pluizer'）に出会う。幼年期の夢は粉微塵に打ち砕かれ、科学的研究とは、「学習することはすべての始まりであり、結構なことである……しかし研鑽を積めば積むほど、そのすべてはますます寂寥として、ますます暗澹となる。」……ただ「数字博士」（ドクテル・セイフェル、'dokter Cijfer'）だけは幸福である。すべての結果がただ紙の上の数字に変わりさえすれば、彼は満足し、彼にとっては光明を見たことに匹敵する。誰がさらに進み出て苦悩を得ようなどと思おうか。なぜか?それは彼が少しばかり知っても、すべてを知ることはできず、所詮は「人類」の一人であり、自然と一体となって天地の心をわが心とすることができないからである。ヨハネスはまさに、それを読めばすべてを知ることができるような一冊の書物を求めていた。しかしそのことのためにかえって、「将知」や「穿鑿」に出会い、最後は「数字博士」を師とするほかなく、さらに一層苦痛を増すこととなる。彼が自己の内面に神を認めるに至って、「人間性とその苦悩が存在する大都会」を直視しようとした時、この書物はこの世には存在せず、ただ二つの所からのみ手に入るということをはじめて知る。一つは「旋児」、すなわちすでに失われた始源と自然とが一体となった混沌であり、もう一つは「永終」（ヘイン、‘Hein’）すなわち「死」（ドートゥ、‘Dood’）であり、いまだ至り来ぬ再生と自然とが一体となる混沌である。そして明らかに見てとれるのは、この彼ら二人がもともと同舟であることだ……

上記で魯迅が解釈した象徴性で注意を要する象徴が三つある。一つはウィンデキント「旋児」、いま一つはプライゼル「穿鑿」、最後の一つがヘイン「永終」（＝「死」）である。この三つの象徴とヨハネスとの関係を中心に、魯迅におけるその象徴の意味を考えてみよう。

『小さなヨハネス』の第二章で、ヒルガオの萼に生まれたのでヒルガオの子と名づけられたウィンデキント「旋児」は、ヨハネスの夢想世界への憧れをかなえる役をもって登場する。「旋児」は、大きな空色の水トンボの羽が旋回して二つの眼のようになり、そこから小さな細っそりした、水色の服を着た、白いヒルガオの冠をかぶった金髪の大トンボの妖精である。魯迅は「旋児」を、「すでに失われた始源と自然とが一体となった混沌」と述べ、「混沌」の象徴としている。また、「人は幼少にあっては、〝旋児〟に追随し造化を友とする」とも書かれている。「造化」とは「自然」ことであろうが、魯迅は中国語で「造化」と「自然」とを使い分けているので、この「造化」とは内容的には「自然の神秘」「自然の驚異」「自然の妙」を意味し、象徴的には「造物主」すなわち「神」を意味するのだろう。そして魯迅が広義に「混沌」の象徴とした「旋児」は、狭義には「禍福がからみあった悲しみと歓び」の中の「歓び」

の象徴であり、また「こどもの夢の世界」の象徴、「赤子の心」「汚れ無き、純真無垢の精神」の象徴、すなわち「夢」の象徴であると考えられる。

次の象徴プライゼル「穿鑿」は第九章に登場する。ヨハネスは「旋児」に導かれ、妖精王オベロン「上首」から黄金の幸福のかぎを贈られるが、これを真に使えるときまで「旋児」の指示する砂丘に埋めておくことになる。一方、小人の賢人「将知」は学問によって真理の光明について記された「真の書物」――大いなる幸福と大いなる平和をもたらす――を捜し出すべきであることを、「旋児」は「人は進化の最も低い位置にいる」こと、「人は造物主が最も野蛮に作り出したものである」こと、「真の書物の存在は、まるでおまえの影のような存在（中国語：你的影子的存在、オランダ語：uw schaduw bestaat）である」ことを、それぞれヨハネスに告げるが、彼にはその意味が理解できない。そして冬になり「旋児」「将知」がヨハネスの前から姿を隠すと、彼は「旋児」によく似た声と金髪をもつ人間の少女ロビネッタ「栄児」に恋心を寄せるが、「旋児」「将知」から聞いた言葉を彼女の両親に話すと、聖書と神を冒瀆する者として、娘との交際が禁止される。ヨハネスは失望して、またしても「夢」と「幻想」を追い求めて森へと入ると、「黒い影」（中国語：黒影、オランダ語：zwarte schaduw「ズウァルト　スハドゥー」）がすばやく彼を射貫き、彼は恐怖から手で顔を覆った、すると「大きな黒いコウモリ」のような「黒い小男」が立っていた。この「黒い男」は名を「穿鑿」［魯迅は「科学研究の冷酷な精霊プライゼル‘Pluizer’（ドイツ語クラオバー‘Klauber’）は、ほんとうは『挑剔者』と訳すのが最もよい。挑は選択する意味であり、剔はあら捜しする意味だからだ」と言ったあとで、北京女子師範大学の学生運動を支持した彼を攻撃した『現代評論』派の陳源を挑発するといけないから、『穿鑿』とするにこしたことはないと書いている」といい、ヨハネスに「旋児」「将知」は幻想にすぎず、「人は仕事し、思考し、探究しなければならない」ことを教える。この黒い男、探究者は、ヨハネスに科学の世界を案内し、人間界の暗黒面を暴いて見せ、死の運命「永終」を知らせる。さらには死体の腐爛する墓場にまで彼を連れて行き、これこそ真実だと教えるのである。

黒い男「穿鑿」を、魯迅は「科学研究の冷酷なる精霊」、ポル・デ・モントは「科学研究の情け容赦のない精神」と書いているが、さて、象徴としては何を意味しているのだろう。魯迅は探究者プライゼルを「穿鑿」とした理由を、「まして中国の所謂『日に一竅を鑿ちて渾沌死す』(13)というのは、彼がヨハネスを自然の中から引き離したことにもよく似ている」と分析している。

黒い男「穿鑿」は狭義には「科学研究の冷酷なる精霊」「科学研究の情け容赦のない精神」の象徴ではあるが、広義には「相対的に際だった陰陽二極の価値観・内面性」、「人間性の矛盾」の象徴であろうと思われる。

三つ目の象徴へイン「永終」は、「禍福がからみあった悲しみと歓び」の中の「悲しみ」の象徴、すなわち「死」の象徴であり、一番解かり易い。

「永終」は最初に第十章で「穿鑿」の言葉の中に登場する。ヨハネスはそれが「死」のことであるとすぐに理解する。そして最後の第十四章で、ヨハネスがすべてに絶望し、疲れ果てた歩みを砂丘に運びその端に立ったとき、大海原の向こうに黄金の落日の光景があった。そして足もとのがけの下に一艘の舟があって、その一方の端では幸福のかぎをかざして「旋児」が手招きしており、片方の端には深淵な暗さのドートゥ「死」が乗っていた。そしてヨハネスがこの不思議な舟に近づこうとして、路の遙か彼方へと目を向けた時、大きな夏雲に囲まれた明るい空間に、「一つの小さな黒い人影」（中国語：一個小小的黒色的形相、オランダ語：een kleine, zwarte gestalte「ズヴァルト　ヘスタルテ」）を見つける。ついに、幸福のかぎの方へ行くためには、「死」と共に、さらには「死」をも乗り越えた所に存する「愛」と共に行かねばならぬことを悟ったヨハネスは「旋児」から目をそらし、この「黒い人影」を同伴者として暗黒の都市へと向かう困難な路を選びとることになる。

魯迅は「永終」すなわち「死」を、「いまだ至り来ぬ再生と自然とが一体となる混沌」であるとして、いま一つの「混沌」の象徴と考えている。また、魯迅は「彼が自己の内面に神を認めるに至って、〝人間性とその苦悩が存在する大都会〟を直視しようとした時、この書物はこの世には存在せず、ただ二つの所からのみ手に入るということをはじめて知る」と書いている。「自己の内面に神を認める」の「神」とは、神という抽象的な概念を察知できる能力はそれぞれの人間個人の内面に委ねられ、「夢」「愛」を感じ取る能力であるが、ここでは人の「愛」を指すのであろう。「この書物」のこのとは「愛」であり、「ただ二つの所」とは「二つの混沌」――「夢」「死」である。「そして明らかに見てとれるのは、この彼ら二人がもともと同舟であることだ」と魯迅は結論する。

まとめ

魯迅と『小さなヨハネス』の出会いからその作品世界までを、「象徴」をキーワードに詳しく論じてきた。ここで繰り返しになるが、この『小さなヨハネス』と『苦悶の象徴』及び創作『鋳剣』の関係をもう一度整理し、魯迅における『小さなヨハネス』の存在意義の結論としたい。

魯迅は、一九二四年二月号に掲載の成仿吾著「『吶喊』の評論」をきっかけに、自分の著作に使われた近代文芸理論とは如何なるものであるのかを意識し、文芸理論、文芸思潮の書籍を精力的に蒐集し始めた。このことが、二四年四月からの『日記』「書帳」の変化に顕われていた、と筆者は考える。そしてその際入手した西洋近代文芸に関わる理論書の中に、魯迅は文芸思潮の流れにおいて、それぞれの創作手法上の流派や主義の特徴とは如何なるもので、どのような形式で表現されるのかを独創的な発想と表現手法で紹介した書籍に巡り会った。それが厨川白村の『近代文学十講』『苦悶の象徴』などの一連の著作であった。その中、『苦悶の象徴』は特に魯迅の共感を博した。魯迅は、二四年九月二二日から一〇月一〇日にかけて一気に『苦悶の象徴』の翻訳を完成させると、今度はすぐ、『象牙の塔を出て』の翻訳に着手している。このことからも魯迅の厨川白村の文芸理論に対する熱の入れ具合を見て取ることができる。『苦悶の象徴』翻訳からおよそ二年後、魯迅の意識の底に二十年間潜在していた『小さなヨハネス』は、『苦悶の象徴』からの刺戟と、ドイツ語に堪能な教育部の同僚斉寿山の協力を得て、二六年七月六日から八月一三日までのおよそ一ヶ月をかけて、その翻訳の姿に目鼻立ちがつくようになった。二七年五月二日から訳稿の整理・校正を開始、五月二六日に「本文」の訳了、三一日に「序言」を書きあげ、六月一四日には「附録」を加えた『小さなヨハネス』全篇が完成した。魯迅は理論書である『苦悶の象徴』に描かれた象徴性の概念受容から、『小さなヨハネス』という具体的な創作の中で描かれた象徴化の意味とその創作手法を吸収したのであった。そしてまた、注意すべきは、魯迅に一九二六年八月二六日の北京脱出から、二七年一〇月三日の上海到着まで、日本書・洋書の入手先が困難な時期があったことであり、この『小さなヨハネス』の翻訳と『鋳剣』の創作が同時進行していたことである。魯迅には他に仕事が無いと創作し、その創作にはその時点までに咀嚼・吸収した文芸流派の創作・表現手法を実験的に取り込む傾向がある。魯迅は理論書としての『苦悶の象徴』を咀嚼・吸収することにより、象徴とは何なのか、またそれはどのように抽出されるのかを理解した。一方、幻想的な素材であり、写実的象徴主義の手法を体現するのに成功した『小さなヨハネス』は、魯迅が自己の創作『鋳剣』にその象徴化の表現手法を投影させる際の、創作モデルとなっていた、と筆者は考える。

【注】

（1）『小さなヨハネス』はオランダ語原題“De Kleine Johannes”で、魯迅が入手したドイツ語版はアンナ・フレス Anna Fles 訳の“Der Kleine Johannes”である。ドイツ語・オランダ語ともに‘Kleine Johannes’とは「ヨハネス少年」ぐらいの意味だろう。Johannes「ヨハネス」は Johann「ヨハン」という基幹語の変形であるが、一方、「ヨハン」と「ヨハネス」とはそれぞれ別個の男性の固有名詞として現に存在する。魯迅の中国語訳は「小さなヨハン」になっているが、ここでは「小さなヨハネス」としておく。ところで、北京魯迅博物館編『魯迅手蹟和蔵書目録――第三集外文蔵書目録』（内部資料、一九五九・七）には、魯迅が翻訳底本とした下記のアンナ・フレス訳のドイツ語版の所蔵が確認されているが、筆者が参考に使用したのは一九六六年版のオランダ語原文である。

・Frederik van Eeden : *Der Kleine Johannes*. Autorisierte Übersetzung aus dem Holländischen von Anna Fles. Mit einem Vorwort von Dr. Paul Raché. Halle a.d.S.,O.Hendel, 1892.

・Frederik van Eeden : *De kleine Johannes*, Mouton & Co. Uitgever'S—Grgavenhage, 1966.

（2）孫昌熙・韓日新「『鋳剣』完篇的時間、地点及其意義」『《故事新編》研究資料』山東文芸出版社、一九八四・一、原載『吉林師大学報』一期、一九八〇・三

（3）魯迅訳の厨川白村著作の版本の出版状況を編末に【資料・魯迅訳の厨川白村著作の版本の出版状況】として示しておく。厨川白村と魯迅に関する主要な論文に以下のようなものがある。

（日本）

①丸山　昇「魯迅と厨川白村」『魯迅研究』二一号、魯迅研究会、一九五八・一二

②楠原俊代「魯迅と厨川白村」『中国文学報』二六冊、京都大学文学部中国語学中国文学研究室、一九七六・四

③中井政喜「厨川白村と一九二四年における魯迅」『野草』二七号、一九八一・三

④相浦　杲「魯迅と厨川白村」『伊地智善継・辻本春彦両教授退官記念　中国語学・文学論集』東方書店、一九八三・一二／『中国文学論考』未来社、一九九〇・五

⑤林　叢「魯迅と白村、漱石」『比較文学』三七号、日本比較文学会、一九九五・三

（中国）

①劉　柏青「魯迅与厨川白村」（長春『日本文学』一九八四年第一期）

②許　懐中「魯迅与厨川白村的『苦悶的象徴』及其他」（魯迅研究学会『魯迅研究』中国社会科学出版社、一九八四年第四期総一〇期）

③黄徳志、沈玲「魯迅与厨川白村」北京魯迅博物館『魯迅研究月刊』総二三二期、二〇〇〇年第一〇期

（4）北岡正子「独逸語専修学校に学んだ魯迅」『魯迅研究の現在』汲古選書、一九九二・／所収『魯迅　救亡の夢のゆくえ——悪魔派詩人論から「狂人日記」まで』関西大学出版部、二〇〇六・三

（5）立間祥介「『黒い男』と魯迅」（『北斗』一一、一九五六・一一）では、「三・一八事件」との関係を中心に『鋳剣』論じ、『鋳剣』は魯迅が青年たちに、自分が「黒い男」となることの決意の表明した作品であり、復讐者＝革命者としての自己を確立した作品であることが述べられる。

（6）藤井省三「魯迅における『白心』の思想——エーデンの童話と蕗谷虹児の抒情画」（『GS』三、一九八五・一〇）には、『小さなヨハネス』の翻訳の完成が「四・一二クーデター」により、国民革命の夢が破れ、多数の青年が虐殺されていく絶望的状況の下でなされ、そこには純真無垢の精神こそが不条理なる現実を最も良く認識しうるのであり、人をして革命者たらしめるのは「人の愛、赤子の心」を支えに、「人類とその苦悩が存在する」状況を直視し続けた思想のあることが指摘されている。

（7）山田敬三『魯迅の世界』「魯迅と『白樺派』の作家たち」（大修館書店、一九七七・五）の中で、山田氏はこのことに対して次のように指摘している。

要するに魯迅にとっては、武者小路実篤という公卿出身の日本人作家など別にどうということはなかったのだ。魯迅が彼の作品を中国に扶植しようとした最大の意図は、それが日本人の「獣性」をついたと同じ刃で、彼の愛する中国民衆の膿を切開してくれると判断したことである。同じように『或る青年の夢』に感銘を受けても、魯迅のこのような視点は、周作人にはまったく欠落していた。従って、作人が共鳴して北京支部を組織し、宮崎日向にまで訪れて協力した「新しき村」の構想に対しても、魯迅は沈黙のまま終始している。この点では『武者小路兄へ』によって、その企てが「失敗に終る」ことを予告した有島武郎の視座と、魯迅のそれには相互に通い合うひろがりがある。そして資質的にも、周作人はより武者小路に近く、魯迅は有島により親しい感情をもっていた。

（8）丸山昇『魯迅　その文学と革命』東洋文庫四七、平凡社、一九六五・七、一九八頁

（9）　拙稿『魯迅とエロシェンコ』（大阪外国語大学中国文学研究会『求索』創刊号、一九八六・一）参照

（10）『魯迅訳文集』第二巻収録「『魚的悲哀』譯后附記」、五二八頁（初出『婦女雑誌』月刊第八巻第一号、一九二二・一・一）、学研版『魯迅全集』一二巻参照

（11）注（10）に同じ、「『狭的籠』譯后附記」五二七頁

（12）注（10）に同じ、『愛羅先珂童話集』「序」二〇五頁

（13）『七竅を鑿ちて渾沌死す』は『荘子』内篇「応帝王」第七の最後の寓言

南海の帝を儵《しゅく》といい、北海の帝を忽《こつ》といい、中央の帝を渾沌《こんとん》という。あるとき儵と忽とが、渾沌のすむ土地で出会ったことがある。主人役の渾沌は、このふたりをたいへん手厚くもてなした。感激した儵と忽とは、渾沌の厚意に報いようとして相談した。「人間の身体にはみな七つの穴があって、これで、見たり、聞いたり、食ったり、息をしたりしている。ところが、渾沌だけにはこれがない。ひとつ、穴を開けてあげてはどうだろうか」そこでふたりは、毎日一つずつ、渾沌の身体に穴をあけていったが、七日目になると渾沌は死んでしまった。（森三樹三郎訳注『荘子内篇』中央文庫、一九七四・三より）

【資料・魯迅訳の厨川白村著作の版本の出版状況】

書 名 (頁数)	出版年月・版本	叢 書 名	出 版 社	発行部数 (価格)
	1924.12、初版	未名叢刊(巻末)	北京大学・新潮社代售	1500(５角)
	1926.３、再版	未名叢刊(巻末)	北平・上海・北新書局	1500
	1926.10、３版	未名叢刊(巻末)	上海・北平・北新書局	1500
	1927.８、４版	未名叢刊(巻末)	上海・北平・北新書局	3000
	1928.８、５版	未名叢刊(巻末)	上海・北平・北新書局	2000
苦悶的	1929.３、６版	未名叢刊(巻末)	上海・北平・北新書局	3000
象徴	1929.８、７版	未名叢刊(巻末)	上海・北平・北新書局	2500
(147＋８)	1930.５、８版	未名叢刊(巻末)	上海・北平・北新書局	3000
	1931、重印		上海・北平・北新書局	
	無出版日期、10版			
	無出版日期、11版			
	1935.10、12版		上海・北平・北新書局	(５角半)
(139)	1960.８、第１版		香港・今代図書公司	
(85/262)	2000.１、第１版	世界散文名著叢書	天津・百花文芸出版社	4000(14元)
	2000.７.20、第１版		台北市・昭明出版	(220台ドル)
(197)	2002.12.16、初版	軽経典	台北県新店市・正中書局	(200台ドル)
	2002.12.26、再版	軽経典	台北県新店市・正中書局	
(117)	2007.７、北京第１版	天火叢書	北京・人民文学出版社	5000(10元)
	1925.12、初版	未名叢刊(表紙)	北平・未名社	3000(７角)
	1927.９、再版	未名叢刊(表紙)	北平・未名社	1000
	1928.10、３版	未名叢刊(表紙)	北平・未名社	2000
	1929.４、４版	未名叢刊(表紙)	北平・未名社	1500
	1930.１、５版	未名叢刊(表紙)	北平・未名社	2000
出了象牙之塔	1931.８、初版		上海・北平・北新書局	2000(９角)
(254＋８)	1932.８、再版		上海・北平・北新書局	
	1933.３、３版		上海・北平・北新書局	
	1935.９、４版		上海・北平・北新書局	
	1937.５、５版		上海・北平・北新書局	
(235)	1960.８、第１版		香港・今代図書公司	
(172/262)	2000.１、第１版	世界散文名著叢書	天津・百花文芸出版社	4000(14元)
	2000.７.20、第１版		台北市・昭明出版	(220台ドル)
(154)	2007.７、北京第１版	天火叢書	北京・人民文学出版社	5000(12元)

第六章　魯迅と拿来主義および唯美・頽廃主義

はじめに

魯迅は一九三四年六月七日の『動向』（『中華日報』副刊、筆名霍冲）に「拿来主義」という中国の現代文明を風刺する痛快な一文を寄せている。「拿来主義」は訳せば、「もって来い主義」とか「採取主義」とでも訳せるのだろう。しかし、「もって来い」は「主義」という言葉とはやや落ち着きが悪く、「採取主義」くらいがいいのだろうが、中国語の語調を保ち、ここでは「拿来主義《ナアライジュウイ》」とそのままで用いる。魯迅のこの「拿来主義」という雑感文の主旨はこうである。中国は、一貫して「排他主義」（関閉主義）だったが、近年は「贈呈主義」（送去主義）になり、中国の豊かさと寛大さを示しているが、子孫のことを考えるともっとケチになって、「贈呈」するのではなく、「もって来い」と強調したい。しかし、「もって来い」という対象は、「ほうって来た」（抛来）もの、「すて与えられた」（抛給）もの、すこし体裁よく言って「贈って来た」（送来）ものといったものではなく、私たちが頭を使い、視野を広くし、落着いて、勇敢に、見識を具え、私利私欲なく、もって来ないかぎり、文芸が自らを新しい文芸とすることはできない、と言っている。外国からの勝手な「送来主義」（贈与主義）を受け入れるのではなく、自らの見識と意志による「拿来主義」の必要性を強調する。

　ところで、この文章には近代文芸思潮との係わりから、もう一つ興味深いことが書かれている。それは、最近の「贈呈主義」の例として、ソヴィエト・ロシアのモスクワにおいて開催された徐悲鴻・劉海粟の中国書画展覧会を

「国威を発揚した」と賞賛し、梅蘭芳博士がソ連に送られて「象徴主義」を促進させたとする三四年五月二八付『大晩報』の新聞報道に関するものである。魯迅は、「拿来主義」発表の五日前の三四年六月二日に、同じく『動向』(『中華日報』副刊、筆名常庚)に寄せた「誰が没落しつつあるのか」という文章の中で、この『大晩報』の新聞報道を次のように紹介する。

我国の美術の名家徐悲鴻・劉海粟たちが、最近ソヴィエト・ロシアのモスクワにおいて中国書画覧会を開催し、我国の書画の名作が、ソ連で今盛んに流行っている象徴主義の作品にぴったり合致するとして、彼の国の人士の大いなる讃美を博した。ここにおいて、ソ連の芸術界は従来写実と象徴の二派に分かれていたが、現在、写実主義はすでに没落しつつあり、象徴主義が朝野一致して提唱されて、勢いよく伸張する様相を呈している。彼の国の芸術家は、我国の書画作品が象徴派と深く符合しているのを見て以来、中国の演劇もまた必ずや象徴主義を採取していると思うに至った。そこで、中国演劇の名家の梅蘭芳らを招いて演技演奏させようと……計画している。この事はすでにソ連側が中国駐ソ大使館と折衝中で、同時にソ連の駐中国大使ボゴモロフも訓命を受けており、我方とこの事に関し協議している。……

魯迅はこのように報道内容を記して、「国威を発揚した」ことは喜ぶと皮肉を言った後で、冷静に以下の事実に考えを及ぼさねばならないとして、近代文芸思潮との係わりから次の三点を指摘する。

一、もし中国画と印象主義に一脈通じるものがあると言うなら、それはまだそう言えるかもしれないが、現在「ソ連で今盛んに流行っている象徴主義とぴったり合致する」と見做されるなら、それはもう寝言に過ぎない。(以下、省略)

二、ソ連の象徴主義の没落は、十月革命の時で、その後は構成主義が出現したが、しかしこの後徐々に写実主義に取って代わられた。だから、もし構成主義はすでに没落しつつあり、写実主義が「勢いよく伸張する様相を呈している」というなら、それはそう言える。さもなければ、寝言に過ぎない。ソ連の文芸界に、象徴主義の作品としてどのようなものがあるのか。
三、隈取りや身ぶり、手ぶりは代数のような決まり事で、どうして象徴などと言えようか。白い鼻は道化を表し、まだらの隈取りが強い男を表し、手に鞭を持つのが馬に乗ることを表し、手で押すのが戸を開けることを表す以外に、何かしらの言葉にしきれない、仕草にしきれない深い意味などいったいどこにあるというのだろうか。

以上、「拿来主義」と「誰が没落しつつあるのか」という文章において気づくのは、魯迅が如何に「主義」という言葉にこだわり、如何に近代西洋文芸思潮の盛衰、変遷に関わる理論に意識を働かしていたかということである。魯迅は、上記（一）に関し、中国画は「絵がへたくそなだけで、どうして別の何かを〝象徴〟してなどいようか」と言っている。（二）に関しては、構成主義の後に来るのが写実主義だとしている。が、正確には「新しい写実主義」（プロレタリア・リアリズム）である。（三）に関しては、京劇は決して象徴主義ではないと言っている。

本書では、一九二九年四月の『壁下訳叢』の刊行に至るまでを、文芸理論・文芸思潮の受容の観点から見る前期魯迅と規定して、この時点までを中心に扱っているので、一九三〇年以降の後期魯迅については論及の対象からは外れる。そこで、一九三〇年代における魯迅と表現主義については、魯迅が創作手法として表現主義に共感を示していること、同時に意識として、或いは行動・態度としてプロレタリア・リアリズムの芸術形式の立場に理解を示し、その成果が三〇年代に描かれた五篇の『故事新編』である、と筆者は考えているとの提示に留めている。

ところで、中国においては、象徴主義と表現主義及びプロレタリア・リアリズム（当初の訳語は「新しい写実主義」）の文芸論が、それぞれその理論を取り込もうとする受容者の立場によって、恣意的にある一面を強調する、ご都合主義的に解釈されていた観が強い。これは西洋からの理論的根拠を必要とする人々が自らの見識と意志による「拿来主義」を用いた一例でもある。例えば、そのような一例として、西洋への反発と日本への対抗意識から、一九三〇年代になって高揚する中国美術優位論と称されるものが挙げられる(1)。この考え方は、単純に言えば、「西洋が日本に学び、日本が中国に学んだ。この点からすると、中国文化は終始優越している(2)」というもので、中国絵画の「気韻生動」論は西洋の「感情移入」論よりも一歩進んだ理論系統であり、「コンポジション」のシリーズ画に代表される表現主義のカンディンスキー（Wassily Kandinsky 1866.12.4-1944.12.13）の絵画理論とも極めて近いものだとする考え方、すなわち中国の文人画に表現主義の文芸理論を投影させて解釈する考え方である。ここではそのような考え方の一人に豊子愷がいて、一九三〇年一月『東方雑誌』二七巻一号に掲載された「現代芸術における中国美術の勝利」の一文において、次のように述べている。

東洋と西洋の文化には古来より越えられない違いがある。例えば批評家は次のように言う。西洋文化の特色は「構成的」であり、東洋文化の特色は「融合的」ある。西洋は「関係的」で、「方法的」であり、東洋は「非関係的」で、「非方法的」である。だから、西洋のエンジェルは翼を生やして飛び回ることとなり、東洋の仙人は雲に乗らざるを得ない。

この伝統はそのまま美術にも出現していたので、西洋美術と東洋美術にも以前から越えられない違いがあった。しかしながら、近年五十年前から、美術に突然奇怪な現象が現れた。それは、近代西洋美術が明らかに東洋美術の影響を受けており、千年あまり東亜に安んじていた中国美術が一躍ヨーロッパの芸術界を風靡し、近代芸術の手本となったのである。このことには確固たる証拠がある。それは、印象派と後期印象派の絵画の中国画化であり、ヨーロッパ近代美術と中国上代の絵画論との共通性であり、ロシア新興美術家のカンディンスキー（Kandinsky）の芸術論と中国絵画論との一致を挙げることができる(3)。

この引用文などは、豊子愷が自分の属する中国美術の正当性を主張するために、カンディンスキーの芸術論に中国絵画、すなわち中国水墨画の画境との近似値を見ると言う、正に豊子愷にとっての「拿来主義」である。

本章では、一つの文芸流派・主義としては括らずに、魯迅が自らの見識と意志により、取り込んで行ったと思われるもの全体を「拿来主義」として扱う。第一節では、文芸思潮受容に見る前期魯迅の最高傑作『鋳剣』に描く「黒」と「影」の象徴化の形象に関わり、「影」と「黒」の概念の抽出を比較文化的な手法で行う。さらに、魯迅訳が菊池寛『三浦右衛門の最後』『ある敵討ちの話』の翻訳を通して、なにを「拿来《ナアライ》」したのかを考察する。また、第二節では、魯迅と唯美・頽廃主義について考察する。当時の時代的情況において、民国文壇の各層の知識人から刺激的な好奇心を以って扱われた唯美主義だが、魯迅は文芸理論としては決して好感は示していない。魯迅と唯美主義については、『鋳剣』に投影される作品『サロメ』からの影響が指摘できるように、それでも、素材としては「拿来《ナアライ》」しているのも確かである。そこでここでは、（一）民国文壇における『サロメ』の受容について、（二）本間久雄『欧洲近代文芸思潮概論』に解説する「世紀末文学思潮」「頽廃派」「唯美派」についてと本間久雄との対談について、（三）美術叢刊『芸苑朝華』の『ビアズリー画選』及び『蕗谷虹児画選』について、という三本柱を軸に、魯迅が基本的にはなぜ主義・流派としての唯美・頽廃主義の文芸理論を中国に移入しなかったのかを考察していく。

第一節　魯迅と拿来主義

一　東西における「影」と「黒」
――荘周・陶淵明・周作人・アンデルセン・シャミッソー・エセーニンを例に

荘周『影問答』と魯迅『影の告別』

一九二三年の一年間、魯迅は小説、雑感文等創作において、一つの作品も残していない。それは、弟周作人との不和により購入して間もない「八道湾」の家を追い出され、「西三条」に新たに家を購入するための生活上の心労と病気を再発させた原因に依るところが大きかった為であろう。ところが、一九二四年二五年は小説、散文詩、雑感文の三つのジャンルに跨りバランス好く作品が描かれ、魯迅の一生の内で一番に創作熱が高まった時期といえる。それは、厨川白村『苦悶の象徴』の文芸理論から受けた刺戟に想像力が駆り立てられたこともかなり手伝っていたと思われる。例えば、『苦悶の象徴』の翻訳に着手する二四年九月から、北京を離れ厦門へ向かう二六年八月末にまでの作品数は、第二小説集『彷徨』の『長明灯』以下の七篇、回想的創作集『朝花夕拾』の五篇、雑感文『華蓋集』全三二篇（「題記」含む）と、『華蓋集続編』全二七篇（「小序」含む）中二四編（うち一四篇が「三・一八」以後の作品）、散文詩集『野草』(4)の「題辞」（一九二七・四・二六）を除く全二三篇である。もちろん、一九二六年三月一八日以降、いわゆる「三・一八事件」発生後の『朝花夕拾』所収の『二十四考図』『五猖会』『無常』などの三篇や、『野草』所収の『色あせた血痕のなかに』『まどろみ』の二篇には、新たに別の創作エネルギーが加わっていると思われ、すべてを『苦悶の象徴』からの刺戟に帰すことができないのは当然である。また、これらの作品のうち、特に、散文詩集『野草』諸篇の創作には、すでに指摘されるように『苦悶の象徴』に描く文芸理論からの反映が色濃くなされている。(5)『野草』の一篇に『影の告別』（一九二四・九・二四）という作品がある。この作品については何れ改めて分析と考察を加えるつもりであるが、ここでは魯迅が意識した「影」とはどのようなものなのかを探ってみたい。

まず、『影の告別』(6)の内容はこうである。

人が眠りについて時さえ知らぬ時、影が別れを告げに来て、こう語る——

「わたしは夢で……」とは始まらないが、明らかに「夢の世界」である。影はいう、自分の気にいらぬものが天国、地獄、未来の黄金世界にあるなら、そこへは行かぬと。

だが、おまえこそおれの気にいらぬものだ。

友よ、おれはおまえに随いて行きたくない。おまえに留まりたくはない。

おれはいやだ！

ああ、ああ、おれはいやだ。おれは無地に彷徨するほうがいい。


影が「友よ」と語りかけるところが三箇所あり、注意を要す。影は結局は人の影にすぎず、別れれば、暗黒と光明に死滅する。それでも影は明暗の境に彷徨するのを望まず、暗黒での死滅を望み、ただ独り遠くへと行く。もしも黄昏ならばむろん黒夜が、もしも黎明ならば白日が影を死滅させる。別れの時は近づき、影が捧げる贈り物は暗黒と虚空だけである。だが影が願うのは、暗黒がおまえの白日に消され、虚空だけはおまえの心を満たさないことである。


おれはこんなことをのぞんでいるのだ、友よ——

おれは独り遠くへと行く。おまえが居ないばかりか、ほかの影さえいない暗黒へ。おれだけが暗黒に沈められ、その世界が全ておれ自身のものとなるのだ。


散文詩集『野草』には、「死」をテーマにしたものが多い。『影の告別』の「影」の思想は、作品『死火』の「死火」の思想に相同じく、それは「『野草』題辞」に描かれる「生存の証」としての「死滅への大歓喜」であろう。

ところで魯迅は、「『噴』の後に記す」（一九二六・一一・一一）の中で、「最近、上海で出ているある雑誌（『一般』）を見ていたら、立派な口語文を書くには、りっぱな古文を読まなければならないと言っており、そこに証拠として挙げている人名の中の一人が私であるのを見つけた。このことに私はぞっと身震いした」と語り、次のように続ける。

他人はともかく、私自身に関すれば、かつて多くの古書を読んだことは確かである。教師をするために今もやはり読んでいる。そのため耳と目に染みついて、つくる口語文にまで影響し、いつも文語的な言い回しと文体が出てしまう。だが、自分としてはこんな古びた鬼魂（亡霊）を背負って、ふり離すことができないことが苦しく、たえず息のつまるような重苦しさを感じている。思想の上でも、荘周韓非の毒にあたって、時にひどく勝手で、時にひどく苛酷である。孔孟の書を私が読んだのはもっとも早くからで、もっともよく読んだのだが、どうやら私とは関係が無かったようである。

魯迅は自分が「荘周韓非の毒[7]」にあたっていると言う。韓非の人と書について、魯迅は特に触れてはいないが、荘子と魯迅との少なからぬ関係は、彼の文章のあちこちに頻発する『荘子』からの引用からも窺い知れるし、郭沫若が『荘子と魯迅』（一九四〇・一二、『蒲剣集』所収）を書きその影響を指摘している。『故事新編』『起死』は『荘子』外篇「至楽」中の寓言に材源を置く。『荘子』内篇「斉物論」の最後の話がよく知られる『夢に胡蝶となる』の寓言で、その一つ前も熟知される『影と罔兩との、問答』の話である。「罔」「兩」とは「影」の外側にできる半影、うす影のことで、いわば影同士の会話『影問答』である。また、「罔兩」とは「魍魎」のことであろうから、「影」と「怪」との問答とも取れる。幾つかの注釈[8]をもとにその内容を説明すると、次のようになる。

罔兩が影に向かって質問し、「さきにおまえは歩いていたようだが、今また足を止めた。さきにおまえは座っていたかと思うと、今また立っている。立ったり座ったり、なんとも自主性のないやつじゃないか」という。するとこれに対し影が答える。「実は私もそうしたいとは思わない。けれども何かが私をしてそうせしめるものがあるようだ」――それはつまり人（形）のことである。――人が立ったり座ったりするから、仕方なしに影である私も、立ったり座ったりしているのである。すでにこの影が立ったり座ったりするから、それに従って罔兩、即ちうす影のほうも立ったり座ったりしているのであるが、罔兩はそのことには気づかない。そこで影が罔兩に答えていうには、「いや、実はわたしも仕方がない何かにせしめられて、こういうふうになっている。ところが私の持っているところの形（即ち人）、これもまた何かにせしめられているらしい。つまり外のだれかに、おまえ座れよといわれて人は座り、おまえ立てよといわれたから、立っているのかもしれない。もう一つ考えてみれば、その立て座れと指示した人も何かの支配を受けているのかもしれない。結局のところは大自然（造化の力、造物者）というものがあって、あらゆることをやっているのかもしれない」と。最後に、影は「吾は蛇の蚹・蜩の翼を待つか。いづくんぞ然る所以を識らん。いづくんぞ然らざる所以を識らん」といっている。蛇の蚹とは、蛇の腹にあるうねうねした鱗のことで、蛇が動くのはこの鱗があるから動ける。鱗によって蛇は動いているともいえる。けれども、蛇がなければ鱗が動くわけはないから、鱗は蛇によって動くのかもしれない。蛇が鱗によって動くか、鱗が蛇によって動くか、どっちがどうかわからない。蜩とは蟬で、蟬と翼の関係もこれに同じで、蟬が翼によって飛ぶのか、翼が蟬によって動くか、どっちがどうかわからない。だから、影がこれを待って動く形は、蛇の蚹や蜩の翼の如きにすぎない、少しの自由をも得ていない者なのだ。そういうわけだから、私はどうして私が歩いたり止まったり立ったり座ったりする訳を識ろうか。またどうしてそうならない訳を識ろうか。私には何も解らぬのである。

『影問答』の寓言は以上であり、この寓言の主題をどのように見るかは解釈者によっても違うが、使用した注釈書では、「善意、可不可の一貫性」「事の是非の不確定」「事の穿鑿の非難」「絶対性の欠如と時の変化・運命の流れの確かさ」等にその主題をおいている。

アンデルセン『影法師』とシャミッソー『影をなくした男』

この話と対照的なのが、『アンデルセン童話集』に収める『影法師』の寓話である。東京で、魯迅は弟周作人と共同して、世界文学の翻訳刊行を行っている。その『域外小説集』一集、二集（一九〇九・三・七）はロシア・東欧の被圧迫民族を重視して翻訳に努めたが、巻末の予告欄には、アンデルセンの『寥天声絵』（絵のない絵本）と『和美洛斯壟上之華』（ホメロスの墓のバラ一輪）の二篇が挙げられており、魯迅兄弟がアンデルセン童話の最初の中国語訳者となるべく準備を進めていた事実が指摘されている。[9] これから論じようとしているのは、魯迅作品とアンデルセン童話との影響関係をうんぬんするものではない。ただここでは、「影」をモチーフ（作品が醸し出す雰囲気を特色づける手法上の効果）とする作品の東西の「影」の概念の相違を少しでも視野に入れておくために、以下にアンデルセン『影法師』（一八四七）の寓話の紹介を中心に、そのアンデルセンの寓話に影響を与えたといわれるシャミッソー『影をなくした男』（一八一四）も簡単に紹介する。

アンデルセン『影法師』[10] は影が生き物であるというアニミズムあふれる作品である。

ある時一人の若い学者、何やら真善美というものの研究をしているが、彼が寒い国からあつい国にやって来た。太陽の日ざしがあまりに強く、窓のよろい戸とドアは、一日じゅうしめきりで、夕方になって太陽が沈むと、やっと、学者も影法師も生き返ったようになる。この学者には気になる家がある。それは、泊まっている家の向かいのバルコニーのある家である。そこにはいつも花が美しく咲き、すばらしい音楽も聞こえて来る。ある晩のこと、学者は夢うつつに、そのバルコニーにある花という花が、炎のように美しい、不思議な光に輝き、その花のまんなかに、すらりとした若い女の人が立っているのを見る。学者は気にかかり、興味はあるのだが、そこへ行く入口はないと思っている。またある晩のこと、部屋の明かりにうつる影法師に、学者は「どうだね影法師君！気をきかせて、ひとつ、なかへはいって、その辺を見まわして、それから出て来て、ようすを話してはくれないかね。そのくらい役に立ってもいいだろう！」と冗談をいう。影法師が彼から分離したのはこの時である。数週間も経つと新しい影法師が育ち、学者は北の国へと帰って行った。何年かが経ったある晩のこと、りっぱな独りの人に成長したあの影法師が、いずれは死ぬ主人に会うため、なつかしいこの国をもう一度見るため、借りがあればその借りを返すために、学者の前に現れる。

影法師の独立宣言である。この人間になった影法師はひどく痩せこけて、全身黒ずくめ、しかもとびきり上等の黒い服を着、上から下まで、金の首飾り、ダイヤモンドの指輪、エナメルの皮靴でピカピカに飾りたてている。影法師は学者に「私があなたの影法師だった」ことを誰にも言わないことを条件に、自分が入ったあの部屋のこと、そしてどのように人間になったかを語る。それは、あの向かいの家には、あらゆるもののなかで一番美しい詩が住む詩の宮殿があり、詩と親類関係を持ち、「どんな人間も知ってはならないことを！そのくせ、だれもが知りたがることを！」という即ち『隣人の悪』を見て、その人間をゆすることで富みと権力を手に入れたという話だった。その後、学者はよい本が書けずに病気になったので、影法師は自分にはひげが生えないという理由で学者を温泉旅行へと誘い出す。たちまち、学者と影法師の主客は転倒し、影法師は学者を「君」とよび、下僕同様に扱い、はては自分には影法師がないので、学者を自分の影法師としてこきつかうようになる。ある温泉場で、一人の美しい王女、彼女は物があまり見えすぎるという病気で療養に来ていたが、影法師のことも「あなたのご病気は、影法師がさしていないということでしょう！」と一度は見透かす。だが影法師は、話術の巧みさ、ダンスの上手さ、果ては自分の影法師ですらこんなに物知りであると、学者の知恵を巧く利用して、王女の心をつかみ、結婚へともちこむ。学者と影法師の二人は王女が治めている国にやって来る。この時初めて、学者は影法師と王女の結婚を知り、影法師の欺瞞にたえきれず、ほんとうのことをわめいて反抗するが、時すでに遅く、監禁され、秘密里に殺されてしまう。

以上、『影法師』の寓話であるが、この話に影響を与えたシャミッソー『影をなくした男』(11)は、シュレミールから友人シャミッソーへ宛てた手紙という形式で筋が展開し、話は金が欲しくてたまらぬ貧乏青年ペーター・シュレミールが「幸福と金袋」と交換に「灰色の服の男」(悪魔)に影を売り渡すところから始まる。そこで話は影を取り戻すことに終始する。手法としてはリアリズムが色濃いが、魔術的、童話的設定のもとに、影の欠落は自分の人格の本質的欠損であり、自ら影を失う行為は決定的な自己のアイデンティティの破壊であることが明らかにされ、影は魂と等価であることに気づかされる、ドイツ浪漫派のメルヘンとして語られている。ちなみに、日本留学初期、魯迅がユゴー、森田思軒訳『随見録――フハンティーンのもと』を『哀塵』（一九〇三・六）と訳題して、ヴェルヌ、井上勤訳『月世界旅行』を『月界旅行』（一九〇三・一〇）と訳題して発表したとほぼ同じ頃の一九〇三年四月、このシャミッソー『影をなくした男』は、青木鶴川が『影法師』と訳題して雑誌『文芸界』に掲載されている。

さて、私市保彦はアンデルセン『影法師』を次のように分析する。

この前半の筋と描写のなかで、アンデルセンは、生とエロスの世界を切りはなされ、頭だけになった学者の姿を、影の喪失というイメージを通して一言のむだもなく描いている。花の燃えるベランダ、幻のような女性は、生とエロスと詩の世界を学者に垣間見せるが、学者はそれにあわい興味をもちながら、そのなかに入る勇気はない。というより、この学者は、生とエロスを抑圧しているのだ。自我によって抑圧され、潜在意識化された情念は、反動的に力をもつようになるが、彼にもその葛藤のドラマが劇的に生じる。抑圧された彼の情念の世界は影法師とともに彼から分離し、独立し、主人公に対等に口をきくようになったのである。こうして情念の世界をうしなった頭だけの学者は、いくら真善美について著作しても、命のない書物しか生むことができない。一方、独立した影法師も、頭から切りはなされて、情念のみという不完全な存在である。影法師も、世界の裏面のみを、暗黒のみを見聞きし、これを利用する悪らつな人間となっているのである。(12)

アンデルセン『影法師』、シャミッソー『影をなくした男』は、話の主体が影を失った「人」であり、影を失うことは何を意味するかを問いかけているのに対し、魯迅『影の告別』、荘子『影問答』は話の主体が「影」であり、「影」自身の自分の在り方に対する問いかけである。アンデルセン、魯迅の話では「影」自体に思想と行動の自主性が見られるのに対し、荘子の話では「影」の主体性の無さ、ひいては「人」の主体性の無さを単に嘆いている。シャミッソーの話は自ら影を失った「人」――通俗的な中国的概念では「鬼」である。中国の民間における「鬼」の基本的な概念は、「霊魂」というものが存在し、それは「陽間」（明界）において「人」の身体に宿り、これを支配するが、「人」が死ねばその身体を離れて「陰間」（幽界）に入り、一つの世界をつくる。「人」は「陽間」、「鬼」は「陰間」における霊魂の存在形式である[13]――が影を有する「人」とはどのように違うか、いわば「鬼」と「人」との対比を通して、「人」の発見を描いている。

ところで、魯迅は『摩羅詩力説』の中で、国が滅亡することを「影国」としている。この時にいう「影」は「死」の意味であろう。一方、荘子『影問答』は「罔兩」（うす影）と「景」（影）という影同士の対話であり、「罔兩」は「魍魎」（姿かたちは幼児に似て、二本足でたち、赤黒色の皮膚をして、目は赤く、耳は長く、美しい髪と、人に似た声をもつ、山・水・木・石などの自然物の精気から生じる怪物）に等しく、ここでの「影」は、内面的には、主体性や自由を欠如した状態すなわち死滅した精神を意味し、表面的には、「魍魎」という超自然的な「鬼」に近い存在を意味している。尾上兼英は『影の告別』の「影」について次のように定義する。

図式的に申しますと、『影の告別』で、影にさられた人間は、通俗小説でいう「鬼」――鬼というのは亡者であって、乱世には人間世界に出没する。見分け方は、日にむかって影がない、衣服に縫目がない、発音に抑揚がないならば鬼である、と考えられています――であって、抜けがらということになり、幽鬼の世界に近づいたことになります。また、離反した影の方は暗黒世界を指向し、光明を一切否定して暗黒に没入してしまいます[14]。

ここで魯迅が描く『影の告別』の「影」についての考察を加えてみる。

まず、『影をなくした男』『影法師』『影問答』のいずれにも共通するのは、影は人の魂や精神（ドイツ語でいうゼーレとガイスト）となんらか関係を持って描かれていることである。そして、西洋の二篇は、影の喪失が自分の人格にとっての本質的欠損、自己同一性の破壊および生やエロスというような「霊魂《ゼーレ》」の欠落を意味し、中国の一篇が、影は不自由な死滅した精神状態を意味していた。

一方、『影の告別』の影はというと、影が「友」と語り、「おれは影にすぎない」と語り、「おまえこそおれの気にいらぬものだ」「おれはおまえに随いて行きたくはない。おまえに留まりたくはない」と語るからには、影は自分が人の同伴であることを自ら認めるが、人と影との自己同一性の間に矛盾が生じていることを語っている。すなわち「人の自己内面にある二つの矛盾した欲求」のうち、抑圧を受けている方が表面にでるために、「影」となって分離しようとしていることを表す。そして『影の告別』の作品が、「夢の世界」のこととして描かれることによっても、抑圧された「潜在意識」が確実にあることを示し、その抑圧されたもう一つの欲求が今まさに噴出せんとしていることを表しているのである。いわば、「人の自己内面にある二つの矛盾した欲求」が「影」という象徴を借りて噴出したものであり、ドイツ表現主義の術語で言う肉体に密接なる関係をもつゼーレのなかの「愛」とか「憎」とかという、二つの肉体的な精神に密接に関わる一方が噴出していることを表しているのだ、と筆者は考える。

本節は作品『鋳剣』を読み解くためになされた「黒」「影」についての比較文化的な考察である。そして、『鋳剣』理解の鍵となる人物に「黒い男」がおり、彼の存在と象徴性の意味を解釈することが、『鋳剣』解読の大きな一つの柱になっている。「黒い男」は精神的な意味での眉間尺と国王のもう一人の自分、すなわち「影」である。すなわち、「黒い男」は眉間尺の「愛」の象徴としての「影」であり、国王の「憎」の象徴としての「影」である。そしてその「影」の存在の意味は「黒」の象徴性にも籠められている。その結果、「黒い男」は「黒い影」という概念で表される、と筆者は想定している。

筆者は『鋳剣』を「黒影」観念成立の文学と読みたいと考えているので、もう二、三、魯迅の周辺・周縁にある「黒」と「影」の使用例を提示し、その概念を見てみよう。

陶淵明「影」

陶淵明の詩研究の中、李白「月下独酌四首」其の一、淵明「飲酒二十首」の序に描く「影」は本身を相手にして酒を飲む分身であることを指摘するが、さらに興味深い指摘がある。それは、陶淵明「形 影に贈る」「影 形に答う」「神の釈」（形は肉体、影は影法師、神は精神）の三部作の詩が、影は形の分身、形と影は神の分身、形と影と神は第三者の目で見ている本身の分身であるという観点を呈示する指摘である。肉体は消滅するものなのだから消滅しないうちに楽しもうと主張する形、肉体は消滅するものなのだから消滅しない名声を死後に残したいと主張する影、あれこれ気に病まず自然のままに生きたいと主張する神、という「形・影・神」の三つの分身を本身に対し設定するのである。そして、形と影が淵明の現実であり、神が理想であり、この三者が本身陶淵明の胸中に常に去来し、自家撞着に陥り、内的葛藤を繰り返していたと指摘するものである。(15)

エセーニン『黒い人』

エセーニン（Sergei Aleksandrovich Esenin 1895.9.21–1925.12.28）に『黒い人』という自殺前の最後の叙事詩がある。「ロシア農村最後の詩人」を自称していたエセーニンは、一九二五年十二月二七日夜半『さよなら、友よ、さよなら』の遺書代わりの詩を残して、レニングラードのホテルで首吊り自殺する。『黒い人』はこの詩を除けば最後の詩であり、一九二三年から書き始め、二六年一月号の『新世界』に初めて掲載されたものである。「黒い人」を用いた作品は、プーシキン『モーツァルトとサリエーリ』（一八三〇）のモーツァルトが毒殺されたとする説に材を発する劇詩に遡る。それはモーツァルトに『レクイエム』を作曲させたのが黒い人で、その後、彼はいつも影のような黒い人につきまとわれるような気がする。そして嫉妬からサリエーリに毒殺されたのはそれから間もなくのことであったというものである。エセーニン『黒い人』でも、黒い人がベッドや長椅子に腰を下ろし自分を一晩中見つめ、「おまえはペテン師で泥棒だ」とささやきつきまとう。その醜悪な黒い人にステッキを振り上げるとそこには粉々にくだけた鏡があったというものである。[16] ここに描かれる「黒い人」は自己の分身であり、死の象徴、死神としてのモチーフである。

周作人「黒い影」

「黒」と「影」が「黒い影」と連語になっている例は、周作人『孤児記』（一九〇六）の中に一つ見出せる。『孤児記』の主人公は「阿番」（アーファン）である。「阿番」とは「孤児」＝「orphan」（オーファン）に近い中国語の音声に、「異族の」「外国の」を含意する「番」という中国語を重ね合わせたものであろう。『孤児記』全十四章のうち、周作人の創作である前八章の作品世界の特徴は、「鬼」「鬼気」「鬼怪」「鬼邱」「鬼久」「與鬼為鄰」「鬼薪」「鬼国」「鬼魅」「餓鬼」などの「鬼」を使った単語を多く使い、「鬼気」に満ちた、人の世界ではない「鬼」の世界の描写にある。主人公の少年阿番の風貌が次第次第に「鬼」に近づき、最後は首をはねられて死ぬという、社会における生きた亡霊としての阿番の描写が作品の中心である。その中の第三章に、阿番が食べ物を捜しに森に出て、日が暮れ、雨が止んだ後で、「黒い影」に出会うシーンがある。「黒い影」は鋭いフクロウのような声で話しかけ、この世界では楽しい生活は望めないことを告げる。ここでの「黒い影」は後に阿番を独り立ちさせるべく骨を折る老人の姿である。[17]

陶淵明の詩の場合、淵明が自己矛盾、内的葛藤を繰り返す要因として、本身に対し三つの分身「形」（肉体）、「影」、「神」（精神）が有ることを設定する。「形」と「影」は儒教的現実に支配される視覚的現実であるが、「影」はあくまでも「形」の分身であるとする。「神」が理想と解釈されるのは老荘的な無為自然の混沌とした精神状態であり、しかも、「形」と「影」は「神」の分身であるとする。ここには肉体（魄）と精神（魂）の二項の対立、対比がやや複雑化して描かれる。物質的現実と視覚的現実の肉体を「形」と「影」に分け、現実面での二項対立を描き、さらにその現実に対立させる第三項の存在として精神（神）があり、この理想的第三項が現実的二項と対立するという、本稿にとっても示唆的な構図である。但し、「影」は肉体の視覚的現実としての実体性を重視したものであり、決して「抑圧された欲求」という意味での精神性を重視したものではない。エセーニンの「黒」「黒い人」は、次章で示す「述異記」に描く「黒」「黒い人」が妖怪、物の怪、亡霊、あの世からの使者という「鬼」の意味であるのと同様、死、死の世界との関係が深い。周作人の「黒い影」は、「影」が老人の虚像としての実体であり、「黒」は不気味な「鬼」の世界の出来事であることをイメージさせる効果をもたせている。

魯迅は隠逸詩人としての陶淵明やその酒との関係を「病後雑談」（一九三四・一二、収録『且介亭雑文』）、「隠士」（一九三五・一、収録『且介亭雑文二集』）や書翰などでも触れており、当然この詩は知っていただろう。詩人エセーニンの自殺は「革命文学」（一九二七・一〇、収録『而已集』）に書く通りであるが、魯迅がこの詩を読んでいたかは不明である。周作人の『孤児記』は、小説林社から丙午六月（一九〇六・七～八）、すなわち日本留学直前に出版された作品で、おそらく弟作人は持参するか、郵送するかで兄魯迅に渡し、魯迅は当然目にしていた作品であろう。以上、しかしだからと言って、決して影響云々を論じたものではない。ただ、荘周『影問答』、陶淵明の「影」、周作人「黒い影」、アンデルセン『影法師』、エセーニン『黒い人』は、魯迅の周辺に発生した「影」「黒」「黒い影」の使用法の用例を示し、その概念の抽出を行ったに過ぎない。魯迅の作品に投影される材源の考察は、魯迅自身が言及するか或いは翻訳を行なった事実が存在すること、または最低でも日記・書帳に購入・講読の痕跡が認められない限りは、また、認められたとしても、これがまさしく材源であるとの特定は困難である。ただ、魯迅の周辺・周縁で使用される用法を辿り、魯迅の使用法との類似や差異を認識することによって、魯迅に認められる意義を際立たせ、考察の便宜を図るために提示した。

二　菊池寛『三浦右衛門の最後』『ある敵討ちの話』――「死」と「一人の人間」

一九二三年の一年間、魯迅は小説、雑感文等創作において、一つの作品も残していないと書いた。ただし二三年六月、商務印書館から『現代日本小説集』の翻訳初版が周作人との共訳で出ている。この中に収められる作品のうち、魯迅がうけもった作家と作品は、夏目漱石『懸物』『クレイグ先生』、森鷗外『あそび』『沈黙の塔』（一九二一・四・一二）、有島武郎『小さき者へ』『お末の死』、江口渙『峡谷の夜』、菊池寛『三浦右衛門の最後』（一九二一・六・三〇）『ある敵討ちの話』、芥川龍之介『鼻』（一九二一・五・三）『羅生門』（一九二一・六・一一）の六作家、十一作品である。翻訳年月日がはっきりする四作以外は、二三年六月ないしはそれ以前の翻訳ということになる。ここで日本文学との関係という視点から、魯迅が『鋳剣』を書きあげる一九二七年四月までに翻訳した作品の日本人の著者を示すと以下の通りである。

上野陽一（一九一九・五―複数作品の場合は最初の翻訳作品発表年月、以下同じ）、武者小路実篤（一九一九・八）、森鷗外（一九二一・四）、芥川龍之介（一九二一・五）、菊池寛（一九二一・六）、江口渙（一九二一・五）、夏目漱石（一九二三・六）、有島武郎（一九二三・六）、厨川白村（一九二四・一〇）、伊東幹夫（一九二五・三）、鶴見祐輔（一九二五・四）、長谷川如是閑（一九二五・六）、金子筑水（一九二五・七）、片山孤村（一九二五・一〇）、島崎藤村（一九二五・一二）、中澤臨川・生田長江（一九二六・四）、鈴木虎雄（一九二七・一）。

これらの日本知識人の中、魯迅と白樺派の作家たち、特に武者小路実篤、有島武郎との関係については、以前からその係わりが重視されている。

魯迅が武者小路実篤『或る青年の夢』(一九一九・八)を翻訳した背景には単に人道主義、反戦論の主張に共感したというばかりではなく、厨川白村以前にも、「この戯曲も中国旧思想の多くの痼疾をいやすことができる」と自国民の「痼疾」(病根)を指摘する作品に共感を示し、その病根を治療する——ことと次第では革命家にも強権者にも、容易に転成しますという精神構造を根底から破砕する——処方箋的役割を担わせ、実篤が日本人の「獣性」をついたと同じ刃で、中国民衆の膿を切開してくれることを期待していたことである。そして、自己肯定型の実篤は資質としてより周作人に近く、周作人は「新しき村」など多くの実篤の構想に共感を示していた。一方、有島は『イブセンの仕事振り』において、「病的なまでに自己内省の激しい」イプセンに深い感銘をおぼえているが、資質として自己否定型の有島に近い魯迅は、『イブセンの仕事振り』の翻訳(一九二八・八)を通して、イプセンの「自己内省」に共感する有島の主張に共鳴しているが、魯迅『我々は今日いかにして父親となるか』(一九一九・一〇)と有島武郎『小さき者へ』(一九一八・一)との間で共鳴しあうのは、「一人の覚醒者」のもつ「自己犠牲的な愛」の精神である、と山田敬三は指摘する。(18)

また、中国の研究者王向遠は、有島武郎『或る女』(一九一九・三)とその自己注釈的要素の強い長篇エッセイ『惜みなく愛は奪う』(一九二〇・六)について、ベルグソンによる生の進化と創造としての「本能的生活」を根源とする、これが「愛」であり、この「愛」の本能により自我や個性を外部から圧迫する「習性的生活」「智的生活」を奪い去ってはじめて人間的自由の世界が実現するという視点に着目して、魯迅は『小さき者へ』で提示される「与える愛」「私心なき愛」には共感するが、「本能的な愛」「奪う愛」という「愛欲」の観点は受け入れなかったと指摘し、さらに魯迅は「人は寂莫を感じたとき、創作するのである。心がすっきりし何もなくては、創作はない。彼はすでに何一つ愛してはいない。創作はどうしたって愛にもとづくのだ」(『而已集』「小雑感」一九二七・九・二四)と、有島と同様の創作への心情を述べる一方で、魯迅は「創作には社会性がいる」（同上）と、有島論の補充修正を行っていることを指摘している。[19]

ところで、本項では、文芸理論受容と創作手法における前期魯迅の最高傑作である『鋳剣』が成立するのに、どのような日本文学の作品が関係しているかという視点から考察を加えるつもりである。その中、管見の限りではすでに、『ある敵討ちの話』の筋に盛り込まれている「義務として果たされる復讐に対する内在的支えというものの欠如」する鈴木八弥とその母親の関係と、『鋳剣』で同様に描かれる眉間尺とその母親の関係に目を向け、魯迅『鋳剣』に菊池寛『ある敵討ちの話』が影を投げかけていることが指摘されている。[20] そこでここでは、魯迅が訳した菊池寛のもう一つの作品『三浦右衛門の最後』（新潮社、『無名作家の日記』に収録、一九一八・一一、初出：新思潮、一九一六・一一）にまで視点を広げて論及する。『三浦右衛門の最後』と『ある敵討ちの話』（春陽堂、『恩を返す話』に収録、一九一八・八）の二作は、魯迅の「復讐」とそこに描かれる「死生観」、そして「Here is also a man」（ここにもまた人間がいる：魯迅訳「這裏也有一個人」）すなわち「一人の人間」「一人の男」「男一匹」「一夫」という観点に、影響を与えているように筆者には思えるので、以下、魯迅と菊池寛、そしてこの二作を中心に考察を加えていく。

まず、簡単にその筋のみを紹介しておく。[21]

『三浦右衛門の最後』

駿河の府中を織田勢に囲まれ、今川氏元（魯迅訳は「氏康」）の小姓三浦右衛門は主君を捨てて逃げ出し、かつて数々の好意を与えた高天神の天野刑部の城へと向かっている。十七歳の少年右衛門は途中百姓の子供とのいざこざの屈辱から、駿河一国にとどろき聞こえる彼の悪評を知らずに、自分が三浦右衛門であることを証してしまう。その結果、右衛門は百姓たちに身包み剝がされるが、「命が惜しい、命ばかりは助けてくだされ」という交換の言葉と彼らの軽蔑により殺されずに済む。右衛門は高天神の城に着くと、今川と織田のどちらにも付かない刑部により一応は歓待されるが、氏元が織田勢に追い詰められて腹を切って死んだことを知る、氏元の寵愛を一身に集めた彼が君主を捨てて行方をくらましたことが知れると、織田氏への忠義の徴しとして、右衛門は首にして差し出されることになる。右衛門は縛り上げられ、現実性のある死の宣告を受けると、「命は惜しゅうござる、命ばかりは助けてくだされ」と泣きわめき、この言葉と君臣の嘲弄の笑い声とを交互に、左の手、右の腕、右の足と斬り刻まれ、声にならなくなると、果たして首をはねられる。

『ある敵討ちの話』

讃州丸亀藩の小姓鈴木八弥は元服の式が終った十七歳の正月に、母親の膝下に呼ばれ、自分には討つべき父の仇があると、復讐の誓いを立てさせられることになる。仇は同藩の前川孫兵衛といい、父が殺された時八弥は母親の腹のなかにいたのである。八弥は十七歳の春三月、父の仇を打つ為に、只一人故郷を後にし、復讐の旅に立った。彼は仇の憎々しい顔を想像力で駆り立て、讃岐訛りと脇顔のほくろをたよりに、全国を剣術の修業をしながらこの仇を尋ね歩いた。そのいきさつ上、憎々しい、剛情我慢の武士を斬り殺したこともあったが、いざ今は盲人となり、按摩をしている孫兵衛に行き遇うと、八弥は仇が実は父の竹馬の友であり、酒の過ちで父を殺し、割腹しようとしたが、母親に止められて逃亡したことを知った。八弥は過ちを後悔し、過去を懐かしむ仇に、敵愾心は持てず、自分で自分の生存を否定しようとする人間を殺すのが何の復讐かと思う。ただその翌日、河原には腹に一文字の傷のある、首のない死体があった。その後八弥は丸亀に帰ると、百石ばかり加増されたが、その後故郷を捨て浪人となった。

魯迅は「『三浦右衛門の最後』訳者附記」（一九二一・六・三〇、掲載：『新青年』九巻三号、一九二一・七）を書き、比較的長い文章で菊池寛と日本の武士道の説明を行っている。この文章は『現代日本小説集』を刊行する際には、その中に収録されなかった。ただ、「『現代日本小説集』附録」として作家に関する説明項を設け、その中の「菊池寛」という項に「訳者附記」で述べた菊池寛に対する以下に示す魯迅の評価を再度収録している。

> 菊池氏の創作は、精一杯人間性の真実を掘り起こそうとしていることだ。しかし、一度真実を手にしてしまうと、彼は今度は憮然としてため息をつく。だから彼の思想はペシミズムに近いのだが、ところが一方では常に遙か彼方の黎明を凝視する。そこで今度は奮闘者たるを失わないのである。南部修太郎氏はこう語っている。「Here is also a man——これこそ菊池寛氏の作品に現れる総べての人物を云ひ尽す詞である。……彼等は最も人間らしい人間さを持ち、最も人間らしい人間の世界に生きんことを願つてゐる。彼等は、時には冷酷なる egoism エゴイズムの化身である。時には浅ましい背徳者である、また時には残忍なる殺害の行為を犯す人人である。而も彼等の何れを眼前に立たされても、私は一人として彼等を憎むことは出来ない、一人として彼等を罵ることは出来ない。彼等の悪の性格が、若しくは醜い感情が深く鋭く現れてゐればゐる程、其陰に更に深く更に鋭く働いてゐる彼等の飾りなき愛すべき人間性が、私を動かすからである、私を親しみ深く引き寄せて行くからである。換言すれば、菊池寛氏の作品を味へば味ふ程、私は人間に対する愛の感情を喚び覚される。そして常に氏と共に、Here is also a man——の一語を洩らさずにはゐられないのである」（『新潮』第三《ママ》巻第三号「菊池寛論」——学研版『全集』は第三巻は第三十巻の誤りと指摘する）

魯迅も『三浦右衛門の最後』に登場する十七歳の少年三浦右衛門に、城主の天野刑部に、一人一人の百姓に、また『ある敵討ちの話』に登場する十七歳で敵討ちに出発する少年鈴木八弥に、仇役の盲人前川孫兵衛に、頬骨と鼻梁が飛び出た憎々しい武士に、そしてそこに描き出される彼らの「人間性の真実」の心理に、共感するものがあったからこそ、彼の思想のフィルターを通過して、翻訳という作業に及んだのであろうことは、容易に想像がつく。

菊池寛は『三浦右衛門の最後』の結末にこう書いている。

戦国時代の文献を読むと攻城野戦英雄雲のごとく、十八貫の鉄の棒を芋殻のごとく振り回す勇士や、敵将の首を引き抜く豪傑は沢山いるが、人間らしい人間を常にmiss（魯迅訳「覚得有缺少」）していた。自分は、浅井了意の犬張子[22]を読んで三浦右衛門の最後を知って初めて"There is also a man"（魯迅訳「這裏也有一個人」、ただし菊地寛原作では「Here」ではなく「There」である）の感に堪えなかった。

共に十七歳の少年である鈴木八弥と三浦右衛門とは、殺しに行く者と殺されに行く者であり、生き残る者と死んで行く者であり、そこには生存に対面する心理と滅亡に対面する心理が裏表の関係として見事に表現されている。そして両者ともに「死」に対して受動的、消極的な態度である。また、なますのように斬り刻み、死を与えることに悦びを覚える残忍な城主天野刑部と、やっと本来の始源に帰し、その死を喜ぶ盲人前川孫兵衛とは、「死」を巡って冷酷、残忍性と温情、慈愛性において対峙し、いわば人為性と自然性の対峙でもあるが、両者ともに「死」に対して能動的、積極的な態度である。ただ言えることは、受動的、消極的に臨もうとも、能動的、積極的に臨もうとも、また冷酷、残忍な態度で臨もうとも、温情、慈愛深い態度で臨もうとも、とにかく人間には「死」が訪れるという事実である。そして、南部修太郎が「Here is also a man――これこそ菊池寛氏の作品に現れる総べての人物を云ひ尽す詞である」と言うように、少年であろうと、君主であろうと、盲人であろうとを問わず、この二作品には全てを裸にされた「一人の人間」、「一人の男」の「人間性の真実」が描かれている。そしてこれらの「死」の諸相を描き出す作品（『お末の死』なども「死」に向かう一つの真実を描いている）の翻訳を魯迅が行ったのは、「死」に対面する姿に、むき出しに、裸にされた生身の「一人の人間」と、彼らの「人間性の真実」を、魯迅自身も読み取ったからに他ならない。

また、魯迅は「訳者附記」に日本の武士道を語りながら中国人との「死生観」の違いを次のように述べる。

日本における武士道とは、その力は我が国の名教（臣・子などいう名の身分に応じて君・親などにつくすべき本分、即ち名分を明らかにすべしとする儒教の道徳観。礼教——筆者注）を上回るものであるが、ただ人間性を取り戻さんがために、この小説では斧や鉞ででも切るかのようにそのことをきっぱりと切り捨てている。このことからもまた、作者の勇猛ぶりを見て取ることができる。もっとも、彼ら昔の武士たちは、まず自分のいのちを軽んじているから、他人のいのちも軽んじているのであって、自分の生を貪りながら人を殺す輩とは、明らかに違う。しかるに、我らが殺人者張献忠（明末の農民蜂起の指導者——筆者注）の如きは、やたら人を殺していながら、ひとたび満州人から矢を射かけられると、トゲの薪の中に潜り込んでしまう。これはいったいどうしたわけだろうか？楊太真（楊貴妃——筆者注）の運命は、この右衛門にやや似ていて、当時から今日に至るまで、このことを描いた作品は多いにもかかわらず、この作品と同じようなテーマのものが見あたらないのは、これまたどうしたわけなのだろうか？私も真実を発掘したいと思っているが、なにぶんにも黎明を見出せずにいるので、茫然たらざるを得ない。このことからしても、作者には心からの称賛を贈りたい。

魯迅はここでは、張献忠の例を典型として挙げ、中国の殺戮者が如何に憎むべき奴隷根性の持ち主であり、どれだけ厳しく復讐しなければならない対象であるかを疑問文の形で提示しているが、四年後の「灯火漫筆」（一九二五・四・二九）と「〝フェアプレイ〟は見合わすべきを論ず」（一九二五・一二・二九）になると、「中国人はこれまで〝人〟としての値打ちを勝ち取ったことがなかった。せいぜいが奴隷にすぎず、今でもそうである」と上下関係でも、獣性でも、奴隷性でもない「一人の人間」であることの必要性を語り、「人であれば助ける」が、「水に落ちた犬」はどんなふうに落ちようがどんな犬であろうが徹底的に打つと、冷静さに徹底した「復讐」の精神の必要性を語っている。また、三浦右衛門と楊貴妃の死に様の類似性を挙げ、中国には、むき出しにされた「一人の人間」を描写し、その「人間性の真実」を伝える作品が今に至っても出現していないこと語っているが、それは、南部修太郎が「菊池寛氏の作品を味へば味ふ程、私は人間に対する愛の感情を喚び覚される」と述べていることから対比して考えると、中国の作品には「人間に対する愛の感情を喚び覚される」ものがないということを語っているのだろう、と筆者は思う。魯迅は有島武郎の文芸観「私はまた、愛するが故に創作します」「私は又愛したいが故に創作します」（『四つの事』一九一七）に共感を示したように、菊池寛の作品に描く「人間に対する愛の感情」に基づく創作に再度共鳴し、六年後には「創作はどうしたって愛にもとづくのだ」と創作における愛の重要性を宣言している。

最後に、菊池寛の文芸観を示してこの項を結びたい。

> 文芸的作品に接する時、われわれが求めて居るものは、何かと云うに、決して芸術的評価だけではない。われわれの下す評価は何かと云うと、決して芸術的評価だけではない。われわれは、芸術的評価を下すと共に、道徳的評価を下し、思想的評価を下しているのである。
> 芸術のみにかくれて、人生に呼び掛けない作家は、象牙の塔にかくれて銀の笛を吹いているようなものだ。
> 文芸は経国の大事、私はそんなふうに考えたい。生活第一、芸術第二。[23]

第二節　魯迅と唯美・頽廃主義

一　ワイルド『サロメ』の普及状況と作品の読み

ワイルド（Oscar Wilde 1854.10.16–1900.11.30）の『サロメ』は、新約聖書マタイ伝第十四章「洗礼者ヨハネ、殺される」、およびマルコ伝第六章「洗礼者ヨハネ、殺される」の記述に基づいている。預言者ヨカナーンは洗礼者ヨハネであり、エロドはイエスの誕生を恐れてベツレヘムの二歳以下の男子を皆殺しにし、また、禁を破り自分の兄弟フィリポの妻ヘロディアと結婚していたヘロデのことである。エロディアスは姦婦ヘロディアであり、サロメは前夫フィリポとヘロディアとの娘である。(24) ワイルドは『サロメ』を一八九一年のパリ滞在中に書いた。彼はそれをフランス語で書き、二年後の一八九三年にフランス語版で出版したのが最初であった。一八九四年二月、後にワイルドと男色関係で問題になる友人アルフレッド・ダグラス卿が本人の許可を得て訳した『サロメ』英語版を出版するが、『サロメ』にビアズリーの挿絵が添えられたのはこの九四年のダグラス版からである。ほとんど黒と白だけのペン画、プロポーションの歪曲、マスの黒い部分と細い線との巧みな対照、非現実的な奇怪趣味、それらの特徴からワイルドの反俗的芸術至上主義とともに、世紀末の唯美主義運動の一翼を担ったビアズリーは、『サロメ』をフランス語版で読み、「クライマックス」の原画を挿絵ではなく単独の作品として一八九三年四月号の『スチューディオ』誌に発表した。(25)

日本における『サロメ』の翻訳・紹介は、一九〇七年八月雑誌『歌舞伎』八八号に掲載された森鷗外「脚本 サロメの略筋」における『サロメ』の批評紹介が最初で、次いで魯迅の帰国（一九〇九・八）直前の〇九年三月、雑誌『新小説』に掲載された小林愛雄訳『悲劇 サロメ（壹幕）』が一番早い翻訳であり、さらに〇九年九月、一〇月、『歌舞伎』百十号、百十一号に連載された森鷗外口訳『戯曲 サロメ――観潮樓一夕話』と続いている。森鷗外は、『サロメ』の他に五人、五作『奇蹟』（モーリス・メーテルリンク、ベルギー）、『債鬼』（アウグスト・ストリンドベルイ、スウェーデン）、『ねんねえ旅籠』（グスタヴ・ウイード、デンマーク）、『秋夕夢』（カブリエーレ・ダヌンツィオ、イタリア）、『家常茶飯』（ライネル・マリア・リルケ、オーストリア）の翻訳を加え、さらに『家常茶飯附録現代思想（對話）』という太陽記者との対談を掲載した『続一幕物』を翌一〇年一月に刊行している。

また、ワイルド『サロメ』劇の最初は、一九一二年に初演を迎えるアラン・ウィルキー一座によるもので、次いで島村抱月の芸術座は、演出抱月、主演松井須磨子で大正二年（一九一三）から大正七年（一九一八）までの間に、日本

各地、台湾、韓国で上演し、その回数は一二七回を数えている。(26)

ドイツにおける、『サロメ』は次のような情況である。ドイツでは、まずハイネが『アッタ・トロル』（一八四七）でヘロディアの話を取り挙げる。ハイネは、ヘロディアがヨハネを恋し、その首に接吻するという話はドイツの民間伝説に生きていることを語る。その後、ブラームスは一八七七年ゴットフリート・ケラーの無題の恋愛詩に付曲してこれを『サロメ』と名づけ、「おお、親愛な遊び仲間たち、あの大切な人をひっとらえて頂戴！あの人に見せてやりましょう、恋の炎の剣になり得ることを！」と、最後の一節に捕らえられて獄に入れられ、首切り役人に斬首されるヨハネのイメージを読み込んでいる。自分の魅力を無視され誘惑に失敗したためにヨハネス（ヨハネ）の首を要求するという、ズーデルマンの歴史劇『ヨハネス』（一八九八）にも見られるように、ワイルドの『サロメ』が一八九六年のパリ初演の不評判にもかかわらず、一九〇一年のブレスラウ自由文芸協会によるドイツ初演から一九〇二年のラインハルトによるベルリン上演へと続くドイツ上演、特に後者が圧倒的な成功を収めたのは、ドイツには伝統としてすでに『サロメ』を受け入れる地盤があったからにほかならない。そして、シュトラウスが歌劇『サロメ』を書くに至った直接の動機も、彼がこのワイルド『サロメ』のベルリン上演を見たことによると言われている。(27)

森鷗外が訳したワイルド『サロメ』は、一九〇六年にライプツィヒで発行されたドイツ語版からである。

ワイルドが『サロメ』を書いた動機に、フローベール『三つの物語』（一八七七）の中の一つ『エロディアス』への傾倒が挙げられる。フローベール『エロディアス』は、聖書にある通りに、傲慢なエロディアスを主人公とし、サロメを単にエロディアスの手先として、母親の言いなりに名前もろくに憶えていないヨハネの首を要求する、単なる「舌たるい子供」として描きながら、他方、サロメを「若き日のエロディアス」として、ふたりの同一性を暗示させ、積極的にエロディアス＝サロメの関係を成立させている。一方、物語の構成を見ると、フローベール『エロディアス』は一日を午前、午後、夜の出来事を叙する三章から成るが、ワイルド『サロメ』は、フローベールの第三章に当たる夜の饗宴の場の中に、フローベールの一日にわたる物語の多くの場面や人物像を集約させる。イギリス・ロマン派の批評家コウルリッジの説く、対立するものを統一する働きとしての想像力、すなわち「自然的なものと人為的なものを混ぜ合わせ調和させせながらもなお人為を自然に従属させる」想像力を逆手に取った、自然を人為に従属させるための人為的想像力がワイルドの想像力であり、ワイルドの劇は、このややけばけばしい人為性の中に、世紀末デカダンス文学としての特色が認められる。以上のように解説する先行研究(28)の中で『サロメ』の分析として、興味深い三つの指摘がある。

①サロメとヨカナーンの関係は、対立と一致の関係にある。対立とは、サロメは王女であるが、姦婦の娘であること、ヨカナーンは王宮の囚人であるが、聖人であることを言う。一致とは、ふたりとも若くて美しい点、純潔な処女・童貞である点、銀色の月のイメージで表される点、精霊としての鳩のイメージで描かれる点を言う。

②エロドという一人の人物の中に、対立する二つの両極端のものが統一されている。二つの両極端のものとは、例えば、「空気が気持ちよい」と言った途端、血に足を滑らせて凶兆におびえる場面、「おれはこの上なく仕合わせだ」と言ったかと思うと、血に足を滑らせたことや死の天使の羽音を聞いたことを思い出して、突然「おれはこの上なく悲しい」と言い出す場面や、感覚が「ああ！ここは寒い！」「いや、寒いどころか、暑い」と寒さから暑さへ急変する場面から見てとれる。

③外が死の世界の象徴である。舞台の設定は、饗宴の広間（屋内）と大きなテラス（屋外）から成り、この内と外が、この劇の舞台設定の基本的対立概念を形づくる。そして、外を表すテラスの舞台は月が象徴するように、死と狂気の世界である。

「宮殿の中に死の天使のはばたく音を聞く」とか「月が血のようになるであろう」というヨカナーンの予言が、人びとによっておうむ返しに繰り返される、このテラスの舞台は、サロメを恋する若いシリア人が彼女がヨカナーンに言い寄るのを見て自刃するのに始まり、サロメの踊りの褒美としてヨカナーンの首が切られる事件を経て、サロメがエロドの命で殺される場面で終る、死の舞台であり、開幕早々から若いシリア人の流した血で彩られた舞台である。したがって、ここに死を始め血や墓のイメージが氾濫し、殺人や自殺の話題が頻出するとしても、不思議ではない。しかし、ここが死の世界であることを何よりもよく物語るのは、エロドがキリストの行ったさまざまな奇蹟の話を聞いて、水を葡萄酒に変えたり、人の病気を治したりするのはよいが、死者を甦らせることだけは許せないという話である。このエロドの言葉に、われわれは、この舞台を徹頭徹尾死の世界にしておこうという作者の意図を、読み取ることができないだろうか。(29)

以上、『サロメ』の作品解釈の一例を紹介してきた。サロメはヨカナーンに対し、「おまえの白い肌に触らせておくれ」「おまえの黒い髪に触らせておくれ」「おまえの赤い唇に口づけさせておくれ」と求愛するが、その求愛が退けられると、「おまえの肌は白く塗った墓のようで気味が悪い」「おまえの髪の毛は首に巻きつく黒い蛇のように気味が悪い」と煮え滾る憎悪（復讐）の念と、他方で脹らむ恋の炎から、「おまえの口に口づけさせておくれ」を呪文のように繰り返し、最後は「おまえの口に口づけするよ」という堅い意志になり、踊りの褒美にヨカナーンの生首を得、口づけを実現するが、サロメもエロドの偏愛を裏切った復讐の念により殺されてしまう。一方エロドは、妻の連れ子のサロメを片時も眺めることをやめず、彼女に踊りを所望し、踊りの褒美に自分の財産でも何でもやろうと言う。ところが、「死人を生き還らせることなど、おれが許さぬ」と繰り返し、死者の生還を恐れ、預言者ヨカナーンの死の預言を恐れ、死者を甦らすことができると言われる預言者ヨカナーン自身を恐れ、サロメの望みのヨカナーンの首だけは避けようとするが、結果は情欲に負け、ヨカナーンもサロメも殺してしまう。さらに、エロディアスはエロドから異常に見つめられる娘に嫉妬し、踊りを拒否するように求めるが、他方自分を「欲情の女」「穢れし不倫の女」「近親相姦の母」と罵る預言者ヨカナーンの存在を消すことになるサロメの願い、すなわちサロメが踊ることによってかなえられる願いは魅惑的にも感じられる。

ワイルド『サロメ』は、人の心の内面にある対立する二つの欲求により生じる、愛と憎、情欲と恐怖、嫉妬と安堵をみごとに作品の中に昇華させている。そして、人の矛盾する欲求の始源が、混沌とした不可分の状態、すなわち死をもって統合されることを描き出している。エーデン『小さなヨハネス』の中で、魯迅は「夢」の象徴──「すでに失われた始源と自然とが一体とあった混沌」と「死」の象徴──「いまだ至り来ぬ再生と自然とが一体となる混沌」とが「同舟である」ことを読み取っていた。そして魯迅は、『小さなヨハネス』から『サロメ』へという作品の中に、ヨハネスの純真性がもたらす「夢」と、サロメの獣性がもたらす「死」という系譜を見出したに違いない。さらに、魯迅はサロメの心の内面にある二つの矛盾する欲求によって生じる「愛」と「憎」（復讐）が、混沌とした不可分の状態、すなわち「死」によって統合されるという象徴的な結末を見出したに違いない、と筆者は考える。

二　田漢訳『サロメ』に描く約翰《ヨハン》とビアズリー画の復刻

ワイルドは、一八九一年パリ滞在中にフランス語で一幕劇『サロメ』を書き、二年後の九三年にフランス語版で最初の出版を果たした。ビアズリー（Aubrey Beardsley 1872.8.21〜1898.3.16）は、『サロメ』をフランス語版で読み、「クライマックス」の原画を挿絵としてではなく単独の作品として九三年四月号の『スチューディオ』誌に発表した。九四年二月、後にワイルドと男色関係で問題になる友人アルフレッド・ダグラス卿はワイルド本人の許可を得て訳した『サロメ』英語版にビアズリーの挿絵を添えて出版するが、『サロメ』にビアズリーの挿絵が添えられたのはこの九四

年のダグラス版からである。(30)

中国における『サロメ』の翻訳による紹介は、一九二一年三月一五日上海亞東図書館、少年中国学会出版『少年中国』二巻九期に翻訳掲載された田漢訳『サロメ』（挿画なし）が最初で、二三年一月に上海中華書局から「少年中国学会叢書」として単行出版され、一六枚のビアズリーの挿絵を収める田漢訳『サロメ』（訳文にかなりの修正あり）が普及版であり、三〇年三月までに再版・改印版を重ね五版を、三九年八月までに七版の発行を実現している。

ここで、民国期における他の『サロメ』の翻訳単行本の発行状況も紹介すると、次のようになる。

1　田漢訳『沙楽美』（少年中国学会叢書）上海中華書局、一九二三・一初版、全八四頁
2-1　徐葆炎訳『莎楽美』上海光華書局、一九二七・八初版、全一三二頁
2-2　徐保炎訳『莎楽美』上海大光書局、一九三五・一〇、第三版、全一三二頁
3-1　沈佩秋訳述『莎楽美』（世界戯劇名著）上海啓明書局、一九三七・一初版、全五五頁
3-2　汪宏声、沈佩秋訳『莎楽美』（世界戯劇名著）上海啓明書局、一九四〇・八、第三版、全五五頁
4　胡雙歌訳『莎楽美』上海星群出版公司、一九四六・六初版、全一一九頁

一九二三年版の田漢本『サロメ』は、ワイルド（痾綵卡・王爾徳）の一幕劇「サロメ」の訳とビアズリー（琵亞詞侶）の挿画十六枚（田漢訳「クライマックス」は「頂点」）を併載する体裁を初版から第七版に至るまで一貫して継続させた書籍であり、版画である挿画を継続させたという点において、近代中国にあっては画期的な出版様式を実現している。それは、「戯曲」と「版画」とが同時掲載というスタイルの単行本は一度実現してもすぐ出版社の技術・経費の都合で「版画」は削除されていた。例えば、二七年八月初版の徐葆炎訳『沙楽美』（上海光華書局）は、表紙に赤と白の二

色刷りの「クライマックス」の挿画に、黒で「沙楽美」（サロメ）と印刷されている斬新で美しい装幀で、十二枚のビアズリーの挿画も掲載されていた。ところが、三五年一〇月に発行された第三版、徐保炎《ママ》訳『沙楽美』（上海大光書局）になると「挿画目次」として十二枚の挿画のタイトルだけが掲載されているものの、何処を捜しても挿画が出てこない。三七年一月初版、四〇年八月三版の汪宏声・沈佩秋訳『サロメ』（上海啓明書局）では、ビアズリーの名前すら完全に消失している。やっと四六年六月発行の胡雙歌本『莎楽美』（上海星群出版公司）になって、O．ワイルド（O．王爾徳）の一幕劇の訳と同時にA．ビアズリー（A．琵亜斯莱）の挿画十二枚（胡雙歌訳「クライマックス」は「悲劇的峰点」）を収録する体裁を呈している。

後でまた詳しく述べるが、一九二九年四月二六日付印刷、朝花社選印、上海合記教育用品社発行の『芸苑朝華』一期四集『ビアズリー画選』には、彼の作品十二枚と、魯迅が書いたビアズリー紹介の「小序」（一九二九・四・二〇、収録『集外集拾遺』）が収められている。魯迅は十二枚のうちの一枚に「〝サロメ〟の挿画」と題して、ワイルドの一幕劇『サロメ』に添えられる挿絵「クライマックス」を収めた。魯迅は日本留学中に、日本語版にしろ、ドイツ語版にしろ、ワイルド『サロメ』を読んでいた可能性はあるが、確実に読んだであろうと推測されるのは、一九二三年一月に初版が発行されて以来、三九年八月までの第七版まですべての版に亙ってビアズリーの挿画を収めた田漢本『サロメ』であろう。それは魯迅が、『ビアズリー画選』「小序」に「彼（ビアズリー）の作品は、〝Salomé〟の挿絵が復刻されたことや、我国のはやりの芸術家からの選出もあって、画境すら一般によく知られるようになった」と書くように、田漢本『サロメ』はビアズリーの挿絵を復刻させ彼の画風の普及に貢献したからである。

ところで、魯迅が『ビアズリー画選』に使用した「クライマックス」の挿絵は、一九一八年、ニューヨークのBoni and Liveright 出版社版の The Art of Aubrey Beardsley からである。この挿絵「クライマックス」のシーンが『鋳剣』第二節後半部に描かれる眉間尺が自刃し、首は地面の青苔の上に落ちる一方、剣を黒い男に渡した後の場面、「〝ハッハァ！〟男は片手で剣を受け取り、片手で髪をつかんで、眉間尺の首を持ち上げ、その熱い、息絶えた唇に二度口づけして、冷ややかに甲高く笑った」という口づけの場面に影響を与えたであろうことは、すでに指摘される通りである。(31)

また、ビアズリー「クライマックス」は次のように評される。

ビアズリーの『サロメ』の挿絵のうちで最も邪悪で悪魔的なのは、エロディアスが悪魔に袖を引かれて魔王のように登場する姿を、ワイルドの似顔のショーマンが胴体から遊離した手で指し示す「エロディアス登場」の場面であろう。しかし、悪魔をもっと陰険な蛇の形で登場させ、彼の頽廃的な悪魔主義をもっと典型的に示すのは、ワイルドの劇の幕切れを飾る、サロメがヨカナーンの口に口づけする場面を描いた「クライマックス」であろう。(32)

魯迅は「クライマックス」を「『サロメ』の挿画」と題して『ビアズリー画選』に収めた時には、当然、田漢本『サロメ』に掲載のビアズリーの十六枚の挿絵は十分意識していたであろう。その中おそらく、「先知約翰」という言葉は魯迅にかなり鮮烈な印象を与えたと想像される。魯迅はワイルド『サロメ』を日本語訳で読むことも可能な時期に日本に留学していた。森鷗外は預言者ヨハナアン（鷗外はドイツ語版から訳している。その表記は Johannes der Täufer である）と表記し、小林愛雄はヨカナアンと表記していたが、田漢は預言者「約翰」と表記したのである。『小さなヨハネス』の魯迅訳は『小約翰』である。この中国語訳「約翰」は、魯迅におけるもう一人の約翰《ヨハン》との出会いと考えることができるだろう。それはまして、魯迅が本当の詩人は「先知」であると考えていた、預言者の姿で約翰《ヨハン》は登場する作品であるからには、注意を惹かない理由などないからである。

『鋳剣』が醸し出す幻想的な王宮の死の舞台の雰囲気、「第九の妃」の官能的な描写と鼎の眉間尺の首が示すエロチックで恍惚とした描写は、『サロメ』に描かれる王宮の饗宴の広間の死の舞台の雰囲気、エロディアスの淫蕩性とサロメのエロチックで恍惚とした描写に相通じるものを感じる。魯迅はおそらく、『小さなヨハネス』と『サロメ』を同じ系譜の作品として読み取っていたのではあるまいか。それは、「小約翰」で描く純真な愛の世界から「約翰」で描くサロメの歪んだ憎の世界への展開は、人の心の内面にある霊魂が、愛すなわち人道性・純真性と憎すなわち獣性・情欲性という二つの矛盾する欲求によって分裂し、混沌とした不可分の状態、すなわち死を意味する状態になってはじめて統合されるという象徴的な結末を描き出していたからである。『鋳剣』の中で、眉間尺と国王と黒い男の三者が混沌とした不可分の状態――鼎の三つの首が煮崩れ、区別がつかなくなった状態――になったことは、相対する二つ矛盾の解消、愛と憎の融合を描き出している、と筆者は考えるが、ワイルド『サロメ』に描くサロメと約翰《ヨハン》の人物形象の『鋳剣』への投影については、第三部「創作手法に見る西洋近代文芸思潮」において詳しく述べたい。

三　アナトール・フランス『タイス』とカルレーグルの挿画

一九二一年度ノーベル文学賞受賞者であるアナトール・フランス（Anatole France 1844.4.16～1924.10.12）の小説『タイス』は、アレクサンドリアの市民が都に名高い遊女タイスの影響で堕落しきっているのを見た修道僧パフニュスが彼女を改心させ聖女にし、死に際し天国へと旅立たせるが、逆に厳格な聖僧がタイスへの情欲による煩悩との葛藤で精神的に地獄に落ちるという話で、霊と肉との闘いをテーマとしている。

「死ぬんじゃない！」と、われながら自分のものとわからなかったくらい妙な声で彼は叫んだ、「わしはお前を愛する。死ぬんじゃない！お聞き、わしのタイスよ。わしはお前を欺いた、わしはみじめな阿呆にすぎなかったのだ。神、天国、みんな下らぬものだ。地上の生命と生きとし生けるものの営む恋、それだけがほんとのものだ。わたしはお前を愛する！死んではいけない。いいや、そんなことのありうるはずがない。お前は死ぬにしてはあまりにも惜しい女だ。おいで。わしと一緒においで。さあ、逃げるんだ。わしはお前をこの腕に抱いて、遠い遠いところへ連れて行ってあげよう。さあ、おいで、二人で愛し合おう。おお、わしの最愛のものよ、さあ、わしの、言葉を聞いておくれ、そして言っておくれ――『あたしは生きよう、あたしは生きたい』と。タイスよ、タイスよ、さあ、起き上がるんだ！」(33)

結末部、修道僧パフニュスがタイスを抱きしめて叫ぶこの声と、この声を聞いても、天使が、預言者が、聖者が、神が見えると瀕死につぶやくタイスの声とは、まさにこの霊肉の葛藤を象徴するものである。この修道僧パフニュスの叫びは、『サロメ』の中、サロメが預言者ヨカナーン（中国語訳：先知 約翰《ヨハン》）の首を抱きあげて叫ぶ、情欲の叫びと共鳴し合う。

『タイス』は、一八八九年七月一日、一五日及び八月一日、雑誌『両世界誌』に「哲学的小話」というサブタイトルとともに掲載された。単行本としての初版は、一八九〇年一〇月に刊行されたカルマン・レビィー（Calmann-Lévy）社からのものである。一九二一年には訂正を加えカルマン・レビィー社の改訂版が刊行され、二五年には『アナトール・フランス全集』が同社から刊行されるが、この全集版にカルレーグルの挿画が添えられた(34)。日本では、このカルレーグルの挿画を載せたのは三八年五月に刊行された白水社版水野成夫訳『舞姫タイス』からである。また、一八九四年三月一六日に、パリ・オペラ座で初公演された歌劇『タイス』におけるマスネ作の間奏曲「タイスの瞑想曲」は有名である。

ところで、『蔵書目録』には、現在次の三種の『タイス』の所蔵が確認されている。

①アナトオル・フランス著・望月百合訳『タイース』東京新潮社、現代佛蘭西文芸叢書9、大正一三年一一月（一九二四）

②France, Anatole : *Thaïs.* A Tr. by Robert B.douglas with illustrations & decorations by Frank C.Pape. London, New York etc. J. Lane the Bodley head ltd.,1926.

③France, Anatole : *Thaïs.* Tr. by Ernest Tristan. Introd. by Hendrik van Loon. New York. The Modern Library. (The Modern Library)

一方、『日記』及び「書帳」に拠ると、魯迅は四回に亙り「タイス」を入手している。書名・入手年月日・入手先は以下の通りである。

①（日記）『タイス』	（書帳）『タイース』	一九二四・一二・二八	東亜公司
②（日記）『泰綺思』	（書帳）『Thaïs』	一九二八・一・四	商務印書館
③（日記）『タイース』	（書帳）不記載	一九二八・一・一七	淑卿
④（日記）『Thaïs』	（書帳）『Thaïs』	一九二八・四・二三	王方仁

以上『蔵書目録』と『日記』を対照すると、日記に二冊入手の記録のある「タイス」のうち一冊は、新潮社版望月百合訳『タイース』であることは確かである。もう一冊の「タイス」は、日本での刊行状況から、一九一四・一五年（上・下編）刊行の新潮社版生方敏郎訳『女優タイス』か、一五年刊行の警醒社版水野和一訳『タイス』か、二一年刊行の聚英閣版谷崎精二訳『舞姫タイス』か、または同じ望月訳『タイース』かであるが、不明である。一方、二冊の英訳版『Thaïs』はフランク・C・パペのイラスト付のものか、モダン・ライブラリー版のイラストなしのものか、

それぞれがどちらかに相当する。

ところが、後で触れる一九二九年二月二六日に印刷を完了させた『近代木刻選集』（二）の十二枚の木刻画の一枚に「『タイス』の挿画」と題して魯迅が採録したのは、所蔵していたのにも係わらずこのフランク・パペの挿画ではなく、エミール・シャルル・カルレーグルの挿画である。カルレーグルの挿画は、一九二五年のカルマン・レビィー社全集版の『タイス』から収録が始まり、日本では水野成夫訳の一九三八年の白水社版に収録されたが、魯迅選定の

フランク・C・パペ『タイス』の挿画（1926）

魯迅選定のエミール・C・カルレーグル
『タイス』の挿画（1925）

挿画の一枚は水野・白水社版でも採録されていない。
『近代木刻選集』（二）の編末には、「附記」を設け、魯迅は採録した十二枚の木刻画の選出先と作者八人の一人カルレーグルの作風を次のように紹介する。

本集中の十二枚の木刻画は、そのほとんどをイギリスの『今日の木刻画』（"The Woodcut of To-day"）、『スチューディオ』（"The Studio"）、『小さな獣たち』（"The Smaller Beasts"）から選びあわせ若干の解説も抜書きした。カルレーグル（Emile Charles Carlègle）は、原籍はスイスだが、現在はフランス国籍になっている。木刻画は彼にとっては一つの直接的な表現の媒介物であり、他の人にとっての絵画やエッチング銅蝕版画のようなものである。彼は光と影を配列し、色の濃淡を明示することによって、彼の作品は生命を鼓動している。彼には何らの美学理論もないが、彼はおよそ興味深いものはすべて生命を美しくさせることができると考えている。

一九二五年のカルマン・レビィー社版『アナトール・フランス全集』からカルレーグルの挿画が添えられことは、魯迅が購入した日訳・英訳版の四冊の『タイス』には、魯迅が美術叢刊『芸苑朝華』のために選定したカルレーグルの挿画は掲載されていないと判断される。すると、『近代木刻選集』（二）の十二枚の木版画のうち二枚にカルレーグルの挿画を選定し、うち一枚が「〝タイス〟の挿画」（もう一枚はクレチアン・ド・トロワ「〝ランスロ（または荷車の騎士）〟の挿画」）だったことは、魯迅は少なくとも日本語版『タイス』はすでに読んでいて、『今日の木刻画』或いは『スチューディオ』誌にアナトール・フランス『タイス』の一場面を描く挿画を見出したと考えることが妥当であろう。
次に、本間久雄『欧洲近代文芸思潮概論』に記述される唯美・廃頽主義の文芸論の特徴を概観していく。

四　本間久雄『欧州近代文芸思潮概論』との接触

魯迅は、『鋳剣』の執筆のおよそ九ヶ月後、『小さなヨハネス』の訳了・全編の完成およそ七ヵ月後、また景雲里二三号での許広平との生活が始まっておよそ二ヶ月半後、板垣鷹穂著『近代美術史潮論』を購入した二二日後の一九二七年一二月二七日、やはり内山書店で本間久雄著『欧州近代文芸思潮概論』一冊を四元七角で購入している。

以下、本間久雄の『欧州近代文芸思潮概論』の文芸論の中、「唯美主義」「頽廃主義」の叙述を中心に示していく。

『欧州近代文芸思潮概論』では「古典主義」「浪漫主義」「写実主義と自然主義」に亙りそれぞれの理論の特徴と各流派を代表する人物及びその作品の特徴を紹介し、さらに「世紀末文学思潮」「頽廃派」「象徴派」「唯美派」の文学的特徴をその流派を代表する人物と具体的な作品を挙げ詳しく解説している。この著作を読んで気づくことは、魯迅が関心を払ってきたユゴー、バイロン、シェリーを浪漫派の作家の代表として詳しく紹介していること。ブランデス『十九世紀文芸思潮』ですら混同していた写実主義と自然主義の特徴を鮮明に区別し、フローベールの文学が「芸術のための芸術」（Art for Art's Sake）の立場にある写実主義であり、ゾラの文学が「人生のための芸術」（Art for Life's Sake）の立場にある自然主義であるという興味深い指摘があること。世紀末文学思潮の特徴には世紀末文学という言葉自体に含まれる頽廃的な雰囲気と、社会改造を意識する積極的な意味合いが込められていること。そして「頽廃派」（The Decadents）の代表としてボオドレールやワイルドやビアズリーがいることである。また、「頽廃派」の特徴は、（一）自然科学の勃興による唯物論的解釈に対峙する「反科学的傾向」であり、（二）自然科学の経験や唯物論を一切否定した自己本位の著しい「自己崇拝的傾向」であり、（三）自然的現実的なものよりも架空的「技巧的なものを偏愛する傾向」にあり、（四）一切の道徳・宗教・慣習という社会制度には「無感覚」であり、（五）人生の醜悪な一面を深く愛好する悪魔主義（Diabolism）という「悪を偏重する傾向」にあると指摘している。次に「象徴派」の代表としてメーテルリンクを挙げ、チルチルとミチルという兄妹の光・時・夜・火・水・墓場・光明・贅沢・幸福などの無生物やその他の動植物を人格化・象徴化した世界での体験を六幕十二場にした童話劇『青い鳥』とヘンリー・ローズ著『メーテルリンクの象徴主義』（Maeterlink's Symbolism）に描く象徴と暗示の解釈を提示している。その中、本間久雄が指摘する童話劇『青い鳥』の象徴化の創作手法は『小さなヨハネス』に描く象徴化の創作手法と共通する点が多く、魯迅が「象徴と写実の童話詩」「無韻の詩、大人の童話」と指摘した『小さなヨハネス』はまさしく象徴派の作品に値すると判断できる解釈が示されている。そして最終章に「唯美派」として「英国の唯美派」を以下のように解説する。

イギリスの唯美派は、オスカー・ワイルドとオーブリー・ビアズリーをその代表者と目する。イギリス唯美主義（Aestheticism）運動は、（一）ラファエル前派（二）ウォルター・ペーターの新快楽主義（三）ウィリアム・モリスの生活美化の思想（四）フランス頽廃派の継承と影響のもとに形成されるが、（一）では特にロセッティの霊肉合致の思想が、（二）では感覚を鋭敏にして利那の印象を受け入れ、利那の経験を生活の目的とする感覚主義であり、そのことから発生する芸術至上主義が、（三）では人間の個性そのものの重大さ、個人主義の価値を力説し、芸術によって社会的環境を美的に改造しようとする謂わば審美的社会改革が、（四）では「芸術のための芸術」（L'art pour l'art）主義を掲げ、ボオドレールやマラルメに代表される上述したフランス「頽廃派」の特徴が、イギリスの唯美派に影響を与えたことを指摘する。イギリス唯美主義はワイルドによって代表されるので、ワイルドの唯美主義を語ることがイギリス唯美主義を示すことになるとして、ワイルドは、一、芸術は人生から遊離し超脱すべしと主張し、二、芸術の目的または美の目的は、芸術ないし美そのもの、いわゆる「芸術は芸術のためなり」と主張し、三、自然及び人生は芸術を摸倣すると主張したことを指摘する。この中特に、自然を廃して人為的、技巧的な美の賛美、遊離的な快楽の賛美を叫び、ワイルドは論文『架空の頽廃』の中で、「ゾラの作物は芸術的立場から見て、殆んど無価値である。零点である。彼の作物は何れも頽廃した、みすぼらしい人間ばかりだ。悪徳の塊りの人間ばかりだ。これらの人物の生涯は何等の興味なき記録である」という徹底したゾラの自然主義批判を行なっていることが述べられる。そしてワイルドの作品は神秘主義的傾向にあり、現実的感銘を与える小説（novel）というよりは、寧ろ現実遊離の感銘を与える伝奇小説（romance）であり、絶えず官能を追求しているが、官能を霊化し、感覚と霊魂との不可離な関係を重視する霊肉合致の思想として分析されると指摘する。そして最後に、「英国の頽廃派」に触れ、唯美主義は頽廃派の中の一つの特色を積極的に主張したもので、頽廃派はまた唯美主義の背景となった文学的雰囲気であり、この頽廃派文学の醸した第一の欠点は、その追随者の多くが文字通りに衰頽していたことである、と指摘する。

五　魯迅と本間久雄の対談——本間の魯迅評価と『魯迅日記』のふしぎ

張杰は「魯迅与本間久雄㉟」において、一九八五年に本間久雄の長女高津久美子が珍蔵していた「本間先生教正　魯迅」と書かれる『義山詩』と題する七言絶句を写真に撮ったものが上海魯迅記念館に寄贈されたこと、また、一九三二年四月九日の『朝日新聞』に本間久雄が書いた「魯迅のこと」と題する文章から、一九二八年三月に本間久雄と魯迅が直に対面し、その時に魯迅が書いたのがこの『義山詩』であり、魯迅と本間久雄の間には直接の対談があったことを指摘している。

そこで一九三二年四月九日の『朝日新聞』を調べてみると、確かに『東京朝日新聞』に本間久雄著「書斎偶語（上）——魯迅のこと」と題する次のような文章が掲載されている。

支那の文学者魯迅が、この頃、切り《ママ》に紹介されている。正月の「中央公論」では、その作『故郷』が佐藤春夫氏によって翻訳され、同じく正月の「書物展望」には伊藤貴麿氏の小説家としての魯迅についての評論があり、この四月の「改造」には増田渉氏の『魯迅伝』という長篇の評論が載っているし、私は、まだ読まないが、その傑作『阿Q正伝』も、すでに翻訳出版されているそうだ。

私は、『故郷』を読み、更に上記『魯迅伝』を読んで、暫く忘れていた魯迅の風ぼうを、今、鮮かに思いおこす。というのは、私は一度、この魯迅に逢ったことがあるからだ。

それは昭和三年三月の始め、渡欧のついでに上海に立寄った時のこと、前々から親交のあった上海の内山書店主が、私のために、三馬路という賑かな街の陶楽春菜館という酒楼に、魯迅を始め支那の新興文壇を代表する文人三四を招いて一夕の宴を張って呉れた時であった。魯迅は一八八一年の生れだから、その時は四十七八の年配であったわけだが、年よりも、ずっと老けて見え、どこか、我々が常に南画の人物などで想像している高士とか隠士とかいうたぐいの風ぼうの人であった。

私は、不幸にも、その頃、魯迅について何等の知識もなかったので、これというまとまった問題について話し合うことも出来なかったが、彼は、支那には、日本のような国家観念のないことや、儒教が、現在の支那においては、何等の感化力をも持たないこと、さればといって、これに取って代る何等の宗教もないこと、支那の民衆は、この意味で、思想的に何等の拠り所も持たないことなどを、ぽつりぽつりと――流ちょうな日本語で――何等の飾り気もなく、うつ向かげんに、憂うつな面持ちで語ったが、そこには、何ということなしに、虚無的な調子が色濃く出ていた。

丁度、「希望というものは、一体、有るものなのか無いものなのか」と疑っている『故郷』の主人公そのままの人であった。上記の『魯迅伝』によると、その頃の彼は、国民政府からにらまれて「手で書くより足で逃げる方が忙しくなっていた」時であったらしいから、特にそういう憂うつな、虚無的な調子が著しかったのかも知れない。彼がその時、不用意に、私に書いてくれた短冊に『唐詩選』の中の清怨哀調に充ちた例の「瀟湘何事等閑回」の一詩を以てしそれに拠っても、その時の彼れの心境がわかる。

この本間の文章は、最後に帰京した内山完造からの直話として、上海事変後の魯迅に起こった身の危険を気遣って締め括られている。しかし、上記の文章の後には「とに角、『故郷』は面白い作であった」としながらも、やや辛めの『故郷』の評価が紹介されているが、そこに展開されるのは中国を客体化してみせた都会的でモダンなイギリス文学研究者としての視点である。

この作は、日本の作家には到底書けない作だ。というのは、支那の田舎の情趣、或はロオカルカラーや、支那独自の国民性の情調などが、いかにも鮮かに篇中に漂っているからだ。

その理由を十年前に杭州の奥地や泰山周辺を直に旅して感じた農村や百姓の印象により、本間は次のように作品を評価する。

彼等は、丁度、十九世紀後半のロシアのいわゆるカヂュアルスと呼ばれた漂泊の農奴のような今日主義者となり、真しなところは毫末もなく、ただどこ迄もずるずる立回って、おのれを利しようとするばかりか、あらゆる機会に人の眼をかすめて物を盗もうとする。それが習い性となって物を盗みかすめることに何等のしゅう恥を感じなくなる。そういう支那独自の国民性の一端を『故郷』は極めて鮮明に描いている。『故郷』はこの意味で、所せんは支那の作家なるが故に書き得た作だ。

対面当時まったく魯迅を認識していなかった本間久雄にして、まる四年経ってもこのような鮮明な記憶をもって魯迅を語っているのに対し、本間久雄を十分過ぎるほどに認識していた魯迅側に、全く対面後の反応がない。特に『日記』ではまったく無視している。例えば、一九二八年四月二日の『日記』では、「達夫より招かれて陶楽春で飲む、許広平とともに行く。国木田君及び夫人、金子、宇留川、内山君同席、酒一瓶を持ち帰る」と、本間久雄と会食した同じ三馬路（現在の漢口路）にある陶楽春菜館で、森三千代の夫金子光晴と初めて対面した記述がある。

本間久雄は、島村抱月の辞任により、大正七年（一九一八）九月早稲田大学講師として昭和二年（一九二七）一二月まで抱月のあとをついで『早稲田文学』の主幹を務め、昭和三年（一九二八）三月、早稲田大学派遣の海外留学生として渡英し、オスカー・ワイルド関係の資料を中心に蒐集を行い、帰国後、昭和六年（一九三一）に早稲田大学文学部教授に昇任、昭和九年（一九三四）には滞英中に得た資料をもとに博士論文となる『英国近世唯美主義の研究』を出版する。ちなみに、ワイルド関係の貴重な資料は今も本間久雄文庫として実践女子大学図書館特殊コレクションとして残っている。本間久雄は「昭和三年三月の始め、渡欧のついでに上海に立寄った時」[36]と書いているが、『魯迅日記』の一九二八年三月を前後に二、三、四月と調べても、まったく本間久雄の名前も内山完造らと会食をしたことを臭わす記載も見あたらない。これはどういう事情なのであろう。

『蔵書目録』には、本間久雄著、章錫琛訳『新文学概論』（文学研究会叢書、前・後編、上海商務印書館、一九二五・八初版、一二三四頁）の所蔵が確認されている。この書の扉頁には墨筆で「魯迅先生教正　錫琛」と題字され、二五年の初版後に章錫琛から直に贈られた跡が留められている。

一九二七年七月一六日、魯迅は広州知用中学で許広平を通訳として「読書雑談」（今、『而已集』に収録）と題する講演を行っている。その中で魯迅は、文学をするのにはどんな本を読むべきかという問いに対して次のように答えている。

もし新しいところで、文学を研究するなら、自分でまず各種の小冊子を読んでみる。例えば本間久雄の『新文学概論』や、厨川白村の『苦悶の象徴』や、ヴォロンスキーらの『ソヴィエト・ロシアの文芸論戦』などである。その後自分でもう一度考えてみて、読む範囲を広げていく。なぜなら文学の理論は、二と二が必ず四となる算数とは違い、議論が大きく分かれるからである。

さらに、『日記』及び「書帳」と『蔵書目録』から本間久雄の以下の書籍の入手と所蔵が確認される。書名・入手年月日・入手先は以下の通りである。

① 『近代芸術論序説』（東京・文省社、一九二五年五月）　一九二七・一一・一八　内山書店
② 『欧洲近代文芸思潮概論』（東京・早稲田大学出版部、一九二七年七月）　一九二七・一二・二七、内山書店
③ 『唯美主義者オスカア・ワイルド』（東京・春秋社、早稲田文学パンフレット第三編、一九二三年第三版）　一九三〇・三・三一、内山書店
④ 『英国近世唯美主義の研究』（東京・東京堂、一九三四年五月）　一九三四・五・二八、不明記

一九二八年三月の対面以前に、『新文学概論』の内容を熟知し、『近代芸術論序説』『欧洲近代文芸思潮概論』を購入し、対面後も彼の書籍を購入している魯迅がなぜ、本間久雄と対面の記述を伏せたのであろうか。

おそらくは、魯迅は本間との気質の違いを感じ取ったのだと、筆者は想像する。文芸理論として承服できても、人間的に異質なものを感じ取ったのではあるまいか、それはスマートで都会気取りの西洋文芸研究者に特有のバター臭さを漂わす雰囲気であり、西洋を重視するあまりのアジアここでは中国への無理解と無関心の態度ではなかろうか。事実本間の魯迅作品の評価は「『故郷』はこの意味で、所せんは支那の作家なるが故に書き得た作だ」とやや見下している。対面当時、魯迅は四七歳、本間久雄は四二歳である。渡英を控え頭に浮かぶのは海を遙かに越えた英国への思いであったろう、また都会的で粋な紳士の風貌を今に留める本間側からの魯迅の印象は「年よりも、ずっと老けて

見え」、「何等の飾り気もなく、うつ向かげんに、憂うつな面持ち」であり、「虚無的な調子が色濃く出ていた」というものである。魯迅の気質とは例えば、近くは魯迅が『タイス』の挿画の採択に際し、筆致も装飾的刺激的で派手なフランク・パペの挿画ではなく、光と影の配列、色の濃淡の明示による生命の鼓動をもくろむ飾り気のないカルレーグルの挿画を選別したことにも通じる態度であり、さらに西洋現代主義文学の中国への移植を主張する新月派の徐志摩・陳源・梁実秋などといった人たちが漂わす雰囲気とは相通じない態度であり、遠くは仙台留学時代に師事した二人の解剖学教師のうち、藤野厳九郎を終生慕ったにもかかわらず、「都会的センスもあり、万事積極的であり、また撃剣をよくするスポーツマンであり、授業は独逸語を駆使して学生の心を惹きつけ、人気もあった」ドイツ留学（一九〇六・一二～一九〇八・九）へと旅立つ敷波重次郎（一八七二・九～一九六五・七）[37]を黙殺した態度に近いものを、筆者は感じる。端的に言えば、広州知用中学での講演で同じように推薦した、同じ英文学者である厨川白村と本間久雄とでも、魯迅は、左脚を切断し、文章を「罵倒録」と罵られ、「お殿様」気分で社会改造に首を突っ込んでいると非難された泥臭い印象の厨川の方を好む性癖であると推定される。しかし、文芸理論家としての本間久雄には、魯迅は一目置いていたことも事実である。それは、本間がイギリス留学時に収集したオスカー・ワイルドに関する資料を拠り所にさらに研鑽を深めて出版された二冊の著作『唯美主義者オスカア・ワイルド』『英国近世唯美主義の研究』を魯迅は二冊とも購入している事実からも窺える。

六　板垣鷹穂著『近代美術史潮論』翻訳・刊行の背景

魯迅は一九二七年一月一六日に厦門を発ち広州の中山大学に向うが、八ヶ月後の九月二七日には早くも許広平を連れ汽船で広州を離れ、二人の生活安住の地である上海へと向かった。上海に着いた魯迅は許広平とともに、一九二七年一〇月八日から閘北景雲里二三号（現横浜路三五弄）に居住する。

景雲里二三号での生活から二ヵ月後の一二月五日、魯迅は自宅から徒歩十分ほどの距離にある内山書店で、板垣鷹穂著『民族的色彩を主とする　近代美術史潮論』（東京大鐙閣、一九二七・一〇初版）を五元で購入している。この著作に関する魯迅の反応は早い。『日記』に拠ると、一二月一八日に李小峰に『近代美術史潮論』の訳稿の一部を送り、一九二八年二月一一日夜には翻訳初稿を完成させている。その訳文は、第二巻以降半月刊になり一日と一六日を発行日とした『北新』の二巻五期（二八・一・一）に板垣鷹穂作・魯迅訳「近代美術史潮論」（一）として掲載されると、二巻二二期（二八・一〇・一）の「近代美術史潮論」（一八）が掲載されるまで、同書に掲載される写真・挿画を「挿図」欄に紹介しながら、一度も途絶えることなく連載がなされている。その後魯迅は、三巻二号（二九・一・一六）の挿画の差し違えを伝えた「謹啓」を三巻四号（二九・二・一六）に、最後に「『近代美術史潮論』の読者諸君へ」を三巻五号（二九・三・一）に発表している。単行出版としては、表紙下部に「一九二九年・上海北新書局重校印行」と記された板垣鷹穂著・魯迅訳『以民族底色彩為主的　近代美術史潮論』がある。

一九二九年一月三一日に投函された「麦拿里四一号創造社出版部」の「陳紹宋」なる人物からのハガキに「あなた（魯迅）はやたらと日本人の著作を翻訳しすぎる」「あなたはやはりできるだけ創作をして、昔日の勇気を取り戻すことお勧めする」ということや「成仿吾が次号でまたあなたをおおいに叩こうとしている」ことが書かれ[38]、この文章に答える意味も含めて現在の中国の美術刊行物の印刷状況の劣悪さを語ったのが、編末に二月二五日と日付される「『近代美術史潮論』の読者諸君へ」（現在、『集外集拾遺補編』に収録）という文章である。その中で魯迅は「〝革命文学者〟の仮面をかぶり善意を装う警告をいただいた」ことに触れ、以前郭沫若が『民鐸』（一九二一・二）で行なった「創作は処女、翻訳は取持ち女」すなわち中国人は大事な創作を重視せず、翻訳ばかりを重視している趣旨の発言を槍玉に挙げたうえで、板垣鷹穂『近代美術史潮論』について次のように語る。

私は最後まで翻訳を軽視したりはしない。この本については、もちろん不朽の名作という訳ではないが、独自の系統が立てられ、説明に筋が通り、いまはまだその存在を抹殺できない。

魯迅は創造社からの「善意を装う警告」には上記のように答えるが、『近代美術史潮論』を翻訳・刊行した理由を以下のように述べる。

私がこの本を翻訳した理由は、一年ほど前、李小峰君がちょうど『北新月刊』のための挿画を収集しているのを眼にし、新しい芸術の根底がまったくない国家では、断片的な紹介ではまったく役に立たず、いちばん好いのは幾らかでも系統だっていることであると、考えていた。そんな時折しも、この『近代美術史潮論』の出版にいき当った。挿画がたいへん多く、また大方は選びぬかれた代表作である。私はこれを挿画とし、自分で史潮論を訳し絵画の説明にしたら、読者にすこしでも手がかりを得させることができるのではと主張した。

人の世のことは互いに関連しあっており、訳文が拙いのとまったく同じように、中国では校正、製版のいずれもが人に満足を与えてくれない。例えば絵画であるが、中国版と日本版、日本版と英独諸国版を較べてみると、すぐ先の一国は後の一国に敵わないということが解る。三色刷りは中国でもなんとかできるが、できるのは二、三社にすぎない。これら秀でた印刷所の作ったカラー画は、一枚だけ見たら確かに美しいが、同じ絵画を数十枚と見ると、同一の色彩なのに、濃淡がすこしずつ違うことに気づくのである。複製画から原画を理解することは本来すでに難しく、ただそれらしさを彷彿させられるだけであるが、しかしこのような複製画の状況からは、「彷彿」ですら看取することができようか。書籍が少ないばかりか、印刷もまた拙いという環境の中で、芸術のすばらしさを味わおうとすることは、至難の業だと私は思う。ヨーロッパの画廊を一つずつ見て回れる幸福な人には言う必要はないが、もし中国にいてしか外国の芸術に気をとめることしかできない人は、外国の複製画を見るべきだと、私は考えている。そうすれば、得るものは、必ずや「国産品」にこだわっていた時よりはずっと多いにちがいない。

上述した魯迅と板垣鷹穂『近代美術史潮論』の翻訳と刊行を取り巻く状況からは、当時魯迅が「やたらと日本人の著作を翻訳しすぎる」と思われていたという点と、魯迅が中国の印刷状況の劣悪さを十分に認識しながらも、美術刊行物を中国に紹介しようとすると、またしても失望と裏切りを感じていた点が示されている。

以下、一九二九年一月の『芸苑朝華』における『ビアズリー画選』刊行と四月『ビアズリー画選』「小序」までを、魯迅と美術叢書の出版の関係を軸に、文芸流派としての唯美・頽廃主義に対する魯迅の思いを考察していく。

七　美術叢刊『芸苑朝華』の刊行の背景

景雲里二三号に居住して間も無く、魯迅はかつての教え子で彼を頼って上海にやって来た厦門大学国文系の学生だった王方仁（一九〇四～一九六四?）と同大学文科外語系の学生だった崔真吾（一九〇二～一九三七・九）、そして彼らの紹介で知り合った柔石（一九〇二・九・二八～一九三一・二・七）と四人で、東欧・北欧の文学を紹介し、国外の版画や挿絵を紹介することを目的として、朝花社を創設する。朝花社は二八年一二月六日『朝華』週刊を創刊するが、二九年一月二四日の『朝華』週刊第八期に、美術叢刊『芸苑朝華』の出版についての「広告」で魯迅は次のように書いている。

才能には乏しいが、いくらかの国外の芸術作品を中国に紹介し、また忘れ去られたがまだ復活可能な中国の昔の図案のようなものを選んで印刷しようとするものである。時には昔のものだが今日でも利用できる遺産を再び提示することもあろう。時には現在の中国で流行芸術家の（種本となった）外国における先祖の墓を発掘することもあろう。時には世界に燦爛ときらめく新作をいざなうこともあろう。毎期一二集、各集一二図を次々に出版する。一集は実値銀四角、一期の予約は実値銀四元四角である。目録は以下の通りである：

一、『近代木刻選集』（一）　二、『蕗谷虹児画選』
三、『近代木刻選集』（二）　四、『ビアズリー画選』　以上四集は出版済み
五、『新ロシア芸術図録』　六、『フランス挿画選集』
七、『イギリス挿画選集』　八、『ロシア挿画選集』
九、『近代木刻選集』（三）　一〇、『ギリシア瓶画選集』
一一、『近代木刻選集』（四）　一二、『ロダン彫刻選集』　朝花社出版

上記の「広告」のうち、「出版済み」の『近代木刻選集』（一）、『蕗谷虹児画選』、『近代木刻選集』（二）、『ビアズリー画選』は、それぞれ千五百部ずつ、「朝花社選印」で一九二九年一月二六日に「上海合記教育用品社」から刷られ、『新ロシア芸術図録』は『新ロシア画選』と改題、発行部数不記載で、「朝花社選印」で一九三〇年五月に「上海光華書局」から発行されている。しかし実物を手にしてみると、美術叢刊『芸苑朝華』の装幀も木刻画の印刷もかなりお粗末で、「広告」に書く叢刊出版への意気込みにふさわしいものではない。序文、目録、作家作品のタイトルに十二葉の木刻画を合わせ全体で三〇頁ほどのものだが、クリーム色の画用紙の間に、やや上質の模造紙に印刷した十二葉の木刻画を挟み、ノミで四ヶ所に穴を開け、包装用のひもを通しただけの粗末なものだが、確かに「大洋四角」は当時の書籍の価格との対比では決して高いものではない。魯迅は一九二九年七月八日付「李霽野宛書翰」で「『芸苑朝華』は印刷が好くないので、欧州人にしたら、恐らく滑稽なものだろう」と語り、その後、一九三四年六月付

「『木刻紀程』序文」（収録『且介亭雑文』）には、「創作木版画の紹介は、朝花社に始まり、そこで出版されたのが『芸苑朝華』四冊であった。選択と印刷製本が精巧ではなく、芸術界の著名人は歯牙にもかけなかったが、若者や学生の注意をかなり惹き起こした」とも語っている。美術叢刊としての意匠と印刷の悪さは認めながらも、ばらして壁に張っておけるような気楽で平易な装幀が結果としては若者の関心を惹いたのだった。しかし、印刷状況の劣悪さは魯迅が『近代美術史潮論』を刊行した時以下の状況であった。その状況を許広平が『魯迅と青年たち』「もう一人の学生」[39]の中で次のように語る。

その中最も失敗したのは『近代木刻選集』の類の木刻画の刊本である。紙はAが手がけ、彼の兄の店のものや或いはたたき売りされたものを持ってきた。色々な紙があり、多くは粗末で、印図にはむかなかった。しかも印刷用インクも劣悪で、よく細い線を塗りつぶしていたし、時にはインクが濃すぎて、光を照り返し、きわめて見栄えが悪かったが、それでも読者はあった。（朝花社の）書籍と刊行物は次第に人に注意を払われるようになったが、その時のAは他に忙しいことがあるようで、しょっちゅう上海と寧波の間を行ったり来たりしていた。時に急ぎ彼と何らかの打ち合わせがあったが、いつまでも待っても彼は来なかったので、責任はほとんどすべてが柔石の身に降りかかった。彼は全力を尽くそうとしたが、しかしあのAの兄の店との関係は、柔石が交渉に行ってもいつも折り合いがつかず、終には色々と手に余る結果になった。売り出した書籍は、一銭も回収できなかったということだが、何度も元手は追加させられ、柔石は甚だしいときには印刷所に駆け込みながら、一方で急ぎ翻訳書を売った金銭で資金の足しにしていた。時には本当に間に合わなくなって、（魯迅）先生が幾らかを彼に又貸しをした。合計すると、おそらく先生と私とが柔石に貸したのは、少なくても資本の半分を占めた。この時Aは翻訳書のことに対しても急に不熱心になり、十を尋ねても九は知らぬふりというように甚だいい加減だった。ある日、彼は、彼の兄の店はもうどうあっても代理にはなろうとはしないし、書籍も多く売り出すことはできず、継続できなくなったと宣告してきたので、その後残った書籍を柔石が他の書店に頼んで売ってもらうことになったが、代金を受け取ることができなかったばかりか、それぞれが資金を調達して赤字を埋めるはめになった。先生は巨額の損失を負担した後、朝花社が残した黄色の書籍用包装紙一束を受け取り、その時に（朝花社は）倒産した。先生は青年たちのために文学芸園の基礎を打ち建てようとしたが、結局は水の泡となり、その上先生もこのまる一年に多くの精力を使った。

上記の文章の中、「A」とは王方仁のことである。許広平がこの「もう一人の学生」の冒頭部で述べるように、王方仁は「上海の学校は好いものがないので、自分で研究し、読書して、卒業証書には頼らないつもりだ」と語り、魯迅の近所に居住してまで、魯迅に近づいた人物である。また、「Aの兄の店」とは上海合記教育用品社のことである。このように魯迅が「青年たちのために文学芸園の基礎を打ち建てようとした」計画は、自分の学生だった王方仁の不誠実な対応、そして裏切りにより失敗に終わっている。

しかし、『近代木刻選集』（一、一期一集）、『蕗谷虹児画選』（一期二集）、『近代木刻選集』（二、一期三集）、『ビアズリー画選』（一期四集）、『新ロシア画選』（一期五集）の五冊だけはどうにか日の目を見た仕事として、その成果を世に問うことを可能にした。

八　『ビアズリー画選』と『蕗谷虹児画選』

楊義「『サロメ』の田漢訳本(40)」には、唯美主義の代表的な戯曲『サロメ』が田漢、郭沫若、郁達夫等の前期創造社の新浪漫主義（Neo-Romanticism）を標榜する作家たちに強い影響を与えていたこと、また同氏「葉霊鳳小説と絵画の現代風(41)」では、魯迅が「『奔流』編校後記（二）」（一九二八・七・四、収録『集外集』）で、葉霊鳳の画いた書物の装幀や挿絵がビアズリーや蕗谷虹児からの模倣、剽窃であることを揶揄していることを受け、「『幻洲』を編集していた時期、葉霊鳳の挿絵は英国の画家ビアズリーの強烈な幻想感と、日本の画家蕗谷虹児（一八九八・一二・二～一九七九・五・六）の味わい深い抒情とをまぜて、明快な黒白の配色と小さな蛇のような敏捷な線の中に、得体の知れない朦朧とした夢を結晶させる」と指摘している。

魯迅は『ビアズリー画選』「小序」（一九二九・四・二〇、収録『集外集拾遺』）の中、ビアズリーが黒白画の芸術家で現代芸術に多大な影響を与えたこと。九十年代という世紀末の不安で、凝り性で、傲慢なムードが彼を呼び出したこ

『ビアズリー画選』『サロメ』の挿画

と。彼の作品は純粋な美に到達しているが、悪魔的な美であり、罪悪の自覚は常にあったが、その罪悪観はまず美によって変形し、それから再び美によって暴露されたものであること。一人の純粋な装飾芸術家として視れば、この世のあらゆるアンバランスなものをひとところに集め、自己のモデルをもってそれらをバランスのとれたものに織り成した類まれなる人物であること。だが、挿絵画家としては、内容に無関係な抽象的な装飾であり、内容に関係するリズムに欠けており、彼の絵が絵自身の確固とした線のなかに吸収されたように、彼は自分の時代のなかに埋葬された、失敗した人物であること。彼はジョージ・フレデリック・ワッツのように、自分の「思想」する事物を画く理知的な人であること。また、黒白の鋭利で鮮明な影と曲線のなかに、彼が日本の浮世絵画家菊川英泉の影響を受けたことによって表現される日本の凝結された実在性が変じた西方の情熱のいらだちの影像は、虹の東方においても未だ嘗て夢想することのできない色合いを暗示していること等々を紹介し、最後に彼の作品は、“Salomé”の挿絵が復刻されたことや、我国のはやりの芸術家からの選出もあって、画境すら一般によく知られるようになったことを述べている。

一方、一九二九年一月二六日付印刷の『芸苑朝華』一期二集『蕗谷虹児画選』には、詩文（小曲・童謡）十一首（一つ題名のみ）に対するその挿絵十二葉と、魯迅が書いた蕗谷虹児紹介の「小序」（一九二九・一・二四、収録『集外集拾遺』）が収められている。魯迅は『蕗谷虹児画選』「小序」で次のように述べる。

　中国の新しい文芸が短期のうちに変わったり流行したりするのは、時にはその主導権のほとんど大方が外国書籍販売者の手ににぎられているからである。すこしまとまった本が来ると、すぐ影響を与える。“Modern Library”の中のA.V.Beardsley画集が中国に入るや、その鋭い刺戟力は長年沈静していた神経を高ぶらせた。その結果多くの表面的な模倣が現れた。だが、沈静した、そしてまた疲労した神経には、Beardsleyのタッチはあまりにも強烈すぎた。この時、折りよく蕗谷虹児の版画が中国に運ばれてきて、奥深く優美な筆致によって、Beardsleyの鋭い切っ先との調和をたもった。これがとりわけ中国の現代青年の心に適ったため、彼の模倣は今も絶えない。

上記二つの「小序」には、魯迅の考える唯美主義の中国への移植の観点が示されている。それは、ビアズリーに代表されるイギリスすなわち西洋の唯美・頽廃派が伝える「悪魔的な美」は、「中国に入るや、その鋭い刺戟力は長年沈静していた神経を高ぶらせた」が、蕗谷虹児に代表される日本すなわち東方の耽美派が伝える「奥深く優美な筆致」は、「鋭い切っ先との調和をたも」ち「中国の現代青年の心に適った」とする観点である。

本間久雄は『欧洲近代文芸思潮概論』において、西洋の唯美・頽廃派の特徴が、一切の道徳・宗教・慣習という社会制度には「無感覚」であり、自己本位の著しい「自己崇拝的傾向」であり、「技巧的なものを偏愛する傾向」にあり、人生の醜悪な一面を深く愛好する悪魔主義という「悪を偏重する傾向」にあること、その結果「頽廃派文学の醸した第一の欠点は、その追随者の多くが文字通りに衰頽していたことである」と指摘しているが、魯迅も中国の唯美・

『睡蓮の夢』（第１画譜、交蘭社、1924）に掲載の「月光波」の挿画

『蕗谷虹児画選』（朝花社選印、1929）に掲載の「月光波」の挿画（細い線がつぶれている）

頽廃派への追随者が「表面的な模倣」に陥ることを極力警告している。すなわち中国の現状において、西洋から直接移植する唯美・頽廃主義に魯迅はかなり消極的であったと判断される。仮に日本を経由して、唯美・頽廃主義の鋭い刺激に対する東方的な緩衝が働くとすれば、中国の青年たちへの「調和」は幾分保たれるとやや肯定的ではあるものの、やはりそれも「模倣」にすぎないと魯迅は指摘する。

しかし、魯迅は『故事新編』において、他のすべての作品を神話や史実から題材を取っているのにも係わらず、唯一『鋳剣』は現実から遊離した神秘的伝奇的な内容を題材として、特に「哈哈愛兮」の歌の中で官能を描き、官能を霊化して、感覚と霊魂との不可離な関係を重視する霊肉合致の場面を描写している。このことは、魯迅が文芸流派としての唯美主義の技巧的な創作手法を実験的に試みたものである、と筆者は考える。

まとめ

本章第一節では、前期魯迅の最後の作品『故事新編』に所収の『鋳剣』において、重要な役割を果たす象徴化の問題を理解するための一助として、「影」と「人」と「死」の問題を考察した。筆者は、「黒い男」は眉間尺と国王の「影」の存在としての一面を有していると考えている。また、死後の世界で展開される「鼎の首」の物語にこそ、現世において潑剌と活きられなかった「眉間尺」少年の真実の人間性が「哈哈愛兮」の歌とともに漏れていると着想している。

そこでまず、「黒色人」と「眉間尺」の人物形象に内在する「影」の問題を、東洋と西洋における「影」の象徴性とその概念的な意味を提示することで、筆者の仮説を理解するための一助とした。アンデルセン『影法師』、シャミッソー『影をなくした男』は、「人」が「影」を失う物語である。一方、魯迅『影の告別』、荘子『影問答』は「影」自体が独自の人格を有する主体である。アンデルセン、魯迅の描く「影」は、独自の思想と行動の主体性があり、荘子の描く「影」は本体としての「人」の主体性の無さを嘆く存在であり、シャミッソーの描く「影」は人間性の中枢であり、人間性の真実であり、思想性、精神性を司る霊魂である。この四篇に共通するのは、「影」は「人」の魂や精神となんらかの関係を持ち、西洋の二篇が魂のうちの生者の精神を重視し、東洋の一篇（『影問答』）が精神と死との関係を強くする。一方、『影の告別』に描く魯迅の「影」は、「友」であり、「同伴者」であるが、「人」と「影」との自己同一性の間に矛盾が生じることによって、「影」はまさに分離しようとしているのである。この他、西洋の例として、エセーニン『黒い人』に描く「黒い人」は、自己の分身であり、死の象徴、死神としてのモチーフである。また、東洋の例として挙げた、陶淵明「形、影に贈る」「影、形に答う」「神の釈」に描く「影」は、影が形（肉体）の分身、形と影が神（精神）の分身、形と影と神は第三者の目で見た本身の分身である。そして、注目に値したのは、周作人の例である。周作人『孤児記』の自作部前九章までは、「鬼気」に満ちた人としては活きていけない社会において、主人公「阿番」（アーファン＝orphan＝孤児）が次第に生きた亡霊「鬼」に近づいて行く物語を描き出している。その中、森の中で、「黒影」に出会うシーンがある。「黒影」は鋭いフクロウのような声で話しかけ、この世界では楽しい生活は望めないことを告げる存在である。この周作人が描く「黒影」は、『小さなヨハネス』の中で、現実世界に失望したヨハネス少年が、「夢」と「幻想」を追い求めて森へと入り、そこで出会う「黒い影」（中国語「黒影」）と近似している。この「黒い影」は、「大きな黒いコウモリ」のような「黒い小男」で、名を「穿鑿」といい科学研究の冷酷な探究精神の象徴である。彼は、ヨハネスを科学の世界、人間界の暗黒面、死体の腐爛する墓場へといざない、これこそ真実の世界だと教える存在であった。

また次に、死後の世界で展開される「鼎の首」の物語にこそ、「眉間尺」少年の真実の人間性が表現されている点に関しては、菊池寛の二篇『ある敵討ちの話』と『三浦右衛門の最後』を、魯迅における「拿来主義《ナアライジュウィ》」の例として論じた。南部修太郎が「Here is also a man ――これこそ菊池寛氏の作品に現れる総べての人物を云ひ尽す詞である」と言ったように、この二作品には全てを裸にされた「一人の人間」、「一人の男」の「人間性の真実」が描かれていることを述べた。魯迅は有島武郎の文芸観「私はまた、愛するが故に創作します」「私は又愛したいが故に創作します」に共感を示したように、菊池寛の作品に描く「人間に対する愛の感情」に基づく創作手法に共鳴し、「創作はどうしたって愛にもとづくのだ」と愛の重要性を宣言していることを述べた。

本章第二節では、魯迅と唯美・頽廃主義の関係について考察した。民国文壇の各層の知識人から刺激的な好奇心を以って扱われた唯美主義を、ワイルド『サロメ』の普及状況と作品の読み及び田漢訳『サロメ』に描く約翰《ヨハン》とビアズリー画の復刻を例に、さらに魯迅との関係において、アナトール・フランス『タイス』とカルレーグルの挿画及び『ビアズリー画選』と『蕗谷虹児画選』の刊行を例に示した。その中、唯美・頽廃主義の理論としては、本間久雄『欧州近代文芸思潮概論』における文芸理論を挙げた。本間論では、「世紀末文学思潮」の特質を「象徴派」「唯美派」「頽廃派」に分けて解説している。その中、「唯美派」の特徴が、霊肉合致の思想、刹那の経験を生活の目的とする感覚主義、芸術至上主義であり、「頽廃派」の特徴が、芸術は人生から遊離し超脱し、「芸術は芸術のためなり」と主張したこと、自然及び人生は芸術を摸倣すると主張したことが述べられる。また、唯美主義は頽廃派の中の一つの特色を積極的に主張したもので、頽廃派はまた唯美主義の背景となった文学的雰囲気であり、この頽廃派文学の醸した第一の欠点は、その追随者の多くが文字通りに衰頽していたことであることが述べられていた。これに対し魯迅は、中国の唯美・頽廃派への追随者が「表面的な模倣」に陥ることを極力警告し、中国の現状において、西洋から直接移植する唯美・頽廃主義に魯迅はかなり消極的であったと判断されることを考察し提示した。

【注】

（1）西槙偉「第八章　豊子愷の中国美術優位論」『中国文人画家の近代――豊子愷の西洋美術受容と日本』（思文閣出版、二〇〇五・四）を参照のこと。

（2）豊子愷「中国文化之優越――豊子愷先生講演辞」『教師日記』一九三九年六月二〇日、収録『豊子愷文集』七巻、文学巻三、浙江文芸・浙江教育出版社、一九九二・六

（3）豊子愷「中国美術在現代芸術上的勝利」改題「中国美術的優勝」所収『豊子愷文集』二巻、芸術巻二、浙江文芸・浙江教育出版社、一九九〇・九

（4）片山智行『魯迅「野草」全釈』（平凡社、東洋文庫五四一、一九九一・一二）を本論の参考とした。

（5）相浦杲「魯迅の散文詩集『野草』について――比較文学の立場から」『中国文学論考』未来社、一九九〇・五

（6）秋吉収「徐玉諾と魯迅――散文詩集『野草』をめぐって」（九州大学『中国文学論集』二一、一九九二・一二）には、『影の告別』に登場する「影」の形象には、徐玉諾の詩『別れ』に現れる「黒いコートを羽織った旅人」のイメージが投影されていることが指摘されている。

（7）木山英雄「荘周韓非の毒」（『一橋論叢』六九巻四号、一九七三・四）を参照のこと。

（8）公田連太郎編述『荘子内篇講話』明徳出版社、一九六〇・七／森三樹三郎訳注『荘子』「内篇」中央公論社、一九七四・三／諸橋轍次『荘子物語』諸橋轍次選書四、大修館書店、一九八九・四

（9）藤井省三「魯迅の童話的作品群をめぐって――『兎と猫・あひるの喜劇・鋳剣』小論」『桜美林大学中国論叢』十三、一九八七・三

（10）大畑末吉訳『完訳　アンデルセン童話集』三、岩波文庫、一九八四・五

（11）シャミッソー作、池内紀訳『影をなくした男』岩波文庫、一九八五・三

（12）私市保彦『幻想物語の文法――「ギルガメシュ」から「ゲド戦記」へ』晶文社、一九八七・四、六五～六六頁

（13）丸尾常喜『魯迅――「人」「鬼」の葛藤』岩波書店、一九九三・一二、一一頁

ここに引用した「鬼」の説明は、丸尾氏が多くの先行研究を簡単に整理したものである。簡単にいって「鬼」とは人間の死後の存在であり、「神」もまた「鬼」である。また、「鬼」に対する観念は、儒教の徒においても人により時代により、さらに道教、仏教の思想が加わって、複雑で様々な様相を呈しており、その理解にも様々な層があることが述べられる。

なお、加地信行氏は『儒教とは何か』（中公新書、一九九〇・一〇）、『沈黙の宗教――儒教』（ちくまライブラリー、一九九四・七）のなかで、儒教における「招魂（復魄）再生」という死生観に着目、「宗教とは、死ならびに死後の説明者である」との立場、そして礼教性（社会規範ひいては倫理道徳）という上からの押しきせではなく、下からの大衆の支持を得ていたという観点から、儒教の宗教性（宗教から倫理道徳を除くと死に関する問題だけが残る）を重視する。そして儒教における死とは、人間は精神と肉体とから成り立つが（心身二元論）、精神を主宰するもの「魂《こん》」と肉体を支配するもの「魄《はく》」とが分離、分裂することである。これに対し、反儒教の立場を取る老荘思想には心身一元論的な傾向がある。「鬼」とは日本のオニとは違って「死者の霊魂」のことであると指摘している。

(14)　尾上兼英『魯迅私論』汲古書院、一九八八・三、一五三～一五四頁

なお、本稿執筆の一九九四年の時点では参考にできなかったが、その後に『影の告別』について論じた論考に、丸尾常喜『魯迅『野草』の研究』（汲古書院、一九九七・三、五二～六七頁）があり、筆者は丸尾論を次のように整理し、その指摘を留めておく。

『影の告別』は、「影」が「人」（「影」にとっての「形」）が深い眠りに落ちると、一方的に話しかけるという、陶淵明「形影神」三首などに見られる伝統的な問答形式のパロディである。この一篇は、一方に「暗黒と虚無だけが実在である」という思想にとりつかれ、「歩く」ことをやめて、自分につきまとう激しく陰暗な衝動に身を委ねようとする魯迅があり、他方にはそれ故にこそそれに向かって「絶望的な抗戦」をする魯迅がおり、両者が彼の内面でたたかっていることを示している。この「形」「影」の葛藤は、「決別の劇」と呼ぶべき形で繰り返し現れ、『影の告別』は抽象性が目立ち、抽象的に提示された「訣別の劇」である。「影」の意思は、すでに悲哀やたゆたいを払拭して、自己放逐への傾斜を強め、同時に他者を拒ける激しい自己主張と「暗黒」にたいする独占欲とをあらわに示し、「彷徨」が続くかぎり、「影」は繰り返し魯迅の前に現れる。

『彷徨』『野草』における「形」「影」をめぐるドラマは、螺旋状の展開を見せて、両者それぞれの多彩で濃密なイメージを獲得しつつ、魯迅の思想形成の骨格をささえていくのである、と。

(15) 長谷川滋成『陶淵明の精神生活』汲古書院、一九九五・七、五八～七四頁

(16) 鹿島保夫「『詩はいかにつくるべきか』あとがき」マヤコフスキー著・鹿島保夫訳『詩はいかにつくるべきか』未来社、未来芸術学院九、一九五四・九／工藤正広「エセーニン」『新潮世界文学辞典』新潮社、一九九〇・四／江川卓「エセーニ『集英社　世界文学大事典』第一巻、一九九六・一〇

(17) 拙稿「鬼の世界の告発—周作人『孤児記』の創作部について」『野草』五九、一九九七・二

その他、前記に関わり、次の論考も参考にして頂きたい。

・拙稿「周作人『孤児記』の周縁—ヴィクトル・ユゴーの受容を巡る魯迅との関係より」大阪教育大学『学大国文』四〇、一九九七・二

・拙稿「原典『孤児記』九章・十章・十一章・十四章—ユゴー著、英訳版『Claude Gueux』」『大阪教育大学紀要』I部門四六巻二号、一九九八・一

・拙稿「周作人『孤児記』第十二章・第十三章の位置づけ—創作・模作の接合の為の改編部」大阪教育大学『学大国文』四一、一九九八・二

(18) 山田敬三「魯迅と『白樺派』の作家たち」『魯迅の世界』大修館書店、一九七七・五

(19) 王向遠「日本白樺派作家対魯迅、周作人影響関係新辨」北京魯迅博物館『魯迅研究月刊』総一五三期、一九九五・一

(20) 藤重典子「戦場としての身体—『鋳剣』を読む」『同志社外国文学研究』六九、一九九五・一

(21) 菊池寛の作品は『菊池寛文学全集』全十巻（文芸春秋新社、一九六〇）を使用、「三浦右衛門の最後」「ある敵討ちの話」は第二巻に収録。

(22) 釈（浅井）了意著、神郡周校注『狗張子』（現代思潮社、一九八〇）巻之五「今川氏真、没落　附三浦右衛門最後のこと」を参照すると、菊池寛「三浦右衛門の最後」に登場する人物名と事件の内容とは、「狗張子」と多少違うことが解かる。例え

ば、今川氏真（狗）↓今川氏元（三）。追い詰め、館に火をかけるのは、武田方（狗）↓織田勢（三）。高天神の城主、小笠原与八郎（狗）↓天野刑部（三）。「狗張子」では「鼻をそぎ片耳を切りて許すとも、それとても命が惜しきか」とあり、また、首が斬り落された後、「死骸を野辺にすてたりければ、鳶烏あつまり、眼を摑み腸をついばみ、犬狼群りて、手足を引きちらし臠を争う」（傍線筆者）と描写されている。浅井了意「狗張子」は史実に基づくが、菊池寛「三浦右衛門の最後」は全くの虚構である。

(23)　注（21）に同じ、第六巻収録「文芸作品の内容的価値」。なお、同巻収録の「再論『文芸作品の内容的価値』――里見弴氏の反駁に答う」も参照にされたし。

(24)　ワイルド『サロメ』の登場人物の日本語表記はまちまちである。それは翻訳の際に使用した版本が何語によるかの違いであろう。小林愛雄訳『悲劇　サロメ』（一九〇九・三）はフランス語版からの翻訳（ヘロデ、ヘロデア、ヨカナアン）、森鷗外訳『サロメ』（一九〇九・九）はドイツ語版からの翻訳（ヘロデス・アンチパス、ヘロヂアス、ヨハナアン）、筆者が使用した日本語表記は福田恆存訳（エロド・アンティパス、エロディアス、ヨカナーン）の英語版からのものであり、以下ワイルド『サロメ』に関して、福田表記に統一しておく。なお、日本聖書協会の「聖書」ではヘロデ、ヘロディア、ヨハネであり、洗礼者ヨハネは、ヘブライ語ヨカナーンであり、ヘブライ語のフランス語形がヨカナンである。

(25)　福田恆存訳、ワイルド『サロメ』「解題」（一九五八・一二付）岩波書店、一九五九・一

(26)　井村君江『「サロメ」の変容――翻訳・舞台』新書館、一九九〇・四、九四頁

(27)　山川鴻三『サロメ――永遠の妖女』新潮社、一九八九・七、一三一～一三二頁

(28)　注（27）に同じ、一一一～一一六頁

(29)　注（27）に同じ、九三～九四頁

(30)　福田恆存訳、ワイルド『サロメ』「解題」岩波書店、一九五九

(31)　注（9）に同じ、六〇～六二頁

(32)　注（27）に同じ、一二九、一三〇頁

(33)　水野成夫訳『舞姫タイス』収録『アナトール・フランス小説集』3　白水社、二〇〇〇・九、二七二頁

(34)　水野成夫訳『舞姫タイス』「訳者の言葉」及び「アナトオル・フランス略年譜」(朝倉季雄編)、白水社、一九三八・五

(35)　張杰「魯迅与本間久雄」所収『魯迅・域外的接近与接受』福建教育出版社、魯迅解読叢書、二〇〇一・九

(36)　平田耀子「坪内逍遙の弟子本間久雄―忘れられた老学者の生涯」(『中央評論』二三三号、中央大学、二〇〇〇・一〇、七四〜七九頁)の中で、次のように述べる。

本間は「海外体験」が少ない人物であった。生涯を通じて日本を出たのはたった二回。……(中略)……最初の旅行は、一九二三年(大正一二)のことであった。吉野作造博士のすすめによりあるキリスト教団の招きによって中国を訪れた。魯迅や郁達夫等とあい、充実の時をすごした。ところが災難がそのあとに待っていたのである。本間帰国の途中船中で関東大震災のため東京、横浜全滅の噂を聞いたのである。……(中略)……本間の二度目の海外旅行は、一九二八年(昭和三)早稲田大学海外研究生として渡英した時のことであった。主な目的は、ワイルド関係の資料を蒐集し、ワイルド研究を完成すること。

平田氏の文章では、本間は一九二三年に中国を訪れ、魯迅や郁達夫と対談したことになっているが、これは誤りである。なぜなら、郁達夫が北京大学講師として上海を離れ北京に赴くのは一九二三年一〇月、この時魯迅は北京に居た。しかし、本間は二三年九月一日の関東大震災の発生を帰国途中の船中で知ったのだから、同じ所では魯迅と郁達夫とは一緒に会えないことになる。本間が彼の筆による直文で「私は一度、この魯迅に逢ったことがある」「昭和三年三月の始め」「上海の内山書店主」が「三馬路という賑かな街の陶楽春菜館という酒楼」で「魯迅を始め支那の新興文壇を代表する文人三四を招いて一夕の宴を張って呉れた時であった」と語るように、上海で魯迅と郁達夫に会ったのである。そこで、本間が「私は、十年ばかり前に支那に遊び、杭州の奥地や泰山付近の村落などを、少しばかり経回ったことかある」と書いている方が、二三年の訪中であろう。

(37)　松田章一「魯迅を教えた「敷波先生」――小説『藤野先生』に描かれなかった金沢の医学者」収録『北国文華』一二号、二〇〇二・六

(38)「致『近代美術史潮論』的読者諸君」の原注〔3〕、収録『魯迅全集』八巻『集外集拾遺補編』人民文学出版社、一九八一、二七六頁

(39) 許広平「魯迅和青年們」掲載『文芸陣地』二巻一期一九三八・一〇、現在は『欣慰的紀念』に所収される。『許広平文集』第二巻「欣慰的紀念」江蘇文芸出版社、一九九八・一を使用。

(40) 楊義「『莎楽美』的田漢訳本」所収『二〇世紀中国文学図志』上（揚義・中井政喜・張中良合著）台湾・業強出版社、一九九五・一、二四六～二五二頁

(41) 注（40）に同じ、楊義「葉霊鳳小説与絵画的現代風」二三九～二四五頁

第Ⅲ部　創作手法に見る西洋近代文芸思潮

第七章　『鋳剣』論――写実性・象徴性の融合

はじめに

本書では西洋近代文芸思潮との係わりを中心に、一九二〇年末までの魯迅に見る文芸理論の受容、翻訳活動、美術書の刊行などの意義について分析してきた。筆者は、前期魯迅を一九二四年二月から一九二九年四月までと位置付ける。この場合の前期魯迅とは、時代の変化、社会の情況を反映する文芸思潮の中で、文芸理論受容とその咀嚼・吸収によって体現された創作手法の視点から見る前期魯迅である。それは、一九二四年二月の成仿吾「『吶喊』の評論」に始まり、一九二九年四月の『壁下訳叢』の刊行までの時期である。この前期魯迅の終わりを、『壁下訳叢』の刊行までとするのは、この翻訳叢書の中で、魯迅が共鳴・共感の結果として咀嚼し、吸収した有島武郎と厨川白村の文芸理論を古い陣営に位置づけるからである。魯迅は一九三〇年代に積極的に展開する新興文芸すなわちプロレタリア・リアリズムの文芸理論を受容し、一部は自己の翻訳を通して体現し、おそらくこの理論を自己の作品の中に如何に取り込むかも模索したのだろう。しかし、新興階級という視線・視点は意識しながらも、遂に彼らのための作品は描いてはいない。おそらく、自分がそれを描く必然性のある世代であるとは認めていなかったものと思われる。しかし、文芸理論の受容と創作手法に見る後期魯迅の時期に明らかなのは、中国自由運動大同盟の発起人となったり、左翼作家連盟の常務委員となったり、木版画の講習会を開催したり、中国現代版画復興を行ったりと様々な社会的活動に着手しているということである。本書では、文芸理論・文芸思潮の受容の観点から見る前期魯迅の終焉までを論の領域として扱ってきた。後期魯迅は、創作手法としては表現主義の手法を取り入れ、文芸理論としては今迄とは根幹的に違うプロレタリア文学理論を受容し、その影響が作品として顕れたのが『故事新編』の三〇年代の五篇である、と筆者は位置づける。この点に関しては今後の研究の課題である。この文芸理論受容と創作手法の観点からすれば、同じ『故事新編』に所収されるが、前期魯迅の最後の創作は『鋳剣』である。魯迅文学の文芸流派・文芸思潮の熟成度から言っても、『鋳剣』は前期魯迅の最高傑作と位置づけられる。

そこで本章では、文芸理論・文芸思潮の受容における前期魯迅の最後に位置した『鋳剣』を取り上げ、詳細に考察して行く。

まず、考察に先立ち全四章からなる『鋳剣』の梗概を示しておく。

一　水がめに落ちたネズミの命を、少年の純真さと優柔不断さを有する眉間尺には、一気に奪うことができない。その様子を知った気丈な母親は、我が子に嘆息し、父が天下第一の剣造りの名匠であったこと、そして十七年前に国王の要請により、剣を打ち、王の猜疑心に触れ殺されたことを語り、復讐を誓わせるのである。時まさに、眉間尺、十六歳を迎える時である。

二　一人前の男子となった眉間尺は、青衣をまとい、父の残した雄剣である青剣を背負い、国王の襲撃を図るが失敗し、送迎の民衆に囲まれ窮地に陥る。そこへ忽然と黒い男（黒色人）が現われ、眉間尺の窮地を救う。男は彼に父の仇のいること、だが彼には復讐が達成できぬことを見通し、彼の首と剣をわたしさえすれば、換わりに仇を討つことを語る。眉間尺が即座に首を落すと、その首と青剣を携え、「哈哈愛兮」の第一歌を歌いながら、王城へと向かう。

三　宮廷での退屈ぶりを描き、そこへ宴之敖者と名のる黒い男が登場する。男は持参した首の奇術を鼎で披露し、第二歌を歌う。それに呼応して眉間尺の首が第三歌と第四歌を歌い、覗き込む国王の首を男が青剣で斬り落す。眉間尺と王の首が格闘し、眉間尺の首が形成不利と見るや、黒い男自らも首を落として加勢し、三つ巴の戦いを展開し、ついに王に勝利する。

四　誰の首か区別がつかなくなってしまった三つの首をめぐる、宮廷の人々の狼狽ぶりを描写する。結局、七日たった埋葬の日、棺には三つの首と一つの胴体が納められたが、その祭祀の行列を前に民衆たちはむちゃくちゃに混乱する。

第一節　『鋳剣』の材源と『述異記』に見る「黒」

一　『鋳剣』の材源及び底本への考察

魯迅『鋳剣』の「鋳剣」という作品の題名については、『莽原』半月刊第二巻第八・九期（一九二七・四、五）に発表された時は、『眉間尺——新編的故事之一』と題され、三三年三月刊行の『自選集』に収められた時に、今あるような題に改められた。執筆時期については、『自選集』に収録の際、作品の編末に一九二六年一〇月と記され、『日記』では一九二七年四月三日に完成と記されていたが、二六年一〇月までに厦門で第一、二章が書かれ、二七年四月三日までに広州で全四章を完成したことが、現在では明らかになっている。

では、魯迅が『鋳剣』の底本及び材源として何を使用したかである。有力な手掛かりとして次のようなものが考えられる。

（一）『古小説鉤沈』に蒐める『列異伝』「干将莫邪」説話

魯迅『古小説鉤沈』は漢魏六朝の散逸した三六種の古小説を輯録したもので、その輯佚作業は日本留学後の一九〇九年から一一年末、遅くても北京時代当初の一四年までであろうと推定され、周作人名義で一四年一二月『紹興教育雑誌』第二期に発表、一五年二月に木刻本で出版の『会稽郡故書雑集』の輯録校勘と同時進行でなされていた(1)。魯迅が『古小説鉤沈』に『列異伝』「干将莫邪」故事を収めたことは、『鋳剣』の底本として『列異伝』を挙げる説[2]の大きな手掛かりとなる。ただ、注意すべきは、話の骨格部分において『列異伝』には①「王妃が鉄の玉を生み落とす」話がないこと、②「眉間尺」の名前が「赤鼻」と表記されているという二点で、『鋳剣』の底本としては多少のずれがある。

また、干将莫邪説話の展開として[3]、漢代までに民間に伝承された『越絶書』『呉越春秋』には干将の息子「眉間尺」の復讐の物語は姿を現さず、魏晋以降に行われる干将莫邪の説話『太平御覧』所引の『孝子伝』『列士伝』『列異伝』（前述の順の発展段階）になり復讐奇譚が現れ、東晋の干宝『捜神記』に至り物語が整う。そこで、魯迅『鋳剣』の材源として『捜神記』を挙げる説[4]が出てくる。しかし、底本が何であるかを考察する場合には、魯迅と『捜神記』の干将莫邪説話を繋ぐ外部的な資料（例えば「日記」のようなもの）からの指摘も必要であり、その点から考えて『捜神記』や『列士伝』は有力とは言えない。また、内容から見て『孝子伝』も外して差し支えない。ただ、「眉間尺」の名前が、『孝子伝』では「眉間赤、名赤鼻」、『捜神記』では「赤比」とされている。唐代以降、『孝子伝』の文中で「尺」と呼ばれるように、「赤」と「尺」が同音のため、干将莫邪の息子の外的特徴を示す「眉間尺」の名が固定するが、元来の形は『孝子伝』に見られる「眉間赤」であることが、魯迅が日記に記載する際、「『眉間赤』を書きあげる」とした要因だろう、と筆者は考える。

（二）　魯迅日記の記載

一九二三年一月五日：晴。午前、三弟からの書籍一包みを受け取る。『月河所聞集』一冊、『両山墨談』四冊、『類林雑説』二冊、計二元三角。

一九二五年八月一一日：……略……東亜公司に行き、『支那童話集』、『露西亜文学の理想と現実』、『賭博者』、『ツアラトウストラ』、『世界年表』各一冊を買う。計十元二角。

一九二七年四月三日：日曜。雨。午後入浴。『眉間赤』を書きあげる。
四月四日：曇。午前、未名社に寄稿する。

（三）魯迅、増田渉宛書簡の記載

一九三六年三月二八日付：『故事新編』の中に『鋳剣』は確に割合に真面目に書いた方ですが、併し根拠は忘れて仕舞ひました、幼い時に読んだ本から取ったのだから。恐らく『呉越春秋』か『越絶書』の中にあるだろー《ママ》と思ひます。日本の『支那童話集』の類の中にも、ある、僕も見た事があったとおぼえて居ます。

（傍線は筆者、以下同じ）

以上の魯迅の日記、書簡の記載より、『鋳剣』の底本や材源として、『類林雑説』『呉越春秋』『越絶書』の説話、そして『支那童話集』掲載の「眉間尺」故事への考察を可能にする。この中、『越絶書』と『呉越春秋』の説話については、前者は鉄製の剣を作る名人としての干将、欧冶子の物語であり、後者は莫邪が干将の妻であり、妻の協力によって出来上がった二ふりの剣の、陽剣を干将と名付け、陰剣を莫邪と名付けた話で、先にも触れたが「眉間尺」の復讐奇譚とは話を異にし、底本としては外してよい。ただ不思議なことは、魯迅が『鋳剣』の底本を何に拠ったかを忘れてしまうはずはなく、このように何故材源や底本をぼかす（彼の創作手法に多々見られる）かには疑問や興味を感じるが、ここでは触れずにおく。そうすると、底本の可能性として残るのは『類林雑説』と『支那童話集』である。

（a）『類林雑説』底本説[5]

金の王朋寿の『類林雑説』孝行篇所収の説話には、「楚王の夫人が鉄柱を抱いて懐妊し、鉄のかたまりを生み落とす」筋が含まれ、その上、「妻後生男、眉間広一尺、年十五、問母父在時事」と年齢が十五歳であること、説話中での少年の名前は「眉間尺」と記されるなど、魯迅『鋳剣』の原形にかなり酷似してくる。『日記』の記載によると、魯迅はこの『類林雑説』を、三弟、周建人から、『鋳剣』の執筆時期に近い一九二三年一月五日に入手しており、これを『鋳剣』の底本と考えるのが最も妥当であろう。

（b）『支那童話集』所収の「眉間尺」物語材源説(6)

『支那童話集』は大正一三年（一九二四）一二月に東京神田の冨山房から、譯者池田銀次郎（扉に、『新譯支那童話集』池田大伍編）として出版された。池田大伍は「はしがき」で言う「支那の物語類は、その奇想天外な着想といい夢幻的な趣みに富んでいるところといい、一切みな童話だといってもいいくらいなものです」という意図のもと、平易な文体での翻訳を試みた作品集である。その目次を見ると、物語が「太古史話」十四編、「英雄史話」十編、「歴代小話」二四編、「聊斎の話」九編の計五七編に分かれ、「歴代小話」の最初の一編が「眉間尺」（『楚王鋳剣記』）の話で、「色繪目次」に「（原色版）劒の舞」、本文中に「鼎の首」という挿し絵が入り、物語の幻想的な雰囲気を盛り上げている。

物語の中、池田は干将莫邪の息子の名を「赤比」としているが、これは池田が使用したと思われる『楚王鋳剣記』石印本の原文に、「莫邪子名赤比後壮」とあり、これを引いて来たからである。(7)「赤比」の「比」は「鼻」と同音なので、『孝子伝』等に描く「赤鼻」の名前が伝承の途中で「赤比」と変わることは充分に起こりうる。ついでだが、「壮」は年齢に使われる時、『辞海』やその他の辞典に拠ると、「三十を壮という」「体格も精神も充実した年ごろ。三、四十歳の男」「若もの。若ざかり。年ざかり」とあり、ここでは「成人（旧時中国では、男二十歳以上、女十五歳以上）に達した頃」というぐらいの意味だろうが、『楚王鋳剣記』の設定は、魯迅が『鋳剣』に描く「子の刻を過ぎれば十六になる」と言う「眉間尺」よりはずっと歳上ということになる。

『支那童話集』の「眉間尺」の話は、明刊本『五朝小説』に収める『楚王鋳剣記』をもとに、童話仕立ての平易な日本語に訳したものである。漢の趙曄の撰とされる『楚王鋳剣記』と東晋の干宝『捜神記』の説話とは、一字一句まったく同じ内容であり、魏の曹丕の『列異伝』の説話より時代の古い趙曄『楚王鋳剣記』の方が内容が複雑なのは、説話伝承の発展から言って確かに矛盾がある。しかし、だからと言って魯迅が底本を何に拠ったかを考察する場合、魯迅の気質から考え、彼が不確かでかなり欺瞞性に満ちた『五朝小説』の『楚王鋳剣記』を底本にするはずはないので、同じ内容なら『捜神記』の説話だと決め付けることはできないだろう。それを言うなら、『捜神記』も成立時期には問題があり、この説話も後世の文人の手が加えられた可能性もある。竹内好が魯迅『鋳剣』は「『楚王鋳剣記』『列異伝』『呉越春秋』『西陽雑俎』などに記載のある宝剣伝説を合成したもの」と指摘しているが、恐らく竹内は『支那童話集』の「眉間尺」の話が『楚王鋳剣記』の翻訳であることを知らずに、この指摘をしたと思われる。しかし、同じ内容を拠り所にするなら『捜神記』底本説より、『楚王鋳剣記』底本説の方にまだ分がある。

だが、正確には『楚王鋳剣記』が底本なのではなく、池田大伍著『支那童話集』の「眉間尺」の話が、材源の一つである。

その有力な手掛かりとして、①魯迅が一九二五年八月十一日に北京東単の東亜公司にて、『支那童話集』一冊を購入したことが『日記』に記載されており、この時期は、『鋳剣』の執筆時期にかなり近いこと。②『支那童話集』の「眉間尺」の話の中には、『楚王鋳剣記』に見あたらない、池田が表現に潤色を加えた所があり、この表現は魯迅の『鋳剣』でも類似した表現がなされていることである。例えば、

（イ）『楚王鋳剣記』の表現‥客曰、「此乃勇士首也。当於湯鑊煮之。」王如其言。煮頭三日三夕、不爛。頭踔出湯中。躓目大怒。客曰、「此児頭不爛、願王自往臨視之、是必爛也。」王即乃臨之。客以剣擬王、王頭随堕湯中。客亦自擬己頭、頭復堕

湯中。三首倶爛、不可識別。

（ロ）『列異伝』の表現：客令鑊煮之、頭三日三夕跳不爛。王往観之、客以雄剣倚擬王王頭堕鑊中、客又自刎。三頭悉爛、不可分別。

（ハ）『支那童話集』の表現：旅人がいうには、「此首は勇士の首です。このままではいけません。鼎に湯を湯《ママ》かして、その中で煮立てるがよい。」ということでした。それで王は早速その通りにしました。けれども三日三晩経っても、少しも爛れず、首を湯の烟の中から出して眼を怒らして睨みつけています。旅人はさらに王に向かって、「首が爛れないそうですが、これは王がお出懸けになって御覧なされたら、きっと御威勢で爛れるでしょう。」といいました。王はそうかと旅人と連立って鼎のところへ行きました。すると旅人はかの劒で王の首を湯の中へ搔き落しました。そうして三つの首は湯の中で上になり、下になり、喰いあいました。宮中にはあまたの家来がいましたが、どうすることも出来ませんでした。その中三つの首は煮え爛れて、何れが何れだか分らなくなりました。

較べると明らかなように、（ハ）の『支那童話集』の話の傍線部は（イ）の『楚王鋳剣記』の表現には見あたらない。「上になり、下になり」という表現は、魯迅『鋳剣』では「黒い男」が子供の首を使う不思議な奇術を行う際、鼎の中の首の状況を、「首は波とともに上下する」（原文：這頭便随波上下）、「首は水とともに上下する」（原文：那頭即随水上下）、「ゆっくりと上下に揺れる」（原文：慢慢地上下抖動）と表現している。ただこれは、（ロ）『列異伝』の中の傍線部の「跳不爛」という表現、すなわち「（沸騰した湯の中で）上になり下になりしていて、爛れない」という表現があり、魯迅がどちらを意識したのか、あるいはどちらとも意識しなかったのかは明確でない。しかし、「宮中にはあまたの家来がいましたが、どうすることも出来ませんでした。」という表現は、魯迅『鋳剣』の第四章のほぼすべて（その他結末部の王の葬儀の日の人々の様子がある）で描く、三つの首が壮絶な闘いを繰り広げた後、湯鍋の三つの首をどうしてもより分けることができない宮中の人々の滑稽な困惑した様子を、魯迅が構想する一つのヒントになったことを示す有力な手掛かりである。

『鋳剣』は『莽原』半月刊に『眉間尺──新編的故事之一』として、魯迅の筆名で初出されるが、この時には執筆年月日の記載はなく、三三年の魯迅『自選集』出版時に、『鋳剣』と改名し『故事新編』に収録され、魯迅自らの記憶により、作品の編末に二六年一〇月と記されるという経緯を辿る。また、『日記』一九二七年四月三日には、「『眉間赤』を書きあげる」とあり、これは単に「尺」を「赤」と書きまちがえたとは思えない。やはり、魯迅の意識の何処かで、『孝子伝』系列『列異伝』の説話に見られる「赤鼻」すなわち「眉間赤」の名が有ったからに他ならないだろう。その「赤鼻」の意識が、『鋳剣』の冒頭に「真っ赤な鼻」(原文:通紅的小鼻子)の鼠だとか、「彼はちかごろ赤鼻の人間がとかく気に食わない」(原文:紅鼻子)などという話を付加させる要因を作ったのだろう。また、竹内好は『鋳剣』を『剣を鍛える話』と訳し、藤井省三は『復讐の剣』と訳す。確かに、直訳では『剣を鍛える話』が好いのであろうが、物語の内容からは『復讐の剣』の方が解りやすい。では、魯迅は何故『鋳剣』と名付けたのであろうか。この『鋳剣』という作品の命名の仕方から考えられることは、増田渉宛書翰で語る「幼い時に読んだ本」『呉越春秋』『越絶書』に描く剣作りの名人の話を意識して、直接的には『支那童話集』「眉間尺」の話の後付けに記す『楚王鋳剣記』の「鋳剣」を充分意識してのことだろうということである。

以上の材源、底本への考察を整理すると次のようになる。

材源については、『中国小説史略』(一九二三・二四)、『漢文学史綱要』(一九二六〜二七)、『唐宋伝奇集』(一九二七・二八)及び『稗辺小綴』(一九二七)などの古典研究、資料集成に精通していた魯迅が当然目睹していたと考えられる、『荀子』性悪篇、『荘子』達生篇、『戦国策』斉策五、『呉越春秋』四闔閭内伝、『越絶書』十一外伝記宝剣、『博物志』六、『捜神記』などから引く複数の「干将莫耶」説話が考えられる。[8] しかし直接の材源は、日本からの帰国以降一九一一年末頃まで、海底に潜む魚を釣針で探るように輯佚作業をした、『古小説鉤沈』と題した漢魏六朝の散逸した三六種の古小説の中に、『列異伝』「干将莫耶」の復讐奇譚を蒐集した時から、その構想を温めてきたところにあると考えられる。底本については、一二三年一月に三弟建人から送られた『類林雑説』二冊中に引く「孝子伝」の説話を底本とし、かつ二五年八月に北京東亜公司で購入した池田大伍編『支那童話集』に収録する、明の『五朝小説』「楚王鋳剣記」（内容は『捜神記』のものと一致する）の童話的な翻訳「眉間尺」に描く「宮中にはあまたの家来がゐましたが、どうすることも出来ませんでした」という表現が第四章の構想の際のヒントになっていると考えられる。

ここでは、復讐奇譚の材源と底本とについて、中国古典との関係で提示したが、筆者がいままでに言及したように、魯迅の視野には、反抗と復讐をテーマとする『摩羅詩力説』でバイロン『海賊』のコンラッドを復讐の化身として描いて以来、復讐奇譚に対する目配せが広範囲に亙っており、たとえば、菊池寛の『三浦右衛門の最後』も、『ある敵討ちの話』も素材としてその視角にあったこと、そして魯迅独自の復讐奇譚として昇華させるために、さらに象徴主義的・唯美主義的な彩りを添えるため、たとえば、エーデン『小さなヨハネス』、ワイルド『サロメ』等の、彼が共鳴したと思われる様々な作品が、『鋳剣』の構想の素材として存在していたと考えられる。

二　魯迅『古小説鉤沈』の『述異記』に見る「黒」

魯迅『鋳剣』の「黒い男」は、材源や底本（『列異伝』は「客」、『類林雑説』も「客」、『支那童話集』は「旅人」）に使用した「干将莫邪」説話には描かれない、「黒」を添加させることにより、物語の構造に厚みを加え、より幻想的なイメージを醸しだしている。

なぜ「黒」かについては、『鋳剣』（一九二六年一〇月～二七年四月三日）の執筆と同時進行してなされるエーデン著『小さなヨハネス』の翻訳（一九二六年七月六日～八月一三日、二七年五月二日～六月一四日）を通して、そこに描かれる同伴者となる「黒い人影」の人物形象を投影させて考えることにより、「黒い男」を眉間尺の「影」の存在として認識できる、と筆者は考えている。ただ、その時に気にかかったのは、「黒」に秘める象徴性を巡って、中国の古典ではどのような意味合いで描写されているかである。また、魯迅『鋳剣』に描く「黒」がこの伝統的な古典の観念を踏襲しているかということである。

この中国の古典における「黒」について、伊藤正文は、中国の雪華が『関於故事新編』「魯迅散論」の中で「黒い男」を「剣精」と見ていることを指摘し、「中国志怪小説には時々黒色、多くは黒気の人が登場するがこれらは多く怪のたぐいである」ことを述べている。(9)

では実際に、魯迅が編んだ『古小説鉤沈』輯録の『述異記』に描く「黒い色」を添える人や物の例を幾つか挙げ、「黒」に秘められるイメージとその姿を紹介してみよう。

（一）「南康有神」（『太平御覧』巻八八四、『太平広記』「山都」巻三二四）説話の「黒色」

南康に神がいて、名を山都と言った。姿は人のようで、背たけは二尺余り、体は「黒い色」で、目は赤く、髪は黄色であったが、変身を得意としていたので、その姿をめったに見ることはなかった。恐らく、山に住む物の怪か山男の類いなのだろう。この神は山奥の梓の大木に巣を作って住んでいたが、道訓、道虚という二人の兄弟がこの木を伐り倒し、巣を家に持ち帰ったため、神は怒って彼らの家を焼いてしまう話。

（二）「宋費慶伯」（『太平広記』「費慶伯」巻三二六）説話の「黒幘」

宋の費慶白が治中に就任したある日、暇をもらって家に帰ると、赤い頭巾（原文・赤幘）をつけた三人の下役人が呼びに来た。「今お暇が出たばかりなのに、どうしてすぐお召しになることがあろうか。それにおまえたちはいつも黒い頭巾（原文・

黒幘)」なのに、どうして今はみんな赤い頭巾をつけているのか」と慶伯が問うと、「おかみと申しても、この世の役所ではありません」と彼らは答える。慶伯は生きている人間でないことを知り、頭を地につけて祈ると、「あと四日ほどしたらもう一度来ます。酒とさかなを少し用意して待ってください。絶対に他にもらしてはいけませんよ」と言って立ち去り、はたして四日後に酒食をもてなしたが、嫉妬深い妻にそのことを話したため、慶伯は死んでしまう話。

（三）「潁川庾某」（『太平広記』「庾申」巻三八三）説話の「黒衣」

潁川の庾なにがしは、病気で死んだが、胸のあたりがまだ温かなので、棺へおさめず一晩おくうち、息を吹き返し、次のような話をした。息絶えると「黒い衣服きた二人の男」が現れ庾を縛りあげ、あの世の役所に連れていった。泰山府君は「この者はまだ寿命が尽きておらぬ」から早く送り返せと命じるが、庾は袖の下をほしがる役人により引き留められる。そこへ、年のころは十五、六の品のよい美しい娘が現れ、自分の腕にはめていた金の腕輪を三つはずして、庾に投げわたす。庾が娘に姓を尋ねると、「姓は張と申し、家は茅渚にあります。昨日、戦にまきこまれて死にました」と言う。庾は役人に腕輪をやり、息を吹き返してから、茅渚を訪ねると、はたして張という家があり、近ごろ娘を亡くしたという話。

（四）「王瑤」（『太平広記』「王瑤」巻三二五）説話の「黒色」

王瑤が病で亡くなった後、ひょろ長く、「黒い体」に肌衣と褌をつけた幽霊（鬼）が、その家に入りびたり、歌を歌ったり、人の口真似をしたり、汚物を食べ物に投げ入れたりした。隣の庾家でも王の家と同じようないたずらをするので、庾が幽霊に「土や石を投げても全然こわくないが、でもお金を投げられたら困るな」と言うと、新銭そして鳥銭と前後六、七回に及んで投げつけられ、庾が得した話。

以上、（一）の話では「黒い体」の神は山に住む物の怪か山男の類いのものであり、（二）の話では「黒い頭巾」をつけた者が現世の役人で、赤い頭巾をつけた者があの世からの役人(幽霊)である。(三)の話では「黒い衣服」の男はあの世の役者からの使者であり、(四)の話では「黒い体」をもつ者はいたずらな幽霊である。(二)の場合を除き、妖怪、あの世からの使者、幽霊とある一定のイメージで「黒」を添えているが、(二)のように「赤」があの世からの使者や幽霊を表したりもする。この他に、『古小説鉤沈』輯録の『述異記』には、水から出てくる「大きな鱗」が「黒い色」の化け物であったりする。作者のはっきりしている作品と違い、民間説話からは「黒い色」に意図され、籠められた特別の意味というのは測り難い。しかし、伊藤正文が「中国志怪小説には時々黒色、多くは黒気の人が登場するがこれらは多く怪のたぐいである」と述べるように、『述異記』に描かれる「黒い人」のイメージも、妖怪や物の怪、幽霊、あの世からの使者というふうに、「異」や「怪」や「鬼」(「死」)の類のものである。

ところで、魯迅は、日本留学時期、個人とその個性の発展が種として発展し、自立した個人が自由な民族共同体を目指す社会を「人の国」(原文:「人国」、『文化偏至論』一九〇七)と言い、国が亡びてしまうことを「影の国」(原文:「影国」、『摩羅詩力説』一九〇七)と書いていた。「人」と「影」という言葉の使用において、魯迅は、興味深い対立概念、すなわち「人」が「人」でいられない状態、「人」が滅びて死んだ状態に「影」という言葉を充てていた。その後、『小さなヨハネス』の翻訳を通して、魯迅は「影」という言葉に、どのような意識を見出したかを検証する。

三　『小さなヨハネス』の「影」の投影

魯迅は、『鋳剣』の創作に際し、材源の『列異伝』『捜神記』『楚王鋳剣記』『類林雑説』等の古典には描かれない「眉間尺」少年の優柔不断な性格が、死をも恐れない強靭な性格へと変化する人物形象と、古典の原文「客」に黒い色を添えて「黒い男」(黒色人)なる人物形象を作り出した。この二つの人物形象には、同時進行して行っていた翻訳

『小さなヨハネス』の中で描く、幻想世界で夢を追い求める「ヨハネス」少年の人物形象と、彼に人間界の暗黒を告げ現実世界の過酷さや死の運命を告げるコウモリのような黒い男「探求者プライゼル」（オランダ語原文：Pluizer、ドイツ語訳文：Klauber）の人物形象と、「死」（オランダ語原文：ドートゥ‘Dood’）を遙かに越えた所に存する「黒い人影」（オランダ語原文：zwarte gestalte「ズヴァルト　ヘスタルテ」）の人物形象とが投影されている、と筆者は考えている。

そこで、魯迅『鋳剣』とエーデン『小さなヨハネス』との関係、翻訳と同時進行して行われた創作において、魯迅が『小さなヨハネス』の作品世界に読み取り受容したものが、『鋳剣』の二人の主人公眉間尺と「黒い男」（黒色人）の人物像に、どのように反映されているかを考察していく。

「黒い男」（黒色人）――眉間尺の「影」としてのイメージ

魯迅『鋳剣』に描く「黒い男」の人物形象の解釈として、たとえば、伊藤正文論文(10)の『摩羅詩力説』に描くバイロンの「海賊」の主人公コンラッドの復讐者の形象の投影、細谷草子論文(11)の決意の象徴として魯迅自身を投影し、眉間尺は若き日の魯迅の姿を投影するなどの論があるが、では何故「赤」でも「青」でもなく「黒」なのかはまだ解明できていない。

魯迅『鋳剣』の眉間尺と「黒い男」の対話、『小さなヨハネス』のヨハネスと「黒い人影」の対話を比較分析し、魯迅が「黒」という表現に何を意識したのかを考察していく。

『小さなヨハネス』の終末部

ヨハネス少年が一人の男に成長し、すべてに絶望を感じ、疲れ果てた歩みを砂丘に運び、その端に立った時、大海原の向こうに黄金の落日の光景があった。そして、足もとの崖の下に一隻の水晶のように光輝く舟が落日の太陽で真っ赤に照らされる水面に漂っている。その舟の一方の端には、金の幸福のかぎを持った「夢」の妖精であるウィンデキント「旋児」がいる。もう片方の端に、ヨハネスは深淵な暗さのドートゥ「死」の姿を見つける。彼は「死」に脅えながらもその不思議な船に近づき、「死」の居る舟の舳先の遙か彼方に眼をやると、大きな夏雲に囲まれた明るい空間に「一つの小さな黒い人影」を見出した。その「黒い人影」が静かに燃え盛る火のように水上を近づいて来る。

それは「蒼白の顔をした、深くて暗い眼」の、「視線には限り無い温和さと悲痛さ」を湛えた一人の男であった。ヨハネスはその男に「あなたは誰？キリストそれとも神？（a）」「そのような呼び方をしてはいけない（a）」「昔は、それらは宣教師の法衣のごとく純潔で神聖で、人を養う穀物のごとく大切なものであった。しかし、それらは馬鹿者のお飾りに変わってしまった。そんなものを口にしてはいけない。なぜなら、そんなものの意義は欺瞞に成り下がり、その信仰は嘲笑になっているからだ。（a）誰かが私を理解しようとするなら、その人は自らそんな呼び名を棄て去り、自分自身に対し耳を傾けることだ。（c）」と男は答える。ヨハネスが「僕にはあなたが解る。僕にはあなたが解る。（b）」と言うと、男はさらにヨハネスに、「私はおまえに人々のために泣かせるが、おまえは自分の涙の意味を解さない。私がおまえの心に愛を注ぎ込むのは、おまえが自分の愛を解さない時だ。私はおまえといっしょに居るが、おまえには私が見えない。私がおまえの魂に触れても、おまえは私に気づかない。私はそういう存在なのだよ（c）」と語り、ヨハネスが「何故、僕には今あなたがみえるのですか？（c）」と聞くと、その男は「沢山の涙を溜めて、私の眼を見なければならない。その上、おまえ自身のためばかりでなく、私のためにも泣かねばならない。するとと、私はおまえの所に現れる。おまえもまた私を古い友人のように認識するだろう（c）」と答える。「僕にはあなたが解る。──ようやくあなたのことが解った。（b）僕はあなたの下に居ることにする！」とヨハネスはその男へ手を差し伸べる。その男は真っ赤な水面でゆっくりと遠くへ漂う光輝く船を指さして、「ごらん！これが凡そおまえをうっとりさせるすべてへと通じる路だ。もう一つの路にはそれがない。この二つの路はおまえが永遠に相容れぬものだろう。だから選びなさい。一方は大いなる光で、そこでは凡そおまえが知りたいと渇望するものとは、おまえ自身のことである。片方は」と言うと、その男は暗黒の東方を指さして、「そこには人間性とその苦悩があり、そこが私の歩む路だ。決しておまえには消せることのなかった迷い光のために、却って私がおまえと同伴することになるだろう。ごらん、さあ解っただろう。じゃあ選びなさい！」と言う。そこで、ヨハネスは旋児が手招きする人影から眼をそらし、厳粛な男の方へと手を差し伸べた。そして、彼の同伴者とともに、彼は凍てつくような夜風に逆らって、あの巨大で、暗黒の都市――すなわち、そこには人間性とその苦悩の存在する――へと向かう困難な路を進んだのである。

以上のような終末部の描写の中、「夏雲」の空間から忽然と現れる「一つの小さな黒い人影」（魯迅訳：一個小小的黒色的形相、オランダ語原文：een kleine, zwarte gestalte）とヨハネスとの対話は、『鋳剣』の「黒い男」と眉間尺との対話を彷彿させる内容である。第五章で指摘したように、ヨハネスに人間界の暗黒を告げ現実世界の苛酷さや死の運命を告げ、現実世界へと導く「探求者プライゼル」は、「黒い影」（魯迅訳：黒影）、「大きな黒いコウモリ」（魯迅訳：大的黒蝙蝠）、「黒い小さな男」（魯迅訳文：黒的小男人）と描写されていた。

ここでの描写では、ヨハネスがひとりの大人の男に成長して後、彼は「夢」と「死」とが同舟にあると悟り、「死」の遙か彼方に「愛」の象徴としての「黒い人影」の存在をはっきりと認識する。この「黒い人影」を「同伴者」（魯迅訳：同伴、オランダ語原文：begeleider「ベヘレイデル」、ドイツ語訳文：begleiter「ベクライター」）として、ヨハネスは人間性とその苦悩の存在する困難な路を歩むことを決意する。そしてこの象徴的な人物形象、すなわちヨハネスが「死」を遙か越えた所に存した「愛」の象徴としての「黒い人影」を「同伴者」とすることを決意したとする人物形象が、『鋳剣』において「黒い男」が眉間尺に「死」と共に「愛」をもたらすという象徴性に投影されている、と筆者は考える。

魯迅が「客」に、わざわざ「黒」を被せ、「黒い男」とした理由には、また、眉間尺が森で初めて出会ったこの

「黒い男」の会話をすぐに理解した理由には、魯迅が「黒い男」に眉間尺の「影[12]」の意味、言い換えると、内なる「自己の分身」としての存在の意味を籠めて表現したからであろう、と筆者は考える。そのことを次に示す。

それは、上記に示した『小さなヨハネス』終末部でのヨハネスと「同伴者」となる「黒い人影」との対話を、次に示す『鋳剣』での眉間尺と「黒い男」との対話に照らして、比較検討することによって明白になる。二つの作品それぞれに施した傍線部（a）は、「黒い男」と「黒い人影」はどのような呼ばれ方をされたのかについて、（b）は「黒い男」は眉間尺の家族の内情を以前から知っているという話と、ヨハネスが「黒い人影」の存在意味を理解したという話について、（c）は「黒い人影」はどうしたら理解できるのかについて、（d）は「黒い男」が語る自分自身と何故代わりに仇を討つのかについてである。以下、傍線部に着目して眉間尺と「黒い男」との関係、及びその象徴性の意味を読み解いてみよう。

魯迅『鋳剣』の眉間尺と「黒い男」（「黒色人」）の対話

人影が絶えてしばらく後、「黒い男」が城内から忽然と現れ、「逃げるぞ、眉間尺！国王が追っ手を出した」と、梟のような声で言う。眉間尺はゾクッと身震いがして、魔に憑かれたように、その後について行った。それからは飛ぶように走った。立ちどまり暫く息をきって、気づくともう杉林の辺りまで辿りついていた。後方遙かに銀白色の縞が射し込んでいるのは、月が向こうに昇ったのだった。正面にはただ二つの鬼火のような「黒い男」の眼光があった。

「どうして僕のことを知っているの？……（b）」彼は大変恐れ驚く思いで尋ねた。

「ハッハッ！おれは前からおまえのことを知っている（b）」その男の声は言った。「おまえが雄剣を背負って、父の仇を討とうとしていることも、仇は討てぬことも知っている。討てぬばかりか、今日既に密告する者があって、おまえの仇はさっさと東門から宮殿へ引き返し、おまえを捕らえるよう命じたのだ。」

眉間尺は思わず悲嘆にくれた。

「ああ、母親が溜め息をつくはずだ（b）」彼はつぶやいた。

「だが、彼女が知っているのは半分だ。彼女はおれがおまえの仇を討ってやることを知らぬ」

「あなたが？僕の仇を討ってくださるですって、正義のお方？（a）」

「あっ、おまえはそんな呼び方でおれを辱めてくれるな（a）」

「では、あなたは私たち母子に同情して？……（a）」

「よいか子どもよ、おまえは二度とそんな汚れた呼び名を口にするな（a）」

男は突き放すように言った。「義侠だの同情だのは、昔はきれいなものだったが、今ではたちの悪い高利貸の元手に成っている（a）。おれの心に全くそんなものはありはしない。おれはただおまえの仇を討ってやろうとしているにすぎない」

「わかりました。でもどうやって仇を討ってくださるのですか？」

「ただ二つのものをおれによこせ」二つの鬼火の下の声が言った。「その二つとは？よく聞け、一つはおまえの剣で、もう一つはおまえの首だ！」

眉間尺は不思議に感じ、戸惑いはしたが、驚きはしなかった。彼は一瞬口が利けなかった。

「おれがおまえの命と宝を騙し取るなどと疑うな」闇の声がまた突き放すように言った。「これは全ておまえ次第だ。おまえがおれを信じるなら、おれは行く。おまえが信じないなら、おれはやめる」

「でも、何故仇を討ってくださるのですか？（d）あなたは父を知っているのですか？（b）」

「おれは前からおまえの父親を知っている。おまえを知っていたように（b）だが、おれが仇を討つのはそのためではない。賢い子どもよ、おまえに言ってやろう。おまえはまだ知らぬだろう、おれがどんなにか仇討ちに長けているかを。おまえの仇は即ちおれのだ。それはまたおれなのだ。おれの魂には、多くの人と自分がつけた傷があり、おれはおれ自身をも憎んでいる！（d）」

この場面は、「眉間尺」説話に描く、眉間尺が山中で見知らぬ男「客」に出会い、おまえの剣と首をよこせば仇を討ってやるというだけの筋に、魯迅流の解釈による虚構を加えた部分である。「逃げるぞ！眉間尺！」「黒い男」に言われ、「どうして僕のことを知っているの？」そしてまた、何故「あなたは父を知っているのですか？」と尋ねる。「黒い男」は「おれは前からおまえのことを知っている」「おれは前からおまえの父親を知っている。おまえを知っていたように」[13]、また「母親が溜め息をつくはずだ」と、今までもずっと彼ら親子とともにあったことを語る。不思議な話である。初対面の男なのであるから。そこで、眉間尺は代わりに仇を討つのは、「正義のお方」であるからなのか、あるいは「同情」からなのかと尋ねる。すると、「黒い男」は「おまえはそんな呼び方でおれを辱めてくれるな」、「義侠だの同情だのは、昔はきれいなものだったが、今ではたちの悪い高利貸の元手に成っている」[14]と答える。

ここで、『小さなヨハネス』の傍線部（a）の話とを重ね合わせると。ヨハネスがすべてに絶望し、「夢」と「死」（魯迅はこれを二つの「混沌」と解している）が同時に存する舟に乗りこみ、恐れながらも「死」の象徴の方に眼を向けると、その遙か彼方から「黒い人影」が現れる。ヨハネスが「あなたは誰？キリストそれとも神？」と聞くと、「黒い人影」は「そのような呼び方をしてはいけない」、「昔は、それらは宣教師の法衣のごとく純潔で神聖で、人を養う穀物のごとく大切なものであった。しかし、それらは馬鹿者のお飾りに変わってしまった。そんなものを口にしてはいけない。なぜなら、そんなものの意義は欺瞞に成り下がり、その信仰は嘲笑になっているからだ」と答える。

この同じような問答形式の表現内容を見ても、魯迅が『鋳剣』の執筆に際し、『小さなヨハネス』の表現内容やレトリックを念頭に置き、「黒い男」に「黒い人影」の象徴性を覆わせていたことが窺える。

『小さなヨハネス』傍線部（a）（b）（c）に示されるヨハネスと「黒い人影」の一連の対話において、ヨハネスが「何故、僕には今あなたが見えるのですか？」と尋ねると、男は「キリスト」「神」などという「そんな呼び名を棄て去り、自分自身に対し耳を傾け」、「沢山の涙を溜めて、私の眼をみなければならない。すると、私はおまえの所に現れる。おまえもまた私を古い友人のように認識するだろう」、「私はおまえに人々のために泣かせるが、おまえは自分の涙の意味を解さない。私がおまえの心に愛を注ぎ込むのは、おまえが自分の愛を解さない時だ。私はおまえといっしょに居るが、おまえは私が見えない。私がおまえの魂に触れても、おまえは私に気づかない。私はそういう存在なのだよ」と答える。この「黒い人影」は、「死」を意識して顕れる「愛」の象徴であると同時に、他者のための「涙」と「愛」を知ってはじめて現われるヨハネス自身の「影」の存在、すなわち内なる「自己の分身」であることをヨハネスは認識して「僕にはあなたが解る」と答えたのである。ただ、ここで描く「愛」とは、「眉間尺」説話に描く肉親への個人的な「愛」と違い、「人間性」を重視する人類愛であると考えられる。また、筆者の言う所の「影」を、魯迅がヨハネスが「自己の内面に神を認めるに至って」と表現した時、その「自己の内なる神」＝「影」は自己や現実を直視する存在であると同時に、「愛」という神秘的な魔力を有する存在として、魯迅に意識されていたのではないだろうか。

このように、『小さなヨハネス』に関わり『鋳剣』において重要なことは、魯迅が「影」に、以前からも見出しており、またこの作品でも確認した「死」の象徴としての意味と、内なる「自己の分身」という意味を籠めて描写していただろうことを読み解くことが可能なことである。この「黒い人影」の投影により、眉間尺は「魔に憑かれたように」、内なる自己の分身としての「影」の存在である「黒い男」に気づき、彼との数少ない会話にすべてを理解し、「愛」のために自刎し、「黒い男」は「愛」のため仇を討つのである。また、上述した『小さなヨハネス』に描かれる「愛」の観点が『鋳剣』に描かれる「黒い男」と眉間尺の首が歌う不思議な「ハハ愛よ」の歌の「愛」の内容にも投影していると考えれば、その「愛」には単なる肉親への愛を超えた、人間性重視の普遍的な人類愛を意味する概念が投影されているとも判断されよう。

では、魯迅『鋳剣』における「黒い男」の独自性とは何なのであろうか。それは『鋳剣』下線部（d）に示される何故代わりに仇を討つかの理由に含まれているのであろう。

「おまえはまだ知らぬだろう、おれがどんなにか仇討ちに長けているかを。おまえの仇は即ちおれのだ。それはまたおれなのだ。おれの魂には、多くの人と自分がつけた傷があり、おれはおれ自身をもにくんでいる！」という言葉には、一九二六年の「三・一八事件」、一九二七年の「四・一二クーデター」という社会背景を抜きには語れないし、筆者もそのことは認める。「黒い男」の内面には魯迅自身の持つ深い傷が色濃く反映されているし、この『鋳剣』も当時の社会状況を無視してはその成立を語れない。先行する論稿[15]でも、そのことを中心に分析するものが多い。確かに、何故代わりに仇を討つか、何故仇討ちに長けているかの理由は社会的状況を考慮に入れた、魯迅の内面を抜きには語れない。しかし、「おれがどんなにか仇討ちに長けているか」という言葉には、第五章で指摘した、『小さなヨハネス』に描かれる現実を直視する科学研究の冷酷なる精霊「穿鑿」（Pluizer：プライゼル「探求者」）や、「夢」と「死」が同舟にあることを意識し、「死」をも超克して顕れた「愛」の感化を意味する「黒い人影」を同伴者とするという象徴性を、『鋳剣』「黒い男」に投影させることにより、激烈なる復讐の炎を博「愛」より冷ましてこそ冷厳におのれと相手の立場を見きわめ、現状を冷静に判断できる状況分析の達人、復讐の達人という意味を籠めたのだろう、とも筆者は考えた。

以上、魯迅が『小さなヨハネス』を翻訳しながら、同時期に『鋳剣』の創作を行っていた情況から、二つの作品を楔型に挟み込み、相互補完的に（a）（b）（c）（d）の関係を統合することで、『鋳剣』単独では見えてこない「黒い男」に籠められた象徴性を考察した。

第二節　『鋳剣』の構成——具象・象徴の二項対立

一　『鋳剣』を読み取る視点

『列異伝』『類林雑説』等に見る「眉間尺」故事は非常に幻想的な作品である。作品を幻想的にしている理由は、①王妃が鉄の玉を生み落としたり、②生み落とした鉄で雌雄二ふりの剣を作ったり、③見知らぬ男が仇を討つのを助け、これに応え眉間尺が自ら首を落としたり、④首を湯釜の中で煮ても爛れなかったり、⑤最後は仇を討った後で、男が自刎したりすることに拠る。魯迅『鋳剣』は「眉間尺」説話という筋の骨組みが固定されている所から話が展開しているので、あまりにも大幅な筋の逸脱は許されない。その固定された筋を留めるにも拘らず、『鋳剣』は魯迅自身の読者へのメッセージを織り込んだ新しい小説となっている。そして、『鋳剣』は「眉間尺」説話の筋を逸脱しない枠を設定する中、説話で語られる①〜⑤に示した幻想的な状況を効果的に織り込みながら、説話を越えてより一層幻想的なイメージを読者に与える作風になっている。その幻想的なイメージを深める一つが、眉間尺と「黒い男」との対話であり、「黒い男」が歌い、眉間尺の首が歌う不思議な「愛」と「血」の歌である。さらに『鋳剣』の読者を神秘的な、不可思議の世界に誘うのが、復讐が二度行われるという点である。生を死へと導く復讐よりも、死後の世界での復讐の方が人間らしく、生き生きと描かれているのは何とも興味深い。

さてそこで、本節から『鋳剣』の作品論を展開するが、どのような視点から作品を分析するのかについて、先ず言っておく。

加地伸行は、儒教における「招魂（復魄）再生」という死生観に着目し、「宗教とは、死ならびに死後の説明者である」との立場、そして礼教性（社会規範ひいては倫理道徳）という上からのおしきせではなく、下からの大衆の支持を得ていたという観点から、儒教の宗教性（宗教から倫理道徳を除くと死に関する問題だけが残る）を重視している。そして儒教における死とは、人間は精神と肉体とから成り立つが（心身二元論）、精神を主宰する「魂」と肉体を支配する「魄」とが分離、分裂することである、と説明する。[16]そこで一つは、「人」から「魂」と「魄」が分離、分裂すると「鬼」になるという視点である。

もう一つは、「魂」と「魄」とは何かという視点である。第二章第二節で示した、魯迅が一九二七年一一月一八日に上海の内山書店で購入し、翻訳して、二九年四月に上海北新書局から刊行された近代文芸論集『壁下訳叢』に収めた片山孤村著「表現主義」の中で、ディーボルト（Bernhard Diebold）がその著書『戯曲界の無政府状態』（Anarchie im Drama）において、「精神」を次のように分析していることを書いている。

『精神』（ガイスト Geist）と云う語と、『霊魂』（ゼーレ Seele）と云う語は現代の教養ある人々の日常用語に於ては殆んど同意語となってしまったが、それは怪むに足らない。これまで精神は殆んど唯智性なる下等の形式に於てのみ働いていたからである。然るに智性は観念を有せざる脳髄の作用、即ち精神なき精神である。そして霊魂は全く失しなわれてしまって、日常生活の機械の運転や、産業戦争や、強制国家に於ては何の価値もないものになっていた。（……中略……）

科学は顕微鏡に依って、実験心理学は分析に依って、自然派の戯曲家は性格と環境との描写に依って人間を研究し若しくは構成したが、それは人と云う機械であって、霊魂はもたなかった。斯くして機械的文化時代の学者や詩人には霊魂の観念は全く失われ、斯くして精神と霊魂とは混淆され同一視さるるに至った。

精神は外延的に万有の極限に及び、認識し得可きものを批判し、形而上学的のものを形成し、一切を排列して知識を作る。その最も人間的なるものは倫理感情及之と共にその勝利なる道徳的自由への意思である。
霊魂は内延的に吾々の心情の最も暗き神秘に及び、肉体と密接なる結合をなし、之を不可思議に動かす。霊魂は感情の盲目なるが為めに認識することは出来ないが、無数の本能を以って愛と憎とを嗅ぎ分ける。霊魂は観ずる、試作する――一切の人間の心を透視し、良心の最も深き声と世界支配者の最も高き声とを聴く。霊魂の最も貴きものは愛に基く献身であり、其最後の救済は神と万有とに融合することである……

この文章を引いた後、片山孤村は「書き方が余り抽象的であるが読者はディーボルトの意味する精神と霊魂との区別は大体解せられたことと思う。併し表現派の論客や作家は必ずしも精神と霊魂との区別はしない」が「兎に角ぼんやりと心霊、精神、自我、主観、内界を高調することに於ては悉く一致している」と説明している。一般的で常識的な理解として、自然主義・写実主義が見たままに表現し、表現主義は感じたままに表現することをその特徴としていた。ディーボルトは「表現主義は主として霊魂から来る」ことを付け加え、霊魂は感じたままに表現することであり、これが表現主義の一つの特徴であり、表現主義はゼーレを重視しているということが、魯迅には既知されていたわけである。

ところで筆者の視点において重要なのは、精神を主宰する「魂」と肉体を支配する「魄」の関係であり、及び「外延的に万有の極限に及び、認識し得可きものを批判し、形而上学的のものを形成し、一切を排列して知識を作る。その最も人間的なるものは倫理感情及之と共にその勝利なる道徳的自由への意思である」とするガイスト（精神）と「内延的に吾々の心情の最も暗き神秘に及び、肉体と密接なる結合をなし、之を不可思議に動かす」「感情の盲目なるが為めに認識することは出来ないが、無数の本能を以って愛と憎とを嗅ぎ分ける」「観ずる、試作する――一切の人間の心を透視し、良心の最も深き声と世界支配者の最も高き声とを聴く」「最も貴きものは愛に基く献身であり、其最後の救済は神と万有とに融合することである」とするゼーレ（霊魂）の関係である。中国の伝統的な考え方とドイツの観念哲学的な考え方に類似性が見られ、「魂」と「ガイスト」が、「魄」と「ゼーレ」が考え方にかなり共通性があるという視点である。考え方の違いは、「魂」と「魄」が結合すると「人」になり、「ガイスト」と「ゼーレ」とは共に「精神」を形成する対立する一項であるが二つ合わせて「精神」となるという点である。そして、『鋳剣』は肉体と密接なる結合をなすゼーレにおける愛と憎、人間性と獣性に力点がおかれている、と筆者は考えている。

檜山久雄は「いま、『采薇』の伯夷・叔斉、『出関』の老子、『起死』の荘子と、『鋳剣』の黒い男、『非攻』の墨子、『理水』の禹とをくらべてみれば、両者の対照がじつに鮮かであることに気づくだろう。前者がいずれも隠者の系譜に属し、口舌の徒であるのに対し、後者はみな行動者である。前者が諷刺的に描き出されているのに対し、後者の主人公たちは理想化されている。『故事新編』はこの二つの系列がたがいに補い合うことによって、独特な世界のひろがりを構成している」[17]と、「隠者」と「行動者」という二項の対立・対比があり、この二つが互いに補うことで「独特な世界のひろがり」があることを指摘している。筆者の視点は、例えば、「隠者」と「行動者」を包含し結合した第三項の存在、「隠者」から欠落した第三項の存在、「行動者」から欠落した第三項の存在が『鋳剣』には存在するとする観点である。

魯迅『鋳剣』の特徴にも明らかに二項の相対する構図が見いだせる。しかし、もう一つ、単純な二項の対立・対比では割り切れない第三項の内容・存在がある。そしてその第三項をどのように考えるかが、この作品を読む際の重要な鍵である、と筆者は考えている。「人」から精神を主宰する「魂」と肉体を主宰する「魄」が分離、分裂すると「鬼」になる。肉体と密接な結合をなし、愛と憎を嗅ぎ分ける「ゼーレ」と倫理感情に打ち勝った道徳的自由の意思である「ガイスト」が一体となると本当の意味での「精神」が形成される。

本章では、『鋳剣』が相対する二項を中心に構成されていることを分析し、次に、達観と傍観のさらなる二項をもって見つめる第三項の存在があることを指摘し、その中でも達観的第三項の存在と意義が『鋳剣』を解釈する重要なポイントであることを考察して行く。

二　相対する「陰」「陽」、絶対する「混沌」

（一）　時間と空間

『鋳剣』では近代的な心理描写の手法と中国の伝統的な語りの手法が交錯する。特に第一章において、心理描写と伝統的語りの手法とが鮮やかな対比を示している。魯迅のオリジナルである前半部と終末部が眉間尺の心的描写を中心に近代的な小説の作法を取っている。そして時間は「緩慢」に過ぎ、空間は「明」「暗」のモノトーンである。ところが、原説話に導入する母親が目覚める中盤から後半部は、母親との対話を中心とした、旧小説に特有の伝統的な語りの手法を用いる。その原説話にあたる父の生前の話の箇所では、母親と眉間尺の態度を「落ち着き」と「慌てぶり」とを対比させる表現で描き、母親がゆっくりと冷静な口調の「緩」のリズムであるのに対し、眉間尺は焦り先を聞き急ぐ口調の「急」のリズムで描写され、時間全体には「急激」に展開する切迫した緊張感が漂う。また、語りにおける空間には「光」と「暗」の対比表現に色彩感を交え、全体として空間の奥行きの深さが感じられる展開となっている。魯迅がこのような意識的な対比表現を用いたことにより、読者に重層感と緊迫感を抱きながら、この先はどうなるのだろうと、次の物語の進展へと意識を集中して行く効果をもたらしている。

そして、時間と空間の描写は第三章へと連動する。第三章は、鼎で眉間尺の首が煮られたことと、それに王と男の首が加わり、三つの首が巴になり嚙み合い、ついに三つとも煮崩れたのを描写する筋以外は、ほとんどが魯迅のオリジナルである。この章では、宮廷の人々の傍観をよそに、時間が歯切れのよいテンポをもって経過し、空間が鼎の中の世界を中心に幻想的な小宇宙を構成する。この時間経過のテンポのよさは、第四章の描写に至り、また第一章の冒頭同様急激に弛緩する。時間に関する「緩」「急」の対立、対比表現を具体的に指摘しよう。

a 時間経過の対比表現

（第一章）冒頭、眉間尺が母親といっしょに床に着くと、ネズミがガリガリと鍋のふたを齧りだす。昼間の疲れですぐに寝付いた母親が目を覚ますのではと気遣って、眉間尺は大声を立てることもできずにいる。かなりたって、ようやく静かになり、彼も眠りかけた時、ポトンという音で、はっと目を開いた（許多時光之后，平静了；他也想睡去。忽然，撲通一声，驚得他又睜開眼）。ネズミがかめの底に落ちたのである。

眉間尺が寝床を出て、水がめをのぞきこむと、ネズミは赤い鼻の先だけを水面に出して息せいていた。彼は近ごろ赤鼻の人間がいささか気にくわなかったが、にわかに可哀想になり、葦のたきぎを腹の下へ入れてやるが、はい上がってきたので、そのたきぎで叩きのめした。松明を六回取り替える頃、ネズミはついに動かなくなった（換了六回松明之后，那老鼠已経不能動弾）。眉間尺はまたも可哀想になり、ネズミを地面へと掬い揚る。ネズミは初め身動き一つしなかったが、やがてかすかに息をし、またしばらくすると、四本の足が動きだし、身を翻して、立ち上がり逃げ出そうとした（老鼠先是絲毫不能，后来才有一点呼吸；又許多時光時，四隻脚運動了，一翻身，似乎要站起来逃走）。そこで慌てて無意識に踏み殺してしまう。

（傍線部筆者、以下同じ。）

眉間尺の心の揺れを描写する部分では、上述のように、魯迅は時間が「緩慢」に、ゆっくりと過ぎたことを顕す表現を三回用いている。これに対し、母親の語りに導入する少し前の部分の「緩」のリズムが、母親の一言によって急遽「急」のリズムに変化する。

彼はまたしても可哀想になった。まるで自分がたいへんな悪事でもはたらいたかのように、とても辛かった。うづくまってぼんやりと眺めたまま、立ち上がれなかった（他蹲着，呆看着，站不起来）。

「尺や、何をしているの？」母はすでに目を覚ましていて、寝床から声をかけた。

これ以降、眉間尺の内心の変化を描く第一章の終末部まで、眉間尺の態度を修飾する副詞には、「慌てて」（慌忙）、「息も継がずに」（驚急）、「せき込んで」（趕緊）などを用い、母親の態度を修飾するのには、「厳粛に」（厳粛）、「落ち着いて」（冷静）などの副詞で対応させ、語りの中にも「緩」「急」のリズムをとっている。

また、時間の経過を表す「許多時光」と対比される表現がなされているのは、起承転結の転にあたる第三章、小説のクライマックスの描写においてである。

（第三章）冒頭、王宮の人々の間では、国王が退屈を持て余し、また些細な落ち度を捜しては青剣で手打ちにするのではという怖れに包まれている。そこへ、こっそり王宮を抜け出していた二人の宦官が帰ってきて、世にも不思議な異術を使う異人のいることを王に言上する。

「連れて参れ！」という王の言葉のあとで、時間は急激に経過する。

その声がまだ途絶えぬ間に、四人の武士があの宦官とともに疾走しながら出て行った（話声未絶，四個武士便跟着那小宦官疾趨而出）。上は王后から下は太鼓もちに至るまで、どの顔にも喜色が表れた。

決して長い時間はかからなかった。六人が玉階に走り寄るのが目に入った（并不要許多工夫，就望見六個人向金階趨進）。先頭が宦官、後尾が四人の武士、その間に黒い男が挟まれている。

「申せ！」と王が気短に言うと、男は「臣は宴之敖者と申す者にて、汶汶郷の生まれにございまする」と答えた後、奇術の方法と効用を説明する。

「やれ！」と王は声高に命令した。

決して長い時間はかからなかった。牛を煮る大きな金の鼎が王宮の外に据えられ、水をいっぱいに注ぎ、下に獣炭を積み上げ、火が起こされた（并不要許多工夫，一個煮牛的大金鼎便擺在殿外，注滿水，下面堆了獸炭，起点火来）。

長い時間がたったが、何の気配も無かった（許多工夫，還無動静）。国王が真っ先に怒りだした。続いて王后、王妃、大臣、宦官たちもいささか苛立ち、ずんぐりした侏儒たちなどはすでに冷笑しだしていた。

だがちょうどその時、水の煮えたぎる音が聞こえた。炭火も今を盛りと、その黒い男を、鉄が溶けて赤味を帯びたような赤黒さで映しだした（但同時就聴得水沸声・;炭火也正旺，映着那黒色人変成紅黒，如鉄的焼到微紅）。王がまた顔を男に向きなおした時、彼はすでに両手を天に差し伸べ、視線は虚空に向かい、舞い、踊っている。そして急に甲高い声で歌い始めた。

これ以降は、黒い男の「哈哈愛兮愛乎愛乎」の第二歌に始まり、彼の演じる奇術によって復讐が達成される物語のクライマックスの場面である。この歌の解釈と鼎の首の描写の分析は次章に譲るが、第三章は冒頭「特別に七十回以上も科を作ったので、ようやく龍眉のしわが幾分伸びた」（特別扭了七十多回，這才使龍眉之間的皺紋漸漸地舒展）、「〝ああ、退屈だ！〟と彼は大あくびをした」等の国王の退屈な時間を示す「緩」のリズムは見られるものの、全体として黒い男の登場によって「急」のテンポで時間は経過する。

さらに時間経過に着目して第四章の描写を見ると、また第一章の冒頭同様、時間は急激に弛緩する。

「およそ三鍋の粟が炊きあがる時間を費やして、どうにか得た結論は、……」（約略費去了煮熟三鍋小米的工夫，総算得到一種結果，是……）、「結論は昼間と同じだった」、「夜半近くかけて討論して」、「真夜中過ぎても結論が出ない」、「七日たった埋葬の日」、「夜が明けて」、「昼近くになり」、「またしばらくして」（又過了不少工夫）等の表現に典型されるように、第四章の時間の経過は緩急の変化に乏しく、全体的に緩慢に過ぎて行く。

また、第二章はすべて魯迅のオリジナルであるが、この章において時間は朝・昼・夕・夜の四区分で、冒頭、杉林の夜明け時が色彩感溢れる表現で描写され、そして昼間「こうして一鍋の粟が炊きあがる時間が過ぎ去り、眉間尺はもうとっくに焦れて、全身から火を吹かんばかりなのに、見物人は減るどころか、却って興味津津とばかりに面白がっていた」（這様地経過了煮熟一鍋小米的時光，眉間尺早已焦躁得渾身発火，看的人却仍不見減，還是津津有味似的）という第三者的傍観者たちの時間は、眉間尺の焦り、苛立ちをよそに緩慢に過ぎて行き、夕方「暗くなるにつれて、不安は高まる」頃に突如として現われる黒い男によって緊迫感がもたらされ、「立ち止まって長いこと息を切らしてから初めて、すでに杉林まで来ていると気づいた」（他站定了喘息許多時，才明白已経到了杉樹林邊）時には、すでに夜であり、以降時間は変化しない。第二章は、時間が緩慢に過ぎて行く表現が一箇所あるだけで、全体としては、緩急の変化に乏しく、時間経過の表現描写に緊迫感がない。

第一章から第四章までの全体としての時間経過を鳥瞰すると、第一章前半部魯迅オリジナル「緩」→中盤原説話「急」→終末オリジナル「緩」→第二章全体オリジナル「緩→（急）→（無）」→第三章前半部オリジナル「緩」→中盤以降原説話「急」→第四章全体オリジナル「緩」、というように原説話へ潤色を加えた部分が緊張感のあるリズムで、眉間尺の心理描写と傍観者の描写がゆっくりした、緩慢なリズムで、話の筋が展開されていることが認められる。

b　空間描写の対比表現

（第一章）母親の語りの場面

冒頭から「尺よ、何をしているの？」と母親が眉間尺に声をかけるまでの色彩描写は、暗がり（暗中）に月（月光）とタイマツ（松明）の明かりがあるだけの、「暗（闇）」と「明（光）」のモノトーンである。そのモノトーンに、僅かにネズミの鼻の赤と血の赤が配色され、赤が非常に印象的である。ところが母親の語り、特に剣完成時の描写を圧巻に、空間の「明」「暗」における対比表現に多彩な色彩感が加わる。

タイマツが燃え尽きた。彼は暗がりに黙って立っていると、やがて月の光りが美しく白く輝いているのが見えてきた（他默默地立在暗中，漸漸看見月光的皎潔）。

彼が母を見ると、ほの白い月の光りの中に坐って身を顫わせているらしかった（他看見他的母親坐在灰白色的月影中，彷彿身体都在顫動）。

彼は歩み寄った。母は寝床にきちんと坐り、うっすらと白い月の光りの中で、両目をキラキラと輝かせていた（他的母親端坐在床上，在暗白的月影裏，兩眼発出閃閃的光芒）。

（最後の爐開きの日の光景）

ゴッーと一筋、白い湯気（一道白気）が立ち昇った時は、地面も揺れたようでした。その湯気（白気）が中空で白い雲（白雲）に変わり、このあたりに立ち籠めると、次第に真っ赤（緋紅顔色）になり、すべてをピンク（如桃花）に染めました。わが家の真っ黒な炉（漆黒的爐子）には、真っ赤な二振りの剣（通過紅的兩把剣）が横たわっています。お父さまが朝一番の井戸水をそろそろと垂らすと、その剣はシュッシュッと鳴いて、やがて青色（青色）に変わりました。このようにして七日七晩すると、剣は見えなくなりました。よくよく見ると、やはり炉の底にあり、真っ青に透き通り、まるで二本の氷柱のようでした（純青的，透明的，正像兩条冰）。

「多彩な色彩感が加わる」と書いたが、よく見ると、最初に描かれた「白い」「光」と「黒い」「闇」の空間に、「赤」と「青」が加わっているだけだが、同じ箇所に集中しているので、色彩感豊かに思えるのである。ここにおいて、作品の空間における色彩的重層性は「光」と「闇」の対比描写に、鮮明な「赤」と「青」を織りこみクライマックスに達する。

〈第二章〉杉林でのシーン

東の空は真っ暗だった（東方還没有露出陽光）。杉林の葉末という葉末には、夜気を含んだ露の玉（露珠）が結ばれていた。だが杉林の外れに来る頃には、露の玉は色とりどり光り輝き（各様的光輝）、次第に夜明けの様子に変わっていった。はるか前方を望むと、かすかに薄黒い城壁とひめがき（灰黒色的城墻和雉堞）が見えた。

立ち止まって長いこと息を切らしてから初めて、すでに杉林まで来ていると気づいた。後方遙か遠くに銀白色の縞模様（銀白色的条紋）が見えるのは、月（月亮）が向こうに昇ったのだ。そして前方にはただ二つの鬼火のような黒い男の眼（兩点燐火一般的那黒色人的眼光）だけが見えた。

この二つのシーンは夜明けと夕暮れの描写であるが、「闇」に対峙する「光」の描写が鮮やかである。後者の眉間尺と黒い男の対面の光景は、『小さなヨハネス』において、ヨハネスが科学研究の冷酷なる精霊プライゼルに初めて出会うのが暗い森であること、また、プライゼルは「黒影」がさっと近づくとそれは「黒い大きなコウモリ」のような「黒い小さな男」と表現されていることを連想させる。また、この暗い森はオランダ語でZwart Woud（ズワァルトウォウト「黒い森」）といい、これは固有名詞ではドイツ南西部一帯に拡がる針葉樹林を指すが、この杉林の光景と雰囲気が同じであることを想起させる。

この他、第三章に描かれる鼎の首のシーンでは空間における小宇宙的重層性を、「上」「下」、「左」「右」、「尖」「広」、「回転」「振動」、「動」「静」等の対比表現を用いて効果的に描き出している。鼎の首の描写についてはいずれ「哈哈愛兮」の歌の解釈時に併せて分析する。

（二）具象と象徴

読者が『鋳剣』に心から迫力を感じ、胸を打たれるのは、単なる構成上の特徴や問題からではなく、現実に生きる魯迅自身の生活の真実、生命の息吹が作品に感じられるからである。そして、『鋳剣』の創作において重要なことは、一九二五年の北京女子師範大学の紛争における楊蔭楡や陳源等との抗争の中を生き、一九二六年「三・一八事件」による怒りと悲しみの中を生き抜き、一九二七年においても続く『現代評論』派たちからの中傷に生き、一方で許広平との恋愛問題とその結論としての同居の選択という、現実の中を生きる、現実に根ざした生身の魯迅がいたことである。その上に、反抗と復讐に支えられ、自己犠牲と人道主義を媒介とした、そして魯迅自身が「人は寂莫を感じたとき創作するのである」「創作は愛にもとづくのだ」（一九二七・九）と語るように、寂莫と虚空を塡めるために、自分には受ける資格がないと思っていた愛（自己否定）をエネルギーに、該博な知識と手法を駆使し文学創作にあたる、もう一人の魯迅が存在するということである。

しかし筆者には、この『鋳剣』の創作を最後に、もう一人の魯迅（自己否定）は滅したように思えてならない。滅したと言うよりは意識的に一つに統合されて行ったと言った方が好いかもしれない。′渾沌′は、混沌という絶対的存在であったのに、相手の相対性に触れ、それを容認し、自分の本来の性質である混沌を否定した結果、七つの穴が開いて死んだように、魯迅も許広平との意見交換を通し、社会に対し、個人に対し「自ら甘んじて願う犠牲は、犠牲ではない」（『両地書』「九五」一九二六・一二・一六）ことを自らに反問し、また許広平との愛の成就により、「自己の内面にある二つの矛盾した欲求」「生命力」を容認することによって、以前に存在した意義での創作のエネルギーを失ったように思えるのである。事実一九二七年四月以降、ようやく創作と見做されるものに、『野草』「題辞」（二七・四）、『朝花夕拾』「小序」（二七・五）と「後記」（二七・七）があるだけだった。そして七年以上の空白の後に、『故事新編』『非攻』（一九三四・八）、『理水』（三五・一一）、『采薇』（三五・一二）、『出関』（同）、『起死』（同）の五作が発表される。一方、七年の創作空白期はもちろんのこと、死の直前（三六・一〇）まで、魯迅が精力を傾けたものは翻訳と雑感文の執筆であった。これらのことを統合して考えると、この『故事新編』の五作は内部矛盾を意識的に統合してなされた、文芸理論と文芸思潮の受容及び創作手法の視点から見ると後期魯迅に位置するものであると言える。そして『鋳剣』は、魯迅文学の折り返し地点での集大成、いわばこの地点に至るまでの魯迅の生命力の結晶のような作品に筆者には思えてならない。その意味でこの作品の手法には魯迅のいう「油滑之処」（悪ふざけの所）もあり、「拿来主義」もありで、様々な創作手法が採りいれられている。そして、創作手法として特に優れ顕著なのが、「具象性を賦与する」「象徴」の表現である。

では、具象性と象徴性を作品から考察して行こう。

a　具象性

（赤鼻のネズミ）

『墳』「〝フェアプレイ〟は見合わすべきを論ず」（一九二五・一二）で、権力の座からずり落ちた旧勢力を水に落ちた犬にたとえ、その犬にいくらフェアプレイを行っても、逆に咬みつかれてしまうので、徹底的に打ちのめすべきことを述べるが、『朝花夕拾』「犬・猫・鼠」（一九二六・二）では、自分の猫嫌いの原因が猫の残忍性、媚態性、交尾時の喧しさにあることを述べ、そして実は十歳頃にたいへん可愛がっていた隠鼠というチビネズミを猫に食われたと長媽媽に伝えられて以来、「愛していたものを失い、心に空虚が生じた時、私は復讐という悪念でそれを埋めようとした」ことに猫嫌いの原因があり、悪さをする大きなネズミは兎も角として、小さいネズミには親しみを感じていたことを魯迅は書いている。冒頭部、ネズミが甕に落ちた話と眉間尺の心の揺れの描写は、「フェアプレイ論」の犬を「犬・猫・鼠」のネズミに替えて、執筆当時の魯迅と眉間尺の年齢に近い十歳の頃の魯迅の心理が二重に投影されているように読み取れる。しかし、ネズミの鼻が赤いことが原因して結局は殺してしまう。これは、厦門で魯迅を排斥した『現代評論』派のリーダー顧頡剛を「紅鼻」と諷刺し、「顧頡剛に対する魯迅の病的なまでの憎しみを表現したものであろう」[18]とする、かなり具体的で、個人的な感情を吐露し、現在の魯迅を示唆する挿話である。これらのことから、現在という時点から遡らせた少年の頃を語る、「愛していたものを失い、心に空虚が生じた時、私は復讐という悪念でそれを埋めようとした」という若き魯迅自身の姿が、この後に父の死を知る眉間尺に投影されていることが理解できる。

（宴之敖者）

（第二章）前方の人垣が動いたと思うと、割り込むようにして黒い男が現れた。黒い鬚、黒い眼、痩せて鉄のようだった（黒鬚，黒眼睛，痩得如鉄）。

人通りが絶えてしばらくすると、突如として城内から閃光のようにさっと黒い男が現れた。「逃げろ、眉間尺！国王がおまえを捕えるぞ！」と言う声は、まるでフクロウのようだった（声音好像鴟鴞）。前方にはただ二つの鬼火のような黒い男の眼（兩点燐火一般的那黒色人的眼光）だけが見えた。（第三章）近寄ったのを見ると、その男の衣服は青く、鬚も、眉も、髪もすべて黒い。痩せて、顴骨も、眼圏骨も、鼻稜骨もすべて高く突き出している（那人的衣服却都是青的，鬚、眉、頭髪都黒；痩得顴骨、眼圏骨、鼻稜骨都高高地突出来）。

「臣は宴之敖者と申す者にて、汶汶郷の生まれにございまする」

すでに黒い男は魯迅の決意の象徴であることが指摘[19]されているが、近年の研究でも、黒い男と魯迅の容姿や外見との関係、魯迅が好んだフクロウとの関係、そして「宴之敖者」という名の由来、そして「汶汶郷」とは「潔白にして汚辱を受けた地」との解釈より、黒い男に魯迅自身の自己投影があることが指摘[20]されている。本稿では、「宴之敖者」と名のる黒い男に魯迅自身の自己投影があることの理由を個条書きで記すに止めておく。

イ・北京女子師範大学の魯迅の教え子でもあった許広平が、魯迅は授業が始まると突然黒影のように教室に入って来ると、血と鉄を示す二色、赤地に黒の縞模様の風呂敷を広げる。その姿はつぎはぎだらけで、色あせた暗緑色の長衣と黒い羽織に身を包み、まるで黒いかたまりのようであった、と語っている[21]。

ロ・魯迅はフクロウを好み、自分の文章を人から「悪声」と嫌われる梟の鳴き声にたとえており、またその風貌からフクロウという綽名をつけられていた[22]。

ハ・「汶汶」とは、『文選』の注によれば「暗黒」の意味であり、『楚辞』「漁夫」の注によれば「汚れ、辱めを蒙る」の意味であり、潔白を意味する「察察」と対比される言葉である。「汶汶郷の生まれ」とは「潔白であるのに汚辱を蒙った処に発生した」のが「宴之敖者」だと言っているのだろう。

二・一九二三年八月の筆名「宴之敖」は北京八道湾の家を出る時に用い、一九二四年一月の筆名「敖者」は「奇怪な暦」（『集外集拾遺補編』収録）に用い、一九二四年九月の筆名「宴之敖者」は「『俟堂専文雑集』題記」（『古籍序跋集』収録）に用いられている。[23]「宴之敖者」については、許広平によれば「先生はいわれた、『宴は宀（家）に従い、日に従い、女に従う。敖は出に従い、放（『説文』には敫と作り、游なり。出に従い、放に従う）に従う。私は家にいる日本の女に追い出された』と」あり、[24]周作人の妻羽太信子の讒言、中傷により二弟作人と決裂し、北京八道湾の家を出るはめになったことを指している。

b　象徴性

（眉間尺と国王）

ネズミが甕に落ち、助けるか殺すかに心が揺れる眉間尺は、心優しく純真なゆえに柔弱な性格として描かれる。彼は父の仇がいることを知らされ、今の柔弱な性格を改め、復讐を決意するが、復讐の日を前にして眠ろうにも眠れない、ちょうど十六歳になった復讐の日の朝、彼はまぶたを腫らしたまま王城にやってくる。

一方国王は、昔から猜疑心が強く、残忍な性格である（大王是向来善於猜疑心，又極残忍的）ことが生前の剣匠の口から語られる設定になっている。王は王妃が産み落とした鉄塊を異宝とし一振りの剣を鍛え、その剣で国を守り、敵を殺し、御身を護るために、天下第一の剣造りの名匠にその製作を命じる。そして献上されたその日、その剣に匹敵するか越える剣を二度と造らせないがために、王はその剣で眉間尺の父親である剣匠を殺し、亡霊（鬼魂）のたたりを恐れて、胴体と首とを前門と後苑に分けて埋める。

不幸にも、おまえのお父さまがその時選ばれ、鉄塊をささげ持って家に帰ってきました。日も夜も鍛えに鍛え、まる三年の精力を傾けて、二振りの剣を鍛え上げた。

突然お父さまの眼から稲妻のような光がほとばしり、剣の箱を一つわたしの膝に置いて「これが雄剣だ」と申されました。「しまっておいてくれ。明日、わたしは雌剣だけを大王に献上する。もしわたしが行ってついに帰らぬ時は、もはやこの世にいないということだ。おまえは懐妊してもう五、六ヶ月になるではないか？悲しむな。子が生まれたらしっかり育ててくれ。そして成人のあかつきには、その子にこの雄剣を授け、大王の首をきり落とし、わたしのために仇を討ってもらってくれ！」

以上に書いた話の筋と母親の語りとから、純真無垢で柔弱な性格を有する眉間尺が成人となるあかつきには「雄剣」を携え、残忍で猜疑心の強い「獣性」を有する国王を、仇と狙わねばならぬことが義務づけられており、しかし到底眉間尺では、たとえ一人対一人の闘いだとしても、敵討ちが達成されぬだろうことが予測される設定を作り上げている。そして眉間尺が唯一敵討ちを達成させる手段あるとするなら、それは猜疑心をもたぬ「純真性」の発露による、献身的な「自己犠牲」であった。

「わかりました。でもどうやって仇を討ってくださるのですか？」

「ただ二つのものをおれによこせ」二つの鬼火の下の声がいった。「その二つとは？よく聞け、一つはおまえの剣で、もう一つはおまえの首だ！」

眉間尺は不思議に感じ、戸惑いはしたが、驚きはしなかった。彼は一瞬口が利けなかった。

「おれがおまえの命と宝を騙し取るなどと疑うな」闇の声がまた突き放すようにいった。「これは全ておまえ次第だ。おまえがおれを信じるなら、おれは行く。おまえが信じないなら、おれはやめる」

このあと敵討ちに加勢する理由を話す黒い男に、自分にはいまだ至り得ぬが、もう一人の自分、影としての存在を預見して、眉間尺はこの「黒い男」に全てを託すことを決心する。

闇の声がやむやいなや、眉間尺は手を挙げ肩ごしに青い剣を抜き、そのまま盆のくぼから前にさっとおろした。首は地面の青苔の上に落ちる一方、剣を黒い男に渡した。

以上作品を中心に、眉間尺が純真な「自己犠牲」の象徴として描かれていること、国王が残忍な「獣性」の象徴として描かれていることを述べた。また眉間尺には、魯迅の若き日の姿の投影があることを指摘する論[25]があることもすでに述べた。

（雄剣と雌剣）

『呉越春秋』によると、莫邪は干将の妻であり、妻の助言と協力によって出来上がった二振りの剣に「陽剣を干将、陰剣を莫邪と名づけ」、干将は陽剣を匿して、陰剣だけを呉王闔閭に献上したが、闔閭はたいへん珍重し、魯が遣わした季孫に献じようとしたが、季孫はきびつぶほどの欠けたところがあるのを見つけ、国が亡びることを思ん測って受け取らなかったことが描かれている。また、おそらく魯迅が底本としただろう『類林雑説』に引く「孝子伝」の説話には「莫邪は乃ち雄を留め、以て雌を楚王に進む。剣は閘中に在りて常に悲鳴有り。王群臣に問う。対えて曰く、剣に雌雄有り。鳴るは雌、その雄を憶えばなり、と。王大いに怒り、即ち莫邪を収えて之れを殺す」という話の設定がある。[26]

『鋳剣』においては、眉間尺の母親と父親の名前が明かされないし、また「雌剣が雄剣を憶って鳴る」という設定もなされていない。書かないことが書くことよりも、あるいは明確に書かないことが明確に書くことよりも奥深い意味を有する場合がある。その意味において「陰剣には亡びの兆候」があったことや「雌剣が雄剣を憶って鳴る」というかなり高度に象徴化された内容を、魯迅は書かないことにより書くことでよりも一層の暗示性を示唆したように、筆者には読み取れる。また、丸尾常喜は、魯迅が後者の「雌剣が雄剣を憶って鳴る」という話の設定を、復讐の物語に愛と死の劇をもりこむ重要な柱として黒い男と眉間尺の唱う奇怪な歌の中に、「嗚呼不孤」（ああ二ふりの青き剣よ）、「異処異処」（引き離されたる青き剣）として埋めこんでいるとする、まったく新しく斬新で興味深い解釈をしている。(27)「哈哈愛兮」の歌の解釈については次章で筆者なりの解釈を行うつもりなので、ここでは「雌」「雄」両剣の象徴性についてだけ触れておきたい。

二十年前のこと、王妃がひと塊の鉄を産み落とされた。一度鉄の柱を抱くと身ごもったとやら、真っ青に透き通ったひと塊の鉄（一塊純青透明的鉄）でした。

このようにして七日七晩すると、剣は見えなくなりました。よくよく見ると、やはり炉の底にあり、真っ青に透明で、まるで二本の氷柱のようでした（純青的，透明的，正像兩条冰）。

生まれたばかりの鉄塊は「真っ青に透き通り」、鍛え上げられた二振りの「雌」「雄」両剣はやはり「真っ青に透明」であり、「純真」そのものであった。十七年間地中に埋められていた「雄剣」は、眉間尺によって掘り起こされると、「指先が冷やりと、まるで雪か氷に触れているほどに感じた時、真っ青で透明な剣が現れた」（待到指尖一冷，有如触着冰雪的時候，那純青透明的剣也出現了）と表現されるように、依然として「純真性」を有していた。その後「雄剣」は、復讐達成のため黒い男にその意志を託し、主体的に自刃する眉間尺の血を吸い、託された意志の達成のためにやはり主体的に自刃する黒い男の血を吸う。かつまた、獣である「狼」の血と「獣性」を有する「国王」の血を吸う。「雄剣」は純粋なる「自己犠牲」の血を二度も吸い、象徴化された「自己犠牲」達成のために、そして「獣性」に対抗、反抗するために、その身を置く運命が宿命化されていたかのようである。すなわち、「雄剣」には「純真性」と「自己犠牲」の象徴化が見出せる。

一方、持ち主に「亡びの兆し」が暗示された「雌剣」は、眉間尺の父親の血を生贄として以来、国王がささいな落ち度を咎めるたびに、多くの人の血を吸い続けた。「雄剣」の運命とは対照的な位置にある。「雄剣」同様、「純真性」を有して生まれてきたが、持ち主の「残忍性」と「獣性」に触れ、「雌剣」それ自体が「残忍性」と「獣性」を実現することが宿命化されてしまっていた。すなわち、「雌剣」には「残忍性」と「獣性」の象徴化が見出せる。

しかし注意すべきは、鉄が剣と生まれた時から、宿命的に血を吸う運命を有していることであって、「雌」「雄」はすぐにも「純真性」と「残忍性」が、「自己犠牲」と「獣性」が逆転してしまう運命を内面に包含しているということである。

（人と鬼）

黒い男の「生」と「死」の意義、そしてその象徴性については、のちに考察を試みることにして、ここでは眉間尺と国王にとっての「生」と「死」の意義について考えてみる。

『鋳剣』において特徴的なことは、物語が精神を主宰する「魂」と肉体を主宰する「魄」が分離する前の「人」（生）としての話と、分離後の「鬼」（死）としての話から構成されており、伝統的な概念とは少し理解にずれを生ずるかもしれないが、首（「魂」の抽象化）を「精神」＝「夢」の象徴と成し、胴体（「魄」の抽象化）を「肉体」＝「現実」

の象徴と成していることである。そして、一切の「肉体」＝「現実」が消滅した後の眉間尺の「精神」＝「夢」を中心に、身体から分離（死）した後の二つの首＝「精神」を加えた、三つの「精神」の巴の争いを描く第三章のクライマックス、すなわち「鬼」の世界での描写において、眉間尺と国王が生き生きとした人間らしい人間として描かれているということである。

眉間尺には気丈で、厳粛な母親がいて、絶えず気を使わずには生きていけない。そのうえ、その母親から復讐の任務を負わされ、しかも復讐達成のためには性根を入れかえるようにと説教までされている。眉間尺にとってはたまったものではない。悲壮な気持ちで城内に行ってもろくなことは起こらない。そんな成人になったとはいえ、十六歳の少年らしさを残す、気の優しい眉間尺が子どもらしい子どもとして立ち振る舞えたのは「見物人たちは楽しそうに遊んでいる子どもの笑顔さえ、かすかに見て取れた」と描写される、死後の鼎の中であった。一方国王も「〝ああ、退屈だ！〟と彼は大あくびをした」と描写されるように、何も彼を夢中にさせるものは無い。しかし、鼎に首が落ちて以後の王は必死である。王は眉間尺との二十合にもおよぶ死闘の末、七ヶ所に噛みついた。そのうえ背後を取ろうと努力する。眉間尺も王に噛まれて、痛い痛いと声をあげる。ここで描く鬼魂の精神的象徴としての人間性は、少年であろうと、国王であろうとは問わない、「一個の人間」らしい人間の姿である。

（母親と狼）

『鋳剣』における三人の主人公とは、眉間尺、国王、黒い男である。二人の例外を除き、物語が展開する主要な内容との係わりからいえば、他のいずれの登場者もこの三人には積極的役割を果たしていない。物語の展開上この三人に対し積極的役割を果たす助演賞候補の二人の例外とは、一人は眉間尺の母親であり、一人否一つは狼である。狼の象徴性の考察からして行く。

笑い声がただちに杉林にまき散らされると、林の奥で一群の鬼火のような眼がきらめき、たちまち近づき、餓えた狼のハアハアという激しい息づかいが聞こえた。最初の一口で眉間尺の青衣はズタズタになり、次の一口で身体ぜんぶが見えなくなった。血痕までまたたく間になめ尽くされ、わずかに骨を嚙み砕くだけが聞こえた。

先頭の大きな狼が黒い男にさっと飛びかかった。彼は青剣をすっと払うと、狼の首は地上の青苔に落ちた。ほかの狼は最初の一口でその皮をズタズタにした。次の一口で身体ぜんぶが見えなくなった。血痕までまたたく間になめ尽くされ、わずかに骨を嚙み砕く音だけが聞えた。


餓えた狼の象徴性については、「三・一八事件」において祖国を愛するがために犠牲になった青年たちに対峙する非道で残忍な行為で臨んだ段祺瑞政府を暗示したものであるとする指摘[28]、「『阿Q正伝』の最後の狼の目と同様、やがては自分にもそれがふりかかってくることを知らずに、他人の不幸を喜び、味わいつくそうとする人々の愚かな好奇心を象徴する[29]」と指摘され、どちらも正鵠を穿つものである、と筆者は思う。

さらに筆者は、『鋳剣』を象徴化された「鬼魂」（鬼＝死、魂＝精神）の世界における真実の精神、真実の感情の吐露を描く物語、いわば死者の精神世界という幻想的空間を通して、対等な一個の人間同士が繰り広げる人間性の闘いという構成を魯迅が構想していたと考えている。そのためには、象徴としての「首」（魂＝精神）は必要であっても、象徴としての「胴体」（魄＝肉体）は不要である。黒い男が行う鼎を使った奇術とは実は招魂再生の異術であり、この古めかしい異術を通して、相対的二面性の葛藤、すなわち純真な「自己犠牲」と残虐な「獣性」という近代的個人の自意識の葛藤を描くが、結局純真な「自己犠牲」が勝利するのは死後の混沌とした状態の中でしかないこと、黒い男とは相対的二面性を両有する混沌そのものであることを魯迅は描いているのだ、と筆者は考えている。

ところで中国の古代の招魂復魄再生（儒教でいうところの祖先祭祀）とは、人が呼吸をしなくなり魂が肉体を離れると、帰って来いと叫ぶ「復」の儀礼、次に浅く穴を掘って死体を曝し、真っ白にする「殯」の儀礼、真っ白になることを「死」といい、この白骨を「魄」という、それから白骨のうち、頭蓋骨だけを残し他を埋める「葬」の儀礼、頭蓋骨は廟という御霊屋に納めて祭り、その死者の頭蓋骨をかぶった人間（遺族や儒者）が、「尸」（かたしろ）に呼び出した魂を戻し、魄を帰す儀式であり、頭蓋骨をかぶった人間の姿を表わすのが「鬼・畏・異」の三字である。しかるに、後世になり「魄」を肉体と説明するようになって、本義が不明になったことが述べられる(30)。

ところで、魯迅は『鋳剣』からおよそ八年後に、『荘子』外篇「至楽」の寓言を材源に書きあげた招魂復魄再生の物語『起死』（一九三五・一二）において、「生はすなわち死、死はすなわち生、奴隷もすなわち主人公である」「この髑髏は今こそ生きていて、生き返ったとおもわれる時には、逆に死んでしまっているやもしれぬ」という、環境にも、立場にも左右されない精神独自の主体性を重視する意識の下に、荘周が頭蓋骨（髑髏）だけに骨肉再会（骨肉団聚）を施し、死者を生き返らせることを描いている。すなわち、ここでは招魂再生には胴体は不要であることが描かれている。

しかし、眉間尺の父は殺された後、亡霊（鬼魂）のたたりを恐れて、胴体と首とを前門と後苑に分けて埋められたと描かれること、また、三つの頭蓋骨は王の胴体といっしょに埋葬されたと書かれていることは、死者が招魂復魄再生を果たすには首とともに身体も必要であると民衆一般には考えられていたことを魯迅は描写している。

では、なぜ眉間尺だけがその必要なはずの「肉体」まで抹消されて描写されたのだろうか。たとえば、菊池寛『三浦右衛門の最後』が拠った『狗張子』でも首を離され斬り刻まれた右衛門の胴体を「犬狼群りて、手足を引きちらし臠を争う」と描写されるが、魯迅が「肉体」抹消の役割をなぜ「狼」に負わせたのであろうか。

管見の限りでは、母親の象徴性について触れる希少な論で、その上、母親と狼の象徴性を合わせて考察しているたいへん興味深い論の中で、この点が指摘される。[31] それは、主人公眉間尺はいまだ母親と同じ床に寝ており、精神的にも性的にも母親に依存した状態であり、内在的支えの欠如する義務として科せられた復讐に対し、母親はやらなければならないが、やり通せないと彼を二重に否定する、それは寡婦である母親があとに残されることにためらいを抱いた過去の魯迅の姿に、復讐者としての資格に欠く眉間尺の姿を重ね、過去の挫折感を償い、過去の自分と決別するという意識、すなわちイニシエーションを示唆していること、そして狼に食われることが秩序のなかで、安寧な生を偸むことに対する罰への贖罪、すなわちカタルシスを意味し、眉間尺の肉体を狼が食うことは、旧時代に育てられた肉体は旧時代に与えてやり、母親の与えたものは母親に返すことを意味し、そして首のみで闘いに出かけるとは、具体的には許広平のいる厦門へ行くことや、旧い肉体を捨てイデオロギー的闘いに身を挺することを意味するという指摘である。

筆者も前記の論にほぼ同意するが、ただ筆者なりにつけ加えるなら、眉間尺が母親が与えた義務としての復讐をやり果たせないことを預見しているのは、魯迅に母魯瑞が与えた内在的支えの欠く義務として科せられた仇（つれあい、具体的には妻朱安）とは、最後まで添い遂げれないことを、魯迅が表明しているのではなかろうかと思う点である。その意味から推測して、魂の叫びが歌へと高揚する第一歌の中で歌う「両個仇人自屠」とは、黒い男の存在により葬られた眉間尺と手ずからに葬るだろう国王に仮託しながら、実は魯迅の存在により葬られた妻朱安と魯迅手ずからに葬ることを決意した許広平を暗示しているとも読める。また、「両個仇人」とは主体的に自刃する眉間尺と黒い男であり、彼らが「仇人」であるのは第三者である国王に対してではなく、お互いに対してであり、「仇人」には魯迅と許広平との愛が重ねられていると解釈する読みもあり、[32] 筆者なりの解釈――「哈哈愛兮」の歌には非常に象徴化された招魂再生のための呪文、鬼魂の叫びが籠められている――はいずれ示すが、ここでは「哈哈愛兮」の歌に秘める象徴性から、様々な解釈、分析が可能であることの一端を示すに留めておく。

では、なぜ眉間尺だけが「狼」によって「肉体」まで抹消されたかの理由にもどるが、眉間尺には「愛していたものを失い、心に空虚が生じた時、私は復讐という悪念でそれを埋めようとした」という若き魯迅自身の姿が投影されていることを先に述べた。さらにすでに、胴体（肉体）とは「現実」の象徴であろうことを述べた。その眉間尺の「肉体」の抹消とは、過去の現実における自分と決別、新しい自分へと通過していくための儀式、すなわちイニシエーションであろう。そして抹消の役目を負うのがなぜ「狼」であるのかの理由は、『狂人日記』（一九一八・四）、『阿Q正伝』（一九二一・一二）、『祝福』（一九二四・二）へ受け継がれる、「食人」（吃人）に対するイメージ、モチーフが「狼」にあると、魯迅が考えていたのだろうとしか今のところは言えない。

（三）　第三項の存在

この第三項の存在を論立てる上で武田泰淳に示唆的な文章があるので、以下に示しておく。

さてここでも大切なのは、この悲劇的奇術を見守っていた皇后や家臣、それら周囲の人々の心理状態です。彼らは秘密な歓喜に心おどらしながらも、驚愕に顔面をこわばらせ、ブツブツ皮膚に粟をたて、一天たちまち日光を失ったような惑乱と悲哀につつまれ、茫然と眼を見はるばかりです。彼らにはこの三人の強者、つまり三つの首の異常な行動が、全く理解されないのです。この三人と周囲の人々の間には一種の断絶があります。へだたりと言うよりはやはり断絶と言うべきでしょう。周囲の人々は三人の行動に指一本ふれられず、それを自分たち一般人と同じ人間の行動だとさえ信じきれません。しかも三人の行動者は、それらの人々にとりかこまれながら、自分たちだけが知覚している関係の下に、自分たちだけの闘争をしたのでした。この三人の強者と周囲の人々の対比には、妙に底深い意味があります。

これら魯迅文学にある対比は、自覚者と衆愚の対立と言いすててしまうわけにもいきません。弱者と強者の対立ばかりとも言えません。もし女媧や阿Qや禹や黒色の義士に、魯迅個人のもの憂さ、かなしみ、怒りが溶けこましてあるとすれば、それは魯迅とその周辺の人々の対比とも言われるのです。文学者としての魯迅が存在している、また同時にその彼の周辺に世界が存在している。そしてそのような形でのみ現実が成立していること、ここにこの対比の発生した根源があります。

ここに私が挙げた例だけを見ても、彼はこの事実を前にして、自分が或は女媧的になり、或は阿Q的になり、禹となり、黒色の義士となり、被銃殺者となる可能性を感じねばなりません。しかも彼が文学者である以上、彼は女媧そのものではなく、黒色の義士そのものでもありません。彼は、銃殺される青年と共に、その見物人たちをも同時に見つめていなければなりません。中国の若い文学者が革命文学を呼号しはじめたとき、魯迅はことさらロシアの革命的詩人エセーニンが革命後自殺していることを指摘しています。これは決して、若い世代に冷たい水をあびせ、皮肉な態度に出たのではありません。彼が持っている暗さ、つまり強烈な生の実態が彼にそのような態度をとらせたのです。(33)

確かに『鋳剣』は、自覚者と衆愚の対立があり、弱者と強者の対立があり、それは魯迅とその周辺の人々の対比であり、また魯迅自身が眉間尺的であり、暴君的であり、黒い男的であり、しかも彼らが魯迅そのものではなく、さらに死んで行く人と、その死んで行く人を見物する人をも冷静に観察する冷淡さをもって描かれていると感じられる作品である。筆者は先に、魯迅は反抗と復讐に支えられ、自己犠牲と人道主義を媒介とし、自己否定と禁欲的個人主義をエネルギーに創作にあたっていたと書いた。そして、現実の事件と現実の生活に生きる生活者としての魯迅と、創作者としての魯迅とは、ある程度の距離を保ちながら巧く拮抗していた。しかし、『華蓋集続編』「花なき薔薇の二」(一九二六・三・一八)に「墨で書かれた戯言は決して血で書かれた事実を掩いきれぬ」「以上はすべて空言だ。筆で書かれたものに、何の係わりがあろうか?」「血は墨で書かれた戯言で掩いきれぬばかりか、墨で書かれた挽歌で酔わされもせぬ」と書いた頃から、そして「私は最近、次第に個人主義に傾きつつある」(『両地書』「九五」二六・一二・一六）と書くに至り、さらには禁欲的な個人主義を自己の内面で肯定した許広平との愛が成就することにより一層拮抗のバランスが崩れたように、筆者には思える。いわば、もう一人の魯迅の死であり、意識的な一つへの統合である。言い換えると、積極的社会参加、積極的生活者として、文学的スタンスの変更があり、「私にはただ雑感あるのみ」（『華蓋集続編』「校了記」一九二六・一〇・一四）と語る雑感文学の確立である。そしてその折り返し点に位置する創作としての結晶、『鋳剣』において、「黒い男」は眉間尺の純真性を継承する「影」としての存在を自ずから滅ぼし、眉間尺と国王の相対的な精神を一つの混沌とした状況、言い替えれば陰陽二面の精神を一つに統合した状況へ回帰させるために、鬼魂の精神的象徴としての首と化し、相対する二人・二項の闘争に自ら進んで参加して行くことが描かれている、と筆者は考える。このことにより、魯迅がこの「黒い男」に積極的社会参加、積極的生活への表明者としての役割を担わせているのではないだろうか、とも筆者は考える。

では具体的に、第三項的存在の作品における意義について分析して行こう。

a　傍観的第三項

（民衆、義民、宮廷の人々）

まず、魯迅が傍観者としての群衆を「民衆」（人們・百姓）と「義民」二種類に分けて描いていることに着目して行こう。

魯迅が最初に描く「民衆」は、「ネギを担いだ野菜売りたち」、ぼうっとして突っ立つ「男たち」、腫れぼったい眼、もじゃもじゃ髪、黄ばんだ顔で化粧もそこそこの「女たち」である。

眉間尺は大きな変化（巨変）がまさに起ころうとしているのを予感（預覚）した。彼らは皆じりじりして、忍耐強くこの大きな変化を待ち構えているのである。

眉間尺が予感するのは、自分が主体となって繰り広げる国王との闘争であり、国王の死であるが、民衆たちはやじうま的、傍観的立場からその変化の結果だけを期待している。ここに描かれる民衆と眉間尺の間には確かに断絶がある。その断絶の根源は真実に覚醒した主体性の有無に係わる。眉間尺との断絶の差は、個人的悪意を描く「しなびた顔の若者」（乾癟臉的少年）に典型され、この若者に誘発された集団的、傍観的無悪意にも悪意は敷衍される。この「しなびた顔の若者」は眉間尺に「大切な丹田を押しつぶされたので、もし八十歳にならずに死んだら、おまえの命で償わねばならぬことを確約しろという」のである。これに対し、「眉間尺はこんな敵にぶつかっては、心から怒るに怒れず、笑うに笑えず、ただただくだらぬ限りであったが、逃げるに逃げれなかった。こうして一鍋の粟が炊きあがる時間が経ぎ（経過了煮熟一鍋小米的時光）、もう眉間尺は全身に火が着かんばかりにいらいらしていたが、見物人は減るどころか、ますます興味津津といった様子だった」と描写されている。

ここに描く「しなびた顔の若者」と「丹田」について、先論では、魯迅が攻撃しようとする論敵と醜悪な社会現象に対する「油滑」（悪ふざけ）または理不尽な喧嘩をふっかけてくる者への諷刺と読むもの[34]、また、「臍下の腹部はもとも大切である。道教の書に、これを称してすなわち丹田というゆえんである」ということと、「コッホ博士が細菌を飲んでも病気にならなかった」というような、科学と迷信のごっちゃ混ぜを巧く利用し、精神が肉体を改造できると精神のはたらきを荒唐なほど誇張した蔣維喬という大官の著『因是子静坐法』に対し、魯迅が批判を加えている（「随感録三十三」一九一八・一〇、『熱風』所収）ことに着目し、頭だけが西洋の近代主義にかぶれた『現代評論』派も、「丹田」重視のこの大官にみる道教的夜郎自大と五十歩百歩にすぎぬと読むもの[35]、さらには三尸説に着目して、眉間尺の血まみれの未来の予言または民衆の服している秩序の中心を脅かす者としての眉間尺の告発と読むもの[36]がある。

また、ここに描く眉間尺と「民衆」の関係については、行動者に対する傍観者たちの群れ（大衆）の無意志の妨害が諷刺されていると読むものがある。(37) 筆者としては、魯迅が主体的自覚あるいは真実の覚醒に欠如した「しなびた顔の若者」とやじうま的「民衆」等の傍観的第三者は真実に目覚めた主体的行動者に対する無意識の敵になり得ることを諷刺、象徴しているのだと考えている。

また「義民」とは、単なる傍観者というよりは「密告する者」（有人告秘）と同義で、おそらくはこの「義民」が盲目的な王への忠誠心から眉間尺のことを密告したのであろう。体制的立場である点では「宮廷の人々」と大差ないが、利害を抜きに国王に忠義を尽くそうしている点においては、眉間尺と黒い男にとって、盲目的なだけに厄介で意識的な敵となり得る可能性は秘めているが、作品においては、無意識の敵である「民衆」以下のレベルに下げられている。

次に、「民衆」とは立場の違う傍観者に「宮廷の人々」がいる。「宮廷の人々」とは、王后、王妃、大臣、武士、老臣、侏儒、宦官、太鼓もち（弄臣）であり、絶えず国王の機嫌にビクビクしている存在である。彼らは異術を使う男が呼び寄せられると、自分たちは災いを免れ、身に火の粉が飛んで来なかったことに安堵する。眉間尺の首の異術、王の首が斬り落とされた理由は彼らにはまったく理解できない。驚きに身を凍らせて異術を見守っていたが、王の首が斬り落とされ、王に後ろから噛まれた眉間尺の首が声をたてるに及んで、「空に太陽が昇らぬような悲哀で、皮膚にふつふつと鳥肌が立つように思えた」し、また「秘密の歓喜も交じっており、眼を瞠って、何かを待ち受けているようでもあった」。彼らには他人の不幸をニヤッと笑って見つめる冷酷さはある。しかし、彼らには鬼魂と化して戦闘を繰り広げる三つの首の異常な行動が何を意味するかの本質を探ろうとする誠実さはない。そして、魯迅のオリジナルである第四章全体、緊張感の糸が切れた場面が彼らの本領を遺憾なく発揮する舞台である。ああでもない、こうでもないという空論を、魯迅はゆっくりとしたリズムで、ゆとりをもって描いている。まるでよく熟知した相手でも描くかのように、生き生きとその本性が描き抜かれている。この第四章全体に描く「宮廷の人々」の滑稽な困惑ぶりと、王の葬儀を見送る人々（百姓）の見物人に徹する無関心ぶりは、「彼らは皆じりじりして、忍耐強くこの大きな変化を待ち構えてた」が、三つ首が繰り広げた巴の争いの末に生じた巨変も、彼らには何の影響も無かったようである。彼らの無関心と三者との断絶には、ある種の暗く、冷たい笑いが籠められており、痛烈な諷刺劇として魯迅は描写しているように、筆者には感ずる。

先論では、「宮廷の人々」には、段祺瑞政府下の国務院総理賈徳耀、教育部総長章士釗、「正人君子」陳源、女師大校長楊蔭楡等が、ああでもないこうでもないと会議の末に、魯迅を「暴徒」と見做したり、デモ学生を「共産分子」と見做した、いわゆる北京女子師範大学事件や「三・一八」事件での権力擁護の体制派側人々が投影されていること[38]と、そしてここに描かれる「民衆」「義民」「宮廷」の人々と「黒い男」との係わりから、自分の戦闘を全くの孤独の内に進めざるを得なかった当時の魯迅のペシミズムが色濃く表れていること[39]が指摘されている。筆者は、作品論とは色々な読みが可能だろうという点において、この指摘には異論はない。

b　達観的第三項

（黒い男）

『鋳剣』に描かれる「黒い男」は、全ての状況を見通した達観的な存在であり、魯迅の精神的な現実と理想における自己投影である一方、複数の意味を暗示させる象徴化がなされている。第二章、眉間尺が黒い男に「あなたはどうしてわたしを知っているの？……」と切り出すことに始まる会話の中、黒い男の話の内容を中心に、黒い男の存在意義と黒い男に秘められる象徴性の意味を探って行くことにする。

ハッハァ！おれは前からおまえのことを知っている。

おまえが雄剣を背負って、父の仇を討とうとしていることを知っている。その仇討ちが果たせぬこともを知っている。果たせぬばかりか、今日すでに密告する者があって、おまえの仇はとうに東門から王宮へ引返し、おまえを捕らえるよう命令を下したのだ。

ああ、母親が溜息をつくのも無理からぬことだ。

だが、彼女は半分しか知らぬ。おれがおまえのために仇を討ってやることを知らぬのだ。

眉間尺の「義士」（義侠の人）、「同情」という声に応じて、

あっ、おまえはそんな呼び方でおれを辱めてくれるな。

よいか子どもよ、おまえは二度とそんな汚れた呼び名を口にするな。

義侠だの同情だのは、昔はきれいなものだったが、今ではたちの悪い高利貸しの元手になっている。おれの心にはおまえが言うようなそんなものは全くない。おれはおまえのために仇を討ってやる、ただそれだけにすぎぬ。

以上のような黒い男の話とその風貌から、黒い男を「剣精」「高度に結晶化した復讐精神の化身」とする捉え方が提起され(40)、そして一歩具体的に踏み込んで、黒い男は「雌雄の剣に肉体を引き裂かれた鉄の霊的存在、鉄の精とでも呼ぶべき存在」であり、「この物語の底には引き離された雌雄の二剣が求めあう力が働いている」「二剣を合する超自然的な力の導きが、黒い男に託されている」という興味深い指摘がなされる(41)。またさらに踏み込んだ、「刀工の精魂のこめられた鉄の『精霊』は、同時にたたりを封じるために身首を離して埋められた刀工の『鬼魂』でもある」「黒い男はそのような引き裂かれた『鬼魂』なのである」と筆者にとっても重要な指摘がある(42)。黒い男の存在、黒の意味

自体、彼の行動、彼の吐く言葉には多層なレベルでの暗示を籠めた象徴化がある、と筆者は考えている。筆者は本章第一節第三項で、この箇所の眉間尺と黒い男の対話の表現内容の一部が、『小さなヨハネス』中のヨハネスと「死」を遙か越えた所に存する「愛」の象徴としての「黒い人影」との対話の表現内容に重なることを指摘した。

　また、第六章で考察した、荘周『影問答』、陶淵明の「影」、周作人「黒影」、アンデルセン『影法師』、エセーニン『黒い人』は、魯迅の周辺に発生したその使用法の用例を示したが、それらの例に顕れた概念も念頭に入れ、魯迅における「影」と「黒」と「黒影」のイメージと象徴性は、およそ以下のように整理することができる、と筆者は考えている。

①一九二四年四月以前において、すなわち厨川白村『苦悶の象徴』に出会う以前の魯迅においては、おそらく人間性に表れる矛盾する性情を、「人」「鬼」の葛藤に比喩、暗示、象徴して表現していたのではあるまいか。すなわち、「人」に必要なものが、自己犠牲を媒介とする人道性、愛他性、慈愛性、利他性、純真性などあり、これらの精神が欠如すると「人」は真の「人」となれずに「鬼」となってしまうことを理論的に把握したのではないだろうか。そして、この場合の「鬼」は決して死後の世界の「鬼」ではなく、周作人が『孤児記』に描いた世界と同様の「人」が本当の「人」らしく生きられない状況である。ただ、「死」が近づいているのも確かである。また、『摩羅詩力説』で使う「影」（滅亡）は「鬼」（死）の意味で、「影」と「鬼」とはほぼ同じ意味であった。しかし白村に共鳴した後では、魯迅は「人」の自己内面には人道性、愛他性、慈愛性、利他性、純真性などの無垢な自己犠牲の精神をエネルギーとする「生命力」のほかに、獣性、残忍性、暴虐性、利己性、情欲性などの前者と相互に矛盾する「生命力」があり、後者が抑圧を受けるところに生ずる苦悶懊悩が文芸の根底であり、そしてその表現が広義の象徴主義であることを知るのである。例えば、『影の告別』に描く「影」は「おまえこそおれの気にいらぬものだ」「おまえに留まりたくない」と本身を否定するが、分身としての己れの死滅も望んでいる。まさに、「人の自己内面にある二つの矛盾した欲求」のうち、抑圧を受けている方が「影」として面に出ようとしているために、もう一人の自分が人を去ろうとしていることが描かれていると言え

る。ここにおいて、魯迅の作品には、人・鬼の葛藤対立という概念に「影」が加わっている、と筆者は考える。

②魯迅が『鋳剣』の創作を完成させたその年に購入し、翻訳した片山孤村著『現代の独逸文化及文芸』に収録された「表現主義」では、「精神」にガイスト（精神）とゼーレ（霊魂）という二種があることが記され、魯迅の注意を引いたことが予想される。それは、人に存在する二つの「影」（陽と陰・魂と魄・ガイストとゼーレという精神）の、どちらか一方が去っても「鬼」（本当の「人」として生きれない状況）になることを暗示しているのだと考えられる。さらに「影」には、肉体的で感覚、視覚的なものを意味する「影」と、精神的で抽象、象徴的なものを意味する「影」の二種類がある。ただ、いずれが足りなくても「影」は「影」のまま、すなわち「分身」（半身）の状態である。「影」は肉体と密接なる接合をなす愛や憎に関わる分身であり、「影」は精神の倫理的感情の優劣に支えられる人間性や獣性に関わる分身でもある。視覚的な意味においては、「鬼」には「影」はなく、「影」は「人」に属している。肉体的な意味でも、精神的な意味でも、「影」は「人」と同格的存在であり同伴者でもある。「影」にバランスの均衡状態が保たれると、「人」には苦悶懊悩は生じないことになる。

厨川白村は「黒が死や悲哀」を意味する「神秘的な潜在内容を包んでいる」ことを書いていたが、魯迅が使う「黒」にも自己投影がなされる一方、『古小説鉤沈』の『述異記』で描かれる「黒」の場合と同じように「鬼」の意味がある。そこで、「黒」の出現は一番確実な「人」の未来、すなわち「死」の到来を預言する。

③「黒」と「影」とが同時に出現する「黒影」とは、「人の自己内面にある二つの矛盾した欲求」である二つの「影」、すなわち肉体と密接なる関係を持つゼーレ（霊魂）における愛・憎や人間性・獣性に近い観念が、相剋しバランスの均衡を崩し分離、分裂したり或いは分離、分裂しそうになると、二者を相殺させ、始源の混沌とした状態へと復帰再生させるための存在である。片山孤村「表現主義」においても「最後の救済は神と万有とに融合することである」と書くように、いわば「黒影」の出現は二つに分かれた或いは分かれようとする愛や憎と人間性や獣性の分身（影）を一つ処へと融合することを意味する。そこで、「黒い男」の出現とは「黒影」の出現であり、「黒い男」は眉間尺に代表される愛や人間性の象徴として肉体的分身としての「影」、言い方を換えれば、眉間尺から去った憎や獣性の象徴として精神的分身としての「影」であり、国王に代表される憎や獣性の象徴として肉体的分身としての「影」、同様に、国王から去った愛や人間性の象徴として精神的分身としての「影」であり、眉間尺と国王

とがその「影」に導かれ、いままさに「死」によって一つに統合されようとしているのだ、と筆者は考える。

④魯迅の描く「黒い男」すなわち「黒影」には、『小さなヨハネス』に描かれた「黒い人影」とも重なり、「死」を乗り越えた所に存在する「愛」、それも他人のための「人類愛」「博愛」の象徴としての存在も投影されている、と筆者は考える。

以上の仮説を軸に、黒い男、すなわち「黒影」が仇討ちに加勢する次の独白の内容を、筆者なりに分析してみよう。

おれは前からおまえの父を知っている。おまえを知っているようにだ。しかし、おれが仇を討つのは、そのためではない。賢い子どもよ、おまえに言ってやろう。おまえにはまだ解からぬのか、おれがどんなにか仇討ちに長けているかが。おまえの仇はおれの仇だ。仇はまたこのおれだ。おれの魂には、どれほど多くの、他人と自分がつけた傷があることか。おれはすでにおれ自身を憎んでいるのだ！

表層的には、眉間尺と国王の肉体的分身「影」として「黒い男」が存在し、深層的には、「黒い男」の精神的分身として眉間尺と国王が存在するとも、眉間尺と国王の精神的分身「影」として「黒い男」が存在するとも言えるだろう、と筆者は考えている。「黒い男」とは、「人」にある二つの精神のうち一つに去られ、置き去りにされた本身であり、他方眉間尺と国王から去った精神的分身「影」の存在でもある。眉間尺には自己犠牲を媒介とする人道性、愛他性、慈愛性、利他性、純真性が具わるにもかかわらず、父の復讐と母への愛のため意識的に少年らしい人間性が疎外されている。一方、国王には他者へ犠牲を強いる獣性、残忍性、暴虐性、利己性、情欲性を抑圧する自己内面の矛盾の片方の「影」が去って久しい。いわば眉間尺は精神的「陽影」の象徴として存在し、その徽に「陽剣」（雄剣）を所有し、国王は精神的「陰影」の象徴として存在し、その徽に「陰剣」（雌剣）を所有する。そして「黒い男」（黒影）

の出現は、象徴化としての引き裂かれた陰陽二ふりの青剣の統合を通して、「人」としての存在に欠如する引き裂かれた陰陽二つの精神を統合する力がはたらいていることが暗示される。「おれは前からおまえの父を知っている。おまえを知っているようにだ」とは、「黒い男」は父に残された憎悪のあることを語っており、それは眉間尺が父の復讐のために人間性の一面を抑圧しているのと同じ状態であったことを語っている。しかし、「黒い男」が「仇を討つのは、そのためではない」、「仇討ちに長けている」からである。「仇」とは、二つの精神が矛盾し葛藤し合う、文字通りの「かたき」（敵）の意味と、もう一つの意味、すなわち伴に進むべき「つれあい」（同伴者）の意味が含まれる。「おまえの仇はおれの仇だ。仇はまたこのおれだ」とは、「おまえの敵はおれの敵だ。敵はまたこのおれだ」すなわち眉間尺の相剋すべき相手（人間性）は、また「黒い男」の相剋すべき相手であり、同時に「黒い男」自身が眉間尺の相剋者であるという意味であろうし、また逆説として、「おまえの同伴者はおれの同伴者だ。同伴者はまたこのおれだ」すなわち眉間尺が伴に進むべき精神的な分身「影」は、「黒い男」の精神的な分身であり、同時に「黒い男」自身が眉間尺の精神的分身のかたわれであるという意味だろう。「黒い男」は二つの人間性と二つの「影」を一つにする能力に長けていることが語られる。「おれの魂（原文「魂霊」）には、どれほど多くの、他人と自分がつけた傷があることか。おれはすでにおれ自身を憎んでいるのだ」には、魯迅自身の現実の精神性が顔を出すが、「黒い男」が受けた傷（生命力の行使）は他者からの強要によるものと、自己犠牲によるものがあることが語られ、「黒い男」としての肉体的分身、精神的本身・分身であることの存在自体を憎悪し、消滅させる意志であることが暗示される。

ワイルド『サロメ』は、人の心の内面にある対立する二つの欲求により生じる、愛と憎悪（復讐）、情欲と恐怖、嫉妬と安堵をみごとに作品の中に昇華させている。そして、人の矛盾する欲求の始源が、混沌とした不可分の状態、すなわち死をもって統合されることを描き出している。エーデン『小さなヨハネス』の中で、魯迅は「夢」の象徴――「すでに失われた始源と自然とが一体とあった混沌」と「死」の象徴――「いまだ至り来ぬ再生と自然とが一体となる混沌」とが「同舟である」ことを読み取っていた。そして魯迅は、『小さなヨハネス』から『サロメ』へという作品の中に、ヨハネスの純真性がもたらす「夢」と、サロメの獣性がもたらす「死」という系譜を見出したに違いない。さらに、魯迅はサロメの心の内面にある二つの矛盾する欲求によって生じる「愛」と「憎」(復讐)が、混沌とした不可分の状態、すなわち「死」によって統合されるという象徴的な結末を見出したに違いない、と筆者は考える。

第三節　「哈哈愛兮歌」の象徴性と表現

一　「先知先覚」の歌と「一人の男」

『鋳剣』は古典説話を材源とし、大幅な筋の書き直しが無いのにも係わらず、魯迅の描いた小説の中で最も象徴性の高い創作と言える。その中、「哈哈愛兮歌」の象徴性が特に突出している。

一九三六年三月二八日付の増田渉宛の手紙の中で、魯迅は日本語訳に際する次のような日本文でのアドバイスを書いている。

『鋳剣』の中にはそう難解な処はないと思う。併し注意しておきたいのは、即ちその中にある歌はみなはっきりした意味を出して居ない事です。変挺な人間と首が歌うものですから我々のような普通な人間には解り兼るはずです。三番目の歌は実に立派な、壮大なものですが、併し「堂哉皇哉兮嗳嗳唷」の中の「嗳嗳唷」は淫猥な小曲に使うこえです。

この中、「歌はみなはっきりした意味を出して居ない」「普通な人間には解り兼るはず」「〝噯噯唷〟（アィアィイョー）は淫猥な小曲に使うこえ」であると書き、この歌には抽象性と具象性が兼ね備えてあることを示唆している。

『鋳剣』において、眉間尺は自刃し、首が地面の青苔の上に落ちる時に、剣を黒い男に渡す。男は片手で剣を受け取り、片手で髪をつかんで、眉間尺の首を持ち上げ、その熱い、息絶えた唇に二度口づけする場面の描写に、ビアズリー「クライマックス」（中国語訳・頂點）のイメージが反映されていることはすでに指摘の通りである。[43] それに続く、飢えた狼が眉間尺の血痕までなめ尽くす場面の後に展開される、黒い男が歌う「哈哈愛兮愛乎愛乎！」の第一歌の内容とその場面を、『サロメ』（田漢訳『沙楽美』の原文を対比する）との関係で解釈することが可能だろう。

『サロメ』の中、預言者ヨハン（先知「約翰《ヨハン》」）は絶えずエロド（希律）とエロディアス（希羅底）の獣性と情欲性を暴露しながら、「おれにはきこえるぞ、この宮殿に死の天使の羽ばたく音が（我聽得宮殿中間有死神拍翼翅的聲音）[44]」と「死」の到来を預言している。事実、サロメを慕うが、サロメにはヨハンしか目に入らぬことに耐えきれず、若きシリア人（叙利亞少年）はサロメとヨハンの間で自刃し、首を斬り落す。そして、サロメの欲望により預言者ヨハン自身も首を取られ、最後はエロドによりサロメすらも殺される。

男は闇の中を王城めざし振り向きもせずに立ち去った。甲高い声で歌いながら・・

哈哈愛兮愛乎愛乎！　　ハハ愛よ、愛よ愛よ！
愛青剣兮一個仇人自屠。　　青剣を愛して、一人の仇、自ら首を刎ねる。
夥頤連翩兮多少一夫。　　連綿と絶え間なきは、一夫のどれほど多きことか。
一夫愛青剣兮嗚呼不孤。　　一夫が愛す青剣は、オオひとつならずや。

頭換頭兮両個仇人自屠。　首は首もて換え、ふたりの仇、自ら首を刎ねる。
一夫則無兮愛乎嗚呼！　されば一夫無し、愛よオオ！
愛乎嗚呼兮嗚呼阿呼，　愛よオオ、オオアア、
阿呼嗚呼兮嗚呼嗚呼！　アアオオ、オオオオ！

この歌の解釈で、「仇人」「一夫」「青剣」が重要であると筆者は考えているが、そのことは次に譲り、ここでは『サロメ』との関係で考察を試みる。

筆者は、『鋳剣』第三章が醸し出す王宮の幻想的な死の舞台の雰囲気、第九の妃が王の膝の上で七十回以上に亙りからだをくねらす官能的な描写、国王が大団舞を見ることを渇望して引き起こされる死の到来の筋立て、鼎の眉間尺の首が艶めかしい流し眼を左右に投げかけ口はなお歌い続ける恍惚感溢れる描写、さらに「噯噯唷《アイアイイヨー》」という性的エクスタシー溢れる表現には、『サロメ』に描かれる王宮の饗宴の広間の死の舞台の雰囲気が、エロディア妃の情欲性および淫蕩性が、サロメの舞の報酬が、「クライマックス」に画き描かれるサロメの恍惚感溢れる表情が、そして「お前はまるで淫売か浮気女のように扱った。このあたしを、サロメを、エロディアスの娘ユダヤの王女を！いいよ、ヨハン、このあたしは、まだ生きているのだもの。でも、お前は、死んでしまって、お前の首はもうあたしのものだもの（你把我，沙樂美，希羅底的女兒，猶太的公主，當作一種蕩婦，一種淫奔的女子看待！好，約翰，我依然活著，可是你呢，你已經死了，你的頭歸了我了）」「ああ！ヨハン、ヨハン、お前ひとりなのだよ、あたしが恋した男は。ほかの男など、みんなあたしには厭わしい。でも、お前だけは綺麗だった（唉！約翰，約翰，你是我唯一的愛人。其他一切的男子我都厭恨。惟有你，你真美麗）」「一目でいい、あたしを見てくれさえしたら、きっといとしう思うてくれたろうに。そうとも、そうに決まっている。恋の測りがたさにくらべれば、死の測りがたさなど、なにほどのことでもあるまいに。恋だけ

を、人は一途に想うておればよいものを（你那時若望了我，你一定愛了我。我深知你一定會愛了我，並且愛的神秘比死的神秘還要大些。除了愛，我們什麼都不必管呀）」と、サロメ独自の「愛」（日訳は「いとしう思う」「恋いこがれる」「恋」などとあるが、田漢訳は「愛」である）の論理の描写が投影されている、と筆者は感じる。

「青剣を愛して、一人の仇、自ら首を刎ねる」とは、眉間尺の自刃した事実を意味し、「首は首もて換え、ふたりの仇、自ら首を刎ねる」とは眉間尺の自己犠牲に応えるために黒い男も自刃する決意であることを表す。そうすることによって、「されば一夫無し」と国王に対する仇討が成就することを預言している。ここですでに三者の死を預言していることになる。魯迅はかつて『摩羅詩力説』の中で、「預言者としての詩人」の姿を、「世にへつらわず」「虚偽と悪弊の習俗」や「圧政者」、果ては「神」にまでも「反抗挑戦」する「獣性」を抱かぬ「心声」「熱誠の声」「至誠の声」を発する人と位置づけた。また、魯迅は厨川白村『苦悶の象徴』「預言者としての詩人」（為預言者的詩人）を、「先ず霊感に触れて預言者の如く歌う人の意であった。即ち神託を伝え、常人の未だ感じ得ざるところを感得して、これを一代の民衆に示す人（是先接了靈感，預言者似的唱歌的人；也就是傳達神託，將常人所還未感得的事，先行感得，而宣示於一代的民眾的人）」であり、「余りに多くその時代よりも先んじた先駆者であったがために、迫害せられ冷遇せられた（因為詩人大概是那時代的先驅者，所以被迫害，被冷遇的例非常多）」と訳し、本当の詩人には預言者としての能力のあることを読み取っていた。そして今、『サロメ』に描かれる預言者ヨハンは「獣性」を戒め、「死」の到来を叫び続ける、民衆にとっては狂人である。上記の歌において、黒い男が青剣にもう一つ、獣性の象徴である青剣があることを歌いつつ、王宮にまさに死の運命が到来しようとしていることを預言していることは、預言者ヨハンがエロドの獣性を暴露しながら、「宮殿に死の天使の羽ばたく音がきこえる（我聽得宮殿中間有死神拍翼翅的聲音）」と「死」の到来を預言していることの投影として読み解くことができる、と筆者は考える。ただ、注意を要するのは、国王の首を斬り落し、仇討ちが成就した後に黒い男が自刃することである。死して初めて、眉間尺と国王が対等の情況で対決することができるようになり、その後に黒い男が自刃し、首となり加勢することをどう解釈するかである。言い換えれば、現世的な死をもってしても復讐はまだ完結していない事実を如何に理解するかである。

第一歌（黒い男の歌声）

哈哈愛兮愛乎愛乎！　ハハ愛よ、愛よ愛よ！
愛青剣兮一個仇人自屠。　青剣を愛して、一人の仇、自ら首を刎ねる。
夥頤連翩兮多少一夫。　連綿と絶え間なきは、一人の男のなんと少なきことか。
一夫愛青剣兮嗚呼不孤。　一人の男が愛す青剣は、オオひとつならずや。
頭換頭兮両個仇人自屠。　首は首もて換え、ふたりの仇、自ら首を刎ねる。
一夫則無兮愛乎嗚呼！　されば一人の男は無し、愛よオオ！
愛乎嗚呼兮嗚呼阿呼，　愛よオオ、オオアア、
阿呼嗚呼兮嗚呼嗚呼！　アアオオ、オオオオ！

黒い男が歌う第一歌は、「雌雄」「求めあう力」の暗示性に力点をおいて考察することにより、「『仇人』にはひそかに魯迅と許広平の愛が重ねられている」(45)という指摘を可能とする。この場合の「仇人」は、二人の復讐者が国王にとっての「仇人」というよりはむしろ、二人が相互に「仇人」、すなわち「つれあい」の意味で捉えられていると考えられる。筆者も「仇人」は「つれあい」と考えるが、もっと抽象的な「影」の意味であり、「分身」「同伴」だと考えている。そして「青剣」には、「一口は多くの人間の血を吸い、罪で汚れ、一口は無垢のまま己れの血で分身の血を清める日を待つ」(46)二ふりの「青剣」がある。いわば「青剣」二ふりとは、「人の自己内面にある二つの矛盾した

欲求」の象徴であり、持つ人間の葛藤する二つの「生命力」、自己犠牲によって成り立つ人道性、愛他性、慈愛性、純真性と他者への犠牲を強いる獣性、残忍性、暴虐性、利己性、情欲性の象徴であろう。持つ人間の獣性が人道性を遙かに上回ると、「青剣」は獣性の象徴になる。だから、青剣は人間性の象徴である。さらに周知の通り、「一夫」は『孟子』「梁惠王下」に、仁義に反する暴君は君主ではない「一夫」であると言っていることから、「一夫」を「暴君」と解すのが定石である。[47]しかし、魯迅は「『三浦右衛門の最後』訳者附記」（一九二一・六）で書くように、菊池寛の作品に現れる全ての人物に「Here is also a man」（魯迅訳「這裏也有一個人」）、すなわち「一個人」、「精一杯人間性の真実を掘り起こそうとしている」人間らしい人間を見出し、共感を寄せている。この他にも、日本語で発表した『現代支那に於ける孔子様[48]』の中で、魯迅は林語堂が創作した一幕劇『子見南子』（一九二八・一二）に描く孔子の人物像に触れて、「五六年前に『子見南子』と云ふ脚本を上演して問題を引起こした事があつた。其の脚本には孔子様が登場して聖人としては少少エロチックな間抜けな處あるを免れないが人間としては寧ろ愛すべきよい人物であつた」（亦光訳：五六年前，曾經以為公演了《子見南子》這劇本，引起過問題，在那個劇本裡，有孔子夫子登場，以聖人而論，固然不免略有欠穩重和呆頭呆腦的地方，然而作為一個人，倒是可愛的好人物。——傍線部、筆者）と書いている。亦光訳「不免略有欠穩重」は中国語としては「稍微含有情欲性」と訳す方が原義に近いが、魯迅がこの様な孔子像を「少少エロチック」だが「人間としては寧ろ愛すべきよい人物」と評し、ここに愛すべき一人の「人間」の姿を見出している。魯迅のこのような言説から判断して、第一歌に描く「一夫」とは国王という身分や立場を越えた単なる「一人の男」の意味であろうと、筆者は考える。それも、人間性を剝きだしにされ、裸にされた「一人」でなければならない。「多少」と「一夫」は押韻の関係で語順が入れ替わっただけなので、狭義には「夥頤連翩兮多少一夫」は「連綿と絶え間なきは、暴君のどれほど多きことか」の意味であり、広義にはその逆説の「連綿と絶え間なきは、一人の男のなんと少なきことか」の意味であろう。

以上の筆者なりの理解に基づき、もう一度第一歌を解釈すると。

第一歌は黒い男、すなわち「黒影」が歌う「愛」の歌である。先にも述べたように、精神的、象徴的な意味としての「黒影」とは、自分自身が「影」なのではなく、二つの矛盾した人間性を相殺させ、始源の混沌とした状態へと復帰再生させるための存在である。「青剣を愛して、一人の仇、自ら首を刎ねる」とは、愛のため、自己犠牲により一つの「影」の本身（眉間尺）が自刃したことを歌う。「連綿と絶え間なきは、暴君のどれほど多きことか」、逆説としての「一人の男のなんと少なきことか」とは、人間性において絶えず獣性が人道性を遥かに上回り、真の人の得難きことを示唆し、「一人の男が愛す青剣は、オオひとつならずや」とは、真の人間らしい人間、真実の一人の男の人間性には二つの矛盾する性情があることも示唆する。そして、「首は首もて換え、ふたりの仇、自ら首を刎ねる」と、二つの「影」――精神的分身「影としての眉間尺」と肉体的分身「影としての黒い男」――が首という等価の交換により自刃することを預言する。そのことにより、「されば一人の男は無し」とは、一人の男――ここでは国王――にとって精神的な意味にしろ肉体的な意味にしろ、どちらか一方の「影」が去ってすら「鬼」になろうというのに、今まさに両方が自刃して、「影」が去ろうとしているのに、どうして死なないことがあろうかと、国王の死を預言する歌である。そして、この死は「愛」の力によってもたらされる。肉体と精神の結合、肉体と肉体の結合、精神と精神の結合には「愛」の力を必要とし、「愛」の力は現世的な「死」をも超克するのである。

二　「愛」と「血」

第二歌（黒い男の歌声）

哈哈愛兮愛乎愛乎！　　ハハ愛よ、愛よ愛よ！

愛兮血兮兮誰乎独無。
民萌冥行兮一夫壷盧。
彼用百頭顱，千頭顱兮用万頭顱！
我用一頭顱兮而無万夫。
愛一頭顱兮血乎嗚呼！
血乎嗚呼兮嗚呼阿呼，
阿呼嗚呼兮嗚呼嗚呼！

愛と血とよ、どちらかが独りでいられようか。
民衆は闇に惑いて、一人の男、高笑う。
彼は百の首、千の首を用う、はた万の首を用うる！
我は一つの首を用うるにして、万夫を用うる無し。
一つの首を愛して、血よオオ！
血よオオ、オオアア、
アアオオ、オオオオ！

第二歌は「愛」と「血」の歌である。

ワイルド『サロメ』には、サロメの心の内面にある二つの矛盾する欲求によって生じる愛と憎悪（復讐）が、混沌とした不可分の状態、すなわち「死」（ヨハンとサロメの死）によって統合されるという象徴的な結末を描き出している。また、魯迅もそのことを読み取っていたと考えるのは推測の域を出ぬが、「ハハ愛よ、愛よ愛よ」と「愛」を前面に押し出しているのは、『摩羅詩力説』でブランデスの材源のうち「復讐」を描く記述には共鳴したにもかかわらず「愛」による感化を意識的に切り捨てて以降[49]、『鋳剣』第二歌の中で「復讐」に対峙するのが「愛」であることを、魯迅が明確に表明しているのは事実である。そして、「愛」と「復讐」をテーマとする作品として、注目に値する作品に『野草』中の『復讐』（一九二四・一二）がある。魯迅が「社会には傍観者が多いのを憎悪して、『復讐』の第一篇を書いた」（「『野草』英訳本の序」一九三一・一一、『二心集』所収）と語る『復讐』は、全裸となり鋭い刃を握りしめ抱擁し、殺戮し合おうとする二人の男女の姿に「愛」と「復讐」を昇華させた作品だが、この作品について一九三四年五月一六日付の鄭振鐸宛ての手紙に魯迅は次のように書く。「私は『野草』の中で、一人の男と一人の女が刀をもって曠野に向き合って立ち、退屈なやからがそのあとを着いて行って、きっと何か起こるぞ、退屈しのぎになるぞ、と思っていると、この二人はそれからまったく動かず、退屈なやからは相変わらず退屈なまま老いて死んでしまったということを書きました。『復讐』と題したのも、この意味です。でもこれも憤慨の談にすぎません。当の二人は愛し合おうが、殺し合おうが、やはり欲するがままにするのが是でありましょう」。この魯迅『復讐』に対し、『復讐』に描かれる「血」のイメージは、長谷川如是閑『血のパラドックス』（一九二四・二、所収『真実はかく佯る』叢文閣、『日記』一九二四年四月八日付に『真実はかく佯る』を東亜公司から購入の記載がある。また、その中から二篇、『猪の聖者』を『旭光旬刊』四号二五年六月一日に、『歳の始め』を『国民新報副刊』二六年一月七日に翻訳、発表している）からの投影が見られるという指摘がすでにある。(50)

この『血のパラドックス』の中に、魯迅における「愛」と「血」の意味を示唆する次のような文章がある。


真赤な血が皮膚の外に迸り出るとき、人々は飽かず殺し合ふ。

真赤な血が真白な皮膚の色を淡紅に染めて、その下を流れる時、人々は飽かず抱擁し合ふ。

この抱擁——血の温か味に蒸された、此の抱擁を外にして、二人以上の人間が此の世に産れ出た理由が何処にあるであろう。

血の兇暴は、強いもの、前には鎮まる。何物も鎮めることの出来ないものは愛の兇暴である。

皮膚の下を流れる血は、皮膚の外に迸る血よりも恐怖である。

そこに二つの別なものがあるのではない。同じ『血』があるばかりである。

そこに二つの別なものがあるのではない。同じ『人間』があるばかりである。

この文章に対し、長谷川如是閑は愛と殺戮という人類の矛盾した二つの属性と、その力の源である血のあり方を、皮膚下を流れる場合と皮膚外に迸る場合とに二分することにより解いている。長谷川の血は、愛と殺戮という相矛盾する人類の属性を生み出す源の象徴であり、『血のパラドックス』はこの「血」の矛盾性をつくことを主題としている、と理解するもの[51]と、長谷川は一方において「愛の凶暴」の優位を説きながら、基本的には、ひとびとが「飽かず殺し合ふ」のも、「飽かず抱擁し合ふ」のも、その根源にあるものは同じであって、それは「血」（＝「人間」）である、と主張しているのである、すべての人間行為の根源にあるものは「血」が象徴する「生命力」そのものだ、という一種の「生の哲学」がここにある、と理解するもの[52]がある。

『復讐』の場合、魯迅が鄭振鐸宛ての手紙に示した通り、「殺戮」＝「復讐」（憎悪）なのではなく、「傍観者」を憎悪し、「傍観者」に期待を裏切らせる「退屈さ」（無聊）を与えることで「枯渇」させることが「復讐」である。しかし、『鋳剣』では「殺戮」という行為がすなわち「復讐」（憎悪）である。その意味では、長谷川如是閑『血のパラドックス』の「血」のイメージは、『鋳剣』において遙かに、「血」の思想内容が投影されている。人の心の内面にある対立する二つの欲求の根源を「血」が象徴する「生命力」に喩え、「愛」と「復讐」（憎悪）はその「生命力」の在り方の違いによる結果的な差であって、決して「そこに二つの別なものがあるのではない」、同じ「血」が為せる仕業であり、同じ「人間」が為せる仕業である。ここにおいて、黒い男、眉間尺、国王は「血」という客体の前で同一の存在、すなわち同じ一個の人間となる。

「愛と血とよ、どちらかが独りでいられようか」とは、「愛」には「復讐」（憎悪）という相矛盾する性情があり、「血」には在り方の違いから生ずる二つの「生命力」、例えば自己犠牲をもって成り立つ人道性と他者犠牲を強要する獣性とがあるが、一人の人間の内部ではともに離れては居られないことを現す。「民衆は闇に惑いて、一人の男、高笑う」「彼は百の首、千の首を用う、はた万の首を用うる」とは、しかし、現実には、一人の暴君の「血の凶暴」が引き起こす暴政によって、万人の「愛」は無視されるばかりか、他者への犠牲を強いる獣性が益々熾烈な状況にあることが歌われる。そして、「我は一つの首を用うるにして、万夫を用うる無し」「一つの首を愛して、血よオオ」とは、「血の凶暴」をより凶暴なものをもって鎮めるのではなく、得難い自己犠牲を媒介とする「愛の凶暴」をもって「復讐」を成し遂げようとしていることを歌い、さらに、「一つの首」となってしまった眉間尺への愛、すなわち自己犠牲によって成り立つ人道性への賛美を唱っている。

（黒い男の第二歌の）歌声につれて、湯は鼎の口から湧き出し、上が尖り下が広く、さながら小山のようだった。しかも尖端から鼎の底まで、絶えずグルグル旋回している。首は湯の動きにつれて上に上がり下に下がり、輪を描いて回転しながら、自らもクルクルとんぼを切っている。見物人たちは楽しそうに遊んでいる子どもの笑顔さえ、かすかに見て取れた。些しあって突然、首は湯の流れに逆らって泳ぎだし、渦まき運動に左右の動きが加わったので、ぶつかってしぶきを四方にはねかけ、庭じゅうに熱湯の雨を降らせた。一人の侏儒がアッと声をたてて、手で自分の鼻をおさえた。不幸にも熱湯でやけどし、痛さに耐えかねて悲鳴をあげてしまったのである。

黒い男の歌声が止むと、首も湯の中央に静止し、顔を王殿に向けると厳粛な表情に変わった。こうして十数回の瞬きと呼吸する時間が経って初めて、ゆっくりと上下に揺れだした。揺れに速度を加え起伏する泳ぎになったが、泳ぎはあまり速くなく、態度もたいへん優雅だった。湯の縁に沿って高く低く三周泳いだ時、不意に眼を大きく開き、真っ黒な瞳をことのほかキラキラさせて、口を開いて（第三歌を）歌い始めた。（傍線筆者）

ここまでの描写で注目すべきことがある。それは、眉間尺の首が黒い男の歌（呪文）により、招魂再生を果たしているということである。魯迅は『故事新編』の最後の作品『起死』（一九三五・一二）の中で、荘子が髑髏になった男を招魂復魄再生の呪文によって蘇らせることを描いている。その時の「司命」を呼び出す呪文は、『千字文』のはじめの四句、『百家姓』のはじめの四句に、漢代の公文書の決まり文句から転じた道士の呪文の結びを添えただけの、単なる呪文以外のなにものでもない。『起死』では、男を生き返らせることで、ドタバタ劇を演じるはめになり、いわば荘子は生き返らせたつまらぬ男によって「復讐」されているが、魯迅の文章の特徴であるアイロニーと「悪ふざけ」（油骨）が軽妙なリズムで展開される。それに対し、黒い男が歌う「愛」と「血」の歌を『起死』の呪文と較べるには内容にあまりにも差がありすぎる。しかし、眉間尺が黒い男の歌に応じて招魂再生を果たしたことは認められる。これ以降第三章の終了まで作品では、行動者としての「鬼」が物語の中心におかれ、傍観者としての「人」は生命力を失ったデクとなる。そして、「人」は人間性の真実が吐露する「鬼」の行為・戦闘劇に「ふつふつと鳥肌のたつ」歓喜、「秘密の歓喜」を感じるものの、彼らの行為を茫然と見つめるだけで、彼らの行為の意味を全く理解できない。「人」は自分たちが傍観者であることによって「復讐」されていることにさえ気づかない。熱湯をかぶり悲鳴をあげる「一人の侏儒」の滑稽さは、傍観者が「復讐」されていることを読者に気づかせるために挿入した描写であり、皮肉を籠めた描写である。眉間尺の首が「不意に眼を大きく開き、真っ黒な瞳をことのほかキラキラさせて、口を開いて歌い始めた」と、魯迅が描くのは、先にも書いたように、眉間尺が死して初めて一人の少年らしい少年になったことを著わし、自己犠牲によって到達された「一個の人間」の真実の姿、生き生きとした人間らしい人間の姿を表現しようとしていたのだ、と筆者は考える。

三　「結合」と「エロス」

第三歌（眉間尺の歌声）

王澤流兮浩洋洋；　　　　王の恵み流れて、海へと溢れる；

克服怨敵，怨敵克服兮，赫兮強！　怨敵に打ち勝ち、怨敵は打ち負かされ、ああなんと強きことか！

宇宙有窮止兮万寿無疆。　宇宙に窮まりあるとも、万寿は限り無し。

幸我来也兮青其光！　幸いに我は来たれり、青きその光！

青其光兮永不相忘。　青きその光よ、互いに永遠忘れはしない。

異処異処兮堂哉皇！　二つところに別れても、堂々として立派だよ！

堂哉皇哉兮噯噯唷，　堂々として立派だよ、アィアィイョー、
嗟来帰来，嗟来陪来兮青其光！　さあ帰って来たれよ、さあ伴に行こうよ、青きその光！


第三歌は眉間尺の「鬼魂」が歌う「復讐」の歌である。魯迅は「三番目の歌は実に立派な、壮大なものですが、併し『堂哉皇哉兮噯噯唷』の中の『噯噯唷《アィアィイョー》』は淫猥な小曲に使うこえです」と述べる通り、第三歌は内容からして前半と後半に分けられる。前半三句は、魯迅自身が「実に立派な、壮大なもの」と言うように、王の広大な恩恵、恩沢と無敵の威厳、威光を歌う。ただ、筆者としてひっかかるのが「宇宙に窮まりあるとも、万寿は限り無し」である。もちろん王の御威光を極端に比喩したとも取れるが、「宇宙」とは『莊子』外篇「知北遊」などに言及される天地四方上下と古往今来の意で、「宇」は空間を、「宙」は時間を言い、世界またはありとあらゆる存在物の一切を包括する空間であり、「真実在の世界」に生きる「真人」を形成する空間でもあり、(53)「世間虚仮、唯仏是真」などの仏教観とも照らせば、「宇宙に窮まりあるとも、万寿は限り無し」とは、天地自然の真実の世界の側面すら自覚を持たぬ王の現在の人間性を揶揄しているとも読み取れる。そこで後半四句のはじめの「幸いに我は来たれり」につながる。眉間尺の人間性の象徴である「青い光」の到来は、分身であるもう一つの「青い光」(影)を求めてのものである。「青きその光よ、互いに永遠忘れはしない」「二つところに別れても、堂々として立派だよ」とは、「青い光」は自分の人間性

の分身であるもう一つの「青い光」（影）が、二つところに分離してあることを充分理解しつつ、お互いを同格的存在として賛え合う状況を表す。そして「堂々として立派だよ、アィアィイョー」とは、二つの「個」の存在を確認し尊重し合うことによって、「アィアィイョー」の性的エクスタシーの歓喜へと統合されるだろうことを表す。この「アィアィイョー」の性的エクスタシーの歓喜は、ビアズリー「クライマックス」に画き描かれるサロメが預言者ヨハンの首を手に捧げもつ恍惚感溢れる表情と、ワイルド『サロメ』に描かれる「ああ！あんなにも恋いこがれていたのに。今だって恋いこがれている、ヨハン。恋しているのはおまえだけ……あたしはおまえの美しさを飲みほしたい。おまえの体に飢えている。酒も木の実も、このあたしの欲情を満してはくれぬ。どうしたらいいのだい、ヨハン、今となっては？洪水も大海の水も、このあたしの情熱を癒してはくれぬのだもの（噯喲！我怎樣愛了你啊！我至今還愛你，約翰，我只愛你一個人……我渴慕你的美；我飢求著你的肉；葡萄酒也好果子也好不能滿足我這種慾望。我現在如何是好呢，約翰，河水也好海水也好不能淹滅這種情熱）」「あたしは王女だった、それをお前はさげすんだ。あたしは生娘だった。その花をお前は穢してしまったのだ。あたしは無垢だった、その血をお前は燃ゆる焔で濁らせた（我本是一個公主，你輕蔑了我。我本是一個處女，你把我心裡的貞操奪去了。我本是很貞潔的，你把我的脈管裏滿點著情火）」「ああ！あたしはとうとうお前に口づけしたよ、ヨハン、お前の口に口づけしたよ。お前の唇はにがい味がする。血の味なのかい、これは？……いいえ、そうではなくって、たぶんそれが恋の味なのだよ。恋はにがい味がするとか……でも、それがどうしたのだい？どうしたというのだい？あたしはとうとうお前の口に口づけしたのだよ（噯喲！我親了你的嘴了，約翰，我親了你的嘴了。你的嘴唇上有一種苦味，這是血的味這？……不然這或者是戀愛的味。……聽說戀愛的味苦的。但是有什麼要緊？有什麼要緊？我親了你的嘴了，約翰，我親了你的嘴了）」と独白し生首の唇に口づけする性的歓喜の描写からの投影がある一方、『血のパラドックス』に「この抱擁――血の温か味に蒸された、此の抱擁を外にして、二人以上の人間が此の世に産れ出た理由が何処にあるであろう」と描かれる生命発生の始源にある生殖としての統合であり、引き裂かれた精神的な二つの分身が今まさに結合しようとしていることを物語っている。そして、精神的分身をいざなう「さあ帰って来たれよ、さあ伴に行こうよ、青きその光」の呼びかけへと結ばれる。

四　「混沌」と「復讐の達成」

（第三歌の後）首は突然、湯の尖端に昇りつめて静止した。数回とんぼを切った後で、上下に昇降運動を始めた時、とりわけ艶めかしい流し眼を左右に投げかけ、口はなお（第四歌を）歌い続けた。

第四歌（眉間尺の歌）

阿呼嗚呼兮嗚呼阿呼，　　アアオオ、オオアア、
愛乎嗚呼兮嗚呼阿呼！　　愛よオオ、オオアア！
血一頭顱兮愛乎嗚呼。　　一つの首を血に染めて、愛よオオ。
我用一頭顱兮而無万夫！　　我は一つの首を用うるにして、万夫を用うる無し！
彼用百頭顱，千頭顱……　　彼は百の首、千の首を用う……

第四歌は、今まで「愛」→「愛」「血」→「復讐」と歌われてきた「哈哈愛兮」の歌が、「復讐」の第三歌を折り返し点に、「愛」「血」→「血」と対称的に綺麗に重なることを示唆する。ここまで唱うと、眉間尺の首は遠くから見えなくなり、鼎の底で団円の舞を演じようとしていることが黒い男によって告げられる。国王が鼎の縁から中を覗き込んだその時、黒い男は背の青剣をさっと電光のように振りおろす。

仇同士とは目ざといもので、まして狭い処での出会いとなればとりわけである。王の首が水面に達するや、眉間尺の首は迎え打ち、必死に彼の耳輪にがぶりと咬みついた。鼎の水はぐらぐらと音をたて沸きかえり、二つの首は水中に死闘を繰り広げた。およそ二十回渡り合い、王の首は五か所に傷を受け、眉間尺の首は七か所も傷を負った。王はしかも狡猾で、いつも敵の背後に廻りこもうとする。眉間尺が油断したすきに、ぼんのくぼに咬みつかれ、とうとう身動きがとれなくなってしまった。この一合により、王の首は食らいついて放れず、じわじわと蚕食した。子どもの思わず叫ぶ悲痛の声が、鼎の外にまで聞こえるようだった。

ここで描かれているのは、王の肉体的な死を以ってしては、仇討ちが成就したとは描写されていない事実と、死して初めて、眉間尺と王が対等の情況で対決することができたと描写されている事実、さらには対等の状況になってもまだ王が優勢であることを描写する事実である。しかし、描かれている姿は、眉間尺も王も生き生きとした人間らしい人間の、本来の人間性が描写されている。この後、黒い男は国王優勢の状況を見てさすがに慌てるが、顔色ひとつ変えずに自ら首を斬り落とし、眉間尺に加勢する。

筆者は、眉間尺と国王の肉体的分身（影）として黒い男が存在し、黒い男の精神的分身（影）として眉間尺と国王が存在する、とも考えている。国王の首が斬り落されたことは、肉体的な、言い替えれば、現実的な復讐が成就したことである。そして、王の首が優勢の状況とは、精神的には獣性に象徴される負（陰）の人間性が、人道性に象徴される正（陽）の人間性よりも絶えず優位に働いていることを示唆する。黒い男が自刃し、眉間尺に加勢するのは、精神的な、言い替えれば、理想的な状態として人道性の勝利を望んでいることを著す。王の首に象徴される獣性の消滅を達成してはじめて、復讐が、肉体的にも、精神的にも完結したことを意味する。また、魯迅は曾て訳した『三浦右衛門の最後』の中に、裸にされた「一個の人間」と「人間性の真実」を見出し、「私も真実を発掘したいと思っている」ことを語るが、黒い男が自刃後に展開される三つの首の壮絶なる闘いには、熾烈で残酷だが、人間性の真実の発露が描かれているように、筆者は感じる。

彼の首は水に入るや、まっしぐらに王の首めがけ、王の鼻にがぶりと食らいつき、食いちぎらんばかりだった。王がたまらず「アッ」と声をたてて、口を開いたすきに、眉間尺の首は振り切りのがれ、振り向きざまに王の下あごに思い切り咬みついた。彼らは力を緩めるどころか、ますます全力で上下に引き裂いたので、王の首は二度と口がふさがらないほどだった。そして今度は、飢えた鶏が米粒をついばむように、めったやたらに咬みつくと、王の眼はゆがみ鼻はくずれ、顔じゅう鱗のように傷ついてしまった。初め鼎のあちこちを転げ回ってた王の首は、やがて横たわって呻くだけになり、とうとう声もたてず、吐く息ばかりで吸う息はなくなってしまった。

この後、眉間尺と黒い男の首は、王の死を確認すると、「四つの眼を見交わし、僅かに微笑むと、眼を閉じて、仰向けざまに水底に沈んでいった」と描かれるのは、肉体的にも、精神的にも復讐を達成、完結したことであり、さらに眉間尺、国王、黒い男の三つの首は煮崩れ、区別がつかなくなったことが描かれるのは、三者が混沌とした不可分の状態となることによって、肉体的にも、精神的にも本身と分身が統合することを表すと同時に、二つの矛盾する欲求、生命力、人間性が解消され、さらにはその欲求、生命力、人間性が生み出す愛と復讐が混沌とした振出しの状況に帰ったことを描き出している、と筆者は考えている。そして、第四章全体に、宮廷の人々の狼狽の様子と民衆の混乱する様を、魯迅が切迫観のないゆっくりとしたリズムで描くことによって、退屈しのぎにすぎぬ「傍観者」たる姿を映し出し、彼らが三者の存在、行動の意図を理解せず、図らずも棺に三つの首と一つの胴体を納め、埋葬することになったことは、「復讐」が傍観者たちにまで敷衍され、全てに亙り「復讐」が果たされたことを意味するのであろう。

まとめ

本章では『鋳剣』の作品論を全面的に展開した。その結果、筆者が実感したのは、この作品は本来四場面設定の戯曲として創られたのではなかったかということである。

魯迅は、一九二八年三月一六日、上海・内山書店から北村喜八著『表現主義の戯曲――自我の戦慄と観念の戦い』を『鋳剣』執筆後に入手している。この著作の第二章には「表現主義戯曲の方向と表現形式」、第三章には「自己告白劇――イッヒ・ドラマ」「叫喚劇――シュライ・ドラマ」という、表現主義の戯曲の特徴を説明する項目が収められている。酒井府はその著書『ドイツ表現主義と日本――大正期の動向を中心に』(54)において、日本における表現主義の受容に際し、正確に表現主義の本質と特徴を紹介し、且つ分析した人物として北村喜八を挙げ、彼の功績をかなり高く評価する。その北村は、「自己告白劇――イッヒ・ドラマ」において、「表現主義者は、純情や自我や心霊やを直視しようとするので、その劇は、或は、抒情的な自己告白となり、或は、奔放な内的律動を盛るに妥当な形式を発見することが出来ないために、霊の声の絶叫そのものとなり、或は、エクスタアゼにある身振そのものとなって、束縛的な言語や形式を不必要視する」(55)と説明し、片山孤村も彼の表現主義の理解のために供したベルンハルル・ディーボルトの『戯曲に於ける無政府状態』（Anarchie im Drama, 1921）を引いて、抒情的自己告白的な戯曲を「イッヒ・ドラマ（Ich-Drama）」と呼び、心霊叫喚劇を「シュライ・ドラマ（Schrei-Drama）」と呼ぶことは、表現主義演劇を理解する上で極めて妥当な名称であるとする。そして、「自己を物語るイッヒ・ドラマ」の特徴を次のように説明する。

これは言い換えれば、「自己」と「それに相反する自己」との闘争である。人間は、霊魂の清浄を希いながらも、肉への劇しい執著がある。或希望を目指しても、それを裏切る現実への屈服が生じる。愛に燃ゆる場合にも、尚憎しみの心が胸を嚙む。かくの如く、人間は、絶えざる自己の分裂に悩んでいる。この「自己」と「それに相反する自己」のと《ママ》永遠の二重性を目指すところにイッヒ・ドラマは展開する。[56]

また、この文章は『東京朝日新聞』「イッヒ・ドラマと抒情詩」一九二三年四月二八日（一）、二九日（二）、五月一日（三）、二日（四）が初載であるが、五月二日の（四）には、ディーボルトの概念に従ったとして次のように述べる。

かく考えて来る時は、叙情詩人は嬰児のような純真さと朴僕《ママ》さと直感さへ有てば、十分であろう。即ち、彼は神秘なるゼーレの国の人間である。然し、劇詩人は、それに加うるに「知識」を必要とするのである。即ち、ガイストの国をも忘れてはならないのである。[57]

上に示した、「〝自己〟と〝それに相反する自己〟との闘争」、そして観念として理解するための「ゼーレ」「ガイスト」は、まさしく分裂した精神や「愛」や「憎」、「自己犠牲」が表出する『鋳剣』の作品世界であり、また、魯迅が「併し注意しておきたいのは、即ちその中にある歌はみなはっきりした意味を出して居ない事です。変挺な人間と首が歌うものですから我々のような普通な人間には解り兼るはずです」と説明する「哈哈愛兮」の歌は、まさしく頂点に達した時に歌う「叫喚」にも似た歌であり、劇展開の緩急などに至るまで、魯迅『鋳剣』は表現主義戯曲の特性を色濃く備えている。

最後に、もう一度、本章の内容を簡単に整理しておく。

第一節は『鋳剣』の材源考である。

底本の古典的な材源については、魯迅が漢魏六朝の散逸した三六種の古小説を蒐集して『古小説鉤沈』と題した書籍を刊行した時、その中の『列異伝』「干将莫耶」の復讐奇譚を素材として、一九二三年一月に入手した『類林雑説』二冊中に引く「孝子伝」の説話を底本としていること。その上、一九二五年八月に北京東亜公司で購入した池田大伍編『支那童話集』に収録する明の『五朝小説』「楚王鋳剣記」なども『鋳剣』を構想する際のヒントとしたことを提示した。そして、『鋳剣』の材源になったこれらの『列異伝』『捜神記』『楚王鋳剣記』『類林雑説』等の古典には描かれない、「眉間尺」少年の優柔不断な性格が死をも恐れない強靭な性格に転じる人物形象と、「黒い男」と古典の原文「客」に黒い色を添加して描かれる人物形象とに、『小さなヨハネス』の中で描く、幻想世界で夢を追い求める「ヨハネス」少年の姿と、彼に人間界の暗黒を告げ現実世界の過酷さや死の運命を告げるコウモリのような黒い男「探求者プライゼル」（オランダ語原文：Pluizer、ドイツ語訳文：Klauber）の姿とが投影されている、と筆者は指摘した。魯迅は、「黒」を添加させることにより、物語の構造に厚みを加え、より神秘的、幻想的なイメージを醸しだしている。そこで予め、「黒」に秘める象徴性を巡って、中国の古典ではどのような意味合いで描写されているかを、魯迅が編んだ『古小説鉤沈』の『述異記』から探し出して提示した。その結果、『述異記』に描かれる「黒い人」のイメージは、妖怪や物の怪、幽霊、あの世からの使者という「鬼」のイメージであったことを示した。さらに本節では、『鋳剣』には、二人の主人公眉間尺と「黒い男」との対話に秘める神秘・幻想的なイメージと、「黒い男」が眉間尺の過去を全て知り尽くしていると言う、「影」の存在としてのイメージとが附与されているが、これは、魯迅が『鋳剣』の創作と同時進行して翻訳していた『小さなヨハネス』の終末部に描くヨハネスと「死」を越えた所に存する「愛」の象徴「黒い人影」を「同伴者」（オランダ語原文：begeleider、ドイツ語訳文：begleiter「同行者、案内人」、魯迅訳：同伴）と認める際に交わされる対話の内容が投影されていることを分析した。

第二節は『鋳剣』のテキスト分析である。『鋳剣』の特徴は、魯迅小説の基調にある写実性重視の描写に象徴性を融合させた創作手法であり、二項対立により物語が構成されるというものである。そこで本節では、時間における緩急の二項対立、空間におけるモノトーンと彩色性の二項対立、具象と象徴──人物形象の具象性、眉間尺と国王の象徴性、雄剣と雌剣の象徴性、現世（人）と鼎の世界（鬼）、母親と狼──の二項対立について分析を加えた。さらに、「黒」は「死」の到来を意味し、「黒い男」は眉間尺と国王の精神的分身としての「影」であり、「黒い男」の出現とは「黒影」の出現であり、眉間尺と国王とがその「影」に導かれ、いままさに「死」によって一つに統合されようとしていることを分析した。

第三節は「哈哈愛兮歌」を分析したものである。『鋳剣』が「眉間尺」説話の筋を逸脱しない枠を設定する中、説話で語られる物語よりも一層神秘的で幻想的なイメージを読者に与える作風になっているのが、この「黒い男」と眉間尺が歌う「哈哈愛兮歌」であり、首が歌う不思議な「愛」と「血」の歌である。　本節では、「哈哈愛兮歌」の象徴性を、オスカー・ワイルド『サロメ』、エーデン『小さなヨハネス』、厨川白村『苦悶の象徴』、菊池寛『三浦右衛門の最後』、長谷川如是閑『血のパラドックス』──「血の凶暴」「愛の凶暴」、片山孤村『表現主義』、金子筑水『独逸芸術観の新傾向（表現主義の主張）』などを材料に、その象徴性の意味を分析したものである。

【注】

（1）富永一登「魯迅輯『古小説鉤沈』研究課題」『日本・アジア言語文化彙報』二号、大阪教育大学、一九八九・一〇

（2）伊藤正文「『鋳剣』論」『近代』一五号、神戸大学、一九五六・五

（3）細谷草子「干将莫邪説話の展開」『文化』三三巻三号、東北大学、一九七〇・二／李剣国「唐前志怪小説輯釈」『三王塚』上海古籍出版社、一九八六・一〇、一四〇～一四七頁

（4）駒田信二「魯迅の『鋳剣』について」『中国文学研究』三号、早稲田大学中国文学研究会、一九七七・三／林田慎之助「復讐奇譚の取材源――『故事新編』の『鋳剣』」『魯迅のなかの古典』創文社、一九八一・二

（5）細谷草子「魯迅『鋳剣』について」『人文論叢』二五号、京都女子大学、一九七六・一二

（6）藤井省三「魯迅の童話的作品群をめぐって――『兎と猫・あひるの喜劇・鋳剣』小論」『中国文学論叢』一三号、櫻美林大学、一九八七・三

（7）「赤比」は原典『捜神記』等の解釈を「莫邪子名赤、比後壮、乃問其母曰」（莫邪の子は名を赤という。その後成長する頃に、彼の母に尋ねていった）と言うように、「赤」（名詞）と「比」（介詞）に分けているものもあるが、「赤比」と「赤鼻」は同音なので、説話の伝承の過程で変わりうることを考えて、「赤比」説に従う。

（8）富永一登「魯迅輯『古小説鉤沈』校釈――『列異伝』」『広島大学文学部紀要』五四巻特輯号二、一九九四・一二、一三～一五頁

（9）注（2）に同じ、一三、一四頁

（10）注（2）に同じ。

（11）細谷草子「魯迅『鋳剣』について」『京都女子大学人文論叢』二五号、一九七六・一二

（12）W・L・フォン・フランツ著・氏家寛訳『おとぎ話における影』（人文書院、一九八一・五）において、「影とは人の内側にあってその人の知らないすべてのもの、ということができる」「抑圧された性質は、もう一つの選ばれた性質とはあい容れないため、認められることも受け入れられることもなく影になる」ことが述べられる。

（13）注（12）に同じ、また、「影」は予言者的な超越機能を顕すことがあることも述べられる。
（14）『鋳剣』（『魯迅全集』第二巻、人民文学出版社、一九八一）の注［10］には、魯迅が『鋳剣』執筆の数ヶ月後、「新時代的放債法」（一九二七・九）という雑感文でこのことに触れていることが、指摘されている。
（15）中国では、呉戈「論『鋳剣』中的両個人物」、周凡英「『鋳剣』的主題想及其他」（『「故事新編」研究資料』山東文芸出版社、一九八四・一）に代表されるように、眉間尺と「黒色人」の英雄性を革命で犠牲となった若者と魯迅におき換えて論じる。日本でも、細谷草子「魯迅『鋳剣』について」が代表的であるが、その他、伊藤正文「『鋳剣』論」や、花田清輝「『故事新編』をめぐって」（『魯迅と現代』勁草書房、一九六八・七）も社会状況を基本に据えている。
（16）加地伸行『儒教とは何か』中公新書、一九九〇・一〇／『沈黙の宗教――儒教』ちくまライブラリー、一九九四・七
（17）檜山久雄『魯迅――革命を生きる思想』三省堂、一九七〇・六、二〇二頁
（18）山田敬三「魯迅と中国古典研究（下の二）――厦門と広州のころ」『未名』四号、一九八三・一〇、一三〇頁
（19）注（11）に同じ、七八頁
（20）丸尾常喜「復讐と埋葬――魯迅『鋳剣』について」『日本中国学会報』四六号、一九九四・一〇、二〇一頁
（21）許広平「魯迅和青年們」『欣慰的紀念』澳門・爾雅社出版、一九七八・二
（22）姜徳明「魯迅與猫頭鷹」『活的魯迅』上海文芸出版社、一九八六・八
（23）李允経『魯迅筆名索解』四川人民出版社、一九八〇・七／銭君匋篆刻・撰文『銭刻魯迅筆名印集』湖南美術出版社、一九八一・八
（24）許広平「略談魯迅先生的筆名」『欣慰的紀念』澳門・爾雅社出版、一九七八・二
（25）注（11）に同じ、九〇頁
（26）細谷草子「干将莫邪説話の展開」『文化』三三巻三号、東北大学、一九七〇・二
（27）注（20）に同じ、二〇六、二〇七、二〇八頁
（28）陳夢韶「写在『《鋳剣》篇一解』后面」『《故事新編》研究資料』山東文芸出版社、一九八四・一、原載『魯迅学刊』二期、

一九八一・七

(29) 注(11)に同じ、七六頁

(30) 加地伸行『沈黙の宗教――儒教』ちくまライブラリー、一九九四・七、二八～四二頁

(31) 藤重典子「戦場としての身体――『鋳剣』を読む」『同志社外国文学研究』六九、一九九五・一、八六～八八頁、九六、九七頁

(32) 注(20)に同じ、二〇七頁

(33) 武田泰淳「魯迅とロマンティシズム」『思索』一九五三・一二、所収及び使用『黄河海に入りて流る――中国・中国人・中国文学――』勁草書房、一九七〇・八、二五〇、二五一頁

(34) 楊政「試論『故事新編』中的反面人物」『《故事新編》新探』山東文芸出版社、一九八四・四／李桑牧「『鋳剣』――被圧迫者復讐的頌歌」『《故事新編》的論辯和研究』上海文芸出版社、一九八四・二

(35) 注(2)に同じ、九頁

(36) 注(31)に同じ、八九頁

(37) 駒田信二「魯迅『鋳剣』について」早稲田大学『中国文学研究』三号、一九七七、所収及び使用『谿の思想――中国と日本のあいだ』勁草書房、一九八〇・一二、一一一頁

(38) 注(28)に同じ

(39) 注(11)に同じ、九一頁

(40) 雪葦「関於『故事新編』」収録『《故事新編》研究資料』山東文芸出版社、一九八四・一

(41) 野澤俊敬「変挺な人間と首の歌について――『鋳剣』挿入歌雑考」北海道大学文学部・魯迅を読む会『熱風』七号、一九七八、四一、四七頁

(42) 注(20)に同じ、二〇六頁

(43) 藤井省三「魯迅の童話的作品群をめぐって――『兎と猫・あひるの喜劇・鋳剣』小論」『桜美林大学中国論叢』一三、一九

八七・三、六〇～六二頁

(44)　日本語訳は、福田恆存訳・ワイルド『サロメ』（岩波書店、一九五九・）を使用した。福田恆存訳（王エロド・アンティパス、王妃エロディアス、預言者ヨカナーン）は英語版からのものであり、日本聖書協会の「聖書」では王ヘロデ、王妃ヘロディア、洗礼者ヨハネとある。ここでは、ヨカナーンという呼称のみ、中国語訳約翰《ヨハン》という表記を尊重して「ヨハン」と表記しておく。

(45)　注（20）に同じ、二〇七頁

また、山田敬三「魯迅と中国古典研究（下の一）――厦門と広州のころ」（『未名』四、一九八三・一〇）では、「愛兮愛乎」の歌を、山田氏は「許広平との再出発を高らかに宣する意志を表明したものである。ただ、当時もその意味を読みとることのできた人は、青剣にたとえられた当の許広平以外にはほとんどいなかったのではないかと考えられる」と指摘する。

(46)　注（20）に同じ、二〇六頁

(47)　周振甫「哈哈愛兮歌三首」『魯迅詩歌注』浙江人民出版社、一九八〇・三／葛新「哈哈愛兮歌三首」『魯迅詩歌譯注』上海・学林出版社、一九九三・一二／孔繁栄「哈哈愛兮歌三首」『魯迅詩歌詮釈』南昌・百花洲文芸出版社、一九九七・一一など、近年における中国での研究においても「一夫」は「暴君」と解釈している。

他、稲本朗「魯迅『鋳剣』――『黒色人』への一考察」（奈良教育大学『国文――研究と教育』一四、一九九一・三）のように「一夫」を「一士」「壮士」の意と捉える論もある。

(48)　本文は、一九三五年四月二九日、日本語で書かれ、一九三五年『改造』六月号に掲載されたものである。その後、亦光が中国語に訳し、一九三五年七月『雑文』月刊第二期に発表され、現在『且介亭雑文二集』に収められている。

(49)　北岡正子「『摩羅詩力説』材源考ノート」六・一六（『野草』一六・二八、一九七四・一九八一）／同「『摩羅詩力説』の構成――魯迅に於ける救亡の詩」（『近代文学における日本と中国』汲古書院、一九八六・一〇）／同「仙台を離れた魯迅」（『魯迅仙台留学九〇周年記念国際学術・文化シンポジウム報告論集』一九九四・一〇）／同『魯迅　救亡の夢のゆくえ――悪魔派詩人論から「狂人日記」まで』関西大学出版部、二〇〇六・三北岡氏は、濱田佳澄のシェリーが反抗のためには復讐の手段をとらず、愛の力による感化を用いたと述べている材源を魯迅が切り捨てたこと、ブランデスはクラシンスキの信条（政治犯を苛酷に裁いた父に対するポーランド人の呪い）に対する理解から、復讐と愛を対比的に論じ、国と国の解決の手段としての復讐も愛も非実際的だと批判を加えているのを、魯迅がブランデスの材源の脈絡を無視し、扱う量も極端に減らしていることを指摘している。

(50) 藤井省三『魯迅——「故郷」の風景』平凡社、一九八六・一〇一五四〜一五九頁
(51) 注(50)に同じ、一五七、一五八頁
(52) 片山智行『魯迅「野草」全釈』東洋文庫五四一、平凡社、一九九一・一一、六〇頁
(53) 福永光司「真実在の世界」「自由なる人間」『荘子——古代中国の実存主義』中央公論社、一九六四・三
(54) 酒井府『ドイツ表現主義と日本——大正期の動向を中心に』早稲田大学出版部、二〇〇三・一
(55) 北村喜八『表現主義の戯曲——自我の戦慄と観念の戦い』芸術研究叢書、東京新詩壇社、一九二四・一〇初版、六七頁
(56) 注(55)に同じ、六九頁
(57) 北村喜八「イッヒ・ドラマと抒情詩」『東京朝日新聞』一九二三年四月二八日(一)、二九日(二)、五月一日(三)、二日(四)、引用は五月二日

終　章　文芸思潮の視点から見る前期魯迅の終焉

一　有島武郎と厨川白村の死

本書は一九二〇年末までの魯迅ないし魯迅文学と西洋近代文芸思潮の関係を中心に論じてきた。筆者は、文芸思潮との係わりから、文芸理論受容と創作手法における魯迅の前期を『壁下訳叢』の刊行までと規定した。それは、この翻訳叢書の中に有島武郎著「芸術について思うこと」と「宣言一つ」を収めるが、この論文に対する魯迅の考え方、感じ方の変化が前期と後期を分ける鍵であると考えたからである。文芸理論の視点から見る後期魯迅は、「個」よりも「群」を重視するプロレタリア文芸理論を受容することにその最大の特色がある。後期は魯迅が上記の有島論文に刺激されて厨川白村の文芸理論を古い陣営に位置づけると共に、共産党指導の二つの組織、一九三〇年二月一三日「被圧迫民衆に自由をかちとるよう呼びかける」ことを目的として結成された中国自由運動大同盟の発起人となり、三月二日「無産階級革命文学」を旗印として結成された左翼作家連盟の常務委員、またこの組織の旗手としても活躍した。さらに、三一年八月には若い芸術家のために、内山嘉吉（内山完造の弟）に依頼して木刻（木版画）講習会を開催したり、外国版画展を催したりと、また、『ソ連版画集』などのプロレタリア版画集を刊行し、中国現代版画復興の父と称されるなど、後期の魯迅は活動家の姿を呈して現れている。

厨川白村（一八八〇・一一・一九―一九二三・九・二）が鎌倉の別荘「白日村舎」（俗称「（近代の）恋愛館」）に滞在の折、関東大震災で起った津波に巻き込まれて死去したのが一九二三年九月二日、一方、有島武郎（一八七八・三・四―一九二三・六・九）は厨川が逝去するおよそ三ヶ月前、軽井沢の別荘「浄月庵」で婦人記者波多野秋子と心中、その生涯を終えたのが六月九日である。厨川は、新聞に掲載された一女教師の有島への暴言に刺激されて、また恋愛至上説への擁護もあってか、有島の「重複自殺《ダブル・スイサイド》（情死）」に対する釈明を、一九二三年八月一日刊行の『改造』五巻八号に「有島氏の問題（有島さんの最後）」（その後『十字街頭を往く』に所収）と題した文章を寄せているが、その中で次のように語っている。


私有財産を放棄した時の有島氏は革命家として偉かったが、最後の情死に至ってはやはり通俗文士らしい享楽主義に出でた。こう言って批評した者がある。愚かしいことを言う人たちはいつまでたっても絶えぬものかな。

私有財産制を非なりとして自ら進んで無産者の中に身を投じたのも、恋愛のために遂に命を絶つに至ったのも、その根本にはただ一つの勇猛なる革命思想家の精神があったばかりだ。財産放棄と重複自殺と、距離はあるが根源は実は同じ所から出ているのだ。かつて社会主義の戦士フェルディナント・ラッサルが、一人の女との恋のために遂に決闘の死を敢えてしたのは、偶然の事でも何でもなかったのだ。

燃ゆるが如き愛欲、人類愛、個性の充実、個人の自由、両方ともにこれらの内的要求から出ている同一革命家の敢然たる勇猛の行為を看ずや。

有島さんは本当に勇気のある人であった。この勇気のある革命思想家を失った事が、何よりも悲しむべき事であった。


魯迅が共鳴共感を寄せていた二人の日本知識人有島武郎と厨川白村の死に対し、ある時代の終焉と新しい潮流の到来を実感したのは、おそらく有島武郎「宣言一つ」（一九二二・一）と「芸術について思うこと」（一九二二・一）を訳出し『壁下訳叢』（一九二九・四）に収録した頃である、と筆者は推測する。それはこの翻訳叢書に収めた論文を通して、芸術がやがて知識階級の人々の手を離れて「社会問題の最も重要な位置を占むべき労働問題の対象たる第四階級と称せられる人々」（有島）すなわち新興階級の人々の手に移り、彼らがやがて社会的な指導力となり、新興階級である彼ら自身の「自分の内部的要求」（有島）に基づく新芸術が主要な勢力になるというのが歴史的社会的必然性である、と魯迅が認識したのだと推測する。その意味に於いて、魯迅にとって有島論は新しい時代へと繋ぐ橋梁となったが、繋いだ本人は内的葛藤、内的動揺から旧い時代に留まってしまった。厨川白村が上記文章の編末部を「有島さんも亦最後の解決を死に求めず、更に強く生きる事によって自己の罪の呵責を受け、この地上に於てその大建築を完成すべきではなかったろうか。私としてはそういう風に考えたいと思う」と締めくくっている。有島が逝き、厨川も震災で逝ってしまう。二人の死後積極的に彼らの文芸論を受容した魯迅ではあったが、近代文芸思潮の変遷という観点からは、プロレタリア文芸の出現はかなり強く意識せざるを得ない出来事であったと想像される。そこで、魯迅が「やや旧い論拠」に基づく文芸と「新興文芸」とに類別して編集した『壁下訳叢』には、魯迅の観点から見る厨川白村、有島武郎に代表された一代の文芸思潮の終焉が籠められ、それを公刊することで終焉の宣言を意味していた、と筆者は看取したのである。

日本では、厨川白村とその著作は彼の死後「忘れられることも早かった」（『新潮日本文学小辞典』新潮社、一九六八・一）と評価されるが、死後刊行物として次の二種の全集が刊行され、まだ、一九二〇年代末年までは影響力を保っていたと考えられる。

①『厨川白村集』六巻、「補遺」一巻、「文学論索引」一巻、全八巻、厨川白村集刊行会（代表・福永一良、装幀意匠立案・厨川蝶子、編輯者・阪倉篤太郎、矢野禾積、山本修二）、大正十三年十二月～十五年四月（一九二四～二六年）、非売品

②『厨川白村全集』全六巻、改造社、昭和四年二月～八月（一九二九年）

魯迅は「『象牙の塔を出て』後記」（一九二五年一二月三日付）の中で、厨川白村について「戦士の姿をして世に現われ、本国の微温、中道、妥協、虚偽、偏狭、自惚れ、保守などの世相に、一つ一つ辛らつな攻撃と仮借のない批評を加えている。たとえ我々外国人の眼から見ても、ともすれば〝快刀乱麻を断つ〟ような爽快な気分になり、快哉を叫びたくなるのである」と語っている。さらに、魯迅は、「快哉を叫ぶ」人がいれば、「恥ずかしさのあまり顔に汗かく」人もいるのであって、厨川は生前「彼の文章のように、態度が頗る傲慢であった」と聞いているが、実は「著者は傲慢だったのではなく、普通の人よりはむしろ謙虚だったのかもしれない」、なぜなら「謙虚」も「傲慢」も実際と違っていれば「同じく虚偽」だからだとの感慨を語っている。そして、「著者の死後全集六巻がもう出版されているところをみると、日本にはまだ何人かの編集を引き受ける仲間や、多くの読もうとしている人々や、このような批評を受け入れる大きな度量がある。このことと、進んでこのように自己省察し、攻撃し、鞭撻する批評家とは、中国ではそう容易く存在できるものではない」と、厨川白村の資質とそれを受け入れた日本の文化土壌とをやや持ち上げた文章まで書いている。また、魯迅がここで挙げる「全集六巻」とは、上記①の一九二五年一〇月に第六巻が発行された「刊行会」出版の非売品の『厨川白村集』のことである。

民国文壇の知識人たちによる厨川白村の著作への褒賞は、上述した魯迅の評価に代表され、また、魯迅訳書の再版状況に軌を一にするように進展する。その時期は、魯迅が「『苦悶の象徴』序言」（一九二四・一一）において「作者自身がたいへん独創力に富んでおり、そのことにより本書も一つの創作になっており、しかも文芸に対しては独特な見地と深い理解に溢れている」と評し、一九二九年九月までに改造社版『厨川白村全集』全六巻を入手するまでの時期と重なる。それは、厨川白村著作が大いに歓迎されて知識人に受け入れられ、かなりの影響力を保っていた時期であったと判断される。夏衍（沈端先）訳『北美印象記』が一九二九年四月に上海金屋書店から、劉大杰（緑蕉）訳『小泉八雲及其他』が一九三〇年四月に上海啓智書局から、同じく劉大杰（夏緑蕉）訳『欧美文学評論』（『印象記』から『北米印象記』を除いた部分）が一九三一年一月に上海大東書局から、それぞれ初版が出版されている。また、魯迅訳『出了象牙之塔』は、一九三〇年一月に「未名叢刊」として未名社から第五版が出版された後も、引き続き北新書局から一九三一年八月に初版が、一九三七年五月に第五版が出版されている。また、教学資料としての厨川白村著作はまだ十分に有効性が保たれていた。許欽文（一八九七・七・一四—一九八四・一一・二〇）は、浙江、福建の高級中学や師範学校で教鞭を執るかたわら、文学概論の「総論」を『苦悶の象徴』の内容に全面的に依拠しながら編み直し、『文学概論』（上海北新書局、一九三六・四初版）を公刊している。日中戦争が全面的に展開されるまでは、民国文壇全体としてはこのように厨川白村著作はまだ十分な影響力を保っていたと推定される。

ここで再び、魯迅の厨川白村評価の変化に眼を向けてみる。魯迅が有島武郎の理論に触発されて、新しい時代の到来を予感し、一九二九年四月に世に示した『壁下訳叢』に記す理論からすれば、厨川白村は「やや旧い論拠」に基づく文芸理論の持ち主であると見做されるようになる。他方、魯迅が『壁下訳叢』の中で、「旧い論拠」と「新興文芸」などという言葉と対比して用いているのが「西洋文芸思潮」という言葉である。魯迅は旧いとか新しいとかの範疇を越えたこの「文芸思潮」という概念を使い、これに揶揄や風刺の手法を交えて表現したのが、一九三一年七月二〇日に行なった社会科学研究会での講演「上海文芸の一瞥」（所収『二心集』）である。この講演からは、時代の潮流という観点に照らし、魯迅が厨川文芸論の論的基準に懐疑の念を抱き始めていたことが窺える。講演では、現存の中国の左翼作家は読書人（知識階級）なので、無産階級文学は描けないと語った上で、次のように語っている。

> 日本の厨川白村（H.Kuriyagawa）は、かつて問題を一つ提起したことがあります。それは、作家が描写することは、必ず自分が経験したことでなければならないのか、ということです。彼は、自ら答えて、その必要はないと言いました。なぜなら、作

家は入念に観察することができるからである。したがって、泥棒を描くのに自分で泥棒をする必要はなく、姦通を描くのに自分で姦通してみる必要はない、というのです。しかし、私が考えますには、これは作家が旧い社会で生まれ育ったがために、旧い社会の情況を熟知し、旧い社会の人物に馴染んでいたが故に、入念に観察できたことでした。彼がこれまで係わりのなかった無産階級の情況や人物に対しては、為すすべ無しで、あるいは誤った描写をするかもしれません。ですから、革命文学者は、少なくとも革命と生命を共有しているか、あるいは革命の脈動を心底から感じ取っていなければなりません。（最近、左連が提起した「作家の無産階級化」のスローガンは、この点に対する正しい理解なのです）。

魯迅はこの講演で、「旧い社会に生まれ育った」「旧い社会の情況を熟知し」「旧い社会の人物に馴染んでいた」作家が無産階級のための新しい文芸、いわゆる「新興文芸」の描き手にはならないと、文芸思潮の変遷に則った考え方を示している。ここに至り、民国文壇において、魯迅の功績により大きく普及した厨川白村著『苦悶の象徴』に代表された文芸理論は、一段階目の終焉を迎えるのである。また、『日記』「書帳」には、前期魯迅の終焉を物語る形跡を見て取ることができる。それは、魯迅が、二〇年代までは日本書から文芸理論の咀嚼・吸収を行い、三〇年代になると日本語文献以外にも、入手する文芸理論の文献に俄然ドイツ語のものが多く加わるようになるという事実である。

二　『壁下訳叢』の刊行と前期魯迅の終焉

『日記』及び「書帳」には、一九二六年四月から二九年九月にかけて、『有島武郎著作集』や『厨川白村全集』を系統的に再度入手している様子が明記されている。結果としては、『壁下訳叢』刊行のための準備作業にも見え、自分が傾倒し共鳴した旧文芸流派の存在と意義を確認し、それらの考え方を刻むための蒐集になったが、二六年四月と二九年九月とでは、魯迅にとって、有島武郎と厨川白村の存在意義は決定的に違っていた。二九年四月の『壁下訳叢』刊行を一つの通過儀礼に見立て、魯迅が意識的に変わったとも言えるだろう。変化の要因の一つに、太陽社や後期創造社のメンバーとの間で繰り広げた、いわゆる革命文学論争があり、この論争の相手への報復に実践を以って示したプロレタリア文芸理論書の翻訳がある、と筆者は考えた。魯迅や魯迅文学を文芸理論受容における前期魯迅と後期魯迅に分ける尺度に、筆者はプロレタリア文学との対峙する姿勢に力点に置いて来た。印象論的に言えば、プロレタリア文学との対峙において生き残れなかった有島と、積極的に生き延びた魯迅である。そこで最後に、魯迅における有島著作と厨川著作の再入手情況を確認しながら、有島や厨川への共鳴共感から、理性的な判断として「旧い論拠」と位置づけた『壁下訳叢』刊行に示された前期魯迅の終焉と後期魯迅の始まりについて触れて、本論の締めくくりとしたい。

この転換に至る時期に、魯迅は『有島武郎著作集』と『厨川白村全集』を系統的に入手しており、その情況は次の通りである。（アラビア数字は魯迅の入手年月日）

一九二六年　『有島武郎著作集』一巻・二巻・三巻 1926.4.9、十一巻 4.17、十二巻 4.26、十三巻・十四巻・十五巻 5.21、十六巻 6.1、東亜公司（『有島武郎著作集』東京新潮社、一九一四～一九二七年、全十六巻）

一九二七年　『有島武郎著作集』五巻・十巻、1927.11.18、内山書店

一九二八年　『苦悶の象徴』1928.4.25 内山書店（『魯迅蔵書目録』には、厨川白村著『苦悶の象徴』東京改造社、一九二四年、第五十版と他一冊を確認）

一九二九年　『生れ出づる悩み』1929.1.6 侍桁、『有島武郎著作集』六巻
『或る女』二冊 1929.1.6 侍桁、『有島武郎著作集』八巻・九巻

『小さき者へ』1929.1.20侍桁、『有島武郎著作集』七巻
『厨川白村全集』全巻予約支払い済、『厨川白村全集』三巻 1929.4.13、五巻 1929.4.23、二巻 1929.5.17、一巻 1929.6.26、四巻 1929.7.30、六巻 1929.9.10 内山書店（『厨川白村全集』東京改造社、一九二九年、六冊）

有島は「宣言一つ」の中で、次のように宣言している。

私は第四階級以外の階級に生れ、育ち、教育を受けた。だから私は第四階級に対しては無縁の衆生の一人である。私は新興階級者になることが絶対にできないから、ならして貰おうとも思わない。第四階級の為めに弁解し、立論し、運動するそんな馬鹿げ切った虚偽も出来ない。今後私の生活が如何様に変ろうとも、私は結局在来の支配階級者の所産であるに相違ないことは、黒人種がいくら石鹸で洗い立てられても、黒人種たるを失わないのと同様であるだろう。従って私の仕事は第四階級者以外の人々に訴える仕事として始終する外はあるまい。世に労働文芸というようなものが主張されている。又それを弁護し力説する評論家がいる。彼等は第四階級以外の階級者が発明した文字と、構想と、表現法とを以って、漫然と労働者の生活なるものを描く。彼等は第四階級以外の階級者が発明した理論と、思想と、検察法とを以て、文芸的作品に臨み、労働文芸と然らざるものとを選り分ける。私はそうした態度を採ることは断じて出来ない。

魯迅は『有島武郎著作集』第十五巻『芸術と生活』に収められていた「宣言一つ」を一九二六年五月二一日に北京東亜公司経由で入手し、二七年四月八日に黄埔軍官学校で行った講演「革命時代の文学」（所収『而已集』）の中で次のように語っている。

現在、中国には当然平民文学はありませんが、世界にもまだ平民文学はありません。あらゆる文学、歌とか、詩とかは、大方

が上層の人たちに給されたものです。……（中略）……上層の人たちにしてみたらどんなにか興味深く楽しいことでも、下層の人たちにしてみたらどんなにか可笑しいことなのかもしれません。……（中略）……現在、平民―労働者・農民―を素材に小説や詩を書く人がいて、我々はこれを称して平民文学と呼んでいますが、実際は、これは平民文学ではありません。なぜなら平民はまだ口を開いていないからです。これは別の人が平民の生活を傍観し、平民の口ぶりを騙って話したものなのです。……（中略）……現在の文学者はみな知識人です。もしも労働者・農民が解放されなければ、労働者・農民の思想はあいかわらず知識人の思想です。労働者・農民が真の解放をかちとって始めて、真の平民文学と言えるのです。

魯迅のこの講演の主張は有島の「宣言一つ」と響きあっている。しかし、有島があくまでも自己限定的であるのに対し、魯迅は平民（有島の言う「第四階級」とは都市に働く労働者である）に「解放」の必要性を呼びかけている。そして、魯迅も「宣言一つ」の主張を承服したからこそ厨川白村に対して、「彼がこれまで係わりのなかった無産階級の情況や人物に対しては、為すすべ無しで、あるいは誤った描写をするかもしれません」と語ったのであろう。その上で、魯迅には自分の作家としての文芸創作の仕事は「私の仕事は第四階級者以外の人々に訴える仕事として始終する外はあるまい」というような開き直りがあった、と筆者は考える。しかし一方、「解放」の必要性を呼びかける魯迅は、運動家・活動家としては、「第四階級の為めに弁解し、立論し、運動する」よう努めようとしたのだろう。さらに有島は、「芸術について思うこと」の中で、次のようにも語っている。

その対象として現代人が尋ねあてたものは、自然の中に人自身を見出すことであった。自然即ち自己であるところの当体そのものを表すことであり、対象には、自然そのものである芸術家自身があるばかりで、自己解剖があるばかりである。然し、自己が自己を解剖し、自己から離そうとしたら、その瞬間に自己は滅び亡せて、自然という概念ばかりがあとに残り、そういう態度は印象主義の繰り返しに過ぎなくなる。それ故芸術家が自己の印象を語らんとするには、自己を解剖することなく表現する外はない。即ち自己によって生きられたる自己がそのまま芸術であらねばならぬ。自然とはかく人を笑わすものだと見るのが印象主義ならば、自然はかく笑うというのが求められつつある芸術主義である。即ち求められつつある芸術とは表現の外ではない。固より印象主義の芸術にあっても、表現なしには芸術は成り立たない。然しながらその場合にあっては、表現は印象を与える為めの一つの手段であった。象徴であった。然しながら表現主義の芸術にあっては表現の外に何者もない。表現がそれ自身に於て芸術を成すのである。

然らば表現主義はどこにその存在の根をおろしているのだろう。私としては新興の第四階級を豫想する外に見出すべきものがない。新興階級がやがて産出するであろう芸術の先駆として表現主義を見る時、私にはそれが色々な深い意味を持って追って来るように見える。そこには新しい力がある、新しい感覚がある、新しい方向がある。それが将来如何に発達して、いかなる仕事を成就するかは張目に値するといわねばならぬ。

然し私は一歩を進める。現在あるところの表現主義の芸術が将来果たして世界的な芸術の基礎をなすであろうか如何だろう。ここまで来ると私は疑いをさしはさまずにはいられない。私には今の表現主義は、丁度学説宣伝時代の社会主義のような感じがする。ユートピヤ的な社会主義から哲学的のそれになり、遂に科学的の社会主義が成就せられたとはいえ、学説としての社会主義は遂に第四階級者に取っては全く一つのユートピヤに過ぎないであろう。それは新興階級に対する単なる模索の試みに過ぎない。それと同様にわが表現主義も第四階級ならざる畑に、人工的に作り上げられた一本の庭樹である。少くてもそういうように私には見える。

一九二九年当時の、知識階級側に属することを自覚する魯迅が、労働者階級との意識の交感を求めた文芸流派として、言い換えると、無産階級文芸と密接な関係を保つかも知れぬ要素を残す文芸流派としてドイツ表現主義の創作手法を選択したと考えるのは、表面的であり、一義的な意味に過ぎないものである。なぜなら魯迅が翻訳した一連のプロレタリア文芸論にしても、例えば、片上伸『現代新興文学の諸問題』（一九二九・四）にしても、ルナチャルスキー『芸術論』（一九二九・六）『文芸と批評』（一九二九・一〇）にしても、プレハーノフ『芸術論』（一九三〇・七）にしても、あるいは外村史郎と蔵原惟人が編訳した『文芸政策』（一九三〇・六）にしても、これら著作の読者は都市に働く労働者すなわち第四階級とかプロレタリアートという人々ではない。読者対象は十分な教養と学識を備える知識人以外ではあり得ない内容の設定である。ただそこには、魯迅がマルクス主義文芸論あるいはプロレタリアート文芸論を翻訳し、刊行したという事実が存在し、魯迅がマルクス主義文芸論、プロレタリアート文芸論に接近し受容したという事実が存在するだけである。時代の潮流が無産階級のための新しい文芸、すなわち「プロレタリア文芸」の方向へ向かっていることを魯迅が翻訳を以って体現しているだけである。だから、この訳業も決して労働者階級との意識の連帯感などというものが為し遂げさせた仕事ではあり得ない。すると結局のところ、創作手法としてドイツ表現主義を選択しようが、新しい写実主義（社会主義リアリズム）を選択しようが、あるいはロシア・フォルマリズムを選択しようが、魯迅には現在の自分の創作が「第四階級者以外の人々に訴える仕事として始終する外はあるまい」というような開き直りが厳然として存在していた、と筆者は考える。現実の中国社会を冷静に直視し、冷厳な自己省察と進化論的な考え方によって、自己を滅ぶべき過渡期的「中間物」と位置づけた魯迅において、この「開き直り」はどのように体現されたのであろうか。

筆者は、第七章「『鋳剣』論」の中で、「この創作を最後に、もう一人の魯迅（自己否定）は滅したように思えてならない。滅したと言うよりは意識的に一つに統合されて行ったと言った方が好いかもしれない」と書き、魯迅が「許広平との愛の成就により、〝自己の内面にある二つの矛盾した欲求〟〝生命力〟を容認することによって、以前に存在した意義での創作のエネルギーを失った」と書いた。そのことにより、「一九二七年四月以降、ようやく創作と見做されるものに、『野草・題辞』(二七・四)、『朝花夕拾・小序』(二七・五)と『後記』(二七・七)がある」だけだとした。そして「七年以上の空白の後に、『故事新編』の『非攻』(一九三四・八)、『理水』(三五・一一)、『采薇』(三五・一二)、『出関』(同)、『起死』(同)の五作が発表され」「五作は内部矛盾の問題を乗り越えてなされた、文芸理論と文芸思潮の受容及び創作手法の視点から見ると後期魯迅に位置するものである」とも書いた。

筆者は、「自己の内面にある二つの矛盾した欲求」の統合、いわば「渾沌の死」に見立てる自己矛盾の統合を、魯迅における「進化論の崩壊」を意味していたと考えて、さらに文芸理論受容の視点から見ても前期魯迅の終焉があったと位置づけた。魯迅の創作に対する「開き直り」は、発表までには七年の歳月を要した『故事新編』の五作を以って体現された、と筆者は考える。そして、創作エネルギー回復のために、活動家の姿で顕れた魯迅が、一度失った創作エネルギーをマルクス主義文芸論およびプロレタリア文芸論の受容を媒介に「突破・超克」して回復したことが、いわば後期魯迅の特徴である、と位置づける。

最後に、筆者にとって、後期魯迅の研究課題は、魯迅におけるマルクス主義文芸論・プロレタリア文芸論の受容についての分析及び創作手法の観点から見るドイツ表現主義と新しい写実主義の解明にあることを記して、本論全体の締めくくりとしたい。

あとがき

この本は、私の初めての著書であり、いままで、およそ二十年にわたって行ってきた魯迅研究の最初の締めくくりでもある。

私が魯迅を研究対象に選んだのは修士論文からである。卒論では、趙樹理について書いた。竹内好が「群」を描く小説として絶賛しているのに新鮮味を覚え、統一された「群」のなかの個性とはいったい何なのかに興味を持っていた。そこで、当然修論も趙樹理について書こうと、修士一年の夏休みは資料調査に山西省太原にまで行った。太原から長治、沁水県へ行こうと計画していたが、太原では公開処刑済の朱の入った掲示が大きく貼り出される時代、沁水県などは外国人の立ち入りなど出来るはずもなかった。だが、趙樹理を研究している若い日本人が来ていると聞いて、わざわざ彼の娘さんが太原の山西大学まで訪ねてくれた。彼女にインタビューした時の記憶は今でも鮮明に残っている。しかし、その取材したテープとそれを起こした文章はいまだに日の目を見ることもなくダンボールに眠っている。

帰国後、恩師の相浦杲先生に、水戸黄門式の解決法の趙樹理作品は、拍子木を打ち鳴らしながら物語る太原の茶館で聞いた講談のような文学としては面白いが、やはり私には農民、農村を描く文学は肌身に沁みては解らないことを告げた。それなら、自分が一番興味をもてる作家をしなさいと言われたことが、魯迅を研究対象に扱うことになった単純なきっかけであった。

私は、修論で「エロシェンコとエーデン」の童話的な作品を巡る論考を手がけて以来、魯迅を中心にその周縁の知識人を、そして民国文壇の状況を考察してきた。本書は、日本留学時期から『壁下訳叢』の刊行までのおよそ三十年弱に亙る魯迅及び魯迅文学と西洋近代文芸の主義・流派との関わりを中心に考察を加えた文芸理論、比較文学論、作品論である。

本書の構成は、第Ⅰ部「文芸理論の受容に見る西洋近代文芸思潮」、第Ⅱ部「日本留学期及び翻訳・刊行との関係に見る西洋近代文芸思潮」、第Ⅲ部「創作手法に見る西洋近代文芸思潮」の三部とした。

序章、第一章、第二章と終章の計四章がひと纏まりで、魯迅及び魯迅文学に文芸理論・文芸思潮の受容の視点から考察を加えたものである。その考察の鍵は、一九二四年二月の成仿吾「『吶喊』の評論」にあり、彼の魯迅批判から一九二九年四月の『壁下訳叢』の刊行までを、文芸理論受容の観点から見る前期魯迅として扱っている点にある。そして、前期魯迅がどのように終焉を迎えたかまでの経緯を考察した。

次は、第三章と第四章がひと纏まりで、魯迅の留学前期の浪漫主義文学の受容を、ヴィクトル・ユゴー、ジュール・ヴェルヌ、バイロン作品を例に考察したものである。その考察の鍵は、魯迅が「『哀塵』訳者附記」に書いた「宗教、社会、自然は人の三敵である」という観点にある。ユゴーには人道に対峙する「社会の抑圧」の例を、ヴェルヌには「自然（天・造物）と抗い、克服する」例を、バイロンには「宗教（儒教）へ反抗し復讐する」例を示していることに着目して考察を加えた。

最後、第五章と第六章は第七章の作品論を成立させるための各論となっている。そのなか、第五章は修士論文以来扱ってきた魯迅とその翻訳『小さなヨハネス』との関係についてであり、その後の研究も加え系統的、全面的に考察を加えた。その際の分析の鍵は、厨川白村『苦悶の象徴』との出会いをきっかけとする「象徴性」と「象徴化」理論の魯迅における結実として『小さなヨハネス』を評価していることである。そして、第七章は作品論として『鋳剣』論を全面的に展開した。

以下、序章と終章および第Ⅰ部から第Ⅲ部までの全体の要旨と、収録論文の初出を示しておく。ただ、初出として掲載した論文には、本としての構成を統一するため手直しを加えている。

序章

＊魯迅文学と西洋近代文芸思潮
大阪教育大学『日本アジア言語文化研究』九号、九七～一二三頁、平一五・二（二〇〇三）

「序章」では、本書執筆のきっかけを書いた。そして、魯迅が西洋の近代文芸をどのように咀嚼・吸収し、それが創作にどのように体現化されているかを探ることに始まったことを述べた。『魯迅日記』には、魯迅が購入した書籍が「書帳」という備忘録として残されるが、筆者は、一九二四年四月以降の購入書が日本語で書かれる文芸理論書が多くを占めるようになることに着目し、その原因を成仿吾「『吶喊』の評論」（一九二四年二月）に描く批評の方法に求めた。それは、中国で初めて本格的に西洋近代文芸理論を使って作品を批評した論文であったからである。これ以降、魯迅は積極的に西洋近代文芸理論の摂取を進めて行った。魯迅がどのような読書経験から文芸理論を摂取し、咀嚼したかは、『魯迅日記』と『魯迅蔵書目録』に拠って調査し、そのうち特に重要な日本語文献を本論考の理論的の裏づけとした。

第Ⅰ部　文芸理論における西洋近代文芸思潮

第一章

＊魯迅と自然・写実主義――魯迅訳・片山孤村著「自然主義の理論及び技巧」及び劉大杰著「『吶喊』と『彷徨』と

『野草』」を中心に
『愛知県立大学外国語学部紀要』（言語・文学編）第三七号、四三一～四五一頁、平成一七・三（二〇〇五）

第二章

＊魯迅と表現主義――転換期のプロレタリア文芸論受容を越えて
『愛知県立大学外国語学部紀要』（言語・文学編）第三八号、二九九～三二一頁、平成一八・三（二〇〇六）

＊『故事新編』と表現主義――前期魯迅の終焉と創作手法の変化
『愛知県立大学外国語学部紀要』（言語・文学編）第三九号、三五七～三七九頁、平成一九・三（二〇〇七）

第Ⅰ部では、魯迅の初期創作の作品群『吶喊』『彷徨』に見出せる「自然・写実主義」の創作手法との係わりで、次いで、最終創作の作品群『故事新編』に見出せる「表現主義」の創作手法との係わりで、魯迅が入手したり目睹したり、あるいは翻訳した著作を中心に、魯迅が咀嚼・吸収した文芸思潮論及びその具体的な文芸理論を整理し提示した。

第Ⅱ部　日本留学期及び翻訳・刊行との関係に見る西洋近代文芸思潮

第三章

＊魯迅の翻訳研究（4）――外国文学の受容と思想形成への影響、そして展開［日本留学期『哀塵』］
『大阪教育大学紀要』第Ⅰ部門四一巻二号、七一～八八頁、平五・一二（一九九三）

＊啓蒙期、西欧文学移入に見る日・中における翻訳観の諸相

日本現代中国学会『現代中国』七〇号、一四七～一五七頁、平八・七（一九九六）
〔翻訳転載〕励儲訳「従本世紀初西欧文学的譯介看当時的中日文学交流：関於当時魯迅和周作人的文学史意義」
北京魯迅博物館『魯迅研究月刊』総一七九期、五四～六一頁、平九・三（一九九七）
＊もう一人の自分、「黒影」の成立（上）――魯迅『鋳剣』の形成に至る「復讐」「預言」の具象性と「影」の心象性について
大阪教育大学『学大国文』三八号、二七九～二九九頁、平七・一（一九九五）

第四章
＊魯迅の翻訳研究（5）――外国文学の受容と思想形成への影響、そして展開［日本留学期（ヴェルヌ作品受容の状況）］
『大阪教育大学紀要』第Ⅰ部門四二巻二号、一二九～一四〇頁、平六・二（一九九四）
＊魯迅留学初期翻訳の三作品――其の翻訳意図の考察を中心に
大阪教育大学『日本アジア言語文化研究』一号、六二～九三頁、平五・一二（一九九三）
〔翻訳転載〕趙静訳、陳福康校「魯迅早期三部翻譯作的意圖」
北京魯迅博物館『魯迅研究月刊』総一五二期、三八～四三頁、平七・一（一九九五）

第五章
＊魯迅の翻訳『小さなヨハネス』について――「夢」と「死」の世界
大阪外国語大学大学院修士会『外国語・外国語文学』九号、一五～二五頁、昭六〇・一二（一九八五）

＊魯迅、ファン・エーデンへの共鳴――魯迅訳、パウル・ラッへ「『小さなヨハネス』序文」とポル・デ・モント「フレデリック・ファン・エーデン」の記述を中心に
『大阪教育大学紀要』第I部門四三巻一号、一二三～一三一頁、平七・九（一九九五）

第六章
＊もう一人の自分、「黒影」の成立（中）――魯迅『鋳剣』の形成に至る「死生観」について
大阪教育大学『日本アジア言語文化研究』二号、六二～八七頁、平七・三（一九九五）
＊魯迅と唯美・頽廃主義――板垣鷹穂『近代美術史潮論』・本間久雄『欧洲近代文芸思潮概論』と美術叢刊『芸苑朝華』を中心に
大阪教育大学『学大国文』四六号、三七～六六頁、平成一五・三（二〇〇三）

第II部では、魯迅が日本留学時期に関わったヴィクトル・ユゴーやジュール・ヴェルヌという浪漫派の作品の翻訳意図を分析し、さらに、留学時期の一九〇六年夏に出会い、二十年後に翻訳したフレドリック・ファン・エーデンの『小さなヨハネス』という神秘・象徴派の作品の翻訳意図を示すと共に、魯迅はなぜこの作品に深く共鳴したのかについて考察した。最後に、魯迅自身が語る「拿来主義《ナアライジュウイ》」とは何かについて、また、当時民国文壇に流行していた唯美派の文芸の特徴について、及び魯迅が唯美・廃頽主義を中国へ移入しようとしなかった理由について考察を加えた。

第III部　創作手法に見る西洋近代文芸思潮
第七章

＊魯迅『鋳剣』について――「黒色人」の人物に見る「影」のイメージ
相浦杲先生追悼『中国文学論集』東方書店、三三三～三五七頁、平四・一二（一九九二）
＊もう一人の自分、「黒影」の成立（下の一）――魯迅『鋳剣』の構成について
大阪教育大学『学大国文』三九号、八七～一一八頁、平八・一（一九九六）
＊もう一人の自分、「黒影」の成立（下の二）――魯迅『鋳剣』に描く「黒い男」の象徴性と「哈哈愛兮」の歌の考察を中心に
大阪教育大学『日本アジア言語文化研究』三号、七八～一一四頁、平八・三（一九九六）
＊論『鋳剣』〝哈哈愛兮歌〟的象徴性――對厨川白村、菊池寛、長谷川如是閑、王爾徳的思想形象的共鳴共感（張嵩平訳）
上海魯迅記念館編百家出版社『上海魯迅研究』一〇号、一八六～二〇二頁、平一一・一〇（一九九九）

第Ⅲ部では、『故事新編』に収められる作品『鋳剣』が前期魯迅の神秘・象徴主義の傾向を色濃く反映する作品であり、写実性と象徴性を同時に兼ね備えた文芸理論受容における前期作品の最高傑作であるとする作品論を展開した。

終章
＊書き下ろし

「終章」では、魯迅は有島武郎と厨川白村の死後（一九二三年）積極的に彼らの文芸論を咀嚼、吸収するが、一九二九年四月に公刊した『壁下訳叢』において、彼らの文芸論を「やや旧い論拠」と位置づけたことは、文芸思潮の消長

——新浪漫主義的傾向が弱まり、プロレタリア文芸的傾向が強まること——の観点から見ると、この時期に前期魯迅の終焉があることを提示した。そのために、「やや旧い論拠」に対比された「新興文芸」すなわちプロレタリア文芸の出現の意味を、『壁下訳叢』に翻訳収録された有島武郎「宣言一つ」「芸術について思うこと」での問題提起を軸に検討した。

魯迅は、自己表現であり芸術的言語表現手法の仕事としての創作に対し、時代状況を正確に把握していればこそ、現在のところ「第四階級者以外の人々に訴える仕事として始終する外はあるまい」というような「開き直り」を有していた、と筆者は考える。一方、進化論的な考え方によって、自己を滅ぶべき過渡期的「中間物」と位置づけた魯迅が、許広平との愛を成就させたことは、「自己の内面にある二つの矛盾した欲求」としての「生命力」を容認するという、いわば「開き直り」を具現化したものだと言えよう。この魯迅の二つの「開き直り」が創作として体現されたのが『故事新編』の五作である。ただ、この最後の創作五作が発表されるのには、七年の歳月を要している。

筆者としては、魯迅が一度失った創作エネルギーを回復して成し遂げた『故事新編』の五作を解き明かすことが、いわば後期魯迅を理解する鍵であると考えている。文芸思潮の過渡期に位置した魯迅の苦悶は、行動者としてはマルクス主義やプロレタリア文学の文芸論の受容や翻訳を積極的に推し進めながらも、作家としては表現主義などの新浪漫主義的傾向の創作手法を用いて創作していることにあろう。この矛盾の相克からの「開き直り」すなわち「突破・超克」が具体的な作品へ如何に投射されているかを考察することが、後期魯迅の研究課題であると考えていることを示して締めくくりとした。

私の魯迅研究は、恩師相浦杲先生に「君の論文は読み手の想像力を膨らませる面白いものを書く」とおだてられて始まった。それが魯迅研究を継続できた大きな力にもなった。面と向かっていつも厳しく叱りながらも、裏では決して悪く言わない先生だった。また、出来上がった拙稿は中川俊先生にも送ると、いつも温かい言葉が返ってきていた。その後、北京師範大学に留学し、王富仁先生に師事した。王先生とは個人の授業で、大学の中にあった先生の自宅をたずね、『吶喊』の作品一篇ずつを、私がまず作品の特徴と印象を発表し、それから先生に解説して頂いた。その後、数篇論文を書く中で、「読み手の想像力を膨らませる」論文が必ずしもいい論文ではないことを自覚させられた。人に解ってもらうように書くことの難しさを痛感させられ、私の魯迅研究に、密かに丸山昇先生、丸尾常喜先生、北岡正子先生の姿勢と手法を取り入れることを目標とした。丸山先生の理論は包容力のなかに核心を突く鋭さがあった。丸尾先生の作品論の想像力は読むものに文学研究の魅力を伝えた。北岡先生の論証の厳格さは研究の姿勢を教えてくれた。本書は先人たちのそうした精神的な刺激を受けて出来上がったものである。ただ、相浦先生が、中川先生が、丸山先生が、そしてこのあとがきを書いている最中に、丸尾先生までが逝かれてしまった。喪失感と人生の儚さを感じる。今は、曲がりなりにもどうにか纏め上げることができた本書を霊前に捧げ学恩に応えたい。しかし、まだまだ納得のいくものではないことは、私自身がよく承知している。特に、第一章と第二章はもっと構成に工夫が必要であったと痛感している。

本書『魯迅と西洋近代文芸思潮』は、平成一九年一〇月三一日に名古屋大学大学院国際言語文化研究科より博士（文学）号を授与されたものである。論文審査にあたられた中井政喜先生、星野幸代先生、柴田庄一先生には、厚く御礼申し上げる。特に、中井先生には各論の細部に至るまで丁寧にご指摘いただき、本当に感謝極まりない。

また、本書完成にはおよそ二十年という歳月が流れているが、その間、フランス語についてはかつての同僚であった大阪教育大学川久保輝興先生と吾妻修先生に、ドイツ語についてはやはり大阪教育大学松井勲先生に、さらに最終段階でオランダ語については愛知県立大学の同僚櫻井建先生にご指導いただいた。記して感謝を申し上げる。

最後にまた私的なことで恐縮ではあるが、妻郁子は一九九五年以前の古い論文で互換性のないデータを一つずつ入力し直してくれた。さらに、私の苦手な校正をいつも手伝ってくれている。本当に感謝している。

本書の出版にあたっては、汲古書院の石坂叡志氏が快く相談にのっていただいたことに対し、さらに、小林詔子さんには初校から最終稿に至るまでお世話いただいたことに対し、感謝申し上げる。

二〇〇八年六月一日

工　藤　貴　正

附録・参考資料編

序章

【近代文芸関係書籍の入手情況】

一九二四年から三〇年まで、『魯迅日記』と「書帳」の記載に基づき、版数などは『魯迅蔵書目録』（北京魯迅博物館編『魯迅手蹟和蔵書目録――第三集外文蔵書目録』内部資料、一九五九・七）に確認される原著に基づいた。

左記の記載は、書名・購入或は入手年月日（アラビア数字）・購入或は入所先・（著者・原書名・出版社・発行年月・所蔵の版数）の順序である。

一九二四年

○『比亜茲来伝』1924.4.4 丸善書店（Diepold, Rudolf : *Audrey Beardsley*, by Rudolf Klein Diepold. Mit vielen Villbildern. Berlin, Brandus, Die Kunst Samlung Brandus. Bd. 5）或いは（Esswein, Hermann : *Audrey Beardsley*, von Hermann Esswein. 2. Aufl. München, R. Piper & Co. 1912, Moderne Illustratoren. 8）

○『文学原論』1924.4.8 東亜公司（エルンスト・エルスタア著、高橋禎二訳『文学原論』一九二四年）

○『苦悶の象徴』1924.4.8 東亜公司（厨川白村著『苦悶の象徴』東京改造社、一九二四年、第五十版と他一冊）

○『真実はかく佯る』1924.4.8 東亜公司（長谷川如是閑著『真実はかく佯る』東京叢文閣、一九二四年、第五版）

○『近代文芸十二講』1924.10.11 東亜公司（生田長江・昇曙夢・野上臼川・森田草平著『近代文芸十二講』東京新潮社、思想文芸講話叢書3、一九二四年、第三十版）

○『近代文学十講』1924. 10.11 東亜公司（厨川白村著『近代文学十講』東京大日本図書株式会社出版、一九二四年、第八十二版と第八十三版）
○『象牙の塔を出て』1924.10.27 H君（厨川白村著『象牙の塔を出て』東京福永書店、一九二四年、第七十二版と他一冊）
○『十字街頭を往く』1924.10.27 H君（厨川白村著『十字街頭を往く』東京福永書店、一九二四年、第九十版）
○『文芸思潮論』1924.12.12 東亜公司（厨川白村著『文芸思潮論』東京大日本図書株式会社出版、一九二四年、第十九版）
○『タイス』1924.12.28 東亜公司（アナトオル・フランス著・望月百合訳『タイース』東京新潮社、現代佛蘭西文芸叢書9、一九二四年）

一九二五年

○『近代の恋愛観』1925.1.22 東亜公司（厨川白村著『近代の恋愛観』東京改造社、一九二五年、第百二十一版）
○『思想・山水・人物』1925.2.13 東亜公司（鶴見祐輔著『思想・山水・人物』東京大日本雄弁会、一九二四年、第三版）
○『新旧約全書』1925.2.21 博益書社
○『反逆者』1925.3.25 東亜公司（『有島武郎著作集』第四輯、東京新潮社、一九一四～一九二七年、一五冊内第三巻欠）
○『支那童話集』1925.8.11 東亜公司（池田大伍編『新譯 支那童話集』東京富山房、一九二四年）
○『露西亜文学の理想と現実』1925.8.11 東亜公司（ピーター・クロポトキン著、馬場孤蝶等訳『露西亜文学の理想と現実』東京アルス、一九二五年、第五版）
○『印象記』1925.9.9 東亜公司（厨川白村著『印象記』東京積善館、一九二四年、第十九版）
○『Art of Beardsley』一冊 1925.10.6 商務印書館（Beardsley, Aubrey Vincent : *The art of Aubrey Beardsley*. Introduction by Arthur Symons. New york, Boni and Liveright, 1918. The Modern Library. 42）
○『近代の恋愛観』1925.11.5 東亜公司（厨川白村著『近代の恋愛観』東京改造社、一九二五年、第百二十一版）
○『犬・猫・人間』1925.11.13 東亜公司（長谷川如是閑著『犬・猫・人間』東京改造社、改造社随筆叢書第1篇、一九二四年、

第五版）

一九二六年

○『文学入門』1926.2.23 東亜公司（ラフカデオ・ヘルン著、今東光訳『文学入門』東京金星堂、一九二五年）

○『有島武郎著作集』1926.4.9 一巻・二巻・三巻、4.17 十一巻、4.26 十二巻、5.21 十三巻・十四巻・十五巻、6.1 十六巻、東亜公司（『有島武郎著作集』東京新潮社、一九一四～一九二七年、全十六巻）

○『近代の英文学』1926.4.27 東亜公司（福原麟太郎著『近代の英文学』東京研究社、一九二六年）

○『東西文学評論』1926.6.19 東亜公司（ラフカディオ・ヘルン著、三宅幾三郎・十一谷義三郎合訳『東西文学評論』東京聚芳閣、一九二六年）

○『近代英詩概論』1926.8.5 東亜公司（厨川白村著『最近英詩概論』東京福永書店、一九二六年、再版）

一九二七年

○『虹児画譜』一、二輯二冊 1927.10.8 と 1928.3.30 内山書店（蕗谷虹児著並絵『虹児画譜』一・二・三巻、東京交蘭社、一九二五・一九二六年）

○『有島武郎著作集』五巻・十巻、1927.11.18、内山書店

○『現代の独逸文化及文芸』1927.11.18 内山書店（片山孤村著『現代の独逸文化及文芸』東京文献書院、一九二二年）

○『近代芸術論序説』1927.11.18 内山書店（本間久雄著『近代芸術論序説』東京文省社、一九二五年）

○『近代美術史潮論』1927.12.5 内山書店（板垣鷹穂著『民族的色彩を主とする　近代美術史潮論』東京鐙閣、一九二七年）

○『欧洲近代文芸思潮概論』1927.12.27 内山書店（本間久雄著『欧洲近代文芸思潮概論』東京早稲田大学 出版部、一九二七年）

一九二八年

○『Thaïs』（『泰綺思』）1928.1.4 商務印書館（France,Anatole：*Thaïs*. A Tr. by Robert B.douglas with illustrations & decorations by Frank C.Pape. London, New York etc. J. Lane the Bodley head ltd.,1926）或いは（France,Anatole：*Thaïs*. Tr. by Ernest Tristan. Introd. by Hendrik van Loon. New York, The Modern Library, The Modern Library）

（①法朗斯著、杜衡訳『黛絲』上海開明書店、水沫社彳亍叢書、一九二八・三初版）

（②法郎士著、徐蔚南訳『女優泰綺思』上海世界書局、一九二八年三月初版→重慶正風出版社一九四五・五初版、上海正風出版社一九四九・三、三版、世界文学名著訳叢）

（③法朗士著、王家驥訳『泰綺思』上海啓明書局、世界文学名著、一九三六・五初版）

○『タイース』1928.1.17 淑卿（アナトオル・フランス著・望月百合訳『タイース』東京新潮社、現代佛蘭西文芸叢書9、一九二四年）

○『表現主義の戯曲』1928.3.16 内山書店（北村喜八著『表現主義の戯曲――自我の戦慄と観念の戦い』東京新詩壇社、芸術研究叢書、一九二四年）

○『私の画集』1928.3.30 方仁（蕗谷虹児絵『私の画集』東京交蘭社、一九二五年、第六版）

○『Thaïs』1928.4.23 方仁（France,Anatole：*Thaïs*. A Tr. by Robert B.douglas with illustrations & decorations by Frank C.Pape. London, New York etc. J. Lane the Bodley head ltd.,1926）或いは（France,Anatole：*Thaïs*. Tr. by Ernest Tristan. Introd. by Hendrik van Loon. New York, The Modern Library, The Modern Library）

○『精神分析学入門』二冊1928.4.25 内山書店（フロイド著、安田徳太郎訳『精神分析入門』東京アルス、一九二八年）

○『苦悶の象徴』1928.4.25 内山書店（厨川白村著『苦悶の象徴』東京改造社、一九二四年、第五十版と他一冊）

○『露西亜文学研究』1928.5.11 内山書店（片上伸遺著『露西亜文学研究』東京第一書房、一九二八年）

○『Holy Bible』1928.12.12 方仁（『The Holy Bible』containing the Old and New Testaments. Translated out of the original tongues ; and with the former translations diligently compared and revised His Majesty's special command. Appointed to be read in churches. London, Eyre and Spottiswoode, Bible Warehouse）

一九二九年

○『生れ出づる悩み』1929.1.6 侍桁（『有島武郎著作集』六巻）
○『或る女』二冊 1929.1.6 侍桁（『有島武郎著作集』八巻・九巻）
○『小さき者へ』1929.1.20 侍桁（『有島武郎著作集』七巻）
○『独逸文学』1929.1.21二冊、『独逸文学』(3) 2.14内山書店（東京帝国大学独逸文学研究室独逸文学会編『独逸文学』三冊、東京郁文堂書店、一九二六年）
○『表現主義の彫刻』1929.4.7 内山書店（建築写真類聚刊行会編『表現主義の彫刻』東京洪洋社、建築写真類聚第五期、一九二五年）
○『厨川白村全集』全巻予約支払い済、『厨川白村全集』(3) 1929.4.13、(5) 1929.4.23、(2) 1929.5.17、(1) 1929.6.26、(4) 1929.7.30、(6) 1929.9.10 内山書店（『厨川白村全集』東京改造社、一九二九年、六冊）
○『表現派紋様集』一帖百枚 1929.11.14 内山書店（高梨由太郎編『表現紋様集』東京洪洋社、一九二五年）
○『カンヂンスキーの芸術論』1929.12.5 内山書店（カンヂンスキー著、小原国芳訳『カンヂンスキーの芸術論』東京イデア書院、一九二四年）

一九三〇年

○『疾風怒濤時代と現代独逸文学』1930.1.4 内山書店（成瀬無極著『疾風怒濤時代と現代独逸文学』東京改造社、一九二九年）
○『オスカア・ワイルド』1930.3.31 内山書店（本間久雄著『唯美主義者オスカア・ワイルド』東京春秋社、早稲田文学パンフレッ

ト第三編、第三版、一九二三年）
○『欧洲文芸思潮史』1930.7.23 内山書店（明取克著『欧洲文芸思潮史』東京不老閣書房、一九三〇年）
○『現代の独逸文学』1930.8.1 内山書店（フェリックス・ベルトー著、大野俊一訳、東京厚生閣書店、現代の芸術と批評叢書16、一九二九年）
○『現代のフランス文学』1930.8.1 内山書店（ベルナアル・ファイ著・飯島正訳、東京厚生閣書店、現代の芸術と批評叢書8、一九二九年）

第二章

●金子筑水著「独逸芸術観の新傾向（表現主義の主張）」（所収『芸術の本質』（東京堂書店、一九二四・一二、魯迅購入一九二五・三・五）

全四章の内容を原文の表現に基づきながら要約すると次の通りである。

第一章は表現主義とは何かの説明である。冒頭「戦後ドイツの芸術壇に勃興し、絵画、音楽、詩歌、劇詩等を始め、延いては広く各方面の思想界や教育界や宗教界やに迄一種異常な影響を及ぼしつつある新傾向が所謂表現主義（Expressionismus）の芸術及び其の主張である」という文章に始まり、表現主義は一種の主張であり宣伝であり理論であること、この運動に従事している者は先輩や地位を占めている人たちは殆んどおらず、すべて血気の青年であり、此等青年は一種熱烈な理想と革新の精神とに可なり猛烈に燃えており、ロシアに於けるボルシエイズムが、ドイツに於ては表現主義という芸術的定形を取ったのではないかとさえも疑われる状況にあること。更に、表現主義の精神は、戦時又は戦後の病的状態のみから起こったものではなく、極端な自然主義や産業主義に対する反動で、斯くの如き反動の根拠は十九世紀末の世紀末文芸の中に備えていた、と解説する。しかし、今日の表現主義運動は、最初先ず絵画方面の新傾向に基づいたもので、例えば此の世紀の初めドレースデンに集まったブルユッケ協会（Brücke）の青年画家や、一九〇七年に開かれた此等青年画家（ベヒシュタイン、ヘッケル、キルヒナー）の展覧会や、また別に此の世紀の初め以来有名なカンディンスキーやマルクを中心として発達したミュンヘン画家の群は、戦争以前に於て、既に今日の表現主義的傾向を取っていたと解説する。

第二章はドイツ表現主義が起こった地盤と背景を説明する。十九世紀は自然科学的文明――産業主義の文明――現実主義乃至唯物主義の時代であり、十九世紀の初に閃いた理想主義乃至精神主義の時代は僅に束の間で、ヘーゲル哲学の没落がやがて一切の精神主義の滅亡に及び、十九世紀の中頃は哲学上の唯物論や唯物論的人生観が続出し、十九世紀後半期は自然科学的乃至物質的文明が殆ど全く人心――殊にドイツの人心を支配した時代であったこと。自然の広大な機械力が人心を支配し、人間本然の力――自由な精神は物質力に支配され、人間生活は殆ど全く物質的文明に征服され、人心はただ恐るべき機械力と資本主義との下に呻吟せざるを得ず、此の点から観れば、前の世界的大戦は実は十九世紀文明の絶頂を示すと同時に、其の没落と大破滅であったと解釈されること。また、唯物主義の時代は、同時に主智主義若くは唯理主義――経済的唯理主義の時代で、経済的実利実益の計算が凡てで、何事も此の実利的打算のみから割出され、人心は次第に冷淡に軽薄に浅薄に傾き、人間精神の奥底に潜んでいる感情の躍動は忘れ擯斥され、芸術や宗教や哲学は無味乾燥な理智に変ってしまい、想像力の発達とか信仰の確立は人生に無用であるかに考えられたこと。此等の唯物主義、自然科学万能主義に対する反抗、極端な自然派文芸に対しての反動――現実主義から理想主義に転ぜんとする傾向が徐々にトルストイ、ドフトエフスキー、ニーチェ、表現派の先駆と称されるストリンドベリの出現に現われたこと。そして、自然科学若しくは自然主義の羈絆の下に永く束縛されていた精神力――霊魂力――感情が勃発して、此等の束縛に反抗せんとしたのが表現主義の文化的意義であり、故に表現主義の精神は、世紀末に於て著しく、戦争及び戦争後の大破壊を機軸として、一層明確な形一層強烈な気勢で理想主義的性質を帯び、人道主義的情調が著しく、戦争に反対する平和運動となった、と説明する。

第三章は表現主義の本体と根本的特徴を説明する。絵画の方面で自然主義の絶頂に発達した印象主義（Impressionismus）は、自然の真相が瞬間的に吾々に印象されたものを忠実に誤りなく写し取ろうとした傾向があり、客観的な外来の印象に主観を委ねることで、極端な消極主義、受動主義の態度を取っていて、此事により主観は客観のために犠牲となり、自然の因果律に主観の精神である霊魂が束縛され、即ち印象主義は主観――精神――霊魂を、客観――自然――印象のために犠牲にするものに外ならないこと。そこで表現主義は、先ず「自然からの解放」（Los von der Natur）を其の出発点とし第一義的モットーとして、自然の束縛から解放されるためには、自然の写実的模写若しくは模倣を芸術の第一義としてはならないと教えると同時に、芸術の本体は、あくまでも主観であって客観ではなく、どこまでも主観——精神——霊魂であるというところに表現主義の根本義が含まれ、自然から解放されて「精神へ還えれ」(Zruück zum Geist) ということが表現主義の根本であること。「精神へ還える」とは、芸術は主観の活動——人生全体に対する精神の感情を表白し表現するところにあるということを意味し、深い人生感情は精神又は霊魂の根本活動であり、霊魂の最深感情には無限の可能性と無限の創造性とを備えており、芸術の本領は最深感情の表現に存しどこまでも最深主観の表現でなければならないので、表現主義の芸術ほど個性や個的人格に重きをおくものはなく、人格の最深活動の活き活きした表現が即ち芸術に他ならないこと。また、表現主義が最深感情の表現を主とするので、叙情が喜ばれ、全体が著しく叙情的であり、また、表現主義が人道主義的空気の中から発達したので、作品の傾向として、著しく人生の不幸に対する同悲同感——慈悲愛情というような方面の感情を書いているものが多い、と説明する。

第四章は表現主義の根本特徴に神秘的傾向のあることを説明する。表現主義は自然を本とした有らゆる文明からの解放を第一モットーとし、科学的に物質的に産業的に光彩陸離たる十九世紀文明を強く排斥し、出来るだけ古代へ古代へと進まんとする傾向を有したので、単純な時代へ還えれば還えるほど、天真爛漫な自由な精神活動と大なる生命の力を見出し得ると考えており、此は一面では表現主義の宗教的傾向であり、また一面では一種迷信的な病的な傾向であることを説明する。

●片山孤村著「表現主義」(所収『現代の独逸文化及文芸』東京・京都文献書院、一九二二・九初版、魯迅購入一九二七・一一・一八、『壁下訳叢』収録)

片山孤村著「表現主義」の全体の内容を概観すると、次のようになる。

・ドイツ表現主義運動は、戦争の初年(一九一四)に非戦論と結びつきながら起こり、彼らの主張を掲載する雑誌は絶えず検閲法により発禁処分に遭っていたこと。表現主義の雑誌には『行動』(Akition)、『白紙』(Die Weissen Blütter)、『新青年』(Neue Jugend)、『末日』(Der Jüngste Tag)、『芸術誌』(Kunstblatt)、『マルジアス』(Marsyas) 等があったこと。非戦論は、戦争の背景たる物質文明、機械的世界観、唯物論、資本主義等に対する反抗であり、精神と霊魂の力の高調であり、自我、個性、主観の尊重であり、表現主義はこの主張に基づいていること。表現主義では、ディーボルト（Bernhard Diebold）のように、精神と霊魂とを区別して解する場合があるが、論客や作家によっては区別せず、のみならず、理性と智性、恋愛と色情、感情と感覚との区別も無視し、色情や獣性を好んで取扱う作家もいるが、兎に角、心霊、精神、自我、主観、内界を高調していることにおいては悉く一致していること。近代心理学に依って発見された潜在意識の不可思議、精神病的現象、性及び色情の変態等は表現派作家の狙っている題材であり、ニーチェ、ベルグソン等の影響は現実を運動、発生、生々化々と解してこれを表現しようとする努力に現われていること。

・美術界（絵画）における表現主義の主張と傾向。表現主義（Expressionismus）とは元来後期印象派以降の造形美術、殊に絵画の傾向の総称で、此派の画家は自然主義若しくは印象主義（Impressinisnus）に反対して、自然若しくは印象の再現に甘んぜずに、自然若しくは印象を借りて自己の内界を表現しようと、又は自然の外観よりも寧ろ自然の「精神」を表現しようと努めていること。ランベルゲン教授の著書『印象主義と表現主義』で、自然再現（又は描写）は芸術家を其内的衝動に従わしめずして、外界即ち自然に屈従せしめ、独裁君主たる可き芸術家を奴隷の位地に置くものである。有らゆる自然模倣を棄てよ、空間の錯覚を生じる遠近画法を棄てよ、芸術は斯かる詐術を要しない。芸術の真は外界との一致で無くて芸術家の内界との一致である、「芸術は再現でなくて表現である」（Kunst ist gabe, nicht Wiedergabe）と、極論していること。そして最も大切なことは、表現派は其の表現しようとする「精神」（心霊、霊魂、万有の本体、核心）を運動、躍進、突進、衝動と解していること。「精神」は地中の火の如きで、隙さえあれば爆発し、一旦爆発すれば地殻を粉砕し岩を飛ばし泥を吐く。表現派の作品が爆発的な、突進的な、躍動的な、鋭角的な、畸形的で不調和な感じを与えるのはこの為で、自然の物体の変形改造は、真の芸術的、表現的衝動のある芸術家には止むに止まれぬ内心の要求であること。

・文壇における表現主義の主張と傾向。自然派、印象派と正反対の極端な主観主義であり、彼等は「客観的価値を求める一切を除去する、形式は唯表現の自然的態度に過ぎない」「唯感情の恍惚《エクスターゼ》のみが、自己の心霊の飛躍力にさようする、反動のみが新芸術を作る」「詩の任務は現実を其現象の輪郭から脱せしめることである。現実を克服することである」と主張していること。主観を高調し現実を軽んじる点、表現主義は新浪曼派と似ているが、後者が自然からの逃避であるのに対し、前者は現実との闘争、現実の克服、圧服、解体、変形、改造であること。また、表現派は象徴《シムボール》を排斥し、詩的効果のある簡潔な、直接的な濃厚な言語を求めること。このことが、新浪曼派の一傾向である象徴主義と異なる点で、表現派が主観状態、感情の爆発、狂喜、エクスターゼを表現しようとする言語が言語の論理や文法を破壊し、終には音節なき叫声や小児の片言や吃音の如きものを以て最も直接で完全な主観と称したのも自然の勢いであったこと。また、このような主張を有する一派をダダ主義（Dadaismus）といったこと。

・小説における表現主義の立脚点。自然派と写実派とは人間の機制を暴露し、之を動かす諸原動力、即ち刺激と神経と血とを探究せんが為に人間を解剖する。彼等は心理研究に従事し、心理学の参考材料を供給する。彼等は人間を環境、即ち特殊の境遇と国民的気候の奴隷として示す。然れども彼等は実在を、与えられたもの動かすべからざるのもの、打克ち可からざる抵抗と解する。彼等の著作は現実の描写、世界の映像である。エクスターゼの表現は主として叙情詩の領分であり、前代の小説家は叙述と描写とを自己目的としていたが、表現派の小説家の目標は、昔のように芸術（l'art pour l'art）では無く生活《レーベン》である、存在の意義に関する永遠の認識に進もうとするのである、文学が人生に干渉する、即ち人生の形成に影響を及ぼさんと欲していること。自然派に於て芸術の客観であった人間は、表現派に於ては、主体である。即ち人間は行動する。現実に反抗し、現実と闘う、人間は被造物ではなくて創造者であるとすること。さらに、現代の新進作家のこの思想は戦争の苦艱時代に悩みの中に成熟したものであり、それは霊魂の力に対する信仰で、仁愛の宗教、地上の極楽、人間の神性に対する信仰であるとすること。この人道主義、及び文芸の領域を踏み出して実行に移ろうとする傾向は「行動主義」（Aktivismus, Aktualismus）という表現主義の著しい特色の一つであること。

・表現主義のドイツ文芸史上の意義は、表現主義者が近代の物質的文化や之に根ざしている芸術を行詰ったもの、破産したものと解しているから、彼等は之等に背を向けて文化や芸術の本源たる精神や霊魂に向って逆行し、此本源を出発点として更に新なる方向を取って進行せんとするものである。新規蒔き直しである、世界の建て替えである、改造である、革命である。彼等は一八世紀及一九世紀の文芸革新運動が「自然へ帰れ」と叫んだように、「霊魂へ帰れ」と叫ぶ Stürmer und Dränger であると位置づけられること。

●魯迅『壁下訳叢』（上海北新書局、一九二九・四）

目次

小引

（魯迅訳タイトル）　（原題・掲載）

1 思索的惰性（片山孤村）　「思考の惰性」『最近独逸文学の研究』東京・博文館、一九〇八・一二

2 自然主義的理論及び技巧（片山孤村）　「自然主義の理論及技巧」『最近独逸文学の研究』一九〇八・一二

3 表現主義（片山孤村）　「表現主義」『現代の独逸文化及文芸』東京・京都文献書院、一九二二・九

4 小説的瀏覧和選択（拉斐勒・開培爾）　「小説の繙読《はんどく》と選択」深田康算・久保勉共訳『ケーベル博士小品集』東京・岩波書店一九一九、魯迅所蔵版、岩波書店一九二五年第九版

5 東西之自然詩観（厨川白村）　「東西の自然詩観」所収『十字街頭を往く』東京・福永書店、一九二三・一二初版、魯迅所蔵版一九二四年、第九十版

6 西班牙劇壇的将星（厨川白村）　「西班牙劇壇の将星」所収『十字街頭を往く』同左

7 従浅草来（摘訳）（島崎藤村）　「浅草だより」『浅草だより』東京・春陽堂、一九二四・九

8 生芸術的胎（有島武郎）　「芸術を生む胎」『新潮』二七巻四号、一九一七・一〇、有島武郎著作集第一一輯『惜みなく愛は奪う』一九二〇・六

9 盧勃克和伊里納的后来（有島武郎）　「ルベックとイリーネのその後」『文章世界』一五巻一号、一九二〇・一・一、有島武郎著作集第一三輯『小さな灯』東京・叢文閣、一九二一・四

10 伊孛生的工作態度（有島武郎）　「イプセンの仕事振り」『新潮』一九二〇・七、第一三輯『小さな灯』

11 関於芸術的感想（有島武郎）　「芸術について思うこと」『大観』四巻一号、一九二二・一、有島武郎著作集第一五輯『芸術と生活』東京・叢文閣、一九二二・九

12 宣言一篇（有島武郎）　「宣言一つ」『改造』四巻一号、一九二二・一、第一五輯『芸術と生活』

13 以生命写成的文章（有島武郎）　「生命によって書かれた文章」『文化生活』二巻七号、一九二二・七、第一五輯『芸術と生活』

14 凡有芸術品（武者小路実篤）　「すべて芸術品は」『文学に志す人に』東京・改造社、一九二六・五

15 在一切芸術（武者小路実篤）　「すべての芸術に」『文学に志す人に』東京・改造社、一九二六・五

16 文学者的一生（武者小路実篤）　「文学者の一生」『文学に志す人に』東京・改造社、一九二六・五

17 論詩（武者小路実篤）　「詩について」『文学に志す人に』東京・改造社、一九二六・五

18 新時代与文芸（金子筑水）　「新時代と文芸」一九二一・一『芸術の本質』東京・堂書店一九二四・一二

19 北欧文学的原理（片上伸）　「北欧文学の原理」『露西亜文学研究』東京・第一書房、一九二八・四

20 階級芸術的問題（片上伸）　「階級芸術の問題」『文学評論』東京・新潮社、一九二六・一一

21 〝否定〟的文学（片上伸）　「『否定』の文学」一九二三・五『文学評論』東京・新潮社、一九二六・一一

22 芸術的革命与革命的芸術（青野季吉）　「芸術の革命と革命の芸術」一九二三・三『転換期の文学』東京春秋社、一九二七・二

23 関於知識階級（青野季吉）　「知識階級について」一九二六・三『転換期の文学』東京・春秋社、一九二七・二

24 現代文学的十大欠陥（青野季吉）　「現代文学の十大欠陥」一九二六・五『転換期の文学』東京・春秋社、一九二七・二

25 最近的戈理基（昇曙夢）　「最近のゴーリキィ」『改造』一〇巻六号、一九二八・六

第六章

【日本・中国における「タイス」の翻訳単行出版】大正・昭和初期と民国時期

〔日本〕

①アナトール・フランス著、生方敏郎訳『女優タイス』上・下、東京新潮社、新潮文庫一四・二二編、一九一四・一一、一九一五・一初版

②アナトオル・フランス著、水野和一訳『タイス』東京警醒社、一九一五・一初版
③アナトオル・フランス著、谷崎精二訳『舞姫タイス』東京聚英閣、一九二一初版
④アナトオル・フランス著、望月百合訳『タイース』東京新潮社、現代佛蘭西文芸叢書9、一九二四・一一初版
⑤アナトオル・フランス著、森田草平・関口存男訳「タイス」東京国民文庫刊行会、『椿姫』世界名作大観一四巻、一九二七・四初版
⑥アナトオル・フランス著、岡野馨訳「タイス」東京新潮社、『現代佛蘭西小説集』世界文学全集三二巻、一九二九・三初版
⑦アナトール・フランス著、岡沢武訳『女優タイス』東京六芸社、一九三八・三初版
⑧アナトオル・フランス著、水野成夫訳『舞姫タイス』東京白水社、一九三八・五初版

〔中国〕

①法朗斯著、杜衡訳『黛絲』上海開明書店、水沫社イ亍叢書、一九二八・三初版
②法郎士著、徐蔚南訳『女優泰綺思』上海世界書局、一九二八・三初版、重慶正風出版社一九四五・五初版、上海正風出版社一九四九・三第三版、世界文学名著訳叢
③法朗士著、王家驥訳『泰綺思』上海啓明書局、世界文学名著、一九三六・五初版

【民国期における『サロメ』以外のオスカー・ワイルドの翻訳単行出版】

1. 潘家洵訳『温徳米爾夫人的扇子』北京朴社、一九二六・六初版、全一五二頁
2. 汪宏声、沈佩秋訳『少通通的扇子』（世界戯劇名著）上海啓明書局、一九三七・一再版、全五九頁
3. 杜衡訳『道連格雷畫像』上海金屋書店、一九二八・四初版、前四二〇頁
4. 凌璧如訳『朶連格莱的畫像』（現代文学叢刊）上海中華書局、一九三六版、全三一四頁
5. 虚白訳『鬼』（小説集）上海真美善書店、一九二八・四初版、不連
6. 徐培仁訳『一個理想的丈夫』上海金屋書店、一九二八・四初版、全二七七頁

7．林超真訳『理想良人』（An ideal husband）上海神州国光社、一九三二・六初版、全一六五頁
8．懐雲訳述『理想丈夫』（世界戯劇名著）上海啓明書局、一九四〇・五初版、全八二頁
9-1．汪馥泉等訳『獄中記』（文学研究会叢書）上海商務印書館、一九二二・一二初版、不連
9-2．汪馥泉、張聞天訳『獄中記』（文学研究会叢書）上海商務印書館、一九三二・七国難后一版、不連
10-1．朱維基、芳信訳『水仙』上海光華書局、一九二八・九初版、不連
10-2．芳信訳『水仙』上海大光書局、一九三六・六再版、不連
11．由宝龍訳述『王爾徳童話集』（世界少年文庫11、上海世界書局、一九三二・一一初版、全一七九頁
12-1．穆木天訳『王爾徳童話集』（世界児童文学選集第一種）上海泰東書局、版不明、全一一二頁
12-2．穆木天編訳『王爾徳童話集』上海天下書局、一九四七年版、全一一二頁
13．巴金訳『快楽王子集』（譯文叢書）上海文化生活出版社、一九四八・三初版、全二四六頁

第七章

【資料：引用原文】

〔『小約翰』終末部〕

這是一個人，他的臉是蒼白的，他的眼睛是深而且暗。有這樣地深，就如旋兒眼睛，然而在他的眼光裏無窮的溫和的悲痛，為約翰所從來沒有在別的眼裏見過的。

〝你是誰呢？〟約翰問，〝你是人麼？〟

〝我更進進！〟他說。

〝你是耶蘇，你是上帝麼？（a）〟約翰問。

〝不要稱道那些名字，（a）〟那人說，〝先前，它們是純潔而神聖如教士的法衣，貴重如養人的粒食，然而它們變作呆子的呆衣飾了。不要稱道它們，因為它們的意義成為迷惑，它的崇奉成為嘲笑。（a）誰希望認識我，他從自己拋掉那名字，而且聽著自己。

（c）〃

〃我認識你，我認識，（b）〃約翰說。

〃我是那個，那使你為人們哭的，雖然你不能領會你的眼淚。我是那個，那須將愛注入你的胸中的，當你沒有懂得你的愛的時候。我和你同在，而你不見我；我觸動你的靈魂，而你不認識我。（c）〃

〃為什麼我現在才看見你呢？（c）〃

〃必須許多眼淚來弄亮了見我的眼睛。而且不但為你自己，你卻須為我哭，那麼，我於你就出現。你也又認識我如一個老朋友了。也又认识我如一个老朋友了。（c）〃

〃我認識你！——我又認識你了。（b）我要在你那里？〃

約翰向他伸出手去。那人卻指向晃耀的乘具，那須在火路上慢慢地漂遠的。

〃看哪！〃他說。〃這是往凡有你所神往的一切路。別一條是沒有的。沒有這兩條你將永遠覓不到哪個。就選擇罷。那邊是大光。在那裏，凡你所渴欲認識的，將是你自己。那邊，〃他指著黑暗的東方，〃那地方是人性和他們的悲痛，那地方是我的路。並非你所熄滅了的迷光，倒是我將和你為伴。看哪，那麼你就明白了。就選擇罷！〃

於是約翰慢慢地將眼睛從旋兒的招著的形相上移開，並且向那嚴正的人伸出手去。並且和他的同伴，他逆著凜冽的夜風，上了走向那大而黑暗的都市，即人性和他們的悲痛之所在的艱難的路。……

〔『鋳剣』「黒い男」と「眉間尺」との対話〕

眉間尺渾身一顫，中了魔似的，立即跟著他走後來是飛奔。他站定了喘息許多時，纔明白已經到了杉樹林邊。後面遠處有銀白的條紋，是月亮已從那邊出現；前面卻盡有兩點燐火一般的那黑色人的眼光。

〃你怎麼認識我？（b）……〃他極其惶駭地問。

〃哈哈！我一向認識你。（b）〃那人的聲音說。〃我知道背著雄劍，要給你的父親報仇，我也知道你報不成。豈但報不成；今天已經有人告密，你的仇人早從東門還宮，下令捕拿你了。〃

眉間尺不覺傷心起來。

〝唉唉，母親的嘆息是無怪的。（b）〟地低聲說。

〝但她祇知道一半。她不知道我要給你報仇。〟

〝你麼？你肯給我報仇麼，義士？（a）〟

〝啊，你不要用這稱呼來冤枉我。（a）〟

〝那麼，你同情於我們孤兒寡婦？……（a）〟

〝唉，孩子，你再不要提這些受了污辱的名稱。（a）〟他嚴冷地說，〝仗義，同情，那些東西，先前曾經乾淨過，現在卻都成了放鬼債的資本。（a）我的心裏全沒有你所謂的那些。我祇不過要給你報仇！〟

〝好。但你怎麼給我報仇呢？〟

〝祇要你給我兩件東西。〟兩粒燐火下的聲音說。〝那兩件麼？你聽著：一是你的劍，一是你的頭！〟

眉間尺雖然覺得奇怪，有些狐疑，卻並不吃驚。他一時開不得口。

〝你不要疑心我將騙取你的性命和寶貝。〟暗中的聲音又嚴冷地說。〝這事全由你。你信我，我便去；你不信，我便住。〟

〝但你為什麼給我去報仇的呢？（d）你認識我的父親麼？（b）〟

〝我一向認識你的父親，也如一向認識你一樣。（b）但我要報仇，卻並不為此。聰明的孩子，告訴你罷。你還不知道麼，我怎麼地善於報仇。你的就是我的；他也就是我。我的魂靈上是這麼多的，人我所加的傷，我已經增惡了我自己！（d）〟

著者略歴

工藤　貴正（くどう　たかまさ）

1955年生まれ、仙台市出身。仙台第一高等学校、大阪外国語大学、同大学院を卒業・修了後、北京師範大学留学。大阪教育大学助教授を経て、現在、愛知県立大学教授。博士（文学）。

本著以外の論文に、「任伯濤『恋愛論』と夏丏尊『近代的恋愛観』について」（2001）、「民国文壇と厨川白村――『近代の恋愛観』の受容を中心に」（2001）、「ある中学教師の『文学概論』（上）・（下）」（2002・2003）、「翻訳文体に顕れた厨川白村――魯迅訳・豊子愷訳『苦悶的象徴』を中心に」（2007）、「魯迅訳・豊子愷訳『苦悶的象徴』の産出とその周縁」（2008）などがある。

魯迅と西洋近代文芸思潮

平成二十年九月二十五日　発行

著者　工藤貴正
発行者　石坂叡志
整版印刷　富士リプロ㈱

発行所　汲古書院
〒102-0072　東京都千代田区飯田橋二-五-四
電話　〇三（三二六五）九七六四
FAX　〇三（三二二二）一八四五

ISBN978-4-7629-2848-2　C3022

KYUKO-SHOIN, Co., Ltd. Tokyo.

索　引

凡例

1．漢字の読みは、原則として日本語の漢音によって区分し五十音順に配列した。

2．索引項目は、本文に範囲を限定して採録し、注釈・文中別表・あとがき・参考資料編（附録）からは採録しなかった。

3．人名索引は、本文に限って採録したが、引用文の中で論旨に必要な人名も採録した。また、日本人・中国人などの漢字名は、本文の中で姓や名だけの表記のものでもフルネームの項目に採録した。

（例）思軒→森田思軒、成→成仿吾

漢字以外の外国人名は、本文で複数回表記された場合で、ファミリーネームとフルネームとを併用した人名に限り、ファミリーネームを項目にたて、カンマの後ろにファーストネームを併記した。

（例）エーデン，フレデリック・ファン、ヴェルヌ，ジュール

4．書名索引は、単行本書名・単篇作品・論文名・書簡名・新聞名・雑誌名からなり、本文に限って採録したが、引用文の中で論旨に必要なものは採録した。

書名の表題に関して、複数回表記された場合で、フルタイトルとその通称とを併用した呼称に限り、通称を項目にたて、カンマの後ろに表題の冒頭を置いた。

（例）月世界旅行，九十七時二十分間、天魔の怨，宇宙人生の神秘劇

5．事項索引は、事件名・結社や社団名・叢書名、本論に関わる出版社や書店名及び本書の論旨に照らして重要と考えられる概念・キーワードを中心に採録した。

人名索引

ア行

カ行

マ行

ヤ行

ラ行

ワ

書名索引

サ行

マ行

ワ

事項索引

ア行

カ行

サ行

マ行

ヤ行

ラ行